魏晉山水紀遊詩文之研究

蕭淑貞 著

臺灣 學ໍ書局 印行

自 序

　　魏晉以來，政局多變，篡亂迭興，儒教衰頹，玄風大暢，才人秀士厭棄塵網，崇尚自然，或草萊歸隱，以避禍全生；或林泉逸遊，以逐志適性。士族名流則宅心玄遠，朝隱成風，造園肥遯，以盡閑居清賞之樂。而佛、道思想應時所需，順勢流衍，朝野俊彥，信奉者眾，或登嶺參禪以觀空悟道，或尋仙採藥以益壽長生，從而助長山水居遊之風。彼等幽處林野，流連物色，心旌搖蕩，逸興遄飛，吟詠成詩，敷彩成文，大量山水紀遊作品，於焉蔓生。

　　魏晉名士深受玄、佛思潮影響，既以審美角度直觀山水麗相、卉木清姿，更能緣象得意，即色遊玄，妙契自然神理。形諸筆墨，又得前人經驗澆溉，故能體物深微，巧言切狀，情景交融，餘味曲包，使山水紀遊詩文邁向創作高峰。近代以來，研究山水文學之相關論著甚豐，然以「魏晉山水紀遊詩文」為主軸，進行全面搜索，深入探勘者，似猶未見，遂乃以此為題，撰作博士論文，經由廣蒐資料，審慎判讀，分類剖析其盛行原因、表現內容與寫作技巧，具體呈現其時代意義、文學價值與文化影響，完整建構魏晉山水紀遊詩文之獨特風貌與歷史定位。

　　論文之作，由訂定題目，研擬大綱，以至逐章撰述，皆經王師更生剴切指點，悉心裁成；每逢思慮滯礙，遣辭欠妥，亦蒙夫子釋

疑解蔽，去蕪正謬，如書中文有可讀，義有可採，實恩師啟誨之功，不敢或忘。撰寫期間，常因才疏識陋而苦思不悟，下筆遲遲，以致終日惶惶，寢饋難安，幸有親人支持，師友慰勉，方能重振精神，戮力以赴。至於寫作後期，更因時迫力絀而無暇他顧，若非外子擯除瑣務，協助處理編校事宜，恐難如期完成。謹誌於此，用表感念。論文口試時，承蒙呂凱老師、陳松雄老師、黃啟方老師、郭鶴鳴老師厚愛，賜予寶貴意見與殷切期待，感謝之情，難以言宣。

本書乃由博士論文修訂而成，如今得以順利出版，著實感謝「台灣學生書局」鮑邦瑞總經理之青睞，與陳蕙文小姐之排校；此外，亦衷心感謝書法家黃明理教授之友情贊助，為本書封面題字以增光生色。筆者資質駑鈍，學殖疏淺，雖已殫精竭慮，勉力而為，然罅漏之處，無可自掩，謹期來日廣蒐博取，再事補苴。餅管之識，曷足探驪，尚祈博雅君子，匡我不逮。

2008 年 4 月 6 日

蕭淑貞 謹識於台北蘆洲

魏晉山水紀遊詩文之研究

目　次

第一章　緒　論

　　對人而言，自然山水不僅提供豐富資源，滿足生活所需，又以曠朗空間，妙麗景致，供人行觀居遊，流連賞玩。文士多感，歷觀春山艷冶，夏山蒼翠，秋山明淨，冬山慘淡，豈能無動於衷？騷人深情，面對春風春鳥，秋月秋蟬，夏雲暑雨，冬雪堅冰，莫不性靈搖蕩。一旦走入自然，山水即以四時變化與無窮景觀，引人逸興遄飛，情思萬端，山水紀遊詩文遂由此而生。此乃陸機〈文賦〉所言：「遵四時以嘆逝，瞻萬物而思紛；悲落葉於勁秋，喜柔條於芳春。心懍懍以懷霜，志渺渺而臨雲，……慨投篇而援筆，聊宣之乎斯文。」❶魏晉名士崇尚自然，又深情多感，行遊山水之間，既能觀其膚澤，亦能體其魂魄，發為詩文，不但巧構形似之言，妙傳聲色之美，又緣景抒情，體物吟志，闡發妙悟，以暢敘心中思感。每當披卷展讀，如與并肩共遊，觀其所觀，感其所感，心情亦隨之起伏跌宕，或見秀景而神怡，或睹奇觀而目震，有時觸景情生，悲喜縈懷，有時澄懷妙悟，物我兩忘。作者彩筆一揮，情景畢現，神理俱傳，使人味之不倦，興致盎然。此為研究動機之一。

---

❶　陸機〈文賦〉，見王德華注譯《新譯陸機詩文集》，台北：三民書局，2006年9月初版，頁3。

　　所謂「山川之美，古來共談」❷，早在魏晉以前，《詩經》已留下不少寫景名句，如「南山烈烈，飄風發發」❸、「河水洋洋，北流活活」❹，寫山高風迅、水廣流急之貌；而「蒹葭蒼蒼，白露為霜」❺、「瞻彼淇奧，綠竹猗猗」❻，則以蒹葭彌渚、綠竹縈岸，點染水邊風致，已見詩人體物能力與摹景技巧。《楚辭》中對山水卉木有更多描繪，意象經營尤見慧心，如「嫋嫋兮秋風，洞庭波兮木葉下」❼，將風起波泛、葉落愁生之態傳神繪出。而「雷填填兮雨冥冥，猿啾啾兮又夜鳴。風颯颯兮木蕭蕭，思公子兮徒離憂」❽，則以風聲雷鳴、木搖猿啼之淒冷外境，渲染山鬼未見公子之悲苦意緒，使客觀山水與主觀情意渾融為一，妙合無垠。至於漢賦之體物鋪陳，窮形盡相，更是品類無遺，蔚似雕畫。然而《詩經》、《楚辭》多將寫景狀物當作比興之用，意在營造氛圍或宣吐情意；而賦家模山範水，羅列景物，又多為展現帝國富盛與個人才識。直至魏晉，士人在政治、思想、社會風尚影響下，不但崇尚自

---

❷　陶宏景〈答謝中書書〉。見清·嚴可均編、陳延嘉等校點《全上古三代秦漢三國六朝文》（全十冊），石家莊：河北教育出版社，1997 年 10 月第一版，第七冊，頁 460。

❸　《小雅·谷風之什·蓼莪》。見王靜芝《詩經通釋》，台北：輔大文學院，民國 70 年 10 月八版，頁 439。

❹　《衛風·碩人》。見同註❸，頁 144。

❺　《秦風·蒹葭》。見同註❸，頁 267。

❻　《衛風·淇奧》。見同註❸，頁 138。

❼　《九歌·湘夫人》。見傅錫壬《新譯楚辭讀本》，台北：三民書局，民國 73 年 12 月四版，頁 63。

❽　《九歌·山鬼》。見同註❼，頁 73。

然，行遊山水，而且直觀其美，會悟其神，並將見聞思感融入筆端，和墨成篇，形成第一波山水紀遊詩文之創作高峰，在山水文學發展史上，具有啟導奠基之功。此為研究動機之二。

　　近代以來，學者對山水文學投注大量心力，研究成果豐碩，嘉惠後學甚鉅。如錢鍾書《管錐篇》，曾對山水詩文之發展歷程，提出精闢論述❾。廖蔚卿《漢魏六朝文學論集》中，對六朝巧構形似之表現手法，山水詩與山水畫之發展情況，與登臨賦之創作主題，均有獨到見解。林文月《山水與古典》，則論及山水詩之發展與特質，並對陶淵明、謝靈運、鮑照之田園、山水詩進行分析比較。洪順隆《由隱逸到宮體》、《六朝詩論》，對六朝隱逸詩、田園詩、山水詩、遊仙詩均有專章析論。王國瓔《中國山水詩研究》，分由山水詩之發展與特色，作系統介紹與縝密剖析，使讀者對其歷史淵源與流變，表現形式與技巧，都能深入了解，充分掌握。至於丁成泉《中國山水詩史》、李文初等著之《中國山水詩史》、陶文鵬與韋鳳娟主編之《靈境詩心·中國古代山水詩史》，皆由山水詩之孕育過程，與各個時期之發展概況，來建構山水詩之歷史與風貌。另李文初等著之《中國山水文化》，更論及山水文化之演進過程，山水詩、賦、文、畫之形成發展，並兼述山水與書法、園林藝術之關

---

❾　錢鍾書《管錐篇·全後漢文卷八十九》：「詩文之及山水者，始則陳其形勢產品，如〈京〉、〈都〉之賦，或喻諸心性德行，如〈山川〉之頌，未嘗玩物審美。繼乃山川依傍田園，若薜蘿之施松柏，其趣明而未融，謝靈運〈山居賦〉所謂『仲長愿言』、『應璩作書』、『銅陵卓氏』、『金谷石子』，皆『徒形域之薈蔚，惜事異於棲盤』，即指此也。終則附庸蔚成大國，殆在東晉乎。」

係。葛曉音《山水田園詩派研究》，則先由謝靈運、謝朓、陶淵明之山水、田園分流并進說起，進而以盛唐時期，兩者匯聚而成詩派作為研究主軸。而王文進《論巧構形似之言》與《仕隱與中國文學──六朝篇》，亦論及山水詩之摹寫技巧與隱逸主題。此外，周冠群《遊記美學》、王立群《中國古代山水遊記研究》、章尚正《中國山水文學研究》、梅新林與俞樟華主編之《中國遊記文學史》則對山水遊記之形成、發展、特色，與各期代表性作家、作品作綜合論述。而于浴賢《六朝賦述論》，對紀行、登覽、隱逸、山水四類有專章論述。胡大雷《文選詩研究》，則在公宴、遊仙、招隱、遊覽、行旅五類有相關評析。此外，專就陶淵明、謝靈運、謝朓、鮑照等山水大家進行研究之論文亦所在多有，不勝枚舉。前賢之研究成果，對本論文深具啟發，唯其寫作方向，或由「史」之角度，綜論各個朝代之承啟流變與發展概況，或由單一主題進行發揮，敘述層面寬窄不一，內容亦各有側重；而專文介紹之山水作家，則多為耳熟能詳者，重複性極高。以魏晉時期之山水紀遊詩文為主題，進行全面搜索，並就歷來作家、作品進行深入研究者，似猶未見，實不能無憾。此乃研究動機之三。

　　筆者以逯欽立輯校《先秦漢魏晉南北朝詩》及嚴可均《全上古三代秦漢三國六朝文》為本，搜尋以山水紀遊為主題之詩文，發現創作者甚夥。於魏有曹操、曹植、曹丕、王粲、陳琳、劉楨，嵇康；於西晉有成公綏、棗據、夏侯湛、王濟、孫楚、張華、石崇、何劭、陸機、陸雲、阮脩、左思、張載、張協、潘尼、閭丘沖、曹攄、木華；於東晉有李顒、楊方、郭璞、庾闡、曹毗、張駿、盧諶、應貞、王羲之與孫綽等蘭亭詩人、袁宏、蘇彥、伏滔、桓玄、

謝混、劉程之、王喬之、張野、湛方生、陸沖、陶淵明、謝靈運。
此外,於釋家有康僧淵、支遁、慧遠、廬山諸道人、帛道猷;於道
家有葛洪、楊羲、許翽;於畫家有戴逵、顧愷之、宗炳。縱使部分
作家詩文數量有限,但創作人數之多,不僅超乎想像,也意味山水
紀遊主題已深具普遍性。緣此,筆者不揣譾陋,在諸多前輩之研究
基礎上,另以「魏晉山水紀遊詩文之研究」為題,試圖透過背景探
索,深入剖析山水逸興與紀遊詩文盛行於魏晉之因,並廣蒐作品,
具體分析,一者呈現作家之生活實相與思想情感,再者展示作品之
豐富內容與表現技巧,由此建構魏晉山水紀遊詩文之完整風貌,並
確實掌握其文學價值、文化影響與歷史定位。

　　關於「山水紀遊」之範疇,可從「遊」之義涵與歷史觀之。先
就「遊」之字義而言。《說文》曰:「游,旌旗之流也。」「流」
即「旒」,原指旗幟下方懸垂之飄帶,段注云:「旗之游如水之
流,故得稱流也。」以旒之隨風飄蕩,無所繫縛,猶如水之漂流,
無拘無礙,自由自在。其後,「又引申為出遊、嬉遊。俗作遊。」
❿由此觀之,「遊」之字義涵括形而上與形而下兩種意蘊,就後者
言,「遊」乃主體在自然山水中之實踐活動;就前者言,「遊」是
心物契合,化同大道,遊於無窮之精神境界。

　　再從「遊」之歷史而論。遠古時期,先民為覓求美好生存環
境,而進行四方探險、遷徙活動,已率先揭開「遊」之序幕。三代
以來,商業貿易勃然興起,商賈行腳遍及天下,不但改善交通條

---

❿　以上見東漢·許慎著、清·段玉裁注《說文解字注》,台北:藝文印書館,
　　民國 68 年 6 月五版,頁 314。

件，繁榮城市建設，也傳播地理見聞，激發遠遊探索熱情，對各式行旅活動極具推助之功❶。春秋戰國以來，王室式微，社會遽變，五霸七雄，連袂繼興，士階層乘勢崛起，活躍於歷史舞台，使節謀臣，載馳載驅，使于四方；賢達諸子，越阡度陌，周遊列國，彼等或因銜命趨赴，或為一展所長，東西奔走，南北遠征，絡繹不絕於途，從而開啟朝野佳士四方行遊之高峰。當然，除各具目的之遷徙、遠行外，「遊」亦包括在自然山水中所從事之娛樂休憩活動。如《詩經·鄭風·溱洧》一詩❷，即描繪上巳春遊，男女相偕，樂遊溱洧之歡樂情景。〈鄘風·桑中〉則記載男女在桑間濮上、水邊社前之幽會情景❸。而《論語·先進》亦有：「莫春者，春服既成，冠者五六人，童子六七人，浴乎沂，風乎舞雩」❹之春郊樂遊。

　　然而，春秋戰國掀起政治、文化大變革，雖造成學術普及，百家爭鳴，諸子長征遠涉，以求學優則仕；但現實中，諸侯兼併，爭

---

❶　如章必功先生即謂：「春秋末年，中國各地出身社會中下層的儒雅書生敢于遠離家門，『遊學』、『遊說』，其嚮導正是行商客賈的車轍馬跡。」見氏著《中國旅遊史》，昆明：雲南人民出版社，1995 年 9 月第 2 次印刷，頁33。

❷　原詩首章云：「溱與洧，方渙渙兮。士與女，方秉蕑兮。女曰『觀乎』！士曰『既且』。且往觀乎洧之外，洵訏且樂。維士與女，伊其相謔，贈之以芍藥。」次章換韻重唱首章之義。見同註❸，頁 206。

❸　《詩經·鄘風·桑中》曰：「期我乎桑中，要我乎上宮，送我乎淇之上矣。」

❹　見蔣伯潛廣解《語譯廣解四書讀本——論語》，台北：啟明書局，不著年月，頁 169。

戰迭興，也使百姓蒙受時代苦難，烙下沈痛創痕。莊子置身動盪之世，眼觀馳說者僕僕風塵，豁盡心力，成功則布衣卿相，勞神侍君，失敗乃悒鬱終生，憂嘆不遇，於是蔑棄榮利，不慕浮名，遠離宦途，傲世深藏。而面對「竊鉤者誅，竊國者為諸侯」❶❺之社會價值，統治者「爭地以戰，殺人盈野」❶❻，荼毒天下，為圖私欲，卻禍延百姓，使老弱轉乎溝壑，壯者流離四野，一幕幕人間淒景，更令莊子隱身避世，深思災難根源與生命意義。面對「人為物役」之苦，與世間艱險之厄，莊子試圖以「遊」擺脫現實困境，獲致精神逍遙。〈逍遙遊〉中指出，「至人無己、神人無功、聖人無名」❶❼實為「遊無窮者」之依據。而無己、無功、無名必須經由心齋、坐忘歷程，使人由欲望追逐與知識成見中解放而出，回歸自然本真，與天地涵融合一，緣此，故能安命委運，與世推移，隨遇而安，遊於現實塵世；又能致虛守靜，冥合大道，無待自化，「遊乎四海之外」❶❽。莊子之「遊」，兼具「超世」與「遊世」雙重內蘊❶❾，既反襯現實世界之黑暗扭曲，也得以紓解人生困境，獲得精神逍遙，

❶❺　《莊子‧胠篋》。見黃錦鋐注譯《新譯莊子讀本》，台北：三民書局，民國75年11月六版，頁136。

❶❻　《孟子‧離婁》。見蔣伯潛廣解《語譯廣解四書讀本──孟子》，台北：啟明書局，不著年月，頁175。

❶❼　見同註❶❺，頁52。

❶❽　見同註❶❺，頁53。

❶❾　包兆會先生指出：「莊子『遊』的內涵就統攝了避世（否定現世，追求精神自由）與遊世（肯定現世、追求隨遇而安）之遊、無待與有待之遊。」見氏著《莊子生存論美學研究》，南京：南京大學出版社，2005年3月第2次印刷，頁38。筆者以「避世」易令人引發遯世隱居之思，故以「超世」稱之。

因此成為一種處世藝術（哲學），影響後世甚鉅。而屈原則因群佞善妒，讒言誣陷，而兩度見逐，〈涉江〉、〈哀郢〉中，乃歷敘流放行程，途中見聞，以抒情寫志；而〈離騷〉、〈遠遊〉則馳騁想像，翱翔於天地，周覽乎天庭，以遊仙形式宣吐苦悶。

由此觀之，迄至先秦，「遊」之文化已發展出「形遊」、「神遊」兩種型態。就「形遊」而言，強調形體在空間之實際位移，唯因時間久暫不同，目的亦迥然有別，故可分為「行旅」與「遊覽」兩類。前者或為執行王命而出使他邦，或為實現理想而遊走列國，或因受讒流放而遠赴異鄉，皆不脫政治因素，故可視為廣義之「宦遊」。後者則於日常休憩時，透過短暫出遊，以悅目怡情，舒懷樂志。至如莊子「逍遙遊」、屈原「仙遊」一類之「神遊」者，則不需實際之空間位移，而以無遠弗屆之神思靈識，超越形體拘執與空間限制，直接契入道境仙鄉，達到「與造物者遊」[20]、與仙真同嬉之精神逍遙。這種遊心塵外之自我超越與審美感受，既將「遊」從官能知覺與物交接，提升至神與道契、天人合一之化境，也成為離塵遠俗、悠遊無礙之應世藝術。

魏晉時期，基於政治因素，士族習尚，與玄學、佛學、道教思想盛行之影響，士人或因宦而遊，或思隱而遊，或慕仙而遊，或樂賞而遊，動機複雜而形式多元。緣此，本論文在山水紀遊詩文之取材上，雖以實地「形遊」為主，但亦兼及思隱慕仙之「神遊」；而行觀居遊之「山水」範疇，除了崇嶺浚谷、滄海長河、綠野郊甸

---

[20] 《莊子·天下篇》。見同註[15]，頁374。

外，亦包括「巧於因借」、「宛若天開」❷之山水園林，以期完整
呈現魏晉士人生活與時代精神。

再論「山水紀遊」之義界。《文選》中並無山水紀遊詩文名
目，但其「遊覽」、「行旅」、「公宴」、「招隱」、「遊仙」五
類詩賦，及「書」、「序」、「記」中之部分作品，實已涵括「山
水紀遊」之實。由於魏晉山水紀遊詩文蓬勃發展，充分累積創作經
驗與寫景技巧，其後「山水詩」與「遊記」乃從中汲取養分，而瓜
熟蒂落，自立門戶。三者之間，雖互有異同，但了解「山水詩」與
「遊記」之定義，有助於界定「山水紀遊詩文」之義涵。

王國瓔先生指出：「所謂『山水詩』，是指描寫山水風景的
詩。雖然其中不一定純寫山水，亦可有其他的輔助母題，但是呈現
耳目所及的山水之美，則必須為詩人創作的主要目的。……不論水
光或山色，必定都是未曾經過詩人知性介入或情緒干擾的山水，也
就是山水必須保持其本來面目。」❷李文初先生則有兩項檢測標
準：一者，山水描寫要成為一首詩之主要表現對象，二者，要將山
水筆墨投諸自然山水本身❷。而丁成泉先生則強調：「表現對象就
是山水主體，而不是詩人的主觀情志，雖然，山水詩也不排斥抒情
言志，但山水詩的主觀情志不佔作品的中心位置，其表達方式也以

---

❷ 二語出自計成《園冶》之〈興造論〉、〈園說〉，分見張家驥《園冶全
釋》，太原：山西古籍出版社，2002 年 8 月第 2 次印刷，頁 162、168。

❷ 見王國瓔《中國山水詩研究》，台北：聯經出版公司，民國 75 年 10 月出
版，頁 1。

❷ 參見李文初《中國山水文化》，廣州：廣東人民出版社，1996 年 9 月第一
版，頁 184－185。

隱蔽為好」❷。三位學者皆主張山水景物乃山水詩之主要表現對象，而作者情志則應適當收斂，以免影響山水原貌，或喧賓奪主，使山水成為活動背景或比興對象。

　　至於「遊記」，周冠群先生以為：「遊記是以山水自然、民習人情、名勝古跡等等為基本對象的一個散文品類，它可以描繪自然景物，也可以記敘社會風貌。」❷王立群先生則指出遊記文體需具備三項要素：「第一，對遊歷途中的山川景物作了具體而真實的描繪；第二，有遊蹤的記述；第三，有作者的思想感情寄託；或者寄寓作者對秀麗山河的讚美，或者抒發作者個人的感受情思，或者借山水發表議論。」❷而梅新林、俞樟華所主編之《中國遊記文學史》亦謂：「遊記重在記述『遊』之主體的遊賞經歷與感受，因而紀行是其基礎或者說是出發點，但成功的遊記作品往往以『紀行』為基點依次延伸到寫景、抒情、述志、說理，合之為五項功能。」❷由此觀之，遊記乃以實地遊歷為主軸，描繪沿途所見所聞，除了自然山水風光外，也涵括社會人文景象；同時，作者亦因見聞有感，而抒情寫志，暢發理思。

　　對魏晉士人而言，山水或行旅所經，或遊覽所見，或逸隱所

---

❷　見丁成泉《中國山水詩史》，台北：文津出版社，民國 84 年 8 月初版，頁9。

❷　周冠群《遊記美學》，重慶：重慶出版社，1994 年 3 月第一版，頁 4。

❷　見王立群《中國古代山水遊記研究》，開封：河南大學出版社，1996 年 9 月第一版，頁 5。

❷　見梅新林、俞樟華所主編之《中國遊記文學史》，上海：學林出版社，2004年 12 月第一版，頁 20。

居，或神思所遊，因此，並非個別景物之靜態觀覽，而是充滿時空
變化之動態遊觀，故其「山水紀遊」之作，與「遊記」性質相仿；
然因兼及思隱慕仙之「神遊」範圍，遂與真實遊歷略有區隔。此
外，在時代背景與前人創作經驗影響下，魏晉士人不但對山川風物
進行審美觀照，也能充分掌握摹寫技巧，具體展現大自然之真實明
美，故其「山水紀遊」之作，又與「山水詩」形貌雷同。

　　綜上所述，則本文之取材範疇，既包括山水、園林之「形
遊」，也涵蓋思隱、慕仙之「神遊」。而內容義界，一者，必須對
行、觀、居、遊之山水景物進行充分描繪，以展現其音容態色；再
者，觸物興感，辭以情發，莫非自然，因此，亦可適度抒懷寫志，
或闡發理思。然而，形式上為行遊詩文，但內容多以敘事、詠史或
抒懷為主，而缺乏體物寫景文字，則不列入研究範疇。

　　論及研究方法，不論新舊，貴在適體適用。本文在方法運用
上，首先，採取文獻研究法，如文本建構，以逯欽立輯校《先秦漢
魏晉南北朝詩》及嚴可均《全上古三代秦漢三國六朝文》為主；區
別內容主題，則參酌《文選》之分類情形；時代背景與作者生平之
建構，乃以《後漢書》、《三國志》、《晉書》及《世說新語》所
載為依據；至於藝術鑑賞，則有《文心雕龍》、《詩品》兩大鉅著
可供取資。當然，所謂「不薄今人愛古人」，除了古籍以外，近人
之專著散論及各項研究成果，也提供莫大助益，咸為本文之研究基
石。

　　其次，寫作過程，亦兼採歸納、分析法。由於影響作者與作品
之因素多元而複雜，緣此，在論述魏晉紀遊詩文形成之因時，即由
政治局勢、思想潮流、社會習尚、生活環境等時代背景，與文學本

身之演進歷程，加以深入分析、審慎歸納，以求通盤觀照，條列明晰。而針對單一作品之表現技巧，即由煉字、造語、修辭、結構各種面向，予以透徹分析，以見作者之慧心巧運；至於論述某一門類之藝術特質，則經由歸納方式，列出經常出現之描寫手法，以掌握表現特色與創作規則。

此外，比較法之使用，亦頗為重要。不同作者常有同類主題之創作，如曹丕、曹植、劉楨均有「宴遊詩」，王粲、孫楚、棗據咸寫「登樓賦」，木華、郭璞率以「江海」為賦，彼此之間有何異同？內容有無承啟開拓？表現技巧孰優孰劣？各自呈現何種風格？凡此皆需透過比較法方能一窺究竟。至於綜合法，則用在閑居園遊之作，綜觀整合石崇、潘岳、庾闡、謝靈運之相關作品，以呈現魏晉時期之園林景觀與生活文化。由於資料判讀與論文寫作之析辯過程極為複雜，因此，各種方法亦常兼採並運，以求克盡其功。

全書寫作步驟如下：第一章〈緒論〉，說明研究動機與目的、題目範疇與義界、研究方法與步驟。第二章〈魏晉山水紀遊詩文興盛之原因〉，從時代背景與文學發展角度切入，推溯魏晉山水紀遊詩文興盛之外緣與內因。前者分由「政治環境之激揚」、「思想潮流之催化」、「士族習尚之推助」三項，詳加論述；後者透過《詩經》、《楚辭》、漢賦之寫景技巧分析，以觀「前人經驗之承襲」。第三章〈魏晉山水紀遊詩文之內容〉，審慎分析各家作品之表現主題，並予以囿別區分，遂得六類，依序由「優遊閑賞之樂」，「臨景憂嗟之感」，「澄懷悟理之暢」，「征行羈旅之思」，「隱逸歸棲之詠」，「遠引遊仙之想」，分節詳述。第四章〈魏晉山水紀遊詩文之表現技巧〉，由遊賞、憂嗟、悟理、行旅、

隱逸、遊仙六類詩文中，列舉名篇佳作，具體剖析篇章結構，與模山範水之表現技巧。第五章〈魏晉山水紀遊詩文之價值〉，從「奠定紀遊文學之基本架構」、「豐富紀遊詩文之模寫技巧」與「保存士人園林之文化資料」三項，加以論證說明。第六章〈結論〉，除總括各章重點外，並探析魏晉山水紀遊詩文對晉宋山水畫論，與南朝山水文學之影響。

　　本文在廣蒐文獻，詳讀原典基礎上，兼綜并用各項研究方法，力求取材妥切，立論周全，然而籠統掛漏之病，實難避免，但期對建構魏晉山水紀遊詩文之完整風貌與歷史定位，能略盡棉薄之力。

第二章
魏晉山水紀遊詩文興盛之原因

　　任何文學體類皆有其獨特之形成要件。以山水紀遊詩文而言，必須以作者投身自然，遊觀山水為基礎，配合成熟之審美態度，與高度之模範技巧，才能隨行狀物，繪景傳情，進而創作成篇。魏晉時期，士人既受時代背景影響而縱放自然林野，棲遊園林別業；又累積前人創作經驗，巧構形似之言，妙造動人意象以寫景抒心，遂使山水紀遊詩文蓬勃發展，漸成大觀。緣此，本文即從時代背景與文學發展角度切入，分就政治環境之激揚，思想潮流之催化，士族習尚之推助，和前人經驗之承襲，來說明魏晉山水紀遊詩文興盛之因。

第一節　政治環境之激揚

　　清·王夫之曾謂：「東漢之衰自章帝始，人莫之察也。」❶此

---

❶　清·王夫之《讀通鑑論·卷七·章帝》，台北：里仁書局，民國74年2月出版，頁198。

因章帝以後，帝王多年少即位，大權旁落外戚之手，及長，亟思借助宦官之力，重新奪回政權；然而外戚既除，又衍生宦官恃寵專擅之弊。桓、靈二朝，此患尤烈，士人以清流之姿，抨擊朝政，臧否然否，自公卿以下，莫不畏其貶議，唯輿論壓力亦引發閹寺反撲，導致桓帝延熹九年（166）、靈帝建寧二年（169）先後發生兩次黨錮之禍，士人被捕處死，或徙廢禁錮者不計其數，從此，與皇權更形疏離，而東漢政局由此益趨腐朽崩解。靈帝中平元年（184），張角率青、徐、幽、冀、荊、揚、兗、豫八州黃巾部眾起義，勢如破竹，天下震動，各地農民亦風從影應，東漢王朝搖搖欲墜。為消弭危機，朝廷乃解除黨錮之禁，調發天下精兵，分由各地進行鎮壓，全力出擊。九個月後，黃巾雖平，然「朝政日亂，海內虛困」❷，兼以餘眾猶出沒不絕，侵擾各地，劉焉乃建言，出朝廷重臣為牧伯，遂使州鎮權重，難以控制，下開群雄割據之局。

靈帝病歿，少帝繼立，外戚何進欲引董卓入京，共誅宦官，不料反遭宦官所噬。袁紹舉兵入宮，盡誅宦官二千餘人，然此時董卓亦兵進洛陽，奪取朝權，廢除少帝，改立獻帝。董卓貪婪暴虐，殘殺無辜，各方征討之聲四起，於是挾持獻帝至長安暫避，後為王允計殺之。然王允又為董卓部將李傕、郭汜所誅，長安大亂，獻帝乘隙逃歸洛陽。曹操值此動亂之際，經由鎮壓、收編黃巾軍而壯大聲勢，成為一方之霸，而與袁紹、袁術、劉表等人分庭抗禮。建安元年（196），曹操兵進洛陽，迎獻帝至許昌，藉由挾天子以令諸侯，

❷ 宋·范曄撰、唐·李賢等注《後漢書·卷七十一·皇甫嵩傳》，台北：世界書局，民國70年11月四版，頁2302。

充分掌握政治優勢。而面對連年戰禍，土地荒蕪，「名都空而不居，百里絕而無民」❸，乃至無兵可募、無糧可徵之窘境，曹操則推行屯田之制，使流民回歸土地，軍需供應無虞，既穩固動盪之社會秩序，也奠定統一北方之經濟基礎，開啟曹魏王朝之霸業。

　　傅玄謂：「魏武好法術，而天下貴刑名。」❹史傳稱：「太祖運籌演謀，鞭撻宇內，攬申、商之法術，該韓、白之奇策。」❺近代學者亦持同樣看法❻，可見曹操立身行事、治國御民不以儒教為務，而雜採名法之術。以家世背景而言，曹操之祖乃宦官曹騰，父曹嵩為騰之養子，雖然家境富裕，亦有權勢，但終非儒學傳家之高門士族，因此，陳琳於〈為袁紹檄豫州〉一文中，逕以「贅閹遺醜」稱之。依個性特質而論，史稱曹操「少機警，有權謀，而任俠放蕩，不治行業」❼，可知為人豪邁不羈，通權達變，絕非崇禮守

❸　仲長統《昌言·理亂篇》。見清·嚴可均編、陳延嘉等校點《全上古三代秦漢三國六朝文》（全十冊），石家莊：河北教育出版社，1997 年 10 月第一版，第二冊，頁 826。

❹　傅玄〈掌諫職上疏〉。見清·嚴可均編、陳延嘉等校點《全上古三代秦漢三國六朝文》，第四冊，頁 472。

❺　晉·陳壽《三國志·卷一·魏書·武帝紀》，台北：鼎文書局，民國 73 年 6 月五版，頁 55。

❻　劉師培云：「魏武治國，頗雜刑名。」見《中國中古文學史講義》，收錄於陳引馳編校《劉師培中古文學史論集》，北京：中國社會科學出版社，1997 年 6 月第一版，頁 8。魯迅亦謂：「董卓之後，曹操專權。在他的統治之下，第一個特色便是尚刑名。」見〈魏晉風度及文章與藥及酒之關係〉，收錄於魯迅、容肇祖、湯用彤著《魏晉思想乙編三種》，台北：里仁書局，民國 84 年 8 月初版，頁 2。

❼　晉·陳壽《三國志·卷一·魏書·武帝紀》，頁 2。

節之迂闊儒士。緣此，其立身行事自然不以儒教為務，而能得其稱賞者，必同屬權謀膽識兼具之輩。再盱衡曹操所處時代，正是天下動蕩，群雄逐鹿之季，儒家用人之道，治世之術，亦難助成霸業，遂其雄心。以選士徵才為例，兩漢實行察舉、徵辟之制，名義上以儒家崇尚之道德品性來鑒別優劣，實則遴選之人，多為徒具高名之華門士族，或欺世盜名之矯偽君子，故時人語曰：「舉秀才，不知書。察孝廉，父別居。寒素清白濁如泥，高第良將怯如雞」❽。傳統取士制度既衍生名實不符之弊，導致英俊下沈，朽木浮升，曹操欲得賢才，重整天下，勢必對此進行改革，其〈論吏士行能令〉曰：「治平尚德行，有事賞功能」❾，明言動蕩時期，唯有任人以能，重才輕德方是權宜之計。兩百多年後，唐代魏徵亦稱：「亂世唯求其才，不顧其行」❿，通權達變之治世理念，可謂異代同調，如出一轍。

緣此，曹操擺脫經明行修之取士舊則，改制新法，強調「唯才是舉」，任人以能，廣招天下賢俊，以成就霸業，一展宏圖。根據建安十五年、十九年、二十二年頒布之「求才三令」所言：

> 今天下尚未定，此特求賢之急時也。……若必廉士而後可

---

❽ 晉·葛洪《抱朴子外篇·審舉》。見楊明照《抱朴子外篇校箋》上，北京：中華書局，1996 年 9 月第 2 次印刷，頁 393。

❾ 見清·嚴可均編、陳延嘉等校點《全上古三代秦漢三國六朝文》，第三冊，頁 15。

❿ 《貞觀政要·擇官第七》。見許道勳注譯《新譯貞觀政要》，台北：三民書局，民國 84 年 11 月初版，頁 165。

用，則齊桓其何以霸世！今天下得無有披褐懷玉而釣於渭濱者，又得無有盜嫂受金而未遇無知者乎？二三子其佐我明揚仄陋，唯才是舉，吾得而用之。（建安十五年〈求賢令〉）⓫

夫有行之士，未必能進取，進取之士，未必能有行也。陳平豈篤行，蘇秦豈守信邪？而陳平定漢業，蘇秦濟弱燕。由此言之，士有偏短，庸可廢乎？（建安十九年〈敕有司取士毋廢偏短令〉）⓬

今天下得無有至德之人放在民間，及果勇不顧，臨敵力戰；若文俗之吏，高才異質，或堪為將守；負污辱之名，見笑之行，或不仁不孝而有治國用兵之術，其各舉所知，勿有所遺。（建安二十二年〈舉賢勿拘品行令〉）⓭

令中明確宣示：方今天下未定，需人孔急，不可因行廢才，必廉士而後可用；亦不應輕賤寒人，空負其能；即使「負污辱之名，見笑之行，或不仁不孝」，而為世所鄙，只要具備「高才異質」，或身懷「治國用兵之術」，如蘇秦、吳起、陳平、韓信者，皆舉用勿遺。曹操極力延攬權謀勝出、智術過人之士，而不側重倫理道德，講求禮教名節，實已顛覆漢朝以來之用人政策。若深究其因，或以

⓫　見清·嚴可均編、陳延嘉等校點《全上古三代秦漢三國六朝文》，第三冊，頁 21。

⓬　同注⓫，頁 24。

⓭　同注⓫，頁 26。

曹操出身閹宦之家，社會地位不如儒家豪族出身之對手袁紹，因此難獲世家大族鼎力支持；再者，曹操欲趁漢末動亂之際，力取劉氏政權而代之，似有篡奪之嫌，恐遭名教非議，因此，改變以德為重之舉才標準，進用寒門俊彥，既可破除儒家思想之主流地位，壓抑世家豪族仕進之路，又解除人才需求之現實壓力，此一舉才長策，十足展現曹操之深沈謀略，與高明政治手腕。

　　曹操既為傑出軍事、政治家，更是詩章能手，通倪名士，由於雅好文藝，面對「於學無所遺，於辭無所假」❶，自謂靈珠在握、荊玉入懷之才士俊彥，亦「設天網以該之，頓八紘以掩之」❶，極盡延攬之能事。如《文士傳》曾載：「太祖雅聞瑀名，辟之，不應；連見偪促，乃逃入山中。太祖使人焚山，得瑀，送至，召入。」❶為得名士阮瑀，不惜焚山相逼，迫其就範。此外，陳琳嘗為袁紹撰寫檄文，「數操罪惡，連及家世，極其醜詆」❶，然操愛其才，不咎其罪，既滅袁氏，使與阮瑀俱管記室。曹操求才若渴，廣納俊士，俾使天下英彥，齊聚魏都。而曹丕、曹植二公子亦博雅多才，能文善詩，常與眾家文士切磋技藝，吟詠同樂。彼等縱轡騁節，望路爭驅，猶如天上繁星，競放清明，遂使建安文壇呈現燦爛

---

❶　見清·嚴可均編、陳延嘉等校點《全上古三代秦漢三國六朝文》，第三冊，頁 91。

❶　見清·嚴可均編、陳延嘉等校點《全上古三代秦漢三國六朝文》，第三冊，頁 169。

❶　《三國志·卷二十一·王粲傳》注引《文士傳》。見同註❺，頁 600。

❶　《資治通鑑》卷六十四。見宋·司馬光撰、章鈺校記《新校資治通鑑注》，台北：世界書局，民國 69 年 10 月九版，第四冊，頁 2060。

榮景。劉勰於《文心雕龍·時序》中如此描述：

> 建安之末，區宇方輯。魏武以相王之尊，雅愛詩章；文帝以
> 副君之重，妙善辭賦；陳思以公子之豪，下筆琳瑯；并體貌
> 英逸，故俊才雲蒸：仲宣委質於漢南，孔融歸命於河北，偉
> 長從宦於青土，公幹徇質於海隅，德璉綜其斐然之思，元瑜
> 展其翩翩之樂，文蔚、休伯之儔，于叔、德祖之侶，傲雅觴
> 豆之前，雍容衽席之上，灑筆以成酣歌，和墨以藉談笑。**⓲**

八方文士薈聚一堂，各以橫溢才氣見賞於曹氏父子，他們「憐風
月，狎池苑，述恩榮，敍酣宴，慷慨以任氣，磊落以使才」**⓳**，在
無數公讌冶遊中，清談暢興，樂飲盡歡，面對良辰美景，吐囑吟
詠，揮筆成文，極盡賓主之歡。緣此，曹丕與吳質在書信贈答中，
均曾憶及當日宴遊盛況，並強烈表達眷懷之情**⓴**。

⓲　見王師更生《文心雕龍讀本》下篇，台北：文史哲出版社，民國88年9月初
　　版7刷，頁271。

⓳　《文心雕龍·明詩》。見王師更生《文心雕龍讀本》上篇，台北：文史哲出
　　版社，民國88年9月初版7刷，頁85。

⓴　曹丕〈與吳質書〉云：「每念昔日南皮之遊，誠不可忘。既妙思六經，逍遙
　　百世；彈棋閒設，終以六博，高談娛心，哀箏順耳。馳騁北場，旅食南館，
　　浮甘瓜於清泉，沈朱李於寒水。白日既匿，繼以朗月，同乘並載，以游後
　　園，輿輪徐動，參從無聲，清風夜起，悲笳微吟，樂往哀來，愴然傷懷。」
　　吳質〈答魏太子箋〉亦稱：「昔侍左右，廁坐眾賢。出有微行之遊，入有管
　　弦之歡。置酒樂飲，賦詩稱壽。……遊宴之歡，難可再遇，盛年一過，實不
　　可追。」見清·嚴可均編、陳延嘉等校點《全上古三代秦漢三國六朝文》，
　　第三冊，頁76。

　　曹操愛才，優待文士，曹氏兄弟更常與之優遊園林，流連京郊，沈浸於山水美景與肴酒笙歌之歡樂氣氛。隨著朝遊夕讌之熱烈進行，建安文士每每緣景興情，志意搖蕩，遂至「賦詩連篇章，極夜不知歸」❷❶，留下許多宴遊佳作，寫景名篇。如曹丕〈芙蓉池作〉，曹植、劉楨之〈公宴〉，均以夜遊西園為敘述主軸，詩人仰觀天際，欣見丹霞泛彩，星月爭輝；回望地面，樂賞嘉木成蔭，川渠繚繞。流連其間，則耳聞好鳥相鳴，眼觀潛魚躍波，鼻嗅菡萏清芬，膚受微風拂爽。縱彎周覽之際，不覺意飄神搖，彷若飛仙。由於詩人對物色具有高度感受力與敏銳觀察力，故能加以大量描寫與精妙刻畫，藉由物態、光影、聲色、味觸之交融變幻、靈動流轉，具體呈現大自然之動人美感，表達徜徉山水之暢適逍遙。而曹丕〈於玄武陂作〉更擴大翱遊範疇，融入田野風光。開篇先以大全景拉開視野，表現遼闊氣勢，接著開展細部景觀，感受紛呈物象。於是，縱目遊觀，依序可見遼遠田野，蜿蜒川渠；黍稷鬱鬱，流波活活；菱芡藏魚，菡萏吐艷；池邊柳垂，洲渚鳥喧。詩人行跡挪移，視點由遠至近，景致亦隨之由廣入細，層次分明，物態萬端，極盡賞心悅目之樂。

　　文友宴遊，詩酒管弦雖可同樂助歡，然而步履所至，眼耳所及，清音靜心目，麗景泛綺思，一路山水相伴，良朋共賞，更足使人愜意暢懷，捐憂去煩。緣此，宴遊詩中常見「逍遙」、「歡樂」、「不知疲」之語，而篇末每稱「快心意」、「不可忘」、

---

❷❶　劉楨〈贈五官中郎將〉四首之四。見逯欽立輯校《先秦漢魏晉南北朝詩》，台北：學海出版社，民國73年5月初版，頁370。

「忽忘歸」，正是富艷多姿、秀麗絕倫之自然美景，勾連詩人無窮遐思，興發豐富審美趣味，同時，在刻鏤山水風光、捕捉物態神韻之際，亦自然展現瀟灑日月、詩酒風流之人格與襟懷。相較於《詩經》、《楚辭》之簡筆勾勒，將山水景物視為活動背景，或引為比興之用，實已不可同日而語。

　　曹氏父子雅愛辭章，網羅俊才，既緩解士人對仕途艱困之憂，也激發用世熱情。然如劉勰所云：「魏之初霸，術兼名法。」❷❷曹操用人之道特重名實相符，統御要術更在賞罰分明，其〈論吏士行能令〉中曾提及：「明君不官無功之臣，不賞不戰之士」，對於文人秀士，應是愛其博洽敏捷、援筆成章之才學巧藝，而非武功、謀略之特出。據鄭毓瑜〈試論公讌詩之於鄴下文士集團的象徵意義〉文中所析：「如果『治國用兵』的謀士、武將是曹操選才授官的核心標的，根據史傳來看，諸文士明顯並不屬於這選舉系統的主流。」❷❸因為：「除了王粲，大抵諸文士之職官皆不出『司空軍謀祭酒』、『丞相掾屬』、『五官將文學』，主要任務就是寫作軍國書檄的佐治幕僚；而王粲於建安十八年拜侍中，乃為諸文士中官位最高，史傳述其『博物多識，問無不對。時朝儀廢弛，興造制度，粲恆典之』。然而不論是掌管書記或甚至丞答左右、典造儀制，似乎都難與『貴武勇』、『竭其身』、『任權謫』、『盡其策』之智勇者（語出陳琳〈應讖〉）在仕途官場上齊驅並駕。」由此推知：

---

❷❷　《文心雕龍·論說》。見同註❶❾，頁 333。

❷❸　見國立成功大學中文系編《魏晉南北朝文學與思想學術研討會論文集第二輯》，台北：文津出版社，民國 82 年 11 月初版，頁 404。

「文士並不符官僚體系中『治國用兵』之選材向度，『既不處幃幄，又不在戎行』，自然不是政治實務中的核心成員，而不可能得到在政事方向最高度的信任。」❷先生所言，確實符合當時情狀。此由吳質〈答魏太子箋〉中可獲佐證：

> 陳、徐、應、劉，才學所著，誠如來命，惜其不遂，可為痛切。凡此數子，於雍容侍從，實其人也。若乃邊境有虞，群下鼎沸，軍書輻至，羽檄交馳，於彼諸賢，非其任也。往者孝武之世，文章為盛，若東方朔、枚皋之徒，不能持論，即阮、陳之儔也。❷

吳質之語明確點出，建安諸子雖因才學特出而見重於曹操，然論及征討殺伐、邊境退敵之軍政要務，已非其所長而難有置喙餘地。故其「雍容侍從」角色，實與東方朔、枚皋之流無異。

反觀建安文士，他們歷經世亂，飽嚐流離，無不懷抱濟世情懷，欲尋明主以實現用世之志。彼等亦曾投靠袁紹、劉表，然以二人不能知人善任，遂乃先後求去；面對曹操掌握政局、招賢納才之能耐與熱誠，豪傑俊彥則充滿嚮往歸依之情。此由王粲之言即可證知：

---

❷ 兩段引文見同註❷，頁405、406。
❷ 見清·嚴可均編、陳延嘉等校點《全上古三代秦漢三國六朝文》，第三冊，頁307。

方今袁紹起河北，仗大眾，志兼天下，然好賢而不能用，故
奇士去之。劉表雍容荊楚，坐觀時變，自以為西伯可規。士
之避亂荊州者，皆海內之俊傑也；表不知所任，故國危而無
輔。明公定冀州之日，下車即繕其甲卒，收其豪傑而用之，
以橫行天下；及平江、漢，引其賢俊而置之列位，使海內回
心，望風而願治，文武並用，英雄畢力，此三王之舉也。㉖

才人名士懷抱滿腔理想來到鄴下，豈願放棄勳績偉業之追求，而僅
以文學創作為終生職志；他們希望藉由灑筆和墨、即席賦詩以馳才
取寵，晉身要職以建功立業，一償騁時濟世夙願；也渴盼奮薄身、
竭忠誠，隨軍從征，運籌帷幄，以實際行動報效國家。故王粲高
唱：「棄余親睦恩，輸力竭忠貞」㉗、「雖無鉛刀用，庶幾奮薄
身」㉘；徐幹直言：「庶區宇之今定，入告成乎后皇。登明堂而飲
至，銘功烈乎帝裳。」㉙不料曹操身邊自有政治、軍事專才為其獻
良策、征四方，對於文士之用，多止於宴遊同歡、詩酒相娛，以
示愛好文藝，附庸風雅。因此，才人名士在歡飲高歌、神采飛揚
表相下，猶難掩無所施用、不得其位之沈鬱與慨嘆。對此，曹植
也只能贈詩勸王粲、徐幹稍安勿躁，並以「重陰潤萬物，何懼澤不

㉖　《三國志·卷二十一·魏書·王粲傳》。見同註❺，頁 598。
㉗　〈從軍詩〉五首之二。見逯欽立輯校《先秦漢魏晉南北朝詩》，頁 362。
㉘　〈從軍詩〉五首之四。見逯欽立輯校《先秦漢魏晉南北朝詩》，頁 362。
㉙　徐幹〈西征賦〉。見清·嚴可均編、陳延嘉等校點《全上古三代秦漢三國六
　　朝文》，第二冊，頁 869。

周」❸、「亮懷瑰瑤美，積久德愈宣」❸慰勉之。然而面對政爭失利，頻遭冷落排擠現實，曹植自己亦不免於〈與楊德祖書〉中流露哀感怨情，自云：「吾雖德薄，位為藩侯，猶庶幾戮力上國，流惠下民，建永世之業，流金石之功，豈徒以翰墨為勳績，辭賦為君子哉！」❸甚至在飽受遷徙流離之苦時，仍期盼「乘危蹈險，騁舟奮驪，突刃觸鋒，為士卒先」❸，企圖以馳騁戰場、殺敵立功，為自己尋找人生定位，實現生命價值。

漢末以來，由於天下分崩，群雄逐鹿，已喚起士人創造歷史之壯志豪情，而建安名士處此「霸夫烈士奮命之良時」❸，自覺肩負治國平天下之社會使命，並渴求實現自我之生命價值，由應瑒〈釋賓〉所謂：「聖人不違時而遁跡，賢者不背俗而遺功」❸，即可反映詩人將個體價值與社會現實結合之企圖，然而「天地長久，人生幾時」❸？年命何其短暫，世事尤為無常，名士異鄉漂泊，功業未就，一襟懷抱，滿腔惆悵，都在自然山水中被逗引、翻攪，而在觀

---

❸　曹植〈贈王粲〉。見逯欽立輯校《先秦漢魏晉南北朝詩》，頁451。

❸　曹植〈贈徐幹〉。見逯欽立輯校《先秦漢魏晉南北朝詩》，頁451。

❸　見同註❶，頁1903。

❸　曹植〈求自試表〉。見清·嚴可均編、陳延嘉等校點《全上古三代秦漢三國六朝文》，第三冊，頁161。

❸　陳琳〈檄吳將校部曲文〉。見清·嚴可均編、陳延嘉等校點《全上古三代秦漢三國六朝文》，第三冊，頁861。

❸　見清·嚴可均編、陳延嘉等校點《全上古三代秦漢三國六朝文》，第三冊，頁397。

❸　曹植〈金瓠哀辭〉。見清·嚴可均編、陳延嘉等校點《全上古三代秦漢三國六朝文》，第三冊，頁200。

物寫景之際，同時宣洩個人情緒。王粲〈登樓〉所見，竟是「風蕭瑟而並興兮，天慘慘而無色。獸狂顧以求群兮，鳥相鳴而舉翼。原野闃其無人兮，征夫行而未息」❸，荒原淒清、鳥獸求群之景，實托寓作者飄零悵惶之情。而引動曹植「秋思」者，正在「原野蕭條兮煙無依，雲高氣靜兮露凝衣。野草變色兮莖葉稀，鳴蜩抱木兮雁南飛」❸。孤煙、冷露、枯草、寒蜩，瑟瑟秋意，襲人耳目，摧人意緒。縱使安居鄴下，生活寧定，然閒處文職，弄墨度日，無助立功不朽，有違平生壯志。是以，園林之遊不再絲竹並奏，詩酒並呈，芳甸踏尋亦乏兄弟競逐，飛蓋相隨，取而代之者，竟是徘徊登臨，縱目極景，以求除憂解慮、消煩釋悶。王粲自稱：「日暮遊西園，冀寫憂思情」❸；劉楨嘗謂：「沈迷簿領間，回回自昏亂，釋此出西城，登高且遊觀。」❹亭園奇景、山水麗境，慰撫詩人未盡其才之苦悶心靈，而自在鳴禽、戲水鳧雁，往往勾動詩人高翔遠遊之塵外逸興。設若秋涼蕭瑟，綠枯紅瘦，難免憑添時光易逝、功業未成之憾，所謂「乖人易感動，涕下與襟連」❹，多愁之眼對衰颯之景，豈不逗人情思，淚沾衣襟。

　　建安名士以其敏感之思，面對自然風物，別有一番體味。不論

---

❸　見清・嚴可均編、陳延嘉等校點《全上古三代秦漢三國六朝文》，第二冊，頁 840。

❸　曹植〈秋思〉。見清・嚴可均編、陳延嘉等校點《全上古三代秦漢三國六朝文》，第三冊，頁 137。

❸　王粲〈雜詩〉。見逯欽立輯校《先秦漢魏晉南北朝詩》，頁 364。

❹　劉楨〈雜詩〉。見逯欽立輯校《先秦漢魏晉南北朝詩》，頁 372。

❹　劉楨〈贈徐幹〉。見逯欽立輯校《先秦漢魏晉南北朝詩》，頁 370。

是觸景生情，或情因景生；不論是消憂去悶，或樂遊清賞，經過山水之逗引、移情、沈澱、淨化，內在情緒得以宣解、釋放，使身心得到撫慰與安頓。發為紀遊詩文，則紛呈物象，萬端景致，無不傳遞作者之襟懷情志，並渲染濃烈之時代氣息。

比起曹氏篡漢，司馬氏所處之情勢與奪權手法，皆有極大差異。趙翼《二十二史劄記·卷七》如此分析：「操起兵於漢祚垂絕之後，力征經營，延漢祚者二十餘年，然後代之。司馬氏當魏室未衰，乘機竊權，廢一帝，弒一帝，而奪其位，比之於操，其功罪不可同日語矣。」❷當東漢政權已腐朽至無可救藥，民心盡失之境，割據群雄也從匡扶漢室，到離心離德，各懷異志，曹操雖然架空獻帝，視若傀儡，實則漢室早已名存實亡，天下應是曹操由逐鹿群豪手中所奪取，而司馬懿父子則在曹魏主政期間，經過多次政變與屠殺後取而代之，其陰鷙殘暴手段比起曹操，實有過之而無不及。

司馬懿出身高門士族，東漢末年即為曹操所召辟，並在曹丕即位後身居要職，明帝時統御大軍，西征諸葛亮，進而建立強大威望與聲響。史稱懿之為人，「內忌而外寬，猜忌多權變」❸，朝中雖有大臣高堂隆提醒明帝，「宜防鷹揚之臣於蕭牆之內」❹，然終因司馬懿之沈潛隱忍而失去防範；明帝病死，養子齊王芳繼位，遺令由司馬懿及曹爽共同輔政，從此兩人展開權力鬥爭。曹爽表面尊司

---

❷　見清·趙翼著、王樹民校證《廿二史劄記校證訂補本》，北京：中華書局，2005 年 1 月第 3 次印刷，頁 148。

❸　《晉書·卷一·高祖宣帝紀》。見唐·房玄齡等撰《晉書》，北京：中華書局，2003 年 6 月第 8 次印刷，頁 20。

❹　《三國志·卷二十五·魏書·高堂隆傳》。見同註❺，頁 716。

馬懿為太傅，實則奪其太尉之權，並乘機擴張一己勢力，司馬懿老謀深算，見力不能爭，遂托病自保，並於曹爽派出李勝一探虛實之際，偽裝病重將死，曹爽信以為真，鬆懈戒心，殊不知司馬懿正在暗中備戰，伺機發難，以控制曹魏政權。嘉平元年（249），司馬懿趁曹爽兄弟隨魏帝曹芳謁高平陵時發動政變，結果，除曹爽、其弟羲、訓被殺外，支黨何晏、鄧颺、丁謐、畢軌、李勝、桓範、張富等人，亦受波及而遭戮，株連層面極廣。嘉平三年（251），因王凌欲立楚王彪，遂迫王凌自殺，夷其三族，並賜死楚王彪；同年八月，司馬懿病逝，其子司馬師出任撫軍大將軍。嘉平六年（254），中書令李豐和光祿大夫張緝密謀，欲以夏侯玄取代大將軍司馬師而輔政，結果反為司馬師所殺，並夷其三族；九月，廢齊王芳；十月，改立高貴鄉公曹髦。正元二年（255），司馬師殺死起兵准南之毋丘儉，夷其三族，之後則因目疾惡化而病死，軍權轉交司馬昭。甘露三年（258），諸葛誕率軍反抗司馬氏，司馬昭歷時近一年始討平，並夷三族。至此，曹魏勢力幾被誅殺殆盡。甘露五年（260），高貴鄉公曹髦目睹王室威權日去，不甘坐受廢辱，試圖反撲，竟遭司馬昭手下爪牙成濟刺殺。直至景元三年（262），昭還下令誅除嵇康、呂安，欲藉此以殺雞儆猴，壓制不願依從司馬氏之異議人士。

　　司馬氏之奪權與殺戮，並未隨著司馬炎稱帝，建立西晉政權而後止息。一方面，鑑於曹氏為防範諸王干政，下令王侯不得進入權力核心，參與政策討論或決議，也不能受命出鎮一方，以免樹植個人威勢，導致外敵入侵時，藩王無法發揮護衛功能。司馬炎登基後，乃反其道而行，為求鞏固政權，不但大肆分封，又允讓諸王直接參政，並得駐守國家重鎮，遂使諸王日益坐大，競生謀篡之心，

終至舉兵相向,骨肉相殘。自永平元年(291),賈后與楚王司馬瑋合謀,計殺楊駿始,至永興三年(306),東海王司馬越掌控大權,迎回惠帝止,前後十六年,奪權混戰相繼發生,史稱「八王之亂」。由於朝綱屢斷,國無寧日,士人面對詭譎政局,依違失據,終日惶惶,不知所措。

另一方面,西晉政權初奠,為維持統治權威,強化君臣倫常,仍須借重儒家禮法,推行名教,以正朝綱。因此,司馬炎積極攏絡當時名士,企圖藉其清正人格與社會位望,獲得名教承認與支持。然而,面對奪權過程中,曾發揮積極作用之功臣,與王朝既立,協助誅除異己之腹心,司馬炎往往無視禮法,過度縱容,以致賞罰不明。如裴秀侵占官田,司隸校尉李憙上書要求治罪,武帝卻因裴秀曾有支持勸進之功,乃以小疵不掩大德為由,不予過問❹。又即位之初,武帝「承魏氏奢侈刻弊之後,百姓思古之遺風,乃厲以恭儉,敦以寡欲」❹,然而面對何曾、何劭父子之奢靡無度,亦未曾施以責罰。司馬炎既枉顧禮法,縱容腹心為惡,又欲倡行名教,鞏固施政權威,陽奉陰違之兩面手法,導致準的無依,邪正不分,遂使名教形同虛設,淪為裝飾。影響所及,西晉名士之出處去就,亦多顧及自我利益與家族興衰,如王衍於禍亂既起,國命將傾之際,乘機向東海王司馬越舉荐弟王澄為荊州刺史,族弟王敦為青州刺史,並對二人云:「荊州有江、漢之固,青州有負海之險,卿二人

---

❹　《晉書·卷三十五·裴秀傳》。見同註❹,頁 1039。
❹　《晉書·卷三·世祖武帝紀》。見同註❹,頁 80。

在外，而吾留此，足以為三窟矣。」❹不以國家興亡為己任，反效
狡兔三窟以自保。而王戎、和嶠、庾敳則處心營聚，嗜財如命。故
王鳴盛慨嘆：「晉少貞臣如此。」❹至於縱情放誕之貴遊子弟，則
效響於劉伶脫衣裸形、阮咸借驢追婢之不拘禮法，乃致「相與為散
髮裸身之飲，對弄婢妾」❹，醜態畢露，傷風壞俗，是以干寶斥
曰：「朝寡純德之士，鄉乏不貳之老，風俗淫僻，恥尚失所」❺，
對士風不振之頹靡現象予以痛批。

　　由於司馬政權之建構傳承，既充滿血腥芟夷，而高懸之儒教禮
法，又徒具虛名，因此，朝野名士無不惴慄難安，興發世路多艱之
嘆。嵇康詩云：「雲網塞四區，高羅正參差。奮迅勢不便，六翮無
所施。」❺頗有難逃政治羅網之憂慮。而阮籍則壓抑憤懣情緒，保
持不嬰世務、超然是非之至慎態度，故「每與之言，言及玄遠，而
未嘗評論時事，臧否人物」❺；然由其〈詠懷詩〉所云：「一身不
自保，何況戀妻子」❺；「終身履薄冰，誰知我心焦」❺；「咄嗟

---

❹　《晉書・卷四十三・王衍傳》。見同註❹，頁1237。

❹　見《十七史商榷》卷四十九。

❹　《晉書・卷二十七・五行志上》。見同註❹，頁820。

❺　干寶〈晉紀總論〉。見清・嚴可均編、陳延嘉等校點《全上古三代秦漢三國
六朝文》，第五冊，頁1309。

❺　嵇康〈贈秀才詩〉。見逯欽立輯校《先秦漢魏晉南北朝詩》，頁486。

❺　《世說新語・德行・15》注引李秉《家誡》。見楊勇《世說新語校箋》，台
北：正文書局，民國65年8月出版，頁14。

❺　阮籍〈詠懷詩〉八十二首之三。見逯欽立輯校《先秦漢魏晉南北朝詩》，頁
497。

❺　阮籍〈詠懷詩〉八十二首之三十三。見逯欽立輯校《先秦漢魏晉南北朝
詩》，頁503。

行至老，僂俛常苦憂」❺❺，皆可體察內心深藏之恐懼焦慮。同時，由於無法忍受司馬政權虛懸名教，以遂行不義之實，嵇、阮高喊「非湯武而薄周孔」❺❻、「越名教而任自然」❺❼，一者，意欲戳破虛矯之名教假面；再者，也表達對自然之無比嚮往。嵇康常游山澤，得意忘歸；阮籍登臨山水，終日忘返。二人常與山濤、向秀、阮咸、劉伶、王戎共聚竹林，把酒臨風，長嘯相和，在危機四伏之政治氛圍下，自然山水成為逍遙適性，縱放身心之理想桃源。

　　基於「學而優則仕」之傳統價值觀，士人往往熱衷仕途，投身政治。以道自尊者，思以天下興衰為己任；欲揚美名者，但求光宗耀祖振家聲。唯置身西晉，面對虛矯之統治者，與殺機四伏之政治環境，立德建功已是奢想，名士不求聞達當時，揚名後世，但求韜晦內斂，避禍全身，於是漸失蹇諤之節，狷介之氣。如山濤「吏非吏，隱非隱」❺❽，依違取容，隨俗浮沈；王戎「自經典選，未嘗進寒素」❺❾，苟媚流俗，與時舒卷；庾敳「雖居職任，未嘗以事自嬰」❻❶；而王衍更是「口不論世事，唯雅詠玄虛而已」❻❶。他們雖

────────────

❺❺　阮籍〈詠懷詩〉八十二首之七十七。見逯欽立輯校《先秦漢魏晉南北朝詩》，頁510。

❺❻　嵇康〈與山巨源絕交書〉。見清·嚴可均編、陳延嘉等校點《全上古三代秦漢三國六朝文》，第三冊，頁476。

❺❼　嵇康〈釋私論〉。見清·嚴可均編、陳延嘉等校點《全上古三代秦漢三國六朝文》，第三冊，頁491。

❺❽　《晉書·卷五十六·孫綽傳》。見同註❹❸，頁1544。

❺❾　《晉書·卷四十三·王戎傳》。見同註❹❸，頁1234。

❻❶　《世說新語·賞譽·44》注引《名士傳》。見同註❺❷，頁336。

❻❶　《晉書·卷四十三·王衍傳》。見同註❹❸，頁1236。

居要職，但因世道多虞，朝章紊亂，為求消極避禍，乃產生既據要津，又無宦情，既求聞達，又尚玄虛之現象，朝隱風氣漸趨流行。此外，面對宦海波譎，仕途雲詭，名士難免興發憂世之情，離俗之思，並對隱逸產生企羨心理，於是，詩中常見寄身丘壑、傲嘯山林之志。如張載見世道已亂，無意仕進，乃謂：「去來捐時俗，超然辭世偽。得意在丘中，安事愚與智。」❻❷張華面對賈后亂政，處境艱辛，亦時現逸志，渴棲丘山，「仰蔭高林茂，俯臨淥水流。恬淡養玄虛，沈精研聖猷」❻❸，閑遊暢懷，靜慮養神。張協更欲「棄絕人事，屏居草澤，守道不競，以屬詠自娛」❻❹，過著「結宇窮崗曲，耦耕幽藪陰」❻❺之歸隱生活，享受「遊思竹素園，寄辭翰墨林」❻❻之閑情逸趣。左思原有澄清天下、平定狼煙之凌雲壯志，面對崎嶇世路，坎坷仕途，也只能棄官從隱，投身山林，從林藪幽居中，領略「非必絲與竹，山水有清音」❻❼之塵外野趣。陸氏兄弟一向積極仕進，以求顯宗耀祖，光大門庭，然而政局叵測，仕途多舛，使陸機幾度徬惶，慨嘆：「躑躅欲安之，幽人在浚谷。……富貴苟難圖，稅駕從所欲。」❻❽流露踵武幽人、入山棲遲之志；其弟陸雲更難掩倦宦情緒，〈逸民賦序〉云：「富貴者，是人之所欲

❻❷　張載〈招隱詩〉。見逯欽立輯校《先秦漢魏晉南北朝詩》，頁 740。

❻❸　張華〈贈摯仲治詩〉。見逯欽立輯校《先秦漢魏晉南北朝詩》，頁 621。

❻❹　《晉書·卷五十五·張協傳》。見同註❹❸，頁 1519。

❻❺　張協〈雜詩〉十首其九。見逯欽立輯校《先秦漢魏晉南北朝詩》，頁 747。

❻❻　見同上註。

❻❼　左思〈招隱〉二首其一。見逯欽立輯校《先秦漢魏晉南北朝詩》，頁 734。

❻❽　陸機〈招隱詩〉。見逯欽立輯校《先秦漢魏晉南北朝詩》，頁 689。

也。而古之逸民，或輕天下、細萬物，而欲專一丘之歡，擅一壑之美，豈不以身重於宇宙，而恬貴於紛華者哉？故天地不易其樂，萬物不干其志，然後可以妙有生之極，固無疆之休也！」**⑩**抒發對逸民遁跡避世、樂志養生之高度嚮往。即使「性輕躁，趨世利」如潘岳者，也曾對宦海浮沈心生憂懼與厭倦，選擇「長嘯歸東山，擁耒耨時苗」**⑩**，在莊園優游、山水逍遙中，咀嚼幽隱閒居之樂。

對士人而言，仕、隱既是一種政治行為，也是一種生活選擇與人格展現**⑪**。西晉名士面對虛偽名教與動盪政局，既不願同流合污，又無力扭轉情勢，於是江海之心日熾，林藪之情漸盛，他們幽棲岩壑，逸居園林，渴望以此離俗遠禍、避世全身，求取人格獨立與精神自由。由於對隱逸心懷企慕，因此，更能安處岩壑，體察山水佳美，抒寫賞玩逸趣。在詩人眼中，山林不再陰森恐怖，反倒清麗多姿，如左思縱目林野，只見白雲丹葩，上下輝映，石泉纖鱗，躍動生意**⑫**；陸機筆下則以蘭林秀木、山溜飛泉**⑬**，描繪山中佳

---

⑩ 見清·嚴可均編、陳延嘉等校點《全上古三代秦漢三國六朝文》，第五冊，頁1024。

⑩ 潘岳〈河陽縣作詩〉二首之一。見逯欽立輯校《先秦漢魏晉南北朝詩》，頁633。

⑪ 如韋鳳娟先生指出：「在儒家的人生哲學中，『隱』與『仕』都是一種政治行為，『隱』是對于『天下無道』的一種批判性選擇。而在道家思想體系中，『隱』則是基於對自我價值的肯定，閒處藪澤不僅是亂世存身之道，更是達到超世絕塵的心靈境界的法門。」見陶文鵬、韋鳳娟主編《靈境詩心──中國古代山水詩史》，南京：鳳凰出版社，2004年4月第一版，頁53。

⑫ 左思〈招隱詩〉二首之一：「杖策招隱士，荒塗橫古今。巖穴無結構，丘中有鳴琴。白雪停陰岡，丹葩曜陽林。石泉漱瓊瑤，纖鱗或沈浮。非必絲與竹，山水有清音。何事待嘯歌，灌木自悲吟。秋菊兼餱糧，幽蘭間重襟。躊

景，藉此喚動棲逸之情。於是，丘壑林藪非惟避難之所，更成逍遙怡情、全性保真之地。張華詩云：「散髮重蔭下，抱杖臨清渠。屬耳聽鶯鳴，流目玩鰷魚」❼，在登臨山水，禽魚同樂中，更洋溢隱者之悠遊閑情與林泉雅趣。

西晉歷經八王之亂，元氣大傷，又因成都王司馬穎引匈奴為外援，使劉曜得以率軍長驅直入，並於建興四年（316）攻破長安，擄愍帝至平陽，導致西晉覆亡。明年，琅邪王司馬睿於江南建立政權，史稱東晉。司馬睿乃司馬越之黨羽，當司馬越率軍北上，參與宗王奪權混戰時，將下邳交由司馬睿鎮守。隨著北方局勢日漸惡化，司馬睿以下邳不易防守，請求移鎮建鄴，其時，司馬越正有意退守江南，遂應允，不料於行軍途中病死。其後洛陽、長安相繼失陷，懷、愍二帝被俘，司馬睿乃與過江之世家大族，在南方建立東晉政權，其間，尤以琅邪王氏翼戴之功居多。王導不但乘機樹立司馬睿之威望氣勢，還特意攏絡吳中士族才俊，以化解宿怨，穩定政局。元帝即位時，引王導同登御座❼，尊為「仲父」，備加寵禮。溫嶠原對江左政權綱紀未舉而憂心忡忡，見王導普招賢俊，廣結民

踖足力煩，聊欲投吾簪。」見逯欽立輯校《先秦漢魏晉南北朝詩》，頁734。
❼ 陸機〈招隱詩〉，見逯欽立輯校《先秦漢魏晉南北朝詩》，頁689。
❼ 張華〈答何劭〉三首之一。見逯欽立輯校《先秦漢魏晉南北朝詩》，頁618。
❼ 《世說新語·寵禮·1》載：「元帝正會，引王丞相登御床，王公固辭，中宗引之彌苦。王公曰：『使太陽與萬物同暉，臣下何以瞻仰！』」見同註❼，頁545。

心，乃歡然嘆曰：「江左自有管夷吾，此復何憂！」❼視導為中流砥柱。而王敦則先後平定江州、荊州，掌握重兵，與王導形成內外呼應之勢。然而隨著「王與馬，共天下」❼之謠諺遍行各地，逐漸為司馬睿帶來政治、心理雙重壓力，他深恐王氏一族獨大，將使士族勢力失去平衡，並種下取代王權之危機，遂引劉隗、刁協為心膂，一者瓜分王導事權，再者對王敦形成攻防態勢。此舉引發王敦不滿，永昌元年（322），乃以清君側為名，興師入京，誅殺異己，掌控朝政，元帝因此鬱悶以卒。

明帝即位，王敦本欲俟機代晉為王，但於觀望期間身患重病，雖再次興兵，欲求一逞宿願，然未竟而卒。王敦之叛，使王導被排出權力中心，朝權為庾氏家族取而代之。成帝五歲即位，庾太后臨朝，「政事一決於亮」❼，而「庾亮以元舅輔政，欲以風軌格政，繩御四海」❼。當時，蘇峻因破王敦有功，因此「頗懷驕溢，自負其眾，潛有異志」❽。庾亮以「蘇峻豺狼，終為禍亂」❽為由，下詔徵其入京，蘇峻怒斥為誘殺之計，遂於咸和二年（327），與豫州刺史祖約合謀，攻入建康，後為陶侃、溫嶠聯手消滅，庾亮為此引咎辭職，出鎮荊州。咸康六年（340）庾亮死，其弟庾翼續督荊州，有意北伐，然以眾人意見不同而作罷。翼卒，乃由桓溫代鎮荊州。

<hr>

❼　《世說新語·言語·36》。見同註❺❷，頁 76。
❼　《晉書·卷九十八·王敦傳》。見同註❹❸，頁 2554。
❼　《晉書·卷七十三·庾亮傳》。見同註❹❸，頁 1918。
❼　見同註❺❷，頁 641。
❽　《晉書·卷一百·蘇峻傳》。見同註❹❸，頁 2629。
❽　《世說新語·假譎·7》注引《晉陽秋》。見同註❺❷，頁 641。

桓溫雄才大志，意圖收復中原，兩次北伐皆取得勝利，因此聲望日隆，威勢遽增，朝廷藉口召入為相，欲乘機卸其兵權，但為桓溫所拒。為求鞏固權位，桓溫進行第三次北伐，可惜在燕秦聯合抵抗下，終告失敗。桓溫自忖：「既不能流芳後世，不足復遺臭萬載邪！」❷乃廢海西公，立簡文帝，並意圖代晉稱王，然野心未竟即病逝。桓溫死後，謝氏家族代之而起。謝安施政，「每鎮以和靖，御以長算。德政既行，文武用命，不存小察，弘以大綱，威懷外著，人皆比之王導」❸；淝水一役，指揮若定，終能穩定軍心，獲得勝利，使政治聲望與權勢皆臻至頂端。然而功高震主，歷史再度重演，孝武帝為牽制謝安，委司馬道子以重任，謝安被逼至廣陵，退出政治前台，太元十年（385）病逝。東晉王朝歷經琅邪王氏、潁川庾氏、譙國桓氏、陳郡謝氏四大家族輪流執政之局宣告結束。自此國家大權落入司馬道子、司馬元顯父子之手，二人敗行亂政，終致引發桓玄起兵，篡晉立楚，但即位不久，又被劉裕推翻，由此揭開南朝序幕。

　　晉自南遷以來，「號令威權多出強臣」❹，「君道雖存，主威久謝」❺，然而士族權勢高漲，一旦威脅王室生存，君主為憂患意識催逼，亦必扶植新勢力與之抗衡，企圖擺脫一族獨大危機。這種對立衝突形式，使皇權與新、舊士族三角勢力，既彼此依附，又互

---

❷　《晉書·卷九十八·桓溫傳》。見同註❹，頁2576。
❸　《晉書·卷七十九·謝安傳》。見同註❹，頁2074。
❹　《晉書·卷九十一·范弘之傳》。見同註❹，頁2365。
❺　《宋書·卷三·武帝本紀下》。見梁·沈約撰《宋書》，北京：中華書局，2003年10月第8次印刷，頁60。

相制約，因此，東晉以來，王、庾、桓、謝與司馬政權共天下之政
治格局，始終持續未變❽。此一權力較勁與恐怖制衡，既影響北伐
大業，亦因長期滯留江南，使君臣苟安之心日益增強。南渡之初，
士人面對北方半壁江山，慘遭胡人鐵騎蹂躪，亡國之痛令人悽愴縈
懷，感慨萬般。衛玠攜家渡江時，「見此茫茫，不覺百端交集」，
「形神慘悴」❽；周顗與眾人新亭對泣，長嘆「風景不殊，舉目有
江河之異」；唯丞相王導愀然變色，勉勵眾人：「當戮力王室，克
復神州，何至作楚囚相對泣邪？」❽惆悵之外，猶見北伐中原，復
興王室之豪情壯志。隨著東晉政權逐漸在江左立穩腳跟，皇權與士
族之權力鬥爭亦日漸激烈，在彼此纏鬥、相互制衡下，連帶影響北
伐行動。祖逖於洛陽淪沒後，率領親黨避地淮泗，後為司馬睿徵
召，徙居京口。逖以「戎狄乘隙，毒流中原，今遺黎既被殘酷，人
有奮擊之志」，請求擔負北伐重任，並數度出兵邀擊石勒，使其

---

❽　田余慶先生指出：「王敦一叛，以『清君側』即反對劉隗、刁協為名，得到
　　士族的普遍支持，這說明士族在東晉的特殊地位和特殊權力，是不容皇權侵
　　犯的。王敦再叛，欲取代司馬氏而獨吞江左，以士族共同反對而告失敗，這
　　說明司馬氏皇權也不容任何一姓士族擅自廢棄。歷史的結論是，只有皇權與
　　士族共治天下，平衡和秩序才得以維持。所以，本來只是兩晉之際具體條件
　　下形成的『王與馬共天下』的暫時局面，就被皇權與士族共同接受，成為東
　　晉一朝門閥政治的模式。此後執政的庾氏、桓氏、謝氏，背景雖各有不同，
　　但都不能違背這一結論，企圖違背的人，都未能得逞。因此，王與馬、庾與
　　馬、桓與馬、謝與馬共天下的格局延續多年，始終沒有大的變動。」──見
　　氏著《東晉門閥政治》，北京：北京大學出版社，2005 年 6 月第 1 次印刷，
　　頁 282。
❽　《世說新語・言語・32》。見同註❺，頁 72。
❽　《世說新語・言語・31》。見同註❺，頁 71。

「不敢窺兵河南」。當他準備向河北推進時，卻因王敦與司馬睿對抗，即將引爆內亂，當時大臣戴淵奉命督軍，坐鎮合肥，以防王敦作亂，祖逖既受制於戴淵，又「慮有內難，大功不遂，感激發病，……卒於雍丘」❽。逖死，淮水、漢水以北已收復之失地，又悉為石勒攻佔。永和五年（349），後趙石虎病逝，北方大亂，飢疫頻生，桓溫欲乘機北伐，唯朝廷懼其功成托大，難以掌控，不但擱置其議，反而另派褚裒北伐，以免桓溫再次建功，對朝廷形成威逼之勢，可惜褚裒兵敗，慚憤而死。待桓溫逐一排除政敵，收攬內外大權後，分別於永和十年（354）、十二年（356）進行兩次北伐，並於隆和元年（362）收復洛陽後，上疏建議還都洛陽，但因當時南渡之北方大族已在江東置立莊園，自然不願貿然北遷，故對遷都之說，紛紛提出異議，如孫綽上疏云：

> 自喪亂已來六十餘年，蒼生殄滅，百不遺一，河洛丘墟，函夏蕭條，井堙木刊，阡陌夷滅，生理茫茫，永無依歸。播流江表，已經數世，存者長子老孫，亡者丘隴成行。雖北風之思感其素心，目前之哀實為交切。若遷都旋軫之日，中興五陵，即復緬成遐域。泰山之安既難以理保，蒸蒸之思豈不纏於聖心哉！……植根於江外數十年矣，一朝拔之，頓驅跛於空荒之地，提挈萬里，踰險浮深，離墳墓，棄生業，富者無三年之糧，貧者無一餐之飯，田宅不可復售，舟車無從而得，捨安樂之國，適習亂之鄉，出必安之地，就累卵之危，

---

❽　《晉書·卷六十二·祖逖傳》。見同註❹，頁 1694－1697。

·39·

將頓仆道塗，飄溺江川。**⑩**

疏中指出，在長江天險護衛下，南遷子民經營有成，不但富有田宅，生活安逸，且已落地生根，墳隴於斯，而北方幾經異族蹂躪，只見荒丘廢井，滿目蕭條，北伐既無必勝之算，何必捨安就危，涉險遷都？顯見思鄉情懷已遠，而偏安心態益趨濃烈。

　　由於皇權與士族彼此角力，東晉政局亦如鐘擺，左右搖盪，形成一種對立平衡，雙方一切作為，皆為拉抬、蓄積一己之政治實力，連北伐行動亦在權力競逐中淪為籌碼。當彼此之拉拒、抗衡，既成一種操作慣性與政治常態，君臣之間即喪失合作共識，當然難以產生積極作為。收復失土，北定中原已成自我安慰之口號，偏安江左，樂享餘生才是真實心情，東晉王朝，猶如深潭靜水，只有微波漣漪之興，而無滔滔奔騰之勢。權力對峙、南北兩分既成政治現實，在無可作為與力求安穩心態下，東晉名士「出世」情懷漸濃，除了清談佛老，從思想上進行超越，他們更選擇縱情山水，追求閑逸之生活情味，企圖以回歸自然，拋開現實壓抑，契入「天地與我並生，萬物與我為一」之自由境界。因此，王羲之主動棄官閑隱，每與東土人士盡山水之遊，弋釣之娛，其〈與謝萬書〉曰：

> 傾東遊還，修植桑果。今盛敷榮，率諸子，抱弱孫，游觀其
> 間，有一味之甘，割而分之，以娛目前。……比遇重熙，去

---

⑩ 《晉書·卷五十六·孫綽傳》。見同註**㊸**，頁 1545－1546。

　　當與安石東遊山海，并行田盡地利，頤養閑暇。❾❶

生活中充滿山水閑遊、田園樂居所帶來之雅趣，與朋侶同賞、親人共處之溫馨。謝安亦雅好山居海遊，據《晉書·卷七十九·謝安傳》載：

　　嘗往臨安山中，坐石室，臨浚谷，悠然嘆曰：「此去伯夷何遠！」嘗與孫綽等泛海，風起浪湧，諸人並懼，安吟嘯自若。❾❷

相較於複雜人世，險惡人心，自然山水顯得純淨無爭，岩壑閑處，江海泛遊，更襯托謝安之淡遠高志與安閑風神。戴逵無意仕進，幽隱於會稽剡山，樂以琴書自娛❾❸；其子戴顒亦嗜賞山水清境，先徙桐廬，繼遷吳下，吳下士人「共為築室，聚石引水，植林開澗」❾❹，令其彷若置身大自然，盡得林藪野處之趣。

　　對東晉名士而言，自然山水秀朗明麗，靈動多姿，登陟遠眺，臨景近賞，無不令人賞心悅目：

　　青蘿翳岫，修竹冠岑。谷流清響，條鼓鳴音。玄崿吐潤，霏

---

❾❶　見清·嚴可均編、陳延嘉等校點《全上古三代秦漢三國六朝文》，第四冊，頁 238。

❾❷　見同註❹❸，頁 2072。

❾❸　《晉書·卷九十四·隱逸·戴逵傳》。見同註❹❸，頁 2457。

❾❹　《宋書·卷九十三·隱逸·戴顒傳》。見同註❽❺，頁 2277。

霧成陰。（謝萬〈蘭亭詩〉二首其一）**⑨⑤**

丹崖竦立，葩藻映林。淥水揚波，載浮載沈。（王彬之〈蘭亭詩〉二首其一）**⑨⑥**

高岳萬丈峻，長湖千里清。白沙窮年潔，林松冬夏青。（湛方生〈還都帆詩〉）**⑨⑦**

悠遊林野，寓目所見，或青蘿葩藻、丹崖淥水爭鮮逐艷，或疏竹修桐、白沙青林比雅競幽；仰觀則萬丈高岳，聳入天際，俯瞰則千里長湖，鋪展大地；山中朝暮，時見玄崿吐潤、霏霧成陰，林壑上下，耳聞冷泉清響、禽鳥喧鳴，景致多變，氣象萬千，令人愛悅流連，遊興倍增。莊子言：「山林與，皋壤與，使我欣欣然而樂與。」**⑨⑧**大自然正以其清姿妙態，聲色神靈，召喚名士展懷肆志，以盡賞玩之情，一來，可紓解遠離政治之空虛悒悶，再者，亦滿足超然出世之閑情雅趣。於是，上巳佳節一至，名士雅集蘭亭，在崇山峻嶺、碧水藍天環抱下，藉芳草，覽卉物，鑒清流，觀魚鳥，感受萬物欣榮，領略自然神奇，以至俗累盡除，蕭然忘羈，達到混同天地，齊一物我之境。他們在仰觀俯察，感悟萬端中，「攜筆落雲

---

⑨⑤　見逯欽立輯校《先秦漢魏晉南北朝詩》，頁 906。

⑨⑥　見逯欽立輯校《先秦漢魏晉南北朝詩》，頁 914。

⑨⑦　見逯欽立輯校《先秦漢魏晉南北朝詩》，頁 944。

⑨⑧　《莊子·知北遊》。見黃錦鋐注譯《新譯莊子讀本》，台北：三民書局，民國 75 年 11 月六版，頁 259。

藻，微言剖纖毫」❾❾，既敷陳山水勝景、物色風光，亦抒發悠然閒賞、觀物得理之趣，留下許多寫景紀遊佳作。

魏晉以來，名士受挫於外在政治環境，轉而尋找內心世界之平衡。他們選擇回歸自然，「涉蘭圃，登重基，背長林，翳華芝，臨清流，賦新詩，嘉魚龍之逸豫，樂百卉之榮滋」❿，在親山近水、臨流賦詩中尋找人生定位。如此，既可使其遠離紛亂政局，獲得感官愉悅與身心暢適，同時又在人與自然之涵融互攝中，達到物我渾一、天人契合之境，使精神獲致超脫，心靈得以圓足，生命亦由此展現不同意義。

第二節　思想潮流之催化

自從漢武帝罷黜百家、獨尊儒術後，儒學在政權護翼下，擁有絕對權威，卻也由此逐步僵化。就思想內容而言，由於董仲舒上承孔、孟尊天思想，加以陰陽五行之說，建構一套天人感應系統，為君權神授奠定理論基礎，並宣揚名教之治，以維護封建秩序，遂使神學化之儒教思想，獲得統治者大力支持，哀平之世，更因讖緯盛行而引發迷信風潮❿❿。其後王莽矯用符命，圖謀篡位；光武既登大

---

❾❾　孫綽〈蘭亭詩〉二首其一。見逯欽立輯校《先秦漢魏晉南北朝詩》，頁901。

❿　嵇康〈琴賦〉。見清・嚴可均編、陳延嘉等校點《全上古三代秦漢三國六朝文》，第三冊，頁472。

❿❿　《文心雕龍・正緯》言：「通儒討覈，謂偽起哀平，東序祕寶，朱紫亂矣。至於光武之世，篤信斯術，風化所靡，學者比肩。」見同註❾，頁52。

寶，尤信讖言，風化所靡，學者爭趨。緣此，桓譚曾上疏光武，痛陳圖讖之弊；賈逵亦「摘讖互異三十餘事」❿，以揭其偽；而王充、張衡、仲長統諸子，則以天道自然無為揭顯其虛妄色彩。學者對陰陽讖緯之說進行強烈批駁，使儒學神聖地位搖搖欲墜。而在治經方法上，由於傳授注解特重師法，一字毋敢出入，弟子「安其所習，毀所不見，終以自蔽」；又因專事訓詁，「說五字之文，至於二三萬言」❿，以致經義乖離，章句繁瑣，習經既不足通今識古，又不能施之世務，自然無法饜足人心。故范曄嘆稱，東漢以後，學子「章句漸疏，而多以浮華相尚，儒者之風蓋衰矣」❿。再就社會現況而言，東漢中葉以下，外戚、宦官擾亂朝綱，政局動蕩不安，兩次黨禍，重挫士人效忠赤忱，連番戰亂，尤使人民驚惶流離，不得安寧，至此，儒家名教已難維繫國家社會秩序，儒學價值觀亦漸趨崩毀。值此世亂邦危之際，曹操為得天下，更連番發布政令，以重才輕德為選士標準，展現名法家派務實作風。此舉雖可募得能人異士，然而經術之治，節義之防，卻日漸摧毀，士風亦為之丕變。曹操死後，曹丕即位，雖不同於乃父之好法術、貴刑名，然魏文慕通達，傾向道家之無為放逸，士人因而賤守節，好虛無❿，社會風

---

❿　《後漢書·卷五十九·張衡傳》，見同註❷，頁 1192。

❿　《漢書·卷三十·藝文志·六藝略序》。見東漢·班固《漢書》，台北：鼎文書局，民國 72 年 10 月五版，頁 1723。

❿　《後漢書·卷七十九上·儒林列傳序》。見同註❷，頁 2547。

❿　傅玄〈掌諫職上疏〉謂：「近者魏武好法術，而天下貴刑名。魏文慕通達，而天下賤守節。其後綱維不攝，而虛無放誕之論，盈於朝野。」見清·嚴可均編、陳延嘉等校點《全上古三代秦漢三國六朝文》，第四冊，頁 472。

潮演變至此，儒學獨尊之勢已不復存。

　　由於經典內容雜揉讖緯，章句訓解又繁瑣失真，儒學屢遭士人批判而喪失獨尊地位；又因漢末朝綱不振，動盪頻仍，儒家名教與倫常價值更備受衝擊，終致冰渙瓦解。於是，重新思索人生方向，尋找精神依托，以求安身立命，齊家治國，遂成朝野共識。時入魏晉，更因擺脫經學束縛，儒教枷鎖，使士庶心靈、觀念益趨活潑開放，於是各家思想競起爭放，相互涵融，其中，尤以玄學、佛學與道教思想，對山水活動與紀遊詩文之勃興最具催化功效。

一、玄學思想

　　魏晉玄學之興，起於儒學式微，與道家思想復振。黃老思想於漢初曾盛極一時，其後雖因武帝獨尊儒術而漸趨沈寂，然偏好老學者猶不絕如縷。司馬談論六家要旨，以為道家「因陰陽之大順，采儒墨之善，撮名法之要」[106]，最能與時推移，應物遷化。劉安召集賓客所撰《淮南子》，強調淡泊無為，蹈虛守靜，旨近老子。而嚴君平著《道德指歸》，更以「無」、「虛靜」為萬物之本，詮釋老學精義。哀平以降，面對天人感應與讖緯之學日益荒誕，老莊之自然思想竟成對治良方，如王充即以「天道自然無為」，批判神化經學之虛妄。而今文經學章句繁蕪，內容迂腐，東漢以後，學者多朝探求義理方向邁進。道家學說向以抽象思辨、以簡御繁著稱，因此儒道兼綜，以道釋儒漸成解經風尚。三國時，荊州學派之王肅作

---

[106]　《史記·卷一百三十·太史公自序》。見西漢·司馬遷《史記》，台北：鼎文書局，民國 73 年元月六版，頁 3289。

《孔子家語》，即有明顯傾向。正始年間，何晏、王弼更祖述老莊，以無為本，運用理性思考，直探宇宙本體，從而建立玄學本末有無之思辨體系。

　　魏晉玄學以老、莊、周易思想為骨架，以自然主義為核心，以得意忘言為思辨方式，不但使山水成為審美對象，也強化名士之賞玩逸興與棲隱情懷，帶動紀遊詩文之寫作風潮。

　　玄學提倡自然主義，自有其思想根源與社會背景。就思想演變軌跡而言，東漢時，王充作《論衡》以「疾虛妄」，對董仲舒「天人感應」、「君權神授」之說提出批判，強調天地乃自然施運，萬物亦自生自為，否定有一外在安排力或主導者⑩。同時，主張「事莫明於有效，論莫定於有證」⑩，堅持以客觀事實為依據，掃除神祕臆測與無端玄想，反對將自然現象與災異視為天之意志展現。此一思維方式為正始名士帶來影響。如夏侯玄稱：「天地以自然運，聖人以自然用。自然者，道也。」⑩而何晏、王弼皆主張「天地萬物皆以無為本」⑩。何晏〈道論〉言：

------

⑩　《論衡‧卷十一‧說日》云：「天之行也，施氣自然，施氣則物自生，非故施氣以生物也。」見蔡鎮楚註譯《新譯論衡讀本》，台北：三民書局，民國86年10月初版，頁564。又《論衡‧卷十八‧自然》曰：「天動不足以生物，而物自生，此則自然也；施氣不欲為物，而物自為，此則無為也。」見同上，頁924。

⑩　《論衡‧卷二十三‧薄葬》。見同上註，頁1173。

⑩　《列子‧卷四‧仲尼篇》張湛注引。見楊伯峻撰《列子集釋》，台北：華正書局，民國76年9月初版，頁121。

⑩　《晉書‧卷四十三‧王衍傳》載：「魏正始中，何晏、王弼等祖述老莊，立論以為：『天地萬物皆以無為本。無也者，開物成務，無往而不存者也。陰

有之為有，恃無以生；事而為事，由無以成。⓫

視「無」為道體，乃天地萬物之根源，「無」即自然，為事物運行
之規律。何晏此言，實已打破天命意志，天施賞罰之迷信。王弼亦
云：

夫物之所以生，功之所以成，必生乎無形，由乎無名。無形
無名者，萬物之宗也。⓬

天地任自然，無為無造，萬物自相治理，故不仁也。⓭

指出萬物生成前，並不存在一實體性之宇宙本源或主宰，故其生
成、發展亦是按其自身規律來進行。王弼之說，顯示對自然力已無
崇拜和敬畏心理⓮，同時也肯定「天地任自然，無為無造」，正是

陽恃以化生，萬物恃以成形，賢者恃以成德，不肖恃以免身。故無之為用，
無爵而貴矣。』」見同註❸，頁 1236。

⓫　《列子‧卷一‧天瑞》注引。見同註⓰，頁 10。

⓬　王弼〈老子指略〉。見樓宇烈校釋《王弼集校釋》，台北：華正書局，民國
81 年 12 月初版，頁 195。

⓭　王弼〈老子道德經注‧五章〉。見同上註，頁 13。

⓮　章啟群先生指出：「宗教神學的一個重要特徵，就是目的論，即萬事萬物的
生成、發展、死亡，都是由一種超現實的上帝、神靈或理念安排的。我們可
以看到，王弼的這種自然觀，認為事物的生成、發展、死亡是按照自身的目
的實現的，已經超越了宗教的目的論。」見氏著《論魏晉自然觀——中國藝
術自覺的哲學考察》，北京：北京大學出版社，2000 年 8 月第 1 次印刷，頁
52。

萬物生存、發展之必然理路,所謂「物無妄然,必由其理。統之有宗,會之有元。故繁而不亂,眾而不惑」[115],唯有通過自然無為之運行規律,才能維護整體和諧與天地秩序。

其後,向秀提出:「吾之生也,非吾之所生,則生自生耳,生生者豈有物哉?故不生也。吾之化也,非物之所化,則化自化耳。化化者豈有物哉?」[116]主張萬物皆自生自化,並無一生生者或化化者之實體存在。郭象承此說法,進而宣稱「有之自生」,「物各自造」,否定「無」為化生萬物之造物主。所謂:

> 無既無矣,則不能生有;有之未生,又不能為生。然則生生者誰哉?塊然而自生耳。……則我自然矣。自己而然,則謂之天然。天然耳,非為也,故以天言之。所以明其自然也,豈蒼蒼之謂哉![117]

主張萬物塊然自生,自己而然,非出於造物之「天」所創造形塑。所謂「天」者,乃「萬物之總名也」[118],是以郭象又說:「故造物者無主,而物各自造。物各自造而無所待焉,此天地之正也。」[119]

---

[115] 王弼〈周易略例・明象〉。見同註[112],頁 591。關於「物無妄然,必由其理」之斷句,呂凱教授指出,「無妄」乃《周易》卦名,故此句可作:「物無妄,然必由其理。」

[116] 《列子・卷一・天瑞篇》張湛注引向秀《莊子注》。見同註[109],頁 4。

[117] 郭象《莊子・齊物論》注。見清・郭慶藩撰、王孝魚點校《莊子集釋》,北京:中華書局,2006 年 1 月第 10 次印刷,頁 50。

[118] 見同上註。

[119] 見同註[117],頁 112。

「凡得之者，外不資乎道，內不由乎己，掘然自得而獨化也。」⑫⓪
再三強調事物背後並無神祕操控者刻意運作。如此一來，否定造物
之主，意志之天，則「天人感應陰陽五行的思想，不能存在，迷信
也就站不住了。」⑫① 故錢穆先生稱：「郭象言自然，其最精義。」⑫②

　　魏晉玄學思想家之自然觀，明確肯定自然萬物獨立存在之價值
和意義，不但對漢代以來影響甚巨之「天人感應」論進行批判和矯
正，同時也使各具風貌、自足圓滿之自然景物成為審美對象。早
期，由于科學認知不足，生存能力較低，面對高不可攀、深不可測
之危山險水，往往心生畏懼，而川嶺之間，瞬間雲霧，剎時風雨，
又別具神祕性，所以將自然山水視為天之化身，景象變異則在傳導
天意，故《詩經·小雅·天保》以「天保定爾，以莫不興；如山如
阜，如岡如陵；如川之方至，以莫不增」⑫③，「如月之恆，如日之
升；如南山之壽，不騫不崩；如松柏之茂，無不爾或承」⑫④，表達
君行德政，天神賜福，河嶽安泰，草木欣榮，普天同歡，兆民同
慶。反之，若失德如幽王，則「燁燁震電，不寧不令。百川沸騰，
山冢崒崩。高岸為谷，深谷為陵」⑫⑤，山川為之崩竭，大地為之震
裂，自然浩劫即是亡國先兆。漢代在「天人感應」思想籠罩下，也

---

⑫⓪　見《莊子·大宗師》，同註⑪⑦，頁 251。

⑫①　見劉大杰《魏晉思想論》，頁 21。收錄於《魏晉思想·甲編三種》，台北：
　　里仁書局，民國 84 年 8 月初版。

⑫②　見錢穆《莊老通辨》，台北：三民書局，民國 62 年 8 月台再版，頁 395。

⑫③　見王靜芝《詩經通釋》，台北：輔大文學院，民國 70 年 10 月八版，頁
　　346。

⑫④　見同上註，頁 347。

⑫⑤　〈小雅·十月之交〉。見同註⑫③，頁 408。

難脫山水示現神意心態，只是《詩經》強調「天」志，詩人敬畏神權；而「漢賦」強調「人」力，賦家敬畏君權⑫。如司馬相如於〈上林賦〉中，極力鋪陳天子林苑遼闊無際，川巒高聳綿長，物產珍貴豐美，即為襯托君主威嚴，歌誦帝國富庶。班固〈西都賦〉，也是經由描繪壯麗山川和陸海珍藏，來展示政權穩定和國家昌榮。至若揚雄〈蜀都賦〉、〈羽獵賦〉，張衡〈兩京賦〉、〈南都賦〉，莫不「為了表現以天子『受命於天』的權勢，以及『天人合應』之大漢帝國的『既富且庶』」⑰。魏晉玄學新塑自然觀，解放舊思維，使山水逐步走出宗教陰影，擺脫神學籠罩，成為哲學與審美之觀照對象。由《水經注》卷三十四引袁山松之言，即可窺出此一歷史性轉變：

> 常聞峽中水疾，書記及口傳，悉以臨懼相戒，曾無稱有山水之美也。及余來踐躋此境，既至欣然，始信耳聞之不如親見矣。其疊崿秀峰，奇構異形，固難以辭敘。林木蕭森，離離蔚蔚，乃在霞氣之表。仰矚俯映，彌習彌佳，流連信宿，不覺忘返，目所履歷，未嘗有也。既自欣得此奇觀，山水有靈，亦當驚知己於千古矣。⑱

---

⑫　參見王國瓔《中國山水詩研究》，台北：聯經出版事業公司，民國 75 年 10 月出版，頁 48。

⑰　見同上註，頁 53。

⑱　北魏·酈道元注、楊守敬疏《水經注疏》，南京：江蘇古籍出版社，1999 年 8 月第 2 次印刷，頁 2845。

面對險峻奇境，已由「臨懼相戒」，無心賞美，轉為欣然忘返，樂當知己，人與自然之間，由崇敬者和被崇敬者，調整為欣賞者和被欣賞者，地位已臻平等。史載羊祜「每風景，必造峴山，置酒言詠，終日不倦」[129]。王司州（修齡）至吳興印渚中看，嘆曰：「非唯使人情開滌，亦覺日月清朗」[130]。自然山水已成悅目賞心、滌情朗神之對象，令人既愛且親，樂賞不倦。到了謝靈運，更是「尋山陟嶺，必造幽峻，岩障千重，莫不備盡」[131]，以無可阻擋之旅遊興味，表現對大自然一往情深，同時還以敏銳文心，富艷詩筆，隨遊蹤所至，留下無數山水名篇，大自然不但提供生存所需物資，更成為遊觀旅覽、澄心靜慮之最佳天地。[132]

以社會背景而論，魏晉之際，政權轉移充滿血腥殺戮，統御手段則以刑法為實，名教為飾，殘酷虛矯之政治環境，令人朝不保夕，但覺生命短促。於是，個人意識與日俱增，追求塵世幸福，提升生命密度，已成社會潮流，士人不再把自我價值定位於儒家思想，值此但求獨善其身，不思兼濟天下之際，「老子的無為，莊子

---

[129]　《晉書・卷三十四・羊祜傳》。見同註[43]，頁 1020。

[130]　《世說新語・言語・81》。見同註[52]，頁 108。

[131]　《宋書・卷六十七・謝靈運》。見同註[85]，頁 1775。

[132]　魏士衡：「只有在人們感到自然可親而不是可怕的時候，人們才會以愛撫的眼光去打量自然的一切，才會發現其中蘊涵豐富的美。」見氏著《中國自然美學思想探源》，北京：中國城市出版社，1996 年 7 月第 3 次印刷，頁 10。李文初：「新的玄學天道自然觀，驅散了人對自然的敬畏心理，使大自然以其本來面貌展現在人們的眼前，為人們展開正常的審美活動提供了無限廣闊的天地。」見氏著《中國山水詩史》，廣州：廣東高等教育出版社，1991 年 5 月第一版，頁 24。

的逍遙齊物，楊子的為我，列子的貴虛，陳仲子的遁世，最能迎合當代讀書人的心理」⓭，道家哲學成為安頓身心、隨時處順之應世良方。然而在個性覺醒、道家思想復辟之際，儒家一尊時所建立之價值體系和生活準則並未完全消失，執政者仍以此作為統治形式，藉由倫理綱常維護封建制度，使「自然」與「名教」產生矛盾衝突，玄學勃興，既是反映社會現實，也企圖建構理論體系，使兩者和諧共處。何晏、王弼主張貴無論，為玄學揭開序幕。而王弼更以「崇本息末」為主軸，強調治國應以自然無為為本，名教之設雖有其必要性⓮，但須順物之性，自然衍生，否則，只會引發民怨，徒增世亂而已。善治者「達自然之至，暢萬物之情」，「因而不為，順而不施」⓯，體和通道，應物無累，方能臻至「內聖外王」之境。

　　王弼以名教本於自然立論，企圖消弭兩者之矛盾對立，顯示對當時政治環境猶有期待。隨著司馬氏對政權掌控更趨嚴酷，對異議分子威嚇殺戮日漸加強，士人憂憤心理也與時俱增，反抗逃避之舉亦愈見激烈。以竹林名士而言，嵇康高唱「非湯武而薄周孔」⓰，對司馬氏張揚名教旗幟，卻難掩篡殺醜行，予以強烈鄙薄和否定；

⓭　見劉大杰《魏晉思想論》。見同註⓬，頁 115。

⓮　王弼〈老子三十二章注〉云：「始制官長，不可不立名分以定尊卑，故始制有名也。」見同註⓬，頁 82。

⓯　王弼〈老子二十九章注〉，見同註⓬，頁 77。

⓰　嵇康〈與山巨源絕交書〉。見清·嚴可均編、陳延嘉等校點《全上古三代秦漢三國六朝文》，第三冊，頁 476。

並提出「越名教而任自然」❸，公開反對虛矯名教，轉而提倡玄學自然，企圖以縱情任性保持人格獨立與精神自由。阮籍置身「競逐趨利，舛倚橫馳，父子不合，君臣乖離」❸之世，亦主張回到「無君而庶物定，無臣而萬事理，保身修性，不違其紀」❸之遠古時期，捨棄禮樂治世之儒學思想，投入莊子遁世之逍遙天地。無為無欲、忘懷得失、因任自然、適性足意，正是他們安身立命之道。

自茲以降，隱逸風氣蔚為流行，除了藉此避禍遠嫌，保命全身，更為滿足精神需求。隱者超然世俗，棲遲丘山，刻意保持形跡逍遙，以維護心靈自由，契入老莊玄境。嵇康在〈與山巨源絕交書〉中已強調人各有志，價值互異，苟能各循其性，各附所安，則「達能兼善而不渝，窮則自得而無悶」，出處進退容或有別，然皆「可謂能遂其志者也」。隱逸不仕除了避世、憤世，也可以是「游山澤，觀魚鳥，心甚樂之」❹，一種遠離市朝，縱情湖海，適性遂志之個人抉擇❹。而在向慕棲逸，山水樂處以全真適性時，對自然

---

❸ 嵇康〈釋私論〉。見清·嚴可均編、陳延嘉等校點《全上古三代秦漢三國六朝文》，第三冊，頁491。

❸ 阮籍〈達莊論〉。見清·嚴可均編、陳延嘉等校點《全上古三代秦漢三國六朝文》，第三冊，頁460。

❸ 阮籍〈大人先生傳〉。見清·嚴可均編、陳延嘉等校點《全上古三代秦漢三國六朝文》，第三冊，頁466。

❹ 嵇康〈與山巨源絕交書〉。見清·嚴可均編、陳延嘉等校點《全上古三代秦漢三國六朝文》，第三冊，頁476。

❹ 徐復觀先生指出：「魏晉時代由莊學所引發的人對自然的追尋，必來自超越世務的精神；換言之，必帶有隱逸的性格。」（見氏著《中國藝術精神》，台北：台灣學生書局，民國77年1月第10次印刷，頁237。）

之態度亦產生極大變化。觀《楚辭‧招隱士》，猶力陳窮居野處之苦，以示山中不可久留，藉此召喚王孫來歸。及至左思〈招隱〉詩：「白雲停陰岡，丹葩曜陽林。石泉漱瓊瑤，纖鱗或浮沈。非必絲與竹，山水有清音。何事待嘯歌，灌木自悲吟。」⑭已著意刻畫鮮明美景和自然天籟，由視覺聽覺雙重享受，來烘托山水清美與幽居之樂，表達投簪歸隱之志。陸機〈招隱〉詩中，同樣藉由細膩筆觸，描繪山林秀美、鳴泉飛漱情態：「輕條象雲構，密葉成翠幄。激楚佇蘭林，回芳薄秀木。山溜何泠泠，飛泉漱鳴玉。哀音附靈波，頹響赴層曲。」如此聲色俱佳、林泉皆美之自然勝境，怎不令人興發「富貴苟難圖，稅駕從所欲」⑭之歸隱情思。從野獸叢集、榛莽密佈之險駭，到丹葩耀目、泉鳴悅耳之清靈，從招隱士之來歸，到辭世務以相從，山林逸隱對士人而言，已是發自內心之真誠渴望，「在隱逸生活中，文人名士將游覽山水視為怡神養性、愉悅情懷的精神享受，從而使他們尋覓到發展自我人格的『天人合一』之理想境界。」⑭

　　魏晉名士在玄學影響下，即以率性不拘之行止，形成風格獨具之魏晉風度。這種超俗順性，不沾不滯之自然本質與生活態度，使他們心靈更自由，感受更敏銳，面對山水風物之千姿百態，神思躍動，浮想連翩：

---

⑭　見逯欽立輯校《先秦漢魏晉南北朝詩》，頁 734。

⑭　見逯欽立輯校《先秦漢魏晉南北朝詩》，頁 689。

⑭　見何平立《崇山理念與中國文化》，濟南：齊魯書社，2001 年 1 月第 1 次印刷，頁 161。

（謝安）嘗與王羲之登冶城，悠然遐想，有高世之志。（《晉書》卷七十九）⑭

荀中郎在京口，登北固望海云：「雖未睹三山，便自使人有凌雲意。」（《世說新語・言語・74》）⑭

袁彥伯為謝安南司馬，都下諸人送至瀨鄉。將別，既自淒惘，嘆曰：「江山遼落，居然有萬里之勢。」（《世說新語・言語・83》）⑭

在他們眼中，山水或透露著玄遠意趣，使人產生超塵脫俗之共鳴；或煥發壯闊宏偉氣勢，令人頻生浩嘆之心。由於人性本質與生活態度皆日漸回歸自然，對魏晉名士而言，一丘一壑、一草一木無不煥發獨特美感，展現生命實相，居游其間，自能消憂肆志，獲得身心愉悅與滿足。嵇康詩云：「息徒蘭圃，秣馬華山；流磻平皋，垂綸長川。目送歸鴻，手揮五弦；俯仰自得，遊心太玄」⑭，充分表達山水寄餘生，天地任俯仰之想望，同時也覺察到，唯有投身自然，才能擁有現實世界所匱乏之閑適平靜。「故蔭映岩流之際，僩息琴

---

⑭　見同註⑭，頁 2074。
⑭　見同註⑭，頁 104。
⑭　見同註⑭，頁 109。
⑭　嵇康〈贈秀才入軍十九首〉其十五。見逯欽立輯校《先秦漢魏晉南北朝詩》，頁 483。

書之側，寄心松竹，取樂魚鳥，則澹泊之願，於是畢矣。」⑭戴逵
以巖流可休憩，琴書能調性，松竹堪寄心，魚鳥足取樂，道盡山水
逍遙之趣，和林泉棲遊之情。到了謝靈運，更聲稱：「夫衣食，人
生之所資；山水，性分之所適。」⑮巖壑幽居，不為避世全身，林
藪恬遊，只在任情適性，追求快意人生。

至於向秀，則不同於嵇康之「越名任心」，他說：「變化頹
靡，世事波流，無往不因，則為之非我，我雖不為，而與群俯
仰」，主張「無心以隨變，汎然無所繫」⑯，強調隨順自然，無為
而為，故嵇康被殺後，向秀因應時勢，亦不拒絕司馬之召，入朝仕
宦，展現調合名教與自然之態度⑰，因此謝靈運〈辨宗論〉稱：
「向子期以儒道為一」⑱。到了郭象則更進一步，提出足性逍遙之
說，主張廟堂無異於山林，強調芸芸眾生應認清自己，各安其性，
各當其分，如此即可無往不適，逍遙自在了⑲。如身為奴隸而知性

---

⑭ 戴逵〈閒遊贊〉。見清‧嚴可均編、陳延嘉等校點《全上古三代秦漢三國六
朝文》，第五冊，頁1424。

⑮ 謝靈運〈游名山志〉。見清‧嚴可均編、陳延嘉等校點《全上古三代秦漢三
國六朝文》，第六冊，頁317。

⑯ 《列子‧黃帝篇》張湛注引向秀《莊子注》。見同註⑩，頁76、75。

⑰ 許抗生謂：「嵇康因越名教而遭誅殺，向秀則最後還是可以到司馬氏政權中
去當官的，但做官又是無心而做，不為而聽其自然，所以做官僅是『容跡而
已』。」見氏著《魏晉思想史》，台北：桂冠圖書公司，民國81年初版，頁
168。

⑱ 見清‧嚴可均編、陳延嘉等校點《全上古三代秦漢三國六朝文》，第六冊，
頁313。

⑲ 郭象〈逍遙遊注〉云：「物各有性，性各有極，皆如年知，豈迓尚之所及
哉。」「夫大小雖殊，而放於自得之場，則物任其性，事稱其能，各當其

守分，則「雖復皂隸，不願毀棄而自安其業」⑮，亦足心安意適。而聖人之性分即在統理天下，縱使日理萬機，忙於世務，而內心仍是安然自若，逍遙自得⑯。這股「朝隱」玄風，將「既歡懷祿情，復協滄洲趣」⑰轉虛成實，使兩晉名士樂享榮名厚祿，又超然不嬰世務，他們「居官無官官之事，處事無事事之心」⑱；「身處朱門而情遊江海，形入紫闥而意在青雲」⑲，不任公務纏絆，反而樂在山水流連。石崇身居要津，卻每於金谷園中登高臨水，遊目弋釣，感懷賦詩，盡夜遊宴。孫統「居職不留心碎務，縱意遊肆，名山勝川靡不窮究」⑳。對他們而言，「山水與丘園都是雅人體悟自然的審美對象，不同的只是居家為丘園，外出則為山水」㉑，「朝隱」者不需遠離廟堂，遁跡岩壑，只要縱遊山林，流連水湄，或興建園墅，打造城市山林，便可體現隱士般之高雅情致。既可保有世俗榮

分，逍遙一也，豈容勝負於其間哉？」「苟足於其性，則雖大鵬無以自貴於小鳥，小鳥無羨於天池，而榮願有餘矣。」見同註⑰，頁 11。
⑮　郭象〈齊物論注〉。見同註⑰，頁 43。
⑯　郭象〈逍遙遊注〉：「夫聖人雖在廟堂之上，然其心無異於山林之中。」見同註⑰，頁 28。〈大宗師注〉：「聖人常游外以宏內，無心以順有，故雖終日揮形，而神氣無變，俯仰萬機，而淡然自若。」見同註⑫，頁 268。
⑰　謝朓〈之宣城郡出新林浦向板橋詩〉。見逯欽立輯校《先秦漢魏晉南北朝詩》，頁 1429。
⑱　《晉書》卷七十五孫綽為劉惔所作悼詞。見同註㊸，頁 1992。
⑲　《南史》卷四十一蕭鈞答孔珪之語。見唐・李延壽《南史》，北京：中華書局，2003 年 6 月第 7 次印刷，頁 1038。
⑳　《晉書・卷五十六・孫綽傳》。見同註㊸，頁 1543。
㉑　見葛曉音《山水田園詩派研究》，瀋陽：遼寧大學出版社，1995 年 5 月第 2 次印刷，頁 30。

華，又無山隱勞形之累，名流士族嚮慕影從，推波助瀾，隨即風行草偃，蔚為時尚。

　　至於「言意之辨」，乃魏晉玄學重要議題之一。西晉時，歐陽建作〈言盡意論〉一文，雖主張名言必能窮物盡理，但亦指出：「世之論者，以為言不盡意，由來尚矣。」⑯足見「言不盡意」之說由來已久。《老子》首章云：「道可道，非常道；名可名，非常名。」⑯以為形而上之本體不可名、不可道，其中亦含「言不盡意」之思。莊子對於言意關係有更深刻解析，他認為「可以言論者，物之粗也；可以意致者，物之精也。」⑯因此，〈天道〉中強調：「意之所隨者，不可以言傳也。」⑯至於後人所讀者，乃「古人之糟粕已夫」⑯！〈天運〉中亦指稱：「夫六經，先王之陳跡也，豈其所以跡哉！」⑯所以，要把握聖人之意，雖不得不通過語言文字，但又不能執著於此，如〈外物〉所云：「筌者所以在魚，得魚而忘筌；蹄者所以在兔，得兔而忘蹄；言者所以在意，得意而忘言。」⑯由此可知，莊子亦持「言不盡意」觀點，所以主張擺脫名言束縛，直尋聖人本意，掌握原始精神。《易傳》也曾論及言意之辨。《周易·繫辭上》云：「子曰：『書不盡言，言不盡意。』

---

⑯　見清·嚴可均編、陳延嘉等校點《全上古三代秦漢三國六朝文》，第五冊，頁 1109。

⑯　見余培林《老子讀本》，台北：三民書局，民國 74 年 2 月五版，頁 17。

⑯　《莊子·秋水》。見同註⑱，頁 199。

⑯　見同註⑱，頁 173。

⑯　見同註⑱，頁 174。

⑯　見同註⑱，頁 185。

⑯　見同註⑱，頁 313。

然則聖人之意其不可見乎？」「子曰：『聖人立象以盡意，設卦以盡情偽，繫辭焉以盡其言。』」⑯正因語言文字不能盡表聖人之意，故而設卦立象以窮其旨，由此，《周易》進一步將言意之辨演繹為言意象之辨。

漢魏之際，荀粲承繼前說而提出見解。《三國志・魏志・荀彧傳注》引何劭《荀粲傳》云：「蓋理之微者，非物象之所舉也。今稱『立象以盡意』，此非通於意外者也；繫辭焉以盡言，此非言乎繫表者也。斯則象外之意，繫表之言，固蘊而不出矣。」⑰荀粲認為，微理妙道往往超言絕象，因此，猶有象外之意，繫表之言存焉，不能盡舉，是以「六籍雖存，固聖人之糠秕」⑰，強調跳脫文字表象，才能思悟聖人之意，為理解經典另闢活路；反對漢儒對六經章句穿鑿附會，割裂文義，導致繁瑣失真，弊端叢生。但是如何超言越象而探根得本，則未見荀粲論及，新方法之建立，則有待王弼開拓完成。

王弼以體用本末概念，來界定「有」與「無」，實乃「現象」與「本體」，「殊相」與「共相」之關係，由於本體之「無」乃無名無形，視之不見，聽之不聞，搏之不得，所以要通過現象之「有」才能把握往，因此必須「尋言以觀象」，「尋象以觀意」，只是在「得意」之後應該「忘象」，以求擺脫形式束縛，從具體物

---

⑯　見郭建勳注譯《新譯易經讀本》，台北：三民書局，民國 85 年 1 月初版，頁 525。

⑰　見同註❺，頁 319。

⑰　見同註❺，頁 319。

象上升至抽象原理⓲。湯用彤先生說：「王弼為玄宗之始，深於體用之辨，故上采言不盡意之義，加以變通，而主得意忘言。」⓭又謂：「此『得意忘言』便成為魏晉時代之新方法，時人用之解經典，用之証玄理，用之調和孔老，用之為生活準則，故亦用之於文學藝術也」⓮。「得意忘言」之思辨方式，使人不泥於表象，故能體察「弦外之音」、「言外之意」，深切把握對象之內蘊，對山水旅遊活動而言，士人由此發展出「玄對山水」之審美態度，在借助自然美景以散懷遣興之餘，又突破其形象束縛，深探個中玄理哲思，從而悟道暢神，以消釋生死憂懼，獲得精神解脫，展現瀟灑順化之應世態度。

王弼謂：「物生而後畜，畜而後形，形而後成。何由而生？道也。何得而畜？德也。何由而形？物也。」⓯言明「道」生萬物，且見於萬物，是以一切生盈化遷，無非「道」之體現。然莊子亦稱：「天地有大美而不言，四時有明法而不議，萬物有成理而不說」，唯有穿透表象，洞察微旨，才能「原天地之美而達萬物之

⓲ 　王弼《周易略例·明象》：「夫象者，出意者也。言者，明象者也。盡意莫若象，盡象莫若言。言生于象，故可尋言以觀象。象生于意，故可尋象以觀意。意以盡象，象以著言。故言者所以明象，得象而忘言。象者所以存意，得意而忘象。猶蹄者所以在兔，得兔而忘蹄；筌者所以在魚，得魚而忘筌者也。」見同註⓲，頁609。

⓭ 　見湯用彤《魏晉玄學論稿》，收入《魏晉思想》乙編三種，台北：里仁書局，民國84年8月初版，頁25。

⓮ 　見湯用彤《理學·玄學·佛學》，台北：淑馨出版社，民國81年初版，頁309。

⓯ 　王弼〈老子·五十一章注〉。見同註⓲，頁137。

理」⑯，冥合道心，契入道境。緣此以推，自然不只是客觀存在之實體，所有山水景物皆能具現造化之工與生命真諦，若能運用「得意忘言」之法，體察象外之旨，必可「同體于自然」，與萬化冥合為一，領悟萬物齊同、鵬鷃無別之理。如此，則玄遠之境不必遠求，只要親近自然，觀覽山水即能會意。故阮籍聲稱：「不通於自然者，不足以言道」⑰，其來有自矣。

　　魏晉名士學貴玄遠，行尚自然，處世超脫，企慕隱逸，不僅視自然山水為可居、可游之地，而且意圖在自然山水中求得心理平衡與清寧。當他們在山林丘壑中神超形越、浮想聯翩時，發現山水獨立于煩囂塵俗外，最能體現天道與人理。投身自然，靜觀萬物，體察生命玄機，通解宇宙妙諦，使人身心兩忘，悟道暢神。此一「由實入虛，超入玄境」之審美方式，使山水遊賞超越耳目官能享受，而沾帶更多玄味哲思。在尋象、得意、忘象、暢神過程中，擺落具體事物而入乎抽象玄理，使游觀山水從賞心悅目、怡情遣興，提升至心與道冥、得意暢神之至境。

　　由於名士普遍認同「山水即天理」、「山水是道」，因此樂於登山涉水，從中領略與道冥合之玄趣，藉此「釋域中之常戀，暢超然之高情」⑱。於是，在〈蘭亭詩〉中，我們看到王肅之謂：「今我斯遊，神怡心靜」、「嘉會欣時遊，豁爾暢心神」；庾說稱：

---

⑯　《莊子·知北遊》。見同註⑱，頁254。

⑰　阮籍〈大人先生傳〉。見清·嚴可均編、陳延嘉等校點《全上古三代秦漢三國六朝文》，第三冊，頁465。

⑱　孫綽〈游天台山賦〉。見清·嚴可均編、陳延嘉等校點《全上古三代秦漢三國六朝文》，第四冊，頁633。

「神散宇宙外，形浪濠梁津」；曹茂之云：「時來誰不懷，寄散山水間」，無不表達心怡神暢，陶然出塵之快適。孫綽嘗於〈遊天台山賦〉中，指稱川瀆山阜皆神道妙造，故能體現自然至理⓭；其寫〈秋日詩〉⓮，即由秋景蕭瑟，感悟時序更迭與萬物生滅皆天道運行，自然變化，故知榮景不足恃，繁華難久長，淡處林野，與萬化冥合，更能賞味濠梁之樂。此亦陶淵明辭官歸田後，閑步松徑，傲嘯東皋，歡吟「久在樊籠裡，復得返自然」⓯；而謝靈運更在山居閒隱，林泉暢遊中冥思體道，悟言「慮淡物自輕，意愜理無違」⓰，提點自己澹然世情，笑看人生。錢鍾書先生指出，六朝詩人「作詩以老、莊為意，山水為色」⓱，正是玄學強調以無為本，創發得意忘言（忘象）之說，才使「山水通於理趣」成為名士旅覽紀遊之審美態度。

⓭　孫綽〈游天台山賦〉曰：「太虛遼廓而無閡，運自然之妙有，融而為川瀆，結而為山阜。嗟台岳之所奇挺，實神明之所扶持。」見同上註。

⓮　孫綽〈秋日詩〉：「蕭瑟仲秋月，颸颹風雲高。山居感時變，遠客興長謠。疏林積涼風，虛岫結凝霄。湛露灑庭林，密葉辭榮條。撫菌悲先落，攀松羨後凋。垂綸在林野，交情遠市朝。澹然古懷心，濠上豈伊遙。」見逯欽立輯校《先秦漢魏晉南北朝詩》，頁901。

⓯　陶淵明〈歸園田居〉五首其一。見逯欽立輯校《先秦漢魏晉南北朝詩》，頁991。

⓰　謝靈運〈石壁精舍還湖中作〉。見逯欽立輯校《先秦漢魏晉南北朝詩》，頁1165。

⓱　見錢鍾書《談藝錄》，台北：藍田出版社，不著年月，頁286。

二、佛教思想

　　佛教於西元前六至五世紀，由釋迦牟尼創立後，流行於印度，時當中國春秋之際；西元前三世紀（即中國戰國時期），孔雀王朝阿育王派遣教徒、使臣至周邊各國傳教，遂逐漸發展為世界三大宗教之一。關於佛教始傳中國，學者多依《三國志・魏書》卷三十〈東夷傳〉裴松之注引魚豢《魏略・西戎傳》所載：「昔漢哀帝元壽元年（公元前 2 年），博士弟子景盧受大月氏王使伊存口授《浮屠經》」[184]，將時間定於漢哀帝之際。然當時似未引起世人重視，信奉者亦寡，故《魏書・釋老志》引述此事時，亦稱：「中土聞之，未之信了也。」至於明帝遣使求法之說，則可視為佛教在中國之進一步傳播[185]。

---

[184]　見同註❺，頁 859。

[185]　牟子《理惑論》曰：「昔孝明皇帝夢見神人，身有日光，飛在殿前，欣然悅之。明日，博問群臣：『此為何神？』有通人傅毅曰：『臣聞天竺有得道者，號之曰佛，飛行虛空，身有日光，殆將其神也。』於是上悟，遣使者張騫、羽林郎中秦景、博士弟子王遵等十二人，於大月支（氏）寫佛經四十二章，藏在蘭台石室第十四間。」學者常將此事視為佛教傳入中國之始，然湯用彤先生以為：「明帝時楚王英已為桑門伊蒲塞設盛饌。其時已有奉佛者在，且就此傳說本身言之，傅毅已知天竺有佛陀之教，即可証當時朝堂已聞有佛法。」但因當時盛行黃老、神仙之學，人們遂將佛教等同方術，佛陀視若神仙，依附于黃老進行奉祀。「至若後世必定以作始之功歸之明帝，則亦有說。蓋釋伽在世，波斯匿王信奉三寶，經卷傳為美談。其後孔雀朝之阿輸迦，貴霜朝之迦膩色迦，光大教化，釋子推為盛事。東晉彌天釋法師亦曾曰：『不依國主，則法事不立。』漢明為一代名君，當時遠人伏化，國內清寧，若謂大法濫觴於茲，大可為僧伽增色也。」見湯用彤《漢魏兩晉南北朝佛教史》，北京：北京大學出版社，1997 年 9 月第一版，頁 17、22。

佛教傳播與佛典譯介可謂同步進行。東漢三國期間，佛典翻譯分成兩大系統：一為安世高之禪學，偏於小乘；二為支讖之般若，乃大乘學。❶⑧⑥安世高為安息國太子，漢桓帝初年到達中國，之後留在洛陽譯經，其中影響最大者，當屬《陰持入經》和《安般守意經》。《陰持入經》為阿毗曇學典型文獻，提倡修持戒定慧以斷痴驅愛，對治各種惑業，從而脫離生死，證得涅槃。《安般守意經》則屬禪學佛典，「安般」指出息入息，相當於呼吸吐納；「守意」即專注一心，使意念不生，合言之，係指通過數息以安心靜慮，達到除煩入定，意正神明之境。由於安世高所譯介之小乘禪法，與道家心齋、坐忘，道教吐納、食氣之術頗有異曲同工之妙，因此廣為接受並流傳。三國時，康僧會曾向安公門人南陽韓林、穎川皮業、會稽陳慧三人問學，並與陳慧合注《安般守意經》；東晉名僧道安亦遠承其學，為《安般守意經》、《陰持入經》、大小《十二門經》作注，足見安公所譯佛典影響深遠。

支讖（支婁迦讖之簡稱），月氏國人。漢靈帝（祐錄作桓帝）末遊於洛陽，光和、中平年間傳譯佛經，出《般若道行》、《般舟》、《首楞嚴》三經。其中《般舟三昧經》和《首楞嚴三昧經》講大乘禪法，後者通過神通來示現種種境界，用以証明修行者有不可思議力量，可以証得佛道，拔濟群生。前者則謂專心念佛，即可於禪定中見十方諸佛，並得往生西方極樂世界，為淨土信仰奠下基礎。而《般若道行品》之譯介，則意味大乘般若類經典正式傳入中國。般若學以緣起性空為依據，強調唯有証得般若智慧，方能照破外相，

洞徹法性，獲得解脫。由於受漢代黃老思想影響，支讖譯經時，亦借用「本無」、「自然」等語彙來對譯「性空」、「真如」諸概念。三國時，吳之支謙從支讖弟子支亮學習佛法，其《大明度無極經》即支讖之《般若道行品》，而改音譯為意譯，將「般若」翻成「大明」，「波羅蜜」譯為「度無極」，分別取自《老子》「知常曰明」、「復歸於無極」之語。魏之朱士行亦對竺佛朔所譯《道行般若經》有深入研習，講經洛陽時，每嘆曰：「此經大乘之要，而譯理不盡，誓志捐身，遠求大本。」⑱於是發心西行求法，跋涉萬里，始至于闐求得梵本，並遣弟子不如檀送歸洛陽，前後歷時二十餘年。晉惠帝元康元年（291），終由無羅叉與竺叔蘭譯出，即二十卷之《放光般若經》。由於般若經義具現不捨世間而出世間，不棄世法而証佛法之中觀妙諦，契合時人既注重物質享受，又渴望精神解脫之心理需求，因而普受兩晉士族歡迎。

　　由於受到玄學清談風尚影響，佛教高僧亦分別對般若學說提出不同見解，從而產生「六家七宗」爭鳴現象。「六家七宗」分別是：道安「本無宗」，竺法琛、竺法汰「本無異宗」，支道林「即色宗」，于法開「識含宗」，道壹「幻化宗」，支愍度、竺法蘊、道恆「心無宗」，于道邃「緣會宗」。其中本無、本無異二宗可作一家，總為六家；而六家中影響較大者為本無、即色、心無三家⑱。「六家七宗」立論頗受玄學影響，似乎仍將「空」、「有」割

⑱　《高僧傳·卷四·朱士行傳》。見梁·釋慧皎撰、湯用彤校注《高僧傳》，北京：中華書局，1997 年 10 月第 3 次印刷，頁 145。

⑱　吉藏《中論疏·因緣品》稱：「安公本無者，一切諸法，本性空寂，故云本無。」可知道安本無宗基本上與玄學貴無派思想相通，強調無為本體，有為

裂為二，企圖否定物質現象之「有」，以回歸恆常本體之「空」，基本上仍屬以玄解佛階段，直至鳩摩羅什被迎入長安，在後秦姚興大力支持下，大量翻譯般若經典，情況始有轉變。尤其羅什首度譯出《中論》、《百論》、《十二門論》（合稱三論）和《大智度論》，系統介紹龍樹、提婆一派中觀思想⑱，由於內容信實，文字流暢，既觀照到中國原有行文習慣，又力求不失梵文本意，乃使般若精義隨經具現。是以僧祐曾謂：「大乘微言，於斯炳煥。」⑲

羅什譯介三論，引進大乘空觀學說，弟子僧肇加以發揚光大，所著〈不真空論〉⑲、〈物不遷論〉⑲、〈般若無知論〉⑲，即用

現象。而本無異宗主張「從無出有」，「無在有先，有在無後」（吉藏《中觀論疏》卷二末），將「無」視同造物主之存在。至於即色宗，觀《世說新語‧文學‧35》注引支遁〈妙觀章〉所云：「夫色之性也，不自有色；色不自有，雖色而空。故曰色即為空，色復異空。」（見同註❷，頁172）旨在說明「色法」乃由因緣和合而成，色相雖有非空，然色性是空非有。心無宗則不空外色，只講心空，強調使心不執著於世界萬物，而不否認有外物存在。

⑱ 佛家強調緣起性空，緣起則萬象紛呈，緣滅則復歸無物，論現象則為假有，求自性本是虛空，唯有中才能體空，唯因體空方可無執於有，所以中觀學派宣揚中道思想，採取「非有非無」、「不落兩邊」之法，消解「空」與「有」、「俗諦」與「真諦」之矛盾對立，具現般若空觀真實義。

⑲ 《出三藏集‧卷一》。見梁‧釋僧佑《出三藏集》，北京：中華書局，2003年10月第2次印刷，頁15。

⑲ 文中直指六家七宗談空，或空於心，或空於物，皆不免偏於一端，割裂有無，並對心無、即色、本無三家進行批判。僧肇強調，世界是「有」，但非「真有」，因為一切都是幻象；世界是「無」，又非「真無」，因為還有幻象存在，惟有運用中觀思維，契神於有無之間，才能真正體悟萬物自虛，不真即空之無上妙諦。

非有非無、不落兩邊之中觀思維,探究有無、動靜、聖人有智無智等問題,導正六家七宗體空盲點,並逐步建構獨立之佛教哲學體系。然而,當般若空觀以緣起性空掃除外相執著,並強調萬法皆空時,卻也否定彼岸世界,使修行解脫失去現實依傍,故慧遠主張「形盡神不滅」,提出泥洹常住,法性不變。而竺道生更以慧解為本,徹悟言外,擺脫舊教義束縛,獨標新論,力倡一闡提皆有佛性、頓悟成佛之說,使佛性妙有理論得到充分發展,帶動涅槃學風之興,同時,也使中國佛教哲學更趨完備。

佛教傳入中國,初始猶被視為神仙方術之一,而成為消災祈福工具。魏晉以降,玄學之興為般若學說提供適宜土壤,佛教以緣起性空立論,暗符玄學貴無思想,而般若空觀主張非有非無,不落兩端,亦與得魚忘筌、得意忘言之說精神相通。故道安指出:「以斯邦人老莊教行,與方等經兼忘相似,故因風易行也。」⑲在與中國文化思想相互融攝後,佛教逐漸立穩腳跟,信奉者與日俱增,王侯士子紛紛加入奉佛行列,僧尼寺院亦遍布各地⑮。由於佛子高僧空

---

⑲ 此文論述現象常動而不住,法體恆靜而不遷,因此,說去不必就是去,稱住不必就是住。非動非靜,不落兩端,才能去執除妄,洞徹物理實相。

⑱ 篇中明言般若非世俗之知,乃一超越有無,出離事象,虛心實照,直探事物本質,體悟諸法性空之無上智慧,論其存在雖「微妙無相,不可有為」;然「用之彌勤,不可為無」,所以是非有非無,無知而無所不知。

⑲ 道安〈鼻奈耶序〉。

⑮ 西晉惠帝元康時,竺叔蘭、無羅叉譯出《放光般若經》,中山王及僧眾於城南四十里幢幡迎經;帛遠長安講經,河間王待以師友之敬。東晉元帝、明帝均對竺道潛倍極禮遇,而簡文帝曾親臨瓦棺寺,聆聽竺法汰講經,孝武帝更於殿內立精舍,引沙門居之。世家大族如周嵩,「精於事佛,臨刑猶於市誦

其心志,不染俗塵,每每入山修道,建寺講經,並與名士清談佛理,同賞林泉,對開發自然勝境,推動山水旅遊與詩文創作,居功亦偉。

相傳佛教始祖釋迦牟尼離宮出家後,先於尼連禪河畔歷經六年禁欲苦修,不得覺悟,乃改弦易轍,靜坐菩提樹下四十九天,終於證道成佛。初轉法輪於「鹿野苑」、「竹林精舍」、「祇園精舍」,四周佳樹鬱茂、松竹環攬;最後說法則在山勢雄峻、林木蔥蘢之靈鷲山。從此佛僧不論擇居修行、禪定三昧或譯經佈道,皆和自然山水結下不解之緣。

僧人修行,意在蠲煩去欲,求得般若智慧,以達涅槃寂靜。就心理因素而言,環境之清幽脫俗,有助於攝心守念,專思冥想,使氣虛神朗以洞幽玄照,達到開悟境界,所以深山野林乃成為佛徒清修聖地。大自然如同一道天然屏障,隔開世俗塵網,使濁氣凡心難以萌動,所以,「千尋谷底,萬仞高崖,江心孤島,大漠石窟,以及柳暗花明的郊野,水光縹渺的湖濱,皆是出家人樂不思蜀的淨

經」(《晉書》卷六十一,見同註❸,頁 1662);何充「性好釋典,崇修佛寺,供給沙門以百數,靡費巨億而不吝」(《晉書》卷七十七,見同註❸,頁 2030);王恭「尤信佛道,調役百姓,修營佛事,務在壯麗」(《晉書》卷八十四,見同註❸,頁 2186)殷浩「被廢,徙東陽,大讀佛經,皆精解」(《世說新語·文學·59》,見同註❷,頁 188)。至於寺廟與僧尼之數也不斷攀升,據趙輝云:「西晉時全國佛寺一百八十所,僧尼三千七百餘人,到了東晉,迅速增至一千七百六十八所,二萬四千人。由此可見,魏晉時佛教已擺脫寄人籬下地位,逐漸在中國生根苗壯。」(見氏著《六朝社會文化心態》,台北:文津出版社,民國 85 年元月初版,頁 270)

土」⑲。由於僧人在清麗超俗之山水自然裏，更能涼欲火，廓素心，有助於澹泊心境之養成，因此常於名山大川形勝之地興建寺院，以收「隱處山澤，枕石漱流，專心滌垢，神與道俱」⑲之效。故康僧淵於豫章（今南昌市）城外數十里處建立精舍，「旁連嶺，帶長川，芳林列於軒庭，清流激於堂宇」⑲，閑居研講，希心理味，一償靜修夙志。竺法潛過江避亂，雖深受朝廷禮遇，然「素懷不樂，乃啟還剡之仰山，遂其先志，於是逍遙林阜，以畢餘年」⑲。而慧遠行經江西潯陽，「見廬峰清靜，足以息心」，更是一見傾心，始住龍泉精舍，後因刺史桓伊之助，遂建立東林寺，從此，「影不出山，跡不入俗。每送客履，常以虎溪為界」⑳，三十餘年只在山中研經授徒，修道以終。

　　山林既為修行勝地，則僧人入山幽棲、悠遊林際更是自然趨勢㉑，他們不負山水麗境，精舍幽居，寺觀修習，林泉樂處，對大自

---

⑲　見章必功《中國旅遊史》，昆明：雲南人民出版社，1995 年 9 月第 2 次印刷，頁 127。

⑲　康僧會〈法鏡經序〉。見清·嚴可均編、陳延嘉等校點《全上古三代秦漢三國六朝文》，第三冊，頁 717。

⑲　《世說新語·棲逸·11》。見同註㉒，頁 503。

⑲　《高僧傳·竺法潛傳》。見同註⑱，頁 157。

⑳　《高僧傳·慧遠傳》。見同註⑱，頁 221。

㉑　《世說新語·棲逸·11》稱，康僧淵於豫章（今南昌市）城外數十里處建立精舍，「旁連嶺、帶長川，芳林列於軒庭，清流激於堂宇」，閑居研講，希心理味，正是擇山水以饗幽棲，一償靜修夙志。《高僧傳·竺法潛傳》亦載：竺法潛於永嘉初避亂過江，雖深受朝廷禮遇，然而「素懷不樂，乃啟還剡之仰山，遂其先志，於是逍遙林阜，以畢餘年」。而慧永與慧遠曾共期結宇羅浮之岫，爾後慧永先至潯陽，因陶範力邀，遂留寓廬山西林寺；慧遠後

然具有拓殖開發之功,也使陵峰溪谷之天然佳景隨高僧逸隱證道而聞名。北魏時,依《洛陽伽藍記・序》所載:「京城表裏,凡有一千餘寺,多在洛水與嵩山之間。」⑳而杜牧筆下所謂:「南朝四百八十寺,多少樓台煙雨中。」⑳可見佛寺林立於南方佳山秀水中,與雲雨煙嵐相擁相依,更增添無限審美情趣與浪漫想像。當宗教建築掩映於幽林、巧構於深壑、飛峙於險崖,巧妙利用自然地勢,與當地川流岩峰綰合無縫,在整體上已呈現極佳審美效果,而悠揚迴盪於山崖水岸之晨鐘暮鼓,遊人亦可根據自身經歷和當時心情去感受。如張繼客寓他鄉,夜泊楓橋,眼望江楓漁火,耳聽烏啼潮應,此際傳來寒山寺之夜半鐘聲,更添旅途況味。杜甫船下夔州,卻因宿雨不停,無法上岸與好友告別,忽聞鐘聲,乃以「晨鐘雲外濕」表達沈悶心情。當然,在「萬籟此都寂,惟餘鐘磬聲」⑳時,往往使人息心靜慮,進入虛靈清境而有所開悟。寺廟鐘磬以其裊裊餘韻延展山水空間,也創造出不同審美意境,逗引山中遊客之思維與心情。

高僧佛徒入山幽棲、鑿窟靜悟,不但展現其隱世修行之志,也為名山秀水增添了豐富人文精神與藝術風采,甚至無名陵丘、荒溪野壑,也因此為人周知。而朝拜信眾、尋幽雅客、攬勝騷人,亦成

至,「見廬峰清靜,足以息心」,亦因刺史桓伊之助,建立東林寺,此後三十餘年間,影不出山,跡不入俗。(《高僧傳・慧遠傳》)

⑳ 見北魏・楊衒之著、楊勇校箋《洛陽伽藍記校箋》,北京:中華書局,2006年7月第2次印刷,頁2。

⑳ 唐・杜牧〈江南春〉。

⑳ 唐・常建〈題破山寺後禪院〉。

為山水知音，帶動一波波觀賞效應。長久以往，古剎石窟因深藏名山而益顯靜穆超塵，名山亦以擁有石窟古剎而更令人悠然神往。山水旅遊之興，佛門高僧功不可沒。

　　佛教經典傳佈中國，一方面靠西方僧侶東來傳教，一方面靠中國僧侶西行求法。為探尋佛理，磨煉道心，傳佈教義，東西方僧侶經由傳經、取經而展開中外行旅，在踽沙渡嶺，飽嚐艱辛之際，山水風光、異域奇景也常刺激其審美感受，並提升對自然之喜好與鑑賞力⑳。而且，據《高僧傳》所載，中外名僧多為「學該內外，才思清敏」⑳之人，對風雲水月、花鳥竹石，自有敏銳觀察與獨特感受。緣此，佛教名僧普遍愛好山水，他們和玄學家一樣，喜歡棲遊林野。尤其南渡以後，雋秀江南奇景遍佈，遠觀則層巒疊障、翠木蔥蘢，近看乃清流激湍、碧潭澄鮮，縱目遊賞之間，除了感受「水光瀲灩晴方好，山色空濛雨亦奇」⑳之多元審美情趣外，往往更於清靈山水中頓悟妙理，洞察玄機。所謂「橫看成嶺側成峰，遠近高低總不同」⑳，在觀覽之際，宗教哲理與山水內蘊合而為一，自然景物既是遊賞客體，也是法性化身，留連山水，靜觀萬物，既是審美，亦可開悟。如康僧淵〈又答張君祖〉曰：

---

⑳　　如覃召文先生所說：「僧侶的行腳固然是為了磨煉自己的道心，但同時也是陶冶自己的審美情趣。……在『一瓶一缽垂垂老』的苦行中獲取『千山千水得得來』的樂趣。」見氏著《禪月詩魂──中國詩僧縱橫談》，北京：三聯書店，1994 年 11 月第一版，頁 105。

⑳　　《高僧傳·卷六·道恆傳》。見同註⑱，頁 246。

⑳　　宋·蘇軾〈飲湖上初晴後雨〉。

⑳　　宋·蘇軾〈題西林壁〉。

遙望華陽嶺，紫霄籠三辰。瓊崖朗璧室，玉澗灑靈津。丹谷
挺樛樹，季穎奮暉薪。融飆沖天籟，逸響互相因。鸞鳳翔迴
儀，虬龍灑飛鱗。中有沖漠士，耽道玩妙均。高尚凝玄寂，
萬物息自賓。棲峙遊方外，超世絕風塵。翹響晞眇蹤，矯步
尋若人。詠嘯舍之去，榮麗何足珍。濯志八解淵，遼朗壑冥
神。研機通微妙，遺覺忽忘身。居士成有黨，顧盼非疇親。
借問守常徒，何以知反真。㉛

詩中以繪形繪聲之筆，寫瓊崖玉澗、丹谷樛樹、天籟逸響、龍鳳翔
集，突顯山中靈妙清氛，正是高士玄寂息慮、修道悟理之絕佳勝
境，並由此帶出踵武異人、絕塵遠俗之心，在捨榮去麗、嘯詠吟遊
中，益見濯志冥神以研機通微之了悟。

　　支遁以緣起性空闡發般若空觀，強調「色不自色，雖色而
空」，進而主張「即色遊玄」，面對自然山水，既悅賞其繽紛色
相，又以禪心淨念勘破表象虛幻，體悟諸法皆空，證得般若智慧。
其〈詠懷詩〉五首之三：

晞陽熙春圃，悠緬嘆時往。感物思所托，蕭條逸韻上。尚想
天台峻，仿佛巖階仰。泠風灑蘭林，管瀨奏清響。霄崖育靈
藹，神蔬含潤長。丹沙映翠瀨，芳芝曜五爽。苕苕重岫深，
寥寥石室朗。中有尋化士，外身解世網。抱朴鎮有心，揮玄
拂無想。隗隗形崖頹，冏冏神宇敞。宛轉元造化，縹瞥鄰大

㉛　見逯欽立輯校《先秦漢魏晉南北朝詩》，頁 1076。

象。願投若人蹤，高聲振策杖。❷⓪

遊林崖，涉水野，欣賞冷風拂林，管籟奏響，神蔬含潤，芳芝曜采之玄音奇景，心暢神適之餘，乃知潛居重岫，幽隱石室，足以觀物體道，解脫世網。可知山水現清靈，自然蘊神理，使人「抱朴鎮有心，揮玄拂無想」，只要行禪入定，即色遊玄，雲雨泉瀑、卉木竹石皆可體玄義、悟佛理。另在〈詠禪思道人詩〉❷①中，支遁亦強調，大自然清淨不爭，無為順化，常人若應以無欲素心，觀其象而識其神，察其有而體其無，洞徹性空真諦，自能解脫物役，遠離無明之苦。支遁以即色遊玄證悟諸法性空，已使山水行遊和宗教哲思緊密縚合，提升審美趣味與深度。而慧遠亦倡言：「神道無方，觸象而寄。」❷②直指「法身」無所不在，當法身神明體現於山河大地時，自然山水即成如來化身，靜觀林壑，凝神湖海，即可體察神道，妙悟佛理。當他與同好者三十餘人遊石門，登巒阜、履崇岩，矚覽無厭，欣以永日時，乃稱：「悟幽人以玄覽，達恆物之大情。其為神趣，豈山水而已哉！」❷③強調物象之美，足堪娛心悅目，而

---

❷⓪　見逯欽立輯校《先秦漢魏晉南北朝詩》，頁 1081。

❷①　支遁〈詠禪思道人詩〉：「迴壑佇蘭泉，秀嶺攢嘉樹。蔚薈微游禽，崢嶸絕蹊路。中有沖希子，端坐摹太素。自強敏天行，弱志欲無欲。……投一滅官知，攝二由神遇。……曾筌攀六淨，空同浪七住。逝虛乘有來，永為有待馭。」見逯欽立輯校《先秦漢魏晉南北朝詩》，頁 1083。

❷②　慧遠〈萬佛影銘序〉。見清·嚴可均編、陳延嘉等校點《全上古三代秦漢三國六朝文》，第五冊，頁 1706。

❷③　慧遠〈廬山諸道人遊石門詩序〉。見逯欽立輯校《先秦漢魏晉南北朝詩》，頁 1086。

山水深致，更使人啟智開悟。

宗炳既為虔誠佛徒，又常與慧遠考尋文義，研析佛理，並撰《明佛論》以證「神不滅論」。他在〈畫山水序〉中明白指出：「山水質有而趣靈」，強調畫家雖是「以形寫形，以色貌色」，但重點還在得神，不僅要觀覽外在形色，更須體察內在靈趣，所謂「神本無端，棲形感類，理入影跡」，通過「應目會心」之玩味尋索，深入感受內蘊之「神」與超表之「理」，再巧妙呈現於畫面上。當畫家能妙寫山水之形貌神理，觀畫者不必親臨其境，也能「應會感神，神超理得」。宗炳透過畫論，表達「山水以形媚道」，故須即色遊玄之審美態度。

魏晉玄學以易、老、莊三玄為理論基礎，當然也承襲個中旨趣而崇尚自然，玄學名士視萬物為道之載體，遊放山水正是體玄悟道極佳途徑，他們嗜以山水點綴形神，玄遊標榜風度，在人物品藻中，自然景物往往被拿來作為才情、品性、儀度之象徵。在他們眼中，「《般若》理趣，同符《老》《莊》。」❹故亦不乏精研佛典，談論佛理，或撰文解析要義者，如殷浩被廢徙東陽，乃潛修佛經以釋憤悶，據《世說新語·文學·43》所載：「殷中軍讀《小品》，下二百籤，皆是精微，世之幽滯。」❺而郗超更撰寫《奉法要》❻，闡述因果報應、神不滅和空有諸說，宣揚佛家教義與戒

---

❹ 見同註❽，頁108。
❺ 見同註❺，頁178。
❻ 見清·嚴可均編、陳延嘉等校點《全上古三代秦漢三國六朝文》，第五冊，頁1122。

律。孫綽著有《喻道論》❷⃝⃝，內云「周、孔即佛，佛即周、孔」，試圖調和儒佛矛盾，謝靈運也以《辨宗論》❷⃝會通兩家思想，並發揮竺道生之頓悟成佛說。相較於玄學名士深耕佛理，般若名僧亦多精研《老》《莊》，別出新意❷⃝。名士藉佛典深化玄理，名僧亦以三玄演繹佛義，雙方交流頻仍，互動極為密切。

　　名僧名士不但在玄、佛義理上彼此相契，在行事風格與生活趣味上，亦頗能互通共感❷⃝，如竺法深受邀至簡文帝府邸，劉惔（或云卞壺）以「道人何以游朱門」譏之，答曰：「君自見朱門，貧道如游蓬戶」❷⃝，不拘禮法，不著形式，一派曠達。而康僧淵因深目高鼻，常為王導所嘲，僧淵答云：「鼻者面之山，目者面之淵。山

---

❷⃝　見清·嚴可均編、陳延嘉等校點《全上古三代秦漢三國六朝文》，第四冊，頁 641。

❷⃝　見清·嚴可均編、陳延嘉等校點《全上古三代秦漢三國六朝文》，第六冊，頁 312。

❷⃝　如郗超欽崇道安德望，餉米千斛，修書累紙，道安回以：「損米，益覺有待之為煩。」《世說新語·雅量·32》即用《莊子·逍遙遊》之「有待」一語，來隱喻生存仍須依恃外物之苦，唯有涅槃方能得大解脫。支遁嘗於白馬寺與劉系之等談《莊子逍遙篇》，並為之作注，「標新理於二家之表，立異義於眾賢之外」（《世說新語·文學·32》），故王濛稱其「造微之功，不減輔嗣」（《高僧傳·支遁傳》）。而慧遠尤善老莊，講經說法，多「引莊子義為連類，于是惑者曉然」。（《高僧傳·慧遠傳》）

❷⃝　湯用彤先生以為：「隱居嘉遁，服用不同，不拘禮法的行徑，乃至談吐的風流，在在都有可相同的互感。」（見《魏晉玄學論稿》，頁 135，收錄於《魏晉思想》乙編三種）章必功先生更以為：「一班佛門教徒也講佛性即是自然，佛法即是自然，并把優遊山水，品味山水和在遊山玩水時砌磋玄理，發微禪機，推為名僧的一種派頭。」（見《中國旅遊史》，頁 127）

❷⃝　《世說新語·言語·48》。見同註❷⃝，頁 85。

不高則不靈，淵不深則不清。」㉒機鋒敏銳，言語詼諧，不下於清談名士。至於支遁不但常與謝安、孫綽、王羲之、許詢等名流遊放山林，談玄論佛㉓，更曾遣使向竺道潛「買仰山之側沃州小嶺，欲為幽棲之處」㉔，閑隱清修，養馬放鶴，形神超邁遠俗。孫綽撰有〈道賢論〉㉕，以「叢林七僧」比附「竹林七賢」，支遁向秀因雅尚莊老，風好玄同，故並列相擬。由此即可看出，名僧名士在風範意趣上皆極為類似，縱使行為上或有高低之別，然超俗舉止，高風一也。

名僧名士常以逍遙放達，超塵離世相標榜，當佛門高僧在自然山水中流連忘返，或訪幽探微、弘揚佛法；或駐足棲身、鑽研佛理；或購山買水、修建精舍；又得風神情趣相仿名士相伴，一同品賞松月，流連清景，對山水遊憩之風有極大催化與影響。如竺法曠辭師遠遊，廣尋經要，先棲止於潛青石山室，繼而東遊禹穴，觀矚山水，終而落腳若耶之孤潭，依巖傍嶺，棲閑養志，與「郗超、謝

<hr>

㉒　《世說新語‧排調‧21》。見同註㉒，頁 598。

㉓　《晉書‧卷八十‧王羲之傳》云：「會稽有佳山水，名士多居之。謝安未仕時亦居焉。孫綽、李充、許詢、支遁等皆以文義冠世，並築室東土，與羲之同好。」（見同註㊸，頁 2098）又《世說新語‧文學‧40》謂：「支道林、許掾諸人，共在會稽王齋頭，支為法師，許為都講。支通一義，四座莫不厭心。許送一難，眾人莫不抃舞。但共嗟詠二家之美，不辯其理之所在。」（見同註㉒，頁 176）

㉔　《高僧傳‧竺法潛傳》。見同註㊴，頁 157。

㉕　見清‧嚴可均編、陳延嘉等校點《全上古三代秦漢三國六朝文》，第四冊，頁 643。

慶緒並結居塵外」㉖。而慧遠棲止廬山東林寺時，名人雅士望風遙集㉗，隨其振錫出遊，吟詠山水之同道，更相與拂衣晨征，盤桓於雲岫曲流，並留下唱和詩文以饗後人。可見高僧在山，信眾隨至；佛子吟遊，名士為侶，方內方外，相偕相伴，瀟灑林間，棲神野際，對於親山悅水，賞遊創作，都極具推助之功。

三、道教思想

　　道教是以「道」為信仰核心之本土宗教，由於正式形成宗教，必須具備特定之宗教信仰、宗教理論、宗教活動與宗教實體，因此漢末張陵及其五斗米道往往被視為道教開端。然而道教之發展可謂源遠流長，湯一介先生以為，它是以原有神仙家、方仙道、黃老道為基礎，雜揉東漢流行之陰陽五行、讖緯迷信而後形成㉘，至於道教宗旨，在追求延年益壽，修道成仙，攝取兼融各家道術與民俗信仰，形成一己之宗教本旨與修煉方式，最終臻至永生不死，羽化成仙之境。

　　東漢末年，由於政局動盪，主政貪腐，使農桑失所，百姓貧死於溝壑，此時，民間道教應運而生，並以勸善救苦獲得迅速發展。

㉖　《高僧傳·竺法曠傳》。見同註⑱，頁205。

㉗　《高僧傳·慧遠傳》云：「彭城劉遺民、豫章雷次宗、雁門周續之、新蔡畢穎之、南陽宗炳、張萊民、張季碩等，並棄世遺榮，依遠遊止。」見同註⑱，頁214。

㉘　見湯一介《魏晉南北朝時期的道教》，頁94。任繼愈先生則指出，除了戰國至秦漢之神仙傳說與方士方術，先秦老莊哲學和秦漢道家學說，儒學與陰陽五行思想，尚應包括古代宗教和民間巫術，醫學與體育衛生知識。（見《中國道教史》，頁10－18）

以《太平經》為基本教義之五斗米道和太平道，結合原始宗教和巫術，採用悔過行善、符水治病、禳災卻禍諸般手段來救危紓困，解民疾苦，對下層社會產生極大吸引力。當時張角創立太平道，自稱『大賢良師』，事奉黃老，畜養弟子，十餘年間，信徒竟達數十萬，在下層社會逐漸發展壯大。由於帶有濃厚農民意識，頗能符合群眾願望，乃逐漸匯聚而成一股和封建政權相抗衡之社會力量，隨著漢末統治階級腐化加劇，張角乘此經濟、政治、精神和道德並趨瓦解之勢，披著宗教外衣行抗爭之實，率黃巾道眾起義，以「蒼天已死，黃天當立，歲在甲子，天下大吉」㉙為口號，主張建立「黃天泰平」世界。黃巾既起，聲勢遍及青、徐、幽、冀、荊、揚、兗、豫八州，使漢朝州郡相繼失守，京師為之震動，但在朝廷全力動員鎮壓下，黃巾之亂終告平息，太平道眾亦趨潰散。

其時，曹操鑒於張角利用太平道煽惑農民起義，張魯以五斗米道進行地方割據，對早期道教組織採取武力鎮壓和利誘感化兩面手法。初平三年（192）曹操占領兗州，招降黃巾三十餘萬，選拔精銳，號為青州兵，漢獻帝建安二十年（215），張魯投降曹操，官拜鎮南將軍，受封閬中侯，並隨操北遷，與之結為姻親，五子皆為列侯，家族地位倍受尊榮，而五斗米道也由此傳入北方關中、洛陽、鄴城等地。「由於五斗米道的首領受尊為『天師』，所傳之道為『正一盟威之道』，故魏晉以來多稱該道派為天師道或正一

㉙　《後漢書·卷七十一·皇甫嵩傳》。見同註❷，頁2299。

道。」⑳除了與當地太平道結合，大量吸收其信徒外，更在上層士族社會擴散勢力。至葛洪乃總結秦漢以來之方仙道和黃老道精髓，並繼承左慈、葛玄、鄭隱、鮑靚一脈相傳之道術仙方，致力鑽研采藥煉丹、存神養氣之法，論證成仙之可能，並撰成《抱朴子》內篇，為神仙道教奠定理論基礎。而傳播至上層士族社會之天師道，也逐漸與神仙道教合流，使之成為魏晉最具影響力和代表性之教派。

　　曹操才冠群雄，權傾天下，然而，在「對酒當歌，人生幾何？譬如朝露，去日苦多」㉛歌詠中，卻明白透露生命易逝之憂。雖然他對道教組織採取壓制手段，但於長壽養生之術卻頗感興趣，不但招致方士甘始、元放、東郭延年，「問其術而行之」㉜，並於〈氣出倡〉、〈精列〉、〈陌上桑〉、〈秋胡行〉等樂府詩中表達欲上蓬萊、求神藥，以期萬歲不朽、輕舉逍遙之長生成仙思想。曹丕亦有〈折楊柳〉一首，詩云：「西山一何高，高高殊無極；上有兩仙僮，不飲亦不食。與我一丸藥，光耀有五色；服藥四五日，身體生羽翼。輕舉乘浮雲，倏忽行萬億。」㉝充分表達羽化成仙之內在渴望。而曹植不但在〈辯道論〉中，為郤儉所行辟穀神術作出見證㉞，並於〈游仙詩〉中自述：「意欲奮六翮，排霧凌紫虛；蟬蛻同

㉚　詹石窗《道教文化十五講》，北京：北京大學出版社，2003 年 3 月第 2 次印刷，頁 55。

㉛　曹操〈短歌行〉。見逯欽立輯校《先秦漢魏晉南北朝詩》，頁 349。

㉜　《後漢書・卷八十二下・方術傳》。見同註❷，頁 2750。

㉝　見逯欽立輯校《先秦漢魏晉南北朝詩》，頁 393。

㉞　曹植〈辯道論〉云：「常試郤儉絕穀百日，躬與之寢處，行步起居自若也。夫人不食七日則死，而儉乃如是，然不必益壽，可以療疾而不憚饑饉焉。」

松喬，翻跡登鼎湖；翱翔上九天，騁轡遠行遊」，傳遞凌虛遠遊、蟬蛻出塵之想。吳主孫權則常召著名道士介象、姚光、葛玄入宮優待之，並遣衛溫、諸葛直出海求仙藥；呂蒙病篤時，更「命道士於星辰下為之請命」❸。西晉初始，對道教採嚴控政策❸；然而趙王倫及其心腹孫秀，「並惑巫鬼，聽妖邪之說」❸，使道教又趨活躍，崇道之風更行於世。

對士人而言，自漢末以迄魏晉，險惡政治已在他們心中烙下恐怖陰影，而戰爭帶來顛沛流離，更喚起深沈憂生意識，他們西遷東渡，或戎行沙場，或避難荒郊，空間飄泊與時間流逝，更添年命短暫與人生如寄之嘆。郭璞〈游仙詩〉謂：「靜嘆亦何念，悲此妙齡逝；在世無千月，命如秋葉蒂。」寫出生命苦短，一如秋葉易凋之悵然無奈。湛方生〈秋夜詩〉言：「悲九秋之為節，物凋悴而無榮。嶺頹鮮而隕綠，木傾柯而落英。履代謝以惆悵，睹搖落而興情。信皋壤而感人，樂未畢而哀生。」面對綠隕英落，萬物凋悴，一種哀逝嘆亡氛圍便瀰漫在字裏行間。對於生死議題，道教虛構了一個神仙世界，告訴人們通過身心修煉即可長生久視，列名仙班，永遠擺脫苦難和死亡，即使充滿虛幻性，卻予人精神慰藉與麻醉。就滿足生存欲求，與得道永生而言，道教比老莊思想更能掌握樂生

---

❸　《三國志·卷五十四·吳書·呂蒙傳》。見同註❺，頁1280。

❸　《晉書·卷三·武帝紀》載：武帝既「除禳祝之不在祀典者」，又「禁星氣讖緯之學」。見同註❸，頁53、56。

❸　《晉書·卷五十九·趙王倫傳》。見同註❸，頁1601。

畏死之人性弱點，因此也就主導了流行趨勢❽。

　　在道士眼中，神仙不但超越一切塵世限制，而且集長生不死與無窮享樂於一身，令人心動，引人神往。但是神山仙境恍惚縹緲，未免虛幻遙遠，為滿足修煉成仙之願，人間道場之洞天福地便應運而生。所謂洞天福地，包括十大洞天、三十六小洞天和七十二福地，皆為景色清佳之處，幾乎囊括天下名山勝境。道教認為修仙之人，必須勘破世俗，淡泊為懷，才能不為物累，清靜無為。唯欲遺色遠聲，澄心息慮，煉神養性，以全天理，則深山老林、幽谷靜壑正是遐棲潛修者首選之地，此亦葛洪所謂：「為道者必入山林。誠欲遠彼腥膻，而即此清靜也。」❽所以，「有許多道教宮觀建造於名山勝川之處，或依山構勢，或依水結廬，與周遭環境和諧融洽，顯得清新自然，超塵拔俗，這無不有利於一種宗教氣氛的營造，住在其內的修道者們也就更顯得不近俗塵、與世隔絕了。」⑳因此，名山大嶽不但是仙真逍遙聖地，也是最佳修煉道場，置身奇峰秀

---

❽　牟鐘鑒先生指出，魏晉以降，道教獲得發展，原因之一正是：「它具有佛、儒所不具備的多方面的社會功能。如煉丹成仙的宗旨迎合了社會上層想永遠享受富貴榮華的需要，也能體現社會人士對死生問題的普遍關注；符水治病的活動可以滿足缺醫少藥的社會下層的生活需要；養生健身的理論則符合多數人增強體質、健康長壽的共同願望；道教虛靜恬淡避世修行的生活方式則為一批疾俗潔身的士人提供了一條出路。」見任繼愈主編《中國哲學發展史——魏晉南北朝》，北京：人民出版社，1998 年 5 月第 2 次印刷，頁 364。

❽　晉·葛洪《抱朴子內篇·明本》。見李中華《新譯抱朴子》上，台北：三民書局，民國 85 年 4 月初版，頁 251。

⑳　見黨聖元、李繼凱著《中國古代道士生活》，台北：商務印書館，1998 年 12 月初版一刷，頁 110。

嶺，使人「心凝形釋，與萬化冥合」❹，遂成道士修真證道之「洞天福地」。

漢魏以來，修道者漫游山海，尋仙養煉，也樂於擇幽靜棲，徜徉山水麗境，如張陵曾煉丹於龍虎山（在江西貴溪縣境內），又客遊入蜀，復登青城山（四川灌縣城西南約十五里處），張陵於此設壇布道後，即成高道聚會修真勝地。葛洪素好方術，擇山而遊，臨水而涉，尋書問義，不辭辛勞，曾路過贛州興國縣（今江西興國），傾心於山水清靈，乃結廬幽居，並留下〈洗藥池詩〉為誌❷。陸修靜為蒐集整理道教典籍，出遊江南各地，足跡履及衡、熊、湘暨、九嶷、羅浮，西至巫峽、峨嵋」，由於喜愛廬山（江西九江市南）秀麗風光，晚年隱於金雞峰簡寂觀，與名僧釋慧遠、詩人陶淵明往來同遊，遊興不減。陶宏景尋仙訪藥，遍歷名山，每逢山水佳麗，「必坐臥其間，吟詠盤桓，不能已已」❸；他對茅山（江蘇句曲山，於句容、金壇兩縣之間）尤為鍾愛，其〈答謝中書書〉酣暢刻畫奇峰勝景和賞玩清趣❹，牽動讀者騷動欲往之心。

---

❹　唐·柳宗元〈始得西山宴遊記〉。

❷　〈洗藥池詩〉：「洞陰泠泠，風佩清清。仙居永劫，花木長榮。」（見逯欽立輯校《先秦漢魏晉南北朝詩》，頁 1091）葛洪讚賞此地洞清山靜，脫俗猶似仙境，令人塵慮盡除。

❸　《南史·卷七十六·陶宏景傳》。見同註❺，頁 1898。

❹　〈答謝中書書〉如此描繪茅山風光：「高峰入雲，清流見底。兩岸石壁，五色交輝。青林翠竹，四時俱備。晚霧將歇，猿鳥亂鳴；夕日欲頹，沈鱗競躍。實欲界之仙都。」（見清·嚴可均編、陳延嘉等校點《全上古三代秦漢三國六朝文》，第七冊，頁 460。）峰巒林翠，猿鳥相啼，水清見底，游魚競戲，清美脫俗，宛如仙境。

　　對神仙傳說亦有雅好之名士而言，雲嶺高峰，岩壑密林，往往就像一處世外桃源，引人探尋；其間又有光影迷離，水聲洪細，交織成玄妙仙境，憑添出塵遐想，逗引凡心，如何劭〈遊仙詩〉云：

> 青青陵上松，亭亭高上柏。光色冬夏茂，根柢無凋落。吉士懷真心，悟物思遠託。揚志玄雲際，流目矚巖石。羨昔王子喬，友道發伊洛。迢遞陵峻岳，連翩御飛鶴。抗跡遺萬里，豈戀生民樂。長懷慕仙類，眇然心綿邈。❹❺

高峰峻陵，松柏長青，正以其不凋與遐齡，象徵人間亦有仙境，使詩人思託玄遠，情寄岩壑，意欲追隨王子喬穿雲御鶴，浪遊萬里。而潘尼在〈游西岳詩〉中寫道：

> 駕言遊西岳，寓目二華山。金樓虎珀階，象榻玟瑠筵。中有神秀士，不知幾何年。❹❻

遐想山中具有長生仙人和金碧樓閣，表達對神人與仙境之企望。湛方生則因廬山「崇標峻極，辰光隔輝，幽澗澄深，積清百仞，若乃絕阻重險，非人跡之所遊。窈窕沖深，常含霞而貯氣」，而稱其為「真神明之區域，列真之苑囿」❹❼，並賦詩曰：「吸風玄圃，飲露

---

❹❺　見逯欽立輯校《先秦漢魏晉南北朝詩》，頁 649。
❹❻　見逯欽立輯校《先秦漢魏晉南北朝詩》，頁 771。
❹❼　湛方生〈廬山神仙詩序〉。見逯欽立輯校《先秦漢魏晉南北朝詩》，頁 943。

丹霄。室宅五岳，賓友松喬」⑳，歌詠神仙居則玄圃丹霄，食則吸
風飲露，遊則松喬為伴，其飄逸出塵，逍遙樂處，令人亦不免心懷
仙趣。

面對形衰命絕之死亡威脅，老子提出「死而不亡者壽」，試圖
以肉體雖朽，精神永存來超越有限生命。莊子則強調：「人之生，
氣之聚也。聚則為生，散者為死」⑳，以元氣聚散有別，然本質不
變以齊一生死，達到「生而不悅，死而不禍」㉚之超然自在。道教
則不同，它以「我命在我不在天」㉛之積極態度，研發各種長生要
術，其中包括服食養形與虛靜養神。緣此，魏晉以來，採煉服食亦
成普遍現象，名士多欲藉此增壽延命，克制衰朽。如成公綏〈仙
詩〉言：「盛年無幾時，奄忽行欲老。那得赤松子，從學度世道。
西入華陰山，求得神芝草。珠玉猶戴土，何惜千金寶。但願壽無
窮，與君長相保。」㉜表達年光易逝，青春速凋，不能遇仙學道，
何妨入山尋藥，以全壽考長生之思。郭璞〈遊仙詩〉亦稱：「圓丘
有奇草，鍾山出靈液」；「登嶽採五芝，涉澗將六草。散髮蕩玄
溜，終年不華皓。」㉝在登山涉澗，採食靈藥中，寄託不死渴求與
成仙遐想。而謝靈運則於〈山居賦〉中自承：「弱質難恆，頹齡易

㉘　見同上註。
㉙　《莊子·知北遊》。見同註㊼，頁 253。
㉚　《莊子·秋水》。見同註㊼，頁 199。
㉛　《抱朴子內篇·黃白》引〈龜甲文〉。見同註㉓，頁 400。
㉜　見逯欽立輯校《先秦漢魏晉南北朝詩》，頁 585。
㉝　見逯欽立輯校《先秦漢魏晉南北朝詩》，頁 866。

喪。撫鬢生悲，視顏自傷」❷，於是，尋名山之奇藥，拔幽澗之溪
蓀，以求力挽頹齡，永駐青春。南朝以下，此風猶盛❸。

　　就在騷人墨客窮搜名山、遠陟峻嶺以採芝石、取靈液之際，大
自然亦以其超塵脫俗之無邊美景，使人樂遊其間而心神清朗、陶然
舒暢。如嵇康於〈與山巨源絕交書〉中所述：「又聞道士遺言，餌
求黃精，令人久壽，意甚信之；遊山澤，觀魚鳥，心甚樂之。」❹
隨著入山採藥行跡，對自然景觀投以審美之眼，從而跳脫俗情世
念，體會當下即是，暢享閑情逸趣。庾闡「採藥靈山嶺，結駕登九
嶷」❺時，即對景物遠觀細賞，周遭但見石髓懸溜、丹芝挺生、霞
光穿林、虹影耀采，置身其間，使人身心清暢，百憂躅除，感受跨
躍時空侷限後之自在逍遙。支遁亦於「採藥登崇阜」之際，遠觀松
柳，婆娑清川，解帶迎風，手濯寒泉，從而妙悟造化，心神俱冥。
而帛道猷陵峰採藥，只覺雲翳遠山，風掠荒榛，遺薪處處，雞鳴時
聞，卻不見茅茨人跡，山中超塵絕俗，猶如化外仙境❻。由此觀

---

❷　見清·嚴可均編、陳延嘉等校點《全上古三代秦漢三國六朝文》，第六冊，
　　頁 299。

❸　如江淹「冀採石上草，得以駐流年」（〈採石上菖蒲詩〉），鮑照「衰疾倚
　　靈藥」（〈臨川王服竟還田里詩〉），「凌崖采三露」（〈白雲詩〉）。吳
　　均「緣澗採山麻」，「聊持駐景斜」。（〈采藥大布山〉）連滯留北方之王
　　褒亦言：「採藥名山頂，時節無春冬」（〈和從弟祐山家詩〉），可見上山
　　採藥、服食求仙依然盛行於名士階層。

❹　見清·嚴可均編、陳延嘉等校點《全上古三代秦漢三國六朝文》，第三冊，
　　頁 475。

❺　庾闡〈採藥詩〉。見逯欽立輯校《先秦漢魏晉南北朝詩》，頁 874。

❻　帛道猷〈陵峰採藥觸興為詩〉。見逯欽立輯校《先秦漢魏晉南北朝詩》，頁
　　1088。

之，高賢名士窮登遠涉，採藥林谷，周覽遊觀之際，清景入目，俗慮皆除，不但盡賞山水佳美，又能澄心安神，強化養壽之功。

　　道教主張神仙世界真實存在，並以超越生死，得道成仙為立教宗旨，然而仙境虛無飄渺，常人難尋難至，因此也只能落實在人間，於各處明山秀水中進行求仙採藥活動。魏晉以來，由於世道多艱，全生不易，名士常有憂生之嗟，在道教思想影響下，他們登山涉水，尋仙採藥，企圖尋找不死福庭，以實現延齡永壽之渴望。又因置身岩壑，沐浴山林清氣，飽覽自然勝景，在嘯詠趺坐，冥神靜思中，漸釋域中之常戀，得暢然之高情，於是幽隱情思益濃，山水逸興亦與日俱增。洪應明《菜根譚》云：「徜徉于山林泉石之間，而塵心漸息；夷猶于詩書圖畫之內，而俗氣漸消。故君子雖不玩物喪志，亦常借境調心。」[259]山中無垢塵，林泉可洗心，一經自然浣濯疏瀹，令人神骨俱清，百病消除，遺世忘身，齊一生死。就在煙雲為養，山水為樂中，生命意識與審美情懷融為一體，進入無欲無爭，逍遙似仙之境。緣此，由登陟尋仙，採煉服食，到觀山覽水，遊目騁懷，觸興為詩，也是必然之發展趨勢。

第三節　士族習尚之推助

　　先秦時期，諸侯競逐，養士風盛，游士乃乘勢崛起，奔走各國，擇木而棲。秦漢以來，政權統一，遂由君王設立官僚體系，廣

招天下賢士，於是形成士大夫階層，在政治與經濟上享有雙重優勢。由於官愈尊則祿愈厚，權愈高則財愈多，政治實力等同經濟實力，權高位重之士大夫，往往憑其豐財厚祿，營建莊園，聚族而居，藉由「振贍窮乏，務施九族」，「分厚徹重，以救其寒」❿，維持宗法血緣之穩定，並壯大家族威望與聲勢❶。兩漢以來，由於地方豪族士大夫化，以及士大夫家族化，使士族不斷發展擴張，成就了魏晉時期之士族政治。

　　曹丕稱帝，魏國初立，更需廣納人才，以收翊贊之效。然自漢末戰亂以來，士流播遷，考詳無地，鄉舉里選難以實施，為了適應新環境，乃就本鄉中擇一適當人選來主持評定任務，作為吏部用人依據，於是採納陳群之議，訂立九品中正之制。此事可見《晉書·卷三十六·衛瓘傳》：

　　　　魏氏承顛覆之運，起喪亂之後，人士流移，考詳無地，故立
　　　　九品之制，粗且為一時選用之本耳。❷

---

❿　崔寔《四民月令》。見清·嚴可均編、陳延嘉等校點《全上古三代秦漢三國六朝文》，第二冊，頁450。

❶　余英時先生指出：「歷史進入秦、漢之後，中國知識階層發生了一個最基本的變化，即從戰國的無根的『游士』轉變為具有深厚的社會經濟基礎的『士大夫』。這個巨大的社會變化特別表現在兩個方面：一是士和宗族有了緊密的結合，我們可以稱之為『士族化』；二是士和田產開始結下了不解之緣，我們可以稱之為『地主化』或『恆產化』。」（見氏著《中國知識階層史論·古代篇》，台北：聯經出版公司，民國73年2月再版，頁86。）

❷　見同註❹，頁1058。

《太平御覽》亦載：

> 魏司空陳群，始立九品之制，郡置中正，評次人才之高下，
> 各為輩目，州置都而總其議。㊚

曹操主政時，名門士族雖經摧抑㊣，暫時受到壓制，但良好家世背景，優渥生活環境，使其成為文化、學術之享有者暨傳承者，對國家社會皆具影響力，緣此，政府轉而與名門士流合作，中正制度之設立，即發揮此一作用㊥。

司馬懿原是河內溫縣（今河南溫縣）之士族，家世兩千石高官，祖儁為潁川太守，父防乃京兆尹，懿兄弟八人，號稱八達。姻戚亦為當時世家大族，如司馬懿妻母河內山氏，即山濤之祖姑母；長子司馬師繼娶泰山羊氏，乃羊祜之姊；次子司馬昭娶東海王氏，王氏祖王朗、父王肅，皆是當時經學世家；懿之女婿京兆杜預，亦為名

㊚ 《太平御覽》卷二百六十五引《傅子》。

㊣ 曹操為了削減士族勢力，從建安八年至二十三年，先後發布四次求才令，重新訂定用人標準，企圖經由重才輕德，名實相符政策，摧抑士族壟斷鄉議之舉，並扶植新勢力以鞏固政權。

㊥ 唐長孺先生以為：「中正由政府委任，這樣就把月旦評變作官家的品第，強迫清議與政府一致，同時使原來與政府有矛盾的大族名士與政府取得協調，政府控制了輿論，而當中正的既是大族名士，他們的私家操縱也由此取得了合法地位。」（見氏著《魏晉南北朝史論叢》，石家莊：河北教育出版社，2002年1月第2次印刷，頁92。）而萬繩楠先生則視此為「曹魏政權與大族名士妥協的產物」。（見氏著《魏晉南北朝史論稿》，台北：雲龍出版社，1994年12月初版，頁45。）

宦之後。正始十年（249），司馬懿發動高平陵政變，掌控曹魏之軍政大權，此後，曹氏宗親及譙沛功臣子孫之勢力消退，以河內司馬氏為首之士大夫集團則取得優勢。嘉平三年（251），懿死，由子司馬師、司馬昭相繼擅政。咸熙二年（265），昭亡，其子司馬炎廢魏主曹奐，自立為帝，國號晉。由此可知，司馬氏之政權實以士族為中心❽，自不能廢除九品中正制度；相反地，在西晉不斷士族化之過程中，為了保證士族與庶族不至於因時間流轉、歷史變遷而發生混亂，更有譜牒出現，藉以判定門第真偽。❿

中正品第人物之標準，共有三項：簿世、狀、品。簿世即家世記錄，狀為中正對舉荐之人，進行道德才能之具體敘述，品則是中正據簿世、行狀之高下優劣，最後給予鄉品等級。依照西晉之選舉作業，「郡中正官所定之品（稱『鄉品』）送州之大中正，經評定之後再送中央之司徒府，司徒府所決定者為最後之鄉品。司徒府將人事資料送到另一職官系統之尚書省中的吏部尚書，由該機構依鄉品等資料，授給實官」❽，官位和品第必須相符，而品不只考慮狀所記錄之才德，還須參考出身門第與家世資歷，因此士族往往獨佔上品。唐代柳芳撰〈氏族論〉云：「魏氏立九品，置中正，尊世冑，

---

❽ 據《晉書·卷四十六·劉頌傳》所載：「泰始之初，陛下踐祚，其所服乘皆先代功臣之胤，非其子孫，則其曾玄。」（見同註❸，頁 1296）王仲犖《魏晉南北朝史》上冊，台北：漢京文化公司，1992 年 9 月台版一刷，頁 209 亦有論述。

❿ 如西晉摯虞就撰有《族昭穆紀》。

❽ 見鄭欽仁〈九品官人法——六朝的選舉制度〉，收錄於《中國文化新論制度篇——立國的宏規》，台北：聯經出版公司，民國 82 年 9 月初版第 8 刷，頁 222。

卑寒士,權歸右姓已。以其州大中正、主簿,郡中正、功曹,皆取著姓士族為之,以定門冑,品藻人物,晉宋因之。」⑲一開始,九品中正制就和門閥士族結下不解之緣,名門子弟,起家即作員外散騎侍郎、祕書郎或著作郎,職閒廩重,地望清美,居官數旬,即獲升遷,貴盛世家憑藉門資,「平流進取,坐致公卿」⑳,形成壟斷仕途之流弊㉑。

　　東晉政權乃以北來世家大族為支柱,其中尤以琅邪王氏翼戴之功居多。司馬睿移鎮建鄴之初,「吳人不附,居月餘,士庶莫有至者」㉒,王導特意安排司馬睿於三月上巳乘肩輿出遊,而自己則和王敦及北方南下之士族大家騎馬隨從,以拉抬司馬睿之聲勢。果然,「吳人紀瞻、顧榮,皆江南之望,竊覘之,見其如此,咸驚懼,乃相率拜於道左」㉓。王導亦乘機向司馬睿進言,謂:「顧榮、賀循,此土之望,未若引之以結人心。二子既至,則無不來矣。」㉔經過司馬睿和王導之著意爭取,並給予優厚待遇,江東世家大族應命而至;其後隨著北方南侵威脅增大,兩者利害關係更趨一致,江東世家大族亦從各方面對司馬睿集團提供有效支持。

---

⑲　《新唐書·卷一百九十九·柳沖傳》。見宋·歐陽修、宋祁撰《新唐書》,台北:鼎文書局,民國 74 年 2 月四版,頁 5677。

⑳　《南齊書·卷二十三·褚淵傳傳》。梁·蕭子顯撰《南齊書》,北京:中華書局,1997 年 3 月第 7 次印刷,頁 425。

㉑　衛瓘、劉毅、段灼皆曾上書痛陳此弊。詳情可參《晉書·卷三十六·衛瓘傳》、《晉書·卷四十五·劉毅傳》、《晉書·卷四十八·段灼傳》。

㉒　《晉書·卷六十五·王導傳》。見同註㊸,頁 1745。

㉓　見同上註。

㉔　見同註㊸,頁 1746。

　　士族政治既已形成❹，士族子弟對政治現實之體認，亦遠較他人為深。由於兩晉南北朝任中正者，士族獨占四分之三以上❹，而「中正不考人才行業，空辨氏姓高下」❹，導致「位宦高卑，皆可依氏族而定」❹，名門子弟多憑世資，平流進取，坐至公卿，縱使君統變易，只要九品官人之制猶存，士族依舊從容台閣，世為清華之官，因此士族保家之念極重，而殉國之義漸輕，君臣之節，徒致虛名。如王衍處於禍亂既起，國命將傾之際，竟以中國已亂，應派文武大臣鎮守四方為由，向司馬越薦舉弟王澄、族弟王敦為荊州、青州刺史，費心安排狡兔三窟之策。而自王敦之反，迄於陳朝，王氏子弟皆以文義相高，無一人負兵權之寄，「其族自取身榮，不存國計，尋且邀寵新君，上璽勸進，以一家物與一家物，視作等閒，遂得敷衍昌盛，歷代尊榮。」❹顯見門庭興衰，個人存亡，始終凌駕國家利益，成為士族最關心之事。

---

❹　據毛漢光先生統計，士族入仕比例，自西晉兩期（西元 265－289，290－316）之 46.2%，66.3%，至東晉四期（西元 317－344，345－370，371－396，397－419）之 65.9%，79.6%，80.8%，68.2%，幾乎都呈向上攀升之勢，而東晉可謂士族政治發展最鼎盛時期。（見氏著《中國中古社會史論》，上海：上海書店，2002 年 12 月第 1 次印刷，頁 44）

❹　據毛漢光《中國中古社會史論・兩晉南北朝主要文官士族成分的統計分析與比較》（見同上註，頁 185）所載：「負責推薦的中正，士族佔百分之七十四點三；小姓佔百分之十五點九；寒素占百分之九點八。」

❹　《魏書・卷六十六・崔亮傳》。見北齊魏收撰《魏書》，北京：中華書局，2003 年 10 月第 7 次印刷，頁 1479。

❹　《南史・卷五十九・王僧孺傳》。見同註❹，頁 1461。

❹　見蘇紹興《兩晉南朝的士族》，台北：聯經出版公司，民國 82 年 11 月初版第 2 刷，頁 24。

　　在九品官人制中，由於品第標準多著重父祖官爵，譜牒家世，為了保持政治優勢，延續家族勢力，士族子弟必須積極出仕，以維持門第不墜。一方面，士族子弟既經入仕，往往擔任清閒廩豐之職，平日不以庶務勞心，煩雜實務盡委寒族，如《陳書·卷六·後主紀》所云：「自魏正始，晉中朝以來，貴臣雖有識治者，皆以文學相處，罕關庶務，朝章大典，方參議焉。文案簿領，咸委小吏，浸以成俗。」❽又因莊老盛行，玄風大倡，時俗祖尚玄虛，士族耽於清談，是以「簿領文案，不復經懷」，「望白署空，是為清貴」❽，於是宅心事外，遺落塵務，成為一種雅逸風流。他們嚮往「目送歸鴻，手揮五弦；俯仰自得，游心太玄」❽之閑隱生活；贊美「出處同歸」❽，「居官無官官之事，處事無事事之心」❽之處世態度，於是，地位愈高者，愈要表現得不慕榮利，超塵脫俗，藉此炫耀士族獨享之清位高福，展露名士特具之閑雅氣度❽。

---

❽　見唐·姚思廉撰《陳書》，北京：中華書局，2002 年 10 月第 2 次印刷，頁120。

❽　《梁書·卷三十七·謝舉、何敬容傳》。見唐·姚思廉撰《梁書》，北京：中華書局，2003 年 9 月第 7 次印刷，頁 534。

❽　嵇康〈四言贈兄秀才入軍詩〉十八首其十三。見逯欽立輯校《先秦漢魏晉南北朝詩》，頁 483。

❽　《世說新語·文學·91》謝萬作《八賢論》注。見同註❷，頁 208。

❽　孫綽〈劉真長誄〉。見清·嚴可均編、陳延嘉等校點《全上古三代秦漢三國六朝文》，第四冊，頁 645。

❽　士族閑居清職，不以庶務經心之好尚，不但為政權所默許，更為時俗所鼓勵，「處官不親所司，謂之雅遠」（裴頠〈崇有論〉，見清·嚴可均編、陳延嘉等校點《全上古三代秦漢三國六朝文》，第四冊，頁 340），至如「劉頌屢言治道，傅咸每糾邪正，皆謂之俗吏」（干寶《晉紀總論》，見清·嚴

　　綜上所述，士族不但坐擁政治、經濟優勢，生活上亦追求任情瀟灑，清閑自適。因此，莊園肥遁，山水怡情，既可充分享受人間榮華，又能展現高情逸致，遂成為士族張顯地位與品味之生活習尚。

　　漢末達士仲長統深體「名不常存，人生易滅」之理，「每州郡命召，輒稱疾不就」，思欲「卜居清曠，以樂其志」，表達「抗志山棲，游心海左」之想。他曾為文論述心中嚮往之幽居清境與歸隱生活：

> 使居有良田廣宅，背山臨流，溝池環匝，竹木周布，場圃築前，果園樹後。舟車足以代步涉之艱，使令足以息四體之役。養親有兼珍之膳，妻孥無苦身之勞。良朋萃止，則陳酒肴以娛之；嘉時吉日，則烹羔豚以奉之。躕躇畦苑，遊戲平林，濯清水，追涼風，釣游鯉，弋高鴻。諷於舞雩之下，詠歸高堂之上。安神閨房，思老氏之玄虛；呼吸精和，求至人之仿佛。❷⁸⁶

此中所言「良田廣宅」、「溝池環匝」、「竹木周布」、「園圃廣闢」諸般景象，正是士族莊園之大略風貌，而「良朋萃止」、「肴

可均編、陳延嘉等校點《全上古三代秦漢三國六朝文》，第五冊，頁1308）。何充為相，公而忘私，以社稷為己任，「與王濛、劉惔好尚不同，由此見譏於當世。」（《世說新語‧政事‧18》注引《晉陽秋》，見同註❺❷，頁141。）
❷⁸⁶　《後漢書‧卷四十九‧仲長統傳》。見同註❷，頁1644。

酒相娛」、「濯水追風」、「弋鴻釣鯉」，則為名士逍遙一世，睥睨天地之生活情韻。由於結合居住、遊賞、物質經濟等條件，故能樂享人生，展現閑隱逸趣。

西晉時期，士族莊園在北方快速發展。門閥制度使大族之政治利益獲得更多保障，世家大族無不致位通顯，爵極公侯。加上西晉佔田制中，明文規定世族蔭宗族、蔭佃客之優待辦法，使世家大族在物質生活上愈益豐碩。如金城麴允與游氏世為豪族，財多業大，西州為之語曰：「麴與游，牛羊不數頭，南開朱門，北望青樓。」❷⁸⁷王戎「廣收八方園田水碓，周遍天下。積實聚錢，不知紀極」❷⁸⁸；「既貴且富，區宅、僮牧、膏田、水碓之屬，洛下無比。」❷⁸⁹石崇「有別廬在河南縣金谷澗中，去城十里，或高或下，有清泉茂林，眾果竹柏、藥草之屬，金田十頃，羊二百口，雞豬鵝鴨之類，莫不畢備。」❷⁹⁰所著《思歸引‧序》曾論及園中構築與肥遁生活：「其制宅也，卻阻長堤。前臨清渠，百木幾於萬株，流水周於舍下。有觀閣池沼，多養魚鳥。家素習技，頗有秦趙之聲。出則以游目弋釣為事，入則有琴書之娛；又好服食咽氣，志在不朽，傲然有凌雲之操。」❷⁹¹可見莊園規模龐大，景致優美，不但動植遍布，物

---

❷⁸⁷　《晉書‧卷八十九‧麴允傳》。見同註❹³，頁 2307。

❷⁸⁸　《晉書‧卷四十三‧王戎傳》。見同註❹³，頁 1234。

❷⁸⁹　《世說新語‧儉嗇‧3》。見同註❺²，頁 652。

❷⁹⁰　石崇《金谷詩序》。見清‧嚴可均編、陳延嘉等校點《全上古三代秦漢三國六朝文》，第四冊，頁 346。

❷⁹¹　見清‧嚴可均編、陳延嘉等校點《全上古三代秦漢三國六朝文》，第四冊，頁 344。

產豐盈，娛心悅目之物亦皆齊備。石崇常「引致賓客，日以賦詩」
⑳，弋釣宴飲，極樂盡歡。其中，送大將軍王詡至長安之餞別會聚
應屬規模最大者，三十人雅集宴遊，登高臨水，飲酒賦詩，作品彙
編成冊，石崇為作序文，號曰《金谷集》。今雖僅存潘岳一首完整
作品，猶可略窺園中麗景與宴集盛況。

　　政權南遷後，士族憑其政治、經濟優勢，或君王賜田，或金錢
購置，或占山固澤，或巧取豪奪，從而獲得廣闊土地，在佃戶、部
曲、奴童辛勞付出下，建立富足莊園以資優遊肥遯。如東晉名臣紀
瞻，「厚自奉養，立宅於烏衣巷。館宇崇麗，園池竹木，有足賞玩
焉。」⑳王導有別墅建於鍾山，占地八十餘頃。⑳又《晉書・卷九
十四・隱逸傳・郭文傳》稱王導有西園，「園中果木成林，又有鳥
獸麋鹿」⑳，時有隱士郭文，愛山水，尚嘉遯，導聞其名，派人迎
置西園，文居其間七年，未嘗出入。謝安入朝為官後，曾於建康
「土山營墅，樓館林竹甚盛，每攜中外子姪往來遊集。」⑳謝玄獲
准東歸，任會稽內史，即於始寧興建山墅，以申高樓之意。謝靈運
倦宦歸隱時，除重整南山舊墅，又於北山修造別業，新居「四山周
回，溪澗交過，水石竹林之美，岩岫隈曲之好，備盡之矣」⑳，不

---

⑳　《世說新語・品藻・57》劉注引崇〈金谷詩敍〉。見同註㊿，頁 401。
⑳　《晉書・卷六十八・紀瞻傳》。見同註㊸，頁 1824。
⑳　《南史・卷二十二・王騫傳》。見同註⑮，頁 596。
⑳　見同註㊸，頁 2440。
⑳　《晉書・卷七十九・謝安傳》。見同註㊸，頁 2075。
⑳　謝靈運〈山居賦〉。見清・嚴可均編、陳延嘉等校點《全上古三代秦漢三國
　　六朝文》，第六冊，頁 306。

但飽覽山水勝景，亦得暢享幽居閑情。靈運常「與隱士王弘之、孔淳之等縱放為娛，有終焉之意。」❷

士族大家坐擁莊園，朝登暮眺，往返不勞，賦詩把酒，無適不樂，對他們而言，所謂「幽結於林中」，「蔭映岩流之際，優息琴書之側，寄心松竹，取樂魚鳥，則澹泊之願於是畢矣」❸，往往只是莊園棲逸，園林閒遊而已，並非棄官遠俗，岩穴苦隱。所以孫綽〈贈謝安詩〉云：「遂從雅好，高跱九霄。洋洋浚泌，藹藹丘園。庭無亂轍，室有清絃。足不越疆，談不離玄。心憑浮雲，氣齊皓然」❹，靜處閑居，撫弦清談，不必入荒山，心遠地自偏。對士族而言，莊園兼具豐盈物質與自然勝景，既滿足閑居逍遙之生活願望，也激活山水審美熱情，從而留下更多紀遊詩文。

東晉南遷，因「江南土地滋潤，農產豐衍，稍事勞作，便可優游自適」❺；加上長江天險可為屏障，北方亦無力侵擾，世局乃日漸安定，士大夫置身富饒之鄉，難免耽於佚樂，不再時刻以匡復中原為念。而江南之山重水複，麗景如畫，原即引人優遊，駐足清賞，兼以林間野際時或雲繚煙籠，更添靈妙綺秀之神祕氣息，使人易生輕逸虛幻之思。當北方貴族名士避難江南，遠離苦寒之境，置身富麗之邦，心境不覺漸趨閑適浪漫，豫遊情懷亦與日俱增，平素

---

❷　《宋書·卷六十七·謝靈運傳》。見同註❽，頁 1754。

❸　戴逵〈閑遊贊〉。見清·嚴可均編、陳延嘉等校點《全上古三代秦漢三國六朝文》，第五冊，頁 1424。

❹　見逯欽立輯校《先秦漢魏晉南北朝詩》，頁 900。

❺　見張仁青《魏晉南北朝文學思想史》，台北：文史哲出版社，民國 92 年 9 月初版，頁 287。

「或聽鶯載酒，聊以遣興，或漱石枕流，惟務曠達，或模山範水，
膏肓成癖。衣冠士流，遞相師放，蓋無復有陸沈之悲，飲馬之意
矣。」[302]士族名流樂於登山臨水，吟風弄月，既從中享受林泉優遊
之趣，也以此展現高雅閑情與文化品味。

　　北方大族南渡後，雖在都城建康從事政治活動，卻於浙東一帶
從事經濟開發[303]。浙東涵括會稽、臨海、永嘉、東陽、新安五郡為
一個行政單位，而以會稽太守兼督五郡。這裏山水清峻，林木蔥
蘢，對偏安名士而言，正是最佳清心靈藥，他們大多定居於經濟最
富庶、風景最秀麗之會稽郡。[304]其時會稽郡包括十個轄縣：山陰、
上虞、始寧、餘姚、句章、鄞、鄮、剡、永興、諸暨，這一帶峰巒
疊翠，碧潭澄明，水木相映，泉石爭暉，佳美勝境引人居遊其間。

　　會稽郡內，山是蒼翠深蔚，峰嶺相連，岩崖壁立，參差入雲；
水則澄湖似鏡，奔溪激湍，懸瀑飛濺，寒潭森沈。仰望有千崗萬
巒，巍與天敵；俯瞰乃清流映帶，散綺入江；於此優游樂處，或使

---

[302]　見同上註，頁 304。

[303]　陳寅恪先生指出：「新都近旁既無空虛之地，京口晉陵一帶又為北來次等士
　　　族所占有，至若吳郡、義興、吳興等郡，都是吳人勢力強盛的地方，不可插
　　　入。故唯有渡過錢塘江，至吳人士族力量較弱的會稽郡，轉而東進，求經濟
　　　之發展。」（見萬繩楠整理《陳寅恪魏晉南北朝史講演錄》，合肥：黃山書
　　　社，2000 年 12 月第 3 次印刷，頁 119）

[304]　劉淑芬《六朝的城市與社會》列有「定居浙東北方大族田園廬墓表」可參
　　　閱，當中並指出北方大族定居會稽的情況可分為兩類：第一類是永嘉前後南
　　　來時，就直指浙東定居者。第二類是永嘉南來先居於他處，而後因本人或親
　　　族擔任浙東的地方官，於任官期間在此購製產業；或卸任後定居於此者。
　　　（台北：學生書局，民國 81 年 10 月初版，頁 229－232）

人塵慮盡掃，遯世無悶；或詩興勃發，浮想連翩。如山陰境內，川土明秀，蘭亭勝景，以曲水蜿蜒，流觴賦詩聞名，「太守王羲之、謝安兄弟，數往造焉」㉟，而雅集詩文更是傳揚千古。另有若耶溪，水清映物，眾山倒影，歷歷如畫，溪畔麻潭廣數畝，四周寒木森蓊，「上有一櫟樹，謝靈運與從弟惠連常遊之，作連句，題刻樹側」㉠；上虞縣有蘭風山，山有三嶺，枕帶長江，苕苕孤危，望之若傾，據《水經注》所載：「丹陽葛洪遯世居之，墓井存焉。琅邪王方平（弘之）性好山水，又爰宅蘭風，垂釣于此，以永終朝。」㉡距上虞縣二十公里處，則有東山巍然特立，如鸞鶴飛舞，其間千峰掩抱，林谷深蔚，又緊依曹娥江，風景絕美，謝安曾隱居其間，並屢與許詢、王羲之、支遁、孫綽諸友攜手同遊。據宋人王絰《東山記》所載：「絕頂有謝安調馬路，白雲、明月二堂遺址。」而山下有國慶寺，即謝安別墅；山腰有一「薔薇洞」，乃謝安攜妓游宴之地㉢。謝靈運亦曾春遊東山，寫下〈郡東山望溟海〉，詩云：「開春獻初歲，白日出悠悠。蕩志將愉樂，瞰海庶忘憂。策馬步蘭皋，紲控息椒丘。采蕙遵大薄，搴若履長洲。」靈運仕途不暢，壯志難展，常欲經由登山賞玩之樂，達到洗心蕩志，悅目遣懷目的。

　　始寧、剡縣交界，有嵊山、嵊山峰嶺相連，參差相對，「其間傾澗懷煙，泉溪引霧，吹畦風馨，觸岫延賞。是以王元琳（王珣之

㉟　《水經注・卷四十・浙水注》。見同註㉘，頁3304。

㉠　同上註，頁3313。

㉡　同上註，頁3333。

㉢　李白有〈憶東山二首〉，詩云：「不向東山久，薔薇幾度花。白雲還自散，明月落誰家？」「我今攜謝妓，長嘯絕人倫。欲報東山客，開關掃白雲。」

孫綽）謂之神明境」❸。而嶀山東北，臨浦陽江、太康湖一帶，乃
車騎將軍謝玄田居所在，玄於江曲起樓，盡得升眺之趣，而樓側悉
是桐梓，森聳可愛，居民號為桐亭樓❸。至於剡縣周匝，風景更是
秀美清靈，令人醉心。帛道猷曾以「連峰數千里，修林帶平津。雲
過遠山翳，風至梗荒榛。茅茨隱不見，雞鳴知有人」❸，描繪沃洲
山一帶，峰連林密，仙客幽居，每當雲抹山額，風掠樹隙，更顯清
靈幽靜，留人駐足。據白居易〈沃洲山禪院記〉所言，晉時諸多名
僧雅士，均曾慕名遊賞，或逸居此地❸。至於「竹色溪下綠，荷花
鏡裏香」❸之剡溪，更因王子猷雪夜乘興訪戴逵而傳頌今昔，想當
時子猷沿溪放舟而下，面對碧水澄淨，夜色清妙，既已陶然欲醉，
融入這般良辰美景，至於是否親見至友，恐已不足掛懷了。

　　浙東勝境，除會稽郡以外，東陽郡內有定陽溪，於信安縣因地
形陡降，水懸百餘丈，以飛瀑之姿洩注而下，氣勢磅礴。其後又分
納眾流，混波東逝，流經定陽縣，這一段流程，「夾岸緣溪，悉生

---

❸　見同註❸，頁 3330。

❸　見同註❸，頁 3330。

❸　帛道猷〈陵峰採藥觸興為詩〉。見逯欽立輯校《先秦漢魏晉南北朝詩》，頁
1088。

❸　白居易〈沃洲山禪院記〉云：「厥初有羅漢僧西天竺人白道猷居焉；次有高
僧竺法潛、支道林居焉；次又有乾、興、淵、支、遁、開、威、蘊、崇、
實、光、識、裴、藏、濟、度、逞、印凡十八僧居焉。高士名人有戴逵、王
洽、劉恢、許元度、殷融、郗超、孫綽、桓彥表、王敬仁、何次道、王文
度、謝長霞、袁彥伯、王蒙、衛玠、謝萬石、蔡叔子、王羲之凡十八人，或
遊焉，或止焉。」

❸　李白〈別儲邕之剡中〉。

文竹，及芳枳木連，雜以霜菊金橙。白沙細石，狀如凝雪。石溜湍波，浮響無輟。山水之趣，尤深人情」❸❹。而永嘉郡因控山帶海，利兼水陸，不但成為東南沃壤，更富山水旅遊之趣。如西山連峰疊翠，似列畫屏；綠嶂山澗委水迷，林迴岩密；赤石濱海，可享掛帆出遊，採食海月之趣；甌江孤嶼，可賞雲日輝映，空水澄鮮之景。謝靈運擔任永嘉郡守時，往往肆意遨遊，飽覽此地溪山勝景，並留下雋永詩篇。

浙西一帶，亦不乏名聞遐邇之山水勝境。如吳郡錢塘縣，因定山、包山突出浙江中，水流至此，因江寬銳縮，遂捲起狂潮，尤其「二月、八月最高，峨峨二丈有餘」❸❺，遊人如欲體驗「驚濤來似雪，一坐凜生寒」❸❻之獨特感受，往往視此地最佳觀潮區。吳興郡於潛縣則有天目山，崖嶺竦疊，高峻入雲，上有霜木，皆是數百年樹。東面瀑布懸洩，下注數畝深，名為蛟龍池。❸❼池水南流，與紫溪會合，紫溪中夾水有紫色磐石，長百餘丈，望之如朝霞，故又名赤瀨水。紫溪東南流經白石山，匯入桐水，自此以下，「連山夾水，兩峰交岬，反項對石，往往相捍。十餘里中，積石磊砢，相挾而上，澗下白沙細石，狀若霜雪。水木相映，泉石爭暉」❸❽，極具視聽之娛。再往東南則流經桐廬縣，而桐廬至富陽一段旅程，更為吳均美稱：「奇山異水，天下獨絕。」其〈與宋元思書〉如此描

---

❸❹ 見同註❷❽，頁 3293。

❸❺ 見同註❷❽，頁 3299。

❸❻ 孟浩然〈與顏錢塘登障樓望潮作〉。

❸❼ 見同註❷❽，頁 3280。

❸❽ 見同註❷❽，頁 3282。

述：「水皆縹碧，千丈見底，游魚細石，直視無礙。急湍甚箭，猛浪若奔。夾岸高山，皆生寒樹。負勢競上，互相軒邈，爭高直指，千百成峰。泉水激石，泠泠作響，好鳥相鳴，嚶嚶成韻。蟬則千囀不窮，猿則百叫無絕。鳶飛戾天者，望峰息心；經綸世務者，窺谷忘返」❸❶⑨，置身於此清幽絕美之境，但見萬物逍遙自得，與世無爭，當然也使人滌除塵心，散盡妄念，流連忘返於大自然之懷抱。

此外，潯陽郡南方有廬山，王彪之《廬山賦·序》謂其「雖非五嶽之數，穹窿嵯峨，實峻極之名山也」❸❷⓪。在古人心目中，這群木蒼茫，雲遮霧繚之疊翠山巒，實「懷靈抱異，苞諸仙跡」❸❷①，神祕氣氛，啟人尋仙訪聖之心；加上山川明淨，風清氣爽，更使「嘉遯之士，繼響窟巖。龍潛鳳采之賢，往者忘歸矣」❸❷②。廬山以其巉岩峭壁，飛瀑流泉，博得「匡廬奇秀甲天下」之譽，且成為隱逸修道之幽棲淨地。東晉太元六年（381），慧遠南下至潯陽，見廬山閑曠，可以息心，遂借寓西林寺側龍泉精舍，後得江州刺史桓伊之助，乃於西北麓另建東林寺，並作〈廬山記〉介紹此處之地形風物、歷史傳說與秀麗美景。慧遠亦常與廬山諸道人同遊石門，大家賦詩紀遊，慧遠則為之作序，以描述石門特殊地勢，和眾人歷險窮崖、飽覽勝景之喜悅心情。陶淵明生於斯，隱於斯，〈飲酒〉詩中曾以：「採菊東籬下，悠然見南山」，一展閑逸雅趣，其超俗情

---

❸❶⑨　見清·嚴可均編、陳延嘉等校點《全上古三代秦漢三國六朝文》，第七冊，頁612。

❸❷⓪　見同註❷❽，頁3257。

❸❷①　見同註❷❽，頁3259。

❸❷②　見同註❷❽，頁3261。

志，千載以下猶令人無限遐思。而謝靈運則以探險之姿，著特製木屐，攀巉岩，登疊障，到達「廬山絕頂」之大林峰，並寫下《登廬山絕頂望諸嶠》，詩中藉雲霧聚散起落，使靜穆山景特顯靈動妙態。此後，又有鮑照〈登廬山〉、江淹〈從冠軍建平王登香爐峰〉諸作，以描繪自然美景為主軸，令人既經披卷展讀，更思遠涉親陟，以窺廬山真面目。至於後世遊廬山者更是絡繹不絕，詩作亦不可殫記。

　　從漢末到西晉，山水意識已漸趨蓬勃，不論是李膺、仲長統、嵇康、或石崇等金谷詩人，都樂於從山水棲遊中享受自然美景與生活情趣㉓，茂林清泉既是瀟灑逸士之清靈伴侶，明山秀水更能雅化俗氣之伎樂宴飲。只是，「當文化中心和名士生活還滯留在北方黃土平原的時期，外間風景沒有那麼多的美麗的刺激性，能夠使他們終日在『荒丘積水』畔逗留徘徊……永嘉亂後，名士南渡，美麗的自然環境和他們追求玄遠的恬淡心境結合起來，於是山水美的發現便成了東晉這個時代對於中國藝術和文學的絕大貢獻」㉔。在《世說新語》中，可以找到許多愛賞山水之例，如〈言語〉載：

㉓　羅宗強先生指出：「漢末個別性覺醒導致李膺的悅山怡水和仲長統的山水樂志；正始的越名教而任自然導致嵇康的從自然中體認人生的閒適情趣。把審美體驗帶入山水的鑑賞中。而西晉士人『士當身名俱泰』的人生理想，則把山水作為遊樂的對象，把大自然的美作為人間榮華富貴的一種補充。」（見氏著《玄學與魏晉士人心態》，台北：文史哲出版社，民國 81 年 11 月初版，頁 257）

㉔　見王瑤《中古文學史論·中古文學風貌》，台北：長安出版社，民國 71 年 8 月再版，頁 61。

王子敬云：「從山陰道上行，山川自相映發，使人應接不暇。若秋冬之際，尤難為懷。」（91條）[325]

王司州至吳興印渚中看，嘆曰：「非唯使人情開滌，亦覺日月清朗。」（81條）[326]

顧長康從會稽還，人問山川之美，顧云：「千巖競秀，萬壑爭流，草木蒙籠其上，若雲興霞蔚。」（88條）[327]

另在〈棲逸〉亦載：

許掾好游山水，而體便登陟。時人云：「許非徒有勝情，實有濟勝之具。」（16條）[328]

由於「山水之為物，稟造化之秀，陰陽晦明，晴雨寒暑，朝昏晝夜，隨形改步，有無窮之趣。」[329]因此，梁代文士丘遲作〈與陳伯之書〉，欲以「暮春三月，江南草長，雜花生樹，群鶯亂飛」，喚起思鄉情懷，招撫入北武將陳伯之重返江南，正顯示文人對自然美

[325]　見同註[52]，頁 115。
[326]　見同註[52]，頁 108。
[327]　見同註[52]，頁 113。
[328]　見同註[52]，頁 506。
[329]　元·湯垕《畫論》。見沈子丞編《歷代論畫名著彙編》，台北：世界書局，民國 73 年 5 月再版，頁 201。

景之神奇力量抱持極大信心。東晉政權南移之初，北方士人面對江山易手，猶不免新亭對泣，無限感傷。但是時日漸久，所有憂煩沈鬱，彷彿都在江南麗境中，經由一泓清水、一片清氣，即得到洗滌、熨貼和撫平；明媚奇秀之林泉丘壑，已成了他們寄養情志、陶然忘我之桃源仙境。所以當桓溫積極從事北伐事業，並主張移都洛陽時，孫綽除了政治軍事之考量外，又以「河洛丘虛，函復蕭條，井堙木刊，阡陌夷滅，生理茫茫，永無依歸」為由，強調中原幾經戰亂，地蕪井荒，物事全非，不利遷徙營生而上疏反對，這恐怕與其「居於會稽，游放山水，十年有餘」❸⓿，身心早已安頓在這塊「江南佳麗地」有莫大關係。

劉勰《文心雕龍·物色》指出：「若乃山林皋壤，實文思之奧府」，並謂屈原「所以能洞監風騷之情者，抑亦江山之助乎」。的確，楚地山川映發，異采紛呈，艷光媚態，莫能揜抑，醉聽菱歌，吟賞煙霞，非但使人性靈搖蕩，更能喚醒審美意識。對浪漫多情，浮想連翩之士而言，不僅草木禽魚皆有靈性，峰巒岩石、飛瀑流泉、岫雲煙嵐也洋溢勃勃生機，每一處山水景物，都以其形象映現著天地自然之道，供人領悟個中妙理，並咀嚼其象外之境、味外之旨、韻外之致。故羅大經《鶴林玉露·丙編·卷之三·觀山水》直謂：「大抵登山臨水，足以觸發道機，開豁心志，為益不少。」❸❶士人觀覽山水，澄懷味象，不僅得以蕩滌胸懷、激勵志氣，更能啟

---

❸⓿　以上引文見《晉書·卷五十六·孫綽傳》。見同註❹❸，頁 1545。。

❸❶　見宋·羅大經撰《鶴林玉露》，北京：中華書局，1997 年 12 月第 2 次印刷，頁 282。

迪玄心，逸情暢神。永嘉亂起，士人南移，相較於黃土覆地，沙雪漫天之北國風情，江南得天獨厚，不但氣候溫潤，土地肥美，兼以川流縱橫，山林秀麗，放目所見，或杏花春雨，或疏柳淡煙，縱耳聆賞，或鶯啼燕語，或漁歌晚唱，清景如畫，宛若桃源，北來文士，焉能不動心！何況，南渡名族大多於會稽一帶，經營私人莊園，享受安定且自足之閒逸生活，他們與江南山水迅速融合，自是水到渠成。江南獨厚之物質條件與自然環境，使名流雅士優遊於明山秀水中，獲得身心之愉悅與解脫，從而調整了生命價值與處世態度。徘徊林藪，使其離塵遠俗，輕實際而尚玄虛，契入自然，尤令之神閒氣定，行止益趨沈穩而少躁進❸❷。逍遙於青山綠水，體察造物之妙，享受超塵之趣，成了名士追求之生活目標。觀王羲之於〈雜帖一〉中對友人言：「要欲及卿在彼，登汶嶺、峨眉而旋，實不朽之盛事。」❸❸已不同於前人推崇立德、立功、立言，而將登山遊覽視為「不朽之盛事」；永和九年，羲之登高一呼，群賢齊聚蘭亭，眾人臨流賦詩，以紀清賞，以抒逸興，果真接續金谷遺響，雅韻傳頌今昔。

　　由於登臨賞玩蔚然成風，隨行紀遊、模山範水之作亦日漸增多。庾闡以「上巳春遊」為題，成詩二首，詩云：「高泉吐東岑，

---

❸❷　如張可禮先生即謂：「他們閒適快活而少見匆忙憂傷，他們平和退讓而不太勇猛好鬥，他們有處世的才幹而少有貪求的野心。」見氏著《東晉文藝綜合研究》，濟南：山東大學出版社，2001年1月第1次印刷，頁117。

❸❸　見清‧嚴可均編、陳延嘉等校點《全上古三代秦漢三國六朝文》，第四冊，頁240。

洄瀾自淨㶁。臨川疊曲流，豐林映綠薄」❸；「清泉吐翠流，綠醽漂素瀨。悠想盼長川，輕瀾渺如帶」❸，清泉懸流、川迴林繞之自然美景，實已喚起遊人嬉春熱情，於是泛舟鼓枻、飲酒觀魚，處處流蕩天人交融之趣。至於〈觀石鼓〉、〈衡山〉詩中，對造化之妙，山水之奇皆嘆賞不已，或命駕親臨，朝濟夕憩，在「手藻春泉潔，目玩陽葩鮮」中，感受捨名去利之閑情雅趣；或「寂坐挹虛恬，運目情四豁」，藉由南瞻北眺，俯仰觀覽，體會身心俱靜，耳目咸暢之妙境。李顒則因舟行太湖，見其煙波浩渺、曠遠無垠，俯仰之間，或「驚飆揚飛湍，浮霄薄懸岨」，或「輕禽翔雲漢，游鱗憩中潣」，時而風險浪急，時而禽魚閑嬉，氣象變幻無窮，景致亦風情萬千，遂成〈涉湖〉❸一詩，以縱橫之筆，揮灑水岸奇境。蘇彥於西陵觀濤有感，亦寫下「洪濤奔逸勢，駭浪駕丘山。訇隱振宇宙，㴑磕津雲連」❸四句詩，透過江濤奔逸之極速，與衡山撞崖之怒吼，令人猶如親睹駭浪激天之勢。湛方生船入江西，見廬山、鄱陽湖之壯麗，先以「彭蠡紀三江，廬岳主眾阜」寫出涵納百川、鶴立群阜之曠偉氣勢，接著鋪陳湖畔山崖風光，「白沙淨川路，青松蔚岩首」，沙白水清，天藍林綠，上下景色鮮潔明麗，更映襯出作者豁朗暢達心情。其後更以「此水何時流，此山何時有」❸，轉入

---

❸　庾闡〈三月三日臨曲水詩〉。見逯欽立輯校《先秦漢魏晉南北朝詩》，頁873。

❸　庾闡〈三月三日〉。見逯欽立輯校《先秦漢魏晉南北朝詩》，頁873。

❸　見逯欽立輯校《先秦漢魏晉南北朝詩》，頁858。

❸　蘇彥〈西陵觀濤有感〉。見逯欽立輯校《先秦漢魏晉南北朝詩》，頁924。

❸　湛方生〈帆入南湖詩〉。見逯欽立輯校《先秦漢魏晉南北朝詩》，頁944。

對宇宙運化之沈思，從而體悟人事推遷，山水獨存，隨順自然，便能無入而不自得。范文瀾《文心雕龍‧明詩》注中謂：「寫山水之詩起自東晉庾闡諸人」，今觀眾家紀遊之作，繪形寫勢，聲色俱佳，觀景覽勝，情理間起，確是山水詩作之先驅者。

　　綜言之，士族在特殊時代背景下，既坐擁政經文化優勢，又抱持「出處同歸」之人生態度，肥遯莊園，怡情山水，享受廟堂榮華與閑隱逸趣，標榜名士之清雅風韻。東晉立國，政治、文化重心南移，經過朝野積極開發，奠定厚實之經濟基礎，使士民得以休養生息，偏安一隅。而煙雨江南，川林秀麗，風姿萬千，更催化名士之山水逸興與旅遊熱情，從而孕育更多寫景詠物、模山範水之紀遊作品，進而影響南朝文風。正如《文心雕龍‧明詩》所指出：「宋初文詠，體有因革。莊老告退，而山水方滋。儷采百字之偶，爭價一句之奇。情必極貌以寫物，辭必窮力而追新。」❸❸❾晉宋以降，寄情山水，刻鏤風月已匯成一股新潮流，影響詩文創作內容與風格，連唐人盧照鄰亦有感而發：「山水風雲，逸韻生於江左。」❸❹⓿

第四節　前人經驗之承襲

　　早在魏晉以前，中國文學即與自然山水發生聯繫，並積累豐富創作經驗與表現技巧。魏晉山水紀遊詩文之勃興，正是弘揚前人藝

---

❸❸❾　見同註⓵⓽，頁 85。

❸❹⓿　盧照鄰〈樂府雜詩序〉。見《隋唐五代文論選》，北京：人民文學出版社，1999 年 1 月第 1 次印刷，頁 54。

術經驗,並持續發展創新之必然結果。研究山水紀遊詩文,不能割斷此一歷史臍帶。《詩經》與《楚辭》,並稱中國詩文兩大源頭,其中許多內容題材在文士詩家長期蘊釀發展下,掀起洪波,匯成巨流,衍為一門新文類;至於諸多表現手法,也因學者之承襲精進,推陳出新,遂使境界大開,高峰再現。漢賦作家每以鋪張揚厲,鉅細靡遺之刻畫手法,大幅增加山水景物之描寫分量,顯示對自然山水具有深刻體察與愛賞情懷,研究山水紀遊詩文之發展歷程,尤其不可輕忽。以下分就《詩經》、《楚辭》、漢賦中之行旅遊蹤與山水描寫,析論其時萌發之紀遊類型與表現手法。

一、《詩經》

《詩經》作為中國第一部詩歌總集,如實呈現西周初年以迄春秋中葉之社會現狀與人民生活,當眾多無名詩人面對時代憂憤、愛情悲歡時,常在江湖跋涉,山水登臨中,遠觀近覽,觸景生情,從而托物起興,以言志抒懷,宣鬱解悶,對山水風雲之描摹臨寫,已具有初步掌握能力,成為山水紀遊詩文之活水源頭。

㈠ 《詩經》行旅紀遊之作品

先秦時期,內有邦國兼併,外有華夷衝突,社會動盪,爭戰激烈。周自武王滅殷以來,內憂時作,外患未息。成王即位之初,三監聯合武庚作亂,奄夷、淮夷、徐戎亦叛,周公領軍東征,三年始還。穆王主政,欲翦芒刺,乃遠伐犬戎,徙之太原。宣王臨朝,鑑於厲王無道,國政衰危,遂「法文、武、成、康之遺風」,既經略

中原，使「諸侯復宗周」❸，又用兵西北之獫狁、西戎，討伐東南之荊蠻、淮夷、徐方，使周勢復振，號稱中興。幽王繼統，昏憒無能，四夷交侵，兵燹不斷。又因寵褒姒，廢太子，使諸侯復叛，犬戎來襲。鎬京既經燒掠，殘破不堪，平王乃東遷至洛，史稱「東周」。自茲以降，王朝日弱，內外交困，戰事頻作，益添百姓行役戍邊之苦。《詩經》中，與征戰行戍相關之詩約四十餘首，除了頌美王室平內御外之威，作戰軍容之盛，更有反映征夫行役在外，遠戍思歸之悲涼心曲❸。

　　由於周朝以農業生產為立國之基，對周人而言，山水既提供生存所需物資，亦為平日活動場所，自然世界之風雲變幻、魚躍鳶飛，往往使人觸景生情，感物而動，興發一股創作衝動，兼以農業社會蘊育安土重遷之文化品格，使征臣役夫在遠離故土，久戍不歸時，在日星交替，川原跋涉中，往往寓目起興，即景詠懷，唱出行旅哀歌，思鄉悲曲。如《豳風·東山》❸，每章先以「我徂東山，慆慆不歸。我來自東，零雨其濛」起興，藉「無邊雨絲細如愁」之哀傷景象，渲染久經征戰，僥倖生還者之近鄉情怯，同時隱涵物換星移，人事全非之深沈憂慮，其後更將歸途所見實景，與家園想像虛景交疊互映，逐層暈染征人悲喜雜揉之還鄉心情。而《小雅·采

---

❸　《史記·卷四·周本紀》。見同註❶，頁 144。

❸　可參見佘正松〈論《詩經》征戍詩的風格特徵〉，收錄於中國詩經學會編《第六屆詩經國際學術研討會論文集》，北京：學苑出版社，2005 年 7 月第 1 次印刷，頁 657－674。

❸　見同註❶，頁 321。

薇》❹前三章分由「薇亦作止」、「薇亦柔止」、「薇亦剛止」起始，藉植物生長變化歷程，暗示歲月屢遷，征夫久戍未歸，難免心生怨嗟。末章敘述長期離家，一朝踏上歸途，不覺撫今追昔，心緒翻湧，低吟：「昔我往矣，楊柳依依。今我來思，雨雪霏霏。」昔往今回，時序遷變，非唯景致殊異，人事恐亦滄桑，久戍之人，回首前塵，思及未來，不禁啞然神傷❹。似此今昔對照，借景抒情，以寫征夫途旅懷歸意緒者，亦可見於《小雅・出車》：「昔我往矣，黍稷方華。今我來思，雨雪載涂。」❹詩人憶及離家之初，黍稷正吐穗揚花，預示豐盈秋收即將來臨，豈料未及親見，即隨軍遠征；如今時入寒冬，亂猶未靖，道路積雪，舉步維艱，怎不令人厭戰思歸？物中有我，景中含情，無須直書，意境自生。更有通篇以景寓情者，如《小雅・何草不黃》❹全詩四章，各以征途所見之連天枯草、曠野兇虎、幽草野狐起興，既營造歲月遲暮，萬物凋零之感，也喻示征夫面臨周室將亡，征役不息之世，長期滯外，行軍草萊，猶如禽獸出沒於荒山野際，令人怨懟叢生，身心俱疲。至於《小雅・漸漸之石》❹，一、二章先以仰視突顯岩崖險峻，再由平眺鋪寫山川悠遠，透過高低起伏，逶迤千里之地形變化，呈現征人

---

❹ 見同註❷，頁 347。

❹ 方玉潤《詩經原始》謂：「此詩之佳全在末章：真情實景，感時傷事，別有深情，非言可喻。」（台北：藝文印書館，民國 70 年 2 月三版，頁 740）正因詩人融情於景，借景言情，使情景交融，渾然一體，故能餘味不盡，感人至深。

❹ 見同註❷，頁 352。

❹ 見同註❷，頁 501。

❹ 見同註❷，頁 499。

困頓與旅途艱辛。三章更藉「有豕白蹄，烝涉波矣。月離於畢，俾滂沱矣」，顯示眼下已水多成患，偏又大雨將臨，征夫一再衝風冒雨，涉水奔波，淒苦情狀，令人不忍。通篇藉由山川地形，自然物候所營造之環境氣氛，成功表現行役者征途勞頓與惶悚心情。

　　誠然，古今詩人流徙在外，羈旅於途之因各有不同，詩中描景抒情，情景交融之內容篇幅與表現技巧，亦有多寡生熟之別，但由《詩經》所采之相關作品看來，戍卒征夫在行役途中，因所經川原，所見景物而觸動情思，於是融情入景，借景抒情，以沈鬱之調，吟悲慨之歌，已為後世行旅詩勾勒原始雛形，並奠下基本寫作範式。

　　對人而言，自然山水不但提供生存所需物資，也是人們活動、嬉遊之所。三代以來，不但王公貴族熱衷靈囿田獵，園林嬉玩❹❾，士庶百姓亦喜流連山郊，徘徊水野，以為擾攘生活帶來閒適意趣。今觀《詩經》，亦不乏山水出遊，登臨遣興之作。如〈鄭風‧溱洧〉云：「溱與洧，方渙渙兮。士與女，方秉蕑兮。女曰『觀乎』！士曰『既且』。且往觀乎洧之外，洵訏且樂。維士與女，伊其相謔。贈之以芍藥。」❸❺⓿時值上巳佳節，士女同遊溱洧，春水漫

---

❹❾　周天子特闢「靈囿」為游獵場所，且設「騶虞」專司其職。東周時，各國諸侯爭行「田狩之事，園囿之樂」（《毛詩‧秦風‧鐵駒‧小序》），而且四季出獵，各有名目，車馬壯盛，聲勢驚人。此外，山水樂遊亦為王侯所喜，除了在「台榭甚高，園囿甚廣」（《荀子‧王霸》）之皇家園林嬉玩觀覽，也將遊蹤轉向自然野外，如齊景公曾樂遊海上，六月不歸；蔡靈侯更「南遊乎高陂，北陵乎巫山」（《戰國策‧楚策》），馳騁佚樂，荒怠國事。

❸❺⓿　見同註❶❷❸，頁 206。

漫，笑語盈盈，四野洋溢歡樂氣氛；臨別依依，互以芍藥相贈，眼波流轉，含帶無盡情味。而《鄘風・桑中》則以：「期我乎桑中，要我乎上宮，送我乎淇之上矣」㉛，描繪男女相約在桑間濮上、密會於水邊社前。對徘徊洲渚，流連水湄之戀人而言，周遭可見可聞之沙禽飛鳥，華草樹石，往往成為情感觸媒，撩人心弦，喚人幽思，對後起之山水紀遊詩文，極具示範作用。

親近自然，使人體會山水登臨，景物眺望，也可獲得悅目散心，助歡遣悲之精神慰藉。如《魏風・陟岵》㉜寫行役之人，每每登山陟嶺，遠望家鄉，懷想父母兄弟之音容形貌與殷殷叮囑，藉此寬慰戀家思親之心。至於《衛風・竹竿》所稱：「淇水悠悠，檜楫松舟。駕言出遊，以寫我憂」㉝；《邶風・泉水》：「思須與漕，我心悠悠。駕言出遊，以寫我憂」㉞，更直接表達山水遊觀具有怡情遣懷，排憂解鬱之效。儘管詩中對大自然之觀照方式與表現技巧尚稱籠統簡略，但流連物色，以景傳情之紀遊型態已具，可視為長河之濫觴。

㈡ 《詩經》描寫山水之技巧

《詩經》時代，時人對於自然山水，除了懷抱敬畏之心，賦予無限威力與神祕想像外，更因取用於自然，受惠於山水，而與之保持親近和諧關係。他們關注各種草木、鳥獸、蟲魚，多為生活所需

㉛　見同註⑫，頁 124。
㉜　見同註⑫，頁 232。
㉝　見同註⑫，頁 151。
㉞　見同註⑫，頁 108。

之實用目的，所謂「陟彼南山，言采其蕨」❸❺，「于以采蘋，南澗之濱」❸❻，「猗與漆沮，潛有多魚。有鱣有鮪，鰷鱨鰋鯉」❸❼，詩人行至陵丘河濱，眼中所見野蕨、蘋藻與各式河魚，莫非民生物資，採摘撈捕，為供食用祭祀。甚至觀察物候變化，亦多重其利用厚生之經濟效益，如《小雅·谷風之什·信南山》言：「上天同雲，雨雪雰雰，益之以霡霂。既優既渥，既霑既足。生我百穀。」❸❽由雲色陰霾思及雨雪紛紛，可使萬物霑潤，百穀滋生，顯示詩人對風調雨順，物阜民豐之期待心理。然而，此非意味時人對自然山水之美無所知覺，經過長期接觸，舉凡泠泠清泉、關關鳥語、明花秀木、煙雲綺霞，無不逗人詩情，啟人聯想。雖因時代侷限，詩人對自然山水尚未進行整體性之美感觀照，但對個別景物進行音聲形貌之描摹刻畫，則已頗具筆力。如「關關雎鳩，在河之洲」、「呦呦鹿鳴，食野之苹」，「南山烈烈，飄風發發」、「河水洋洋，北流活活」、「揚之水，白石鑿鑿」、「瞻彼淇奧，綠竹猗猗」，或寫鳥獸雙棲野食，鳴聲和悅，或言山高風迅，水廣流急，或述河底水灣，石竹叢聚，皆由耳聞目睹捕捉自然景物之聲色樣態，予人真實細膩，生意盎然之美感，展現狀貌體物之寫作能力。

　　或許，對《詩經》作者而言，山水多非主要歌詠對象，自然景物往往被置於篇章開端，或意在興發詩情，營造氣氛，如《邶風·

---

❸❺　《詩經·召南·草蟲》。見同註❶❷❸，頁 60。
❸❻　《詩經·召南·采蘋》。見同註❶❷❸，頁 62。
❸❼　《詩經·周頌·潛》。見同註❶❷❸，頁 624。
❸❽　見同註❶❷❸，頁 459。

谷風》，首兩句先言：「習習谷風，以陰以雨」❸，即善用風雨凄迷之景，營造陰鬱氛圍，以映襯棄婦之悲苦。或以山水景物作為比喻，使抽象情感更為具體，如《召南・摽有梅》❸，詩中藉梅子墜落暗喻青春消逝，隨著「其實七兮」、「其實三兮」、「頃筐塈之」之形象比附，更見女子渴求姻緣之迫切心情。更甚者，有時自然景物不僅帶動情緒，引發聯想，亦因主客質性相近，衍生比喻效果。如《周南・桃夭》❸所詠，絕艷桃花，迎春綻放，不但烘托男婚女嫁之歡樂氣氛，也意味如花盛放之新嫁娘，必能宜其家室，如桃結實，添丁旺族。誠然，《詩經》中之山水草木蟲魚鳥獸，多為引發感興之媒介，詩人本意或在抒情，或為言志，唯山水清景，自然風物一經點染，攝入詩境後，既與詩人情感交相映發，契合無間，更因鮮明意象，使讀者心領神會，浮想聯翩。

二、《楚辭》

　　《詩經》之後，《楚辭》以獨特瑰異之文化氣息，藝術想像與語言魅力，展現驚心動魄之迷人風采，成為文學史上第二座高峰，而屈原正是《楚辭》之奠基者與代表作家。由於政敵挑撥，君王不察，屈原從政之路波折頻生，流放生涯接踵而至，他足履江湖，神遊天宇，在異鄉景物催化下，一腔熱情，滿懷憂思皆傾洩而出。屈原託物寓志之象徵手法，情景交融之藝術境界，對後代文士深具啟

---

❸　見同註⓬，頁 97。
❸　見同註⓬，頁 68。
❸　見同註⓬，頁 45。

導之功。

(一) 《楚辭》行旅紀遊之作品

　　屈原出身楚國貴族，既受良好教育，又具崇高愛國理想，從政初期，即因「博聞彊志，明於治亂，嫻於辭令」㊷，為懷王賞識，並委以重任，後因群佞善妒，讒言誣陷，乃遭離棄。懷王二十五年，屈原被驅逐出京，流放漢北。頃襄王十三年，二次見逐，放諸江南之野。隨著流放旅程漸次開展，腳步漸行漸遠，景物愈見愈新，離愁憂思猶如野火燎原，燃燒辭人心靈，〈涉江〉云：「步余馬兮山皋，邸余車兮芳林。乘舲船余上沅兮，齊吳榜以擊汰。船容與而不進兮，淹回水而疑滯。朝發枉陼兮，夕宿辰陽。苟余心其端直兮，雖僻遠之何傷！入漵浦余儃佪兮，迷不知吾所如。深林杳以冥冥兮，猿狖之所居。山峻高以蔽日兮，下幽晦以多雨。霰雪紛其無垠兮，雲霏霏而承宇。哀吾生之無樂兮，幽獨處乎山中。」㊸一路行來，上沅江，發枉陼，宿辰陽，入漵浦，屈原時而車馬，時而舟船，因地就勢，備嘗艱辛；而置身異域，物候淒迷，目擊僻遠荒冷之景，耳聞猿狖哀吟之聲，更添逐客愁悶心情。〈哀郢〉亦謂：「將運舟而下浮兮，上洞庭而下江。去終古之所居兮，今逍遙而來東。羌靈魂之欲歸兮，何須臾而忘返？背夏浦而西思兮，哀故都之日遠。登大墳以遠望兮，聊以舒吾憂心。哀州土之平樂兮，悲江介之遺風。當陵陽之焉至兮，淼南渡之焉如。」㊴自述遲遲其行，頻

㊷　《史記·卷八十四·屈原賈生列傳》。見同註⑩，頁 2481。

㊸　見傅錫壬《新譯楚辭讀本》，台北：三民書局，民國 73 年 12 月四版，頁 99。

㊴　見同註㊸，頁 102。

頻回顧，心繫鄉土，魂牽故國之依戀與不捨。屈原在〈涉江〉、〈哀郢〉中，歷敘征途見聞，抒發逐臣憂思，實為日後感物吟志，紀行述懷之作，建構了基本模式。漢代以降，各式宦遊愈趨普遍，紀行賦作也日漸增多，在承襲屈原失志不遇，遠遊「望歸」基礎上，又加入時空與人事之歷史陳述，使遠遊紀行之作，涵攝意旨更繁富。

至於羈旅期間，屈原有時徘徊江邊，狂顧南行，聊以娛心；有時春日出遊，蕩志愉樂，觀景娛憂。更甚者，因舉世溷濁，君臣二心，遂生自放山水，避世隱遁之志，如〈九章·涉江〉自言：「哀吾生之無樂兮，幽獨處乎山中。吾不能變心而從俗兮，固將愁苦而終窮。」❸❻❺〈九章·哀郢〉又謂：「心絓結而不解兮，思蹇產而不能釋。將運舟而下浮兮，上洞庭而下江。」❸❻❻明白表態不願從眾隨俗，委屈己志，以至時運乖舛，愁苦縈懷，從而幽隱深山，浮游江湖，「凌大波而流風兮，托彭咸之所居」❸❻❼。唯因屈原始終不能忘懷家國，擺脫世俗羅網，遂亦無法樂處自然，盡顯山水之美，然而歸隱林泉，高尚其志，實已成為士人褒美追慕之清格逸舉。

面對漢北、江南兩次遠放流徙，屈原除了即景抒懷，借物言志，或幽棲山水以守節全志外，更將人間苦旅轉入天界幻遊❸❻❽，藉

---

❸❻❺　見同註❸❻❸，頁 99。

❸❻❻　見同註❸❻❸，頁 102。

❸❻❼　〈九章·悲回風〉。見同註❸❻❸，頁 123。

❸❻❽　徐志嘯先生研究指出：「屈原作品中之所以會出現遠遊天國的內容，除了屈原本人天才的想像力之外，同由楚地盛行的巫風、遠古風信遺存、發達的天文學成就影響而形成的楚人廣泛、濃厚的宇宙意識密切有關。」（見氏著

以抒發不遇之憤，安頓受挫之心。在《離騷》中，屈原既苦於「眾女嫉余之娥眉兮，謠諑謂余以善淫」❸❻❾，又慨嘆「閨中既以邃遠兮，哲王又不寤」❸❼⓪，於是抽離現世，遊觀四荒，前後進行三次飛昇。首次朝發蒼梧，夕至懸圃，欲見天帝而未果；二次朝濟白水，登遊春宮，求女又頻頻受挫；屈原乃毅然遠逝，折瓊枝，研玉屑，飲墜露，餐落英，取道崑崙，經流沙，渡赤水，期至西海，進行第三次天界幻遊。類似神遊在〈九章〉之〈涉江〉、〈悲回風〉中亦曾出現，同樣具有否定濁世，譏諷群頑，上下求索，解除困阨之旨，用以紓緩現實無奈與失志心情。〈遠遊〉中，超塵之想更濃，開首便稱：「悲時俗之迫阨兮，願輕舉而遠遊」❸❼①，為求擺脫時空交迫之內憂外患，屈原抱元守一，煉氣服食，以期輕舉遠遊，駕六龍，載雲旗，豐隆為先導，飛廉以啟路，周歷天地，翱遊天庭，思與王喬同娛，永留仙鄉。由於屈原屢藉辭賦發出輕舉遠遊，遺世升天之想，故學者多視其為遊仙詩文之開基始祖❸❼②，甚而指出：「我國古代文學中後來出現了諸多神游、求仙、幻化的經歷以及桃花源、太虛幻境等審美意象，與屈原的『神遊』境界不無潛在關

《楚辭綜論》，台北：東大圖書公司，1994 年 6 月初版，頁 35）

❸❻❾　見同註❸❻❸，頁 33。

❸❼⓪　見同註❸❻❸，頁 41。

❸❼①　見同註❸❻❸，頁 129。

❸❼②　李豐楙先生說：「神仙思想表現於文學之中，前道教時期首推楚辭系的遠遊類辭賦，為遊仙文學的祖型。」（見氏著《憂與遊：六朝隋唐遊仙詩論集》，台北：學生書局，民國 85 年 3 月初版，頁 25）孫昌武先生謂：「屈原可以說是文學史上表現神仙題材的第一人。」（見氏著《詩苑仙蹤——詩歌與神仙信仰》，天津：南開大學出版社，2005 年 6 月第 1 次印刷，頁 86）

係。」⑱由此可見，屈騷對對遊仙詩文具有深遠影響。

㈡ 《楚辭》描寫山水之技巧

由於《楚辭》作者並非普通百姓，而為失意名士，是以面對自然山水，不尚其實用功能，轉而強調精神內蘊，山川風雲，禽鳥卉木，一入筆端，多具有隱喻象徵意味。故王逸〈離騷經序〉謂：「《離騷》之文，依《詩》取興，引類譬喻。故善鳥香草，以配忠貞，惡禽臭物，以比讒佞。」⑭緣此，詩人自稱「製芰荷以為衣兮，集芙蓉以為裳」，乃象徵固守品德，出淤不染；言「資茱萸以盈室」，則暗示小人得勢，充斥朝廷。至如「朝飲木蘭之墜露，夕餐秋菊之落英」，更塑造了詩人純正芳潔之個人形象，千古以來，眾口傳頌。由於善用山水物候以取譬隱喻，故於取景自然，歌詠卉木，具現百般生態與萬種風姿時，往往沾帶濃郁主觀情感，使作品「既造成了『驚采絕艷』的效果，也從不同的點面顯示出作者的自我影象」⑮。

儘管如此，詩人對山水之美卻持有高度愛賞意識與刻畫技巧，《文心雕龍·辨騷》曾對楚騷下過如此褒語：「論山水，則循聲而得貌；言節候，則披文而見時。」⑯可見詩人對自然景物之觀察與描寫獨具慧心。當然，此與荊楚特殊之山水地理有絕大關係，楚地江湖濬闊，崖谷嶔崎，山林蓊鬱，香草秀發，詩人俯仰其間，性靈搖蕩，就地取材，即景入詩，所謂山林皋壤，文思奧府，屈平佳

---

⑱　顏翔林《楚辭美論》，上海：學林出版社，2001 年 4 月第 1 版，頁 70。

⑭　見同註⑱，頁 50。

⑮　見彭毅《楚辭詮微集》，台北：台灣學生書局，1999 年 6 月初版，頁 10。

⑯　見同註⑲，頁 66。

構，正得力於「江山之助」。楚騷中，描寫自然山水之佳句甚多，
如〈九歌·少司命〉：「秋蘭兮蘼蕪，羅生兮堂下；綠葉兮素枝，
芳菲菲兮襲予。」❼祭壇上花草羅生，綠白相間，香氣襲人，清雅
脫俗之環境氛圍，配合神靈從天而降之飄逸身姿，令人目眩意馳，
浮想連翩。而〈九歌·湘夫人〉：「帝子降兮北渚，目眇眇兮愁
予。嫋嫋兮秋風，洞庭波兮木葉下。」❽則以秋風、秋水、木葉、
伊人，構成一組情景相生、既美且幻之意象，感動無數讀者。

此外，流放生涯使詩人生活場域加大，視野亦隨之擴展，於是
筆下所繪，不再侷限於山水景物之個別聲貌，而是「川谷徑復，流
潺湲些，光風轉蕙，氾崇蘭些」❾、「皋蘭被徑兮斯路漸，湛湛江
水兮上有楓」❿。將川谷溪流、卉草雲樹籠入筆端，一併呈現之整
體形象。更有隨行所至，步移景換，眼耳相迎，盡是變幻多端之物
候風光，如〈九章·涉江〉：「入漵浦余儃佪兮，迷不知吾所如。
深林杳以冥冥兮，猿狖之所居。山峻高以蔽日兮，下幽晦而多雨；
霰雪紛其無垠兮，雲霏霏而承宇。」⓫林深猿藏，山高蔽日，谷幽
霧凝，霰雪紛飛，遠放騷人置身其間，情由景生，更添胸中苦澀，
至此，「用簡言短語來寫山水景物的個別形狀，已不足以寄情托
意，必須盡寫自然界中山水景物的整體形貌，乃至其中的風光聲

---

❼ 見同註❸，頁67。

❽ 見同註❸，頁63。

❾ 〈招魂〉。見同註❸，頁160。

❿ 〈招魂〉。見同註❸，頁162。

⓫ 見同註❸，頁99。

響、氣象變化,才能達到抒情寫志的目的。」⑱而當詩人因去國懷鄉而情悲意切,乃超絕形軀所限,覽觀四極,周流上下,其思緒與視野更為遼闊,極富浪漫情調。

三、漢賦

「賦」為漢代文學主流,早期漢賦依附貴遊而興,因列侯帝王獎倡而盛,因此,賦家為文,往往鋪張揚厲,品物畢圖,以逞才炫博,邀寵獲祿。若乃意有託諷,則需藉由言外之旨,微露勸誡之意。劉勰詮釋:「賦者鋪也,鋪采摛文,體物寫志也。」⑱確實充分掌握賦之語言特徵、表現手法與創作意旨。由於賦家紀遊狀景時,講究「寫物圖貌,蔚似雕畫」⑭,故豐富多彩之客觀世界成為描繪對象,山水景物亦被大量攝入,頗有從陪襯、附屬走向主位趨勢,而四方鋪陳,窮形盡相之模寫技法,更具承啟開拓之功。

㈠ 「漢賦」行旅紀遊之作品

漢賦之表現方式與內容題材,劉勰《文心雕龍・詮賦》曾分成兩類,一為「京殿苑獵,述行序志,並體國經野,義尚光大」之大賦,一以「草區禽族,庶品雜類」為主,擬容象物,纖密切理之小賦。蕭統《文選》更細分為:京都、郊祀、耕藉、畋獵、紀行、遊覽、宮殿、江海、物色、鳥獸、志、哀傷、論文、音樂、情,凡十五類。

---

⑱　見王國瓔《中國山水詩研究》,台北:聯經出版公司,民國 75 年 10 月出版,頁 44。

⑱　《文心雕龍・詮賦》。見同註⑲,頁 132。

⑭　《文心雕龍・詮賦》。見同註⑲,頁 134。

　　在京、殿、苑、獵賦中，作者每每「窺情風景」，「鑽貌草木」，透過逼真物象，絢麗色彩，大肆鋪陳宮苑內外之山川形勝，豐饒物產，以顯耀帝國聲威，潤色鴻業，並滿足君王閒賞樂遊心理。如司馬相如〈上林賦〉，描寫上林苑中八川分流，四方馳騖：或「出乎椒丘之闕，行乎洲淤之浦」，或「經乎桂林之中，過乎泱漭之野」，水隨勢轉，異態紛呈，時而狂奔猛瀉，澎湃翻騰；時而拍岸擊岩，浪花飛濺；最終復趨平緩，蜿蜒靜流。妙筆一揮，即使江河態勢曲盡，聲色畢現。至於豐美物產，水中有蛟龍魚鱉，明珠寶石深藏蘩積；山嶽溪谷則巨木森聳，奇花吐芳，香草揚烈。而洲邊渚際更是生機暢旺，活力無限，各式水鳥或「隨風澹淡，與波搖蕩」，或「唼喋菁藻，咀嚼菱藕」，浮沈逍遙，一派悠閒。讀者隨之周覽泛觀，彷彿身歷其境，亦覺耳目俱振，身心諧暢。揚雄〈羽獵賦〉則藉天子獵後與群臣同遊，大肆鋪陳館池風光，但見池水浩闊，極目無涯；玉石珍藏，曄曄生輝；岸邊水面，則各式禽鳥展翅競妍，爭鳴鬥艷；至於紋身越人受命潛獵，凌堅冰、乘巨鱗，取夜光石、採明月珠，神乎其技，令人瞠目咋舌，驚嘆不已。類似山水畫面與宴遊情景，亦可見於揚雄〈蜀都賦〉、班固〈東都賦〉、張衡〈兩京賦〉及〈南都賦〉，以壯禁苑之勢、田獵之威，滿足天子縱放逸樂之志，也重現池館宴遊之歡。魏晉以來，君臣、豪族園林樂賞之風更盛，漢賦對此類宴遊寫景之作，可謂提供諸多寶貴經驗。

　　至於山水紀行，現存最早之賦作，當推劉歆〈遂初賦〉。此賦乃劉歆自三河徙守五原時所撰，文中隨行程所至，歷敘晉地故事，因地及史，以古諷今，以洩幽憤，另創紀行新格；然摹寫北地山

川，意帶愁慘，筆下既非山水麗致，亦無遊觀閑情，唯見物候遽變，旅途淒苦，征行者感物吟志，借景抒懷，實乃承繼屈原舊制。劉歆以後，紀行賦漸增，著名作品如班彪〈北征賦〉與〈游居賦〉、班昭〈東征賦〉、張衡〈述行賦〉、蔡邕〈述行賦〉等，描摹山水，即景抒懷之內容亦多有拓展。兩漢紀行賦中，作者隨行跡所至，或描畫沿途景物，或遠思歷史故實，在時空交迭，連類鋪陳，古今穿梭，虛實互映中，表達遠征勞頓，異地思鄉之苦，與去國失志，憫時懷憂之悲，故多抒懷敘志，借古諷今。魏晉以降，由於社會動蕩，政局多變，士人屢遷，更帶動紀行賦之創作高潮，而東晉南朝偏安江南，水鄉風光秀麗，景致迷人，行旅途中，更添探奇覽勝之心，是以賦中山水比重益增，審美情味愈濃，窺情狀貌之模範技巧亦提升至新高度。

漢代遊覽賦中，以江海為觀寫對象者，班彪〈覽海賦〉堪稱開創之作，賦首自云：「余有事於淮浦，覽滄海之茫茫。」可見此為親身遊觀經歷，而非憑空臆想，唯賦中具體描繪海景篇幅有限，內容多以海上神仙傳說為主，藉以表達「離世高遊」之思。其子班固亦作〈覽海賦〉，然今僅存佚文二句，無法窺知原貌。班彪〈覽海賦〉以浪漫情懷摹畫大海之神祕瑰奇，蔡邕〈漢津賦〉則具體寫實，集中描述漢水源流，與水中各式珍藏，作者遊目騁觀，歷陳漢水吸納眾流，越山度陵，通乎江湘，匯入洞庭，水脈蜿蜒，洪波浩瀚，不但壯美可觀，又兼具導財運貨之利；而水中孕育鱗甲，珍藏萬類，既供民生日用，取之不盡，亦使人清賞悅目，抒懷暢神。相較於班彪〈覽海賦〉之簡略，此賦描景寫物全面集中，要而不煩，堪稱早期詠水佳篇。以江河湖海為名之賦，兩漢尚寡，時至建安，

曹氏父子與眾家名士，南下荊楚，北征烏桓，登山臨水之際，操觚
為文，於是出現較多詠江賦海之作❸❺。西晉名士繼作不輟❸❻，東晉
南朝水賦更趨繁榮❸❼，其中，尤以木華〈海賦〉、郭璞〈江賦〉，
境界闊大，氣魄宏壯，內容富贍，條理暢明，堪稱此類登峰巨著。

　　至於以登山陟嶺為題者，杜篤有〈首陽山賦〉，開篇十句集中
描寫山勢物態，遠望其形，昂然孤挺，親而近之，內有松木崢嶸，
青羅蔓覆，懸溜滴瀝，洞房高隱，超塵絕俗中，使人如見伯夷、叔
齊不食周粟，不事二主之高骨清姿。雖然弔古意味濃厚，但「以一
山之風景為對象，運用大量文字以描述者，殆以此賦導其先河」
❸❽。此外，班固另有一篇〈終南山賦〉，更有精采摹寫：「概青
宮，觸紫辰，嶔崟鬱律，萃于霞氛。曖曃晻藹，若鬼若神。傍吐飛
瀨，上挺修林。玄泉落落，密蔭沈沈」❸❾，盛讚此山高聳入雲，霞
霧時繚，玄泉飛濺，修林成蔭。如此奇景勝地，必有天宮祕觀，神

---

❸❺　如曹操〈滄海賦〉，曹丕〈滄海賦〉、〈濟川賦〉、〈臨渦賦〉，王粲〈浮
　　海賦〉，應瑒〈靈河賦〉。
❸❻　如成公綏繼應瑒〈靈河賦〉而寫〈大河賦〉，江統繼曹丕、王粲以淮河為題
　　而作〈徂淮賦〉，另有王彪之〈水賦〉，應貞〈臨丹賦〉，傅泉〈神泉
　　賦〉，張載〈濛汜池賦〉。
❸❼　如庾闡、木華、張融各有〈海賦〉，孫綽有〈望海賦〉，蕭綱有〈大壑
　　賦〉，庾闡、曹毗各有〈涉江賦〉，袁喬、郭璞皆有〈江賦〉，曹毗、顧愷
　　之又作〈觀濤賦〉，伏滔亦有〈望濤賦〉，謝靈運作〈長溪賦〉，謝朓則有
　　〈臨楚江賦〉。
❸❽　見廖國棟《魏晉詠物賦研究》，台北：文史哲出版社，民國 79 年 10 月三
　　版，頁 113。
❸❾　見清·嚴可均編、陳延嘉等校點《全上古三代秦漢三國六朝文》，第二冊，
　　頁 237。

靈遊集,是以春末夏初,君王乃登山周覽,築壇設祭,以介福壽。杜篤、班固通過遊山覽景引發幽情浮想,在魏晉賦作中亦產生迴響,如劉楨〈黎陽山賦〉、阮籍〈首陽山賦〉、郭璞〈巫咸山賦〉、孫綽〈遊天台山賦〉、支曇諦〈廬山賦〉,不但模山範水技巧益趨純熟,寫作態度更具審美意趣,情景交流也更加緊密相契,可謂後出轉精。

　　登高遠眺,視野開闊,萬方景物,盡納眼底,最易惹人動心起念,神思飛馳,故劉勰謂:「原夫登高之旨,蓋睹物興情。」❸❾⓿杜台卿更云:「古人登高有作,臨水必觀焉。」❸❾❶在京都、紀行賦中,也有賦家敘及登臨覽物之情境,唯於行文中多屬穿插點綴性質,篇幅有限,亦非寫作焦點,至王粲〈登樓賦〉出,首開風氣,以登覽題材入賦,描寫集中,主題鮮明,通篇緣情起興,借景抒情,情景交融,渾然一體,故《文選》列為遊覽賦首篇。賦分三段,每段均以登樓所見景物,興發思鄉懷土之情。首章先言四周川原繚繞,地勢開闊,黍稷盈疇,物產豐饒,華實蔽野,美不勝收,繼以「信美非吾土」,「何足以稍留」逆轉情緒,引出異鄉漂泊之思。中段藉「平原遠而極目兮,蔽荊山之高岑。路逶迤而修迴兮,川既漾而濟深。」刻意表現歸鄉之路曲折迢遙,山阻水險,使遊子羈客「悲舊鄉之壅隔兮,涕橫墜而弗禁」。末節嘆言:「風蕭瑟而并興兮,天慘慘而無色。獸狂顧以求群兮,鳥相鳴而舉翼。原野闃

---

❸❾⓿　《文心雕龍·詮賦》。見同註❶❾,頁134。

❸❾❶　北齊·杜台卿〈淮賦並序〉。見清·嚴可均編、陳延嘉等校點《全上古三代秦漢三國六朝文》,第九冊,頁523。

其無人兮，征夫行而未息」，時入黃昏，白日將匿，冷風蕭瑟，人單獸孤，看在懷才不遇，有志難伸之人眼裏，豈不萬感齊發，悲思泉湧？王粲以登臨發端，觀物描景，抒懷敘志之寫作模式，在建安時期漸趨流行，曹氏父子三人皆有〈登台賦〉，此外，曹丕另有〈登城賦〉，曹植亦作〈臨觀賦〉，透過登台所見景致，或表達審美愉悅，或歌頌主政功績，甚或抒發立業渴望，與壯志受阻之悲。西晉以來，歷經由亂而治，又由治而亂之社會變遷，引人生發無限感慨，故登覽賦中往往通過故台高樓、雄關險隘之憑吊，以古諷今，表達對政治環境之深沈憂患；同時，也從今昔瞬變、滄海桑田中體悟人生無常，年壽實短，進而思索生命意義及存在目的。如孫楚〈韓王故台賦〉，江統〈函谷關賦〉，郭璞〈登百尺樓賦〉，陸雲〈登台賦〉，張協〈登北芒賦〉等，皆為即景入心，思接千載，沈吟歷史，觀照生命之登覽名篇。

漢代國力強盛，社會繁榮，激發士人無限希望與經世壯志。然而縱處盛世，士人仍難免「不遇」之悲，故董仲舒、司馬遷皆曾以此為題，作賦以抒幽怨情懷。對士人而言，一旦仕途遭挫，或不滿朝政，往往選擇潔身自好，隱退歸田，如馮衍、崔篆皆因宦海浮沈，有志難伸，遂於〈顯志賦〉、〈慰志賦〉自敘牢落心情，並以淡泊守道自期，避世棲隱，閑度餘生。東漢中期以後，帝國政治日益衰落，而莊園經濟逐漸成熟，士人思歸閒隱，田園耕讀，山水樂遊之志更趨明顯，張衡〈歸田賦〉即為此類代表作。順帝永和初，張衡被遷為河間相，永和三年（316），上書乞骸骨，並作〈歸田賦〉以見志。賦分四段，首段說明歸心隱志之緣起，後三段分別描繪田園春景與弋釣之樂，並揭顯寄情山水，全身遠禍，超然物外之

旨。通篇文句清麗，結構短小，用典雖多，義不晦澀，一洗大賦繁重凝滯、虛夸堆砌之弊。在作者眼中，田園不僅可以遁世安身，山水尤堪忘憂娛情，因此，刻意描繪妙麗春景與閑居逸趣，顯示歸隱已由〈招隱士〉之恐怖否定，崔篆、馮衍之避世安身，逐漸邁向逍遙賞美、怡情養志之情趣追求。其後，仲長統更於〈樂志論〉❸❾❷中，高度肯定歸田生活，追求「躊躇畦苑，遊戲平林，濯清水，追涼風，釣游鯉，弋高鴻」之怡情自適，並肆言：「豈羨乎入帝王之門哉？」以否定官場，無意仕宦，表達嘯詠山水、老死林泉之志。到了陶淵明〈歸去來兮辭〉中，回歸自然既是本性呼喚，亦為「平生之志」，所以山水田園成為恢復自由，實現自我之理想桃源❸❾❸。許結先生指出：「張衡雖然一生未隱，但其〈歸田賦〉對遊心山水、歸趣田園之企盼，已啟導了一種個性化的隱逸文學傾向。」❸❾❹兩晉以來，政局多變，玄風日昌，在朝隱理論推波助瀾下，隱逸風尚更盛，士人徜徉山水、遊戲田園之作益增，或敘寫隱居生活樂趣，如張華〈歸田賦〉、潘岳〈狹室賦〉、孫綽〈遂初賦〉、陶淵明〈歸去來兮辭〉、陸倕〈思田賦〉；或表現朝隱情懷，如庾闡〈閑居賦〉與〈狹室賦〉、潘岳〈閑居賦〉、謝靈運〈山居賦〉；

---

❸❾❷ 見清・嚴可均編、陳延嘉等校點《全上古三代秦漢三國六朝文》，第二冊，頁 821。

❸❾❸ 許東海先生指出：「〈歸田賦〉中涵濡了儒、道二家合流之玄學意趣及其田園生活範式，在東晉陶淵明〈歸去來兮辭〉中又大量再現，二者之間實具有明顯的傳承關係。」（見氏著《另一種鄉愁──山水田園詩賦與士人心靈圖景》，台北：新文豐出版社，2004 年 1 月初版，頁 55）

❸❾❹ 見許結《賦體文學的文化闡釋》，北京：中華書局，2005 年 9 月第一版，頁 83。

或藉幽人、隱士形象以寓己志，如秉據〈逸民賦〉、陸機〈幽人賦〉、〈應嘉賦〉、陸雲〈逸民賦〉、謝靈運〈逸民賦〉。緣此可知，山水優遊、田園歸隱作品大量出現，既是前有所承，也是兩晉士人在特殊時代背景下，自我呈現之心靈寫照與生活樣貌。

㈡ 「漢賦」描寫山水之技巧

陸機〈文賦〉稱：「詩緣情而綺靡，賦體物而瀏亮」，可知「賦」之藝術特質已由「抒情」轉向「體物」。賦家「體物」，包括下筆前靜觀細察周遭事物，以敏銳知覺賞握其音容態勢，下筆時巧構形似之言，善用修辭妙技，隨物賦形，功在密附，虛相實擬，誇飾增奇，使人如見其狀，如聆其聲，如嗅其味，如歷其境，耳目心神俱為攫取而隨之起伏。故劉勰以「擬諸形容，則言務纖密，象其物宜，則理貴側附」**⑳**，直指「巧言切狀」正是體物要訣，使人得以瞻言見貌，即字知時。對賦家而言，無論帝王苑囿之人化山水，或城郊野際之自然山水，皆可藉以展現帝國富庶與聲威，滿足君王驕奢之情，然而山水本身複雜多變，氣象萬千，要想如實捕捉剎那情狀，展現庶物生態，更要詳觀細覽，精描巧繪，發揮窮形盡貌、曲寫毫芥之體物工夫，才能構築豐富多彩之客觀世界，以愜君心，以娛視聽。如枚乘〈七發〉於觀濤一節，經由各種角度摹寫江濤之形態氣勢，並善用比喻，自鑄新詞，巧用雙聲、疊韻字以繪聲繪色，使形象奇詭鮮明，效果聳動突出，令人對江濤之浩蕩洶湧、沖擊翻騰、沸滾怒吼皆驚駭不已，耳目俱震。再以司馬相如〈上林賦〉為例，其寫川流之湍急奔瀉，觸石拍岸，橫流回折，臨坻注

塈，無不窮聲極貌，高潮迭起，而奇文壯采連綿直下，尤盡形容之
能事。至於描摹池中水鳥游食，或林間群猿嬉戲，無不觀察入微，
窮盡物相，以傳神之筆，巧麗之言，展現動物特有習性與生態。沈
約曾謂：「相如工為形似之言，⋯⋯獨映當時，是以一世之士，各
相慕習。」㊌劉勰亦稱：「長卿之徒，詭勢瑰聲，模山範水，字必
魚貫」㊍，由此可見，巧言切狀以寫物圖貌，誇陳蟲飾以增奇益美
之表現手法，已相沿成風，蔚為習尚。

　　在《詩經》中，賦與比、興均為一種藝術表現手法，朱熹釋
為：「敷陳其事而直言之」㊎。漢賦作家在此基礎下，汲取前人養
分而後出轉精，遂由「直陳」邁向「鋪陳」，即對敘述主體展開全
面性、多角度之具體描繪，由於牢籠萬物，鉅細靡遺，因而顯得氣
象闊大又色澤紛繁。如張衡〈東京賦〉描繪宮苑園林池沼富麗景
象，既以芙蓉、秋蘭、蘆狄、菱芡鋪展水邊風情，再藉渚戲躍魚、
淵游龜蠵呈現靈動意趣，而四季禽鳥，關關嚶嚶，則以音聲旋律引
人入勝，至如台榭樓觀，可遠觀遐景，近賞百戲，尤能調心暢情，
忘憂滌慮。作者極力鋪陳各色景致，彩繪宮苑園林之壯盛豐美，令
人目不暇給，心曠神怡。此外，賦家對遼闊空間之整體佈置也井然
有序，時由陰陽，時依左右，或言內外、或稱上下，或按東西南北
四角方位鋪排景物，敘寫整齊而架構嚴謹。故胡應麟《詩藪》嘗論

㊌　沈約《宋書・謝靈運傳論》。見李運富編注《謝靈運集》，長沙：岳麓書
　　社，1999 年 8 月第一版，頁 419。

㊍　《文心雕龍・物色》。見同註⓲，頁 302。

㊎　朱熹《詩集傳・卷一・周南・葛覃》註。見朱熹《詩經集註》，台北：華正
　　書局，民國 71 年 8 月初版，頁 3。

騷、賦之別在於：「騷複雜無倫，賦整蔚有序；騷以含蓄深婉為
尚，賦以誇張宏鉅為工。」❸❾❾以〈子虛賦〉中司馬相如對雲夢澤之
描寫為例，先由中部高山說起，仰觀其勢則高聳盤紆，遮月蔽日；
俯察其地則礦石積蘊，光彩炫耀。接著目光向外延伸，依序周覽，
東方有蕙圃，香草遍植；南方為平原廣澤，水旱植物緣地叢生，西
面乃湧泉清池，水產豐富，北面則森林遼闊，佳木繁茂，鳥獸嬉
遊。讀者猶如披閱一幅卷軸，隨著畫面漸次開展，雲夢澤之全貌即
一覽無遺。同樣敘寫方式，亦可見於班固〈西都賦〉、張衡〈西京
賦〉、〈南都賦〉。論及整蔚有序、敷陳博麗之描繪手法，《楚
辭·招魂》中已初見端倪❹❶❶，唯此表現方式在《楚辭》中尚屬個別
顯例，直至漢代，賦家乃緣此立基，變本加屬，逐漸成為圖狀山
川，鋪敘地理，影寫雲物之常用技法。

　　漢賦大量描繪自然山水，並以狀貌體物，羅列鋪陳為寫作手
法，形成侈麗閎衍，愉悅耳目之藝術風格，為魏晉文壇帶來重大影
響。劉勰云：「揚班之倫，曹劉以下，圖狀山川，影寫雲物，莫不
織綜比義，以敷其華，驚聽回視，資此效績。」❹❶❶指出建安名士在
善用比法，鋪陳麗藻，以聳人聽聞，加強效果上，實與漢賦大家一
脈相承。又〈明詩〉亦稱：「宋初文詠，體有因革，莊老告退，而
山水方滋。儷采百字之偶，爭價一句之奇；情必極貌以寫物，辭必

---

❸❾❾　《詩藪·內編》。見明·胡應麟《詩藪》，台北：廣文書局，民國 62 年 9 月
　　　初版，頁 39。

❹❶❶　文中先敘天地四方之惡，再從宮室、女樂、飲食、宮女各方面一一鋪寫，以
　　　夸陳楚國之富。

❹❶❶　《文心雕龍·比興》。見同註 ❶❽，頁 146。

窮力而追新。」⑩論述劉宋文壇，模山範水之風盛行，士人尤好逞奇追新，雕鏤競技。唯文風之成，非在一朝一夕，透過內容題材、寫作技巧之承襲壯大，精益求精，自可看出漢賦所具開路之功。至於鍾嶸《詩品》，則對個別詩人進行評述，如其所指：張華「巧用文字，務為妍冶」⑩，陸機「才高辭贍，舉體華美」⑩，潘岳「爛若舒錦，無處不佳」⑩，張協「巧構形似之言」⑩，則諸家共同特徵，皆善以華詞麗藻描形繪狀，以曲盡物態之妙，張顯色澤之美。至於謝靈運，陟嶺涉川，履幽探險，飽覽勝境之餘，更創作大量山水詩文，鍾嶸評曰：「尚巧似」，「寓目則書，內無乏思，外無遺物」⑩，更充分展現自漢賦以來，善於體物、巧為鋪陳之寫作風格。明人謝榛云：「清景可畫，有聲有色，乃是六朝家數。」⑩吾人觀瀾索源，振葉尋根，尤不可輕忽漢賦對描山繪水、狀景寫物具有奠基之功。

---

⑩ 見同註⑲，頁85。

⑩ 鍾嶸《詩品·卷上》。見清·何文煥《歷代詩話》，台北：漢京出版公司，民國72年1月初版，頁11。

⑩ 見同上註，頁8。

⑩ 見同註⑩，頁8。

⑩ 見同註⑩，頁9。

⑩ 見同註⑩，頁9。

⑩ 謝榛《四溟詩話·卷二》。見丁仲祜編訂《續歷代詩話》，台北：藝文印書館，民國72年6月四版，頁1369。

第三章
魏晉山水紀遊詩文之內容

〈詩大序〉云：「詩者，志之所之也。」劉勰曰：「感物吟志，莫非自然。」❶士人遊觀山水，流連萬象，物色相召，情思百轉，發為詩文，亦必情景兼具，志意橫生。魏晉名士在時代背景推助下，不僅山水逸興勃發，並因累積前人創作經驗，而留下許多紀遊佳篇。觀其內容主旨，約可歸為六類：優遊閑賞之樂，臨景憂嗟之戚，澄懷悟理之暢，征行羈旅之思，隱逸歸棲之詠，遠引遊仙之想。

第一節　優遊閑賞之樂

自漢末以來，縱情山水，優遊閑賞，漸成名流雅士心羨樂求之生活習尚❷。魏晉流風愈廣，貴遊集團往往逍遙於園林池沼，馳騁

---

❶　《文心雕龍·明詩》。見王師更生《文心雕龍讀本》上篇，台北：文史哲出版社，民國88年9月初版7刷，頁83。
❷　參見余英時《中國知識階層史論·漢晉之際士之新自覺與新思潮》，台北：聯經出版公司，民國73年2月再版，頁262－265。

於都城近郊,而文人清士則遠涉長征,或登臨巖壑,或徘徊川原,縱情於自然山水。觀其紀遊詩文,足履所至,雖有不同,然目擊物色之美,耳聆天籟之妙,其樂一也。

　　魏晉南北朝時期,造園之風盛行,不但主政者好營宮室苑囿,士族地主亦廣建莊園別業以求。貴族名士築山引水,建堂營樓,以宴以息,或登或眺,不必遠涉窮荒,即可樂享林泉之妙。建安以來,曹氏父子網羅碩彥,齊聚英才以妙思典籍,高談娛心,成為文人集會、騁才競藝之濫觴。他們雅集西園,「並憐風月,狎池苑,述恩榮,敘酣宴,慷慨以任氣,磊落以使才」❸,藉宮苑同遊,美景共賞以助詩興,由此園林宴遊漸成風尚。西晉時,武帝附庸風雅,踵武西園之會,廣邀群臣共聚華林園,臨流祓禊,賞景賦詩;石崇亦薈集名流,齊聚金谷園,晝夜遊宴,風月流連,並吟詠抒懷,匯結成集。前賢所作詩文,今雖多有散佚,然而展讀遺篇,歷歷可見作者以巧目慧心博覽細繪園林山水之美,並使人充分感受當時快意馳騁、隨興登臨之優遊暢適。

　　先談西園宴遊。建安九年,曹操攻下鄴城,十年,消滅袁譚,佔領冀州,逐漸統一北方。由於曹操胸懷天下,求才若渴,曹氏父子並雅愛詩章,妙善辭賦,數年間,群賢畢至,俊才雲蒸,「彬彬之盛,大備於時」❹,鄴下文學集團於焉形成。以後隨著三國鼎立之勢大致底定,曹氏父子與鄴下文士不再頻頻出戰,生活亦漸入安

---

❸　見同註❶,頁 85。

❹　鍾嶸《詩品·序》。見清·何文煥輯《歷代詩話》,台北:漢京出版公司,民國 72 年 1 月初版,頁 2。

逸，於是一連串宴遊活動與詩文創作就此展開。

銅雀園因位於文昌殿西，故亦稱「西園」，依左思〈魏都賦〉所描述，園內「疏圃曲池，下畹高堂。蘭渚莓莓，石瀨湯湯。弱葰係實，輕葉振芳。奔龜躍魚，有瞭呂梁。馳道周屈於果下，延閣胤宇以經營。飛陛方輦而徑西，三台列峙以崢嶸。」❺其中畹池羅布，花木密植，石瀨湍急，龜魚奔躍，景致清美，生態豐富；又有馳道閣道，回環上下，三台列峙，高聳天際，更顯皇家園林之宏偉而壯麗。曹氏父子與建安文士常於此會聚宴飲，觀覽行遊，留下許多紀遊賞景之作。如建安十七年，銅雀台落成，曹操與諸子同臨共遊，各作〈登台賦〉以詠。曹操之賦今已散佚，二子之作雖亦不全，然頗有可觀之處。曹丕〈登台賦〉曰：

> 登高台以騁望，好靈雀之麗嫺。飛閣崛其特起，層樓儼以承天。步逍遙以容與，聊遊目於西山。溪谷紆以交錯，草木鬱其相連。風飄飄而吹衣，鳥飛鳴而過前。申躊躇以周覽，臨城隅之通川。❻

開篇點題後，先以閣道凌空，高樓入雲，描繪建築之精美壯麗；繼寫登台遠眺，涼風襲衣，鳥飛目前，別有情致，俯瞰所見，溪谷錯盤，草木滋榮，漳水繞城，長流不息，蘊涵生機無限。字裏行間，

---

❺　見清・嚴可均編、陳延嘉等校點《全上古三代秦漢三國六朝文》（全十冊），石家莊：河北教育出版社，1997年10月第一版，第四冊，頁773。

❻　見清・嚴可均編、陳延嘉等校點《全上古三代秦漢三國六朝文》，第三冊，頁45。

美景歷歷，洋溢遊觀樂賞之情。至於曹植〈登台賦〉，前段亦以高殿嵯峨，華觀沖天，先鋪陳台閣巨麗之姿，再由長川繁果，風和鳥鳴展現登臨遠觀之樂；後段則轉頌曹操平定四方，惠澤遠揚，功同天地，光齊日月，充分呼應篇首所云：「從明后而嬉遊兮，登層台以娛情」**❼**之題旨。賦成，深得曹操贊許。

西園景致清美，花木扶疏，眾賓齊聚，常日夜歡宴，陶然其間。在曹丕〈夏日詩〉、曹植〈侍太子坐〉、〈當車已駕行〉中，均可見豐膳星陳，旨酒盈觴，絃歌不輟，博奕爭勝之熱烈場面。而王粲、應瑒、阮瑀所作〈公宴詩〉，除珍饈美祿、清歌妙舞外，更有稱美曹氏父子仁德廣被、功業永垂之頌詞祝語。唯此類作品，雖能具體反映貴遊集團宴樂生活與酬酢文化，然集中表現世俗歡情、聲色逸樂，內容浮薄而未見深意，文學價值並不高。另有部分詩作，如曹丕〈善哉行〉、〈銅雀台〉、曹植〈箜篌引〉，稍顯志深筆長、梗概多氣之建安文風。

當然，眾賓雅集園林，除觥籌交錯，宴飲極歡外，亦常縱目眺觀，馳騁行遊，享受「憐風月，狎池苑」之樂。因此，不論是曹丕〈芙蓉池作詩〉、或曹植、劉楨所作〈公宴詩〉，表現重點均以「園林美景」與「逍遙樂遊」為主，他們一起追風逐月，觀星賞景，聆清音，嗅芳郁，恣意開放耳目鼻膚各種感官，接受聲香味觸之薰拂櫛沐，使身心暢適，形神舒爽。請看：

---

❼ 見清·嚴可均編、陳延嘉等校點《全上古三代秦漢三國六朝文》，第三冊，頁 145。

乘輦夜行遊，逍遙步西園。雙渠相溉灌，嘉木繞通川。卑枝
拂羽蓋，修條摩蒼天。驚風扶輪轂，飛鳥翔我前。丹霞夾明
月，華星出雲間。上天垂光彩，五色一何鮮。壽命非松喬，
誰能得神仙。遨遊快心意，保己終百年。（曹丕《芙蓉池作
詩》）❽

公子敬愛客，終宴不知疲。清夜遊西園，飛蓋相追隨。明月
澄清影，列宿正參差。秋蘭被長阪，朱華冒綠池。潛魚躍清
波，好鳥鳴高枝。神飆接丹轂，輕輦隨風移。飄飄放志意，
千秋長若斯。（曹植〈公宴詩〉）❾

永日行遊戲，歡樂猶未央。遺思在玄夜，相與復翱翔。輦車
飛素蓋，從者盈路傍。月出照園中，珍木鬱蒼蒼。清川過石
渠，流波為魚防。芙蓉散其華，菡萏溢金塘。靈鳥宿水裔，
仁獸遊飛梁。華館寄流波，豁達來風涼。生平未始聞，歌之
安能詳。投翰長嘆息，綺麗不可忘。（劉楨〈公宴詩〉）❿

歡宴雖終，他們遊興正濃，於是飛蓋相隨，流連於西園夜色⓫。園

---

❽　見逯欽立輯校《先秦漢魏晉南北朝詩》，台北：學海出版社，民國 73 年 5 月
　　初版，頁 400。

❾　見逯欽立輯校《先秦漢魏晉南北朝詩》，頁 449。

❿　見逯欽立輯校《先秦漢魏晉南北朝詩》，頁 369。

⓫　曹丕〈與吳質書〉云：「白日既匿，繼以朗月。同乘並載，以遊後園。」見清・
　　嚴可均編、陳延嘉等校點《全上古三代秦漢三國六朝文》，第三冊，頁 76。

內水渠流貫,珍木蓊鬱,飛鳥游魚,自在嬉戲,秋蘭朱華,爭開互映,物態繽紛,聲色俱呈;仰望夜空,可見明月流波,燦星耀熠,光影掩抑,明暗互生,更添神祕氣息。在詩人敷容寫態,捕光捉影,設色擬聲下,園林美景顯得豐艷多姿,又清新雅致。車行其間,時而卑枝拂蓋,依依留人,輪速趨緩,反增細品慢觀之咀嚼情味;時而驚風扶輪,暗中推助,輕輦迅飆疾馳,飄飄如神靈騰雲,仙人駕霧,益顯翱遊之暢快淋漓。

有時西園雅集未盡宴遊之樂,諸子亦將眼光與足跡轉至鄴城西郊之玄武苑,苑中「碩果灌叢,圍木聳尋。篁篠懷風,蒲陶結陰」❷又有玄武陂池以肆舟楫,魚梁、釣台散布其間,水生動植浮游池面。垣外坰野,更是溝渠交錯,沃土千里,粳稻、黍稷、桑柘、苧麻密植茂生。請看曹丕筆下所述:

> 兄弟共行遊,驅車出西城。野田廣開闢,川渠互相經。黍稷
> 何鬱鬱,流波激悲聲。菱芡覆綠水,芙蓉發丹榮。柳垂重蔭
> 綠,向我池邊生。乘渚望長洲,群鳥歡嘩鳴。萍藻泛濫浮,
> 澹澹隨風傾。忘憂共容與,暢此千秋情。❸

先寫出城所見,景象遼闊,境界大開,川渠縱橫帶來灌溉便利,使荒地成田,黍稷盈野,眼前榮景,顯示屯田奏效。既入玄武苑,陂

---

❷ 左思〈魏都賦〉。見清·嚴可均編、陳延嘉等校點《全上古三代秦漢三國六朝文》,第四冊,頁 773。

❸ 曹丕〈於玄武陂作詩〉。見逯欽立輯校《先秦漢魏晉南北朝詩》,頁 400。

池風光映入眼簾，水面菱荷遍覆，岸邊垂柳成蔭，丹榮綠葉，對比鮮明；遠望長洲，群鳥喧噪，俯瞰萍藻，隨風傾搖，步移景異，目轉境生，遊觀之樂，覽物之趣，盡在其中，世俗煩憂自然一掃而空。王粲亦有〈雜詩〉二首，顯示亦曾隨行並馳，同遊共樂：

> 吉日簡清時，從君出西園。方軌策良馬，並馳屬中原。北臨清漳水，西看柏楊山。回翔遊廣囿。逍遙波渚間。（其一）❹

> 列車息眾駕，相伴綠水湄。幽蘭吐芳烈，芙蓉發紅暉。百鳥何繽翻，振翼群相追。投網引潛鯉，強弩下高飛。白日已西邁，歡樂忽忘歸。（其二）❺

前者言郊野騎騁，流觀遠眺，鄴城北臨清漳，西望柏楊，山環水繞，形勢絕佳。於此西郊闢地起苑，引流造池，因勢借景，風光清美，令人流連逍遙。後者寫息駕池畔，閒覽物態，周遭幽蘭吐香，芙蓉秀艷，靜中猶感盎然生機；仰望天際，百鳥成群，振翼相追，靈動翻飛之姿，令人不覺技癢，躍躍欲試，於是拉弓疾射，投網潛引，盡情享受魚獵之趣，直至白日西墜，猶渾然不覺。

　　漢代皇家林苑既是帝王娛遊校獵之所，也為王室提供經濟所需物質，因此佔地遼闊，應有盡有。相較之下，漢末以迄魏晉南北

---

❹　見逯欽立輯校《先秦漢魏晉南北朝詩》，頁364。
❺　見同上註，頁364。

朝，由於戰禍不已，動亂頻仍，主政者多將林苑建於城內或都城近郊，空間範圍既縮小，「校獵活動」亦多為「遊娛觀賞」所取代⓰。今觀建安文士雅集紀遊之作，已無鋪張揚厲之景物堆疊與聲貌誇飾，但見山水清麗有致，草木禽魚意態橫生，尤其「清川」、「金塘」、「綠池」、「洲渚」之水景風物，無不生態靈動，色澤鮮明，香氛馥烈，音聲撩人，覽閱之際，但覺體物精準，下字妥切，使雅集樂遊情致，林苑明麗美景皆透紙而出，歷歷如在目前。

　　再看華林園宴遊。西晉時，華林園乃洛陽城中最大之帝王園苑，園內引進穀水，或匯為大池，或引為溪流，其中最大者為天淵池，池中有殿閣亭台，可供居處遊樂之用。池之西南為景陽山，「山南有百果園，果別作林，林各有堂」⓱，堂之內外有流觴池、扶桑海，透過地下石渠與外相通，故園內流水不腐，生機盎然。武帝常與百官群士會聚華林園，或宴飲賦詩，或春日禊遊，盛況空前。

　　相較於西園雅集，由於鄴下文士與曹丕兄弟友誼深厚，才華相當，審美情味亦彼此相投，故其宴遊唱和詩作，多充滿賞景歡樂之情。而在華林宴遊中，君臣關係、尊卑分際明確而嚴謹，眾人應詔賦詩，亦多頌贊之語。如泰始四年（266），武帝與群臣至華林園宴集遊賞，應貞所作〈晉武帝華林園集詩〉，因行文典正，措辭得

⓰　參見張家驥《中國造園史》，台北：博遠出版公司，民國 79 年 8 月初版，頁67。此外，王毅《中國園林文化史》，上海：上海人民出版社，2004 年 9 月第 1 次印刷，頁 70、71 中亦有相關說明。

⓱　《洛陽伽藍記·卷一城內·建春門》。見北魏·楊衒之著、楊勇校箋《洛陽伽藍記校箋》，北京：中華書局，2006 年 7 月第 2 次印刷，頁 63。

體，眾人以為最美，而觀其內容，無非君王應天順人，仁德聖明，率土咸序，人胥悅欣，聲教廣布，四方歸服一類頌揚之言，唯詩末婉勸天子勿耽於用武，諸侯應恪盡職守，微露諷諫之意。至於上巳佳節，從君禊遊，或侍宴太子之作，亦不脫稱美歌頌模式，但仍有部分作品在頌德之外，以不小篇幅，對春日節候與園林景致進行描寫，重現當時觀覽行遊之樂，令人氣象一新。如張華〈太康六年三月三日後園會詩〉四章：

> 暮春元日，陽氣清明。祁祁甘雨，膏澤流盈。習習祥風，啟滯導生。禽鳥翔逸，卉木滋榮。纖條被綠，翠華含英。

> 於皇我后，欽若昊乾。順時省物，言觀中園。讌及群辟，乃命乃延。合樂華池，袚濯清川。泛彼龍舟，沂游洪源。

> 朱幕雲覆，列坐文茵。羽觴波騰，品物備珍。管絃繁會，變用奏新。穆穆我皇，臨下渥仁。訓以慈惠，詢納廣神。好樂無荒，化達無垠。

> 咨予微臣，荷寵明時。忝恩于外，攸攸三期。犬馬惟慕，天實為之。靈啟其願，遐願在茲。干以表情，爰著斯詩。⓲

首章寫春風春雨滋潤萬物，大地一片生機，天空可見禽鳥翱翔，自

⓲　見逯欽立輯校《先秦漢魏晉南北朝詩》，頁 616。

在閑逸，地上則有嫩葉爭綠，鮮葩競萌，欣欣榮景，或暗涵德澤流布之意，但更傳達佳節賞景之愉悅心情。二、三章既以「華池」、「清川」帶出園林佳景，又藉祓濯、泛舟、流觴等水邊活動，展現戲水歡樂與吟詠逸趣，筆致清新，自然有味，適度沖銷應詔詩作刻意頌揚之典重氣息。而閭丘沖〈三月三日應詔詩〉二首其一亦云：

> 暮春之月，春服既成。陽昇土潤，冰渙川盈。餘萌達壤，嘉
> 木敷榮。后皇宣遊，既宴且寧。光光華輦，詵詵從臣。微風
> 扇穢，朝露翳塵。上蔭丹幄，下藉文茵。臨川挹盥，濯故潔
> 新。俯鏡清流，仰睇天津。藹藹華林，嚴嚴景陽。業業峻
> 宇，奕奕飛梁。垂蔭倒景，若沈若翔。❶

寫三月冰釋，春水盈盈，卉木滋榮，大地一片新綠，正是春遊好時節。在晨風朝露開道下，從君祓禊於華林園，清川瑩潔，水明如鏡，不但使人除污去穢，連園中殿宇飛梁，茂林珍木，皆倒映其中，隨波駘蕩，若沈若翔。列坐水濱，禊遊賞景，豈不令人身心俱淨，目暢神怡。至於阮脩《上巳會詩》，但見清嘉美景，水邊娛戲，而無頌美諛詞：

> 三春之季，歲惟嘉時。靈雨既零，風以散之。英華扇耀，翔
> 鳥群嬉。澄澄綠水，澹澹其波。修岸逶迤，長川相過。聊且
> 逍遙，其樂如何。坐此脩筵，臨彼素流。嘉肴既設，舉爵獻

---

❶　見逯欽立輯校《先秦漢魏晉南北朝詩》，頁 749。

酬。彈箏弄琴，新聲上浮。水有七德，知者所娛。清瀨瀺灂，菱葭芬敷。沈此芳鉤，引彼潛魚。委餌芳美，君子戒諸。❷

春華展顏盛放，群鳥穿梭嬉遊，園林物態繽紛，熱鬧非凡，又兼長川透迤，綠波輕晃，臨此清流，舉爵獻酬，亦別具一番優雅情致。詩人彈箏弄琴，倚聲寄意，以潛魚難拒香餌而命喪釣鉤，告誡君子止欲自持，在觀景覽物後，轉而抒情言理，別具玄味❷。

如前所述，鄴下諸子文在伯仲，情同手足，雅集西園，亦樂在優遊賞景之逍遙快適，故灑筆以成酣歌，多為五言流調，以此「指事造形，窮情寫物」❷，更顯清麗而有滋味。反觀華林宴遊詩作，常為應詔頌德而詠，故多採四言正體，以呈現雅潤風貌。以上列作品而言，詩人狀物描景時，下筆精巧，行文秀麗，至於敘遊寫樂，則雍容有節，不踰分際，整體風格趨向典雅平和，不似鄴下諸子流連西園時，自然洋溢一股「飄飄放志意，千秋長若斯」❷之縱放豪情。

至於金谷園，乃石崇建於河南縣界金谷澗中之別廬。永熙元年，石崇出任荊州刺史，以劫掠客商致財產無數。又曾與貴戚王

---

❷　見逯欽立輯校《先秦漢魏晉南北朝詩》，頁 729。
❷　王鍾陵先生以為：「阮瑀此詩，正是三月三日詩、上巳詩將要脫去記遊樂、頌功德的舊面貌，成為玄言詩之一宗的先兆。」（見氏著《中國中古詩歌史》，北京：人民出版社，2005 年 8 月第 1 次印刷，頁 340。）
❷　鍾嶸《詩品·序》。見同註❹，頁 3。
❷　曹植〈公宴詩〉。見逯欽立輯校《先秦漢魏晉南北朝詩》，頁 450。

愷、羊琇之徒競侈鬥富，王愷雖得武帝之助，猶不能敵。石崇財產豐積，生活奢靡，一旦傍水造園，自是規模宏巨。〈思歸引〉序中嘗言：「其制宅也，卻阻長隄，前臨清渠，柏木幾於萬株，江水周於舍下，有觀閣池沼，多養魚鳥，家素習技，頗有秦趙之聲。」❷❹〈金谷園詩序〉亦稱，園中「有清泉茂林，眾果竹柏，藥草之屬，金田十頃，羊二百口，豬雞鵝鴨之類，莫不畢備。又有水碓、魚池、土窟，其為娛目歡心之物備矣。」❷❺由此看來，此處既是一座百物皆備，聲色俱全之莊園別墅，也是巧用自然，因勢設景之山水園林，居遊其間，極盡各種享受，正合石崇「士當身名俱泰」❷❻之人生目標。

石崇好客重遊，常與賓客戚友會聚金谷園，詩酒宴飲，暢覽園林風光，《晉書·劉琨傳》即寫道：「時征虜將軍石崇河南金谷澗中有別廬，冠絕時輩，引致賓客，日以賦詩。」❷❼何遜亦有詩云：「金谷賓遊盛，青門冠蓋多。」❷❽元康六年（296）為王詡所舉行之餞別活動堪稱盛大，共計三十人參與，眾賓流連清賞之際，更即席賦詩，以敘幽懷，而石崇為作〈金谷園詩序〉：「時征西大將軍祭酒王詡當還長安，余與眾賢共送往澗中，晝夜遊宴，屢遷其坐。或

---

❷❹ 見逯欽立輯校《先秦漢魏晉南北朝詩》，頁 643。

❷❺ 見清·嚴可均編、陳延嘉等校點《全上古三代秦漢三國六朝文》，第四冊，頁 346。

❷❻ 《晉書·卷三十三·石崇傳》。見唐·房玄齡等撰《晉書》，北京：中華書局，2003 年 6 月第 8 次印刷，頁 1007。

❷❼ 見同上註，頁 1679。

❷❽ 何遜〈車中見新林分別甚盛詩〉。見逯欽立輯校《先秦漢魏晉南北朝詩》，頁 1697。

登高臨下，或列坐水濱。時琴瑟笙筑，合載車中，道路並作。及往，令與鼓吹遞奏，遂各賦詩，以敘中懷。或不能者，罰酒三斗。感性命之不永，懼凋落之無期。故具列時人官號姓名年紀，又寫詩箸後，後之好事者，其覽之哉！凡三十人，吳王師、議郎、關中侯，始平武功蘇紹字世嗣，年五十為首。」❷由序文可知，當日園中，賓主會聚，「縱酒嘉宴，自明及昏」❸，又隨興所至，屢遷其坐，時而登高遠賞，時而臨水近觀，自在歡遊，逍遙無拘。酒酣耳熱之際，眾人更和墨賦詩，抒懷敘意，不能者藉罰酒三斗以薄懲取樂。如此充滿文化情調與遊戲趣味之雅集宴遊活動，常為後代文士傚效承襲❸。

　　依〈金谷詩序〉所言，當日參與盛會者「凡三十人」，皆「具列時人官號姓名年紀，又寫詩箸後」，唯今資料散佚，對與會之人所知有限，而完整詩作亦僅存潘岳〈金谷集詩〉一首，詩中極寫園林之麗與宴遊之盛，可與石崇序文相互輝映。詩云：

---

❷　見清·嚴可均編、陳延嘉等校點《全上古三代秦漢三國六朝文》，第四冊，頁346。

❸　歐陽建〈答石崇贈詩〉。見逯欽立輯校《先秦漢魏晉南北朝詩》，頁647。

❸　如東晉蘭亭雅集活動方式幾與之全同，而「王右軍得以〈蘭亭集序〉方〈金谷詩序〉，又以己敵石崇，甚有欣色。」（《世說新語·企羨·3》，見楊勇《世說新語校箋》，台北：正文書局，民國65年8月出版，頁483）；唐時，李白春夜宴從弟於桃李園，即謂：「開瓊筵以坐花，飛羽觴而醉月。不有佳詠，何伸雅懷？如詩不成，罰依金谷酒數。」（〈春夜宴從弟桃花園序〉，見《李白集校注》，不著錄作者，台北：偉豐書局，民國73年出版，頁1590）可見金谷雅集宴遊影響深遠。

王生和鼎食，石子鎮海沂。親友各言邁，中心悵有違。何以
敘離思，攜手遊郊畿。朝發晉京陽，夕次金谷湄。迴谿縈曲
阻，峻阪路威夷。綠池泛淡淡，青柳何依依。濫泉龍鱗瀾，
激波連珠揮。前庭樹沙棠，後園植烏椑。靈囿繁石榴，茂林
列芳梨。飲至臨華沼，遷坐登隆坻。玄醴染朱顏，但懇杯行
遲。揚枹撫靈鼓，簫管清且悲。春榮誰不慕，歲寒良獨希。
投分寄石友，白首同所歸。❸

開篇寫此會緣起，乃因好友各自遠行，遂欲藉此宴遊賞景，暢敘離
別之情。以下敘當日行程及宴遊盛況：眾人早晨由洛陽出發，傍晚
來到金谷水湄，順勢前行，只見溪流、高坡縈迴蜿蜒，聚水為池，
池邊楊柳，隨風輕拂；冒地成泉，泉湧波動，紋似龍鱗，迷人水景
隨處可觀。園內卉木，分區遍植，沙棠烏椑，前後成蔭，石榴芳
梨，靈囿薈集，花顏屢見，果香時聞，宴遊之地隨興遷轉，眼中之
景亦走馬頻換，唯酣暢意懷連綿不斷。對臨別聚會而言，把握相聚
時光，共渡良辰美景，賓主同樂，極遊盡歡，正是珍惜情誼之表
現。

　　曹攄雖不在「二十四友」之列，但平日與石崇、歐陽建交遊密
切，並有詩作贈答。其〈贈石崇詩〉四首中，亦曾提及金谷園之
會，也詳述宴遊情景。詩云：

美茲高會，憑城臨川。峻墉亢閣，層樓闢軒。遠望長州，近

察重泉。鬱鬱繁林，蕩蕩洪源。津人思濟，舟士戲舩。得廁
大歡，屢蒙賓延。飲必酃綠，肴則時鮮。仰接溫顏，俯聽話
言。（其三）

嘉我乃遇，遭彼頻煩。浮萍依水，寄生附林。託根清流，委
積重陰。願樹之茂，樂川之深。太陽移宿，葵藿傾心。至誠
苟著，雖微難禁。況與夫子，利齊斷金。敢敷中懷，貢之所
欽。（其四）❸❸

篇首即以「美茲高會」揭開宴遊活動序幕，接著描述金谷園位於郊
畿，臨川起造，自然景觀極佳，園中築有高樓崇閣，可供遠眺近
覽，園區內外，水源相通，活水不斷，池沼浮萍聚生，臨川茂林蓊
鬱。由於主人熱誠邀約，朋儕歡聚一堂，共享時珍佳釀，並盡清談
雅議，悠遊賞景之樂，予人無窮興味，遂以此詩敷寫情懷，回應盛
情。

　　在金谷園中，登高臨水，遊目弋釣，與詩酒宴樂同樣，皆可娛
形悅心。而此地之茂林清泉，既不在深山僻谷，也不在皇家宮苑，
因此，山水遊冶既非岩穴高士遠世俗之精神寄托，也非被動應詔
之從遊陪賞，而是清貴名士主動營求之閑逸生活。由於宴飲歡娛中
加入山水審美活動，展現異於世俗之高情逸趣，遂使絲竹並奏、觴
酌流行之奢靡享受得到雅化，並成為士人所追求之詩意人生。然
而，在金谷園宴遊中，賓主除了暢飲歡聚、樂賞園林，流連山水

❸❸　見逯欽立輯校《先秦漢魏晉南北朝詩》，頁 751。

外，還表達了離別情懷與人生感慨。如石崇序中則提到：「感生命之不永，懼凋落之無期」❸，令人充分感受，流連山水與宴飲歡樂，使西晉名士更眷戀世間榮華與閑散逸樂，因此對年壽短暫、人生無常也更敏感而多生悲嘆❸。由此看來，金谷園宴遊不但具體呈現西晉貴遊文士之生活方式，亦如實反映其內在精神。

園林雅集宴遊外，詩人也常野外行遊，登臨山水，縱目遠眺，並將觀覽所見與悅遊心情，載入詩文以誌之。以下分就江海眺覽、山林悅遊、川原樂賞三種面向加以說明。

建安時期，曹氏父子與王粲皆有臨水紀遊佳作。如曹操北征烏桓，途經碣石，因觀海有感，遂作〈觀滄海〉：「東臨碣石，以觀滄海。水何澹澹，山島竦峙。樹木叢生，百草豐茂。秋風蕭瑟，洪波湧起。日月之行，若出其中。星漢燦爛，若出其裏。」❸曹操登高遠眺，但見綠波萬頃，氣勢宏偉，而山島聳峙其間，草木蔥鬱，生機盎然，正欲引人一窺其祕，此時，秋風襲掠海面，催動洪波，

---

❸　清‧嚴可均編、陳延嘉等校點《全上古三代秦漢三國六朝文》，第四冊，頁346。

❸　吳功正先生指出，金谷園宴遊「一方面彌漫著清悲意識，一方面又充滿著富貴氣象。前者在深層次上可納入於後者之中，是富貴難以永恆地維繫下去，憂懼豪華凋落的意識體現。」（見氏著《六朝美學史》，南京：江蘇美術出版社，1996年4月第2次印刷，頁56）而羅宗強先生則以為：「在西晉士人的奢靡生活裡，在他們的入世甚深的近於平庸的享樂裡，生命問題始終並未從他們的心中退去。他們的自全心態，他們的不嬰世務，都不同程度地與這一點有關。」（見氏著《玄學與魏晉士人心態》，台北：文史哲出版社，民國81年11月初版，頁261。）

❸　見逯欽立輯校《先秦漢魏晉南北朝詩》，頁353。

捲起狂瀾，壯闊景象使人驚嘆。滄海浩瀚，水岸無垠，吞吐日月，流轉星辰，磅礡氣勢，激起詩人包攬天地，囊括四海之豪情，正因其寫景壯闊，筆力雄渾，充分流露曹操之雄襟偉魄。同樣寫滄海氣勢與奇觀者，尚有曹丕〈滄海賦〉與王粲〈游海賦〉。丕、粲二人不但以驚濤騰涌，駭浪互擊，描繪滄海聲容俱壯之威；又藉巨魚奇鳥，揚鱗濯翼，沈浮其間，敘寫滄海之廣；珍貝、明珠、神草、美石采之不盡，取之不絕，形容滄海之富，氣魄雄大，奇珍紛呈，堪稱動人心魄。兩篇賦作雖尚有缺文，不能盡窺全貌，但絢麗多采，形神俱出，可與曹操〈觀滄海〉相互輝映，以見臨海眺覽之歡情與壯志。西晉潘岳亦有〈滄海賦〉，既寫滄海深廣，萬流匯聚，又依序鋪陳「其山」、「其魚」、「其蟲獸」、「其禽鳥」之富盛，詠物意味甚濃。此外，曹丕另有〈濟川賦〉：

> 臨濟川之魯淮，覽洪波之容裔。潯騰揚以相薄，激長風而丞逝。漫浩汗而難測，眇不睹其垠際。于是龜龍神嬉，鴻鸞群翔。鱗介霍驛，載止載行。俯唼菁藻，仰飡若芳。永號長吟，延首相望。美玉昭晰以曜輝，明珠灼灼而流光。❸❼

描寫濟水廣闊無垠，水勢盛大，水面上禽魚嬉遊覓食，形象生動逼真，而美玉曜輝，明珠流光，更顯瑰麗色彩，篇幅雖短，但極能突顯感官之娛與泛遊樂趣。至於〈臨渦賦〉，乃建安十八年，曹丕與

---

❸❼　見清·嚴可均編、陳延嘉等校點《全上古三代秦漢三國六朝文》，第三冊，頁 41。

弟隨父回譙掃墓，策馬遊觀渦水風光所作，賦曰：「蔭高樹兮臨曲渦，微風起兮水增波。魚頡頏兮鳥逶迤，雌雄鳴兮聲相和。萍藻生兮散莖柯，春木繁兮發丹華。」❸敘寫縱目遊渦，遠近可見微風增波，魚鳥嬉遊，萍藻叢生，木茂華發，一片明麗春景，使人倍覺悠遊閑賞之快適。

　　兩晉時期，士人涉江臨海，縱目遊觀之風猶盛，如應貞有〈臨丹賦〉，描景精巧，頗能曲盡丹水經山越嶺，奔流激崖之狀：

> 陟綿崗之迢邈，臨窈谷之浚遐。覽丹源之列泉，睠縣流之清派。漱玄瀨而漾沚，順黃崖而蕩博。激重巖之絕根，拂重丘之飛崿。然後陰渠洞出，邊澮旁開。倏熠高鶩，皓晗長懷。盤溢鬱沒，雲轉飆回。屏側為之飛隕，壁岸為之陂隤。列以青林，蔭以綠枝。檉松蓊茸於其側，楊柳婀娜乎其下。則高溜承崖，縣泉屬嶺。別流分注，冰瑩玉靜。清波引鏡，形無遁影。❹

前四句謂登山臨谷，觀覽丹水之源流，以下則先描繪丹水懷山襄陵，波湧濤驚之勢，再敘其支脈旁出，迅疾起伏，衝崖激岸，高潮迭起。接著鋪寫兩旁青林高挺，綠蔭如蓋，更有揚柳，迎風款擺，婀娜其態。最後主流支脈因勢匯聚，復歸和緩，臨河照影，但覺波

---

❸　見清·嚴可均編、陳延嘉等校點《全上古三代秦漢三國六朝文》，第三冊，頁 42。

❹　見清·嚴可均編、陳延嘉等校點《全上古三代秦漢三國六朝文》，第四冊，頁 360。

平如鏡。作者刻畫丹水，靜躁有別，開闔有致，兼俱陽剛之氣與陰
柔之美，使讀者情緒亦隨其高下緩急而起伏不定。曹毗亦作〈涉江
賦〉❹，觀其現存篇幅，乃描繪星夜江景，既有柔美之修岸莞葦、
水中紫蓮，又時而可見洪濤湧起，駭鯨噴瀾，采蜂泛波，文魚登
岸，兼以蟲吟風奏，百籟俱響，更添江邊夜色之神祕瑰奇。至於庾
闡〈涉江賦〉❹，則寫夕日將昏，雲聚風生，長江澎湃奔騰，匯流
入海，不但水勢壯盛，鱗羽珍物亦數之不盡，堪稱百川之王。撫楫
中流，又見明月夕耀，金沙吐瑛，更覺美景入目，心曠神怡。

　　建安以來，士人涉江臨海，多能縱覽水域景觀之美，並從水流
體勢奔騰壯闊，水中山島林木蓊鬱，到水面魚鳥群嬉，水裏珍物萃
集，一一予以精彩呈現。東晉士人遊興更濃，賞景範疇益趨開闊，
於是繼枚乘〈七發〉之後，曹毗、伏滔、顧愷之也因觀濤有感，分
別撰寫〈觀濤賦〉。其中，曹毗驚見雲濤騰湧之勢，乃謂「爾其勢
也，發源滇池，迴沖天井，灑拂滄漢，遙櫟星景。伍子結誓於陰
府，洪湍應期而來騁。汩如八風俱臻，隗若昆侖抗嶺。」❹言其迅
猛疾衝，高聳抗天，猶如子胥挾怨化潮而至，洶湧巨大之勢，震人
耳目，懾人心魂。伏滔則描述秋月十五之觀濤過程，文曰：「若夫
金祇理轡，素月告望，宏濤於是鬱起，重流於是電驤。起沙淳而迅

---

❹　見清·嚴可均編、陳延嘉等校點《全上古三代秦漢三國六朝文》，第五冊，
　　頁 1091。
❹　見清·嚴可均編、陳延嘉等校點《全上古三代秦漢三國六朝文》，第四冊，
　　頁 393。
❹　見清·嚴可均編、陳延嘉等校點《全上古三代秦漢三國六朝文》，第五冊，
　　頁 1091。

邁,觸橫門而克壯。灌江津而砰磕,鼓赤岸而激揚。鬱律煙騰,隗兀連崗。重疊巘而天竦,洄湍澼而起漲。」❹宏濤驟起急馳,灌江津,鼓赤岸,吼聲如雷,激浪如山,四周水煙瀰漫,猶如沸水蒸騰,聲勢宏壯,氣象萬千。曹、伏二人賦作,疑非全貌,但對怒濤激湧之影繪,亦頗能曲盡其妙。至於顧愷之〈觀濤賦〉,雖僅一百零八字,但首尾結構似較完整。賦云:

> 臨浙江以北眷,壯滄海之宏流。水無涯而合岸,山孤映而若浮。既藏珍而納景,且激波而揚濤。其中則有珊瑚明月,石帆瑤瑛,雕鱗采介,特種奇名。崩巒填壑,傾堆漸隅,岑有積螺,嶺有懸魚。謨茲濤之為體,亦崇廣而宏浚。形無常而參神,斯必來以知信。勢剛凌以周威,質柔弱以協順。❹

開端即以臨江觀海揭題,眺覽所見,水面遼闊,山島若浮,其中百物俱藏,奇珍無數,猶如海外仙鄉。一旦風生水起,激波揚濤,澎湃洶湧,雷霆萬鈞之勢,使螺魚蝦貝亦難倖免,紛紛被浪拋波捲至高岑峻嶺,強大威力,著實令人震怖驚呼,而先前所見之悠游涵容,和柔景象,在怒濤駭浪衝擊下,似乎更突顯了大海之奇詭難測與變幻無窮。此外,蘇彥亦有〈西陵觀濤詩〉:「洪濤奔逸勢,駭

---

❹ 見清·嚴可均編、陳延嘉等校點《全上古三代秦漢三國六朝文》,第五冊,頁1380。

❹ 見清·嚴可均編、陳延嘉等校點《全上古三代秦漢三國六朝文》,第五冊,頁1397。

浪駕丘山。訇隱振宇宙，崩磕津雲連。」❻以五言絕句形式，直接
切入洪潮疾奔，駭浪怒漲，跌宕起伏，吼聲震天之狀，顯示作者觀
濤時備受震撼，故樂言其浩壯聲勢，餘者無心他顧。

　　當然，論及江海景觀之描繪，木華〈海賦〉❻、郭璞〈江賦〉
❻堪稱巨製，作者善由各種角度對江海進行全面觀照與鋪敘，使通
篇規模宏偉，內容詳贍，同時運用誇飾與想像，使江海倍增雄奇氣
勢與瑰麗色彩。如〈海賦〉以大禹治水，眾流入海揭開序幕，藉歷
史傳說表現大海之神奇非凡，繼而分述大海鼓怒之威，疾流飛舟之
險，水府珍寶之盛，海上仙山之奇，展示滄海普納眾流，藏養眾
物，遂能成其宏富，以此歌頌謙卑廣容之美德。〈江賦〉先由長江
源頭落筆，進而敘述穿山越嶺，奔流決蕩之壯觀景象，其中，三峽
一段湍急險惡，最是驚心動魄。如此依地理形勢縱向開展，以見長
江源遠流長。或由橫面切入，轉寫周遭景觀及豐饒物產，縱目遍及
水中、水底、岸邊，及水脈相通之湖泊澤藪，所見包括草木菱荷、
珍禽異鱗與奇石異寶。後段描寫臨水而居者，有漁樵隱士之嘯傲江
湖，也有仙靈神怪之奇行異舉，由古至今，故事不斷，傳說不盡，
引人嘆賞哀憐。木華、郭璞均對江海盛景作出細膩觀察，詳盡鋪
陳，而賦中不但充滿審美情懷，也表達對東晉立足江南之擁戴與信
心。以其跨越時空，全面描繪，不拘於當下所見所感，故精巧刻畫

---

❻　見逯欽立輯校《先秦漢魏晉南北朝詩》，頁 924。
❻　見清·嚴可均編、陳延嘉等校點《全上古三代秦漢三國六朝文》，第五冊，
　　頁 1068－1069。
❻　見清·嚴可均編、陳延嘉等校點《全上古三代秦漢三國六朝文》，第三冊，
　　頁 1224－1226。

中又別具寓意。

　　江海勝景雄奇壯觀，使人佇足流連，吟詠贊嘆；崇山幽壑則茂林環生，溪泉爭流，清美景致，更引人樂遊不厭。如棗據以〈遊覽〉一詩❹，描寫登臨九華山，回睛顧盼，欣見「芳林挺脩幹」，「重巖吐神溜」，生發厭棄人事，漱飲湧波之想。胡濟曾撰〈瀍谷賦〉，內云：「嘉高岡之崇峻兮，臨玄谷以遠覽。仰高丘之崔嵬兮，望清川之澹澹。爾乃涉重險，陟榛薄，倚春木，臨幽壑。深谷豁以窈藹，高峰鬱而岑崿。」❹表明自己醉心於崇岡玄谷，不惜涉險阻，披荒榛，親臨其境，以切實感受深谷之遼闊冥窈，與高峰之蓊鬱崔嵬。至於湛方生則以〈靈秀山銘〉贊美秀異山景：「嚴嚴靈秀，積岨幽重。傍嶺關岫，乘標挺峰。桂柏參幹，芝菊亂叢。翠雲夕映，爽氣晨蒙。籠籠疏林，穆穆閑房。幽室冬暄，清蔭夏涼。神木奇生，靈草真香。雲鮮其色，風飄其芳。可以養性，可以棲翔。長生久視，何必仙鄉。」❺肆目即見重嶺連疊，峰勢挺拔，山中雲蒸霧繞，朝夕不斷，桂柏芝菊，高低映輝，神木靈草，添色生香，美景清雅宛若仙境，令人棲翔流連，但願久駐其間。

　　江南山水明媚多姿，「千巖競秀，萬壑爭流；草木蒙籠其上，

---

❹　原詩：「蹻足登雲閣，相伴步九華。徙倚憑高山，仰攀桂樹柯。延首觀神州，迴睛盼曲阿。芳林挺脩幹，一歲再三花。何以濟不朽，噓吸漱朝霞。重巖吐神溜，傾觴挹湧波。恢恢大道間，人事足為多。」見逯欽立輯校《先秦漢魏晉南北朝詩》，頁589。

❹　見清·嚴可均編、陳延嘉等校點《全上古三代秦漢三國六朝文》，第五冊，頁1111。

❺　見清·嚴可均編、陳延嘉等校點《全上古三代秦漢三國六朝文》，第五冊，頁1461。

若雲興霞蔚」❺，奇觀麗景，引人入勝。廬山北瞰長江，東臨鄱陽湖，不但登眺遠覽時，美景盡皆入目，又因巧借江湖之助，使山形氣勢格外雄偉。由於峰奇嶺秀，群木聳翠，瀑布飛流，雲海常生，不但成為幽棲勝地，更是名流雅士樂遊之區。西晉王彪之、東晉孫放皆有〈廬山賦〉，兩人所作雖僅存序言殘句，尚可窺其觀山覽景之意。高僧慧遠不但建寺於此，還常與同修道人登陟共遊，遍賞山中美景，並作〈廬山記〉，詳載各處之地形風物、歷史傳說與秀麗美景：

> 山在江州潯陽南，南濱宮亭，北對九江，九江之南為小江，山去小江三十里餘，左挾彭蠡，右傍通川，引三江之流而據其會。《山海經》云：「廬江出三天子都，入江彭澤西，一曰天子障。」彭澤也，山在其西，故舊語以所濱為彭蠡。有匡續（俗）先生者，出自殷、周之際，遁世隱時，潛居其下。或云，續受道於仙人，而適遊其岩，遂託室岩岫，即岩成館，故時人感其所止為神仙之廬而名焉。其山大嶺，凡有七重，圓基周迴，垂五百里，風雨之所攄，江山之所帶，高岩仄宇，峭壁萬尋，幽岫穿崖，人獸兩絕。天將雨，則有白氣先摶，而縈絡於山嶺下，及至觸石吐雲，則倏忽而集。或大風振岩，逸響動谷，群籟競奏，其聲駭人。此其化不可測者矣。眾嶺中，第三嶺極高峻，人之所罕經也。太史公東

---

❺ 《世說新語·言語·88》。見楊勇《世說新語校箋》，台北：正文書局，民國65年8月出版，頁113。

遊,登其峰而遐觀,南眺五湖,北望九江,東西肆目,若登天庭焉。其嶺下半里許有重巖,上有懸崖,古仙之所居也。其後有巖,漢董奉復館於巖下,常為人治病,法多神驗,病癒者令栽杏五株,數年之間,蔚然成林。計奉在人間近三百餘年,容狀常如三十時,俄而升仙,絕跡於杏林。其北嶺兩巖之間,常懸流遙霑,激勢相趣,百餘仞中,雲氣映天,望之若山,有雲霧焉。其南嶺臨宮亭湖,下有神廟,即以宮亭為號,其神安侯也。亭有所謂感化(缺)七嶺同會於東,共成峰崿,其巖窮絕,莫有升之者。昔野夫見人著沙彌服,凌雲直上,既至,則踞其峰,良久乃與雲氣俱滅。此似得道者,當時能文之士,咸為之異。又所止多奇,觸象有異。北背重阜,前帶雙流,所背之山,左有龍形,而右塔基焉。下有甘泉涌出,冷暖與寒暑相變,盈減經水旱而不異,尋其源,出自於龍首也。南對高峰,上有奇木,獨絕於林表數十丈。其下似一層浮屠,白鷗之所翔,玄雲之所入也。東南有香爐山,孤峰獨秀,起遊氣籠其上,則氤氳若香煙;白雲映其外,則炳然與眾峰殊別。將雨,則其下水氣涌出如馬車蓋,此龍井之所吐。其左則翠林,青雀白猿之所憩,玄鳥之所蟄。西有石門,其前似雙闕,壁立千餘仞,而瀑布流焉。其中鳥獸草木之美,靈藥萬物之奇,略舉其異而已耳。㊿

㊿　見清·嚴可均編、陳延嘉等校點《全上古三代秦漢三國六朝文》,第五冊,頁1700。

文章先言廬山之地理位置，並引匡續於此結廬修道之說追溯山名由來。以下則敘述七嶺之秀異景致與相關傳說。七嶺不但佔地遼闊，而且山勢陡峭，直聳參天，人獸難見；風雨來襲時，雲氣倏忽而集，群籟響聲震谷，奇誦神祕，變幻難測。其中最高峰為第三嶺，司馬遷曾登臨以憑弔大禹治水偉績；嶺下有重岩，董奉於此設館行醫，病癒者植杏致謝，數年間蔚然成林。東南又有香爐峰，孤峰秀挺，嵐氣籠罩，氤氳如香煙，風景殊異；西側即為石門，雙岩高聳，壁立千仞，瀑布倒掛其間，鳥獸穿梭來往，卉木靈草亦四周羅列，風景奇美。慧遠〈遊石門詩序〉另有詳細刻繪：「雙闕對峙其前，重巖映帶其後，巒阜周迴以為障，崇巖四營而開宇。其中則有石台石池，宮館之象，觸類之形，致可樂也。清泉分流而合注，淥淵鏡淨於天池。文采發石，煥若披面，檉松芳草，蔚然光目，其為神麗，亦已備矣。」❸兩相參看，更見石門媚人風采。

　　鍾情於廬山者，還有名僧支曇諦，所作〈廬山賦〉云：「其南面巍崛，北背迢蒂，懸霤分流以飛湍，七嶺重嶂而疊勢。映以竹柏，蔚以檉松。縈以三湖，帶以九江。嗟四物之蕭森，爽獨秀於玄冬。美二流之潺湲，津百川之所沖。峭門百尋，峻闕千仞。香爐吐雲以像煙，甘泉涌霤而先潤。」❹描繪山中勝景迭出，縱目即見懸流飛湍、七嶺疊勢、松竹掩映、江湖縈迴、峻闕千仞、香爐吐煙，壯麗奇偉中猶帶清雅秀逸。由於廬山將雲、石、水、樹、峭、秀、

---

❸　見逯欽立輯校《先秦漢魏晉南北朝詩》，頁 1085。
❹　見清·嚴可均編、陳延嘉等校點《全上古三代秦漢三國六朝文》，第五冊，頁 1738。

高、逸融為一體，遂使遊者絡繹不絕，爭窺其貌，歷久不衰。

南嶽衡山，山勢巍峨，盤紆百里，《水經注·卷三十八·湘水》云：「衡山東南兩面，臨映湘川，自長沙至此，湘江七百里中，有九向九背。故漁者歌云：『帆隨湘轉，望衡九面。』」❺❺山中古木參天，松柏交映，奇花異草，四季香郁，正是名士登賞棲遊勝地。庾闡登山遠眺，心神為之悠然曠朗，乃作〈衡山詩〉❺❻以詠；劉子驥「好遊山澤，嘗采藥至衡山，深入忘返」❺❼。桓玄更是涉湘千里，遠征衡岳，其〈南遊衡山詩序〉曾載此行經歷與登陟過程：

> 歲次降婁，夾鐘之初，理楫將遊於衡嶺。涉湘千里，林阜相屬，清川窮澄映之流，涯涘無纖埃之穢。修途逾邁，未見其極，窮日所經，莫非奇趣。姑洗之旬，始曁於衡岳。於是假足輕輿，宵言載馳，軒塗三百，山徑徹通。或垂柯跨谷，俠巘交蔭；或曲溪如塞，已絕復開；或乘步長嶺，邈眇遙曠；或憩輿素石，映濯水湄。所以欣然奔悅，求路忘疲者，觸事而至也。仰瞻翠標，邈爾天際，身凌太虛，獨交霞景。周覽既畢，頓策岩阿，管弦并奏，清徵再響。思古永神，游氣未

---

❺❺ 見北魏·酈道元注、楊守敬疏《水經注疏》，南京：江蘇古籍出版社，1999年8月第2次印刷，頁3139。

❺❻ 原詩：「北眺衡山首，南睨五嶺末。寂坐挹盧悟，運目情四豁。翔虬凌九霄，陸鱗困濡沫。未體江湖悠，安識南溟闊。」見逯欽立輯校《先秦漢魏晉南北朝詩》，頁874。

❺❼ 《晉書·卷九十四·隱逸傳》。見同註❷❻，頁2448。

言。⑱

　　桓玄輕車載馳於山徑，或見老樹垂枝，跨谷交蔭，如迎佳賓；或觀
曲溪迴旋，若隱若現，憑添驚喜。有時徒步於長嶺，有時休憩於水
邊，仰望翠峰高聳雲霄，身亦如凌太虛，飄飄出塵。周覽衡山美
景，耳聽管弦清音，令人心醉神馳，逍遙暢適，渾然忘疲。宗炳雅
愛山水，亦曾「南登衡岳，因而結宇衡山」⑲，老疾之年，歸隱江
陵，特將勝景影繪成圖，張掛室中以供坐臥遊賞，謂之「臥遊」。
另由所作〈登半石山〉、〈登白鳥山〉二詩⑳中，亦可見其登臨山
水，尋幽獵奇之嗜遊樂賞心情。
　　此外，庾闡在〈觀石鼓詩〉㉑中自言為賞奇觀、聆異響，遂親
赴石鼓山一窺造化之功。作者朝發夕至，憩於五龍泉，想像石鼓雷
鳴時，聲必動天，極盡神妙。上下俯仰，縱目流觀，又見「翔霄拂
翠嶺，綠澗漱巖間」，高嶺翠集，浮雲輕掠，掛岩澗水，暢快飛

---

⑱　見清·嚴可均編、陳延嘉等校點《全上古三代秦漢三國六朝文》，第五冊，
　　頁1219。

⑲　《宋書·卷九十三·宗炳傳》。見梁·沈約撰《宋書》，北京：中華書局，
　　2003年10月第8次印刷，頁2279。

⑳　〈登半石山〉：「清晨陟阻崖，氣志洞蕭灑。嶰谷崩地幽，窮石凌天委。長
　　松列竦蕭，萬樹巇巇詭。上施神農蘿，下凝堯時髓。」〈登白鳥山〉：「我
　　徂白鳥山，因名感昔擬。仰升數百仞，俯覽眇千里。杲杲群木分，炎炎眾巒
　　起。」以上見逯欽立輯校《先秦漢魏晉南北朝詩》，頁1137。

㉑　原詩：「命駕觀奇逸，徑鶩造靈山。朝濟清溪岸，夕憩五龍泉。鳴石含潛
　　響，雷駭震九天。妙化非不有，莫知神自然。翔霄拂翠嶺，綠澗漱巖間。手
　　澡春泉潔，目翫陽葩鮮。」見逯欽立輯校《先秦漢魏晉南北朝詩》，頁
　　873。

洩，置身其間，使人俗慮全消，歡然投入山水懷抱，「手澡春泉潔，目玩陽葩鮮」，掬捧清泉，浴沐陽光，接受自然洗禮，飽覽明麗風光。王彪之亦親登會稽山，寫下〈登會稽刻石山詩〉，詩言此山嵯峨，既可上攬浮雲，下瞰滄州，又能一睹秦皇刻石，令人雀躍萬分。尤其當天：「青陽曜景，時和氣淳。修嶺增鮮，長松挺新。飛鴻振羽，騰龍躍鱗」❻❷，風和日麗，物候清朗，更增添賞景優遊之趣。《莊子·知北遊》云：「山林與，皋壤與，使我欣欣然而樂與！」❻❸對魏晉名士而言，正是高岩峻嶺、重巒疊嶂、飛瀑流泉、岫雲煙嵐、青木丹卉、翔鳥游鱗等山林美景與自然野趣，使人窮登遠陟，流連玩賞而樂在其中。

臨水觀覽、登山悅遊之外，芳郊野際，曠朗川原，亦常見魏晉名士閑逸身影。如嵇康清峻率真，剛腸嫉惡，不願濁世為官，寧可閑居野處，平日流連山水，嘯傲江湖，追求清雅離俗之詩意人生。所作〈四言詩〉云：

> 淡淡流水，淪胥而逝。汎汎柏舟，載浮載滯。微嘯清風，鼓楫容裔。放櫂投竿，優游卒歲。（其一）

> 婉彼鴛鴦，戢翼而遊。俯唼綠藻，託身洪流。朝翔素瀨，夕

---

❻❷　見逯欽立輯校《先秦漢魏晉南北朝詩》，頁 921。

❻❸　見黃錦鋐注譯《新譯莊子讀本》，台北：三民書局，民國 75 年 11 月六版，頁 259。

棲靈洲。搖蕩清波，與之沈浮。（其二）❻❹

隨順流水，泛彼輕舟，迎風微嘯，閑垂釣竿，一副超然塵俗，沖淡
自在之逍遙朗暢。有時靜觀鴛鴦戲水俯食，隨波晃漾，朝游夕棲，
與世無爭，更覺榮名穢身，高位多患，不如縱身自然，優游卒歲。
夏侯湛則於〈春可樂〉中，表達春郊樂賞之快悅：

> 春可樂兮，樂東作之良時，嘉新田之啟萊。悅中疇之發菌，
> 桑冉冉以奮條，麥遂遂以揚秀。澤苗翳渚，原卉耀阜。春可
> 樂兮，樂崇陸之可娛，登夷岡以迴眺，超矯駕乎山隅。綴雜
> 華以為蓋，集繁蕊以飾裳。散風衣之馥氣，納戢懷之潛芳。
> 鸎交交以弄音，翠翩翩以輕翔。招君子以偕樂，攜淑人以微
> 行。❻❺

春日田野，處處可見翠苗新抽，桑麥茁茂，澤草叢發，百花競放，
生機蓬勃，流彩耀目。值此良辰佳景，最適合輕車出遊，登岡迴
眺，既可採花為飾，享受馨香盈懷之趣，又能聆鸎語、觀翠翔，極
視聽之娛，難怪詩人欲邀君子淑女偕行同樂，共覽無邊春色。
　　論及春遊，三月上巳堪稱盛大，或同儕好友三五結伴，或名流
雅士齊聚一堂，在「崇山峻嶺，茂林修竹」環籠下，列坐清流，臨

---

❻❹　見逯欽立輯校《先秦漢魏晉南北朝詩》，頁 484。
❻❺　見清‧嚴可均編、陳延嘉等校點《全上古三代秦漢三國六朝文》，第四冊，
　　　頁 714。

賞激湍，並進行各項祓禊活動。庾闡在〈三月三日臨曲水〉、〈三
月三日〉兩首詩中，有生動描繪：

> 暮春濯清汜，遊鱗泳一壑。高泉吐東岑，迴瀾自淨漻。臨川
> 疊曲流，豐林映綠薄。輕舟泛飛觴，鼓枻觀魚躍。
>
> 心結湘川渚，目散沖霄外。清泉吐翠流，綠醽漂素瀨。悠想
> 盼長川，輕瀾渺如帶。**❻❻**

不論是曲水或湘江，眾人面對青山綠林，清泉長川，或飛輕舟、或
泛流觴、或觀魚躍、或賞迴瀾，歡顏時綻，笑語頻生，心神亦陶然
似醉。當然，規模最大者，非蘭亭雅集莫屬**❻❼**。由於倣效金谷之
例，流觴賦詩，於是有人以審美情懷充分捕捉山水之態，如王彬
之、謝萬與孫統皆詠妙麗佳景：

---

❻❻ 以上見逯欽立輯校《先秦漢魏晉南北朝詩》，頁 873。

❻❼ 《世說新語·企羨·3》注引〈臨河敘〉，謂賦詩二十六人，不能賦詩而罰酒
者十五人，共四十一人，未言是否包括羲之自己。（見同註❺❶，頁 483－
484。）而《會稽志》卷十引《天章碑》既開列蘭亭集會人員名單，並敘及賦
詩情況：王羲之、謝安、謝萬、孫綽、徐豐之、孫統、王凝之、王肅之、王
彬之、王徽之、袁嶠之十一人成四言五言各一首，郗曇、王豐之、華茂、庾
友、虞說、魏滂、謝繹、庾蘊、孫嗣、曹茂之、曹華、桓偉、王玄之、王蘊
之、王渙之十五人各成一篇，謝瑰、卞迪、丘髦、王獻之、羊模、孔熾、劉
密、虞谷、勞夷、後綿、華耆、謝滕、任擬、呂系、呂本、曹禮十六人詩不
成，罰酒三巨觥。據此，則與會者四十二人，詩作凡三十七篇。

丹崖竦立，葩藻映林。淥水揚波，載浮載沈。（王彬之）❻❽

肆眺崇阿，寓目高林。青蘿翳岫，修竹冠岑。谷流清響，條鼓鳴音。玄崿吐潤，霏霧成陰。（謝萬）❻❾

司冥卷陰旗，勾芒舒陽旌。靈液披九區，光風扇鮮榮。碧林輝英翠，紅葩擢新莖。翔禽撫翰遊，騰鱗躍清泠。（謝萬）❼⓪

地主觀山水，仰尋遊人蹤。回沼激中逵，疏竹間脩桐。因流轉輕觴，冷風飄落松。時禽吟長澗，萬籟吹連峰。（孫統）❼①

三位詩人以丹崖、崇阿、玄崿，高林、修竹、松蘿，構築成高聳青森之壯盛山景，或藉飛瀑長澗懸垂直下，淥水迴瀾穿梭激揚，增添靈動氣勢；而禽鳥時鳴、萬籟吹響之自然清音，適足映襯山林曠朗幽靜；紅花映綠、騰鱗跳波，則以畫龍點睛之姿活化山水，並呼應遊人春禊熱情。於是，徐豐之、華茂、王肅之與王玄之皆以美景同遊、詩酒共樂之趣入詩：

---

❻❽　見逯欽立輯校《先秦漢魏晉南北朝詩》，頁 914。
❻❾　見逯欽立輯校《先秦漢魏晉南北朝詩》，頁 906。
❼⓪　見逯欽立輯校《先秦漢魏晉南北朝詩》，頁 907。
❼①　見逯欽立輯校《先秦漢魏晉南北朝詩》，頁 907。

清響擬絲石，班荊對綺疏。零觴飛曲津，歡然朱顏舒。（徐
豐之）⓻

林榮其鬱，浪激其隈。汎汎輕觴，載欣載懷。（華茂）⓽

嘉會欣時遊，豁爾暢心神。吟詠曲水瀨，淥波轉柔鱗。（王
肅之）⓾

松竹挺嚴崖，幽澗激清泉。消散肆情志，酣暢豁滯憂。（王
玄之）⓿

不論「歡然朱顏舒」、「載欣載懷」，或「嘉會欣時遊，豁爾暢心
神」、「消散肆情志，酣暢豁滯憂」，都明確表達優遊足以樂志，
山水尤可散懷之意，充分呼應王羲之在〈蘭亭集序〉中所言：「仰
觀宇宙之大，俯察品類之盛，所以遊目騁懷，足以極視聽之娛，信
可樂也。」⓾當然，羲之在序裏也有憂生之嗟與遷逝之嘆，而蘭亭
詩人更常以玄佛為意，山水為色，在體察物理中豁然開朗，心神俱
暢，充分展現追求玄思理趣之時代風尚。

⓻　見逯欽立輯校《先秦漢魏晉南北朝詩》，頁 916。
⓽　見逯欽立輯校《先秦漢魏晉南北朝詩》，頁 910。
⓾　見逯欽立輯校《先秦漢魏晉南北朝詩》，頁 913。
⓿　見逯欽立輯校《先秦漢魏晉南北朝詩》，頁 911。
⓾　見清·嚴可均編、陳延嘉等校點《全上古三代秦漢三國六朝文》，第四冊，
　　頁 273。

第二節　臨景憂嗟之戚

　　人與自然本為同聲相應、同氣相求，是以四時更迭、景物變化往往使人動心起念，情懷萬端。此乃所謂：「人稟七情，應物斯感。感物吟志，莫非自然。」[77]相較於常民眾庶，詩人文士尤為敏銳多感，面對冬索春敷，夏茂秋落，有時情以物興，有時物以情觀，此呼彼應，性靈搖蕩。故曹丕種蔗於中庭，觀其涉夏歷秋，先盛後衰，乃感悟興廢無常之理[78]；曹植登台周覽，極目遠望，則「顧秋華之零落，感歲暮而傷心」。[79]陸機曾云：「遵四時以嘆逝，瞻萬物而思紛。」[80]劉勰指出：「春秋代序，陰陽慘舒，物色之動，心亦搖焉。」[81]一旦置身山水，遊觀萬物，在節運代序，四時相推中，體察自然變化與生死榮枯，往往思緒翻騰，樂極哀湧，而憂嘆遂出。

　　盛極衰至，物有竟時，此乃天地運行之自然規律，人為萬物之靈，對此早有深刻體認，故大禹惜寸陰，孔子嘆逝水，充分表達對時間之珍視。然而漢末以來，政治失序，社會混亂，天災人禍繼踵

---

[77]　《文心雕龍·明詩》。見同註❶，頁83。

[78]　曹丕〈感物賦〉。見清·嚴可均編、陳延嘉等校點《全上古三代秦漢三國六朝文》，第三冊，頁44。

[79]　曹植〈幽思賦〉。見清·嚴可均編、陳延嘉等校點《全上古三代秦漢三國六朝文》，第三冊，頁140。

[80]　陸機〈文賦〉。見清·嚴可均編、陳延嘉等校點《全上古三代秦漢三國六朝文》，第三冊，頁991。

[81]　《文心雕龍·物色》。見王師更生《文心雕龍讀本》下篇，台北：文史哲出版社，民國88年9月初版7刷，頁301。

而至，在死亡陰影籠罩下，士人頻發憂生嘆逝之悲。漢樂府中常聞淒婉之音，如「天道悠且長，人命一何促！百年未幾時，奄若風吹燭」❷、「薤上露，何易晞。露晞明朝更復落，人死一去何時歸！」❸而《古詩十九首》中更屢見年命短促，倏忽即滅之嗟❹，強烈表達對生之留戀與死之傷感，讀之令人惻然悲起。建安時期，嗟亡嘆逝之風更盛，曹操雖稱雄才大略，銳意進取，依然無法排除死亡憂懼，觀其〈短歌行〉：「對酒當歌，人生幾何？譬如朝露，去日苦多。慨當以慷，憂思難忘。何以解憂，惟有杜康。」❺面對生命不永，日月若馳，一代梟雄也莫可奈何，只能藉酒澆愁，暫緩憂思。曹操之後，繼唱者眾，憂生傷逝已成時代之音。

　　建安名士多飽經世亂，閱盡滄桑，是以常懷治平壯志，渴求立業樹勳。然而面對時間之流，豪傑彥士亦如不繫之舟，只能隨波上下，任其飄蕩，一旦登高臨遠，睹物興情，則遷逝悼時之悲即應物而動，志不獲遂之嘆乃脫懷而出。如王粲〈雜詩〉寫日暮遊西園，見「曲池揚素波，列樹敷丹榮。上有特棲鳥，懷春向我鳴」❻，於是提起衣襟欲追取，怎奈路既險阻，天色又昏，只能回身入房，黯然自傷。委婉表達志不克展，時不我待之悲，故曹植回以〈贈王

---

❷　〈怨詩行〉。見逯欽立輯校《先秦漢魏晉南北朝詩》，頁274。

❸　〈薤露〉。見逯欽立輯校《先秦漢魏晉南北朝詩》，頁257。

❹　例如：「人生非金石，豈能長壽考」、「人生寄一世，奄忽若飆塵」、「人生天地間，忽如遠行客」、「四時更變化，歲暮一何速」、「去者日以疏，來者日以親」、「人生忽如寄，壽無金石固」等，皆為憂生嘆逝之語。

❺　見逯欽立輯校《先秦漢魏晉南北朝詩》，頁349。

❻　見逯欽立輯校《先秦漢魏晉南北朝詩》，頁364。

粲〉一詩❽，勉其耐心等待，王澤必臨。陳琳曾為袁紹撰寫檄文，聲討曹操，袁紹敗後，曹操愛其才而不咎，任為司空軍謀祭酒，管記室，草擬書檄公文。然歸附之後，並非事事如願，其〈遊覽詩〉二首即在景物催化中，道出行將暮年，而功名未就之憂苦：

> 高會時不娛，羈客難為心。慇懷從中發，悲感激清音。投觴罷歡坐，逍遙步長林。蕭蕭山谷風，黯黯天路陰。惆悵忘旋反，歔欷涕霑襟。❽

> 節運時氣舒，秋風涼且清。閒居心不娛，駕言從友生。翶翔戲長流，逍遙登高城。東望看疇野，迴顧覽園庭。嘉木凋綠葉，芳草殲紅榮。騁哉日月逝，年命將西傾。建功不及時，鐘鼎何所銘。收念還寢房，慷慨詠墳經。庶幾及君在，立德垂功名。❽

在第一首中，詩人自稱「羈客」，頗有寄人籬下、壯志難伸之慼，面對高堂盛會，賓客雲集，心中更感孤獨失意，於是投觴罷坐，信步長林，欲藉山水清景以紓憂遣悶，豈知山風蕭瑟，天暗路陰，令人益覺前程渺茫，志業難成，不禁惆悵盈懷，淚霑衣襟。第二首則慨嘆年光易過，時序已秋，雖曰涼風送爽，清氣宜人，然而自己閒

---

❽ 見逯欽立輯校《先秦漢魏晉南北朝詩》，頁 451。
❽ 見逯欽立輯校《先秦漢魏晉南北朝詩》，頁 367。
❽ 見逯欽立輯校《先秦漢魏晉南北朝詩》，頁 368。

居無事，功業無著，不免憂思縈懷，鬱悶難遣，此時唯有縱放山水，登高眺覽，方能蠲煩滌慮，紓解不快之情。詩人遊觀疇野，徘徊園林，勾起歲月遷逝，人生無常之感，從而空嘆年華虛擲，壯志難騁。詩末雖欲擺脫沮喪，反求諸己，以勤誦經典，立德建功自期自勉，展現高亢情懷與積極態度，但通篇讀來，仍見幽憤不平之氣，畢竟生命有限，空懷壯采，徒抱高志，卻伸展無門，更令人失意焦慮。

曹植在兵荒馬亂之季，隨父南伐北討，征戰四方，目睹時代災難，生民流離，從而激發建功立業之志。鄴都生活期間，雖常與兄弟文友詩酒唱和，馳騁遊樂，但仍胸懷大志，渴求建功。〈感節賦〉中曾寫道：

> 攜友生而游觀，盡賓主之所求。登高壚以永望，冀銷日以忘憂。欣陽春之潛潤，樂時澤之惠休。望候雁之翔集，想玄鳥之來遊。嗟征夫之長勤，雖處逸而懷愁。懼天河之一回，沒我身於長流。豈吾鄉之足顧，戀祖宗之靈丘。惟人生之忽過，若鑿石之未耀。慕牛山之哀泣，懼平仲之我笑。折若華之翳日，庶朱光之長照。願寄軀於飛蓬，乘陽風而遠飄。亮吾志之不從，乃拊心以嘆息。青雲鬱其西翔，飛鳥翩而上匿。欲縱體而從之，哀予身之無翼。大風隱其四起，揚黃塵之冥冥。野獸驚以求群，草木紛其揚英。見游魚之涔灂，感流波之悲聲。內紆曲而潛結，心怛惕以中驚。匪榮德之累

身，恐年命之早零。慕歸全之明義，庶不忝乎所生。❾⓪

陽春之季，雨露調暢，花繁木茂，曹植遊興大發，乃呼朋引伴，共
賞青山，同玩綠水。仰觀候鳥群翔北歸，思及征夫久役未返，心中
既悲士卒長勤之苦，亦嘆自己樂遊逸處，歲月虛擲。細想人生匆
匆，忽焉即過，又恐年命早零，不能遂志揚名，以致愧對先祖，有
辱所生。此時，眼中春景不再明媚多姿，只見大風揚塵，鳥獸驚
起，草木飄晃，潛魚跳波，連流水亦似嗚咽含悲，為人添憂助愁。
賦中既寫春景，又兼抒情，情由景生，景因情變，在物我交流、情
景互映中，充分表達建功立業之豪情，與時光飄忽、志願難遂之哀
思。

　　曹植少時即以聰明慧悟，文采超卓，深得曹操愛寵，但因「性
簡易，不治威儀」，「任性而行，不自雕勵，飲酒不節」❾❶，逐漸
失去曹操歡心；又因立太子一事，與曹丕互生嫌隙，遂有難為世
容，孤獨寡儔之慨。面對忠信見遺，美玉遭棄，也只能遊春景以遣
懷，賞卉木以釋悶。類似情況亦見於〈臨觀賦〉：

　　　　登高墉兮望四澤，臨長流兮送遠客。春風暢兮氣通靈，草含
　　　　幹兮木交莖。丘陵窟兮松柏青，南園薆兮果戴榮。樂時物之
　　　　逸豫，悲予志之長違。嘆《東山》以溯勤，歌《式微》以詠

---

❾⓪　見清・嚴可均編、陳延嘉等校點《全上古三代秦漢三國六朝文》，第三冊，
　　頁 141。

❾❶　《三國志・卷十九・曹植傳》。見晉・陳壽《三國志》，台北：鼎文書局，
　　民國 73 年 6 月五版，頁 557。

　　歸。進無路以效公，退無隱以營私。俯無鱗以游逵，仰無翼
以翻飛。⑫

　　詩人登高臨望，只覺惠風和暢，氣候宜人，草木均茂，松柏翠青，
果樹亦迎春啟榮，面對陽春麗景，勃發生機，本應目暢心怡，陶然
歡欣，豈料觸景傷情，反令人思及報國無門，壯志難伸，進退維
谷，宛如囚徒之生存窘境。曹植晚年猶以「虛荷上位而忝重祿，禽
息鳥視，……非臣之所志也」⑬，上疏求試，表達輸力君王、獻身
社稷之強烈渴望。怎奈時乖運蹇，坎壈多難，半生歲月，常自憤
怨，徒抱利器而無所施為。眼見陽春美景總能引人佇足，但自身空
有高才卻不被賞識，兩相對照，更牽動一腔怨悶、滿懷愁緒。

　　魏明帝臨終時，命養子齊王芳即位，並詔由大將軍曹爽、太尉
司馬懿共同輔政。正始十年（249），司馬懿發動高平陵政變，誅殺
曹爽及其黨羽，自此司馬氏專柄擅權，至咸熙二年（265）晉武帝受
禪，前後十六年間（249－265），廢殺三名少帝，又伐英雄，誅庶
傑，除異己，一時腥風血雨，氣氛慘酷。由於政局詭譎，屠戮大
行，加上司馬氏對名士或拉攏分化，或威權恫嚇，使名士惴惴不
安，動輒得咎，常恐災臨禍至，而生感時憂逝之思。

---

⑫　見清·嚴可均編、陳延嘉等校點《全上古三代秦漢三國六朝文》，第三冊，
　　頁 145。
⑬　曹植〈求自試表〉。見清·嚴可均編、陳延嘉等校點《全上古三代秦漢三國
　　六朝文》，第三冊，頁 161。

　　嵇康娶長樂亭主為妻，與曹魏王室有姻親關係❽，又對司馬氏凶殘虛偽面目透徹了解，不願趨附司馬氏。但其兄嵇喜以為「君子體變通，否泰非常理，當流則蟻行，時逝則鵲起，達者鑒通機，盛衰為表裏」，從政心意甚堅。嘉平元年，嵇喜入司馬氏軍幕，嵇康以為大道不行，奔競權勢，無疑自蹈荊棘，自入羅網，所以告誡兄長：「鳥盡良弓藏，謀極身必危。吉凶雖在己，世路多險巇」❾，勸其遠離官場，安貧守道，韜光養晦，逍遙太清。在〈四言贈兄秀才入軍詩〉中，更以優遊山水之暢適逍遙，反襯政治險惡，仕途多災，而濃烈思兄情懷背後，其實隱涵高度擔憂：

　　所親安在？舍我遠邁。棄此蓀芷，襲彼蕭艾。雖曰幽深，豈無顛沛？言念君子，不遐有害。（其六）

　　輕車迅邁，息彼長林。春木載榮，布葉垂陰。習習谷風，吹我素琴。交交黃鳥，顧儔弄音。感悟馳情，思我所欽。心之憂矣，永嘯長吟。（其十二）

　　浩浩洪流，帶我邦畿。萋萋綠林，奮榮揚暉。魚龍瀺灂，山

---

❽　《世說新語‧德行》載：「康以魏長樂亭主婿，遷郎中，拜中散大夫。」關於嵇康之妻，說法有二：《文選‧恨賦》注引王隱《晉說》云：「嵇康妻，魏武帝孫穆王林女也。」《三國志‧魏書‧卷二十‧沛穆王林傳》後注則曰：「案嵇氏譜：嵇康妻，林子之女。」

❾　兩段引文，前為嵇喜〈答嵇康詩〉四首其二，後為嵇康〈五言贈秀才詩〉。分見逯欽立輯校《先秦漢魏晉南北朝詩》，頁550、486。

鳥群飛。駕言出遊，日夕忘歸。思我良朋，如渴如飢。願言
不獲，愴矣其悲。（其十三）**⑯**

嵇康認為官場汙濁，一旦入仕，即難潔身自持，何況宦途凶險，人
心叵測，稍有不慎，頃刻遭殃，不如靜處幽深，安閑度日。他自己
即從歸返自然，優遊山水中，充分領略怡然閑適之生活情趣，面對
萋萋綠林，習習谷風，山鳥飛鳴，游魚戲水，詩人流連忘歸，享受
淡泊樸野、與世無爭之大自在。唯此清美淨地、閑適生活只能獨
享，不能與兄長同遊共度，思念之情，如飢如渴，尤其天下多故，
仕途維艱，兄長此行，安危難測，令人牽腸掛肚，百慮叢生。

　　嵇康為人任性不羈，特立獨行，山濤稱其「巖巖若孤松之獨
立」**⑰**；平素不以仕進為懷，榮進之心甚淡，面對司馬氏之奪權亂
政，陰狠屠戮，嵇康不妥協、不合作，選擇閑處山陽，縱放竹林，
優遊肆志。司馬昭欲辟康為官，不應，避之河東；山濤為選曹郎，
舉康自代，作書嚴拒。嵇康遺落世事，逍遙山林，但對乖舛時局常
懷幽憤，故雖置身塵外，閒賞美景，卻難遣心頭憂思。〈四言詩〉
云：

肅肅泠風，分生江湄。卻背華林，俯泝丹坻。含陽吐英，履
霜不衰。嗟我殊觀，百卉俱腓。心之憂矣，孰識玄機。（其
五）

---

⑯　見逯欽立輯校《先秦漢魏晉南北朝詩》，頁 482－483。
⑰　《世說新語·容止·5》。見同註**㊿**，頁 467。

猗猗蘭藹，殖彼中原。綠葉幽茂，麗藻豐繁。馥馥蕙芳，順風而宣。將御椒房，吐薰龍軒。瞻彼秋草，悵矣惟騫。（其六）

泱泱白雲，順風而回。淵淵綠水，盈坎而頹。乘流遠逝，自躬蘭隈。杖策答諸，納之素懷。長嘯清原，惟以告哀。（其七）❾❽

詩人遊放於大自然，面對繁林茂樹盈山遍野，向陽英華履霜不衰，盛美秋蘭迎風散馥，自是悅目開懷，身心俱暢。然而，一旦眼光略轉，景象立變，只見秋氣凜冽，百卉凋萎，露冷風寒，秋草盡枯，強烈對照下，令人深覺意有所指。劉勰曾謂：「晉宣始基，景文克構，並跡沈儒雅，而務深方術。」❾❾直指司馬氏之崇儒雅、尚名教皆為虛飾門面，權謀法術才是馭政大寶，因此，表面上籠絡名士，實則伺機排除異己。嵇康深知時患，是以乘流遠遊，怡情山水，琴詩自娛，縱心肆志，但恐世人不察，罹禍遭殃，遂屢發「心之憂矣，孰識玄機」，「長嘯清原，惟以告哀」之嘆。

武帝立晉，鑑於曹魏孤立亡國之失，乃分封諸王，冀為屏藩，豈料埋下衰因敗種。惠帝即位，外戚楊駿與賈后爭權，賈后聯合楚王司馬瑋合謀誅駿，為八王之亂揭開序幕，前後擾攘十六年。名士俊彥面對宮闈政爭，雲譎波詭，常感惶惑不安，故詩中屢見遷逝之

---

❾❽　見逯欽立輯校《先秦漢魏晉南北朝詩》，頁 484─485。

❾❾　《文心雕龍·時序》。見同註❽❶，頁 272。

悲、憂生之嘆。張華深知政局險惡，早年即有深厚危懼感，遂以
〈鷦鷯賦〉⑩表達恬退自安之思，唯因強烈用世之心，使其選擇立
身危朝，以遂初志。然而歷經殘酷現實洗禮，詩人亦嘆：「乔荷既
過任，白日已西傾。道長苦智短，責重困才輕」，「負乘為我戒，
夕惕坐自驚」⑩，人世危懼與遷逝悲懷，重新喚起恬退之思，並期
盼投身自然，閑散以終。可惜未能如願，即慘遭滅頂。同樣立身危
朝，懷憂嘆逝者，尚有張載、張協、張翰，唯因三人急流勇退，遂
有不同結果。

張載博學能文，少時即以〈劍閣銘〉見譽當世，入洛後（275）
又因〈濛汜賦〉為傅玄所賞，名聲大開，步入仕途。仕宦期間，歷
經賈后亂政，八王爭權，張載憂憫世道，譴責喪亂，嘗以漢代陵寢
蕪廢被盜入題，作〈七哀詩〉其一，藉詠史映顯時事，抒發深沈憂
患意識。而〈七哀詩〉其二更在秋景蕭瑟中，感時傷懷，觸物增
悲：

> 秋風吐商氣，蕭瑟掃前林。陽鳥收和響，寒蟬無餘音。白露
> 中夜結，木落柯條森。朱光馳北陸，浮景忽西沈。顧望無所
> 見，唯睹松柏陰。肅肅高桐枝，翩翩棲孤禽。仰聽離鴻鳴，
> 俯聞蜻蜥吟。哀人易感傷，觸物增悲心。丘隴日已遠，纏綿
> 彌思深。憂來令髮白，誰云愁可任。徘徊向長風，淚下沾衣

---

⑩　見清·嚴可均編、陳延嘉等校點《全上古三代秦漢三國六朝文》，第四冊，
　　頁 599。

⑩　張華〈答何劭〉三首其二。見逯欽立輯校《先秦漢魏晉南北朝詩》，頁
　　618。

襟。⑩

詩人以細膩筆觸，鋪寫、渲染秋節一派凋蔽景象與衰颯氣氛。商氣
蕭殺，秋風生寒，白露凋葉，徒留枝條，唯墳邊松柏在夕陽西下
後，猶鬱鬱森森。時序至此，林中已無鳥詠蟬吟，只見孤禽獨宿高
枝，大雁離群悲鳴，和蟋蟀悲泣長短相應，使人在時危世亂中，更
覺百物蕭索，年命易逝，不禁迎風淚下，淒楚傷懷。張載既憂世
亂，更無仕進意，遂稱疾告歸，卒於鄉里。

　　張協少有俊才，積極進取，入仕公門，期望建功立業，一酬壯
志。唯元康末年，八王亂起，綱紀頹圮，戰禍蔓延，盜寇並熾，張
協憂心忡忡，慮患實深。在〈登北芒賦〉中，詩人已嘆：「山川汨
其常弓，萬物化而代轉。何天地之難窮，悼人生之危淺。嘆白日之
西頹兮，哀世路之多蹇。」⑩〈雜詩〉十首中，更屢見處身亂局
中，「感物多思情，沈憂結心曲」⑩之複雜心境。〈雜詩〉其二
云：

　　　大火流坤維，白日馳西陸。浮陽映翠林，回飆扇綠竹。飛雨
　　　灑朝蘭，輕露棲叢菊。龍蟄暄氣凝，天高萬物肅。弱條不重
　　　結，芳蕤豈再馥。人生瀛海內，忽如鳥過目。川上之歎逝，

---

⑩　見逯欽立輯校《先秦漢魏晉南北朝詩》，頁741。
⑩　見清·嚴可均編、陳延嘉等校點《全上古三代秦漢三國六朝文》，第五冊，
　　頁886。
⑩　〈雜詩〉其一。見逯欽立輯校《先秦漢魏晉南北朝詩》，頁745。

前修以自勖。⑩

詩中以秋景入目,但覺時序遷移,流光飛逝,令人驚心動魄,遂以孔子惜時嘆逝自勵,表現積極作為之人生態度。然而現實似與願相違,其五云:「陽春無和者,巴人皆下節。流俗多昏迷,此理誰能察」⑩,表達自己德行、才能難為世用,流露與世不諧之悲,於是悲時嘆逝之後,不再自我期勉,反而籠罩無限傷感。請看其四所云:

> 朝霞迎白日,丹氣臨暘谷。翳翳結繁雲,森森散雨足。輕風摧勁草,凝霜竦高木。密葉日夜疏,叢林森如束。疇昔歎時遲,晚節悲年促。歲暮懷百憂,將從季主卜。⑩

太陽初起,朝霞映天,使人精神為之大振,豈料天色一變,陰雲繁集,雨絲驟灑,風摧勁草漸枯,霜凝高木更竦,密葉日凋,徒留枝條,叢林望之,猶如綑綁成束之柴薪,颯颯秋景,宣告時節已入歲暮,面對老年將至,卻不見前方出路,感時憂世,嗟老嘆逝之悲,在從人問卜中,更顯得淒楚無奈。緣此,張協終於在永嘉初年,托疾不仕,屏居草澤,得其善終。至於張翰,曾於〈雜詩〉三首其

---

⑩ 見逯欽立輯校《先秦漢魏晉南北朝詩》,頁 745。
⑩ 見逯欽立輯校《先秦漢魏晉南北朝詩》,頁 746。
⑩ 見逯欽立輯校《先秦漢魏晉南北朝詩》,頁 746。

一⑩中，就榮賤壯老之滄桑變幻，寫出生命憂患意識，寄寓人生感慨。既見王政陵遲，禍難未已，即謂：「人生貴得適志，何能羈宦數千里以要名爵乎！」命駕而歸，退處閭里，終得全生於亂世。

　　陸機家世顯耀，才秀學勤，志氣高爽，進取之心與用世之志皆極為強烈。吳亡之後，退居舊里，閉門苦讀，太康末乃與弟陸雲入洛，倍受張華賞識⑩，太傅楊駿並辟為祭酒，初期入仕尚稱平順。豈料賈后亂政，殺太傅、除太子、開啟八王之亂，使陸機也捲入政爭，仕途波詭，凶險暗藏。當時，吳國士人如顧榮、戴若思等雖曾勸其急流勇退，但因陸機自恃才高，又欲建功立業，以求無愧父祖，於是投身貴戚之門，周旋諸王之間，只為爭取機會，成就功名。然而南方俊彥與中朝士子，彼此心理始終存有界線，加上宮廷鬥爭不斷，政局暗潮洶湧，陸機徘徊於宦遊軌道，常有「俯仰逝將過，倏忽幾何間」⑩之嘆。尤其異地行遊，一見墟墓，更易引發憂生悲慨。〈感丘賦〉云：

　　泛輕舟於西川，背京室而電飛。遵伊洛之坻渚，沿黃河之曲

---

⑩　原詩：「暮春和氣應，白日照園林。青條若總翠，黃華如散金。嘉卉亮有觀，顧此難久耽。延頸無良塗，頓足託幽深。榮與壯俱去，賤與老相尋。顧樂不照顏，慘愴發謳吟。謳吟何嗟及，古人可慰心。」見逯欽立輯校《先秦漢魏晉南北朝詩》，頁737。

⑩　陸氏兄弟初入洛，即以風度出眾、才華卓茂而倍受賞譽，時人謂：「陸士衡、士龍，鴻鵠之裴回，懸鼓之待椎。」（《世說新語·賞譽·20》，見同註㊶，頁325）張華見而悅之，乃曰：「伐吳之役，利獲二俊。」（《晉書·卷五十四·陸機傳》，見同註㊱，頁1472。）

⑩　陸機〈長歌行〉。見逯欽立輯校《先秦漢魏晉南北朝詩》，頁656。

湄。睹壚墓於山梁,托崇丘以自綏。見兆域之藹藹,羅魁封
之壘壘。於是徘徊洛涯,弭節河干,佇眄留心,慨爾遺嘆。
仰終古以遠念,窮萬緒乎其端。伊人生之寄世,猶水草乎山
河。應甄陶以歲改,順通川而日過。生矜跡於當已,死同宅
乎一丘。瘞形骸於下淪兮,飄營魄而上浮。隨陰陽以融冶,
托山原以為疇。妍媸混而為一,孰云識其所修,必妙代以遠
覽兮,夫何徇乎陳區。爾乃申舟人以遂往,橫大川而有悲。
傷年命之倏忽,怨天步之不幾。雖履信而思順,曾何足以保
茲。普天壤其弗免,寧吾人之所辭。願靈根之晚墜,指歲暮
而為期。⓫

陸機行舟於伊、洛、黃河,見遠處崇丘墳塋壘壘,感嘆人生如寄,
年命倏忽,不論貴賤妍媸,終將湮滅於歲月洪濤,同宅於荒山野
地,不若江河常流,日月恆在,只能期盼死神延緩降臨,讓人志願
得遂,勳業有成。

　　陸機既懷儒者用世之念,志匡世難,又有文士易感之心,觸物
動情,尤其面對四時景物遷化,體察時間推移,怎能不悼往傷今,
感物嘆逝?故〈嘆逝賦〉云:「步寒林以淒側,玩春翹而有思。觸
萬類以生悲,歎同節而異時。」⓬〈短歌行〉謂:「時無重至,花

<hr>

⓫　見清‧嚴可均編、陳延嘉等校點《全上古三代秦漢三國六朝文》,第五冊,
　　頁990。
⓬　見清‧嚴可均編、陳延嘉等校點《全上古三代秦漢三國六朝文》,第五冊,
　　頁988。

不再陽。蘋以春暉，蘭以秋芳。來日苦短，去日苦長。」⑬天地萬物應節而生，時過而滅，人生在世，猶如白駒過隙，寒往暑來，轉瞬即殞，當詩人投身自然，行遊山水，透過登、臨、賞、玩之親身參與，更易睹物以增酸，節變而動情。〈董桃行〉云：

> 和風習習薄林，柔條布葉垂陰。鳴鳩拂羽相尋，倉庚喈喈弄音。感時悼逝傷心，日月相追周旋。萬里倏忽幾年，人皆冉冉西遷。盛時一往不還，慷慨乖念悽然。⑭

詩人面對春日裏和風惠暢，枝葉垂蔭，鳩鳥群嬉，倉庚爭鳴，不禁自傷多年奔波，萬里營求，卻因世道多艱，宦海難測，以致事功無著，家風未振，徒使青春虛擲，生命耗損。於是詩人進而高呼：「何不驅馳及時，聊樂永日自怡」，「人生居世為安，豈若及時為歡」⑮，企圖以及時行樂麻醉自己，尋求解脫。有時詩人對景傷春，唔嘆馬齒徒長，遊宦無成，遂生念遠思鄉之情。如〈悲哉行〉：

> 遊客芳春林，春芳傷客心。和風飛清響，鮮雲垂薄陰。蕙草饒淑氣，時鳥多好音。翩翩鳴鳩羽，喈喈倉庚音。幽蘭盈通谷，長秀被高岑。女蘿亦有托，蔓葛亦有尋。傷哉客遊士，

---

⑬ 見逯欽立輯校《先秦漢魏晉南北朝詩》，頁 651。
⑭ 見逯欽立輯校《先秦漢魏晉南北朝詩》，頁 665。
⑮ 見同上註。

憂思一何深。目感隨氣草，耳悲詠時禽。寤寐多遠念，緬然若飛沈，願托歸風響，寄言遺所欽。⑯

春氣祥和，惠風拂掠，草木爭茂，好鳥時鳴，風光無限美好，大地洋溢生機，但是異鄉久宦，高志未遂，日月荏苒，年華疾馳，不能揚名中原，光耀門庭，令人憂思難遣，失意難安。面對「女蘿亦有托，蔓葛亦有尋」，不覺思歸情起，或許家鄉風土、戚友故舊方能緩解遊子失志之悲，而光陰倏忽，時不可逆之沈哀，也可經由回憶盛景、重溫繁華而獲得慰藉。似此芳春出遊，見景傷情，亦可見於〈壯哉行〉⑰。面對世道艱險、年命易遷雙重憂患，陸機雖不免萌生及時行樂之念與思鄉懷歸之情，然而自矜門第又自恃高才，使他終究難捨榮名，甘於恬退。〈遨遊出西城詩〉云：

遨遊出西城，按轡循都邑。逝物隨節改，時風肅且熠。遷化有常然，盛衰自相襲。靡靡年時改，冉冉老已及。行矣勉良圖，使爾脩名立。⑱

詩人出城遨遊，見時節既變，風物更新，感受四季迭代，盛衰相繼之自然遷化，思及自己經時歷歲，老年將至，不免唏噓。然而嗟老嘆逝背後，往往存在戀生本質，因此也常激發不甘庸碌、無為以終

---

⑯　見逯欽立輯校《先秦漢魏晉南北朝詩》，頁 663。
⑰　見逯欽立輯校《先秦漢魏晉南北朝詩》，頁 662。
⑱　見逯欽立輯校《先秦漢魏晉南北朝詩》，頁 690。

之壯志。只是「天道夷且簡，人道險而難。休咎相乘躡，翻覆若波瀾」⑲，面對官場暗流、政壇激浪，除了歲月遷逝之悲，更飽涵壯志難酬之嘆。

時入東晉，嗟時傷逝之音依然不絕。張駿繼承祖業，執政涼州，對西晉王朝因「主暗無良臣」，「牝雞又晨鳴」⑳，導致胡族入侵，中原淪陷，頗懷憤慨之情。晉室南遷，張駿「誓心蕩眾狄」㉑，曾多次上表，請求齊力共討，克復中原。唯因晉主「雍容江表，坐觀成敗」㉒，張駿深恐浩志未遂，年命已頹，乃有嗟逝之嘆。其〈東門行〉曰：

> 勾芒御春正，衡紀運玉瓊。明庶起祥風，和氣翕來征。慶雲蔭八極，甘雨潤四坰。昊天降靈澤，朝日耀華精。嘉苗布原野，百卉敷時榮。鳲鵠與鶬黃。間關相和鳴。菉萍覆靈沼，香花揚芳馨。春遊誠可樂，感此白日傾。休否有終極，落葉思本莖。臨川悲逝者，節變動中情。㉓

大地回春，風調雨順，嘉苗遍野，百卉敷榮，芳馨四溢，鳥鳴間關，春遊郊甸，誠可樂也。然而白日將傾，良辰難挽，令人興發臨

---

⑲　陸機〈君子行〉。見逯欽立輯校《先秦漢魏晉南北朝詩》，頁 656。

⑳　張駿〈薤露行〉。見逯欽立輯校《先秦漢魏晉南北朝詩》，頁 876。

㉑　見同上註。

㉒　張駿〈上疏請討石虎李期〉。見清·嚴可均編、陳延嘉等校點《全上古三代秦漢三國六朝文》，第五冊，頁 1618。

㉓　見逯欽立輯校《先秦漢魏晉南北朝詩》，頁 877。

川之嘆,所謂「休否有終極,落葉思本莖」,掃蕩胡虜,收復中原
乃心中大願,唯時勢多阻,孤掌難鳴,豈不慨嘆年光有限,志業成
空!

　　東晉偏安日久,名士壯志消磨,北歸意淡,他們坐擁江南勝
景,在佳山秀水中獲得心靈陶冶與情感慰藉,並藉此高雅審美趣味
展現瀟灑風神,品味閑逸人生。然而,面對天地萬物之蓬勃暢旺,
生息不盡,反令人慨嘆年命短促,猶如曇花乍現,一切終歸空無,
化為陳跡。緣此,王羲之樂遊蘭亭時,見群品繁盛,風物怡人,愈
覺生之可戀,而傷歲月不居。序曰:

> 向之所欣,俯仰之間,已為陳跡,猶不能不以之興懷,況修
> 短隨化,終期於盡。古人云:死生亦大矣,豈不痛哉!……
> 固知一死生為虛誕,齊彭殤為妄作。⑫

面對生死無常,年命有盡,縱使深悟玄理之東晉名士,也不禁悲從
中來,而懷憂傷逝。同樣心情,也見諸孫綽〈三月三日蘭亭詩
序〉:「耀靈縱轡,急景西邁,樂與時去,悲亦繫之,往覆推移,
新故相換,今日之跡,明復陳矣。」⑬詩人在時間推移,歡聚將散
之際,更深刻體會良辰難再,人生易逝之哀感與無奈。

　　陶淵明可謂樂天知命,委運任化之士,其〈歸去來辭〉曾曰:

---

⑫　〈三月三日蘭亭詩序〉見清·嚴可均編、陳延嘉等校點《全上古三代秦漢三
　　國六朝文》,第四冊,頁273。

⑬　見清·嚴可均編、陳延嘉等校點《全上古三代秦漢三國六朝文》,第四冊,
　　頁637。

「聊乘化以歸盡，樂夫天命復奚疑」[126]；〈神釋〉亦謂：「縱浪大
化中，不喜亦不懼，應盡便須盡，無復獨多慮」[127]，皆表達隨順自
然，自在無執之人生態度。唯一思及「日月擲人去，有志不獲騁」
[128]之現實際遇，內心也難免泛起漣漪。尤其行遊觀物，最易緣景興
懷，觸發遷逝悲感，如〈遊斜川詩序〉載：

> 辛酉正月五日，天氣澄和，風物閑美，與二三鄰曲，同遊斜
> 川。臨長流，望層城，魴鯉躍鱗於將夕，水鷗乘和以翻飛。
> 彼南阜者，名實舊矣，不復乃為嗟嘆。若夫曾城，傍無依
> 接，獨秀中皋，遙想靈山，有愛嘉名。欣對不足，率爾賦
> 詩。悲日月之遂往，悼吾年之不留。各疏年紀鄉里，以記其
> 時日。[129]

詩人與鄰曲同遊斜川，見天氣澄和，風物閑美，魴馳弱湍，鷗鳴閑
谷，曾層峻聳，獨秀中皋，雖然美景悅目，詩酒盡歡，但是日月遂
往，吾年不留，豈不令人樂極悲生，無限感喟。淵明詩末雖云：
「未知從今去，當復如此不？中觴縱遙情，忘彼千載憂。且極今朝
樂，明日非所求」，特意表達忘卻生死，及時行樂之豁達超脫，其
實難掩胸中遷逝悲感與戀世深情。

---

[126] 見清·嚴可均編、陳延嘉等校點《全上古三代秦漢三國六朝文》，第五冊，
　　頁1133。
[127] 見逯欽立輯校《先秦漢魏晉南北朝詩》，頁990。
[128] 〈雜詩〉十二首其二。見逯欽立輯校《先秦漢魏晉南北朝詩》，頁1006。
[129] 見逯欽立輯校《先秦漢魏晉南北朝詩》，頁975。

前賢已謂：「念魏晉人的詩，感到最普遍，最深刻，能激勵人底同情的，便是那在詩中充滿了時光飄忽和人生短促的思想與情感。」[130]的確，面對時間之流，英雄名士猶如不繫之舟，只能隨波上下，任其飄蕩，至於遷逝之悲，悼時之嘆，也只能鎔鑄於詩文，以待後世知音。

第三節　澄懷悟理之暢

魏晉玄學歷經正始、竹林、中朝名士之創發論辯，理論漸趨完備，雖因時移勢異，感悟不同，訴求焦點有別，如王弼、何晏主張「名教出于自然」，嵇康、阮籍高呼「越名教而任自然」，向秀、郭象強調「名教即自然」，但追求順性無為，應物無累，體道逍遙之宗旨則並無二致。魏晉名士既憂時患，又染玄風，故多超然世務，縱放山水，崇尚老莊，遊心於淡，平日「就藪澤，處閑曠，釣魚閑處，無為而已」[131]。再者，自正始以來，玄學多宣揚崇本貴無思想，強調「滌除玄覽」，「心齋坐忘」，以味言外之旨、象外之意，期能探本求源，與道合一。而般若佛學亦倡言物無自性，緣起性空，故道安以「本無」立論，支愍度強調「心空」神靜，支遁更拈出「即色遊玄」，因俗證真。玄智「體無」，般若「觀空」，意

---

[130]　見王瑤《中古文學史論·中古文人生活》，台北：長安出版社，民國71年8月再版，頁6。

[131]　《莊子·刻意》。見同註[63]，頁191。

在泯除物我，無拘無執，「渾萬象以冥觀，兀同體於自然」❶❸❷。影響所及，魏晉名士盤桓山水，流觀物色，亦從中體察妙理，感悟玄機，從而消弭塵心，擺落世慮，展現超邁人格與曠朗氣度。

相較於險惡濁世之危疑多爭，自然山水誠屬純淨樂地，盤桓其間，令人離俗遠禍，心境澄和。嵇康身處魏晉遷代之際，深知「權智相傾奪，名位不可居」❶❸❸，「未若捐外累，肆志養浩然」❶❸❹，於是投身山林，閑處皋壤，並在虛懷朗鑑，物我交感中體玄悟道，消解憂患意識而超世逍遙。〈四言詩〉十一首其三云：

> 藻汜蘭汜，和聲激朗。操縵清商，遊心大象。傾昧修身，惠音遺響。鍾期不存，我志誰賞。❶❸❺

徘徊涯汜，置身洲渚，靜觀蘭藻茂生，耳聽水流清朗，雖曰道體寂寥，造物無語，但大化流衍，生機盈盈。只要凝神觀照，虛心應物，當下悠然神馳，契入玄遠之境。詩人遊心大象，離俗忘求，手撫弦琴，清韻遠播，但期知音能解山水之志，攜手共暢閑情，以免徒令孤芳自賞。其四又曰：

---

❶❸❷　孫綽〈遊天台山賦〉。見清·嚴可均編、陳延嘉等校點《全上古三代秦漢三國六朝文》，第四冊，頁 634。

❶❸❸　嵇康〈答二郭詩三首〉其三。見逯欽立輯校《先秦漢魏晉南北朝詩》，頁 487。

❶❸❹　嵇康〈與阮德如詩〉。見逯欽立輯校《先秦漢魏晉南北朝詩》，頁 487。

❶❸❺　見逯欽立輯校《先秦漢魏晉南北朝詩》，頁 484。

　　斂絃散思，遊釣九淵。重流千仞，或餌者懸。猗與莊老，棲
　　遲永年。實惟龍化，蕩志浩然。**⑬**

詩人停弦止撥，垂釣九淵，然而醉翁之意不在酒，貴於山水肆志。
豈知水深千仞，猶有嗜食者為香餌所誘而命喪竿下，令人慨嘆警
醒，所謂：「天下熙熙，皆為利來；天下攘攘，皆為利往」，好名
慕利實人情之常，唯汲汲營求者，往往亦自招禍端，徒留東門、華
亭之悲。莊子云：「虛己以遊世，其孰能害之。」**⑬**此理嵇康深有
體悟，身處危世，唯有清心寡欲，不爭無尤，才能超絕塵外，龍遊
九天。

　　盧諶才行高潔，理路清敏，早年在洛已濡染玄學清言，永嘉亂
起，面對國難家禍，常以老莊思想自我寬慰。甚至好友劉琨被謗：
「欲窺神器，圖謀不軌」**⑬**，盧諶亦以齊生死、混榮辱勸其體道無
怨，又藉禍福相倚釋其胸中不平，所作〈時興詩〉，即以澹漠虛恬
之心，化解歲暮遊原，滿目衰颯之凄測哀感：

　　亹亹圓象運，悠悠方儀廓。忽忽歲云暮，游原采蕭藋。北踰
　　芒與河，南臨伊與洛。凝霜霑蔓草，悲風振林薄。摵摵芳葉
　　零，榮榮芬華落。下泉激洌清。曠野增遼索。登高眺遐荒。
　　極望無崖崿。形變隨時化，神感因物作。澹乎至人心，恬然

---

⑬　見同上註。
⑬　《莊子·山木》。見同註**⑬**，頁 231。
⑬　《晉書·卷六十二·劉琨傳》。見同註**㉖**，頁 1689。

存玄漠。⑬

　天體運行不息，大地廣遠無垠，一年又至歲暮，詩人行南走北，來
至郊原荒野，既見霜凋蔓草，風動林叢，葉零蕊落，摵摵作響，極
目遠眺，曠闊荒原更顯冷寂蕭索。時序既遷，萬化隨變，本屬自然
循環，唯心眼將迎之際，亦常因色觸興，隨物宛轉，徒增悲喜情懷
而神思困頓。此時，效法至人無己，澄心靜慮，才能以物觀物，以
天合天，隨順自然變化，還原山水本色，不為我執所繫，無入而不
自得。

　　大自然沈雄博大，化育群生，長養萬物，使眾庶榮衰有節，和
諧共存。置身其中，靜觀盈虛消長之勢，體察生死聚散之理，往往
發人深省。庾闡出任零陵太守時，「望君山而過洞庭，涉湘川而觀
汨水」⑭，多有遊觀山水、眺賞風物之作，尤其寫景集中，運筆巧
麗，堪稱紀遊高手。當他登臨遠望，澄懷味象，有感而作〈衡山
詩〉：

　　　　北眺衡山首，南睨五嶺末。寂坐抱虛恬，運目情四豁。翔虯
　　　　凌九霄，陸鱗困濡沫。未體江湖悠，安識南溟闊。⑭

致虛守靜，心齋坐忘以體道暢神，乃老莊之常旨。今日詩人亦寂坐

⑬　見逯欽立輯校《先秦漢魏晉南北朝詩》，頁 884。
⑭　庾闡〈吊賈生文序〉。見清·嚴可均編、陳延嘉等校點《全上古三代秦漢三
　　國六朝文》，第四冊，頁 401。
⑭　見逯欽立輯校《先秦漢魏晉南北朝詩》，頁 874。

虛恬，運目四望，面對曠古已存之連綿峰嶺，更覺天地曠朗，宇宙無窮，人類渺小彷如沙塵，脆弱猶似卉木，豈可浪擲生命於名利徵逐，或窮盡心力於權力鬥爭，以致糾葛牽纏，塵網自嬰，終成囚籠之獸，涸泉之魚，縱使相濡以沫，猶難苟活全生。當知蜉蝣人生，更應笑看紅塵，淡泊寧靜，悠哉自適，相忘江湖，而後才能脫落形骸，化鯤為鵬，體驗翱翔天際，與造物者同遊之逍遙無礙。所謂「振轡於朝市，則充屈之心生；閑步於林野，則遼落之志興」❷現實社會使人易生貪吝，易受拘執，而自然曠闊，山水無爭，正可淡盡俗慮，擺開束縛，遠離世患，重獲身心自由。

　　《老子・四十二章》曰：「道生一，一生二，二生三，三生萬物。」〈二十五章〉又云：「道法自然」。莊子則謂：「天地有大美而不言，四時有明法而不議，萬物有成理而不說。」❸對崇尚老莊之體玄名士而言，萬物由道所生，天機涵藏，真理內蘊，遂亦成為傳道媒介，其中，尤以自然山水最能表現造化之功與運行法則。阮籍逕謂：「夫山靜而谷深者，自然之道也。」❹郭璞曾以「林無靜樹，川無停流」透析萬物動靜無常，遷流不定之變化法則，阮孚「每讀此文，輒覺神超形越」❺。而顧愷之遊虎丘，亦稱此中「含

---

❷　孫綽〈三月三日蘭亭詩序〉。見清・嚴可均編、陳延嘉等校點《全上古三代秦漢三國六朝文》，第四冊，頁636。

❸　《莊子・知北遊》。見同註❻，頁254。

❹　阮籍〈達莊論〉。見清・嚴可均編、陳延嘉等校點《全上古三代秦漢三國六朝文》，第三冊，頁460。

❺　《世說新語・文學・76》。見同註❺，頁200。

真藏古，體虛窮玄」⑭。因此，名士行遊山水，常超以象外，直觀
內在神理而心有所悟。永和九年，蘭亭修褉，群賢面對勝景，往往
鑑以玄智，故能循象會意，通神得理。如王羲之〈蘭亭詩〉二首其
二云：

> 三春啟群品，寄暢在所因。仰視碧天際，俯瞰綠水濱。寥朗
> 無崖觀，寓目理自陳。大矣造化功，萬殊莫不均。群籟雖參
> 差，適我無非新（親）。⑭

春景欣榮可以寄暢，詩人仰望天際，晴空曠朗，俯瞰水濱，綠水澄
鮮，寓目即見萬象羅列，生機盛旺。雖然造化萬殊，群籟參差，但
物無美醜，聲無優劣，秉道如一，適我皆親，虛懷應物，得意忘
象，即可生命共感，同體於自然，契入「天地與我並生，而萬化與
我為一」⑭之境。相同慧悟亦見於孫綽〈三月三日蘭亭詩序〉：

> 以暮春之始，褉於南澗之濱，高嶺千尋，長湖萬頃，隆屈澄
> 汪之勢，可為壯矣！乃席芳草，鏡清流，覽卉木，觀魚鳥，
> 具物同榮，資生咸暢。於是和以醇醪，齊以達觀，泱然兀

---

⑭　顧愷之〈虎丘山序〉。見清·嚴可均編、陳延嘉等校點《全上古三代秦漢三
　　國六朝文》，第五冊，頁 1398。
⑭　見逯欽立輯校《先秦漢魏晉南北朝詩》，頁 895。
⑭　《莊子·齊物論》。見同註㊿，頁 63。

矣，焉復覺鵬鷃之二物哉！⑭

所謂「情因所習而遷移，物觸所遇而興感」，列坐水濱，遠眺高嶺
長湖，雄偉宏闊，氣勢壯盛；近觀卉木魚鳥，欣欣向榮，活潑跳
盪，詩人感受天地浩瀚，萬物自在，乃知大道至公，鵬鷃無別，順
處自然，與時榮枯，則萬物皆能各適其志，各得所安。

　　面對現實人生，名士常因未能忘情，而有憂生嘆逝之嗟，一旦
融入自然，玄對山水，往往能遣情去累，洞徹物理，以委運任化之
曠達心情面對生死壽夭。謝安〈蘭亭詩〉二首其二云：

　　　相與欣佳節，率爾同褰裳。薄雲羅景陽，微風翼輕航。醇醪
　　　陶丹府，兀若遊羲唐。萬殊混一理，安復覺彭殤。⑮

佳節同樂，春景共遊，此時此地，不思世俗榮辱，蝸角利害，只有
明心如鏡，朗照自然。人生一世，時時奔波勞頓，懷憂抱憾，蓋因
靈台蒙塵，無法泯除人、我、物之界域，苟能動中觀靜，探本求
源，當知「萬物一府，死生同狀」⑮。一旦齊物我、泯生死、忘得
失，即能超遊物表，體同大化，無時不歡，無處不樂，則彭殤壽夭
又有何分別。

---

⑭　見清・嚴可均編、陳延嘉等校點《全上古三代秦漢三國六朝文》，第四冊，
　　頁636。
⑮　見逯欽立輯校《先秦漢魏晉南北朝詩》，頁906。
⑮　《莊子・天地》。見同註㊿，頁153。

　　蘭亭詩人「以老莊為意，山水為色」❷，因此，既樂在優遊美景，更樂在玄解暢神。王彬之曰：「鮮葩映林薄，游鱗戲清渠。臨川欣投釣，得意豈在魚。」❸林木青森，鮮蕊明麗，美好春景令人舒心縱目，而河渠淨潔，游鱗爭戲，更觸動揮竿垂釣之想。然而詩人強調，耳目之娛、口腹之欲尚屬感官滿足，短暫逸樂；虛靈玄鑒，觀物得理，才真正令人神思開朗，散懷忘羈。故孫綽既以「流風拂枉渚，停雲蔭九皋。鶯語吟修竹，游鱗戲瀾濤」寫佳景清物，更以「時珍豈不甘，忘味在聞韶」❹為喻，明確表達玄悟理趣使人超越現實功利，上達忘我暢神之境。緣此，名士們「散以玄風，滌以清川」❺，臨渠觀魚即可感悟濠梁意趣，優遊山水猶如優遊於老莊境界。是以虞說詩云：「神散宇宙內，形浪濠梁津。寄暢須臾歡，尚想味古人。」❻謝繹亦詠：「縱暢任所適，回波縈游鱗。千載同一朝，沐浴陶清塵。」❼兩人所言，旨在秉持道心，玄賞山水以散懷寄暢，上友哲人。

　　東晉後期，玄賞山水之風依然可見於名士之紀遊詩文。袁宏才華橫溢，既被譽為「一時文宗」，又是清談名士。曾任桓溫幕府，

---

❷　見錢鍾書《談藝錄》，台北：藍田出版社，不著年月，頁 286。

❸　王彬之〈蘭亭詩〉二首其二。見逯欽立輯校《先秦漢魏晉南北朝詩》，頁 914。

❹　孫綽〈蘭亭詩〉二首其二。見逯欽立輯校《先秦漢魏晉南北朝詩》，頁 901。

❺　孫綽〈答許詢詩〉九章其三。見逯欽立輯校《先秦漢魏晉南北朝詩》，頁 899。

❻　虞說〈蘭亭詩〉。見逯欽立輯校《先秦漢魏晉南北朝詩》，頁 916。

❼　謝繹〈蘭亭詩〉。見逯欽立輯校《先秦漢魏晉南北朝詩》，頁 916。

從其北伐，途中行經方頭山，即因玄鑒峰谷，寓目理陳，而作〈從
征行方頭山詩〉：

> 峨峨太行，凌虛抗勢。天嶺交氣，窈然無際。澄流入神，玄
> 谷應契。四象悟心，幽人來憩。●

行役至此，仰望山勢巍峨，高聳入雲；俯瞰澄流玄谷，亦冷寂深
窈，空靈妙境引人玄思無窮，揣想必有棄俗求道者擇此幽棲。詩人
上下周覽，遊觀四象，頓覺息思靜慮，俗累皆除，當下心凝形釋，
與萬化冥合，早已忘卻遠征跋涉之苦。此外，謝混優遊西池，既因
惠風入懷，美景映目而欣悅盈懷，又見夕陽在山，好景難常而生遲
暮之嘆，終以莊生妙言玄解自悟而去執散憂。詩云：

> 悟彼蟋蟀唱，信此勞者歌。有來豈不疾，良遊常蹉跎。逍遙
> 越城肆，願言屢經過。迴阡被陵闕，高台眺飛霞。惠風蕩繁
> 囿，白雲屯層阿。景昃鳴禽集，水木湛清華。褰裳順蘭沚，
> 徙倚引芳柯。美人愆歲月，遲暮獨如何。無為牽所思，南榮
> 戒其多。●

詩人以《詩經》言志，表達流光如疾矢，行樂當及時。於是越城度
陌，暢遊山水，流連西園勝境，仰望飛霞在天，白雲駐嶺，俯瞰繁

● 見逯欽立輯校《先秦漢魏晉南北朝詩》，頁 920。
● 謝混〈遊西池〉。見逯欽立輯校《先秦漢魏晉南北朝詩》，頁 934。

林在囿，隨風曳搖，萬物自生自化，賞者亦覺適性逍遙。日落時分，鳴鳥歸巢，群息樹梢，餘輝映照下，葉帶金芒，水含清光，令人涉水攀枝，流連其間。然而黃昏既至，一切終將消失於寂寂夜色，豈不令人嘆惋良辰易逝！詩人幾經反思，乃豁然有悟，欲效老莊守道抱一，無心順物，以免欲念歧生，俗情紛擾，導致悲喜反覆，困思亂神而不能自安。

　　湛方生雖史傳不載，生平難曉，但觀其詩作，紀遊頗多，尤擅寫景狀物，鋪采造境，亦秀亦渾，表現技巧相當突出。其中，〈帆入南湖詩〉乃船入江西，見廬山、鄱陽湖山水輝映，屹立千古，感悟並生而後作：

> 彭蠡紀三江，廬岳主眾阜。白沙淨川路，青松蔚巖首。此水何時流，此山何時有。人運互推遷，茲器獨長久。悠悠宇宙中，古今迭先後。❿

前四句總攬湖山勝景。由湖中遠望，高山盛水雄偉壯美，氣勢磅礡；嶺松岸沙，青白交映，鮮朗明淨，自然萬物總以獨特風姿展現宇宙奧祕與造化神奇。詩人樂賞之餘，神思周流，轉入人事推遷與天道運行：山水秉道以立，亙古長存；而人事則榮衰有期，變幻不定，古與今、生與死，只在當下一瞬，轉眼沒入洪流，盡成歷史，豁達以觀，隨順自然，則能自在無礙，任化隨運。

---

❿　見逯欽立輯校《先秦漢魏晉南北朝詩》，頁 944。

　　東晉以來，名僧名士交遊頻繁，佛玄思想互滲並盛，紀遊詩文中亦同時可見兩種理悟方式。如孫綽在描寫天台山之高峻神秀，與歷險攀登之精彩見聞後，即曰：「遊覽既周，體靜心閑。害馬已去，世事都捐。投刃皆虛，目牛無全。凝思幽岩，朗詠長川。……悟遣有之不盡，覺涉無之有閑，泯色空以合跡，忽即有而得玄。」⑯不但以莊玄思想來會通山水，亦以佛家學說來觀想自然。般若佛學向來主張體用一如，色空不二，強調不即不離，即色悟空。如僧肇即謂：「道遠乎哉！觸事而真。聖遠乎哉！體之即神。」⑯同時提出「即真妙悟」⑯，體物觀空。因此，在修行者眼中，雲水風月，觸處禪機，花木竹石，無非法身，凝神靜觀，則「靈虛響應，感通八方」⑯。慧遠遊廬山，會感通神，心神瑩徹，頗得玄悟之暢，其〈廬山東林雜詩〉云：

　　　　崇岩吐清氣，幽岫棲神跡。希聲奏群籟，響出山溜滴。有客
　　　　獨冥遊，徑然忘所適。揮手撫雲門，靈關安足闢。流心叩玄
　　　　扃，感至理弗隔。孰是騰九霄，不奮衝天翮。妙同趣自均，

---

⑯　孫綽〈遊天台山賦〉。見清・嚴可均編、陳延嘉等校點《全上古三代秦漢三國六朝文》，第四冊，頁 634。

⑯　僧肇〈不真空論〉。見清・嚴可均編、陳延嘉等校點《全上古三代秦漢三國六朝文》，第五冊，頁 1725。

⑯　僧肇〈涅槃無名論〉謂：「玄道在於妙悟，妙悟在於即真。」見同上註，頁 1731。

⑯　支遁〈大小品對比要鈔序〉。見清・嚴可均編、陳延嘉等校點《全上古三代秦漢三國六朝文》，第五冊，頁 1648。

一悟超三益。❻

詩人見奇峰突起，山嵐雲蒸，但覺凌虛縹緲，恍若有神。傾耳以
聞，則群籟奏響，岩溜涓滴，除此山水清音，別無人間雜韻。如此
幽境，靈秀絕俗，使人冥遊神馳，慧智朗鑑，目擊而道存。既然山
水涵妙理，泉石可滌慮，何需「衝天翮」、「騰九霄」，才能翱遊
六合，契神入道。慧遠充分肯定大自然藏靈蘊真，既可使人虛懷澄
慮，叩啟玄智，又能即景妙悟而樂處逍遙。類似觀點與體驗，也見
於劉程之、王喬之和張野所作〈奉和慧遠遊廬山詩〉。此外，廬山
諸道人〈遊石門詩〉並序中，也敘及旅遊所見與玄悟所得。文曰：

> 雙闕對峙其前，重巖映帶其後，巒阜周迴以為障，崇巖四營
> 而開宇。其中則有石台石池，宮館之象，觸類之形，致可樂
> 也。清泉分流而合注，淥淵鏡淨於天池。文石發彩，煥若披
> 面，檉松芳草，蔚然光目，其為神麗，亦已備矣。斯日也，
> 眾情奔悅，矚覽無厭，遊觀未久，而天氣屢變，宵霧塵集，
> 則萬象隱形，流光迴照，則眾山倒影，開闔之際，狀有靈
> 焉，而不可測也。乃其將登，則翔禽拂翩，鳴猿屬響，歸雲
> 迴駕，想羽人之來儀，哀聲相和，若玄音之有寄，雖彷彿猶
> 聞，而神以之暢，雖樂不期歡，而欣以永日，當其沖豫自
> 得，信有味焉，而未易言也。退而尋之，夫崖谷之間，會物
> 無主，應不以情而開興，引人致深若此，豈不以虛明朗其

---

❻　見逯欽立輯校《先秦漢魏晉南北朝詩》，頁 1085。

照，聞邈篤其情耶，並三復斯談，猶昧然未盡。俄而太陽告夕，所存已往，乃悟幽人之玄覽，達恆物之大情，其為神趣，豈山水而已哉。⑯

眾人登巒阜、履崇岩，見奇石羅列，草木蔥蔚，清泉分合，天池如鏡，已覺「山水神麗」，令人矚覽無厭。而山中天氣屢變，時則霧隱萬象，時則流光朗照，開闔無端，「狀有靈焉」，奇幻難測。又有翔禽振翮，猿聲哀鳴，若有深意，引人玄思。登臨其中，使人「欣以永日」，「神以之暢」。然而山水本無主宰，一切變化莫非自然，為何予人無比興味？細思其理，當因法身與山水不隔，虛心與至道相應，置身其間，更能超功利、去我執，虛明朗照，會通山水神理，進入物我合一之純然審美境界。故文末曰：「悟幽人以玄覽，達恆物之大情。其為神趣，豈山水而已哉！」幽人玄覽，達人明鑒，除了欣覽物態之美，耳目之歡，更因「寥亮心神瑩，含虛映自然」⑰，而獲得超以象外之無窮理趣。

　　謝靈運出身高門甲族，胸懷大志，自謂才能宜參權要，但朝廷唯以文義處之，常懷憤憤，自放山水，出守外郡即肆意遨遊，遍歷諸縣，並發為詩詠，以「洩鬱擄心」⑱。謝靈運嘗云：「山水，性

---

⑯　見逯欽立輯校《先秦漢魏晉南北朝詩》，頁 1086。

⑰　支遁〈詠懷詩〉五首其一。見逯欽立輯校《先秦漢魏晉南北朝詩》，頁 1080。

⑱　白居易〈讀謝靈運詩〉云：「謝公才廓落，與世不相遇。壯士鬱不用，須有所洩處。洩為山水詩，逸韻諧奇趣。大必籠天海，細不遺草樹。豈惟玩景物，亦欲擄心素。」

分之所適」⑯，歸隱閑居時，每每「尋山陟嶺，必造幽峻，巖嶂千
重，莫不備盡」⑰，自稱：「陵名山而屢憩，過巖室而披情，雖未
階於至道，且緬絕於世纓」⑰，希望在登山涉水中超越世俗牽絆，
冥合於老莊玄遠之境，以獲得心靈自由與精神逍遙。又因崇尚佛
學，精擅佛理，故遊觀山水時，亦常見般若流轉，即物証空。緣
此，「寫山水而苞名理」乃成為謝詩一大特色，而詩人則期盼在紀
遊－寫景－興情－悟理過程中，達到散懷解憂，物我兩忘之暢適逍
遙。如〈石壁精舍還湖中〉：

> 昏旦變氣候，山水含清暉。清暉能娛人，遊子憺忘歸。出谷
> 日尚早，入舟陽已微。林壑斂暝色，雲霞收夕霏。芰荷迭映
> 蔚，蒲稗相因依。披拂趨南徑，愉悅偃東扉。慮淡物自輕，
> 意愜理無違。寄言攝生客，試用此道推。⑰

前六句寫大自然之氣候景象、山光水色皆隨時變幻，奇態百出又絢
爛多姿，使人目不暇給，流連忘歸，行至船上，已近傍晚。以下四
句轉寫湖中晚景，從遠眺林巒溝壑，仰觀天邊雲霞，到俯視水中芰
荷蒲稗，視角多變，構圖立體，全面展現天光湖色輝映之美。「披

---

⑯　謝靈運〈遊名山志〉。見清·嚴可均編、陳延嘉等校點《全上古三代秦漢三
　　國六朝文》，第六冊，頁 317。
⑰　《宋書·卷六十七·謝靈運傳》。見同註⑲，頁 1775。
⑰　謝靈運〈山居賦〉。見清·嚴可均編、陳延嘉等校點《全上古三代秦漢三國
　　六朝文》，第六冊，頁 305。
⑰　見逯欽立輯校《先秦漢魏晉南北朝詩》，頁 1165。

拂」二句，表達一日優遊，遍覽美景，令人心情愉悅，渾不知疲。
末四句進入理悟：詩人從政以來，每因懷才不遇而鬱悶縈懷，如今
徜徉山水，清心自樂，乃知思慮淡泊，就能自外於得失榮辱，自足
愜意，即可順情適性，隨遇而安。再看〈登石門最高頂〉：

> 晨策尋絕壁，夕息在山棲。疏峰抗高館，對嶺臨迴溪。長林
> 羅戶穴，積石擁階基。連岩覺路塞，密竹使徑迷。來人忘新
> 術，去子惑故蹊。活活夕流駛，噭噭夜猿啼。沉冥豈別理，
> 守道自不攜。心契九秋幹，目玩三春荑。居常以待終，處順
> 故安排。惜無同懷客，共登青雲梯。**⓱**

起首二句寫晨登夕棲以點題，以下十句敘述山宿見聞。先言館舍高
踞峰嶺，深臨迴溪，遠眺俯視，一覽無遺。由近及遠，可見高木圍拱、
積石擁階、山巖疊連、竹林密佈，似此仄徑難行，景象迷離，豈非前
路難行，歸途難覓，猶如自身仕宦處境，又聽山泉夜流、野猿清啼，
更觸動胸中幽情無限。末段八句，詩人並未傾洩滿懷憤懣，反而出
以理思，以守道不二，閒賞山水，居常處順，與時推移之老莊精神
來自我寬慰，豁胸開襟。正如〈過白亭岸〉所言：「榮悴迭去來，
窮通成休戚。未若長疏散，萬事恒抱樸。」**⓲**榮華憔悴時來時往，
何足深戀？為仕途窮通而忽悲忽喜，實屬無謂，不若見素抱樸之清
恬自在。至於〈登石室飯僧〉，則在玄思理悟中，融入佛家精神：

⓱ 見逯欽立輯校《先秦漢魏晉南北朝詩》，頁 1165。
⓲ 見逯欽立輯校《先秦漢魏晉南北朝詩》，頁 1167。

迎旭凌絕嶝，映泫歸澂浦。鑽燧斷山木，掩岸墐石戶。結架
非丹甍，藉田資宿莽。同遊息心客，曖然若可睹。清霄揚浮
煙，空林響法鼓。忘懷狎鷗鰷，攝生馴兕虎。望嶺眷靈鷲，
延心念淨土。若乘四等觀，永拔三界苦。**⑰**

詩人迎旭日、越陟徑，一路行至水濱。只見住民荒野僻居，他們斷
木伐薪，鑽木取火，緣岸築舍，門戶簡陋，勤墾荒地，耕種維生，
生活雖然清簡，但樸實耐苦，離俗歸真，亦足為人欣羨。行步至
此，眼前隱約已見僧人居處，空中香煙輕颺，法鼓時起，望聞之
際，更令人息心靜慮。僧人淡泊無爭，泯除物我，鳥獸視之猶如同
類，互不傷害，和諧共處，真實具現老、莊、列子之言。詩人與佛
教結緣甚深**⑱**，今日親見此景，更希望能得般若智慧以觀空得悟，
超拔人世欲求，尋得淨土，離苦得樂。據林文月先生統計，在謝靈
運三十三首山水詩中，與名理並存者有二十三首，比例高達三分之
二強**⑲**。可見他極度希望通過玄理佛義來散滯憂、去俗慮，豁暢胸
襟，超達世情。

　世間多紛擾，人心尤可畏，為求安閑自得，適性逍遙，魏晉名
士往往徜徉山水，靜觀自然，在「道通天地有形外，思入風雲變態

---

⑰　見逯欽立輯校《先秦漢魏晉南北朝詩》，頁 1164。

⑱　謝靈運與佛教因緣頗多，曾見慧遠於廬山，與曇隆遊雩崂，與慧琳、法流等
　　交善；著〈與諸道人辯宗論〉，申述竺道生「頓悟」之義；又曾注《金剛般
　　若》，與慧嚴、慧觀等修改大本《涅槃》。

⑲　參見林文月《山水與古典》，台北：純文學出版社，民國 73 年 5 月初版，頁
　　61。

中」❽，感悟天地至理，體察萬物生機，由此舒展自我情性，解脫現實束縛，寄寓人生理想。也正因從大自然中，汲取恆常、虛靜、無為、順化之精神力量，使魏晉名士將榮辱得失、痛苦憂患置於度外，從而展現「道足胸懷，神棲浩然」❾之澹逸人格與閑雅氣度。

第四節　征行羈旅之思

進德修業，學優則仕，顯耀門庭，兼善天下，乃儒風薰染下，士人對自我之期許。然而選擇從政，即須辭親離家，踏上遠行之路；一旦進入仕宦生涯，更常因征伐、赴任、遷調、去職、從幸、迎駕、祖道、省親等諸多原因，或跋涉於山水曠野，或客居於他邦遠域。士人征行寄寓，面對異地風物、跋涉艱辛與旅途孤寂，往往思緒翻騰，感慨萬端，發為紀遊詩文，每多即景抒情、托物言志，藉以宣吐胸中積鬱，表達內心嚮往。

曹操自二十歲步入仕途，即展現非凡才幹與驚人魄力❿。尤其漢末政局動蕩，社會不安，既有黃巾之亂，又有軍閥割據，曹操奉命鎮壓青州黃巾軍，不但順利平亂，而且收編降卒，厚植軍力。此

---

❽　宋·程顥〈秋日偶成〉。

❾　孫綽〈答許詢詩〉九章其三。見逯欽立輯校《先秦漢魏晉南北朝詩》，頁899。

❿　曹操二十歲舉孝廉，任洛陽北部尉，其時宦官專權，橫行無忌，曹操執法如山，令人造五色棒，「懸門左右各十餘枚，有犯禁者，不避豪強，皆棒殺之」（《三國志·卷一·魏書·武帝紀》注引《曹瞞傳》，台北：鼎文書局，民國73年6月五版，頁55）。由此無人敢犯禁。

後更以削平群雄，建立一統帝國為職志，經年戎馬奔馳，萬里長
征。建安十一年（206），曹操為討伐高幹而北上太行山，時值隆
冬，風雪肆虐，上峰下谷，顛躓難行，〈苦寒行〉記下當時情狀：

> 北上太行山，艱哉何巍巍。羊腸阪詰屈，車輪為之摧。樹木
> 何蕭瑟，北風聲正悲。熊羆對我蹲，虎豹夾路啼。谿谷少人
> 民，雪落何霏霏。延頸長嘆息，遠行多所懷。我心何怫鬱，
> 思欲一東歸。水深橋梁絕，中路正徘徊。迷惑失故路，薄暮
> 無宿棲。行行日已遠，人馬同時飢。擔囊行取薪，斧冰持作
> 糜。悲彼東山詩，悠悠使我哀。⓫

太行山橫亙晉、冀、豫三省邊境，由於山勢高聳，狹徑迂迴，一路
行來，已感艱苦卓絕，崎嶇難邁，更有風雪淒寒，猛獸橫行，令人
心驚膽顫，舉足維艱；環顧四下，人煙杳杳，林木蕭瑟，寓目一片
淒涼景況，怎不憂起悲生，泛起東歸之思！然而，克敵雄心使人重
振精神，奮勇前進，豈料禍不單行，水路多阻，軍隊再度陷入梁絕
路迷，食宿無著之窘境。曹操以寫實筆法，生動描繪山險路遙、人
疲馬困之具體景象，淋漓呈現征行勞苦與離鄉哀思，同時也傳達內
在情志，其中既包含對士卒之關懷不捨，又有不畏艱辛，追求勝利
之進取雄心。此外，另以〈卻東西門行〉寫長征久戍，返鄉無期之
悲：

⓫　見逯欽立輯校《先秦漢魏晉南北朝詩》，頁351。

> 鴻雁出塞北，乃在無人鄉。舉翅萬餘里，行止自成行。冬節
> 食南稻，春日復北翔。田中有轉蓬，隨風遠飄颺。長與故根
> 絕，萬歲不相當。奈何此征夫，安得去四方。戎馬不解鞍，
> 鎧甲不離傍。冉冉老將至，何時返故鄉。神龍藏深泉，猛獸
> 步高岡。狐死歸首丘，故鄉安可忘。⑱

值此秋涼時節，仰望天際，鴻雁結群南翔，萬里遠征，一旦冬盡春
臨，又依時北歸，年年有信。轉視田中蓬草，既已隨風飄蕩，則四
處流徙，永無回歸之日。反觀征夫，長期離鄉背井，遠赴異地，終
日馬不解鞍，甲不離身，眼看年歲飛逝，老之將至，欲問歸期，卻
未可知，飄泊身世與無根轉蓬何異？所謂：龍藏深淵，虎步高岡，
鳥返故鄉，狐死首丘，萬物生則各安其居，死猶眷懷故土，如今遠
征久役，有家難返，怎不令人惆悵萬端，黯然神傷。曹操即景起
興，托物自比，意象鮮明，情感流蕩，慷慨悲涼之聲直透耳目，極
具藝術感染力。鍾嶸《詩品》稱：「曹公古直，甚有悲涼之句」
⑱，行旅詩中可見一斑。

　　曹丕自幼「長于戎旅之間」⑱，少壯亦常隨父出征，在千里跋
涉、四方轉戰中，不但攀崇山、渡長河、迎寒風、冒霜雪，歷經各
種險惡環境，飽嘗行軍艱苦，也深切體會如影隨行之旅途孤寂與思
鄉況味。〈黎陽作詩〉三首即敘寫「朝發鄴城，夕宿韓陵」，「行

---

⑱　見逯欽立輯校《先秦漢魏晉南北朝詩》，頁 354。

⑱　見同註❹，頁 17。

⑱　曹丕《典論·自敘》。見清·嚴可均編、陳延嘉等校點《全上古三代秦漢三
　　國六朝文》，第三冊，頁 89。

行到黎陽」之遠征歷程。其一先以「霖雨載途，輿人困窮。載馳載驅，沐雨櫛風。舍我高殿，何為泥中」❽，概略勾勒征夫辭家遠征，衝風冒雨，在泥濘路上艱苦前進，人馬俱疲之窘狀。其二則細筆精描沿途境遇與行軍困阻：

> 殷殷其雷，濛濛其雨。我徒我車，涉此艱阻。遵彼洹湄，言刈其楚。班之中路，塗潦是御。轔轔大車，載低載昂。嗷嗷僕夫，載仆載僵。蒙涂冒雨，沾衣濡裳。❽

詩篇以雷聲隆隆、細雨綿綿揭開序幕，可以預見爾後征途淒苦。大軍緣洹河前進，由於雨水積聚，道路難行，士卒只得劈荊斬棘，鋪展泥地，使人車得以順利通行。唯因路面崎嶇，高低不平，車行其間，顛簸上下，轔轔作響，一路行來，御車僕夫或仆跌在地，或僵臥不起，頻頻呼苦，又逢雨水淋漓，全身皆溼，淒楚景象實非言語所能道盡。詩人在聽覺與視覺經營上極具用心，經由隆隆雷聲、轔轔車響、僕夫哀吟，和濛濛雨下、車行低昂、征人僵仆之雙向鋪陳與反覆切換中，充分展現遠役艱辛，並傳達憫憐慈懷。王夫之評此詩：「傷悲之心，慰勞之旨，皆寄文句之外」❽，予以高度讚賞。另有〈陌上桑〉，於敘寫行軍勞頓外，更觸及征夫內心孤寂：

❽　見逯欽立輯校《先秦漢魏晉南北朝詩》，頁399。
❽　見逯欽立輯校《先秦漢魏晉南北朝詩》，頁399。
❽　見王夫之《船山古詩評選·卷二》。轉引自王巍《建安文學概論》，瀋陽：遼寧教育出版社，2000年7月第2次印刷，頁124。

> 棄故鄉，離室宅，遠從軍旅萬里客。披荊棘，求阡陌，側足
> 獨窘步。路局苲，虎豹嗥動，雞驚禽失，群鳴相索。登南
> 山，奈何蹈盤石，樹木叢生鬱差錯。寢蒿草，蔭松柏，涕
> 泣雨面霑枕席。伴旅單，稍稍日零落，惆悵竊自憐，相痛
> 惜。❿

從軍出征，離鄉辭親而客行萬里，本已使人憂悶難遣，面對旅途艱
險，身心更添疲困。莽莽林野，荒僻古道，不但荊棘叢生，徑狹難
行，又有虎豹咆哮、出沒不定，雞禽一旦驚覺，迅即紛飛走避，人
行其間，尤感悚悸不安。至於南山登陟，峻嶺盤旋，腳踩苔石，身
處密林，白日攀越已覺艱辛，夜晚一至，又得露宿蒿草松柏之間，
孤寂寥落意緒，令人涕下如雨，暗自哀傷。全詩通過異地遠征，餐
風露宿，思鄉懷故，形神俱苦，逐層鋪敘行旅哀戚，更見曹丕之敏
銳多感，情真思深。

漢末迄建安時期，社會動盪，兵火不斷，值此亂世，名士亦常
輾轉遷徙，尋求可棲良木。面對曹操用人以才，軍容壯盛，名士多
願千里投奔，獻策效命，甚至攀山越嶺，隨行出征，從而掀起紀行
詩文之創作風潮。雖然內容多以軍旅征行，頌揚武功為主，表達個
人對建功立業之強烈渴望，但亦不乏寫景抒情，體物言志之作，如
王粲〈從軍行〉五首其三：

> 從軍征遐路，討彼東南夷。方舟順廣川，薄暮未安坻。白日

---

❿　見逯欽立輯校《先秦漢魏晉南北朝詩》，頁395。

半西山，桑梓有餘暉。蟋蟀夾岸鳴，孤鳥翩翩飛。征夫心多懷，悽悽令吾悲。下船登高防，草露霑我衣。迴身赴床寢，此愁當告誰。身服干戈事，豈得念所私。即戎有授命，茲理不可違。⑱

開端點明東南遠征，意在伐吳。詩人隨大軍船隊順江而下，直至黃昏猶未靠岸，足見此行路途遙遠。薄暮時分，見落日西照、斜暉穿林，蟋蟀鳴岸、孤鳥翩飛，夜幕已降，蟲聲引悲，遠親離群，物我相憐，詩人見景傷懷，輾轉難眠，憂思竄擾，欲訴無人，只能殷殷自勉，以王命在身，壯志待酬，排解鄉愁旅思。其五則在征途目睹與入譙所見之強烈對比中，表達渴望統一與安定。詩云：

悠悠涉荒路，靡靡我心愁。四望無煙火，但見林與丘。城郭生榛棘，蹊徑無所由。蘿蒲竟廣澤，葭葦夾長流。日夕涼風發，翩翩漂吾舟。寒蟬在樹鳴，鸛鵠摩天遊。客子多悲傷，淚下不可收。朝入譙郡界，曠然消人憂。雞鳴達四境，黍稷盈原疇。館宅充廛里，士女滿莊馗。自非聖賢國，誰能享斯休。詩人美樂土，雖客猶願留。⑲

詩分兩層敘述。前段先寫頻經戰禍之荒涼景象：田地荒蕪、百姓流離、四望渺無人跡，唯見荒丘野林；城郭內外，處處斷垣殘壁，雜

---

⑱　見逯欽立輯校《先秦漢魏晉南北朝詩》，頁362。
⑲　見逯欽立輯校《先秦漢魏晉南北朝詩》，頁362。

草榛棘，連道路亦無法辨識。水上行舟，又見蘆蒲滿布，葭葦蒼蒼，夜裏涼風襲人，寒蟬淒鳴，更動愁引悲，倘若天下不平，戰亂不止，征夫歸鄉無期，百姓亦將永無寧日。隨著旅程推進，後段再言入譙所見：莊稼盈野，雞鳴四境，館舍成排，士女盈道，家家安居，百工樂處。寓目榮景，令人稱羨。由於譙郡乃曹操故鄉，此地富庶，迥異於廢縣荒村，可見曹操治理有方。王粲早年顛沛，親歷戰亂，目睹殘景，如今對照兩地衰榮，更渴望助操平亂，早日重建家園，定國安邦。

　　徐幹亦有〈序征賦〉，寫作源起當溯自建安十三年（208），曹操南征劉表，佔領荊州，劉備退居夏口，曹操追至江陵。其後劉備與孫權合作，聯手大敗曹操於赤壁。曹操兵敗，引兵而回，徐幹作賦記錄征行過程與見聞思感。賦曰：

> 余因茲以從邁兮，聊暢目乎所經。觀庶士之繆殊，察風流之濁清。沿江浦以左轉，涉雲夢之無陂。從青冥以極望，上連薄乎天維。刊梗林以廣涂，填沮洳以高蹊。攬循環其萬般，互千里之長湄。行兼時而易節，迄玄氣之消微。道蒼神之受謝，逼鶉鳥之將棲。慮前事之既終，亦何為乎久稽？乃振旅以復蹤，溯朔風而北歸。及中區以釋勤，超棲遲而無依。**⑲**

起首即謂參與南征行動，遂得暢覽水鄉異致，並藉此觀風俗、察民

---

⑲　見清·嚴可均編、陳延嘉等校點《全上古三代秦漢三國六朝文》，第二冊，頁 869。

心，以為來日曹操統理江南之參考。續言軍隊順江東行，進入雲夢大澤，放眼一望，天水相接，廣袤無垠。然因沼澤多困，人馬難行，陸行士卒乃伐木鋪道，以利通行。南土形異，征行多艱，由此可見一斑。曹師軍容壯盛，江上舳艫千里，原謂勝卷在握，豈知中敵火攻，人船俱滅，壯志成灰。徐幹以為大軍征行，歷秋經冬，本已疲累不堪，此行受挫，亦無須氣餒，期待北歸之後，休養生息，捲土重來。此詩前段以江南風土、景物、節候為敘述主軸，既展現水鄉異致，也表達征行勞苦；後段不提戰敗頹勢，但借冬盡春來之意，鼓舞曹軍重整旗鼓，再展雄姿。詩人借景宣情，喻托委婉，不僅表達對人主之忠誠，士卒之憐恤，也積極安撫軍心，鼓舞士氣，顯示對天下一統仍具信心。

　　然而赤壁一戰，天下三分，鼎足之勢底定，曹魏王朝雖屢次出兵，終究未能完成平吳大業，直至司馬炎受禪登基，建立西晉帝國，仍繼續揮兵南下，遠征孫吳。咸寧五年（279），武帝發兵遣將，以水陸六路攻吳，當時夏侯湛任職尚書郎，似曾隨賈充軍隊長征遠討⑩，觀其所作〈離親詠〉與〈江上泛歌〉，內容皆敘及遠征南荊之心情與旅途見聞。詩云：

> 剖符兮南荊，辭親兮遐征。發軔兮皇京，夕臻兮泉亭。撫首兮內顧，按轡兮安步。仰戀兮後塗，俯嘆兮前路。既感物以永思兮，且歸身乎懷抱。苟違親以從利兮，匪曾閔之攸寶。

---

⑩　參見陸侃如《中古文學繫年》，北京：人民文學出版社，1998 年 7 月第 1 次印刷，頁 686。

視微榮之瑣瑣兮，知吾志之愈小。獨申愧於一心兮，慚報德之彌少。（〈離親詠〉）

悠悠兮遠征，悠悠兮暨南荊。南荊兮臨長江，臨長江兮討不庭。江水兮浩浩，長流兮萬里。洪浪兮雲轉，陽侯兮奔起。驚翼兮垂天，鯨魚兮岳跱。蘼蕪紛兮被皋陸，脩竹鬱兮翳崖趾。望江之南兮遨目桂林，桂林蓊鬱兮鷗雞揚音。凌波兮願濟，舟楫不具兮江水深。沈嗟迴盼於北夏，何歸軫之難尋。（〈江上泛歌〉）⑬

前者言奉命出征，辭親遠行而哀感縈懷。詩人晨發夕息，足不停履，然而思念屢生，頻頻回顧；面對漫長旅程，異地風物，更是感觸時發，低首長嘆。出仕遠征雖可報效國家，一展鴻圖，但不能晨昏定省，事親盡孝，總覺愧疚難安。後者寫順流而下，遠征荊南，長江浩瀚，萬里不斷，水面時見洪濤駭浪、奇禽巨鯨，航行其間，雖有驚艷之嘆，卻亦倍感凶險。兩岸遠近，則有蘼蕪紛被，修竹掩映，桂林蓊鬱、鷗雞揚音，眼觀耳聞皆異乎北域。水鄉麗景，南國風情雖寓目賞心，但離家遠征者思歸情濃，只願早日完成使命，凱旋回京，重敘天倫。除了描寫江上行旅，水域風光外，夏侯湛亦有陟山履野之作，如〈山路吟〉曰：

凤駕兮待明，陟山路兮遄征。冒晨朝兮入大谷，道逶迤兮嵐

---

⑬　以上見逯欽立輯校《先秦漢魏晉南北朝詩》，頁594。

氣清。攬轡兮抑馬，踟躕兮曠野。曠野騪兮遠落，崇岳兮
嵬崿。丘陵兮連離，卉木兮交錯。淥水兮長流，驚濤兮拂
石。⑭

詩人因長路遐征，故天猶未明即動身啟程，清晨嵐氣送爽，使人意
朗神暢，然而遠道逶迤，曠野路迷，行進之際，每每攬轡抑馬，謹
慎研判，以免誤蹈歧徑。眼前「曠野」既盡，又見「崇岳」峻嶒，
「丘陵」連綿，其間卉木交錯叢生，淥水如帶長流，有時觸岩拂
石，更見驚濤激浪之勢，詩人緣勢上下，連番轉進，雖已飽受奔波
勞頓，然而，沿途物色醒人耳目，沁人心脾，不但增添行旅野趣，
也能有效緩解遠征思鄉之苦。

　　同樣在行旅途中，為山水景物所吸引而忘憂卻勞，樂在其中
者，尚有成公綏。綏因性寡欲，靜默自守，雖入宦途，不求聞達，
〈嘯賦〉中言逸群公子離俗高蹈，慷慨長嘯，頗有林泉逍遙、自抒
懷抱之意。〈行詩〉雖為述行之作，但篇中卻見賞景逸懷，而非跋
涉淒苦。詩云：

洋洋熊耳流，巍巍伊闕山。高岡碣崔嵬，雙阜夾長川。素石
何磷磷，水禽浮翾翾。遠涉許潁路，顧思邈綿綿。鬱陶懷所
親，引領情緬然。⑮

---

⑭　見逯欽立輯校《先秦漢魏晉南北朝詩》，頁594。
⑮　見逯欽立輯校《先秦漢魏晉南北朝詩》，頁585。

詩人順流而下，隨伊水一路歷經熊耳山、伊闕山⓺，置身其間，只覺川嶺壯闊，氣勢雄渾。兩岸高岡崔嵬，雙峰對峙，壁立競聳，更增奇險。近察周身細物，則見素石纍纍，靜臥水底；禽鳥浮波，悠游相戲，一動一靜，相映成趣。沿途暢覽山勢巍峨，水色明麗，使人渾然忘疲，幽悶盡釋，故當行程愈近許昌，心中愈覺不捨，引頸回望，情懷依依，既戀江山美景，亦思親人故里。通篇以寫景為主，由遠至近，由大至小，由籠統而具體，由粗略到精細，逐層遞進，敘述分明，不但增加立體景深，也使長征遠涉更具真實性，而山水樂賞既沖銷行旅疲困，臨別眷懷更突顯大自然之無窮魅力。

西晉武帝時期，因天下統一，政局安定，文士多懷用世壯志，熱衷功名，是以離鄉赴京，奔走仕途。惠帝即位，賈后弄權，不但綱紀大敗，又引發諸王篡奪，征戰不息，終入覆滅之境。值此危疑多變之季，士人或因依違兩難，宦海生波，或因內戰頻起，四方征行，常有遷徙異地，水陸奔波之勞。長途遠征，使人思緒翻騰，一旦睹物興情，往往胸臆盡出。潘岳總角辯惠，摛藻清艷，少以才穎見稱鄉邑，人稱奇童，並譽為終軍、賈誼、蔡邕之輩。武帝泰始二年（266），時值弱冠，為荀顗辟為司空掾；其後又入賈充府任太尉掾，唯因「才名冠世，為眾所嫉，遂棲遲十年」⓻，難獲升遷。咸寧五年（279），出為河陽令，太康三年（282），再轉懷縣，仕宦之路，並不順心。當他離洛外任，奔走途旅，去國懷鄉之感油然而

⓺　《漢書·卷二十八·地理志》：「（弘農郡）盧氏，熊耳山在東。伊水出。」又《水經注》云：「伊水又北，入伊闕。昔大禹疏以通水，兩山相對，望之若闕，伊水歷其間，北流，故謂之伊闕矣。」

⓻　《晉書·卷五十五·潘岳傳》。見同註ⓩ，頁1502。

生。其〈登虎牢山賦〉云：

> 辭京輦兮遙邁，將遠遊兮東夏。朝發軔兮帝墉，夕結軌兮中
> 野。憑修阪兮停車，臨寒泉兮飲馬。眷故鄉之遼隔，思迂軫
> 以鬱陶。步玉趾以升降，凌泗水而登虎牢。覽河洛之二川，
> 眺成平之雙皋。崇嶺巋以崔嵬，幽谷谺以窈窱。路逶迤以迫
> 隘，林廓落以蕭條。爾乃仰蔭嘉木，俯藉芳卉。青煙鬱其相
> 望，棟宇懍以鱗萃。彼登山而臨水，固先哲之所哀。矧去鄉
> 而離家，邈長辭而遠乖。望歸雲以嘆息，腸一日而九回。良
> 勞者之詠事，爰寄言以表懷。⑱

詩人離京東行，朝發夕止，離家日久，鄉思愈濃。一路登山涉水，
已至虎牢險關，回望黃河、洛水，京闕漸遠；遠眺成皋、平皋，前
途漫漫。此去山崇嶺高、谷幽人渺，狹道迫隘，林景蕭條。經行既
久，身心疲困，於是擇木為蔭，藉草為席，暫作休憩。前方青煙鬱
起，棟宇鱗萃，想必村落已至，山行將盡，可以稍解憂勞。然對離
家遠宦者而言，他鄉市鎮只是旅途驛館、漂浪中站，與川林曠野又
有何別？仰望暮雲歸樓，不禁柔腸百轉，慨然長嘆。

　　其實，潘岳不但「思鄉」意濃，更是「戀闕」情深。當他先後
抵達河陽、懷縣，就任邑宰期間，仍有強烈羈旅情懷，不但對離京
外放表達失望無奈，期待以卓著政績建立令名，重返中央；並在登

---

⑱　見清・嚴可均編、陳延嘉等校點《全上古三代秦漢三國六朝文》，第五冊，
　　頁 938。

城遠眺中，頻頻顧盼洛京與故鄉，以示「信美非吾土」之懷歸志。
先看〈河陽縣作詩〉二首其二：

> 日夕陰雲起，登城望洪河。川氣冒山嶺，驚湍激巖阿。歸雁
> 映蘭畤，游魚動圓波。鳴蟬厲寒音，時菊耀秋華。引領望京
> 室，南路在伐柯。大廈緬無覯，崇芒鬱嵯峨。總總都邑人，
> 擾擾俗化訛。依水類浮萍，寄松似懸蘿。朱博糾舒慢，楚
> 風被琅邪。曲蓬何以直？託身依叢麻。黔黎竟何常？政成在
> 民和。位同單父邑，愧無子賤歌。豈敢陋微官，但恐忝所
> 荷。❿

詩人日夕登臨，極目遠眺，頗有王粲「登茲樓以四望兮，聊暇日以
銷憂」❿之意。但見黃河霧氣蒸騰，直抵群峰，急流奔竄，拍擊巖
壁；又觀長空歸雁，倒映水中，游魚驚跳，泛起波紋；林間更有寒
蟬淒鳴，秋菊耀彩。引頸而望，回京之路似近實遙，洛都大門渺焉
難睹，嵯峨芒山亦艱險多阻。既然前途未卜，歸期難測，更當戮力
本職，勤於吏事，才能「處悴而榮，在幽彌顯」❿。河陽風俗雖巧
詐紛亂，但昔賢朱博可為典範，或許未如子賤一般弦歌而治，但亦
不敢輕鄙此地，怠忽本職。潘岳才高氣傲，熱衷功名，縱使身處逆

---

❿ 見逯欽立輯校《先秦漢魏晉南北朝詩》，頁 633。
❿ 〈登樓賦〉。見清·嚴可均編、陳延嘉等校點《全上古三代秦漢三國六朝
　　文》，第二冊，頁 840。
❿ 潘岳〈河陽庭前安石榴賦〉。見同上註，第五冊，頁 950。

境，猶懷用世之心，胸中雖感憤懣難平，亦不忘勤政自勉。復以〈在懷縣作詩〉二首為例：

> 南陸迎脩景，朱明送末垂。初伏啟新節。隆暑方赫羲。朝想慶雲興，夕遲白日移。揮汗辭中宇，登城臨清池。涼颷自遠集，輕襟隨風吹。靈圃耀華果，通衢列高梧。瓜苽蔓長苞，薑芋紛廣畦。稻栽肅芊芊，黍苗何離離。慮薄乏時用，位微名日卑。驅役宰兩邑，政績竟無施。自我違京輦，四載迄于斯。器非廊廟姿，屢出固其宜。徒懷越鳥志，眷戀想南枝。春秋代遷逝，四運紛可喜。寵辱易不驚，戀本難為思。（其一）
>
> 我來冰未泮，時暑忽隆熾。感此還期淹，嘆彼年往駛。登城望郊甸，游目歷朝寺。小國寡民務，終日寂無事。白水過庭激，綠槐夾門植。信美非吾土，祗攪懷歸志。眷然顧鞏洛，山川邈離異。願言旋舊鄉，畏此簡書忌。祗奉社稷守，恪居處職司。（其二）⑳

前者言春去夏至，暑氣漸盛，登城臨池，涼風拂衣，始覺神清意爽。縱目周覽，園中花果爭鮮競耀，路旁桐木羅列高聳，瓜苞攀架蔓生，薑芋佈地茂長，田野稻秧芊芊，黍苗離離，沛然生機，望之可喜。行筆至此，看似單純寫景，一派清新，實則喻指物阜民豐，

---

⑳　以上見逯欽立輯校《先秦漢魏晉南北朝詩》，頁634。

治縣有成。然而政績卓著，卻返京無期，詩人悒鬱填膺，語帶幽
怨，反稱智淺才劣，無可讚譽，器非廊廟，宜乎外任。唯因離京四
載，戀闕思鄉之情與日俱增，所謂「胡馬依北風，越鳥朝南枝」
[203]，懷歸夙願，何日得償？後者更言冬至懷縣，冬冰未泮，轉眼時
移，炎暑已至，年歲疾馳，返京無門，令人心煩意悶。登城遠望，
恍然若見都邑高衙，定睛回神，猶在外郡。詩人自稱「小國寡民
務，終日寂無事」，既隱言治縣有方，又暗示大才小用。閒居悠
遊，見流水曲繞，綠槐蔭門，動靜相映，清景怡人，然而物色雖
美，終非故土，徒然攪動懷歸意緒。唯以職事在身，王命難違，只
能認真守分，期待早日返京侍君，回鑾省親。

　　就實際地理空間而言，河陽、懷縣與洛陽俱在河南，同屬司
州，然對潘岳而言，離開洛京，無異離開政治核心，是以詩人坦
言：「誰謂晉京遠，室邇身實遼。」[204]因此，出任外縣則愴然寡
歡，縱然積極政事，亦多為返京鋪路，一旦期待落空，難免嘆微嗟
卑，牢騷時生。縱使登臨賞遊，美景寓目，終究鄉愁難解，懷歸志
深。太康八年（287），潘岳終得返京就任尚書度支郎，遷廷尉評，
後因公事免職，閒居洛陽。惠帝即位，楊駿輔政，引為太傅主簿。
元康元年（291），楊駿為賈后一黨所殺，株連數千人，潘岳得故人
公孫宏力救而倖免於難。元康二年（292），出為長安令，赴任途中
又作〈西征賦〉，隨行所至，一路縱覽山川地勢，遊觀故宮舊苑，

---

[203]　《古詩十九首·行行重行行》。見逯欽立輯校《先秦漢魏晉南北朝詩》，頁
329。

[204]　潘岳〈河陽縣作詩〉其一。見逯欽立輯校《先秦漢魏晉南北朝詩》，頁
633。

歷數朝代興衰與人物得失，藉此托古諷今，寄寓深慨。

　　陸機於吳亡後，閉門勤學，十年不出。太康中，武帝下詔徵召南士，藉此籠絡人心；太康十年（289），陸機與弟陸雲、鄉人顧榮同時入洛，開啟遊宦之路。遠離故土，本已眷戀難捨，又身為「亡國之餘」，朝廷見重與否，實未可知，陸機強忍悲傷，懷抱不安而踏上征途，並寫下〈赴洛道中作詩〉二首：

> 總轡登長路，嗚咽辭密親。借問子何之，世網嬰我身。永嘆遵北渚，遺思結南津。行行遂已遠，野途曠無人。山澤紛紆餘，林薄杳阡眠。虎嘯深谷底，雞鳴高樹巔。哀風中夜流，孤獸更我前。悲情觸物感，沈思鬱纏綿。佇立望故鄉，顧影悽自憐。（其一）

> 遠遊越山川，山川脩且廣。振策陟崇丘，安轡遵平莽。夕息抱影寐，朝徂銜思往。頓轡倚高巖，側聽悲風響。清露墜素輝，明月一何朗。撫枕不能寐，振衣獨長想。（其二）㉕

先觀其一。詩人臨行話別，含悲辭親。此番遠赴洛陽，自稱世網纏身，欲迎還拒之複雜情緒由此可見。離鄉背井已多嘆怨，一路征行，野曠無人，只有山川逶迤，林木叢生，時而虎嘯深谷，時而雞鳴高樹。夜半淒冷，悲風襲人，離群孤獸，眼前突現，旅途險惡，山川多阻，令人膽顫心驚，更覺前途未卜。佇立山頂，眺望故鄉，

回顧孤零身影，不禁悲從中生。詩人以曠野、山澤、虎嘯、雞鳴、哀風、孤獸諸般景象，渲染途旅艱險與孤寂，又藉始於離別，止于望鄉之布局結構，突顯傷感意緒與思念情懷，由此具現赴洛北行之忐忑不安與獨立無援。再論其二。前四句概括陳述，由吳入洛，山川遙阻，時而登高，時而馳原，鞍馬勞頓，滿身風塵。中間兩聯則以細節烘托，透過夕息抱影，啟程含哀，頓轡倚巖，側聽悲風等具體行止，突顯旅途孤寂、日夜思親、與前途莫測之沈憂遠慮。詩末筆鋒略轉，以景傳情，「清露墜素輝，明月一何朗」二句，將靜夜寫得幽雅淨爽，朗麗清遠；但懷憂之人望月思鄉，旅愁勃興，更是輾轉反側，撫枕難眠，於是起坐披衣，放懷長想，熬盡長夜，以待天明。結尾繪清景，寫悠思，調冷情深，尤有餘味。此外，在〈赴洛〉二首其一中，也同樣敘及北上遊宦，揮淚辭親之離別情景，並抒發林壑遠征，觸物增悲之無限哀思。

　　陸機入洛後，楊駿辟為祭酒。隔年，武帝崩，惠帝即位，賈后為專權擅政，與楚王司馬瑋計殺楊駿。元康二年（292），徵機為太子洗馬。陸機託身華側，克盡職守，但思鄉之念，未嘗停歇，此由〈赴洛〉二首其二所述即可窺知。元康四年（294），陸機轉任吳王郎中令，因吳王司馬晏出鎮淮南，遂得藉機回鄉省親，並作〈行思賦〉以誌之：

> 背洛浦之遙遙，浮黃川之裔裔。遵河曲以悠遠，觀通流之所會。啟石門而東縈，沿汴渠其如帶。托飄風之習習，冒沈雲之藹藹。商秋蕭其發節，玄雲霂而垂陰。涼氣淒其薄體，零雨鬱而下淫。睊川禽之遵渚，看山鳥之歸林。揮清波以濯

羽，翳（藏）綠葉而弄音。行彌久而情勞，途愈近而思深。
羨品物以獨感，悲綢繆而在心。嗟逝官之永久，年荏苒而歷
茲。越河山而托景，眇四載而遠期。孰歸寧之弗樂，獨抱感
而弗怡。❻

開篇敘寫乘舟南下，浮川順流之歸鄉行程，並描繪商秋蕭殺，寓目
陰鬱之自然景象。陸機赴洛遠宦，「契闊踰三年」❼，此行得以趁
便返鄉，自然喜樂盈懷，面對千里遠渡，風涼雨驟，亦不言苦。心
境有別，筆下景致亦不同於前。即目所見，川禽遵渚，揮波濯羽；
山鳥歸林，葉下弄音，安樂恬適，令人稱羨。回顧多年官場生涯如
罹網羅，早已失去川禽山鳥之逍遙自得，如今省親結束，又得離鄉
遠宦，轉念至此，尤覺鬱鬱難歡，詩末乃嘆：「孰歸寧之弗樂，獨
抱感而弗怡」。同是南人入洛為官，張翰見秋風起，念故鄉菰菜、
蓴羹、鱸魚膾，慨言：「人生貴得適意，何能羈宦數千里以要名
爵」，旋即從心所欲，命駕辭歸。但陸機欲揚先祖美名，欲遂用世
壯志，不能率性若此，其「弗樂」、「弗怡」，不言可喻。〈行思
賦〉中，作者一路觀風雲物候之變，體山鳥歸林之樂，興歲月遷流
之嘆，發異鄉遊宦之悲，感時傷物，即景抒懷，寓托個人身世與情
志。

　　陸雲二十八歲與兄陸機同時入洛，期間歷任太子舍人、吳王郎

---

❻　見清・嚴可均編、陳延嘉等校點《全上古三代秦漢三國六朝文》，第五冊，
　　頁987。
❼　陸機〈吳王郎中時從梁陳作詩〉。見逯欽立輯校《先秦漢魏晉南北朝詩》，
　　頁685。

中令、尚書郎、侍御史、太子中舍人、中書侍郎、清河內史、大將軍右司馬等職。四十二歲因陸機兵敗受株連,為成都王司馬穎所殺。十幾年間,雖曾返鄉歸吳,但仍以遠宦異地為主。所作〈答張士然詩〉,既陳述羈旅艱辛,也表達思鄉情切:

> 行邁越長川,飄颻冒風塵。通波激枉渚,悲風薄丘榛。修路無窮跡,井邑自相尋。百城各異俗,千室非良鄰。歡舊難假合,風土豈虛親。感念桑梓域,彷彿眼中人。靡靡日月遠,眷眷懷苦辛。❽

詩人越長川,冒風塵,一路前行,波濤不斷,悲風時起,離家求仕,方知道艱途遠。漫長征路,延展無窮,跨越一村,又赴一鎮,異邦風俗迥異南土,人情險惡猶難相親,對照之下,更覺「千里作遠客」❾,「月是故鄉明」❿。宦遊之人思濃戀深,步行遲遲,旅途風霜,腹中酸楚,唯吳地故友方能感同身受⓫。

此外,張載因父收擔任蜀郡太守,遂於太康初入蜀省親,〈敘行賦〉當作於此時。賦中詳述由洛赴蜀,途中歷經函谷、崤山、潼關、華山、龍門、白水而入劍閣。一路遠涉,除回溯當地歷史人文

---

❽ 見逯欽立輯校《先秦漢魏晉南北朝詩》,頁 717。

❾ 沈受宏〈客曉〉。

❿ 杜甫〈月夜憶舍弟〉。

⓫ 張悛,字士然,吳國人,少以文章與陸氏兄弟友善。曾任晉太子庶子。陸機亦曾作〈答張士然詩〉,表述任職祕書閣而「終朝理文案,薄暮不遑暝」之繁忙苦悶,並宣吐思鄉情懷。

掌故，還大量描繪山川形勢與節候風物，由賦中所云：「行逶迤以
登降，涉二崤之重阻。經嶔岑之險巇，想姬文之避雨。出潼關以回
逝，仰華岳之崔嵬。」「緣阻岑之絕崖，蹈偏梁之懸閣。石壁立以
切天，炭嶮隗其欲落」❷可知沿途峻嶺高山，接續不斷，又兼巉壁
峭立，閣道狹險，連番登陟，尤感艱辛。至於林間卉木璀錯，松柞
挺茂，雖可流連玩目，但山晴谷陰，變幻多端，山鳥玄猿，朝夜互
啼，則令人愁起哀生。一入劍閣天險，更是狹道盤曲，仰觀青天，
唯存一線，天地內外，恍如隔絕。關於此地奇崛，〈劍閣銘〉述之
甚詳，可參。張載於〈敘行賦〉中描山繪景，有時採全覽概述，有
時則詳觀細摹；視線亦上下遊走，或由山巔俯看重巒木末，或由嶺
腰仰望青天崇關，筆致多變，奇景迭出，十分引人入勝。至於張協
〈雜詩〉十首其六❸，亦為行經魯陽關，即景抒懷之作。詩人晨起
攀登，山路狹峭深遠，中有「流澗萬餘丈，圍木數千尋。咆虎響窮
山，鳴鶴聒空林。淒風為我嘯，百籟坐自吟」，形勢險峻，聲響淒
厲，為崇山險隘增添恐怖氣氛。所謂「感物多思情，在險易常
心」，詩人臨景興情，履危有感，遂以「王陽驅九折，周文走岑
崟」為例，強調遇險遭難，當知及時走避或加速驅馳，以免不測發
生，後悔莫及。由於西晉政局動蕩，名士多因跼躅官場而死於非

---

❷　見清·嚴可均編、陳延嘉等校點《全上古三代秦漢三國六朝文》，第五冊，
　　頁881。

❸　原詩：「朝登魯陽關，狹路峭且深。流澗萬餘丈。圍木數千尋，咆虎響窮
　　山。鳴鶴聒空林，淒風為我嘯。百籟坐自吟，感物多思情。在險易常心，揭
　　來戒不虞。挺轡越飛岑，王陽驅九折。周文走岑崟，經阻貴勿邅，此理著來
　　今。」見逯欽立輯校《先秦漢魏晉南北朝詩》，頁746。

命，張協登山陟嶺，即景興悟，提出「經阻貴勿遲」之理，表現明哲保身之處世態度。

西晉覆亡，東晉政權南移，漸成偏安態勢。東南一帶山水秀麗，風光旖旎，兼以玄風未息，佛學又暢，士人崇尚自然，雅好山水之風更盛，縱使行旅艱辛，亦不忘觀物賞景，抒情寄意。如李顒〈涉湖詩〉：

> 旋經義興境，弭棹石蘭渚。震澤為何在，今唯太湖浦。圓徑縈五百，眇目緬無睹。高天淼若岸，長津雜如縷。窈窕尋灣漪，迢遞望巒嶼。驚飆揚飛湍，浮霄薄懸岨。輕禽翔雲漢，游鱗憩中滸。黯靄天時陰，岧嶢舟航舞。憑河安可殉，靜觀戒征旅。[214]

詩人行經江蘇義興縣境（今江蘇宜興），漫遊太湖五百里風光。只見煙波浩渺，曠遠無垠，水天相接，上下一線。舟行俯仰之間，有狂風激湍，浮雲薄嶺，令人望之生駭；唯翔鳥悠遊如常，水族安然游憩。此時氣象變幻，晦明無常，波湧如山，船行顛簸，驚險萬狀。緣此，詩人感觸隨生，面對旅途風波，暴虎憑河，犯難涉險，實不足效，唯有靜觀審思，謹慎行止，才能遠禍求安。詩中由山水風雲之變體察涉世遠行之理，頗具玄悟色彩。至於楊方〈合歡詩〉五首其四，又有不同風貌：

---

[214] 見逯欽立輯校《先秦漢魏晉南北朝詩》，頁 858。

飛黃銜長轡，翼翼回輕輪。俯涉淥水澗，仰過九層山。修途
曲且險，秋草生兩邊。黃華如沓金，白花如散銀。青敷羅翠
彩，絳葩象赤雲。爰有承露枝，紫榮合素芬。扶疏垂清藻，
布翹芳且鮮。目為艷采迴，心為奇葩旋。撫心悼孤客，俛仰
還自憐。踟躕向壁嘆，攬筆作此文。❷❺

漫長旅途中，詩人振轡疾馳，涉水經山，雖然前路曲折多險，兩旁
秋草蔓衍，望之無限蒼茫。但卉木綴生其間，澄黃如金、雪白似
銀、青若翠彩，紅擬赤雲，又有承露高枝，紫榮揚芬，眾芳繽紛，
奇葩爭艷，令人目眩心迷，前瞻後顧。可惜美景當前，無人共覽，
既嘆花開寂寞，亦不免孤影自憐。楊方不言衰景蕭瑟，途旅艱辛，
但寫清秋秀色，孤芳自賞，苦中作樂，樂中生悲，令人印象深刻。
　　袁宏曾入桓溫幕中，隨行遠征，並作〈北征賦〉、〈東征賦〉
以記行歷。現存二賦雖為殘篇，難窺全豹，但其中不乏寫景佳句：

　　於時天高地迥，木落水凝，繁霜夜灑，勁風晨興。日曖曖其
　　已頹，月亭亭而虛升。（〈北征賦〉）❷❻

　　爾乃出桑洛，會通川，背彭澤，面長泉，洲渚迢遞，磯岫虛
　　懸，即雲似嶺，望水若天，日月出乎波中，雲霓生於浪間，

---

❷❺　見逯欽立輯校《先秦漢魏晉南北朝詩》，頁 861。
❷❻　見清・嚴可均編、陳延嘉等校點《全上古三代秦漢三國六朝文》，第四冊，
　　　頁 589。

> 嗟我行之彌留，跨晦朔之倏忽。風寨林而蕭瑟，雲出山而逢
> 勃，驚瀾澨澨而岳轉，頹波峉峉以嶺沒。（〈東征賦〉）㉗

前者以具體物象精簡勾勒北地秋景，自然呈現淒清蕭颯氣氛，則長
途遠征，身心兩苦亦不言可喻。後者寫舟行長江，映目所見，兩岸
洲渚連綿，雲山不斷，江中日月波湧，雲霓倒映，一旦風起雲湧，
則林響木摧，駭浪激岩，水路長征，奇景迭現，但也暗伏凶險，不
可不慎。雖是狀物寫景，而行旅之情自在其中。

　　東晉立國以來，由於君弱臣強，士族相爭，使朝綱漸衰，權貴
貪腐，終至軍閥奪權，新朝代興。值此季末鼎革之秋，士人雖欲入
世致用，卻又壯志難伸，故於征行羈旅中，頻生歸棲之志。陶淵明
雖質性自然，不慕榮利，但少游六經，胸懷猛志，曾祖陶侃又軍功
赫赫，勳業炳耀，影響所及，胸中亦懷任俠之氣與濟世熱情，平生
數度出仕，雖屢稱為貧困所驅，其實不乏經世致用之想。然而東晉
末葉，王綱廢弛，軍閥跋扈，一旦接觸混亂局勢與現實人事，不免
大失所望，而面對官場污濁，俗禮煩瑣，既覺「違己交病」，又
「非矯厲所得」，乃「眷然有歸歟之情」㉘。尤其出行在外，途旅
奔波，更易懷親念舊，思歸園林，以求隨心順志，不愧素襟。安帝
隆安四年（400）淵明入荊州刺史桓玄帳下，奉命出使京都建康，回
程本欲順道返家探親，不料時遇大風，歸途受阻，即作〈庚子歲五

㉗　見同上註，頁 588。
㉘　陶潛〈歸去來兮辭·序〉。見清·嚴可均編、陳延嘉等校點《全上古三代秦
　　漢三國六朝文》，第五冊，頁 1133。

月中從都還阻風於規林〉二首，表達內心憂悶。詩中坦言：出仕行役不但道路多艱，親情受阻，對崇尚自由，喜愛丘山之個性而言，亦多所拘執，遂有「靜念園林好，人間良可辭」之想。隆安五年（401），更於返歸江陵任所途中，寫下〈辛丑歲七月赴假還江陵夜行塗中作〉：

> 閑居三十載，遂與塵事冥。詩書敦宿好，林園無俗情。如何舍此去？遙遙至西荊。叩枻新秋月，臨流別友生。涼風起將夕，夜景湛虛明。昭昭天宇闊，晶晶川上平。懷役不遑寐，中宵尚孤征。商歌非吾事，依依在耦耕。投冠旋舊墟，不為好爵縈。養真衡茅下，庶以善自名。**㉑**

詩分三段，前段回憶過往園林樂處，詩書自娛，何其閑逸，而今仕途多勞，塵網誤蹈，著實悔不當初。中段鋪寫塗口（在今湖北武昌縣）所見秋江夜景。其時新月當空，涼風輕拂，天宇朗闊，水波不興，一片澄澈空明，祥和寧靜，令人更厭棄紅塵紛擾。唯以宦職在身，逸志難遂，臨流別友，中宵孤征，無限悽楚。末段以己非寧戚，不願自薦求仕，願效長沮、桀溺，並耕田野，衡門養真，強烈表達歸棲逸志。

　　安帝元興二年（403），桓玄篡位自立，劉裕起兵討伐，淵明轉入劉裕帳下為參軍。安帝元興三年（404），行經曲阿（在今江蘇丹

㉑　見逯欽立輯校《先秦漢魏晉南北朝詩》，頁 983。詩題內之「塗中」，《文選》作「塗口」。

陽），有感而作〈始作鎮軍參軍經曲阿作〉：

> 弱齡寄事外，委懷在琴書。被褐欣自得，屢空常晏如。時來
> 苟冥會，宛轡憩通衢。投策命晨裝，暫與園田疏。眇眇孤舟
> 逝，綿綿歸思紆。我行豈不遙，登陟千里餘。目倦川塗異，
> 心念山澤居。望雲慚高鳥，臨水愧游魚。真想初在襟，誰謂
> 形跡拘。聊且憑化遷，終返班生廬。⑳

詩人本性恬淡，甘於貧賤，只因機緣偶合，暫別田園而出仕，孤舟
獨往，鄉愁已生，千里登陟，縱然奇景經目，亦無心再賞。船行漸
遠，歸情益濃，仰望飛鳥，俯觀游魚，莫不樂處山林，隨性自在，
而自己卻違願背志，重蹈世網，以致「遙遙從羈役，一心處兩端」
㉑，實感慚愧。唯詩人亦直言山林夙志不變，有朝一日，終將擺脫
形役，回鄉歸隱。類似情況，亦見於〈乙巳歲三月為建威參軍使都
經錢溪〉：

> 我不踐斯境，歲月好已積。晨夕看山川，事事悉如昔。微雨
> 洗高林，清飆矯雲翮。眷彼品物存，義風都未隔。伊余何為
> 者，勉勵從茲役？一形似有制，素襟不可易。園田日夢想，

---

⑳　見逯欽立輯校《先秦漢魏晉南北朝詩》，頁 982。

㉑　陶潛〈雜詩〉十二首其九。見逯欽立輯校《先秦漢魏晉南北朝詩》，頁
　　1007。

安得久離析？終懷在歸舟，諒哉宜霜柏。㉒㉒

安帝義熙元年（405），淵明轉任劉敬宣參軍，奉命出使建康，途經錢溪（今安徽省貴池縣梅根港），見山川如昔，風光依舊。雨後高林，益覺鮮翠，清飆助翔，眾鳥高飛，萬物欣欣，和風通暢，唯有自己心為形役，形為職牽，奔波途旅。身陷仕隱矛盾，令詩人憂悶日深，遂重申歸田之志，並以松柏凌霜不屈，自喻固窮守節，不願口腹自役。

謝靈運於劉裕代晉後，即被降爵為康樂侯。少帝、文帝在位時，又先後外調出京，任職永嘉太守、臨川內史。靈運「自認才能宜參權要，既不見知，常懷憤憤」(223)，遂於山行水涉之赴任途中，將滿腔不遇牢騷、思歸情懷與超塵之想，順勢傾吐而出。如〈永初三年七月十六日之郡初發都〉自言：「生幸休明世，親蒙英達顧。空班趙氏璧，徒乖魏王瓠。從來漸二紀，始得傍歸路。將窮山海跡，永絕賞心悟」(224)，宣稱才德不足，辜負明主，為官已歷二紀，如今出任永嘉，正可趁機返鄉，飽覽山水。率先表達失意怨懣與歸隱心情。再看〈過始寧墅〉：

束髮懷耿介，逐物遂推遷。違志似如昨，二紀及茲年。緇磷謝清曠，疲薾慚貞堅。拙疾相倚薄，還得靜者便。剖竹守滄

---

(222) 見逯欽立輯校《先秦漢魏晉南北朝詩》，頁 983。

(223) 《宋書・卷六十七・謝靈運傳》。見同註(59)，頁 1753。

(224) 見逯欽立輯校《先秦漢魏晉南北朝詩》，頁 1159。

海，枉帆過舊山。山行窮登頓，水涉盡洄沿。岩峭嶺稠疊，
洲縈渚連綿。白雲抱幽石，綠篠媚清漣。葺宇臨回江，築觀
基曾巔。揮手告鄉曲，三載期歸旋。且為樹枌檟，無令孤願
言。㉕

開篇即言初志耿介，唯因多年仕宦，久染俗風，不能及早效法先祖
（謝玄）功成身退，高樓園林，至為慚愧。如今拙宦與病疾兼具，
終得趁便歸園，靜居山墅。以下則述行寫景。一路逢山登陟，遇水
船行，歷經巉岩峭嶺，連綿洲渚，時觀白雲環攬幽巖，綠竹臨岸拂
波，清景寓目，勞頓漸除，仕宦風霜亦暫獲紓解。故鄉山水，正足
以安頓遊子遷客疲憊身心，詩人臨江葺宇，山頂築觀，期待三年期
滿，得以安居始寧（浙江省上虞縣），園林棲逸。

　別過始寧故宅，詩人浮舟續行，途經富春渚（在今浙江省富陽
縣），見定山雲繚霧繞，陰沈將雨，遂加快行程，逆流而上，不料
水勢驟變，驚湍猛擊，船迫曲岸，又怕觸巖撞石，水行艱險，令人
心魄俱震。然而歷經逆境，反能習險如常，豁達面對，止所當止，
安於本位。會悟當下，詩人不再為遠宦所苦，並將出任永嘉視為初
志得遂，表達脫落俗情、寄心山水之超然曠達。然而，以靈運之自
尊自傲，外放幽憤、羈旅窮愁豈能輕易消解？因此，行至七里瀨
（在今浙江省桐廬縣），詩人又在觀景狀物中抒情喻志。請看〈七里
瀨〉所述：

㉕　見同上註。

羇心積秋晨，晨積展遊眺。孤客傷逝湍，徒旅苦奔峭。石淺
水潺湲，日落山照耀。荒林紛沃若，哀禽相叫嘯。遭物悼遷
斥，存期得要妙。既秉上皇心，豈屑末代誚。目睹嚴子瀨，
想屬任公釣。誰謂古今殊，異世可同調。❷

所謂「孤客」、「羇心」，已露離京外放、自感不遇之悲，而「傷
逝湍」、「苦奔峭」，更見山水苦征、歲月遷逝之嘆。然而牢騷滿
腹無處可訴，也只能觀景舒懷，自尋解脫。中間四句寫近覽遠觀，
則水流經石，其聲潺潺，夕日照山，餘暉曖曖，野林無人，枝葉自
茂，失群哀禽，此呼彼鳴。詩人官場失意，觸景傷情，遂引古聖先
賢以明志，自稱身如嚴光，遠處荒郊，但心似任公，壯志滿懷❷。
在今世寂寞、尚友古人吶喊聲中，抒發離京遠宦、大才難伸之苦。
縱使已就任永嘉太守數月，詩人在〈登上戍石鼓山〉❷中仍自嘆：
「旅人心長久，憂憂自相接。故鄉路遙遠，川陸不可涉。」深切表
達去國懷鄉之羇愁旅恨。雖然想藉春遊以解鬱，結果竟是「摘芳芳
靡諼，愉樂樂不燮」，可見香草紛呈，美景盈目也難以忘憂長樂。
　　任職永嘉太守第二年，靈運即托病辭歸，隱居始寧墅。元嘉八

---

❷　見逯欽立輯校《先秦漢魏晉南北朝詩》，頁 1160。
❷　嚴光，少與漢光武帝同遊學，光武即位後，授之為諫議大夫，嚴光辭不就
　　職，隱居富春山，以耕釣為樂，後人名其垂釣處為嚴陵瀨，在七里瀨東方。
　　任公，即任國公子，以大鉤巨緇懸掛五十頭為餌，蹲乎會稽，投竿東海，期
　　年不得魚。已而得之，製成魚乾，自浙江以東至蒼梧以北之民，皆得飽食。
　　事見《莊子·外物》。
❷　見逯欽立輯校《先秦漢魏晉南北朝詩》，頁 1164。

年（431），孟顗誣其有異志，文帝雖不予追究，但派任為臨川內史，靈運二度外放，遂以〈初發石首城〉陳述胸中憤慨與遠仕怨懟。行至鄱陽湖，旅愁鄉思填膺塞懷，乃作〈入彭蠡湖口〉以抒之：

> 客游倦水宿，風潮難具論。洲島驟迴合，圻岸屢崩奔。乘月聽哀狖，㳿露馥芳蓀。春晚綠野秀，巖高白雲屯。千念集日夜，萬感盈朝昏。攀崖照石鏡，牽葉入松門。三江事多往，九派理空存。靈物吝珍怪，異人秘精魂。金膏滅明光，水碧輟流溫。徒作千里曲，弦絕念彌敦。❷❷❾

水路遠征，風波時遇，宦海浮沈使人身心俱倦，旅途顛沛更無從具述。一入此湖，更見水流急奔，波濤凶險。有時觀月聽猿，露草聞香；遠眺綠野，仰望白雲，千思萬感即緣景而生。詩人欲藉訪異探祕，登高望遠以卻憂遣悶，於是攀山崖，照石鏡，過松林，登頂下瞰古人所云之三江九派，可惜滄海桑田，時過境遷，難睹原貌。前賢曾謂：長江「納隱淪之列真，挺異人乎精魂」，而江神居處，更是「金精玉英瑱其裡，瑤珠怪石峲其表」❷❸❶，如今珍怪吝出，精魂祕藏，金膏滅光，水玉失潤，美好傳說俱已消逝，令人望之生嘆！想謝氏祖業輝煌，自己亦才高志遠，如今時移勢變，何嘗不是繁華

---

❷❷❾ 見逯欽立輯校《先秦漢魏晉南北朝詩》，頁1178。

❷❸❶ 引自郭璞〈江賦〉。見清·嚴可均編、陳延嘉等校點《全上古三代秦漢三國六朝文》，第五冊，頁1226、1225。

落盡、精光俱掩？援琴一撥，欲洗遠宦煩襟，豈料弦斷音絕，徒留鄉愁幽幽，日夜纏繞，揮之不盡。

行旅之起，肇因互異，但就遠赴他鄉，長途跋涉而言，並無二致。面對山水阻隔，旅途風霜，不僅使人身疲力盡；而天地遼闊，唯我獨行，更添內心孤寂。一路登高涉水，經村歷鎮，尤易引發「異域」之感，使濃烈鄉愁排闥而來。此時，寓目所見之景，多沾帶荒涼、陰鬱、險遠等色彩，充分顯現前途多艱與內心憂悶。當然，自然山水也會以其千姿萬態引人入勝，淡化行旅之苦，然對用世心切，卻遠寓外郡者言，景物清美可解一時之憂，卻難遣羈旅深愁。至於無心仕宦者，面對川原曠朗，水木明瑟，魚鳥悠哉樂處景象，更欲隨心順志，強化離俗歸棲之志。

第五節　隱逸歸棲之詠

隱逸風尚，其來有自。孔子曾謂：「賢者辟世，其次辟地，其次辟色，其次辟言。」[231]《論語》中之〈八佾〉、〈憲問〉、〈微子〉諸篇，亦曾提及隱者七人，逸民七人[232]。東漢此風益盛，范曄《後漢書》不但特立〈逸民列傳〉，並分析其歸隱動機如下：「或隱居以求其志，或回避以全其道，或靜己以鎮其躁，或去危以圖其安，或垢俗以動其概，或疵物以激其清。然觀其甘心畎畝之中，憔

---

[231]　《論語·憲問》。見蔣伯潛廣解《語譯廣解四書讀本──論語》，台北：啟明書局，不著年月，頁 226。

[232]　隱者七人分別是：儀封人、晨門、荷蕢者、接輿、長沮、桀溺、荷蓧丈人。逸民七人則為：伯夷、叔齊、虞仲、夷逸、朱張、柳下惠、少連。

悴江海之上，豈必親魚鳥樂林草哉？亦云性分所至而已。」⑳由此看來，隱逸既是避世、憤世之舉，也是人格、理想與性分之自然呈現。魏晉時期，政變頻繁，時局混亂，士人或因「忠不足以衛己，禍不可以預度」㉓；或因宦途顛躓，壯志難伸，而常懷林泉之想，歸棲之思。兼以玄學流行，朝隱風盛，士人宅心玄遠，崇尚自然，每欲屏棄俗務，擺脫世情，優遊於山水，肥遁於園林。緣此，隱逸風尚更盛以往，紀遊詩文中亦常見歸棲之詠。

建安諸子多懷壯志，亟思建功，相較之下，阮瑀宦情可謂淡薄。先有曹洪「欲使掌書記」，辭不受召，繼而曹操雅聞其名，辟之不應，連見偪促，乃逃入山中，操令焚山始出。阮瑀曾作〈隱士〉㉟詩，贊頌四皓、老萊、顏回、許由、伯夷諸賢不求名利，避世高蹈，並以「何患處貧苦，但當守明真」，表達潛隱山林，岩壑守真之志。曹魏時期，何晏既好玄義，又感仕宦多危，遂以「豈若集五湖」，「逍遙放志意」㊱，抒發隱逸情懷。魏末晉初，則有嵇康「託好老莊」，「志在守朴」㊲，不願屈身宦途，辱志於虛偽名教，而高唱「采薇山阿，散髮岩岫」㊳，「長寄靈岳，怡志養

㉝　見宋·范曄撰、唐·李賢等注《後漢書》，台北：世界書局，民國 70 年 11 月四版，頁 2755。

㉞　束晳〈玄居賦〉。見清·嚴可均編、陳延嘉等校點《全上古三代秦漢三國六朝文》，第五冊，頁 910。

㉟　見逯欽立輯校《先秦漢魏晉南北朝詩》，頁 381。

㊱　何晏〈言志詩〉。見逯欽立輯校《先秦漢魏晉南北朝詩》，頁 468。

㊲　嵇康〈幽憤詩〉。見逯欽立輯校《先秦漢魏晉南北朝詩》，頁 481。

㊳　見同上註。

神」❷❸❾。阮籍雖浮沈宦海，但〈詠懷詩〉中，卻常見憂生傷逝之嘆
與離世去俗之思。西晉以來，名士身陷政治漩渦，時覺與世難諧，
乃頻生歸棲逸志，欲藉此離俗遠禍，追求清淨樂土以全形安神。

　　張華出身庶族，孤貧寡助，然因才高識博，熟稔制度，深為武
帝所賞。尤其平吳一事，雖百官多持異議，張華則力挺到底，獲勝
之後，眾所推服，聲譽益盛。對此，荀勖心懷憎恨，每伺間隙，欲
出華外鎮，適逢帝問「誰可寄託後事」，張華回以「明德至親，莫
如齊王攸」，頗忤帝意，遂出鎮幽州。太康六年（285），召還為太
常，兩年後，「以太廟屋棟折免官」❷❹⓪。張華出身卑微，早年親見
曹魏與司馬氏之爭權激烈，即以〈鷦鷯賦〉表達社會多危懼，恬退
求自安之思，如今仕晉，又因天威難測，暗箭難防而去職免官，乃
以〈歸田賦〉自述棲遲丘園，安時樂處之志：

　　　隨陰陽之開闔，從時宜以卷舒。冬奧處于城邑，春遊放於外
　　廬。歸郊鄗之舊里，托言靜以閒居。育草木之藹蔚，因地勢
　　之丘墟。豐蔬果之林錯，茂桑麻之紛敷。用天道以取資，行
　　藥物以為娛。時逍遙於洛濱，聊相佯以縱意。目白沙與積
　　礫，玩眾卉之同異。揚素波以濯足，溯清瀾以蕩思。低徊住
　　留，棲遲庵藹，存神忽微，游精域外。藉織草以為茵，援垂
　　陰以為蓋，瞻高鳥之陵風，臨儵魚于清瀨。眇萬物而遠觀，

---

❷❸❾　嵇康〈四言贈兄秀才入軍詩〉十八其十七。見逯欽立輯校《先秦漢魏晉南北
　　朝詩》，頁483。
❷❹⓪　以上引文見《晉書・卷三十六・張華傳》。見同註❷❻，頁1070－1071。

修自然之通會，以退足於一壑，故處否而忘泰。㉑

賦中言因時舒卷，返歸閑居。有時園田逸遊，見草木藹蔚，高低各
異；蔬果豐茂，桑麻紛敷。有時逍遙洛濱，寓目遠觀，則沙礫迤
岸，眾卉爭艷；濯足揚波，則清瀾蕩思，神遊域外。有時林野徜
徉，則藉草為茵，援蔭為蓋，仰瞻飛鳥凌風，俯眄游魚戲瀨。縱放
自然清境，靜觀萬物欣榮，使人通感會悟，超然物外，忘懷否泰得
失。唯張華雖於賦中表達「甘心恬澹，棲志浮雲」㉒之道家情懷，
然儒家進取精神仍居主導地位，觀其〈招隱詩〉二首，既為隱士未
能伸展雄才而深嘆，又言隱居與世風相違，亦難實現用世理想。惠
帝即位，賈后、賈謐以張華出身庶族，儒雅多略，「進無逼上之
嫌，退為眾望所依」㉓，乃委以重任。張華重返政壇，雖當闇主虐
后之朝，仍「盡忠匡補，彌縫補闕」㉔，調處各方勢力與矛盾，唯
臨淵履薄使其倍感壓力，大嘆智短才輕而逸志復萌，倡言：「君子
有逸志，棲遲於一丘。仰蔭高林茂，俯臨淥水流。恬淡養玄虛，沈
精研聖猷」㉕，且欲「散髮重陰下，抱杖臨清渠。屬耳聽鶯鳴，流
目玩儵魚。從容養餘日，取樂於桑榆」㉖。然而，當次子張韙勸其

㉑　見清·嚴可均編、陳延嘉等校點《全上古三代秦漢三國六朝文》，第四冊，
　　頁 597。
㉒　張華〈勵志詩〉。見逯欽立輯校《先秦漢魏晉南北朝詩》，頁 615。
㉓　見同註㉑，頁 1072。
㉔　見同註㉑，頁 1072。
㉕　張華〈贈摯仲洽詩〉。見逯欽立輯校《先秦漢魏晉南北朝詩》，頁 621。
㉖　張華〈答何劭〉三首其一。見逯欽立輯校《先秦漢魏晉南北朝詩》，頁
　　618。

引退，又以「天道玄遠，惟修德以應之耳。不如靜以待之，以俟天命」為由，堅守職位。豈料趙王倫奪權篡位後，即因張華拒與合作而痛下毒手，令人遺憾。

　　石崇向來主張「士當身名俱泰」**㉗**，因此，既熱衷功名，積累財富，又大興別業，樂享榮華。由於父親石苞為西晉開國元勛，石崇亦深得武帝重視，歷任修武令、散騎郎、城陽太守、黃門郎、散騎常侍、侍中等職，並因伐吳有功，封安陽鄉侯。惠帝即位，先因楊駿輔政，大開封賞、多樹黨援一事上奏勸止，帝弗納，出為南中郎將，荊州刺史，領南蠻校尉，加鷹揚將軍。期間曾因贈鳩於王愷，不符時制，而為傅祗所糾。爾後徵為大司農，又以徵書未至即擅去而免官。頃之，拜太僕，出為征虜將軍，監徐州諸軍事，鎮守下邳。年近五十，還得飽嘗辭家別友、離京遠宦之苦**㉘**，石崇不禁慨嘆：「久官無成績，棲遲於徐方。寂寂守空城，悠悠思故鄉。」**㉙**仕途不順，離鄉寡歡，登樓遠望，遂有思歸之嘆：

> 登城隅兮臨長江，極望無涯兮思填胸。魚瀺灂兮鳥繽翻，澤雉遊鳧兮戲中園。秋風厲兮鴻雁征，蟋蟀嘈嘈兮晨夜鳴。落葉飄兮枯枝竦，百草零落兮覆畦壟。時光逝兮年易盡，感彼歲暮兮悵自愍。廓羈旅兮滯野都，願御北風兮忽歸徂。惟金

㉗　《晉書・卷三十三・石崇傳》。見同註**㉖**，頁 1007。

㉘　臨別之際，好友曹攄既以「三軍望衡蓋，嘆息有餘音。臨肴忘肉味，對酒不能斟」（〈贈石崇詩〉）表達離別感傷；又藉「轍軌石行難，窈窕山道深」（〈贈石荊州詩〉）憐其遠征艱辛。

㉙　石崇〈贈棗腆〉。見逯欽立輯校《先秦漢魏晉南北朝詩》，頁 645。

石兮幽且清，林鬱茂兮芳卉盈。玄泉流兮縈丘阜，閣館蕭寥
兮蔭叢柳。吹長笛兮彈五絃，高歌凌雲兮樂餘年。舒篇卷兮
與聖談，釋冕投紱兮希彭聃。超逍遙兮絕塵埃，福亦不至兮
禍不來。㉚

詩人登城遠望，見長江浩瀚奔騰，胸中情思亦隨之翻湧。回顧園中
池沼，魚躍鳥翻，雉麞相戲，安處自在，樂居所棲。然而對遠宦遷
客而言，此地本非故鄉，難以長住久安。眼觀鴻雁南征，耳聽蟋蟀
鳴吟，已知秋節來臨；再看葉落枝枯，百草凋零，更驚年光悄逝，
歲暮將至。久滯南土，心念故居，多麼渴望御風北歸，徜徉金谷園
林，在嘉木芳卉、泉石丘阜中撫絃高歌，琴書自娛，從此離俗遠
禍，樂享餘生。同樣情懷亦見於〈思歸引〉：

思歸引，歸河陽，假余翼鴻鶴高飛翔。經芒阜，濟河梁，望
我舊館心悅康。清渠激，魚徬徨，雁驚沂波群相將，終日周
覽樂無方。登雲閣，列姬姜，拊絲竹，叩宮商，宴華池，酌
玉觴。㉛

詩人鎮守下邳，思歸河陽，於是巧運神思，想像如鴻鶴展翅高飛，
經山渡水，長征遠翔，回到昔日園林，流連於池沼館閣，或上下登
臨，周覽物色，或觴酌流行，絲竹並奏，極盡肥遯之逸樂。元康八

㉚　石崇〈思歸嘆〉。見逯欽立輯校《先秦漢魏晉南北朝詩》，頁644。
㉛　見同上註。

年（298），石崇與徐州刺史高誕爭酒相侮，為軍司所奏而免官，半百之年，「更樂放逸，篤好林藪，遂肥遯於河陽別業」❷。可惜好景不常，永康元年（300），因孫秀進讒而為趙王倫所殺。

　　史載左思「貌寢口訥」，「不好交遊，惟以閑居為事」，可知個性內向，不喜交際，平日亦多淡處深居。雖因「家世儒學」，「辭藻壯麗」❷而自矜自重，良圖驥騁，但以「功成不受爵，長揖歸田廬」❷自期，足見高節朗暢，胸懷逸志。因此，面對仕途偃蹇，志業難遂，自然心生歸隱，高唱「被褐出閭闍，高步追許由。振衣千仞岡，濯足萬里流」❷，企求在山水中尋求安頓與慰藉。此由〈招隱〉二首即可一窺究竟：

　　　　杖策招隱士，荒塗橫古今。巖穴無結構，丘中有鳴琴。白雲
　　　　停陰岡，丹葩曜陽林。石泉漱瓊瑤，纖鱗或浮沈。非必絲與
　　　　竹，山水有清音。何事待嘯歌，灌木自悲吟。秋菊兼餱糧，
　　　　幽蘭間重襟。躊躇足力煩，聊欲投吾簪。（二首其一）❷

　　　　經始東山廬，果下自成榛。前有寒泉井，聊可瑩心神。峭蒨

❷　石崇〈思歸引〉並序。見逯欽立輯校《先秦漢魏晉南北朝詩》，頁 643。

❷　以上引文見《晉書·卷九十二·左思傳》。見同註❷，頁 2375、2376。

❷　左思〈詠史詩〉八首其一。見逯欽立輯校《先秦漢魏晉南北朝詩》，頁
　　732。

❷　左思〈詠史詩〉八首其五。見逯欽立輯校《先秦漢魏晉南北朝詩》，頁
　　733。

❷　見逯欽立輯校《先秦漢魏晉南北朝詩》，頁 734。

青蔥間，竹柏得其真。弱葉棲霜雪，飛榮流餘津。爵服無常玩，好惡有屈伸。結綬生纏牽，彈冠去埃塵。惠連非吾屈，首陽非吾仁。相與觀所尚，逍遙撰良辰。（二首其二）❷⁵⁷

前者表達對隱居生活之向慕。古今隱士莫不絕交息遊，遠棄紅塵，詩人入山訪隱，亦覺荒途寂寞，巖穴清冷，林丘靜謐，唯聞琴聲，一路行來，塵慮盡除，心神寧定。縱目周覽，則見白雲似雪，屯繚高岡，丹花耀彩，樹煥清光，流泉漱石，鳴聲如玉，游魚戲水，暢適逍遙。山林祥和，萬物自在，反襯出紅塵囂喧，世俗多詐。與其追攀富貴，流連絲竹，莫如聆賞山水之天籟清音。無須高歌，不必嘯詠，風吹林動，自成悲吟。幽居寡欲，望峰息心，詩人不再追求紆青拖紫、懷金佩玉之仕宦生涯，寧願秋菊為食、幽蘭為佩，追隨隱者遺世步履。後者描述隱居實況。詩人掛冠棄仕，僻處東山，此地可見寒泉清冽，沁人心神；竹柏青翠，經霜不凋；弱葉覆雪，生意猶堅；落花隨水，餘潤尚存。山水景物雖沈默無語，但靜觀其變，尋思其理，此中自有真趣。世事波詭，人生無常，出處進退，貴得適志，何須傚效柳下惠、少連之降志辱身，食祿亂朝，或伯夷叔齊之求仁得仁，餓死首陽，只要委身丘壑，棲心山水，就能全真養性，樂志逍遙。左思一反《楚辭·招隱士》之原旨，將荒丘僻野描繪成人間樂土，表達超世遠引、樂處山林之思。參酌史傳所載：「祕書監賈謐請講《漢書》，謐誅，退居宜春里，專意典籍。齊王

---

❷⁵⁷　見同上註，頁735。

罔命為記室督，辭疾，不就。」⑱可知左思不但由「招隱」而「崇隱」，在現實生活中也遠離官場，步上隱逸之路。

　　武帝崩殂後，以愍懷太子為首之東宮勢力，以賈后、賈謐為首之外戚勢力，和以趙王倫等八王輪流掌權之王室力量彼此交鋒，進行權力角逐，使西晉政局紛擾不休。陸機入洛後，亦周旋於三方勢力而不能自拔，先出任太子洗馬，又名列賈謐二十四友，繼為趙王倫擢為相國參軍，最後委身於成都王穎，強烈用世之心，使其落得「好遊權門」之譏。然而，南人身分之倍受輕侮，離鄉背井之悒鬱寡歡，權利角逐之依違兩難，和歲月飄忽之悲愁無奈，亦常挫其雄心，摧其壯志，意冷氣餒之際，難免滋生隱逸情懷，如〈招隱詩〉云：

> 明發心不夷，振衣聊躑躅。躑躅欲安之，幽人在浚谷。朝采南澗藻，夕息西山足。輕條象雲構，密葉成翠幄。激楚佇蘭林，回芳薄秀木。山溜何泠泠，飛泉漱鳴玉。哀音附靈波，頹響赴曾曲。至樂非有假，安事澆淳樸。富貴苟難圖，稅駕從所欲。⑲

詩人直言與世不諧，心情鬱悶，因此，黎明一至即深入幽谷，尋訪朝采澗藻、夕息西山、清貧自守之高節隱士，藉以淡卻俗情，排遣世慮。山中曠寂，不聞鼎沸人聲，亦無高宇廣廈，但見林木森蒼，

---

⑱　《晉書·卷九十二·左思傳》。見同註㉖，頁2377。
⑲　見逯欽立輯校《先秦漢魏晉南北朝詩》，頁689。

綠條垂掛，宛如隱者之華屋翠幕。清風拂掠，蘭叢散馥，餘香裊裊，漫盈四野；澗聲時鳴，泉響如應，泠泠清音隨水遠流，迴盪在浚谷幽壑。人生至樂，莫過於清靜無為，閑處林野，何必自陷於名韁利鎖而寸步難行，沈淪在澆薄社會以苟延殘喘。既然仕途多舛，富貴難求，不如丘山逸隱，求得身心俱安。此外，又藉〈招隱詩〉二首寄托林泉逸志：

> 駕言尋飛遁，山路鬱盤桓。芳蘭振蕙葉，玉泉涌微瀾。嘉卉獻時服，靈朮進朝餐。（二首其一）

> 尋山求逸民，穹谷幽且遐。清泉盪玉渚，文魚躍中波。（二首其二）㉖

詩人走過紆曲山路，深入幽遐浚谷，欲尋隱士，效其高志。四周所見，蘭草茁茂，玉泉微湧，洲渚波盪，水中魚躍。又有嘉卉順時開，採之以為佩；靈朮深谷藏，朝食可增壽。山林幽而不荒，清而不冷，未聞獸號猿鳴，只見動植樂生，閑隱其間，既無俗務牽纏，塵埃染心，自能遯世無悶，延齡保真。

　　事實上，面對西晉政局與自身遭遇，陸機感慨良深，常有憂生之嘆，然而自負才望，志匡世難，又盼重振家風，耀顯祖德，使其雖懷「遺情市朝，永志丘園」㉖之想，終究難以投簪棄仕。友人孫

㉖　二詩均見逯欽立輯校《先秦漢魏晉南北朝詩》，頁 691。
㉖　陸機〈贈潘尼詩〉。見逯欽立輯校《先秦漢魏晉南北朝詩》，頁 677。

承曾作〈嘉遁賦〉，藉嘉遁玄人「混心齊物，遨翔容與。薄言采薇，收蘿中野。朝觀夷陸，夕步蘭渚。仰弋鳴雁，俯釣魴鱮，遊無方之內，居無形之域」[262]，勸陸機忘棄名利，閑隱山水。陸機以〈應嘉賦〉回贈，對隱者高潔，林泉美好雖表贊同，但亦宣稱：「苟形骸之可忘，豈投簪之必谷」，以為心懷高曠，不為物累，則廟堂與山林無異，婉拒友人規勸。陸雲與陸機同時入洛，一樣清正自持，勤於政事，以振興家業為己任，唯個性兄弟有別，陸機「言多慷慨」，「清厲有風格，為鄉黨所憚」；陸雲「文弱可愛」，「性弘靜，怡怡然為士友所宗」[263]，面對世道險隘，不足盤遊之現實，頗有「傲物思寧，妙世自逸」[264]之想，所作〈逸民賦〉，既頌美隱士「輕天下，細萬物」，「專一丘之歡，擅一壑之美」[265]，以淡然無求而全性保真；又精心描繪山林清美與幽隱逸趣：

> 曾丘翳薈，穹谷重深。叢木振穎，葛藟垂陰。潛魚泳沚，嚶鳥來吟。仍疏圃於芝薄兮，即蘭堂於芳林。靡飛飆以赴節兮，揮天籟而興音。假樂土於神造兮，詠幽人於鳴琴。挹回源於別沼兮，食秋華於高岑。濛玉泉以濯髮兮，臨濬谷而投

---

[262] 見清·嚴可均編、陳延嘉等校點《全上古三代秦漢三國六朝文》，第五冊，頁 1482。

[263] 以上引文見《世說新語·賞譽·39》及劉孝標注引《文士傳》。見同註[51]，頁 334。

[264] 陸雲〈逸民賦〉。見清·嚴可均編、陳延嘉等校點《全上古三代秦漢三國六朝文》，第五冊，頁 1024。

[265] 見同上註。

籊。寂然尸居，儼焉山立。遵渚龍見，在林鳳戢。遁綿野以
宅心，望空巖而凱入。明發悟歌，有懷在昔。濱濮水之清淵
兮，儀磻溪之一壑。毒萬物之喧嘩兮，聊漁釣於此澤。㊻

谷深林茂，魚鳥樂棲，隱者卜居山野，宅心巖壑，聆天籟，揮素
琴，挹清泉，食秋英，遺俗棄世，物我兩忘，誠可樂也。然而賦末
亂曰：「欲凌霄兮從之，恨穿天兮未泰」㊼，自言天道未平，逸志
難遂，只能託賦喻志，心嚮往之。陸氏兄弟明知「彼貪夫之死權
兮，固遺生以要祿」，而「美達人之玄覽兮，邈藏器於無為」㊾，
卻不能急流勇退，恬處林野，終於太安三年（303），河橋兵敗而先
後被殺。回顧陸機〈幽人賦〉所言：「超沈冥以絕緒，豈世網之能
加」㊿，再對照其現實際遇，豈不令人噓唏。

　　陸機、陸雲徒懷山林之志，卻不能及時抽身遠引，終至死於非
命。潘尼則因恬退不競，故能適變安身，自云：「達則濟其道而不
榮也，窮則善其身而不悶也。用則立於上而非爭也，舍則藏於下而
非讓也。」⓾緣此，面對趙王專政，濫殺忠良，潘尼遠引避禍，躬
耕隴畝，以求全身養真。所撰〈逸民吟〉中，即明確表達幽隱歸棲

㊻　見同註㊽。
㊼　見同註㊽，頁 1025。
㊾　見同上註。
㊿　見清·嚴可均編、陳延嘉等校點《全上古三代秦漢三國六朝文》，第五冊，
　　頁 989。
⓾　潘尼〈安身論〉。見清·嚴可均編、陳延嘉等校點《全上古三代秦漢三國六
　　朝文》，第五冊，頁 974。

之情：

> 我願傲世自遺，舒志六合，由巢是追，沐浴池洪迅羽衣。陟
> 彼名山，採此芝薇。朝雲靉靉，行露未晞。遊魚群戲，翔鳥
> 雙飛。逍遙博觀，日晏忘歸。嗟哉世士，從我者誰。[271]

> 我願遁居，隱身巖穴。寵辱弗縈，誰能羈紲。[272]

詩人從心順志，傲世獨立，追隨隱者步履，翱遊名山，採薇食芝。
既閑覽雲開露晞之態，又樂與魚鳥同嬉共戲，逍遙博觀，樂以忘
歸。並稱遁居山林，使人擺脫羅網，寵辱皆忘，故能心曠神怡，免
除憂生之慮。此外，〈釣賦〉亦謂：「抗余志於浮雲，樂余身於蓬
廬。尋渭濱之遠跡，且遊釣以自娛」[273]，足見閑居逸處之志。潘尼
曾謂陸機曰：「予志耕圃，爾勤王役」[274]，正因志趣有別，出處互
異，人生結局亦迥然不同。
　　張載雖有用世壯志，但以人間多累，世亂難拯，遂起思歸之
情，並作〈招隱詩〉，以「去來捐時俗，超然辭世偽。得意在丘
中，安事愚與智」[275]，宣示隱居決心。而張協雖歷仕多職，但為人

---

[271]　見逯欽立輯校《先秦漢魏晉南北朝詩》，頁 769。
[272]　見同上註，頁 770。
[273]　見清・嚴可均編、陳延嘉等校點《全上古三代秦漢三國六朝文》，第五冊，
　　　頁 967。
[274]　潘尼〈答陸士衡〉。見逯欽立輯校《先秦漢魏晉南北朝詩》，頁 764。
[275]　見逯欽立輯校《先秦漢魏晉南北朝詩》，頁 740。

處事崇尚清簡寡欲，〈詠史詩〉中曾謂：「達人知止足，遺榮忽如無。抽簪解朝衣，散髮歸海隅。」㊱既見天下亂起，寇盜叢生，遂棄絕人事，屏居草澤，幽居以終。〈雜詩〉十首其九即詠其歸隱生活：

> 結宇窮岡曲，耦耕幽藪陰。荒庭寂以閒，幽岫峭且深。淒風起東谷，有渰興南岑。雖無箕畢期，膚寸自成霖。澤雉登壟雊，寒猿擁條吟。溪壑無人跡，荒楚鬱蕭森。投耒循岸垂，時聞樵採音。重基可擬志，迴淵可比心。養真尚無為，道勝貴陸沈。游思竹素園，寄辭翰墨林。㊲

詩人築室山野，躬耕林藪，遠離吏道拘執，案牘勞形，只見庭院荒寂，山谷峭深。山野氣候多變，寒風東來，南岑雲生，終至盈嶺蔽空，久雨成霖。澤雉、寒猿登壟攀枝，畏冷哀啼。溪谷渺焉無人，荊棘叢生成林；躬耕暫息，時聞伐木清音，山林曠寂，樂有樵夫相伴。詩中敘寫窮岡、幽藪、荒庭寂、幽岫峭、淒風、霖雨、澤雉、寒猿、無人溪壑、蕭森荒楚，頗有淮南小山筆下之荒冷氣氛，但野處淒清卻無損林泉之志，詩人遊於典籍，寄情翰墨，自覺怡情適志，全道養真。參照〈七命〉中之「沖漠公子」，更見張協執意含華隱曜，遯世高蹈。

東晉玄風更暢，士人宅心玄遠，不為世累，或身居廟堂，卻心

㊱　見逯欽立輯校《先秦漢魏晉南北朝詩》，頁 745。
㊲　見逯欽立輯校《先秦漢魏晉南北朝詩》，頁 747。

寄江海，或懷抱利器，而自甘棲隱，他們縱放自然，寄情山水，選擇園林閑居以悠遊肥遁，田野淡處以怡心遂志。如庾闡強調「居不必陀，食不求簞」❷⓻⓼，以為隱逸不必穴處岩居，園林山水亦能使人「蕭然忘覽，豁爾遺想」，請看〈閑居賦〉：

> 於是宅鄰京郊，宇接華郭，聿來忘懷，茲焉是托。鳥棲庭林，燕巢於幕。既乃青陽結陰，木槿開榮，森條霜重，綠葉雲傾，陰興則暑退，風來則氣清。前臨塘中，眇目長淵，晨渠吐溜，歸潮夕流。顧有崇台高觀，凌虛遠遊。若夫左瞻天宮，右眄西岳，薆飛彤素，嶺敷翠綠，朝霞時清，滄浪靡濁，黃綺絜其雲棲，漁父欣其濁足。至於體散玄風，神陶妙象，靜因虛來，動率化往，蕭然忘覽，豁爾遺想，榮悴靡期，孰測幽朗！故細無形骸之狹，巨非天地之廣，音興乎萬韻，理絕乎一響。❷⓻⓽

庾闡於京郊附近闢築園林，以供閑居靜處，悠遊忘懷。庭中林木森茂，燕鳥棲聚，涼風習習，暑氣全消。外引長淵，內聚成塘，朝吐夕流，活水潺潺。又有崇台高觀可以凌虛遠眺，左瞻天宮，右眄西岳，仰望雲霞，俯瞰滄浪，天地遼闊，萬象可觀，使人蕩思滌慮，豁然無求而齊一榮悴，隨時順化。賦中具現名士朝隱肥遁，超然物

---

❷⓻⓼　庾闡〈狹室賦〉。見清・嚴可均編、陳延嘉等校點《全上古三代秦漢三國六朝文》，第四冊，頁395。

❷⓻⓽　見清・嚴可均編、陳延嘉等校點《全上古三代秦漢三國六朝文》，第四冊，頁395。

外之高情逸志，而不見「道有不申，行吟山澤」⑳之幽悶深隱。

王羲之於〈與謝萬書〉中云：「頃東遊還，修植桑果，今盛敷榮，率諸子，抱弱孫，遊觀其間，有一味之甘，割而分之，以娛目前。」㉑將園居之悠閑適意表露無遺。孫綽則自稱：「少慕老莊之道，仰其風流久矣」，「乃經始東山，建五畝之宅，帶長阜，倚茂林」㉒，遠離塵囂，享受佳園逍遙之逸趣。〈秋日詩〉即其山居觀景有感之作：

> 蕭瑟仲秋日，飆唳風雲高。山居感時變，遠客興長謠。疏林積風涼，虛岫結凝霄。湛露灑庭林，密葉辭榮條。撫菌悲先落，攀松羨後凋。垂綸在林野，交情遠市朝。澹然古懷心，濠上豈伊遙。㉓

詩人遠俗幽居，更敏於時序之變。遠觀秋風拂掃，疏林曳搖，浮雲屯嶺，虛實相生；近看庭林露生，密葉漸凋，菌落松茂，榮枯異質。節候既變，景物亦遷，俗人多慮，哀人多感，悲喜亦油然而生。唯有心遠市朝，淡處林野，才能虛心靜慮，通道體玄，情契萬

---

⑳ 《南齊書·卷五十四·高逸傳》。見梁·蕭子顯撰《南齊書》，北京：中華書局，1997 年 3 月第 7 次印刷，頁 925。

㉑ 見清·嚴可均編、陳延嘉等校點《全上古三代秦漢三國六朝文》，第四冊，頁 238。

㉒ 孫綽〈遂初賦〉。見清·嚴可均編、陳延嘉等校點《全上古三代秦漢三國六朝文》，第四冊，頁 634。

㉓ 見逯欽立輯校《先秦漢魏晉南北朝詩》，頁 901。

物而歡喜自在。

　　謝安早年放情丘壑，東山逸隱，及為台輔，寄心山水林園之志猶存，觀其所作〈與王胡之〉一詩：「觸地舞雩，遇流濠梁。投綸同詠，褰裳俱翔。朝樂朗日，嘯歌丘林。夕玩望舒，入室鳴琴。」❷❽❹欲效孔子舞雩、莊子濠梁之逍遙樂遊，白日嘯歌丘林，鳥獸同處，星夜庭中玩月，靜室鳴琴，怡然閑處，一派灑脫。王胡之亦常遺世務，高尚其志，既樂林澤遊❷❽❺，又好蓬廬居之人。觀其〈贈庾翼詩〉八章其八：

　　　　迴駕蓬廬，獨遊偶影。陵風行歌，肆目崇嶺。高丘隱天，長
　　　　湖萬頃。可以垂綸，可以嘯詠。取諸胸懷，寄之匠郢。❷❽❻

詩人潛隱遁居，離俗獨遊，迎風行歌，肆目遠眺，崇嶺高聳入天，長湖遼闊無垠，天地清曠，心胸亦隨之壑然開朗，垂釣嘯詠，與世無爭，遯世無悶。至於湛方生則以〈後齋詩〉表達解職歸田之愉悅心情：

　　　　解纓復褐，辭朝歸藪。門不容軒，宅不盈畝。茂草籠庭，滋
　　　　蘭拂牖。撫我子姪，攜我親友。茹彼園蔬，飲此春酒。開櫳
　　　　攸瞻，坐對川阜。心焉孰託，託心非有。素構易抱，玄根難

---

❷❽❹　見逯欽立輯校《先秦漢魏晉南北朝詩》，頁906。

❷❽❺　《世說新語・賞譽・125》載：「謝太傅稱王修齡：『司州可與林澤遊』。」
　　　（見同註❺❶，頁364）

❷❽❻　見逯欽立輯校《先秦漢魏晉南北朝詩》，頁886。

朽。即之匪遠，可以長久。㉘

詩人恢復平民身分，回歸故里，頗有如釋重負，身心俱暢之爽適自在。雖然「門不容軒，宅不盈畝」，家境並不富裕，但園木庭草萋萋可愛，親友子姪存問溫馨。蔬果親栽，春酒自醅，依時茹飲，更覺甘甜。遐時開窗遠覽，坐對川阜，千里景觀莫不盡收眼底，豁人心胸。重返園田，使人抱樸守一，無欲寡求，自然心靜意足，無時不樂。讀〈後齋詩〉，使人不禁聯想陶淵明所寫之〈歸園田居〉與〈歸去來兮辭〉㉘。

田園歸隱發展至陶淵明，可謂攀至頂峰。在其行旅詩中，已清楚表達歸田逸隱之志。義熙元年（405），淵明辭去彭澤令，終結仕途，長歸園田，躬耕以終。由〈辭去來兮辭〉可見回歸時之載欣載奔，與回歸後之悠閑暢適。在〈歸園田居〉中，淵明以「方宅十餘畝，草屋八九間。榆柳蔭後園，桃李羅堂前。曖曖遠人村，依依墟里煙。狗吠深巷中，雞鳴桑樹顛」㉘描繪宅院實景與鄉村風光，純樸中帶有親切，寧靜生活更令人身心俱適。而〈飲酒〉二十首其五曰：「採菊東籬下，悠然見南山。山氣日夕佳，飛鳥相與還。此中有真意，欲辯已忘言」㉚，詩人自得於東籬採菊，南山在望，夕日照山，飛鳥還巢之樂，充分表達心遠塵世，物我兩忘之意淡神

㉘　見逯欽立輯校《先秦漢魏晉南北朝詩》，頁943。

㉘　徐公持對兩者之相似處有進一步比對與分析，見氏著《魏晉文學史》，北京：人民文學出版社，1999年9月第一版，頁553－554。

㉘　見逯欽立輯校《先秦漢魏晉南北朝詩》，頁991。

㉚　見逯欽立輯校《先秦漢魏晉南北朝詩》，頁998。

遠。雖然，隨著生計漸趨窘迫，詩人亦飽嚐凍餒之苦、乞食之哀，但詩人依舊安貧樂道，委運任化，守拙不悔，而成為歸田逸隱之不朽典範。

謝靈運更是縱跡山水，寄情隱逸，幽居莊園，以消餘年。在〈從遊京口北固應詔〉中，詩人發春渚、登山椒，見「遠巖映蘭薄，白日麗江皋。原隰荑綠柳，墟囿散紅桃」之爛漫春景，秀麗風光，有感而發，乃以「工拙各所宜，終以返林巢」❷吟詠歸思。而〈遊南亭〉中，則因美景寓目而感物傷逝，自覺青春易老，衰疾忽至，遂言：「逝將候秋水，息影偃舊崖」❷，欲退居舊日山林，以閑度餘生。靈運果真辭去永嘉太守，修營別業，以盡幽居之樂。〈山居賦〉中對其規模、景觀與逸遊清趣皆予以詳說細寫，實為魏晉以來，名士閑隱，莊園肥遯畫下美麗句點。

第六節　遠引遊仙之想

人生一世，常因環境之拘執迫阨，年命之凋朽無常而興發遊仙思想，企圖藉由輕舉遠遊、採服成仙以擺脫世俗羈絆，超越有限人生，獲致精神自由與肉體永固。魏晉文士目睹政局動盪、災劫頻生之現狀，既痛社會失序，亦憂性命難永，面對時空交迫，卻感無力迴天，遂生高飛遠舉、仙境棲遊之思，以期紓解現實苦悶，尋求身心解脫。早期遐舉仙遊，自以天界、崑崙、蓬萊等紫虛幻境為終極

---

❷　見逯欽立輯校《先秦漢魏晉南北朝詩》，頁 1158。
❷　見逯欽立輯校《先秦漢魏晉南北朝詩》，頁 1161。

目標，祈求仙真賜藥以羽化長生；然依東漢劉熙《釋名》所言：
「仙，遷也，遷入山也。」可知仙人除舉形升虛，遊於天庭外，亦
常隱居深山老林。而魏晉以來，道教興盛，不但入山修道、採煉服
食以盼輕舉成仙者日益增多，還發展出「遊於名山」之「地仙」觀
念❷❸。緣此，仙境翱遊漸從神話幻設之東海三島、西極崑崙轉入人
間名山，而尸解、得道成仙者既免除現實紛擾與死亡危機，又逍遙
於各處洞天福地，實與離俗養真、林泉幽棲之隱者無什差異。在魏
晉紀遊作品中，既逐步呈現士人從神遊幻境至仙隱山林之變化歷
程，也真實反映彼等憤世遠遊、避世逍遙與超世飛升之內在渴望。

　　曹操雄才大略，志向高遠，在戡平北方後，又南下伐吳，意欲
統一天下，不料赤壁一戰，功敗垂成。面對年歲日增，衰朽將至，
儘管自稱「老驥伏櫪，志在千里」❷❹，豪氣不減當年，但猶恐時不
我與，大業難成，曹操雖對神靈之說未必盡信，但仍發出遠遊尋仙
以增壽延齡之詠。他在〈氣出倡〉中高唱：「駕六龍乘風而行，行
四海外路。下之八邦，歷登高山。臨谿谷，乘雲而行。」❷❺意欲乘
風御龍，翱遊四海，登山臨谷，尋仙訪神。於是向東而行，經泰
山，抵蓬萊，入天門，受靈藥；向西而行，歷華陰，遊君山，至崑

---

❷❸　葛洪《抱朴子內篇・論仙》曰：「上士舉形升虛，謂之天仙。中士遊於名
　　山，謂之地仙。下士先死後蛻，謂之尸解仙。」（見李中華《新譯抱朴子》
　　上，台北：三民書局，民國 85 年 4 月初版，頁 45）〈金丹〉亦云：「上士
　　得道，升為天官；中士得道，棲集崑崙；下士得道，長生世間。」（頁
　　100）

❷❹　曹操〈步出夏門行〉。見逯欽立輯校《先秦漢魏晉南北朝詩》，頁 354。

❷❺　見逯欽立輯校《先秦漢魏晉南北朝詩》，頁 345。

崙，見王母，一遂訪仙求藥，延年長生之想。〈陌上桑〉中亦云：

> 駕虹蜺，乘赤雲。登彼九疑歷玉門。濟天漢，至崑崙，見西
> 王母，謁東君。交赤松，及羨門，受要祕道愛精神。食芝
> 英，飲醴泉，拄杖桂枝佩秋蘭。絕人事，遊渾元。若疾風遊
> 欻飄翩。景未移，行數千。壽如南山不忘愆。⑳

詩人駕虹乘雲，飄然遐舉，先登九疑山，再歷玉門關，繼而飛渡銀
河，終抵崑崙仙鄉。既拜謁王母、東君，又交遊赤松、羨門，領受
祕道，養精存神。翱遊仙境中，飢食芝英，渴飲醴泉，桂枝為杖，
秋蘭為佩，遠離俗務，心情暢適；兼以身輕體盈，迅移如風，太虛
往返，千里一瞬，瀟灑自在，無限愜意。唯詩末猶稱「壽如南山不
忘愆」，流露壯志未酬，不忘塵世之激越情懷。

　　由於曹操一方面以「思想崑崙居」，「志意在蓬萊」⑳，表達
慕仙之意，一方面又藉「名山歷觀，遨遊八極，枕石漱流。飲泉沈
吟不決，遂上升天」⑳，說明神仙生活雖超塵無拘，但因志業未
遂，不甘就此隨仙遠逝，宣吐世情難盡之懷，時欲飛升遐舉，時欲
滯留人間，矛盾心情使遊仙內容增添了詠懷色彩。此外，儘管遠遊
目標在崑崙、蓬萊，但詩人從未一舉飛升，直抵仙界，總是先歷人
間名山，如〈氣出倡〉之泰山、華陰山、君山，〈陌上桑〉之九疑

---

⑳　見逯欽立輯校《先秦漢魏晉南北朝詩》，頁348。
⑳　曹操〈精列〉。見逯欽立輯校《先秦漢魏晉南北朝詩》，頁346。
⑳　曹操〈秋胡行〉。見逯欽立輯校《先秦漢魏晉南北朝詩》，頁350。

山，〈秋胡行〉之散關山與泰華山；再經玉女通報，仙真導引，而後登天入境。此一「二重仙境」法，既增加遠遊過程之迂迴性，又將人間名山與飄渺仙境緊密結合，為日後仙境人間化鋪好演進台階❷。至於置身其間，或枕石漱流，食芝飲泉，或翺遊八極，心閑神暢，已略見仙隱合流之勢。

曹植「生乎亂，長乎軍」❸，親眼目睹「白骨蔽平原」，「千里無雞鳴」之社會慘況；建安二十二年（217），一場瘟疫又令好友徐幹、陳琳、應瑒、劉楨先後殞滅，在一連串死亡陰影籠罩下，他對人生無常，年命短促已深有感慨。曹丕即位後，曹植屢遭猜忌疏離，既飽嚐不遇之苦，又深恐迫害將至，面對環境摧折與死亡恐懼，曹植欲藉飄然遠舉、肆遊玄都以安頓苦悶靈魂。其〈遊仙詩〉云：

> 人生不滿百，戚戚少歡娛。意欲奮六翮，排霧陵紫虛。蟬蛻同松喬，翻跡登鼎湖。翱翔九天上，騁轡遠行遊。東觀扶桑曜，西臨弱水流。北極登玄渚，南翔陟丹邱。❹

前段慨言人生苦短，現實世界又多愁少歡，遂欲忘棄人間，騰躍紫虛，如松、喬、黃帝一般離塵飛升，遠遊九天。後段敘寫東觀扶桑，西瞰弱水，北登沙洲，南陟丹邱，四方行覽，天地翱翔。曹植

---

❷　參見張鈞莉《六朝遊仙詩研究》，頁 152。

❸　曹植〈陳審舉表〉。見曹海東注譯《新譯曹子建集》，台北：三民書局，2003 年 10 月初版 1 刷，頁 404。

❹　見逯欽立輯校《先秦漢魏晉南北朝詩》，頁 456。

有意透過仙界遼闊，無所拘執，方位迅移，自在隨心，以突破人生困窘與世間侷促；並藉由開拓心靈世界，馳騁於想像天堂，來擺脫現實束縛與胸中苦悶。觀其〈五遊詠〉，開篇即謂：「九州不足步，願得凌雲翔。逍遙八紘外，遊目歷遐荒」(302)，同樣宣告真實世界已顛躓難行，才迫使他高蹈玄虛，神遊幻境，以抽離現實換得短暫快適。而〈遠遊篇〉亦在「遠遊臨四海，俯仰觀洪波。大魚若曲陵，承浪相經過。靈鼇戴方丈，神嶽儼嵯峨。仙人翔其隅，玉女戲其阿。瓊蕊可療飢，仰首吸朝霞」(303)中，感受超俗遐舉，仙境靈妙，餌玉餐霞，長生無憂之歡，進而高詠「崑崙本吾宅，中州非我家」。至於〈升天行〉二首其一則如此描繪蓬萊仙景：「靈液飛素波，蘭桂上參天。玄豹遊其下，翔鶤戲其巔」(304)，透過懸瀑、豹鶤之飛騰躍動，與山林空間之曠闊高遠，刻意營造一處歡快無礙、自由無拘之生存環境，以突出「四海一何局，九州安所如」(305)之窘迫現實。

曹植八紘遠遊，仙鄉樂居，正是不滿現狀，又欲振乏力，遂思棄世離俗之無奈選擇，意在紓鬱遣悶，而非企求長生，因此，〈苦思行〉中，詩人與仙真、隱者同時俱現於域內名山，更顯得意味深遠：

綠蘿緣玉樹，光曜粲相暉。下有兩真人，舉翅翻高飛。我心

---

(302) 見逯欽立輯校《先秦漢魏晉南北朝詩》，頁 433。

(303) 見逯欽立輯校《先秦漢魏晉南北朝詩》，頁 434。

(304) 見逯欽立輯校《先秦漢魏晉南北朝詩》，頁 433。

(305) 曹植〈仙人篇〉。見逯欽立輯校《先秦漢魏晉南北朝詩》，頁 434。

何踴躍，思欲攀雲追。鬱鬱西岳巔，石室青蔥與天連，中有
耆年一隱士，鬚髮皆皓然。策杖從吾遊，教我要忘言。㊏

詩人見玉樹煥彩，仙境佳美，又有真人凌空騰翔，心生羨慕而思欲
追攀，唯凡軀俗體，實難企及，飛升仙跡。悵惘之際，忽見華山頂
峰有石室洞府，中有鬚髮皆白之耆年隱士，既邀我同遊清境，又贈
以澄懷守默，得意忘言之術。曹植坦言神人難追攀，隱士猶可親，
於是將飄緲仙境，轉置於現實名山，並藉「忘言」之說，暗喻人間
多憂苦，唯有棄世離俗，才能遺形得神，全真養壽，在山林幽隱中
體驗仙鄉居遊之樂。

由於司馬氏大誅異己，濫用名教，使嵇康絕意仕進，歸返自
然，投入老莊玄理以追求形神超脫，保持清淨自性。再者，嵇康亦
肯定神仙之說㊐，以為若養生得法，持之以恆，「庶可與羨門比
壽，王喬爭年，何為其無有哉？」㊑遂常入山采藥，以期服食延
齡。由此觀之，嵇康已將隱逸、養生、求仙三者聯結，展現不屑仕
進、遺世獨立、全真逍遙之人生理想，故仙遊幻境也逐漸現實化、
山林化㊒。先看〈五言詩〉三首其三：

㊏　見逯欽立輯校《先秦漢魏晉南北朝詩》，頁439。

㊐　嵇康〈養生論〉曰：「夫神仙雖不目見，然記籍所載，前文所傳，較而論
　　之，其必有矣。似特受異氣，稟之自然，非積學所能至也。至於導養得理，
　　以盡性命，上獲千餘歲，下可數百年，可有之耳。」（見清‧嚴可均編、陳
　　延嘉等校點《全上古三代秦漢三國六朝文》，第三冊，頁478）

㊑　嵇康〈養生論〉。見同上註，頁749。

㊒　可參閱張海明《玄妙之境》，長春：東北師範大學出版社，1998年5月第2
　　次印刷，頁198。另可參陳道貴《東晉詩歌論稿》，合肥：安徽教育出版

俗人不可親，松喬是可鄰。何為穢濁間，動搖增垢塵。慷慨
之遠遊，整駕俟良辰。輕舉翔區外，濯翼扶桑津。徘徊戲靈
岳，彈琴詠泰真。滄水澡五藏，變化忽若神。恆娥進妙藥，
毛羽翕光新。一縱發開陽，俯視當路人。哀哉世間人，何足
久託身。⑩

詩人不滿世間穢濁，俗人貪鄙，於是欲尋松喬，慷慨遠遊。神思既
動，身形輕舉，乃翱翔於扶桑，優遊於靈岳，彈琴歌詠，澡雪臟
腑，服食妙藥，蛻變一新。當他縱身飛升，逍遙天際，更覺塵世紛
擾之可厭，凡夫汲營之可哀。詩中既表達憤世嫉俗之情，也渴望擺
脫現實污穢，獲得人格獨立與精神自由。類似情懷亦見於〈贈秀才
入軍〉十八首其十六：「乘風高逝，遠登靈丘。託好松喬，攜手俱
遊。朝發太華，夕宿神州。彈琴詠詩，聊以忘憂。」⑪同樣欲藉離
塵棄世，友於松喬，長寄靈岳，彈琴詠詩，以求忘憂滌慮，怡志養
神。尤可注意者，嵇康詩中雖亦不乏翱翔區外、夕宿神州、松喬同
遊、恆娥進藥之幻遊色彩，但以「靈岳」、「靈丘」代替崑崙仙
山，更具人間情味；而琴書悅志，離俗遠憂，亦宛如恬靜寡欲、超
然自適之隱居生活。再觀其〈遊仙詩〉：

遙望山上松，隆谷鬱青蔥。自遇一何高，獨立迥無雙。願想

---

⑩　見逯欽立輯校《先秦漢魏晉南北朝詩》，頁 489。
⑪　見逯欽立輯校《先秦漢魏晉南北朝詩》，頁 483。

> 遊其下，蹊路絕不通。王喬棄我去，乘雲駕六龍。飄颻戲玄
> 圃，黃老路相逢。授我自然道，曠若發童蒙。採藥鍾山隅，
> 服食改姿容。蟬蛻棄穢累，結友家板桐。臨觴奏九韶，雅歌
> 何邕邕。長與俗人別，誰能睹其蹤。㉜

詩人遙望山松在隆冬季節依然青翠蒼鬱，傲然挺立，思欲登峰造
訪，悠遊尋仙，可惜路絕不通，心願難成。幸有王喬攜以遠遊懸
圃，黃老授以自然之道，於是詩人幡然得悟，避患鍾山，採藥服
食，修道養生，拋盡物累，結廬板桐。從此，無塵世憂患，無庸人
諂陷，興來則閒飲甘旨，雅奏樂歌，幽遊適志，懷抱自足。此詩發
句特以實際景物起興，中段雖揉入崑崙神話，但仍以翱遊山林，偶
遇異人之生活經歷為基礎，表達一種回歸自然，全性養生，超世無
拘，亦仙亦隱之理想境界。

《文心雕龍·明詩》云：「正始明道，詩雜仙心」㉝，可知老
莊之道與神仙思想在士人心中已漸趨混融，因此，仙隱界域漸泯，
詩中遂呈現一種超俗不羈、閑遊樂處之自由精神；而仙境也由虛轉
實，漸入人間山林。西晉以來，詩人對遊觀周覽，狀物賞景也更為
重視。如張華〈遊仙詩〉四首其三、四云：

> 乘雲去中夏，隨風濟江湘，靈靈陟高陵，遂升玉巒陽。雲娥

㉜ 見逯欽立輯校《先秦漢魏晉南北朝詩》，頁 488。其中「王喬棄我去」之
「棄」應為「异」，其義為「舉」也。
㉝ 見同註❶，頁 85。

薦瓊石，神妃侍衣裳。

遊仙迫西極，弱水隔流沙。雲榜鼓霧柂，飄忽陵飛波。**㉞**

前者言詩人乘雲隨風，翱翔至江湘流域，登臨於南方高陵，形跡所遊，已是輿圖所載之實地山水，而非傳說中之虛幻仙鄉。後者先以「弱水隔流沙」具體描繪地形變化，繼云：「雲榜鼓霧柂，飄忽陵飛波」，虛擬鼓柂行舟之姿，實表騰雲飛渡之速，生動刻畫遊歷過程與凌越快感。

　　鄒湛所作〈遊仙詩〉雖散佚不全，但觀其殘句：「潛穎隱九泉，女蘿緣高松」；「紫芝列紅敷，丹泉激陽瀆」**㉟**，不但所寫景致與自然山林無別，而且狀物細膩，設色鮮明，頗見棲遊暢覽之情。而張協〈遊仙詩〉則著力於仙鄉勝景：「崢嶸玄圃深，嵯峨天嶺峭。亭館籠雲構，脩梁流三曜。蘭葩蓋嶺披，清風綠隟嘯。」若不論「玄圃」、「天嶺」所顯現之虛幻色彩，則詩中所言，即為崇山崢嶸，高峰嵯峨，登臨其間，可見亭館雲聳，修梁光照，蘭葩覆嶺，清風拂嘯，必有隱者高臥，逸士清修。以此觀之，則山林風光猶如仙鄉勝景。於是，騷人墨客優遊陵峰，自然興發超塵慕仙之想。如棗據〈遊覽〉詩云：

　　矯足登雲閣，相伴步九華。徙倚憑高山，仰攀桂樹柯。延首

㉞　見逯欽立輯校《先秦漢魏晉南北朝詩》，頁 621。

㉟　見逯欽立輯校《先秦漢魏晉南北朝詩》，頁 626。

觀神州，迴睛盼曲阿。芳林挺修幹，一歲再三花。何以濟不
朽，嘘吸漱朝霞。重岩吐神溜，傾觴挹涌波。恢恢大道間，
人事足為多。㉖

詩人登雲閣，攀桂樹，直上九華峰頂。遠眺神州大地，周覽山中美
景，只見高林修挺，香蕊煥采，終年生機暢旺，花葉鮮明。置身其
中，餐霞吸露，漱水飲泉，遠離塵囂，擺脫世務，自能祛病除憂，
長生永壽。秉據一生奔波仕路，本有退處逍遙之嘆，如今優遊名
山，陶然勝境，更見飄飄欲仙之念。

至於何劭，乃因觀陵峰松柏而「悟物思遠托」，產生慕仙情
懷，遂作〈遊仙詩〉以寄遐想：

青青陵上松，亭亭高山柏。光色冬夏茂，根柢無凋落。吉士
懷貞心，悟物思遠托。揚志玄雲際，流目矚巖石。羨昔王子
喬，友道發伊洛。迢遞陵峻岳，連翩御飛鶴。抗跡遺萬里，
豈戀生民樂。長懷慕仙類，眇然心綿邈。㉗

詩人目睹松柏高挺，四季蒼鬱，根柢盤深而枝葉不凋，自覺胸懷暢
朗，志意堅貞者，亦當避世遠禍，全生養性，以抗衰朽無常。遂欲
振起高志，托身山林，仰望玄雲，流觀古巖，遺俗獨立，與世無
爭，如王子喬之修身養性而得道登仙。何劭見景興情，思託玄遠，

㉖ 見逯欽立輯校《先秦漢魏晉南北朝詩》，頁 589。
㉗ 見逯欽立輯校《先秦漢魏晉南北朝詩》，頁 649。

表達不戀世間名利，但願高飛遠引之仙遊意緒。

郭璞博學高識，又妙於陰陽曆算、卜筮方術。八王亂起，中原鼎沸，劉淵起兵進逼洛陽，郭璞遂於永嘉初年避居東南。過江後，既為王導器重，引為參軍；又因卜筮長才，見用於元帝；後以王敦愛其才術，取為記室參軍。兩晉之交，政局動蕩不安，朝野多熱衷神仙方術，郭璞雖以此道驕人，但「縉紳多笑之」**⑱**，又因出身寒素，才高位卑，每有不遇之嘆，而興發隱逸高情**⑲**。面對時日遷逝，年齒漸衰，更添無常悲慨而仙思連翩。緣此，郭璞常於詩中描繪山林訪隱、靈岳尋仙情景，表達棄世逍遙之志。如〈遊仙詩〉十九首其三：

> 翡翠戲蘭苕，容色更相鮮。綠蘿結高林，蒙籠蓋一山。中有冥寂士，靜嘯撫清絃。放情凌霄外，嚼蕊挹飛泉。赤松臨上游，駕鴻乘紫煙。左把浮丘袖，右拍洪崖肩。借問蜉蝣輩，寧知龜鶴年。**⑳**

前四句寫景，透過鳥戲花間，蘿攀高木，呈現山中之明麗可愛與清

---

⑱　《晉書·卷七十二·郭璞傳》。見同註**㉖**，頁 1899。

⑲　郭璞於〈答賈九州愁詩〉三章其三中自稱：「未若遺榮，悶情丘壑。逍遙永年，抽簪收髮。」（見逯欽立輯校《先秦漢魏晉南北朝詩》，頁 863）〈遊仙詩〉中亦屢言：「翹跡企潁陽，臨河思洗耳」；「長把當途人，去來山林客」；「嘯傲遺世羅，縱情在獨往」；「尋我青雲友，永與時人絕」（見同上，頁 865－867）。皆表達懷抱不申，希企隱逸之情。

⑳　見逯欽立輯校《先秦漢魏晉南北朝詩》，頁 865。

幽原始，並由此帶出冥寂士擇此閑隱，自能悠遊暢適，淡泊名利。
逸居其間，與世無爭，時而引吭長嘯，時而撫操清弦，飢則採食鮮
蕊，渴則斟飲流泉。縱情肆意，抗志塵表，交遊仙人，翱翔四海，
又豈是汲營於俗務，悽惶於名利者所能理解追攀。詩人以明麗色調
將山林彩繪成人間仙境，又刻意營造仙隱同遊景象，藉此區隔穢濁
塵世、傖鄙俗夫，寄託蔑視榮華、超然物外之思。再看其八、其
十：

> 暘谷吐靈曜，扶桑森千丈。朱霞升東山，朝日何晃朗。迴風
> 流曲櫺，幽室發逸響。悠然心永懷，眇爾自遐想。仰思舉雲
> 翼，延首矯玉掌。嘯傲遺世羅，縱情在獨往。明道雖若昧，
> 其中有妙象。希賢宜勵德，羨魚當結網。

> 璇台冠崑嶺，西海濱招搖。瓊林籠藻映，碧樹疏英翹。丹泉
> 漂朱沫，黑水鼓玄濤。尋仙萬餘日，今乃見子喬。振髮晞翠
> 霞，解褐禮絳霄。總轡臨少廣，盤虯舞雲軺。永偕帝鄉侶，
> 千齡共逍遙。㉑

前者從朝日初升，朱霞耀彩，迴風拂櫺，逸響隨生等自然物象落
筆，將虛幻仙境寫得具體可親，立體多變，從而引發仙心，增添遐
想。後者透過瓊林、碧樹、丹泉、朱沫、黑水、玄濤來營造金碧山
水之「艷逸」風格，使人欲常留帝鄉，永生逍遙。郭璞以徜徉山水

㉑　以上見逯欽立輯校《先秦漢魏晉南北朝詩》，頁 866。

之審美經驗來創造仙境，使其不再虛無飄渺，也更能達到紓憂解鬱，安頓身心之旨。

　　自正始以來，名士入山採藥，服食延年已頗為常見，如成公綏言：「西入華陰山，求得神芝草」❷郭璞亦謂：「採藥遊名山，將以救年頹」❸。庾闡也曾入九嶷，採仙藥，目睹山中奇景，感受靈氛妙氣而有超然出塵之思。〈採藥詩〉云：

> 採藥靈山嶧，結駕登九嶷。懸巖溜石髓，芳谷挺丹芝。泠泠雲珠落，漼漼石蜜滋。鮮景染冰顏，妙氣翼冥期。霞光煥藿靡，虹景照參差。椿壽自有極，槿花何用疑。❹

懸巖芳谷中，石髓雲珠涎滴而下，丹芝仙草挺生其間，陰陽交映，妙氣漫盈。又見霞光映照藿靡，虹影穿射幽林，光華流動，異采繽紛。詩人置身山中，如至仙鄉祕境，乃知超俗無憂，仙藥益壽，自然能擺脫時空拘執，像椿木一般長生不朽。而其十首〈遊仙詩〉中，亦常描寫登山陟嶺，採藥神遊之陶然快意：

> 神岳竦丹霄，玉堂臨雪嶺。上採瓊華樹，下挹瑤泉井。（其一）

❷　成公綏〈仙詩〉。見逯欽立輯校《先秦漢魏晉南北朝詩》，頁585。
❸　郭璞〈遊仙詩〉十九首其九。見逯欽立輯校《先秦漢魏晉南北朝詩》，頁866。
❹　見逯欽立輯校《先秦漢魏晉南北朝詩》，頁874。

> 朝嗽雲英玉藥，夕挹玉膏石髓。瑤台藻構霞綺，鱗裳羽蓋級
> 纚。（其八）

> 玉房石楹磊砢，燭龍銜輝吐火。朝採石英澗左，夕翳瓊葩巖
> 下。（其十）㉕

詩人多以兩句寫山中景致，兩句寫採遊動作。其中有高聳入雲之神
岳、雪嶺，有金碧輝煌之玉堂、瑤台，更有養生延齡之雲英、石
髓，以此烘托仙境炫麗，表達出塵之想。至於〈遊仙詩〉十首其
九：「玉樹標雲翠蔚，靈崖獨拔奇卉。芳津蘭塋珠隊，碧葉灌清鱗
萃」㉖，幾乎通篇是景，僅以「靈崖獨拔奇卉」渲深靈氛，點透仙
思，可見置身于靈谿佳山，掇丹黃、吸靈液，即可體驗仙遊妙趣，
何必脫離人世，八方遠尋！

魏晉士人或哀歲月易逝，生命無常；或悲仕途偃蹇，壯志難
伸；或求全生養性，遊心塵外；於是遠引尋仙，入山採藥，靈境逍
遙，五岳潛隱，以期增加生命長度，擺脫現實憂苦，維持人格獨
立，追求精神自由。唯仙鄉畢竟虛幻難至，人間山水可遊可居，因
此，仙隱漸趨合流，幽處山林，靜覽萬物，也自然興發凌雲之思。

㉕ 以上見逯欽立輯校《先秦漢魏晉南北朝詩》，頁 875。
㉖ 見逯欽立輯校《先秦漢魏晉南北朝詩》，頁 875。

第四章
魏晉山水紀遊詩文之表現技巧

　　宋·郭熙《林泉高致·山水訓》云：「山水有可行者，有可望者，有可遊者，有可居者。」❶魏晉士人或主動親近自然，或被動經山歷水，面對天地萬象，四時物色，「目既往還，心亦吐納」，流連沈吟之際，往往觸景生情，感物吟志，興發悲喜、哀樂意緒，體悟宇宙、人生至理，表達歸棲、遊仙思想。發為詩文，不但隨物宛轉，巧言切狀，而且辭以情發，志惟深遠，使觀文者得以瞻言見貌，披文入情，味之而不倦。本章即以行、覽、居、遊於山水之形式為經，寫景、抒情、言志、悟道之內容為緯，分由遊賞、憂嗟、悟理、行旅、隱逸、遊仙六種類別，評析作者之表現技巧。

第一節　遊賞類山水紀遊詩文之表現技巧

　　山水遊覽因人、因時、因地不同，則見聞思感亦有所差異，魏

---

❶　見沈子丞編《歷代論畫名著彙編》，台北：世界書局，民國73年5月再版，頁65。

晉既是文學自覺時代，名士又多深情敏感，因此，優遊園林，徜徉
山水之際，不但逸興遄發，性靈搖蕩，還能妙運神思，巧轉彩筆，
將心中所感，眼中所見，揮灑盡致，吟詠成章。建安時期，曹氏兄
弟常與鄴下文士暢遊池苑，賞景賦詩，留下許多佳篇名句。如曹丕
〈於芙蓉池作詩〉：

> 乘輦夜行遊，逍遙步西園。雙渠相溉灌，嘉木繞通川。卑枝
> 拂羽蓋，修條摩蒼天。驚風扶輪轂，飛鳥翔我前。丹霞夾明
> 月，華星出雲間。上天垂光彩，五色一何鮮。壽命非松喬，
> 誰能得神仙。遨遊快心意，保己終百年。❷

由篇章結構觀之，詩意分三層遞進。前段敘緣起，以開端兩句點出
遊覽主題，並於十字之中，交代出遊時間、地點、方式與態度，下
筆直接，用字精簡而意涵多元。中段則承接呼應，層次分明。詩人
先以雙渠通繞，嘉木參天，一長一高，一動一靜，寫出西園遼曠空
間與林水相映之整體美；又言風助車速，飛鳥在目，生動表達乘輦
暢行之快意；復以明月升騰，華星映耀之光彩流佈，呈現夜空燦爛
與夜景明麗，突顯獨特美感。詩人順風行輦，徜徉西園，任視線四
方遊移，遠觀近看，飽覽林水佳美與夜色奇炫，於是有感而發，進
入末段抒情寫志。雖然時光飄忽，年命苦短，使人常懷慕仙之想，
但松喬難覓，靈藥難求，不若暢遊山水，舒心怡神以自然延齡。綜

---

❷ 見逯欽立輯校《先秦漢魏晉南北朝詩》，台北：學海出版社，民國73年5月
初版，頁400。

觀全詩，以逍遙樂遊起，以暢然快意收，中段則具陳西園美景與觀覽雅趣，其中，歡愉情緒不但一脈貫注，前後相承，更在自然物色催化助興下，呈現加乘效果，可謂「情往似贈，興來如答」❸。緣此，讀者閱畢，亦覺詩中情景交融，物我密契。

　　再就練字而言，詩人婉轉取譬，妙用動詞，以托顯物態，營造意象，頗見鍛錘之功。如「卑枝拂羽蓋」之「拂」，「修條摩蒼天」之「摩」，「驚風扶輪轂」之「扶」，透過擬人手法，為「卑枝」、「修條」、「驚風」注入生命活力與情感特質，不但物態靈動傳神，意象亦鮮明可感。又如「丹霞夾明月」，用一「夾」字，既顯彤雲拱月之姿，又見丹霞望舒爭鋒之態，景象如畫，意趣盎然。王夫之謂曹丕此句，「直令後人鐫心腐毫，不能彷彿」❹。而「華星出雲間」，則以一「出」字，寫星芒透亮，閃爍雲層之狀，仰望一瞬，自是令人驚艷。劉勰曾謂：「富於萬篇，貧於一字」❺，今觀曹丕詩作，下字精巧，體物得神，故能意象飛動，境界全出，堪稱寫景名篇。

　　同樣夜遊西園，曹植、劉楨所寫〈公宴詩〉❻，與曹丕詩作互有異同。相同之處，在於篇章結構均採三段敘述：首段先寫緣起，中段紀遊寫景，末段抒發情志。相異之處，表現於開端點題，繁簡

---

❸　《文心雕龍·物色》。見王師更生《文心雕龍讀本》下篇，台北：文史哲出版社，民國 88 年 9 月初版 7 刷，頁 303。
❹　王夫之《薑齋詩話》。見丁仲祜編訂《清詩話》，台北：藝文印書館，民國 66 年 5 月再版，頁 24。
❺　《文心雕龍·練字》。見同註❸，頁 188。
❻　曹植、劉楨之〈公宴詩〉，已見於本書第三章，頁 135。

不一；觀景體物，角度亦殊；而模寫技巧，則各具特色。

　　先論首段敘寫方式。由於曹丕身為宴遊主人，故〈於芙蓉池作詩〉開端只以兩句述緣起，下筆簡潔，節奏明快。而〈公宴詩〉中，曹植地位特殊，既是陪客，又為曹丕手足，故以前兩句交代侍宴身分，後兩句直接切入夜遊主題，不作額外鋪陳。至於劉楨，純為侍宴之賓，為酬主人邀約熱情，乃於首段略事鋪陳，以烘托熱烈場面。六句之中，先以永日遊未央，玄夜復翱翔，爽語道出主客歡聚，遊興高昂之態，復藉「輦車飛」，「從者盈」，塑造鮮明意象，具體模寫歡快氣氛與從遊盛況。再看中段紀遊寫景部分。曹植先寫仰觀所見：「明月澄清影，列宿正參差」，遼闊天際，明月皎潔放光，繁星密布爭輝，靜中見動，動在靜中，不同於曹丕之光彩炫麗，動態流美。繼言俯察平望之景：「秋蘭被長阪，朱華冒綠池」，偶句駢儷，又重煉字。「被」字寫出秋蘭邐迆遍佈之繁茂景象，而「冒」字模擬芙蓉破水而出之態，更充滿生命力與動態美，寫物傳神，令人贊嘆，效法者亦眾❼。此二句妙在靜中取動，生機內蘊。至於「潛魚躍清波，好鳥鳴高枝」，前者由形及聲，後者因聲見形，形聲並出，意欲以動顯靜。至於「神飆接丹轂，輕輦隨風移」，運用擬人手法，與曹丕所言有異曲同工之妙，唯丕以「扶」字強調風力推送，使車行加速，倍增快感；而植以「接」字突顯車

---

❼　如范希文《對床夜話》指出，陸士衡「飛閣纓虹帶，層台冒雲冠」；潘安仁「川氣冒山嶺，驚湍激巖阿」；顏延年「松風遵路急，山煙冒壟生」；江文通「涼葉照沙嶼，秋華冒水潯」；謝靈運「蘋藻泛沈深，孤蒲冒清淺」，皆祖子建。參見王巍、李文祿主編《建安詩文鑒賞辭典》，長春：東北師範大學出版社，1994 年 4 月第一版，頁 214。

輦擺脫重量，輕盈似羽，迅疾如風。方東樹評曰：「『驚風』句，極寫人所道不出之景。子建衍之，更極詳盡」；「『神飆』二句，神到之句，沈雄」❸。至於劉楨，更以描畫園林麗致代替頌美腴詞。中段先由「月出照園中，珍木鬱蒼蒼」，拉出大全景，以下則順隨「清川」蜿蜒，依勢帶出石渠、流波、芙蓉、菡萏、靈鳥、仁獸、華館諸物，著意鋪陳水際風光。其中，「芙蓉散其華，菡萏溢金塘」，視覺意象豐美飽滿，又兼具荷香盈溢之嗅覺享受。「靈鳥宿水裔」，「仁獸遊飛梁」，一靜一動，對偶成趣。而華館傍水，不但風起涼生，休憩其間，周遭美景更可盡收眼底，充分展現園林居遊皆宜之暢然愜意。

　　時入西晉，張華、閭丘沖、阮脩皆曾伴君禊遊林苑，並賦詩描繪陽春佳節、清川勝景，與泛舟浮觴、流觀宴飲之暢。孫楚則與僚友隨王登樓賞景，山水同歡，清談共樂，且以〈登樓賦〉描繪眺覽所見與侍遊盛況。賦曰：

> 有都城之百雉，加層樓之五尋。從明王以登極，聊暇日以娛心。涇渭泊以阻邁，卉木鬱而成林。晞朝陽之素暉，羨綠竹之茂陰。望秦墳于驪山，睹八陵於北岑。青石連岡，終南嵯峨。鳴鳩拂羽於桑榆，游鳧濯翅於素波。牧豎吟嘯於阡陌，舟人鼓枻而揚歌。營巷基峙，列宅萬區。黎民布野，商旅充衢。杞柳綢繆，芙蓉吐芳，俯依青川，仰翳朱楊。體象蒙

---

❸　見清·方東樹《昭昧詹言》，台北：漢京文化公司，民國 74 年 9 月初版，頁 68、76。

氾，幽若扶桑。白日為之畫昏，鳥禽為之頡頏。百僚雲集，
促坐華台。嘉肴滿俎，旨酒盈杯。談三墳而詠五典，釋聖哲
之所裁。❾

開端四句，直陳題旨。先言都城百雉，樓高五尋，登臨遠矚，足可
飽覽山川秀色與市郊風光；進而表明侍君登極，正為遠觀近賞，以
達悅目娛心之意。中段二十四句，轉入寫景狀物。孫楚以「渭
水」、「涇水」、「驪山」、「終南」，點出西、北、東、南四大
方位，並由此建構一遼闊而立體之山水空間。「秦墳」、「八陵」
則以歷史遺跡喚起時間意識，而前塵舊事、今古名人即成君臣品評
之談資。在此時空中，作者先以宏觀角度，描繪「卉木成林」、
「青石連岡」之大塊風物，再進行微觀細察，以「朝陽素暉」、
「綠竹茂陰」之陰陽相映，寫出光影變化；藉「鳴鳩拂羽」、「游
鳧濯翅」之靈動活潑，點綴自然生機。同時，又穿插「牧豎吟
嘯」、「舟人揚歌」、「黎民布野」、「商旅充衢」之民生動態，
以呈現歡快氣氛與富庶榮景。而將青川麗境喻為「蒙氾」、「扶
桑」，更刻意突顯其欲界仙都之超凡特質。如此手法，既鋪陳江山
遼闊與多嬌，又敘寫百工樂業，民生殷富，實為迎合君王心態與欣
賞品味。末段六句，則以百僚雲集，肴酒佐歡，引經論典，清談助
興，著意呈現宴遊盛況與昇平景象。相較之下，王粲、棗據因離鄉

---

❾　見清·嚴可均編、陳延嘉等校點《全上古三代秦漢三國六朝文》（全十
　　冊），石家莊：河北教育出版社，1997 年 10 月第一版，第四冊，頁 621。

遠宦，愁思縈懷，所作〈登樓賦〉，往往緣景興情，抒憂寫志❿；而孫楚既從王侍遊，故重與君同樂，是以個人情志與當下思感，則隱而未見。

　　不同於公家侍宴，林苑馳遊，潘岳受邀至金谷園，既為王詡送行，又與石崇話別，面對池沼勝境，林水優美，胸中悲歡交揉，其〈金谷集詩〉⓫，首段六句，即以親友即將各自遠行，點出離別主題，使賓主攜手共遊之樂，亦蒙上幽微傷感。中段由「朝發晉京陽」至「簫管悲且清」，則敘遊寫景。眾人夕至金谷園，隨著腳步挪移，園中美景亦映入眼際，唯周遭風物既為當下所見態勢，亦已揉和情感色彩。如「迴谿縈曲阻，峻阪路威夷」，谿迴路彎雖是眼前實境，但「曲阻」、「威夷」誠乃主觀感受，似寓前程曲折遙阻，別後相見不易之意⓬。「綠池泛淡淡，青柳何依依」，一片雅境清幽，卻又微波暗生，然而幡動、風動，無非形式，究其根柢，猶在心搖意蕩，緣此，淡淡輕泛、依依牽惹者，豈止是池水、青柳，恐還包括詩人之離思別緒。既見「濫泉龍鱗瀾，激波連珠揮」，詩人亦與物宛轉，隨湧泉激波而澎湃昂揚。唯升高必下，強極趨緩，故「前庭」四句，轉為客觀描述，連貫而出，既美園林寬廣，植栽繁茂，又藉縱目遊覽以緩和情緒，淡化傷感。然而，隨著華沼、隆坻之熱烈酣飲，笙歌不斷，抑隱情緒再度被撩撥召喚，既

---

❿　有關王粲、袁據〈登樓賦〉之評賞析論，請參見本章第二節。

⓫　潘岳〈金谷集序〉已見於本書第三章，頁 144。

⓬　西晉名士大都難逃政治鬥爭漩渦，賈后當權時，潘岳與石崇曾諂事賈謐；趙王倫當政後，被孫秀誣為「謀奉淮南王允、齊王冏為亂」（《晉書・卷五十五・潘岳傳》），同時被殺。距此會聚僅四年。

聞鼓聲激徹，簫管清悲，則樂極哀至，意動情生，轉為抒懷寫志。
末段四句，詩人由感生悟，遂以「春榮誰不慕，歲寒良獨希」為
喻，表達人生無常，聚散難免，不如把握良辰，惜取美景，及時行
樂之意，並豁然面對眼前別離，期待來日再聚。潘岳此詩，既明寫
遊園賞景之樂，又內蘊離愁哀思，情感表達抑揚曲折，時淡時濃，
亦放亦收，有別於盡興歡暢，一貫到底之西園樂遊。

　　劉勰云：「登山則情滿於山，觀海則意溢於海」⓭，文人雅士
悠遊於崇峰密林，江潭河海，行履所至，縱目所觀，無不心搖意
蕩，情思翻騰，吟詠之際，「物以貌求，心以理應」⓮，則吐納成
篇，亦必盡態極妍，情志畢顯。以觀水作品而言，曹操〈觀滄海〉
⓯先由水域、山島之相互輝映，營造遼闊空間與雄渾氣勢；再敘島
上草木，以見鬱勃生機；繼而又藉風起、波湧之強烈動勢，打破原
有平和與寧靜，展現海象變幻之神祕莫測。郭熙曾謂：「真山水之
川谷，遠望之以取其勢，近看之以取其質」⓰，曹操正以宏觀角度
切入，傳神模寫滄海之雄奇壯闊，因此詩末嘆言，日月星漢如出其
間，不但巧喻大海之浩瀚磅礴，也具現胸中之宏志偉魄⓱。至於曹

⓭　《文心雕龍・神思》。見同註❸，頁 4。

⓮　見同上註。

⓯　見逯欽立輯校《先秦漢魏晉南北朝詩》，頁 353。

⓰　《林泉高致・山水訓》。見同註❶，頁 67。

⓱　袁行霈先生指出：「〈觀滄海〉只是淡淡幾筆，就準確生動地勾勒出大海的
　　形象，單純而不單調，豐富而不瑣細。……借景抒情，把眼前的實景、自己
　　的想像以及個人的雄心壯志這三者很巧妙地交融在一起，寫得十分雄壯。」
　　見余冠英主編《中國古代山水詩鑑賞辭典》，台北：新地文學出版社，1991
　　年 9 月初版，頁 1—3。

丕〈滄海賦〉、王粲〈遊海賦〉，則以近觀細察突顯滄海之神威與妙藏。如曹丕云：「驚濤暴駭，騰涌澎湃。鏗訇隱鄰，涌沸凌邁。于是黿鼉漸離，泛濫淫游。鴻鸞孔鵠，哀鳴相求」⓮，藉由驚濤暴起，轟聲震天，黿鼉奔游，飛鳥哀鳴之狀，繪形繪聲，以寫怒海狂潮之威。王粲則曰：「鳥則爰居孔鵠，翡翠鸕鶄，繽紛往來，沈浮翱翔。魚則橫尾曲頭，方目偃額。大者若丘陵，小者重鈞石。乃有蕡蛟大貝，明月夜光，蠵龜玳瑁，金質黑章。若夫長洲別島，旗布星峙。高或萬尋，近或千里。蘭桂蔟乎其上，珊瑚周乎其趾。群犀代角，巨象解齒，黃金碧玉，名不可紀。」⓯將空中翔禽，深海魚貝，海上洲島，及各式珍寶，逐一鋪陳，侈言誇飾，極盡滄海之神奇與宏富。而賦中更云：「苟吐納之弘量，正宗廟之紀綱。總眾流而臣下，為百谷之君王。」以大海包容比君主弘量，以百川匯海喻百官朝王，比附貼切，形象鮮明，既頌美魏王盛德，又寓托用世渴望。

　　至於應瑒〈靈河賦〉，因觀覽對象不同，表現方式又別有特色。賦中強調黃河之淵遠流長：「咨靈川之遐原兮，於崑崙之神丘。凌層城之陰隅兮，賴后土之潛流。銜積石之重險兮，披山麓而溢浮。躔龍黃而南邁兮，紆鴻體而因流。涉津洛之阪泉兮，播九道乎中州。汾潰湧而騰驚兮，恆霅霅而徂征。肇乘高而迅逝兮，陽侯

⓮　見清·嚴可均編、陳延嘉等校點《全上古三代秦漢三國六朝文》，第三冊，頁42。

⓯　見清·嚴可均編、陳延嘉等校點《全上古三代秦漢三國六朝文》，第二冊，頁838。

怖而震驚。」❷先以黃河源出崑崙神丘顯其不凡，繼言流勢浩壯，穿山越阻，如龍翻騰，滔滔南邁，隨勢迂迴，歷津洛、至阪泉而派分九流，一路突撞奔流，氣勢懾人，連濤神陽侯亦為之惶怖震驚。隨後又順勢鋪陳黃河決口，漢武帝沈馬投璧，並使群臣負薪填河一事，以史實烘托流勢激猛。然而，應瑒亦不忘描繪兩岸風光：「若夫長杉峻檟，茂栝芬櫨，扶流灌列，映水蔭防。隆條動而暢清風，白日顯而曜殊光」，黃河兩岸，樹繁葉茂，風動枝搖，光照影耀，清幽雅景與滾滾流水，一靜一動，一柔一剛，異態駢列，相映成趣。至於水面上，則有「龍艘白鯉，越艇蜀舲，泝游覆水，帆舵如林」，船行往返，熱鬧非凡，除了點染景觀，豐富畫面外，更突顯黃河在航運交通、民生經濟之重要性，別具意義。

藝術創作在累積前人經驗，吸收各家優點後，勢必後出轉精，青勝於藍。觀海覽水之作，在前賢推波助瀾下，不斷納故吐新，至木華〈海賦〉、郭璞〈江賦〉，終集大成而臻至頂峰。先觀木華〈海賦〉：

> 昔在帝嬀，巨唐之代，天綱浡潏，為凋為瘵。洪濤瀾汗，萬里無際，長波淰澹，迤涎八裔。於是乎禹也，乃鏟臨崖之阜陸，決陂潢而相沃，啟龍門之岠嶮，墾陵巒而嶄鑿。群山既略，百川潚漭。泱漭澹泞，騰波赴勢。江河既導，萬穴俱流。掎拔五嶽，竭涸九州。瀝滴滲淫，薈蔚雲霧，涓流泆

❷ 見清·嚴可均編、陳延嘉等校點《全上古三代秦漢三國六朝文》，第二冊，頁393。

瀁，莫不來注。於廓靈海，長為委翰。其為廣也，其為怪
也，宜其為大也。爾其為狀也，則乃浟湙瀲灩，浮天無岸，
沖瀜沉瀁，渺瀰湠漫。波如連山，乍合乍散。噓吸百川，洗
滌淮漢，裹陵廣舄，瀰漭浩汗。若乃大明擥轡於金樞之穴，
翔陽逸駭於扶桑之津，影沙礜石，蕩颻島濱。於是鼓怒，溢
浪揚浮，更相觸搏，飛沫起濤。狀如天輪，膠戾而激轉，又
似地軸，挺拔而爭迴。岑嶺飛騰而反覆，五嶽鼓舞而相磓。
渭濆淪而滀漯，鬱沕迭而隆頹，盤猛激而成窟，峭㟶潹而為
魁。潤泊柏而地颲，磊匉匐而相豗。驚浪雷奔，駭水迸集，
開合解會，渹渹濎濎，葩華踧㳬，涓濘潗潗。若乃霾曀潛
銷，莫振莫竦，輕塵不飛，纖蘿不動，猶尚呀呷，餘波獨
湧，澎濞灒礚，硍磊山壟。爾其枝岐潭淪，渤蕩成汜，乖蠻
隔夷，迴互萬里。

若乃偏荒速告，王命急宣。飛駿鼓楫，汎海淩山。於是候勁
風，揭百尺，維長綃，掛帆席。望濤遠決，冏然鳥逝。鷸如
驚鳧之失侶，倏如六龍之所掣。一越三千，不終朝而濟所
屆。若其負穢臨深，虛誓愆祈，則有海童邀路，馬銜當蹊。
天吳乍見而彷彿，罔象暫曉而閃屍，群妖遘迕，眇睐冶夷。
決帆摧橦，戕風起惡。廓如靈變，惚怳幽暮。氣似天霄，靉
靆雲布，霮曇絕電，百色妖露，呵嗽掩鬱，曠睒無度。飛澇
相磢，激勢相沏。崩雲屑雨，浤浤汩汩。跳踔湛藻，沸潰渝
溢。灌渀濩渭，蕩雲沃日。於是舟人漁子，徂南極東，或屑
沒於黿鼉之穴，或掛胃於岑㟶之峰，或掣掣泄泄於裸人之
國，或泛泛悠悠於黑齒之邦。或乃萍流而浮轉，或因歸風以

·269·

自反，徒識觀怪之多駭，乃不悟所歷之近遠。

爾其為大量也：則南滄朱崖，北灑天墟，東演析木，西薄青徐。途經瀯溟，萬萬有餘。吐雲霓，含龍魚，隱鯤鱗，潛靈居，豈徒積太顛之寶貝，與隨侯之明珠！將世之所收者常聞，所未名者若無，且希世之所聞，惡審其名！故可仿像其色，鐫鑽其形。爾其水府之內，極深之庭，則有崇島巨鼇，峚峴孤亭，挈洪波，指太清，竭磐石，棲百靈。颺凱風而南逝，廣莫至而北征。其垠則有天琛水怪，鮫人之室，瑕石詭暉，鱗甲異質。若乃雲錦散文於沙汭之際，綾羅被光於螺蚌之節。繁采揚華，萬色隱鮮。陽冰不冶，陰火潛然。熹炭重燔，吹炯九泉，朱焰綠煙，腰眇蟬蜎。魚則橫海之鯨，突扤孤遊。戛巖嶅，偃高濤，茹鱗甲，吞龍舟。滄波則洪漣跋踦，吹潦則百川倒流。或乃蹭蹬窮波，陸死鹽田。巨鱗插雲，馨鬐刺天。顱骨成嶽，流膏為淵。若乃巖坻之隈，沙石之嶔。毛翼產㲉，剖卵成禽。鳧雛離褷，鶴子淋滲，群飛侶浴，戲廣浮深，翔霧連軒，洩洩淫淫。翻動成雷，擾翰為林，更相叫嘯，詭色殊音。

若乃三光既清，天地融朗。不汜陽侯，乘蹻絕往。覿安期於蓬萊，見喬山之帝像。群仙縹渺，餐玉清涯。履阜鄉之留舄，被羽翮之襂纚。翔天沼，戲窮溟。甄有形於無欲，永悠悠以長生。且其為器也，包乾之奧，括坤之區。惟神是宅，亦祇是廬。何奇不有，何怪不儲！芒芒積流，含形內虛，曠哉坎德，卑以自居。弘往納來，以宗以都。品物類生，何有

何無！❷

在篇章結構上，先以大禹治水，百川歸海，表現傳奇背景與宏闊體勢。接著，對波濤變化、海上凶險，進行全方位、多角度之觀照與描繪，包括：大海鼓怒，餘波猶蕩之雄奇威猛；王命急宣，勁風鼓楫之疾行如飛；奸邪逃竄，巨浪折桅之恐怖譎詭；舟子漁夫，漂流遇難之哀慘淒絕。而後筆鋒一轉，著力鋪陳水底玉石，海中鱗貝，岸邊幼雛，天空翔鳥，營造大海之豐贍富饒；又言天光晴朗之日，依稀可見蓬萊神山，與眾仙嬉遊景象，幻設海外仙鄉之瑰奇色彩。篇末則收攏文意，抒發感想，頌贊大海納川積流，卑以自居，涵藏萬物，謙而能容，是以品物皆備，仙怪匯聚，由此呼應首段「其為廣也，其為怪也，宜其為大也」之題旨。

就修辭技巧而言，作者善用比喻、夸飾手法，生動描繪大海各式情態。如摹寫風生浪起，前移後推，則曰：「波如連山，乍合乍散」；欲表達波捲浪翻之驚人態勢，乃云：「狀如天輪，膠戾而激轉，又似地軸，挺拔而爭迴。岑嶺飛騰而反覆，五嶽鼓舞而相磓」，分取群峰相連、天地旋轉、五岳騰翻為喻，不但具體傳神，又因兼涵夸飾而添勢增威。而述及王命急宣，使者鼓楫揚帆，順風疾行，則曰：「望濤遠決，囧然鳥逝。鷸如驚鳧之失侶，儵如六龍之所掣。一越三千，不終朝而濟所屆。」先以翔鳥過目、驚鳧迅飛、六龍疾馳作比喻，復誇稱船行一日三千里，不終朝而京城已

---

❷　見清·嚴可均編、陳延嘉等校點《全上古三代秦漢三國六朝文》，第五冊，頁 1068－1069。

至，形象突出，又有效傳達舟行如飛之意。再如描繪海中巨鯨，稱其：「歃波則洪漣踧踖，吹澇則百川倒流。或乃蹭蹬窮波，陸死鹽田。巨鱗插雲，鬐鬛刺天。顱骨成嶽，流膏為淵」，以翱遊大海，有氣吞江海之勢；擱淺陸死，屍猶高聳接天，流脂成潭，極度誇寫巨鯨之龐然身軀，想像奇特，雖令人難以置信，卻又形象鮮明，效果畢現。此外，作者大量運用雙聲疊韻詞以營造特殊效果，如：「瀝滴」、「渺瀰」、「浩汗」、「澎濞」、「泱浡」、「潋灩」、「沆瀁」、「淡漫」，傳神表現海水深廣曠遠、波濤相連之貌。又巧用聯邊瑋字以呈現獨特氛圍，如敘及海妖水怪現形後興風作浪，於是：「飛澇相磢，激勢相沏。崩雲屑雨，浤浤汩汩。泜踔湛藻，沸潰渝溢。濆浡濩渭，蕩雲沃日」，大量聯用水部偏旁之字，呈現波濤洶湧，駭浪相激，以致船毀人亡之恐怖氣氛。而在句型安排上，作者亦常匠心獨運，如言舟人漁子驚遇風浪而四處漂撞：「或屑沒於鼅鼄之穴，或掛胃於岑峚之峰。或掣掣洩洩於裸人之國，或汎汎悠悠於黑齒之邦。或乃萍流而浮轉，或因歸風以自反」，兩兩對偶，又六句排比直下，不但筆力更加伸展，文句也格外雄勁。而且，多方設想船夫遭遇，駢植互襯，羅列而出，使結局變化萬狀，也喚起讀者不同情感。此外，因六句皆屬長句，造成文勢之舒徐悠長，與之前描寫浪高風急，情勢險惡所用四字句，一緩一促，正好形成強烈對比。

郭璞〈江賦〉與木華〈海賦〉並稱奇構，而篇幅更大，在內容與技巧表現上也更為豐富而鋪張。如賦一開始：

　　咨五才之並用，寔水德之靈長。惟岷山之導江，初發源乎濫

觴。聿經始於洛沫，攏萬川乎巴梁。衝巫峽以迅激，躋江津而起漲。極泓量而海運，狀滔天以淼茫。總括漢泗，兼包淮湘，并吞沅澧，汲引沮漳。源二分於岷峽，流九派乎潯陽。鼓洪濤於赤岸，淪餘波乎柴桑。綱絡群流，商榷涓澮。表神委於江都，混流宗而東會。注五湖以漫漭，灌三江而漰沛。滈汗六州之域，經營炎景之外。所以作限於華裔，壯天地之嶮介。呼吸萬里，吐納靈潮，自然往復，或夕或朝。激逸勢以前驅，乃鼓怒而作濤。峨嵋為泉陽之揭，玉壘作東別之標。衡霍磊落以連鎮，巫廬崛崒而比嶠。協靈通氣，瀆薄相陶，流風蒸雷，騰虹揚霄。出信陽而長邁，淙大壑與沃焦。㉒

先以五才之中，水德最為靈長起興，再寫長江源起岷山，沿途匯攏洛、沫、漢、泗、淮、湘、沅、澧、沮、漳諸水，流經益、樂、荊、江、揚、徐六州，至信陵之陽而長邁入海。前後共以四十四句詳述長江經行路徑，並以「總括」、「兼包」、「并吞」、「汲引」諸語，著意營造「綱絡群流，商榷涓澮」，「呼吸萬里，吐納靈潮」之雄偉氣勢，敘寫篇幅遠超同類作品。而賦中所列水生動物，高達五十八種，比起司馬相如在〈上林賦〉中列出十一類，已不可同日而語。聯邊瑋字之用，更勝木華〈海賦〉，在「巴東之峽」一段中，為形容「駭浪暴灑，驚波飛薄」，連用數十個帶水旁

㉒　見清‧嚴可均編、陳延嘉等校點《全上古三代秦漢三國六朝文》，第五冊，頁1224－1226。

之字,造成江濤紛至沓來,無窮無盡之視覺印象,比之漢賦,毫不遜色。然多用生僻文字,固可騁才炫奇,引人驚嘆,卻也容易滯澀文意,形成閱讀阻礙,可謂過猶不及。此外,作者亦充分發揮「博物」長才,在鋪陳江中奇物時,多擷自奇經異志,如「魚牛」、「虎蛟」、「鉤蛇」、「龍鯉」、「肺躍」、「水兒」,出自《山海經》;「海月」、「土肉」、「洪蚶」見於《臨海水土物志》,而「璅蛣」、「蜛蝫」則源於《南越志》。

至於巧言切狀,取譬誇飾,以窮形盡相,彩繪聲影者,亦俯拾可得。如:「鱗甲鏹錯,煥彩錦斑。揚鰭掉尾,奔浪飛噁。排流呼哈,隨波游延。或爆采以晃淵,或嚇鰓乎岩間。」前兩句寫游魚在陽光映照下,顯得鱗彩斑爛,耀眼奪目。後四句摹其活動姿態,始而揚鰭擺尾,噴浪弄沫,活力無限;繼而吞吐水流,隨波悠遊;終而休於靜淵,憩乎岩間,略顯疲態,作者彩筆一揮,游魚鮮活形象即躍動紙上。又如:「濯翮疏風,鼓翅翩翮。揮弄灑珠,拊拂瀑沫。集若霞布,散如雲豁。」形容水鳥抖動羽毛,展開翅膀,水滴飛甩之狀,如珍珠散落,懸瀑濺沫。作者不但生動捕捉瞬間動作,予以傳神描繪,又將水鳥集散之狀喻為「霞布」、「雲豁」,一顯羽色鮮麗,一示體態輕盈,讀之益覺物態盡出,意象優美。再如:「凌波縱柂,電往杳溟。矞如晨霞孤征,眇若雲翼絕嶺。倏忽數百,千里俄頃。飛廉無以睎其蹤,渠黃不能企其景。」描寫輕舟順流疾行,以晨霞孤征和雲翼絕嶺為喻,設想新奇,敷色鮮麗;而誇言連神獸飛廉、駿馬渠黃亦難見其影,難企其蹤,更顯舟行如箭,千里俄頃,令人心情暢適無比。

登臨遊目,雖可俯仰周覽,遠望無阻,但因樓台所限,無法在

陟嶺涉溪、移形換步中，親自體驗穿林捫水之趣，盡覽松石泉瀑之美。而涉江臨海，觀覽範疇集中於水域，作者或遠望，或船行，描寫角度與筆下景物皆受此框限，而自成一格，別具特色。至於入山林，遊郊野，步移則景換，駐足則靜觀，可行可憩，風物多變，文人墨客每於徘徊流連後，吟詠咀嚼，染翰成篇，巧繪山形水色，天光雲影，並暢敘遊觀情懷與感悟。盧山諸道人〈遊石門詩序〉可謂個中佳作：

> 石門在精舍南十餘里，一名障山，基連大嶺，體絕眾阜，闢三泉之會，並立而開流，傾巖玄映其上，蒙形表於自然，故因以為名。此雖盧山之一隅，實斯地之奇觀，皆傳之於舊俗，而未睹者眾，將由玄瀨險峻，人獸跡絕，逕迴曲阜，路阻行難，故罕經焉。
>
> 釋法師以隆安四年仲春之月，因詠山水，遂杖錫而遊。於時交徒同趣又三十餘人，咸拂衣晨征，悵然增興，雖林壑幽邃，而開塗競進，雖乘危履石，並以所悅為安。既至則援木尋葛，歷險窮崖，猿臂相引，僅乃造極。於是擁勝倚巖，詳觀其下，始知七嶺之美蘊奇於此。雙闕對峙其前，重巖映帶其後，巒阜周迴以為障，崇巖四營而開宇。其中則有石台石池，宮館之象，觸類之形，致可樂也。清泉分流而合注，淥淵鏡淨於天池。文石發彩，煥若披面，檉松芳草，蔚然光目，其為神麗，亦已備矣。斯日也，眾情奔悅，矚覽無厭，遊觀未久，而天氣屢變，霄霧塵集，則萬象隱形，流光迴照，則眾山倒影，開闔之際，狀有靈焉，而不可測也。乃其

　　將登，則翔禽拂翮，鳴猿屬響，歸雲迴駕，想羽人之來儀，
哀聲相和，若玄音之有寄，雖彷彿猶聞，而神以之暢，雖樂
不期歡，而欣以永日，當其沖豫自得，信有味焉，而未易言
也。退而尋之，夫崖谷之間，會物無主，應不以情而開興，
引人致深若此，豈不以虛明朗其照，閒邃篤其情耶，並三復
斯談，猶昧然未盡。

　　俄而太陽告夕，所存已往，乃悟幽人之玄覽，達恆物之大
情，其為神趣，豈山水而已哉。於是徘徊崇嶺，流目四矚，
九江如帶，丘阜成垤，因此而推，形有巨細，智亦宜然，乃
喟然嘆。宇宙雖遐，古今一契，靈鷲邈矣，荒途日隔，不有
哲人，風跡誰存，應深悟遠，慨焉長懷，各欣一遇之同歡，
感良辰之難再，情發於中，遂共詠之云爾。❷❸

　　文依起承轉合之勢，略分四段。首段介紹石門之地理形勢與名稱由
來。石門隸屬廬山脈系，風光秀麗自不待言，又兼山勢高聳，超拔
群峰，三泉匯聚，懸流成瀑，雙岩高聳，並立如門，故「雖廬山之
一隅，實斯地之奇觀」。但空有妙麗傳說，而未睹者眾，何哉？蓋
因「懸瀨險峻」，「徑迴路阻」，使獸跡都絕，人亦罕至。作者先
以此山「奇秀」，引動欲窺之心，又以山勢「險阻」，撩起攀登渴
望，一正一反，以退為進，可謂逆勢操作，出奇致勝。而「舊俗傳
說」與「人獸絕跡」相互映襯，更增石門神祕美感，極具煽點助燃
之效。

---

❷❸　　見逯欽立輯校《先秦漢魏晉南北朝詩》，頁 1085。

　　首段蓄勢已足，第二段寫山遊緣起、攀登情狀與縱目所觀。此行由高僧慧遠號召同好三十餘人前往，拂衣晨征，遊興甚濃。一路經行，縱使「林壑幽深」，「乘危履石」，眾人亦披荊斬棘，無憂無懼，只因性喜自然，樂遊山水。一臨石門，更見險峻，「援木尋葛」，「猿臂相引」，既言登陟艱困，險象環生之狀，亦寫同心協力，相互扶持之情。足履峰頂，則眼界大開，疲累盡除，作者以「擁勝倚岩，詳觀其下，始知七嶺之美，蘊奇於此」，言石門居高臨下，環顧四周，景觀一覽無遺，更令人嘆「美」稱「奇」，由此呼應前段所云：「實斯地之奇觀」，並開啟下文，詳述遊目所見。作者視線遊移，由前而後，由遠及近，由大至小，時而直視，時而周回；應目景物，則有雙闕高聳，巒阜環繞；石似台、池，岩若館閣；雙泉合注，天池如鏡；文石煥彩，檉松耀目。在此視覺空間中，山水景物既以點、線、面、塊各種型態，呈現宇宙風貌，又以形、勢、光、色不同變化，妝點大地容顏，觀之，令人贊嘆造化神功，體察自然妙麗，故文末乃稱：「其為神麗，亦已備矣」。

　　第三段，由天氣屢變，開闔無端而神思躍動，玄想入理。眾人遊觀之際，因白日出沒不定，所見亦迥然不同。有時「霄霧塵集，則萬象隱形」；忽而「流光迴照，則眾山倒影」，兩相對照，前者嵐氣氤氳，萬象朦朧，更添神祕色彩；後者陽光遍灑，水清景明，益顯媚麗風姿。作者親睹山水或濃妝，或淡抹，變幻莫測，彷若有靈；繼聽鳴猿厲響，又覺玄音有寄，神以之暢，而沖豫自得。回顧前文，作者曾謂：「石台石池，宮館之象，觸類之形，致可樂也」；「斯日也，眾情奔悅，矚覽無厭」；至此復曰：「雖樂不期歡，而欣以永日」，反覆陳述山水遊觀使人歡愉暢適。然則，山水

因何而美？遊者因何而樂？文中既稱山水「神麗已備」，又云「變化有靈」，則遊者既可觀山水之美形，亦當察山水之神靈。緣此，作者乃稱：「崖谷之間，會物無主，應不以情而開興，引人致深若此，豈不以虛明朗其照，閒邃篤其情耶」，直言遊者當以虛明之心、閒邃之情來朗照自然山水，直尋妙道，方能觀物之美，暢我之神。

末段，作者由玄入佛，並在感時傷逝中收束全文。當夕日將盡，眼前美景亦由明入暗，逐漸消失，一日山遊即將結束，然而暢悅之情猶未終止。緣此，作者既延續前悟，指出由形及神，玄覽物理，才能得其真趣，繞樑三月；並以登高遠望，「九江如帶，丘阜成垤，因此而推，形有巨細，智亦宜然」，表達智者觀物，立足高點，不落兩端，故能超越表相，洞照全景，徹悟本質，掌握至理。文中所謂「智者」，就「靈鷲邈矣，荒途日隔，不有哲人，風跡誰存」而言，乃指深悟佛理之人。然而佛道精深，智者難求，豈不令人慨嘆！今日之遊，雖體物有得，心神俱暢，然年命有數，良辰不再，幽幽情懷，托之詩文，與朋友共！文末或受魏晉時代風氣影響，轉入感時傷逝之嗟，所言「宇宙雖遒，古今一契」，「各欣一遇之同歡，感良辰之難再」，與王羲之〈蘭亭集序〉頗為類似，可見流風所披，餘韻猶存，雖釋迦門徒，亦同受薰染。

本文描述石門風景奇觀，遊人歷險窮崖，飽覽勝境心情，其中既有玄理佛道之悟，也有感時傷逝之嘆，結構完整，內容豐富。通篇以散文行之，辭氣流暢，但觀奇攬勝時亦多用偶句，如「基連大嶺，體絕眾阜」；「雙闕對峙其前，重巖映帶其後，巒阜周迴以為障，崇巖四營而開宇」；「霄霧塵集，則萬象隱形，流光迴照，則

眾山倒影」，「九江如帶，丘阜成垤」；「翔禽拂翮，鳴猿厲響」，有時正反對比，有時前後映襯，使地勢物候更明顯，自然形象更生動，而文采亦倍增優美精致，堪稱遊記佳篇。

論及魏晉山水紀遊大家，謝靈運堪稱巨擘，不但作品數量激增，在景物觀察、寫景技巧、情志抒發、物理玄悟上，都有獨特表現與精彩開拓。如〈於南山往北山經湖中瞻眺〉：

> 朝旦發陽崖，景落憩陰峰。舍舟眺迴渚，停策倚茂松。側徑既窈窕，環洲亦玲瓏。俯視喬木杪，仰聆大壑淙。石橫水分流，林密蹊絕蹤。解作竟何感，升長皆豐容。初篁苞綠籜，新蒲含紫茸。海鷗戲春岸，天雞弄和風。撫化心無厭，覽物眷彌重。不惜去人遠，但恨莫與同。孤遊非情歎，賞廢理誰通。❷❹

據〈山居賦〉❷❺所載，始寧墅「南北兩居，水通陸阻」，作者返往其間，須經大小巫湖，而兩湖「中隔一山」，故詩中所寫乃涉湖登山之所見所感。全詩可分三段。開端以四句點題，「陽崖」、「陰峰」寫地點，分指南山、北山兩處宅園，「朝旦發」而「景落憩」，則點明旅遊時間自晨至暮，以此呼應題目「於南山往北山」之意；「舍舟」二句補敘水陸兼行，登臨遠眺之行遊過程，又與詩

---

❷❹　見逯欽立輯校《先秦漢魏晉南北朝詩》，頁1172。

❷❺　見清・嚴可均編、陳延嘉等校點《全上古三代秦漢三國六朝文》，第六冊，頁299。

題「經湖中瞻眺」相契。中段十二句寫景狀物。前兩句寫回首遠眺，前景漸渺，故得「側徑窈窕」、「環洲玲瓏」之總體印象。繼言「俯視喬木杪，仰聆大壑淙」，喬木高聳，卻言俯身下視，水聲迴繞，則曰仰首細聆，可見居高處幽之顧盼愉悅，陶然忘我。而兩句之中，前為視覺，後為耳聞，有明有暗，亦實亦虛，聲色交映，動靜互襯，頗見經營之功。再往前，但見巨石橫壑，谿水分流，荒徑密林，唯我獨往。然山中雖幽寂無人，但造化運轉，生生不息，「解作」二句即引《周易·解卦》之言：「天地解而雷雨作，雷雨作而百果草木皆甲坼」，表達冬盡春臨，風和雨潤，萬物應時而長，莫不欣榮可觀。以下順勢帶出眼前所見動人春景：「初篁苞綠籜，新蒲含紫茸。海鷗戲春岸，天雞弄和風」，一片草木初萌，禽鳥樂嬉，生機蓬勃，萬物自得景象。詩人不但捻句成偶，且善運「苞」、「含」、「戲」、「弄」等動詞，巧描篁蒲新生，妙擬鷗雉戲耍，生動而傳神。而「綠籜」、「紫茸」，色彩澄鮮，「春岸」、「和風」，時序明朗，使人更覺春意盎然。末段六句寫觀物有感，又情理兼涵。「撫化」二句既有隨時順化之悟，也有眷懷山水之情，緣此思致，詩人更言，古人遠去誠屬自然生滅，無須惋惜，但好景獨賞，個中玄理妙趣乏人共享，方為可嘆。靈運常以周易、老、莊之說來闡玄論道，化憂解鬱，但亦常嘆賞心無人，知音不遇，孤高情懷常使詩末蒙上感傷色彩。

　　當然，山水之美也常召喚靈運主動尋幽，肆意遨遊，在詳觀物態，飽覽聲色，體玄悟理，怡情暢神中，俗累自解，哀感頓逝。對於觀察山水，寫景狀貌，詩人亦能「匠心獨造，少規往則，鉤深極

微，而漸近自然」❷。如〈從斤竹澗越嶺溪行〉：

> 猿鳴誠知曙，谷幽光未顯。岩下雲方合，花上露猶泫。逶迤
> 傍隈隩，迢遞陟陘峴。過澗既厲急，登棧亦陵緬。川渚屢逕
> 復，乘流翫回轉。蘋萍泛沉深，孤蒲冒清淺。企石挹飛泉，
> 攀林摘葉卷。想見山阿人，薜蘿若在眼。握蘭勤徒結，折麻
> 心莫展。情用賞為美，事昧竟誰辨。觀此遺物慮，一悟得所
> 遣。❷

開頭四句寫晨起出遊情景。前兩句言山谷幽深，林木蔽日，雖夜盡
晨至，而曙光未明，直至猿鳴入耳，方知天已破曉。起筆以聽覺代
替視覺，巧妙突顯林之密與山之靜。後兩句寫出門所見，岩下雲霧
方聚，花上清露猶存，詩人體物入微，巧繪晨景，尤其著一「泫」
字，擬露成淚，更顯幽谷芳卉之楚楚動人。中段既敘遊蹤，又兼寫
景。「逶迤」、「迢遞」形容山徑曲折，綿延不斷；詩人行遊其
間，時而「過澗」，時而「登棧」，水急山高，上下多艱，但依然
連番轉進，足不停歇，可見樂在其中，興致高昂。行至川渚，轉為
溪行，水邊風物，盡入眼際：蘋藻遍伏，但感水深難窺；孤蒲冒
挺，益覺清淺可探。詩人觀物寫景，亦實亦虛，意象經營既合生
態，又賦予想像空間。「企石」以下六句，由景及情，文意漸轉。

---

❷　清·沈德潛《說詩晬語·卷上》。見丁仲祜編訂《清詩話》，台北：藝文印
　　書館，民國 66 年 5 月再版，頁 652。
❷　見逯欽立輯校《先秦漢魏晉南北朝詩》，頁 1166。

「挹飛泉」、「擷葉卷」,既可視為詩人之攀翫活動,亦可視為詩人想像隱士幽居之汲採情態,在虛實互映,人我交疊下,「想見山阿人,薜蘿若在眼」,更是水到渠成,真切表達心中嚮往。然而,同好難覓,高士難尋,徒懷「握蘭」、「折麻」美意而莫展,令詩人怊悵生嘆。四句中屢援《楚辭》以為典,或有不遇知己,與屈原同悲之意。末段四句,由感轉悟。既然山容水態令人怡情悅目,縱使獨遊,亦無損自然妙麗,不減徜徉歡愉,何必深究幽人存否?只要樂賞其形,會通其神,自能滌除物慮,釋憂遣悶而悠然自得。緣此,李文初先生乃稱:「讀謝靈運山水詩的過程,實際上就是由『悶』到『賞』、『悟』的過程。」❷❸

魏晉以來,遊覽山水已成風尚,表現手法亦日益精進,謝靈運才高學富,不但總其大成,又力圖新變,「儷采百字之偶,爭價一字之奇,情必極貌以寫物,辭必窮力而追新」❷❾,巧言切狀,近於自然,是以「名章迴字,處處間起」❸⓿。如「初景革緒風,新陽改故陰。池塘生春草,園柳變鳴禽」❸❶,在敏銳觀察中,透過觸覺、視覺與聽覺各種感受,寫出物候轉變與季節更替,而「革」、「改」、「生」、「變」四字,更適以傳達變化過程,可謂妙筆巧

---

❷❸　見李文初《漢魏六朝文學研究・第一個全力刻畫山水之美的詩人──謝靈運》,廣州:廣東人民出版社,2000 年 6 月第一版,頁 367。

❷❾　《文心雕龍・明詩》。見王師更生《文心雕龍讀本》上篇,台北:文史哲出版社,民國 88 年 9 月初版 7 刷,頁 85。

❸⓿　鍾嶸《詩品》。見清・何文煥《歷代詩話》,台北:漢京出版公司,民國 72 年 1 月初版,頁 9。

❸❶　謝靈運〈登池上樓〉。見逯欽立輯校《先秦漢魏晉南北朝詩》,頁 1161。

運，卻又渾然天成，別具雋永意味。至於「林壑斂冥色，雲霞收夕霏。芰荷迭映蔚，蒲稗相因依」❸❷，既精確掌握山林暮色，夕陽餘輝之光影變化，又淋漓描繪湖邊芰荷、蒲稗搖曳依倚媚態；而兩者上下輝映，遠近交融，使黃昏意象更加生動柔美。餘如：「澗委水屢迷，林迴巖愈密」❸❸；「連部疊巇崿，青翠杳深沈」❸❹；「密林含餘清，遠峰隱半規」❸❺，皆體物入微，工於密附，妙造駢詞，巧運偶句，故能意態橫生，聲色盡出。此外，善用雙聲疊韻，如：「澹瀲結寒姿，團欒潤霜質」❸❻；「側徑既窈窕，環洲亦玲瓏」❸❼；「蘋萍泛沉深，孤蒲冒清淺」❸❽，則使音韻更增和諧悅耳。而大量用典，「合詩易聃周騷辯僊釋以成之」，「說山水則苞名理」❸❾，雖或玄味過濃，但亦增添內容深度，充分寄寓個人情思，體現時代精神。由此可知，謝靈運既綜攬前人創作經驗，又慧心獨具，

---

❸❷　謝靈運〈石壁精舍還湖中作〉。見逯欽立輯校《先秦漢魏晉南北朝詩》，頁1165。

❸❸　謝靈運〈登永嘉綠嶂山〉。見逯欽立輯校《先秦漢魏晉南北朝詩》，頁1162。

❸❹　謝靈運〈晚出西射堂〉。見逯欽立輯校《先秦漢魏晉南北朝詩》，頁1161。

❸❺　謝靈運〈遊南亭〉。見逯欽立輯校《先秦漢魏晉南北朝詩》，頁1161。

❸❻　謝靈運〈登永嘉綠嶂山〉。見逯欽立輯校《先秦漢魏晉南北朝詩》，頁1162。

❸❼　謝靈運〈於南山往北山經湖中瞻眺〉。見逯欽立輯校《先秦漢魏晉南北朝詩》，頁1172。

❸❽　謝靈運〈從斤竹澗越嶺溪行〉。見逯欽立輯校《先秦漢魏晉南北朝詩》，頁1166。

❸❾　見黃節《謝康樂詩註・序》，台北：藝文印書館，民國64年9月三版，頁2。

推陳出新，遂將體物技巧、表現手法發展至高峰，並廣為後人仿效。

第二節　憂嗟類山水紀遊詩文之表現技巧

歲月苦短，現實多艱，常使賢達憂嗟，英雄抱憾。尤其四方行遊、江山歷覽之際，面對節候推遷，物色變換，往往使人憂從中來，感慨繼生，是以瞻春榮而悲易逝，顧秋草而嘆遲暮。發為詩文，每多哀音喟語，既抒戀生惜時之思，亦表壯志難酬之戚。

漢末以來，政綱解體，戰禍頻生，才士俊彥飽受顛沛，閱盡滄桑，常懷濟危壯志，靖亂雄心，以求安民治世，立功垂名。陳琳任大將軍何進主簿時，曾力諫何進，善用京城力量，即可誅除宦官，不可徵召四方軍閥，以免大權旁落，事反難成。何進不聽，終為宦官所殺，董卓則乘勢而入，掌控朝政。爾後陳琳避難冀州，轉投袁紹麾下，為典文章；袁紹既敗，歸附曹營，操愛其才，書檄公文多委其手。陳琳智深才高，唯宦途中多以文學見重其主，政治長才似難獲伸；歸曹入鄴，已入中年，不免感嘆時興。〈遊覽詩〉二首其一云：「高會時不娛，羈客難為心」，已見漂泊寄寓、功業無成之慨；其二更曰：

> 節運時氣舒，秋風涼且清。閒居心不娛，駕言從友生。翱翔戲長流，逍遙登高城。東望看疇野，迴顧覽園庭。嘉木凋綠葉，芳草殲紅榮。騁哉日月逝，年命將西傾。建功不及時，鐘鼎何所銘。收念還寢房，慷慨詠墳經。庶幾及君在，立德

　　垂功名。**❹**

　　起首四句，先述節候之變與出遊緣起。時序入秋，炎暑已退，天高
氣爽，涼風習習，不但令人意愜神怡，更是出遊佳日。詩人既感
「閒居」無事，自有餘暇可以觀清景、賞卉木；又因壯志消磨，心
有「不娛」，遂應友人之邀，駕車從遊，以期散懷遣悶。四句之
中，前寫氣舒風涼，後言身閒意悵，正反相對，景樂情哀，為「駕
言出遊，以寫我憂」**❹**之詩歌主題定調。中間六句，寫出遊所見。
初始，詩人臨川戲水，登高四望，信步遊走，縱目流觀，亦覺「翱
翔」自在，暢適「逍遙」。然而，在遠眺疇野，迴顧園庭中，卻見
「嘉木凋綠葉，芳草殲紅榮」，綠殞紅落，青春凋零，秋景衰颯，
令人觸目驚心，而使前歡盡褪。以上六句，先云登高臨水之樂，繼
寫觀物覽景之悲，情緒轉折如波濤起伏，高低跌宕，牽人心目。末
段八句，因觀景有感而抒懷寫志。「騁哉」四句，由時節推移，卉
木枯蔽，引發日月急馳，人生易逝之嘆，所謂：「盛衰各有時，立
身苦不早」**❹**，浮生若夢，命促如露，不能及時立業，以酬壯志，
恐將年華虛度，鐘鼎無銘。詩人在景物催化下，幽幽道出功業無
著，暮年將至之悲，具體落實「閒居心不娛」之意。「收念」以
下，筆勢逆轉，哀情暫斂，詩人藉詠誦經典、上友古人以自寬自
勉，並期待有朝一日，可得明主重用，進而立德垂功，青史留名。

---

❹　見逯欽立輯校《先秦漢魏晉南北朝詩》，頁367。
❹　引自《詩經‧邶風‧泉水》。見王靜芝《詩經通釋》，台北：輔大文學院，
　　民國70年10月八版，頁108。
❹　〈古詩十九首〉其十一。見逯欽立輯校《先秦漢魏晉南北朝詩》，頁332。

綜觀全篇，由懷憂出遊，登臨遣悶始，繼而覽景興情，觸物生悲，末以抒發感嘆，自我期勉作收。詩人藉景舒懷，感物吟志，既表達高才閒置、歲月不待之戚，也抒發建功樹勳、立德垂名之想。

類似情懷亦可見於〈失題〉❸一詩，陳琳目見「春天潤九野，卉木渙油油。紅華紛曄曄，發秀曜中衢」之美好春景，卻引發胸中憤懣與愁思。遙想孔子聖德，猶奔走列國，遭厄陳蔡，沈淪眾庶之間，苦無用世良機；自己雖有高才壯志不得伸展而紆鬱傷懷，卻也高唱：「轗軻固宜然，卑陋何所羞」，遂欲效法聖哲，「研精於道腴」，試圖在經典美詞中，獲取精神慰藉與心靈寄托。詩中既以樂景寫哀情，又將弔古傷今融於一體，情感跌宕，一波三折，充分表達懷才不遇、建功無門之鬱勃不平與自我寬慰。

王粲出身名門，才學過人。年十四，遭逢董卓之亂，乃隨父徙居長安，蔡邕見而奇之，欲將書籍文章悉數贈與。卓亡，長安大亂，王粲遠赴荊州投靠劉表，但求壯志能伸，長才得展，孰料時逾一紀，劉表猶未委以要職，緣此，粲乃怏怏不樂，幽憤難平，欲藉登高四望以寬心釋悶，豈料憂思未解，鄉愁又生。所作〈登樓賦〉，即描述登臨眺覽之景，與遠望當歸之情：

> 登茲樓以四望兮，聊暇日以銷憂。覽斯宇之所處兮，實顯敞而寡仇。挾清漳之通浦兮，倚曲沮之長洲。背墳衍之廣陸兮，臨皋隰之沃流。北彌陶牧，西接昭丘，華實蔽野，黍稷盈疇。雖信美而非吾土兮，曾何足以少留。遭紛濁而遷逝

---

❸ 原詩見逯欽立輯校《先秦漢魏晉南北朝詩》，頁 368。

兮，漫踰紀以迄今。情眷眷而懷歸兮，孰憂思之可任！憑軒
檻以遙望兮，向北風而開襟。平原遠而極目兮，蔽荊山之高
岑。路逶迤而修迴兮，川既漾而濟深。悲舊鄉之壅隔兮，涕
橫墜而弗禁。昔尼父之在陳兮，有「歸歟」之嘆音。鍾儀幽
而楚奏兮，莊舄顯而越吟。人情同於懷土兮，豈窮達而異
心。惟日月之逾邁兮，俟河清其未極。冀王道之一平兮，假
高衢而騁力。懼匏瓜之徒懸兮，畏井渫之莫食。步棲遲以徙
倚兮，白日忽其將匿。風蕭瑟而并興兮，天慘慘而無色。獸
狂顧以求群兮，鳥相鳴而舉翼。原野闃其無人兮，征夫行而
未息。心悽愴以感發兮，意忉怛而憯惻。循階除而下降兮，
氣交憤於胸臆。夜參半而不寐兮，悵盤桓以反側。❹

全賦可分三段。首段內容包含登樓緣起，縱目所見，與心中所感，
已概括紀遊作品之基本結構。初始，王粲即明言，登樓遠眺，意在
銷憂，而當陽城聳立沃野，居高臨遠，千里一目，視覺空間「顯敞
寡仇」，最宜登眺，當能藉景遣懷，寓目舒心。繼而俯仰周覽，極
目四望，「清漳」、「曲沮」、「廣陸」、「高隰」、「陶牧」、
「昭丘」等江河原隰、墳壟遺跡由近而遠，以「挾」、「倚」、
「背」、「臨」、「彌」、「接」之鮮明動勢鋪展延伸，既建構地
理空間之曠闊遼遠，也帶出陶朱公功成隱退、楚昭王未捷身死之歷
史記憶，使人思接千載，神遊今古。又見「華實蔽野，黍稷盈

---

❹　見清・嚴可均編、陳延嘉等校點《全上古三代秦漢三國六朝文》，第二冊，
　　頁838。

疇」，一片田園風光，欣欣綠意，盎然生機，預示年豐穀實，民生富庶。至此，賦中所寫多為客觀環境與自然景象，相較於戰區煉獄，此地曠朗自足，宛如桃源天堂。然而，王粲既是懷憂登樓，不免以情觀物，面對寄寓多年，猶未見賞，荊州縱使清景無限，物富民豐，足堪遊目，可供淹留，卻不能淘盡胸中積鬱，消解孤絕意緒。驥驤難獲騁，壯志不得伸，坎壈際遇使王粲對立足之地失去歸屬感，濃烈鄉愁令其慨嘆：「雖信美而非吾土兮，曾何足以少留。」失志之悲，無依之苦，使「不遇」與「思歸」成為賦中主旋律，並在中段、末段以敘憂－寫景－抒懷模式反覆吟唱，深化題旨。

　　中段，王粲先回顧遇亂播遷，避地荊州之歷史過程，以補充說明「憂」從何來。由於董卓作亂，獻帝西遷，豪強割據等人世紛濁，導致遠離故土，飄泊異鄉，已過十二載。所謂「漫踰紀以迄今」，下一「漫」字，既以時間長度增強空間距離，深化懷歸憂思，又由此突顯久不見用，飽受委屈之無奈心情，緊扣「思歸」、「不遇」兩大主題。為解思鄉情懷，王粲憑欄北望，開襟迎風，然因物以情觀，盡著「我」之色彩，是以「平原遠」、「荊山蔽」、「路修迴」、「川濟深」，無不指向山高水遠，道阻路長，故鄉壅隔，望而不見，懷而難歸之現實困窘，使人銷憂不成，反增悲緒，終致「涕橫墜而弗禁」。面對空間遙阻所引發之感傷，王粲試圖在歷史回顧中尋找共鳴：尼父受困而嘆歸，鍾儀幽囚而楚奏，莊舄顯達而越吟，境遇雖別，異代同調，可知「人情同於懷土兮，豈窮達而異心」。在今昔相照、彼我互映中，個人情思乃擴大為歷史共感，如此，既將懷歸意緒推至高潮，又使胸中悲感稍獲舒緩。

　　末段，王粲以瞻望未來，勢難有為，再三表達內心憂傷。「日月逾邁」，「河清無日」，既成無可抗拒、獨力難挽之發展態勢；而「匏瓜徒懸」，「井渫莫食」，更映現自己有志難伸、無可施為之深沈哀懼。「步棲遲以徙倚」，盤桓步履，徘徊身影，正顯示內心煩亂，忐忑難安；「白日忽其將匿」，意味黃昏已至，黑夜將臨，美好景象不復可見。孤絕心靈面對無光外境，使王粲眼中所見，筆下所繪，咸為陰暗色調與孤絕意象：冷風蕭瑟，天色慘黯，狂獸求群，鳴鳥舉翼，野曠無人，征夫獨行，營造一副「天地閉，賢人隱」❹❺之黑暗景象。在物以情觀、感物傷懷雙重激化下，「心悽愴」而「意忉怛」，實屬必然結果，至於「氣交憤」而「夜不寐」，更為沈憂難排、積鬱至極之後續效應。

　　王粲因「不遇」而懷憂，因懷憂而登樓，卻因遠望「思歸」，故鄉壅隔；放眼未來，前途黯慘，陷入「時空兩阻」之困，而淒楚愈切。從觀遊動機來看，賦以主動登樓，希冀銷憂開端，以循階而下，愁上添愁作結，正起逆收，期待成空，倍增失落感。就主題鋪展而言，賦由「雖信美而非吾土兮，曾何足以少留」，至「人情同於懷土兮，豈窮達而異心」，逐層渲染「思歸」情懷；從「遭紛濁而遷逝兮，漫踰紀以迄今」，到「惟日月之逾邁兮」，「懼匏瓜之徒懸」，則綿綿傾吐「不遇」憂苦，情感前後相貫，一氣呵成。而每段之中，以情起，以情收，中間寫景，融情入象，物我交映，意至境生，千載以來，引人同悲共鳴。

---

❹❺　《周易·坤卦·文言》。見郭建勳注譯《新譯易經讀本》，台北：三民書局，民國85年1月初版，頁33。

　　王粲以後，西晉孫楚、棗據亦有〈登樓賦〉。孫楚之賦，如前節所述，乃屬侍遊之作，故篇中多描繪山川勝景與觴酌吟詠之樂。至於棗據〈登樓賦〉❹，則寫於冀州任上，開篇自言：「懷離客之遠思，情慘憫而惆悵。登茲樓而逍遙，聊因高以遐望」，觀其懷憂登樓，遐望解愁之創作緣起，實與王粲異曲同調。至於登高所見：「挹呼沱之濁河，懷通川之清漳。原隰開闢，蕩臻夷藪。桑麻被野，黍稷盈畝」，先述通川原隰之地勢形貌，繼言桑麻黍稷之廣茂盈野；敘及思歸，則曰：「懷桑梓之舊愛，信古今之同情。鍾儀慘而南音，莊舃感而越聲」，引鍾、莊為例，以見人同此心，心同此理。論其篇章結構、表現手法，均倣王粲賦作，已無新意。至於篇末抒懷，只以「情戚戚於下國，意乾乾於上京」作結，雖有懷歸戀闕之思，但綜覽全篇，卻不見迴旋往復之申懷寄意，或寓情於景之感物吟志，自難搖蕩性靈，感人肺腑。

　　曹植既為梟雄之後，又見世亂未靖，天下未平，每思有所作為，建業立功，以不忝所生，流惠下民。身為貴冑公子，雖常偕友出遊，尋歡逐樂，但面對爛漫春景，轉眼即逝，乃興人生不永，天命無常之嘆。〈節遊賦〉云：

> 覽宮宇之顯麗，實大人之攸居。建三台于前處，飄飛陛以凌虛。連雲閣以遠徑，營觀榭於城隅。亢高軒以回眺，緣雲霓而結疏。仰西岳之崧岑，臨漳滏之清渠。觀靡靡而無終，

────────────

❹　見清·嚴可均編、陳延嘉等校點《全上古三代秦漢三國六朝文》，第四冊，頁700。

何眇眇而難殊？亮靈后之所處，非吾人之所廬。

於是仲春之月，百卉叢生，萋萋藹藹，翠葉朱莖。竹林青蔥，珍果含榮。凱風發而時鳥歡，微波動而水蟲鳴。感氣運之和潤，樂時澤之有成。遂乃浮素蓋，御驊騮，命友生，攜同儔。誦風人之所嘆，遂駕言而出遊。步北園而馳騖，庶翔翔以解憂。望洪池之滉漾，遂降集乎輕舟。沈浮蟻於金罍，行觴爵於好仇。絲竹發而響屬，悲風激於中流。且容與以盡觀，聊永日而忘愁。

嗟羲、和之奮策，怨曜靈之無光。念人生之不永，若春日之微霜。諒遺名之可紀，信天命之無常。愈志蕩以淫游，非經國之大綱。罷曲宴而旋服，遂言歸乎舊房。❹

賦分三段。首段先寫台觀建築之華美壯觀。建安十五年，曹操於鄴都營建銅雀、金虎、冰井三台，「巍然崇舉，其高若山」❹。詩人遠望其勢，但見「飄飛陛以凌虛，連雲閣以遠徑」，不僅階除高聳，凌空入雲，而且台觀之間，閣道相連，綿長如徑。登臨其上，開軒回眺，即見雲霓拂掠，如在目前。仰俯之際，則「西岳崧岑」，「漳滏清渠」，盡入眼底。對此台觀壯麗，美景怡人，詩人既以「亮靈后之所處，非吾人之所廬」，表達贊頌之意，也隱喻曹魏王朝氣勢不凡。

---

❹　見清·嚴可均編、陳延嘉等校點《全上古三代秦漢三國六朝文》，第三冊，頁141。

❹　《水經注·濁漳水》。見北魏酈道元注、楊守敬疏《水經注疏》，南京：江西古籍出版社，1999年8月第2次印刷，頁937。

中段意分兩層。先寫仲春麗景：百卉豐茂，珍果含榮，翠葉朱莖，竹林青蔥，不但生機鬱勃，草木暢旺，又兼物色鮮朗，綠意盎然。繼云凱風發，微波動，時鳥讙，水蟲鳴，風生水起，眾籟俱喧，聲彩躍發，更添春日氣息。詩人描容擬態，傳音狀貌，將仲春令月寫得生意昂揚，清麗多姿。值此氣運和順，百卉叢生時節，優遊雅興，油然而生，「遂乃」以下，即言出遊情景。詩人「浮素蓋，御驊騮，命友生，攜同儔」，偕侶結伴，同賞北園。眾人或行或馳，縱情遊觀，見洪池晃漾，則泛舟水上；值此良辰美景，既有美酒盈樽，好友共飲，又有絲竹悲風，耳畔交鳴，怎不令人縱情玩樂，怡然自得！然而，詩人雖極陳馳騁宴遊之放逸不羈，但從「誦風人之所嘆，遂駕言而出遊。步北園而馳騖，庶翱翔以解憂」，「且容與以盡觀，聊永日而忘愁」諸語，隱約可見胸中自有潛憂藏伏，黯愁鬱結，而春遊美景，則庶以解憂，聊以忘愁。究竟詩人所憂者何？愁可解否？諸般疑問，實為後段文意埋下伏筆。

末段以「嗟」「怨」二字領起下文，感嘆白日西馳，黃昏隨至，從而帶出時移歲遷，年光易逝之悲。「念人生之不永，若春日之微霜」，將蜉蝣人生喻為春日微霜，朝陽既昇，頃刻即乾，巧妙形容，更顯促齡之可哀。而「諒遺名之可紀，信天命之無常」，則以壽夭難測，天命無常，表達及時立功，樹聲建名之渴望。緣此，詩人乃節淫遊，罷曲宴，及時奮發，戮力經國，以期立德垂名，不虛此生。謝靈運〈擬魏太子鄴中集詩·平原侯植序〉云：「公子不及世事，但美遨遊，然頗有憂生之嗟。」❹綜觀此賦，前兩段雖極

❹ 見逯欽立輯校《先秦漢魏晉南北朝詩》，頁1184。

言登臨出遊之樂，但篇末情思逆轉，慨嘆時日遷逝，人生短促，充分顯露「疾沒世而名不稱」之憂感，至此，全文主調遂由輕快轉為凝重，透出一股悲涼氣息。

　　似此出遊觀景，觸景興情，而令曹植慨嘆時光飄忽，志願難遂者，亦見於〈感節賦〉❺⓪，其中更增功名無成，有辱父祖之憂。賦分兩段，前段先由出遊敘起。詩人自言偕友同行，登高遠覽，以「盡賓主之所求」，唯賓友所期，當在遊賞觀景之樂，而自己則「冀銷日以忘憂」，由此已見閒居無事，年光消磨，而壯志未伸，功業無著之意。面對春雨潤物，草木蒙澤之鬱勃鮮翠，詩人既「欣」且「樂」，心情亦隨之怡然暢悅。既觀候鳥應時北返，翔集雲端，不禁思及征夫遠役，長勤未歸之勞苦，對照自己居閒處逸，了無作為，憂思泛起，黯愁頻生，猶恐時移日遷，年華遽逝，此身滅沒，而德業未成。詩人縱目極望，遠眺故里，卻言：「豈吾鄉之足顧，戀祖宗之靈丘」，可知意不在思鄉戀土，唯求功成名就，得以告慰先人，然而現實無奈，志願難遂，豈不更增憂悶。以下復曰：「惟人生之忽過，若鑿石之未耀。慕牛山之哀泣，懼平仲之我笑」，既以鑿石取火為喻，感嘆生命短促，如電光火石，一閃即逝；又引牛山哀泣為例，表達戀生惜時之意，以期有所作為，無愧先祖。為求延時遂願，詩人「折若華之翳日，庶朱光之長照」，幻想阻止太陽西進，以使流光暫駐，雖是癡言夢語，亦見珍惜人生，力挽韶華之意。而「願寄軀於飛蓬，乘陽風而遠飄」，則謂渴盼高飛遠舉，以實現凌雲壯志，充分展露立功雄心。

---

❺⓪　曹植〈感節賦〉已見於本書第三章，頁 166。

後段以「吾志不從，拊心嘆息」起，顯示詩人已由虛幻想像回歸現實，緣此，憂嗟情緒隨之又生，而眼前景物亦為之色變。盡日遊觀，黃昏已至，縱目只見「青雲鬱其西翔，飛鳥翩而上匿」，「大風隱其四起，揚黃塵之冥冥。野獸驚以求群，草木紛其揚英」。詩人特以青雲騰滾、飛鳥藏匿、狂風肆起、黃塵蔽空、孤獸求群、春華飄零諸般意象，營構一幅陰鬱紛亂之日暮淒景；而「見游魚之泙潏，感流波之悲聲」，更以游魚竄動，波聲似咽，渲染悲傷氛圍，藉此烘托煩憂意緒與愁苦情懷，並隨口傾吐「內紆曲而潛結，心怛惕以中驚」之語。回顧前段所述，詩人此遊，乃「冀銷日以忘憂」，如今前憂未忘，感物傷時之悲復萌，著實令人噓唏。結尾四句，直言所憂「匪榮德之累身，恐年命之早零」，因此，期勉自己把握生命，及時立業，以遂初志，耀顯門庭，庶幾不辱父母名聲。賦末結義雅正，一掃憂嗟淒苦之態，反見慷慨奮進之情，充分映現建安以來積極有為，立德建功之時代精神。

曹魏滅蜀，西晉平吳，天下終歸統一，才士多思用世。張協穎秀特出，素懷抱負，入仕公門，但求遂志。然而，惠帝即位，賈后干政，諸王爭鋒，動亂迭起，時危命賤，富貴如煙，使其憂戚縈懷，觸物興感。北芒山位於洛陽城外，漢魏以來，王公貴族死後多葬於此。張協登嶺四望，念天地悠悠，嘆世亂命短，遂作〈登北芒賦〉以寫景抒懷：

> 陟巀丘之邐迤，升透迤之修阪。回余車於峻嶺，聊送目於四
> 遠。靈岳鬱以造天，連岡岩以塞產。伊洛混而東流，帝居赫
> 以崇顯。山川汩其常弓，萬物化而代轉。何天地之難窮，悼

人生之危淺。嘆白日之西頹兮，哀世路之多蹇。於是徘徊絕嶺，踟躕步趾，前瞻狼山，卻闚大岯，東眺虎牢，西睨熊耳。邪亙天際，旁極萬里。莽眩眼以芒昧，諒群形之難紀。臨千仞而俯看，似遊身於雲霓。撫長風以延佇，想凌天而舉翮。瞻冠蓋之悠悠，睹商旅之接枙。爾乃地勢宛隆，丘墟陂陀。墳隴峴疊，棋布星羅。松林摻映以攢列，玄木搜寥而振柯。壯漢氏之所營，望五陵之巍峩。喪亂起而啟壞，童豎登而作歌。㉑

賦可粗分二段。前段，作者以「陟巒丘」，「升修阪」，持續向上，連番攀爬動作，顯示「靈岳鬱以造天」之高聳入雲，而「邐迤」、「逶迤」下接「連岡岩以蹇產」，則展現綿長不絕之勢。北芒山高脈廣，伊洛淵遠流長，江山壯麗，使洛陽帝都更顯崇赫。然而，極目遠眺，既見宇宙曠朗，又見丘巒墳塋，兩相對照，更覺天地不朽，造化無私，依時循環，生滅不息；而人世則篡奪繼起，朝代屢遷，時危命促，既往不復。緣此而發白日西頹、世路多蹇之嘆。後段，作者徘徊峰頂，四方極望，在「前瞻」、「卻闚」、「東眺」、「西睨」中，狼山、大岯、虎牢、熊耳之萬里景觀，盡攬眼底，令人心眼俱開，前憂漸釋。居高臨下，迎風延佇，既得騰虛凌雲、離俗忘憂之樂，也更能超然應世，冷眼旁觀紅塵凡夫之奔競汲營，爭名逐利。作者在此遊觀感悟中，深體宇宙永恆不朽，而

㉑ 見清·嚴可均編、陳延嘉等校點《全上古三代秦漢三國六朝文》，第五冊，頁 886。

個人生命何其微渺；天地循環不已，故世事興衰理所必然。北芒山上，貴冑墳塚羅列，漢帝五陵尤見巍峨，然生前顯赫，死後尊榮，已隨時移勢遷而灰飛煙滅，唯今只見「松林摻映以攢列，玄木搜寥而振柯」，「童豎登而作歌」。《文心雕龍·詮賦》云：「原夫登高之旨，蓋睹物興情。」❷張協登北芒，縱目於當下景物，遊心於曠遠時空，既起興衰易變、生命無常之慨，又在遠眺澄慮、瞻古思今中，會悟榮華不可恃、富貴一場空之理，將抒情、嘲諷、感悟融入登臨觀景中，引人同嘆，亦發人深省。

　　此外，在〈雜詩〉十首其四❸中，亦見張協深感世路多蹇，報國無門，人生危淺，轉眼遲暮而緣景興嘆。詩以前段八句寫景，後段四句抒情。開端兩句，描繪旭日初昇，朝霞熠耀，敷彩明麗，吐辭華茂，一「迎」一「臨」，擬物成人，動態盡出。相較於左思「皓天舒白日，靈景耀神州」❹之日出景象，張協下筆，可謂「詞采蔥蒨」，故鍾嶸謂其「靡於太沖」❺。三、四兩句，寫氣候突變，別起波瀾。先言雲結，後謂雨散，層次井然，體物入微。而以「翳翳」、「森森」形繪雲繁、雨密之貌，亦可謂曲盡其妙。「雨足」二字，巧喻大雨直洩如人足履地，有聲可聞，有跡可尋，音象

---

❷　見同註❷，頁 134。
❸　張協〈雜詩〉十首其四已見於本書第三章，頁 174。
❹　左思〈詠史〉八首其五。見逯欽立輯校《先秦漢魏晉南北朝詩》，頁 732。
❺　鍾嶸《詩品》。見同註❸，頁 9。

俱現，趣味橫生，後人愛賞，亦多仿作❺❻。「輕風」以下四句，轉
寫驟雨初歇、草木蕭瑟之景。「輕風摧勁草」，呈現一幅西風凜
冽、而秋草抖擻精神以抗摧折之畫面，動態畢現，張力十足。而
「凝霜竦高木」，則妙繪霜華寒凝、枯葉凋零、徒留枝幹高挺之
貌，著一「竦」字，既見寒霜凍骨之威，又暗藏草木搖落，令人感
物傷懷、觸目驚心之意。「密葉日夜疏，叢林森如束」，再言秋氣
日盛，林空葉盡，條輕上指，森然如束，巧譬切狀，工筆細摹，真
可謂寫景高手。張協體察深微，鏤刻逼真，物色雖繁，而析辭尚
簡，故能獲致語少意多，窮態極妍之功，《詩品》評曰：「文體華
淨，少病累。」❺❼而逐層暈染秋氣蕭殺、草木凋枯之蕭森景象，既
帶出遲暮悲感，又與時危世亂之現狀遙相呼應。末段四句，感時傷
懷，抒情寫志。「疇昔歎時遲，晚節悲年促」，言少不更事，年光
虛擲，如今秋臨歲晚，老年將至，只能空嘆日月易逝。今昔對照，
哀感自生，十字之中，飽涵人生經驗，一嗟一嘆，亦足發人深省。
「歲暮懷百憂，將從季主卜」，既真實反映處世憂患，也藉司馬季
主所言：「鳳皇不與燕雀為群，而賢者亦不與不肖者同列。故君子
處卑隱以辟眾，自匿以辟倫。」❺❽表達與世難諧，潔身自愛，歸隱
全生，棲逸保志之意。

---

❺❻　如庾肩吾〈侍宴餞湘州刺史張纘詩〉：「雨足飛春殿」；孟浩然〈題大禹寺
　　義公禪房〉：「夕陽連雨足，空翠落後陰」；杜甫〈茅屋為秋風所破歌〉：
　　「雨腳如麻未斷絕」。

❺❼　見同註❸❶，頁9。

❺❽　《史記·日者列傳》。見西漢·司馬遷《史記》，台北：鼎文書局，民國73
　　年元月六版，頁3219。

　　陸機出身江東望族，父祖世為將相，每「詠世德之駿烈，誦先
人之清芬」❺，即壯志凌雲，雄心萬丈，思欲有所作為，以光大勛
業，顯耀門庭。吳亡後，閉門勤學，積有十年，乃與弟雲入洛，以
遂用世之心。初抵洛京，雖以高才獲譽，唯南人身分常遭排擠，又
逢諸王爭鬥，政局多詭，仕宦之路並不順遂，久滯他鄉，異地行
遊，每每感節傷懷，觸物興悲。觀其〈悲哉行〉❻，即以「遊客芳
春林，春芳傷客心」領起全文，點明題旨。詩人春遊芳郊，寓目繁
花，入眼茂林，錦繡風光，自當迷眼醉心，形神暢悅，豈料朗麗春
景反而觸動遊子意緒，思鄉情懷由此遂生。開端兩句，樂遊哀生，
又重言「客」字，充分展現離家遠宦之漂泊心態。「和風」以下，
意分兩層，前十句寫景，上接「遊客芳春林」所見；後八句抒懷，
遠承「春芳傷客心」之意。寫景部分，詩人先以「和風飛清響」、
「鮮雲垂薄陰」、「蕙草饒淑氣」、「時鳥多好音」，點染春天之
溫煦清朗與生意盎然；再藉鳴鳩翩翩起舞，倉庚宛轉吟唱，描形繪
聲，渲染熱鬧歡快氣氛。此外，又云通谷、高岑中，幽蘭遍佈，草
木廣被，女蘿蔓葛，緣木茂生，暗香盈盈，滿眼綠意，撲鼻映目之
際，足可令人心曠神怡。尋常而言，風和氣暢，鳥語花香，自能喚
起歡愉之情，然而，在遠宦他邦之遊子眼中，春日麗致，異域風
光，卻常引發「信美非吾土」之潛悲幽恨；又見蘭、木各生其所，
蘿、葛皆有託尋，自己卻孤身一人，飄零無依，淒苦意緒即如春草

---

❺　陸機〈文賦〉。見清·嚴可均編、陳延嘉等校點《全上古三代秦漢三國六朝
　　文》，第五冊，頁991。
❻　陸機〈悲哉行〉已見於本書第三章，頁177。

茂生。「傷哉」以下，順勢抒懷，表達客居憂思。詩人才高志盛，入洛求官，豈料仕途波詭，宦海浮沈，客遊既久，功業未竟，他鄉寄寓，離朋遠親，豈不慮沈而憂深。如今情緣景生，哀思既湧，以至「目感隨氣草，耳悲詠時禽」，草色入眼，禽聲即耳，竟也無端牽愁惹恨。末尾四句，慨言思鄉情濃，念友意切，但因空間遙阻，相見實難，只能託歸風以寄相思，情韻綿長，頗堪玩味。全篇上半寫景，下半寫情，景情之間，過渡自然；透過明媚春景喚起遊子鄉思，亦能充分展現以樂景寫哀情，而倍增其哀之藝術效果。

　　東晉偏安江南，名士好遊山水。永和九年（353）三月上巳，王羲之與謝安、孫綽等四十餘人雅集蘭亭，祓褉春遊，並將吟詠唱和之作，彙成詩集，而羲之則「自為之序以申其志」❻。文中不但記錄宴遊盛況，也緣景興情，即事抒懷，表達人生無常、年命不永之慨。〈蘭亭集序〉云：

> 永和九年，歲在癸丑，暮春之初，會於會稽山陰之蘭亭，修褉事也。群賢畢至，少長咸集。此地有崇山峻嶺，茂林修竹，又有清流激湍，映帶左右，引以為流觴曲水，列坐其次。雖無絲竹管絃之盛，一觴一詠，亦足以暢敘幽情。是日也，天朗氣清，惠風和暢，仰觀宇宙之大，俯察品類之盛，所以遊目騁懷，足以極視之娛，信可樂也。
>
> 夫人之相與，俯仰一世，或取諸懷抱，晤言一室之內；或因

❻　《晉書·卷七十九·王羲之傳》。見唐·房玄齡等撰《晉書》，北京：中華書局，2003年6月第8次印刷，頁2099。

寄所托，放浪形骸之外，雖趣舍萬殊，靜躁不同，當其欣於
所遇，暫得於己，快然自足，曾不知老之將至。及其所之既
倦，情隨事遷，感慨係之矣。向之所欣，俯仰之間，已為陳
跡，猶不能不以之興懷；況修短隨化，終期於盡。古人云：
「死生亦大矣。」豈不痛哉！

每覽昔人興感之由，若合一契，未嘗不臨文嗟悼，不能喻之
於懷。固知一死生為虛誕，齊彭殤為妄作。後之視今，亦猶
今之視昔，悲夫！故列敘時人，錄其所述，雖世殊事異，所
以興懷，其致一也。後之覽者，亦將有感於斯文。㉒

文分三段。首段前五句，先言盛會時間、地點、原因，開門見山，
載錄清晰，頗有流傳後世，以便檢閱之意。「群賢畢至，少長咸
集」，則見名士齊聚，盛況空前，顯示蘭亭雅集之隆重熱烈，更勝
往年。「此地」以下，復由川林美景、歡遊情形、暮春節候三項，
逐層鋪敘，全面烘染賞玩之樂。《釋名》云：「亭，停也，人所停
集也。」一般而言，「亭」之立於山水佳處，既可供人休憩，亦能
流觀勝景。當會稽名士禊遊蘭亭，縱目眺覽，即見「崇山峻嶺，茂
林修竹，又有清流激湍，映帶左右」，山水縈繚，林竹蒼鬱，不但
令人開眼敞懷；列坐水濱，順水流觴，更添宴集雅趣。緣此，雖無
絲竹管絃佐歡助興，但有美景醇醪催發詩情，一觴一詠，益見林水
宴遊之文人雅致。而三月陽春，「天朗氣清，惠風和暢」，萬物復

甦，動植欣榮；俯仰之際，但覺宇宙曠朗，品類繁盛，不僅極盡視聽之娛，且於物我交流、天人同應中，感受躍動生機而舒懷暢意。緣此，羲之直指蘭亭雅集可謂天時、地利、人和三者齊備，悠遊閑賞，詩酒同歡，耳目咸爽，心神俱揚，遂以「信可樂也」作結，收束全段文意。

　　中段先承後轉，由樂生悲，頓起波瀾。首先，羲之謂人生一世，或因好惡不同，個性互異，應世態度亦迥然有別。然而，「當其欣於所遇，暫得於己，快然自足，曾不知老之將至」，乃人情所共通，彼我皆然。對照孫綽〈蘭亭後序〉所言，即可印證：「席芳草，鏡清流，覽卉木，觀魚鳥，具物同榮，資生咸暢，……齊以達觀，決然兀矣。焉復覺鵬鷃之二物哉！」❸遊觀山水，流連萬象，確實使人體物通神，憂嗟俱遣而歡快自足，當下跳脫時空拘執，如入永恆之境。以上所述，仍與前段春遊之「樂」相互呼應；唯自此而下，筆鋒陡轉。「即其所之既倦，情隨事遷，感慨係之矣」，乃由剎那永恆回歸現實人生。羲之坦言，面對時間流逝，內在情感與外在物事俱生變異，感慨亦隨之而起。一者，歡有時盡，樂不長存，「向之所欣，俯仰之間，已為陳跡」，世事無常，令人飽嘗失落，頻生唏噓。再者，天地不朽，人生幾何，「修短隨化，終期於盡」，面對死亡如影，終日隨行，更覺哀感縈懷，揮之不散。如此，由時移事遷，樂極情變，以至俯仰陳跡，隨化歸盡，層層推迫，步步進逼，不斷突顯傷時嘆逝之悲。而前後兩段結語，從「信

---

❸　見清·嚴可均編、陳延嘉等校點《全上古三代秦漢三國六朝文》，第四冊，頁 637。

可樂也」到「豈不痛哉」，文意逆轉，對比強烈，則道盡世人戀生惡死之情。

末段，羲之先以「每覽昔人興感之由，若合一契」，說明憂生傷逝乃人情之常，古今共感。由此，對莊子所言，氣聚氣散，方生方死，順天體道，以理化情之消解方式提出質疑，並直指「一死生為虛誕，齊彭殤為妄作」。然而，俯仰一世，又該如何排遣遷逝之憂，對治凋落之戚？曹氏父子與建安名士多思及時立功，以求垂世不朽；西晉石崇與金谷詩人欲藉吟詠詩文，以期千古留名。而羲之則踵武後者，在「興感之由，若合一契」，「後之視今，亦猶今之視昔」前提下，將此一同情共感託諸筆墨，吟詠成篇，使「後之覽者，亦將有感於斯文」。如此，則年壽雖盡，精神猶存，個人生命乃得以跨越時空而無限延伸。

中朝名士追求身名俱泰，故石崇〈金谷詩序〉中，多見縱情園林、宴遊歡愉之態；江左名士崇尚閑逸瀟灑，故〈蘭亭集序〉中，多見遊觀山水、感物興懷之思。然而，面對流光推移，境隨時遷，歡樂有終，年命有盡之現實，亦皆哀起悲生，感慨係之，進而融情入文，立言垂後，以精神不朽創造永恆價值。陶淵明亦曾與二三鄰曲同遊斜川，賦詩唱和，且因覽景興懷，樂極生哀，而「悲日月之遂往，悼吾年之不留」❻，然以性格有別，所求不同，遣懷方式亦異於前人。〈遊斜川詩〉謂：

　　開歲倏五十，吾生行歸休。念之動中懷，及辰為茲遊。氣和

---

❻　陶淵明〈遊斜川詩序〉。見逯欽立輯校《先秦漢魏晉南北朝詩》，頁975。

天惟澄，班坐依遠流。弱湍馳文魴，閑谷矯鳴鷗。迴澤散遊
目，緬然睇曾丘。雖微九重秀，顧瞻無匹儔。提壺接賓侶，
引滿更獻酬。未知從今去，當復如此否？中觴縱遙情，忘彼
千載憂。且極今朝樂，明日非所求。⑥⑤

　　發端四句，先云出遊緣起。詩人喟嘆舊年已往，新歲又臨，「五十
之年，忽焉已至」⑥⑥，果真時序易遷，歲暮何速。「倏」字之用，
充分表達流光飛逝，令人驚嘆之意。年屆五十，猶如白晝過午，時
序入秋，可謂來日苦短，去日苦長，面對大限將至，終歸空無，詩
人思緒翻湧，念生意動，遂擇此良辰，出遊賞景，既以紓鬱遣懷，
亦兼及時行樂。中段八句，即寫遊觀所見。正月初春，「氣和天
澄」，正宜芳郊踏尋，觀物覽景；朋侶同遊，河畔列坐，遠近山
水，布展如畫。「弱湍」兩句，頗見體物、煉字之功。因湍壯則魚
避，谷嘈則鳥藏，唯水勢緩弱，文魴方迅游如馳；林閑壑幽，鳴鷗
乃鼓翼樂翔。「迴澤散遊目」，言湖澤寬廣，雙眼紛於四顧，不得
專聚一處，「迴」、「散」二字，彼此呼應，觀照嚴謹。而遙望曾
丘，「傍無依接，獨秀中皋」，彷彿靈山仙境，「雖微九重秀，顧
瞻無匹儔」，令人意遠神馳。方宗誠《陶詩真詮》謂：「『氣和』
八句，煉字自然，寫景如畫。」⑥⑦足見陶詩作看似「天機瀟灑，純

---

⑥⑤　見逯欽立輯校《先秦漢魏晉南北朝詩》，頁 975。
⑥⑥　孔融〈與曹公書論盛孝章〉。見清·嚴可均編、陳延嘉等校點《全上古三代
　　秦漢三國六朝文》，第二冊，頁 780。
⑥⑦　見楊家駱主編《陶淵明詩文彙評》，台北：世界書局，1998 年 5 月二版 1
　　刷，頁 63。

任自然,然細玩其體物抒情,傅色結響,非率易出之者」❻❽。末段八句,由景入情。詩人偕友同賞,引觴共醉,但覺佳景悅目,歡情暢心;轉念一思,良辰勝遊,忽焉即過,今日之跡,明復陳矣,「未知從今去,當復如此否」?幽幽自問中,充滿時移境遷,歡難再現之慨。「中觴」以下四句,既見「何以解憂,唯有杜康」❻❾之沈鬱,又有隨運任化,樂在當下之豁達。淵明曾言:「猛志逸四海,騫翮思遠翥」,「日月擲人去,猛志不獲騁」,因此,在悲悼吾年不留,樂與時去中,恐亦潛隱壯志未酬之嘆;唯以質性自然,不慕榮利,兼亦樂天知命,委運任化,因此,雖有傷逝之悲,但亦不求立功、立言以不朽,反曰聽其自然,及時行樂,尤見脫俗超邁之清曠人格。

王戎喪子,有感而發:「聖人忘情,最下不及情;情之所鍾,正在我輩。」❼⓿魏晉以來,玄風雖盛,但面對生死大事,仍難掩「逝者如斯夫,不舍晝夜」❼❶之嘆,而直指「一死生為虛誕,齊彭殤為妄作」。尤其行遊山水,泛覽景物,面對春秋代序,冬夏交迭,節變物化,時移事往,不能不以之興懷而感慨萬端,或嗟勳業未竟,壯志難酬;或嘆政昏世亂,高才難伸;或哀良辰易逝,歡樂

❻❽ 見趙文哲《媕雅堂詩話》。收錄於北京大學中文系文學史教研室編《陶淵明資料彙編》,北京:中華書局,2004 年 1 月第 4 次印刷刷,頁 221。
❻❾ 曹操〈短歌行〉。見逯欽立輯校《先秦漢魏晉南北朝詩》,頁 349。
❼⓿ 《世說新語·傷逝·4》。見楊勇《世說新語校箋》,台北:正文書局,民國 65 年 8 月出版,頁 488。
❼❶ 《論語·子罕》。見蔣伯潛廣解《語譯廣解四書讀本──論語》,台北:啟明書局,不著年月,頁 128。

有時；或悼日月疾馳，年命短促。緣此，在登臨遠眺、朋侶共遊、詩酒唱和中，亦常聞傷春悲秋、嗟時嘆逝之音。

第三節 悟理類山水紀遊詩文之表現技巧

魏晉以來，政局多變，玄風漸暢，佛學亦乘勢流衍。名士既憂時危世亂，托身自然，又好玄對山水，即色證道，是以染翰成篇，常見超塵忘俗，虛懷應物，妙悟至理，遊心宇宙之暢。

嵇康置身名教虛懸，篡殺屢作之世，「奮迅勢不便，六翮無所施」❼❷，遂「托好老莊，賤物貴身」❼❸，「抱琴行吟，弋釣草野」❼❹，不為世俗所累，不為外物所牽，超邁高舉，養素全真，以達「齊萬物兮超自得，委任命兮任自由」❼❺。觀其〈四言詩〉十一首其三❼❻，即縱放山水，玄思冥想，觀物體道之作。前兩句寫行遊地點及目見耳聞。詩人徘徊「汜」、「沚」，縱目遐觀，只見水藻遍覆，蘭草叢生；傾耳以聆，風聲水韻，激切清朗，一片雅境清幽，天籟交響，置身其間，令人身心俱靜，悠然神遠。「操縵」兩句，言撫琴遊心，物我兩忘。詩人彈撥應和，天人交感，冥神體道，遊

---

❼❷ 嵇康〈五言贈秀才詩〉，見逯欽立輯校《先秦漢魏晉南北朝詩》，頁486。

❼❸ 嵇康〈幽憤詩〉，見逯欽立輯校《先秦漢魏晉南北朝詩》，頁481。

❼❹ 嵇康〈與山巨源絕交書〉，見清·嚴可均編、陳延嘉等校點《全上古三代秦漢三國六朝文》，第三冊，頁475。

❼❺ 嵇康〈琴賦〉，見清·嚴可均編、陳延嘉等校點《全上古三代秦漢三國六朝文》，第三冊，頁472。

❼❻ 嵇康〈四言詩〉十一首其三已見於本書第三章，頁183。

心大象，塵累皆除，俗慮盡消。魏晉之世，變亂迭起，憂患獨多；此時，智慧、令名、欲望、權勢，皆成生寇、害道、妨生、禍患之由，唯有抱樸守拙，安貧恬退，方能棄物足意，與道同化。「傾昧」兩句，即以《老子》所云：「明道若昧，進道若退」❼，作為修身格言，應世良方。然因人間多貪競之士，奔走之徒，體道者既寡，踐履者尤稀，故結語乃以「鍾期不存，我志誰賞」，表達知音難覓，我道孤寂之意。

　　盧諶出身名門，才高行潔，又善屬文，早有聲譽。《晉書》本傳稱其「清敏有理思，好老莊」❽，而諶於〈贈劉琨詩〉中亦提及：「昔在暇日，妙尋通理」❾，可見濡染玄風甚深。西晉傾覆，盧諶追隨劉琨投靠段匹磾，琨亡，又先後依附段末波、石虎、冉閔，流離期間，雖歷盡艱辛，但亦常以老莊之道自我寬慰。緣此，詩中每於敘事覽景中，轉入玄思理悟。觀其〈時興詩〉❿，開端兩句，由天體運轉不息，大地遼闊無邊敘起，在仰觀俯察中，帶出濃烈時空意識。人與萬物，寄身天地，莫不委運順勢，與時俱遷，因此，面對四季推移、時過景換之節變與物化，往往使人驚覺流光疾馳，如鳥過目，而有「忽忽歲云暮」之感。值此歲末，詩人遊於郊野，採摘蕭薔，又北踰芒、河，南臨伊、洛，縱目所及，盡是深秋物候。「凝霜」以下八句，即描繪眼前景致。前四句，詩人先以蔓

❼　《老子·四十一章》。見余培林注譯《老子讀本》，台北：三民書局，民國74年2月五版，頁74。

❽　《晉書·卷四十四·盧諶傳》，見同註❻，頁1259。

❾　盧諶〈贈劉琨詩〉，見逯欽立輯校《先秦漢魏晉南北朝詩》，頁881。

❿　盧諶〈時興詩〉已見於本書第三章，頁184。

草霜凝、林薄風悲營造肅殺氛圍，再以摵摵葉零、榮榮花落勾勒衰頹景象，可謂形聲俱描，秋氣畢現。後四句，復曰霜冷風寒，益增泉冽流急，草枯木落，尤覺曠野遼索；登高遠眺，極目四野，唯見荒原，不見崖嶼，由此牽動「念天地之悠悠，獨愴然而涕下」之悲感。然而，詩人向好玄義，理思暢達，故末尾四句，虛懷體道，逆轉哀緒。「形變隨時化」，言盛衰有時，此乃自然之理；「神感因物作」，謂觸物興感，可謂人情之常。常人應物斯感，性靈搖蕩，是以情起念生，哀樂影隨；而至人則恬澹寡欲，清靜無為，故能擺脫俗情，應物無累。盧諶性好老莊，善運玄思以紓憂解困，曾言「因其自然，用安靜退」❽，「處其玄根，廓焉靡結」❽，綜觀此詩，雖以秋景蕭瑟帶出遷逝之感，但結尾卻能脫略物情，由感生悟，直指虛心澄慮、「唯道是杖」，自能委運任化、「神無不暢」❽，充分展現不沾不滯之玄思理趣。

　　王羲之樂好山水，「初渡浙江，便有終焉之志」❽；寓居會稽，常與好友出遊；去官以後，遍遊東土美景，更嘆：「我卒當以樂死」❽。當其沈潛於自然，賞玩於林野，每每玄思清朗，契神入道，而快然自得，暢適逍遙。如〈蘭亭詩〉二首其二❽，前兩句寫三月暮春，和氣載柔，群品競發，萬物爭榮，朋侶同遊，山水共

---

❽　盧諶〈贈劉琨詩並書〉，見逯欽立輯校《先秦漢魏晉南北朝詩》，頁880。

❽　盧諶〈贈劉琨詩〉，見逯欽立輯校《先秦漢魏晉南北朝詩》，頁882。

❽　同上註。

❽　《晉書·卷八十·王羲之傳》，見同註❻，頁2098。

❽　同上註，頁2101。

❽　王羲之〈蘭亭詩〉二首其二已見於本書第三章，頁187。

賞，令人縱目騁懷，耳目咸暢。詩人由時言物，推物及人，點出物、我與自然之冥契通感，未言玄理，而內蘊哲思。「仰視」以下，再就「所因」與「寄暢」作深入鋪敘。中間四句，言仰望高天晴碧，俯瞰林水映綠，但覺天地遼朗，一望無際，景榮物茂，處處生機，令人遊目敞懷，觀景悟理。「碧天」、「綠水」，大筆揮灑，營造水天無垠之澄明虛曠，適與「寥朗無崖」前後呼應；而宇宙宏闊，萬物孕生，順時枯榮，循環有常，仰觀俯察，冥然玄會，其「理自陳」。末尾四句，順「理」而下，直探宇宙至道。詩人贊嘆造化奇偉，運轉無私，雨露遍灑，萬物均霑。緣此，雖眾品殊容，群籟參差，然皆秉道以成，應時茂生，即目入耳，但覺動植欣榮，聲色獨具，使人矚覽無厭，賞味不倦。由此可知，詩人春遊賞景，既由容態外美進入神理內蘊，故能超越表象，直窺至道，當下情累俱忘，靈明頓開，盡得物理之趣、玄覽之暢。

謝安早年志在丘壑，無心仕宦，四十歲以前，寓居會稽，常與羲之、許詢、支遁漁弋山水，清談玄理。永和九年，亦參與蘭亭盛會，並賦詩二首，表達賞景之樂、悟理之暢。觀〈蘭亭詩〉二首其二[87]，開端兩句，詩人以「佳節」、「褰裳」點出三月上巳、臨水祓禊之出遊活動；而前曰「相與」，後復言「同」，正與當日「群賢畢至，少長咸集」之盛大雅聚，遙相呼應；著一「欣」字，則歡樂心情，躍然紙上。中間四句，描寫賞景宴遊之樂。「薄雲」掠空、「微風」輕拂，正是陽春節候；天朗氣暢，山水澄明，上下俯仰，八方周覽，既見宇宙之大，品類之盛；輕舟泛流，微風暗送，

---

[87] 謝安〈蘭亭詩〉二首其二已見於本書第三章，頁188。

益覺疾馳如飛，暢適無比。此時，舉杯同歡，醇醪助興，令人心眼皆醉，世事都捐，當下時空俱泯，物我兩忘，如入遠古之境。詩人面對良辰美景，賞心樂事，不覺神馳意遠，脫略形跡，和光同塵，玄覽至道，進而了悟萬殊皆同、彭殤如一之理，並消解憂時傷逝之悲。

　　湛方生之生平雖史傳弗載，但由詩中，亦可略窺思想梗概。其〈諸人共講老子詩〉曾曰：「滌除非玄風，垢心焉能歇。大矣五千鳴，特為道喪設。鑒之誠水鏡，塵穢皆朗徹。」❽〈秋夜詩〉亦言：「拂塵衿於玄風，散近滯於老莊。」❾可見行止思慮，深受玄學影響，故於行遊山水，觀景覽物之際，亦常穿透外相，直窺本源而慧解生悟。如〈帆入南湖詩〉⑨，開頭兩句，以宏觀角度描繪彭蠡、廬山之地理形勝。彭蠡即今之鄱陽湖，水深湖廣，不僅周遭細流盡入其腹，連修水、贛江、鄱江三大長河亦匯聚其中，面積遼闊，僅次於洞庭。首句「彭蠡紀三江」，特遣一「紀」字，突顯其涵納百川、總攬眾水之勢。而廬山位於彭蠡西側，崇標峻極，巍峨高聳，鶴立湖畔，冠絕群峰，故次句「廬岳主眾阜」，即以「主」字帶出特立獨秀之雄偉氣勢。唐時，孟浩然寫〈望廬山詩〉，亦稱：「勢壓九江雄」，可謂異曲同工。三、四兩句，由宏觀形勢轉入詳察細物，而聚焦於岸沙巖松。「白沙淨川路，青松蔚巖首」，寫湖清沙潔，綿延千里；巖嶺松青，舉目可望。其中，「淨」、

❽　見逯欽立輯校《先秦漢魏晉南北朝詩》，頁 945。
❾　見逯欽立輯校《先秦漢魏晉南北朝詩》，頁 946。
⑨　湛方生〈帆入南湖詩〉已見於本書第三章，頁 191。

「蔚」二字之用，尤顯物色鮮澄，生氣流宕。詩人遊觀壯偉山水、明麗風光，繼而感慨隨至，玄思繼生。「此水」以下六句，先興情，後悟理。詩人反問，山水浩瀚若此，崇峻如斯，究竟源起何時？為何人有生滅，物有榮枯，而湖山勝景卻萬古長存？西晉羊祜偕友同登峴山，嘆曰：「自有宇宙，便有此山，由來賢達勝士，登此遠望，如我與卿者多矣！皆湮滅無聞，使人悲傷。」❾❶唐時，孟浩然〈與諸子登峴首〉中亦云：「人事有代謝，往來成古今。江山留勝跡，我輩復登臨。」❾❷面對山水永恆，人運推遷，益覺一己渺小，世事無常，文士多感，豈能無嘆。然而，詩人畢竟深受玄風薰染，因此，並未溺於嗟時傷逝之悲，反由生命遷流、人事推移中，窺見古今歷史之形成，並由此體悟生死循環即是宇宙真理。永恆幻滅，存乎一心，「自其變者而觀之，則天地曾不能以一瞬；自其不變者而觀之，則物與我皆無盡也」❾❸。如能虛懷朗照，徹悟真相，生又何羨？死亦何哀？觀其〈秋夜詩〉云：「凡有生而必凋，情何感而不傷。苟靈符之未虛，孰茲戀之可忘。……攬逍遙之宏維，總齊物之大綱。同天地於一指，等太山於毫芒。萬慮一時頓滌，情累豁焉都忘。物我泯然而同體，豈復壽夭於彭殤。」❾❹同樣以老莊玄智朗鑒萬物，脫略形骸，展現超塵豁達之人生態度。綜觀全詩，不論描寫湖山勝景，或寄慨興悟，皆予人變化遷流之感，適與順水航

---

❾❶　《晉書·卷三十四·羊祜傳》，見同註❻❶，頁 1020。

❾❷　見清·曹寅主編《全唐詩》，北京：中華書局，1996 年 1 月第 6 次印刷，頁 1644。

❾❸　見蘇軾〈前赤壁賦〉。

❾❹　見逯欽立輯校《先秦漢魏晉南北朝詩》，頁 946。

行，眼光飄瞥、心神馳遊之情態切合，可見詩人創作匠心。

　　慧遠「少為諸生，博綜六經，尤善莊老」❾❺。年二十一，師事道安，既聞般若經，乃豁然有悟。慧遠入釋門，先居恆山，繼遷襄陽，後抵潯陽，見廬峰清淨，足以息心，乃依山築寺，潛隱不出。曾以「廓矣大象，理玄無名。體神入化，落影離形」❾❻，指出道雖無形無名，卻無處不在；因此，閑遊林壑之際，冥觀萬象，靜聆天籟，常覺心澄慮靜，物我兩忘，而慧智開啟，神理妙悟。以〈廬山東林雜詩〉❾❼為例，開頭四句，描寫東林勝景，一如仙境。慧遠〈廬山記〉載曰：「香爐山，孤峰獨秀，起遊氣籠其上，則氤氳若香煙；白雲映其外，則炳然與眾峰殊別。將雨，則其下水氣湧出如馬車蓋」❾❽，故此詩首句：「崇岩吐清氣」，即描繪香爐山高聳特出，煙靄蒸騰之貌。李白〈望廬山瀑布〉中，亦曾以「日照香爐生紫煙」同詠勝景，可謂異代輝映。次句「幽岫棲神跡」，則引典入詩，以匡續先生受道於仙，共遊此境，遂托室崖岫，即岩成館一事，點染廬山清聖，氣象非凡。「希聲」二句，以動襯靜，更見岩岫寧謐。《老子》云：「大音希聲」❾❾；《莊子》謂：「天地有大

---

❾❺　《高僧傳·卷六·慧遠傳》。見梁·釋慧皎撰、湯用彤校注《高僧傳》，北京：中華書局，1997 年 10 月第 3 次印刷，頁 211。

❾❻　慧遠〈萬佛影銘〉，見清·嚴可均編、陳延嘉等校點《全上古三代秦漢三國六朝文》，第五冊，頁 1706。

❾❼　慧遠〈廬山東林雜詩〉已見於本書第三章，頁 192。

❾❽　見清·嚴可均編、陳延嘉等校點《全上古三代秦漢三國六朝文》，第五冊，頁 1700。

❾❾　《老子·四十一章》。見同註❼❼，頁 74。

美而不言」⑩。山林幽寂,谷深無人,唯有群籟奏鳴,山溜清響,潛隱迴蕩其間,示現宇宙妙諦。「有客」以下,即緣景悟理,借機談玄。「有客獨冥遊,逕然忘所適」,言獨行山林,冥神觀物,乃至渾然忘我,不知所適。所謂「道會貴冥想,罔象掇玄珠」⑩,澄懷靜覽,虛靈映物,則黃花翠竹,莫非法身;山深谷靜,觸目玄機。「揮手撫雲門,靈關安足關。流心叩玄扃,感至理弗隔」,意指雲到雨來,心存理悟,本無關隘,何須開啟,一旦應目會心,感通萬物,自然妙解玄義,神與道契。末尾四句,設問自答,再申「冥遊」要旨。世人雖無沖天羽翮,卻有騰遊仙想,如何才能隨心遂願,逍遙無極?慧遠經此遊歷,朗然有悟,乃謂觀景以心,會物以神,則置身山水,亦能體道暢神,超然塵外。所謂「妙同趣自均,一悟超三益」,慧心玄解,理趣自現,形在域內,而心遊無極。劉禹錫曰:「釋子詩因定得境,故清;由悟遣言,故慧。」⑩綜觀此詩,寫景清逸脫俗,觀物由表及裡,言理覃思妙悟,閱之足以朗目娛耳,啟心益智。

對謝靈運而言,山水既是性分之所適,亦為攄心解鬱,超俗寄暢之良方。《宋書》本傳載:「(永嘉)郡有名山水,靈運素所愛好,出守既不得志,遂肆意遊遨」;退居始寧,更「修營別業,傍

---

⑩　《莊子·知北遊》見黃錦鋐注譯《新譯莊子讀本》,台北:三民書局,民國75年11月六版,頁254。

⑩　支遁〈詠懷詩〉五首其二,見逯欽立輯校《先秦漢魏晉南北朝詩》,頁1080。

⑩　引自賀貽孫《詩筏》,見《清詩話續編》,台北:藝文印書館,民國74年9月初版,頁192。

山帶江，盡幽居之美」❿。觀其山水紀遊詩作，每於登臨眺賞之際，緣景興感，由感生悟，契入老莊玄理，以體道暢情消解塵累俗慮。如〈石壁精舍還湖中作〉❿：前四句總括一日行覽之整體感受。詩人遊賞山水，從朝至暮，一日之間，閱盡光影變化，物色繽紛；山水寓目，五彩交輝，令人心神暢悅，怡然忘歸。其中，「昏旦」連用，點明一日之遊，「變」字寫出雲日變幻，氣象萬端；「含」字已見擬物成人，「清暉」兩句，不說自己樂而忘返，反稱山水善於娛人，化主動為被動，視無情為有情，物我交揉，別具趣味。「出谷日尚早，入舟陽已微」，則承上啟下，既與首句之「昏旦」彼此呼應，又順勢轉入湖上觀景之描述。「林壑」四句，寫林谷暮色漸濃，晚霞餘氛消褪，菱荷含輝互映，蒲稗搖曳相依；詩人取景，視角多變，由上而下，由遠而近，構圖立體，畫面豐富；煉字造句，尤見經營，「斂暝色」、「收夕霏」，透過光影雲霞變化，將時間之流寫得具體可感；「迭映蔚」、「相因依」，不但移情入物，別具韻致，又見依倚相戲，動態盡出；而四句之中，兩兩對偶，工整流暢，雖係匠心錘鍛，卻無斧斤鑿痕。「披拂趨南徑，愉悅偃東扉」，寫捨舟登岸，取徑而歸。既言「披拂」，可見草木橫生，下一「趨」字，即知日暮疾行，返家之路看似辛苦，但一日行遊卻令人愉悅忘疲，及至東窗高臥，仍然回味無窮，咀嚼再三。末尾四句，由情入理，玄悟有得。詩人緣此體會，只要思慮淡泊，

---

❿　以上引文出自《宋書·卷六十七·謝靈運傳》，見梁·沈約撰《宋書》，北京：中華書局，2003 年 10 月第 8 次印刷，頁 1753、1754。

❿　謝靈運〈石壁精舍還湖中作〉已見於本書第三章，頁 195。

則富貴如雲煙，功名似糞土，榮辱得失，何足掛懷；若能心意暢適，自然隨遇而安，無所不樂，豈會違理強求，自怨自嗟。雖云塵世多憂，年命苦短，然而，與其服藥尋仙，以求遐齡永存，終成虛幻泡影，不如優遊山水，以達樂志暢神，反得全身養壽之功。綜觀全詩，結構綿密，以一「還」字為主軸，從石壁、湖上、家中，一路寫來，層次井然；文意交關處，亦能上承下啟，轉接自然。寫景部分，既有大筆勾勒如「山水含清暉」者，亦有遠描近寫如「林壑」四句者，並能融情入景，將雲霞草木寫得含情帶意，動態盡出，益增觀遊悅樂。結尾緣情興悟，進入理性玄思，以超然物外消解塵世拘執，亦稱順勢引流，水到渠成。緣此，黃子雲《野鴻詩的》美其「舒情綴景，暢達理旨，三者兼長，洵堪睥睨一世。」[105]

再以〈登石門最高頂〉[106]為例。石門山，在今浙江嵊縣，據靈運〈遊名山志〉載：「石門澗六處。石門溯水，上入兩山口，兩邊石壁，右邊石巖，下臨澗水」[107]，可見高山矗聳，溪澗縈迴，引人登遊樂賞。全詩分三段，首段以兩句點題，寫晨往石門，夜宿山舍，雖以敘事為主，但登山艱險，隱約可見。詩人先以「策」字之倚杖助行，暗喻山路崎嶇；再以「尋」字謂其曲折難覓，末云「絕壁」，直指山勢陡峭，登臨不易，行至日暮，方抵峰頂，以此彰顯「晨策」而「夕息」之意。「疏峰」以下十句為中段，寫夜宿見

---

❿ 見丁仲祜編訂《清詩話》，台北：藝文印書館，民國 66 年 5 月再版，頁1103。

❿ 謝靈運〈登石門最高頂〉已見於本書第三章，頁196。

❿ 見清・嚴可均編、陳延嘉等校點《全上古三代秦漢三國六朝文》，第六冊，頁317。

聞。詩人先以「疏峰抗高館，對嶺臨迴溪」，言館舍高踞峰頂，下臨迴溪，真有凌雲遠眺，俯瞰萬類之勢。再以「長林羅戶穴，積石擁階基」，寫四周密林拱衛，階基亂石簇圍，顯示人工館舍與自然景物相融成趣。「羅」、「擁」二字，充分展現林木密布，山石堆疊之態。「連岩覺路塞，密竹使徑迷」，言居高遠曬，但覺峰巒層疊，竹木叢密，攀臨其中，徑路難覓，常使「來人忘新術，去子惑故蹊」。以上所述，適與首句「尋絕壁」遙相呼應。而「活活夕流駃，噭噭夜猿啼」，則遠承次句之「山棲」，並以夜聞澗流猿鳴，喚起胸中情思，再由此帶出末段感悟。水聲幽咽，林猿哀啼，常使人愁起悲生，但「沉冥」以下六句，卻別見玄思理致。詩人以幽居靜默者虛懷應物，守道不離，心似九秋貞木，不為外境所擾，遊目如玩春景，無時而不自歡，故能居常處順，委運任化，遺榮悴，齊生死，隨遇而安，樂在當下，表達縱放山林之逸隱高志。但末尾兩句，卻語帶遺憾：「惜無同懷客，共登青雲梯」，既感慨超然塵外、山水樂道者寡，亦抒發世無知音、林泉獨遊之嘆。詩人雖以居常待終、安時處順寬心釋懷，卻難遣與世不諧、孤芳自賞之悶，可見知之非艱，行之維艱。

綜言之，自然山水曠朗無垠，生機盈溢，春榮冬枯，依順天理，相較於迫促現實，擾攘塵世，堪稱人間淨土。魏晉名士身侗濁世，心染玄虛，盤桓岩壑，流連川原，不僅可以離俗遠禍，滌情去累，追求林泉高致，山水逸興；還能在仰觀天地、俯察萬類中，即物體玄，與道合一，脫略名利束縛、形骸拘索，進而齊生死、等壽夭，不喜不懼，縱浪大化，自在逍遙。緣此，發為詩文，亦多玄思理趣。

第四節 行旅類山水紀遊詩文之表現技巧

行旅之起：「或欣在觀國，或怵在斥徙，或述職邦邑，或罷役戎陣」❿，故發為詩文，不外詠古鑒今，軍旅紀行，與寫景抒情。而士人遠道長征，山水跋涉，不僅舟馬勞頓，旅途艱辛，而且離鄉背井，心靈倍感孤寂，緣此，眼中所見，常為凶險淒苦景象，詩中所吟，亦多羈旅懷歸哀思。

曹操為成就霸業，統一天下，經險履危，四方征戰，所作〈苦寒行〉❿，即將遠伐高幹，崇山險攀之身心煎熬淋漓呈現，引人同悲。開頭兩句，先言行軍方向，征行地點，後嘆山勢巍嶒，欲攀實難。直言喟語，拔地而起，下筆奇壯，氣勢雄渾。觀李白〈蜀道難〉，開篇逕謂：「噫吁戲！危乎高哉！蜀道之難，難於上青天！」即承此筆法而變本加厲。詩人以此總攬篇旨，又順勢引起下文。「羊腸」以下八句，逐層敘寫山行艱困與山景荒寒。仄徑狹險，曲折如腸，車行顛簸，輪為之摧，此其一也。林木蕭瑟、北風悲鳴，淒景哀音，惹怨生悲，此其二也。熊羆蹲視，虎豹號啼，飢獸伏襲，望之膽顫，此其三也。溪行乏人，雪落霏霏，山谷荒寒，倍增淒楚，此其四也。詩人繪聲繪影，層層鋪墊，逼出遠征途苦，思鄉懷歸之嘆。然而，曹操號稱梟雄，畢竟胸懷似海，氣壯如山，因此感嘆既已，雄心復振；唯征途再啟，艱阻未息，水深橋斷，日暮途迷，人飢馬餒，無處棲宿，士兵擔囊取薪，敲冰作糜，苦寒交

---

❿ 曹操〈苦寒行〉已見於本書第三章，頁 199。
❿ 見逯欽立輯校《先秦漢魏晉南北朝詩》，頁 351。

迫，酸辛至極。詩人擇取六項現實遭遇，渲染增深行軍疲困，將思歸哀感推及頂端。結尾二句，更引〈東山詩〉以抒情寄意。周公東征，三年始還，役夫遠戍淒苦，返鄉情怯，思之猶難忍鼻酸；對照今日，士卒寒冬跋嶺，萬里長征，羈旅思鄉之苦，不知何時可止，怎不令人悲憫叢生，哀嘆復起！曹操登高履險，寒冬遠征，可見雄心萬丈，毅力過人；然而，面臨山行險阻，兵疲馬困，不捨之情油然滋生。由此看來，曹操領軍，多懷體恤，是以遠征近討，將士用命；蕩平群豪，統一天下，實其來有自。

　　劉勰曾言，建安文學，「造懷指事，不求纖密之巧；驅辭逐貌，唯取昭晰之能。」❿曹操此詩，紀行抒情，全無雕琢，真實呈現征途艱困與懷鄉歸思，蒼涼而悲壯；至於寫景敘事，則前鋪後疊，層層渲染，意象鮮明，使人如歷其境。故方東樹《昭昧詹言・卷二》云：「武帝詩沈鬱直樸，氣真而逐層頓斷，不一順平放，時時提筆換氣換勢；尋其意緒，無不明白；玩其筆勢文法，凝重屈蟠。誦之令人意滿。」⓫此詩眾口交頌，誠非偶然。西晉陸機曾模擬原辭而作〈苦寒行〉：

　　北遊幽朔城，涼野多險難。俯入窮谷底，仰陟高山盤。凝冰結重澗，積雪被長巒。陰雲興巖側，悲風鳴樹端。不睹白日景，但聞寒鳥喧。猛虎憑林嘯，玄猿臨岸嘆。夕宿喬木下，

---

❿　《文心雕龍・明詩》。見同註❷，頁 85。

⓫　清・方東樹《昭昧詹言》，台北：漢京文化公司，民國 74 年 9 月初版，頁 68。

> 慘愴恒鮮歡。渴飲堅冰漿，飢待零露餐。離思固已久，寤寐
> 莫與言。劇哉行役人，慊慊恆苦寒。⑫

同樣以起首兩句點題，交代地點、時間與征行艱難，但直敘平鋪，
出語和緩，缺少一股奇崛氣勢。「俯入」以下十四句，針對「涼
野」、「險難」進行鋪陳排比與意象經營。其中包括征夫登山越
谷、夕宿林下、渴飲堅冰、飢食零露之山行多艱，和澗凝雪積、雲
興日翳、風鳴鳥喧、虎嘯猿啼之淒冷荒寒。不同於曹操之常語散
句，自然渾樸，陸機以排偶直下，運筆典麗，展現過人才思，又能
適時變化，疏通文氣，如「不睹白日景，但聞寒鳥喧」，以散文成
對，「夕宿喬木下，慘愴恒鮮歡」，則直述胸臆，辭氣流暢，消解
偶對排比之板滯。末段四句，以遠役久戍，離思傷懷，更添征行苦
寒作結。就情感表達而言，曹操詩中每每即景抒情，敘事增悲，既
抒懷抱，又憫征夫，沈鬱質實，真切感人；而陸機則將「離思」簡
筆帶過，淡淡抒寫，情感表達不夠深刻，亦少頓挫，或為擬作之
故，較難感同身受，不若曹詩撼人心魄。

　　不同於曹操之率軍長征，跋山涉水而念動思歸，王粲為避亂而
遠赴荊州，久滯他鄉，長才未展，乃生懷土之情。〈七哀詩〉三首
其二：

> 荊蠻非我鄉，何為久滯淫？方舟泝大江，日暮愁我心。山岡
> 有餘映，巖阿增重陰。狐狸馳赴穴，飛鳥翔故林。流波激清

---

⑫　見逯欽立輯校《先秦漢魏晉南北朝詩》，頁 657。

響，猴猿臨岸吟。迅風拂裳袂，白露沾衣襟。獨夜不能寐，攝衣起撫琴。絲桐感人情，為我發悲音。羈旅無終極，憂思壯難任。**⑬**

詩以問句帶起無限愁緒，表達異鄉漂泊、久不見用之悲；而江上逆行，時已黃昏，煙波浩渺，暮色蒼茫，更令人意緒紛飛，引發流光易逝、鄉關何處之嘆。「山岡」以下八句，寫景繪物，語中含情。夕陽垂墜，山色陰沈，心情亦隨之暗淡無光。狐狸返穴，鳥入故林，遊子羈旅，慨嘆故鄉難返。以上四句，詩人藉視覺牽動愁懷悲思；而江流活活，兩岸猿啼，迅風拂裳，白露霑衣，則由聽覺、觸覺喚起淒冷感受；綜觀所有意象，莫非傳達客居蕭索與不遇哀思。末段，詩人因煩悶叢積，輾轉難眠，於是披衣撫琴，「抒心志之鬱滯」**⑭**，然而羈旅生涯何日方盡？胸中憂思何時得解？從「無終極」、「壯難任」之否定語氣來看，顯然遙遙無期，可見當下心情極端沮喪，態度亦充滿悲觀。

王粲滯荊十六年而未受重用，劉表死後，王粲歸降曹操，並受任丞相掾，希望就此一展長才，建功立業。建安十四年（209），首次隨軍伐吳，曾作〈初征賦〉以誌之。建安二十年（215），曹操又揮軍南下，王粲再撰〈從軍行〉五首，既表效命立功之志，亦寫長途遠征之苦。今以第三首為例**⑮**，析論其表現技巧。開篇兩句，點

---

⑬　見逯欽立輯校《先秦漢魏晉南北朝詩》，頁 366。

⑭　傅毅〈琴賦〉。見清·嚴可均編、陳延嘉等校點《全上古三代秦漢三國六朝文》，第二冊，頁 406。

⑮　王粲〈從軍行〉五首其三，已見於本書第三章，頁 202。

明「從軍」身份與「征吳」目的，曹操大舉進兵，意在統一，而王粲胸懷壯志，面對建功良機，必然慷慨激昂，戮力以赴，然而「遐路」遠征，亦為「征夫心多懷」埋下伏筆。「方舟」、「廣川」，隱約可見軍艦陣仗浩大，而「順」流行舟，薄暮猶未靠岸，可見航程漫長，亦呼應「遐路」之意。「白日」以下四句，寫眼前所見。夕陽餘輝，斜映桑梓，令人思及宅邊老樹，懷歸之情頓生；耳聽蟋蟀淒鳴，眼望孤鳥翩飛，霎時秋意上心，無限傷感。詩人在與物交流中，羈旅情懷愈被翻攪，終至悽惻生悲，憂悶難解。「下船登高防」，意在遠眺故里，一解鄉思；延頸久立，人寒衣濕，方覺「草露霑我衣」，而迴身入室；然遠征憂苦，離家愁緒，欲訴無人，只能獨自咀嚼。王粲借景抒情，情景相生，將征夫心情娓娓道出，讀之極具感染力。相較於曹操、陸機〈苦寒行〉，通篇咸訴遠役艱辛，思鄉旅情，王粲詩末則筆鋒逆折，哀情不復，轉以盡忠職守，遠征報國為重，心懷大我，公而忘私，使低靡氣氛一掃而盡。究其原因，或以曹操身為主帥，詩中言苦抒哀，實亦藉此表達對士卒之悲憫與不忍；陸機意在模擬，故敘寫離思，自有代言之意；而王粲素有大志，多年不遇，今逢明主，自當馳騁才力，以報知遇，故逆轉哀調，振奮精神，具體表達效命忠誠與立功決心。

　　西晉初立，南方猶未靖，夏侯湛亦曾奉命南下征吳，所作〈江上泛歌〉⓰，即寫舟行驚險，南國異景與遠征心情。起首四句，先寫遠征對象及討伐原因。「悠悠」、「遠征」，語意相似而連袂繼出，既寫旅途漫漫，亦表歷時綿長。而遠討荊南，蓋因孫吳「不

⓰　夏侯湛〈江上泛歌〉已見於本書第三章，頁206。

庭」，義正辭嚴，顯示師出有名。中段描述舟行所遇及遠眺所見。
「江水」二句，寫長江廣闊浩瀚，淵遠流長，既可呼應前文，又為
「洪浪」以下四句蓄勢。一旦風生水起，洪浪騰捲如雲湧，江濤狂
奔似神怒，聲勢震天，險象環生，群鳥驚飛，振翼蔽天，巨鯨泳
出，如岳聳峙，舟行其上，危機四伏。詩人比喻生動、夸飾鮮明，
更突顯水路凶險，旅途艱辛。然而，煙雨江南，草木豐潤，迥異北
方，待風平浪息，縱目遊觀，筆下風物亦變。臨江廣陸蘼蕪紛披，
遠山崖趾修竹叢生，兩岸綠意，寓目送爽。遙望江南，更見桂林密
佈，時聞山鳥清鳴，幽境麗致，引人凌波欲渡，一窺奇勝。此處極
寫水鄉秀景，綽約風姿，但結尾兩句，逆勢再出。詩人迴望北方，
霎時觸動鄉思，江南信美，終非故鄉，此番遠航，意在平吳，征途
漫漫，戰事浩繁，何日才能告捷返鄉？詩人以樂景寫哀情，更具反
襯效果。通觀全篇，視角常換，景致多變，時而水面，時而江邊；
或見驚濤怒起，或見草木明麗；而詩人亦情懷屢遷，筆勢常轉，起
首言遠征豪情，途中有駭浪之危，觀景之樂，末尾則見思鄉情切，
堪稱一波多折。此外，「兮」字之用，洋溢楚調風格，既切合南國
風情，也增強感嘆意味，相較於同類作品，別具一股悠長柔婉氣
息。

　　除了從軍遠征，經險履危，飽受水陸跋涉艱苦外，士人或奉命
出行，或遷任他職，也常登高遠邁，輾轉流徙於山程水驛，或寄寓
遠邑他邦。如潘岳〈在懷縣作〉二首，即為遷職外放，遠縣寓居，
觀景興懷，觸物有感之作。其一云：

　　　南陸迎脩景，朱明送末垂。初伏啟新節。隆暑方赫羲。朝想

慶雲興，夕遲白日移。揮汗辭中宇，登城臨清池。涼飆自遠集，輕襟隨風吹。靈圃耀華果，通衢列高椅。瓜瓞蔓長苞，薑芋紛廣畦。稻栽肅芊芊，黍苗何離離。虛薄乏時用，位微名日卑。驅役宰兩邑，政績竟無施。自我違京輦，四載迄于斯。器非廊廟姿，屢出固其宜。徒懷越鳥志，眷戀想南枝。春秋代遷逝，四運紛可喜。寵辱易不驚，戀本難為思。⑰

文人本即情思敏銳，一旦際遇不順，愈見多愁善感，詩人仕途屢遷，羈旅難歸，對物候轉變，流光偷換，更易覺知而動懷。此詩前六句由春末、初伏至炎夏，循序描繪光陰運化，明寫季節更替，暑氣漸增，暗涵年華逍逝、寓居不歸之悲。詩人「揮汗登城」，既為解熱，亦為排憂。當「涼飆遠集」，「襟隨風吹」，胸中鬱悶似亦隨之漸散。遠望城外，一片田園風光，自近而遠迤邐漫延，「靈圃」以下六句，透過瓜果薑芋攀垂紛披、稻麥黍稷芊芊離離，將農村景致描寫入微，刻畫清新，展現異於都城之脫俗風貌，誠屬難得佳作。然而潘岳壯志在懷，戀闕情深，遠離京邑，實非本願，因此，清景入目，並不能消除羈旅愁緒。「虛薄」以下，由景入情，曲表胸臆。詩人謙稱智短才淺，政績不著，外放四載，固其所宜，實乃正言反說，牢騷滿腹。而不提回京心切，但云思鄉情濃；不言年光易逝，只道四時可喜；既謂寵辱不驚，又嘆鄉愁難卻，此皆言外有旨，弦外有音。詩人自負高才，偏作謙語，胸懷憤懣，卻多隱

---

⑰　見逯欽立輯校《先秦漢魏晉南北朝詩》，頁634。

忍，情感濃烈而用筆曲折，故劉熙載謂其「悲而不壯」。⑱

　　潘岳離京外放，就任邑宰期間，內心常覺翻飛如絮，漂泊似萍，羈旅窮愁遂緣景而興。陸機則於宦遊途中百感交集，眷土情懷，求職不安，乃沿途競萌，觸物而出。〈赴洛道中作詩〉二首其一云：

> 總轡登長路，嗚咽辭密親。借問子何之？世網嬰我身。永嘆遵北渚，遺思結南津。行行遂已遠，野途曠無人。山澤紛紆餘，林薄杳阡眠。虎嘯深谷底，雞鳴高樹巔。哀風中夜流，孤獸更我前。悲情觸物感，沈思鬱纏綿。佇立望故鄉，顧影悽自憐。⑲

前四句交代辭親赴洛之緣由與心情。所謂「黯然銷魂者，唯別而已矣」⑳，此番分離，再見不易，詩人縱為將門之後，昂藏之軀，亦難忍悲傷而「嗚咽」低泣。既然難捨親人故里，為何又要忍悲遠宦？詩人自行提問，可見心中亦矛盾不已，然而，個中曲折難為人說，故以「世網嬰我身」一語帶過。答案雖籠統，但已暗指，出仕不僅為個人，更包括重振家風，光耀門第；朝廷徵才，官員舉荐之世俗因素。「永嘆」以下十句紀行寫景。詩人邁步北渚，而心留南

---

⑱　《藝概·卷二·詩概》。見清·劉熙載《藝概》，台北：華正書局，民國 74年 6 月初版，頁 54。

⑲　見逯欽立輯校《先秦漢魏晉南北朝詩》，頁 684。

⑳　江淹〈別賦〉。見清·嚴可均編、陳延嘉等校點《全上古三代秦漢三國六朝文》，第七冊，頁 336。

津，則濃烈鄉愁，不言可喻。隨著行程漸遠，思念漸增，面對荒途曠野，渺無人跡，孤寂意緒更襲捲而至。前方山繚水繞，林木叢集，遙遠征途，何時可盡？望之生畏，行之更苦。歷經山澤、密林、深谷一路跋涉，既感疲憊不堪，時聞虎嘯淒厲，更覺膽顫心寒。直至雞鳴入耳，確定村落已近，才能稍感安心。詩人將征行地點由南津、北渚、曠野、山林、崖谷一路展開，又以荒途、曲徑、密林、虎嘯打造意象，渲染氣氛，充分表達旅途遙遠與山行艱辛。「哀風」兩句，承上啟下。當夜裡寒風四起，悲聲似泣，離群孤獸，徘徊眼際，卻又撩動焦躁情緒與離家哀戚。詩末四句，轉入抒情。寫離鄉遠宦之人，本已淒惻傷懷，忐忑難安，如今觸物增悲，更是夜不成眠；遠眺故里已縹緲，回顧身影卻孤伶，羈旅客居，豈不自憐自傷。

西晉光熙元年（306），惠帝被河間王司馬顒劫持至長安，東海王司馬越率軍西向討伐，並派人迎惠帝返回洛陽，當時潘尼任職中書令，奉命參與此事，並以〈迎大駕〉寫沿途見聞思感：

> 南山鬱岑崟，洛川迅且急。青松蔭修嶺，綠蘩被廣隰。朝日順長塗，夕暮無所集。歸雲乘憶浮，淒風尋帷入。道逢深識士，舉手對吾揖。世故尚未夷，崤函萬嶮澀。狐狸夾兩轅，豺狼當路立。翔鳳嬰籠檻，騏驥見維摯。俎豆昔嘗聞，軍旅素未習。且少停君駕，徐待干戈戰。㉑

㉑　見逯欽立輯校《先秦漢魏晉南北朝詩》，頁 769。

詩人從洛陽啟程,因此開篇先描繪都城一帶之山川形勢。「南山鬱岑崟」,既顯山勢險峻,又見山林蓊鬱;而洛川則蜿蜒不絕,水流迅急,水勢浩壯。兩句分寫山水,一則高聳穩靜,一則長奔滔動,而都城洛陽座落其間,更見形勝之勢。詩人宏觀以望,起筆雄渾。「青松」兩句則集中焦點,再敘草木。「修嶺」、「廣澤」既呼應山川遼闊,也顯示征途悠長;一路行來,見青松茂挺於上,綠蘿披覆於下,明翠相映,色調鮮朗。「蔭」、「被」二字,生動具現草木蔽翳、邐迤之勢,展現錘煉技巧。然而,山河雖壯麗可觀,國家卻篡亂不斷,此次出行長安,即為迎駕回京,長途遠征,不敢怠慢,豈料暮色已至,而夜宿無著,荒山野道上,只見歸雲浮湧,淒風肆掠,乘隙入帷,寒意襲人。「朝日」四句筆鋒陡轉,情調亦趨慘淡,暮色蒼涼,棲止無處,正與詩人面對黑暗局勢,深感進退失據之沈重心情相互呼應。以下詩人巧借「深識士」之口,道出心中沈憂與看法。其時,司馬顒割據關中,控崤、函之險而擁兵自立,乘隙作亂,詩中所云:「世故尚未夷,崤函方嶮澀」,即謂此事。「狐狸夾兩轅,豺狼當路立」,明寫山中惡獸橫行肆虐,暗喻叛王部卒殘狠狡詐。緣此,惠帝落其手中,猶如「翔鳳嬰籠檻,騏驥見維摯」,叛軍一日不滅,欲迎大駕回京,談何容易。唯待干戈停息,天下平定,君王才能安居洛陽,重振朝廷。其中,既對叛亂諸王予以嚴厲批判,也對回歸太平表達強烈渴望;而「俎豆昔嘗聞,軍旅素未習」,似謂文士不習武事,面對豺狼當道,世亂時艱,或當急流勇退,以待清平,隱約已見明哲保身之思。潘尼遠迎紀行,前段先寫壯勝明麗之景,再繪日暮淒涼之狀,物色迥變,慨嘆自生;末段則以山行險惡暗寓世亂時危,既懷國憂,亦抒隱志,展現

「窮獨善以全質，達兼利以濟時」⑫之應世態度。鍾嶸《詩品》評曰：「正叔『綠蘩』之章，雖不具美，而文采高麗，并得虯龍片甲，鳳凰一毛。」⑫

　　潘尼在迎駕途中，見美好河山因叛軍作亂而淒然變色，油然興懷；張協則遠登關隘，艱行古道，歷險有感而提出居危處亂之趨避良方。〈雜詩〉十首其六：

> 朝登魯陽關，狹路峭且深。流澗萬丈餘，圍木數千尋。咆虎響窮山，鳴鶴聒空林。淒風為我嘯，百籟坐自吟。感物多思情，在險易常心。揭來戒不虞，挺轡越飛岑。王陽驅九折，周文走岑崟。經阻貴勿遲，此理著來今。⑫

首句寫啟程時間與行經地點，「登」字已隱涵關山高聳之勢；次句先以「狹」、「峭」點明山徑窄險難攀，再下一「深」字，更見山行之幽寂漫長。三、四句寫山中奇景，氣勢非凡。「流澗」直洩，俯衝「萬丈」；「巨木」參天，上聳「千尋」，不但動靜互異，對比鮮明，而且澗長更顯山勢峻高，樹老倍覺古道幽僻。「咆虎」以下四句，藉由各種聲響突顯山林荒寂與可怖。「窮山」、「空林」，顯示此地既無村居，亦乏行人，一路行來，但聞虎嘯、鶴鳴之聲，更覺響震山林，令人毛骨齊悚，心神俱驚；而淒風肆起，百

---

⑫　潘尼〈懷退賦〉。見清·嚴可均編、陳延嘉等校點《全上古三代秦漢三國六朝文》，第五冊，頁 967。

⑫　見同註㉚，頁 11。

⑫　見逯欽立輯校《先秦漢魏晉南北朝詩》，頁 746。

籟叢吟，彷彿猛獸欲出，鬼魅將現，益添恐怖氣氛。以上八句，先由空間寫起，透過狹徑深險、流澗萬丈、圍木千尋，描述山高勢危，古道難行；又由可聞不可見之音響切入，營造奇詭氛圍，以引發想像，喚起恐懼，進而即景抒情，援古喻今。所謂「感物多思情」，荒林僻境，危機四伏，令人憂懼叢生，但臨危履險，更應謹防不測。詩人先言西漢王陽行經益州九折阪，畏其險而策馬還❿，呼應「在險易常心」；又以文王經峭山而攬轡疾馳，如避風雨為例❿，告誡自己山行多險難，故須「挺轡越飛岑」，並由此引申，世路多橫逆，「經阻貴勿遲」，盱衡時勢，應變得宜，方能趨吉避凶，化險為夷。張協素有用世之志，但面對諸王篡亂，勢難有為，亦選擇及時趨避，抽離亂局，以求明哲保身，「沖漠」❿卒歲。詩末所言，正顯示其與時推移，隨世俯仰之玄學思想與人生態度。

　　行旅途中，除輾轉盤旋於山重水複、林密谷深之地理環境外，也要面對四季節候、雲日雨雪之時序變化。庾闡舟行至江都，因風起浪激，行程受阻，乃以親身經歷，寫下〈江都遇風詩〉：

　　　天吳踊靈壑，將駕奔冥霄。飛廉振折木，流景登扶搖。洪川

---

❿　《漢書·卷七十六·王尊傳》：「琅邪王陽為益州刺史，行部至邛郲九折阪，嘆曰：『奉先人遺體，奈何數乘此險！』後以病去。」（見東漢·班固《漢書》，台北：鼎文書局，民國 72 年 10 月五版，頁 3229）

❿　《春秋公羊傳》：「百里奚與蹇叔子送其子而戒之曰：『爾即死，必崤之厰岩，是文王之所避風雨也。』」何休注曰：「其處險阻，故文王過之驅馳，常若避風雨也。」（見《十三經注疏·公羊傳》，台北：藝文印書館，民國 74 年 12 月十版，頁 158。）

❿　張協作〈七命〉，以隱居養真、超然世外之「沖漠公子」自喻。

 佇宿浪，躍水迎晨潮。仰盼濛玄雲，俯聽聒悲飆。⑫

起首四句，詩人既以水神騰駕，直奔雲霄形容驚濤湧動、駭浪震天
之狀；又借風伯折木，旋絞扶搖鋪寫狂風肆起、摧枯拉朽之態，善
用神話誇張聲勢，極具聳動效果。而「洪川佇宿浪，躍水迎晨
潮」，可見風濤一夜未息，川洪浪激，水躍潮湧，航行不利，旅程
受阻，令人徒呼無奈。仰望天際，玄雲佈天，俯耳所聞，飆風如
泣，陰陰慘慘之狀，倍增羈旅苦悶。詩人雖於「仰盼」、「俯聽」
中收束全文，不再抒情敘懷，但行旅途中之衝風逆浪，變化難料，
已潛寓其中，詩末留白，實為讀者保存更多想像空間。

 正因風雲驟變，駭浪激湧，使行程多阻，心眼難開，因此，當
風息浪止，雲開霧散之際，更令人樂觀清景而雀躍歡欣。湛方生所
作〈天晴詩〉，即具現晴天麗致與愉悅心情：

 屏翳寢神轡，飛簾收靈扇。青天瑩如鏡，凝津平如研。落帆
 脩江渚，悠悠極長眄。清氣朗山壑，千里遙相見。⑫

起首兩句，詩人同樣以神話入詩，藉此呈現風雲變化之玄奇莫測。
不論此前景象如何，一旦屏翳停轡，飛簾收扇，天地瞬間恢復祥
和，重現清朗。以下直寫景物。三、四兩句言仰望青天無雲，空明
如鏡，俯視江流無波，平整似硯，亂象不復，危機盡除，使人陰鬱

---

⑫　見逯欽立輯校《先秦漢魏晉南北朝詩》，頁 874。
⑫　見逯欽立輯校《先秦漢魏晉南北朝詩》，頁 944。

皆散，心情舒坦。此處對偶工整，又善用譬喻，「凝」字形容水波不興，如冰凍結之狀，更見鍛錘出新。「落帆」兩句，寫風浪既息，江面船行點點，一派悠然，相較於風急浪狂之驚悸畫面，此時此景，令人倍覺優美而賞心。末尾則言天清氣朗，煙嵐俱淨，縱目遊觀，遠山雖遙隔千里，依然林壑分明，歷歷可見。詩人覽景，由上而下，由近及遠，視域開闊，氣象雄渾，寫物亦從大處著手，表現清透渺遠之山光水色，曠朗形勢，正與當下心情吻合。

　　行旅途中，所經所遇，並非全是窮山惡水，或疾風勁雨，猛獸狂浪，徒增內心苦悶與跋涉艱辛。尤其江南一帶，山明水秀，麗致迷人，觀之亦可清憂釋悶，暫解旅愁。如湛方生〈還都帆詩〉，即以妙筆巧繪自然勝境：

> 高岳萬丈峻，長湖千里清。白沙窮年潔，林松冬夏青。水無暫停流，木有千載貞。寤言賦新詩，忽忘羈客情。❸

高岳萬丈，峻聳入雲，湖長千里，清明如鏡，遠眺山水，氣象森然，更覺天地曠闊，造化神奇。聚焦再望，則湖清沙白，嶺峻松青，淨明鮮朗，上下相映，千載以來，伴隨天涯倦客，四方遊子，走過無盡歲月，見証古今歷史。由此思之，個人寵辱，朝代興衰，在悠悠山水中已歷經淘洗，無足輕重，正如詩人在〈帆入南湖詩〉中所云：「人運互推遷，茲器獨長久。悠悠宇宙中，古今迭先

---

❸　見逯欽立輯校《先秦漢魏晉南北朝詩》，頁 944。

後」⑬，衰頹也好，繁華也罷，皆如過眼雲煙，有時而盡，與其庸人自擾，愁思縈懷，不如靜觀自然，會悟山水，自能脫卻俗憂，樂在當下。詩人縱覽美景，思通古今，是以心眼俱開，理趣兼得，而「忽忘羈客情」。

陶淵明二十九歲出任江州祭酒，卻因「質性自然」⑬，遂「不堪吏職，少日自解歸」⑬。三十六歲再度出任桓玄僚佐。安帝隆安四年（400），因公出差至建康，回程途中，欲返潯陽省親，為大風阻於規林，遂作〈庚子歲五月中從都還阻風於規林二首〉，表達途旅難測，歸家不得而思親情切之意。其一云：

> 行行循歸路，計日望舊居。一欣侍溫顏，再喜見友于。鼓棹路崎曲，指景限西隅。江山豈不險，歸子念前塗。凱風負我心，戢枻守窮湖。高莽眇無界，夏木獨森疏。誰言客舟遠，近瞻百里餘。延目識南嶺，空嘆將焉如。⑬

前四句寫客子思親念友，返鄉情切，是以「行之又行」而不覺勞苦，遠眺故里而「計日」還家。「鼓棹」四句，明言水路多崎曲，江山亦險阻，但因歸心似箭，是以晨啟夕息，不願絲毫怠慢，只求

---

⑬　見逯欽立輯校《先秦漢魏晉南北朝詩》，頁 944。

⑬　陶淵明〈歸去來辭·序〉。見清·嚴可均編、陳延嘉等校點《全上古三代秦漢三國六朝文》，第五冊，頁 1133。

⑬　梁·蕭統〈陶淵明傳〉。見吳澤順編注《陶淵明集》，長沙：岳麓書社，1996 年 10 月第一版，頁 116。

⑬　見逯欽立輯校《先秦漢魏晉南北朝詩》，頁 982。

早見慈顏，兄弟重聚。詩人以白描手法直抒胸臆，表達連日奔波雖辛勞，但與親人團圓喜悅相比，卻是微不足道。「凱風」以下，情勢驟變。由於驚風乍起，水路受阻，詩人困守窮湖，有家難歸；思鄉遠眺，則有高莽綿渺、夏木森疏遮眼蔽目，百里非遙而瞻望弗及，廬山在望而舟滯難渡，豈不令人怨嘆繼生！清‧吳瞻泰云：「一片遊子思歸真情，急於到家，偏為風阻，觸目生怨，覺路為之曲，日為之限，夏木為之蔽，使千載而下，猶覺至情流露。」❸綜觀全篇，先喜後憂，對比鮮明，情緒反差極大；起首即言「計日望舊居」，豈料風阻木翳，層層添苦，詩末猶稱「延目識南嶺」，故鄉雖已近，卻可望不可及，憂急怨嗟，一一呈現，將遊子思歸情懷，刻畫盡致。

　　隆安五年（401）七月，淵明銷假赴職，在返回江陵途中，又作〈辛丑歲七月赴假還江陵夜行塗中作〉❸，表達倦宦戀家之情。前段六句，先追念往日閑居生活，再轉入當前宦途行役。詩人盛言閑居園林，悠游書海之美好過往，既為表達恬淡個性與自然本質，也為下文蓄勢，使「如何舍此去？遙遙至西荊」之反詰，充滿自責與懊悔，倦宦情緒亦明顯可見。中段八句寫告別親友，江上夜行所見所思。時逢新秋，明月當空，臨流話別，離情依依。舟行江上，涼風襲人，仰觀夜空，俯望水面，上下相接，平曠無垠，更顯天地虛明，夜色澄湛。面對此情此景，益覺自然無塵雜，俗世多煩囂。

---

❸　見吳瞻泰輯《陶詩彙註》卷三，收錄於楊家駱主編《陶淵明詩文彙評》，台北：世界書局，1998 年 5 月二版 1 刷，頁 121。

❸　陶淵明〈辛丑歲七月赴假還江陵夜行塗中作〉，已見於本書第三章，頁221。

「叩枻」六句，寫景生動，造境清雅，充分展現淵明之人格與胸襟。詩人情動思興，撫今追昔，既然性愛閑靜，不慕榮利，為何中宵孤行，奔波宦途？「懷役」兩句，既見覊旅窮愁，亦寓歸隱清志，由此承上啟下，導入末段援古以明志。甯戚商歌，沮、溺耦耕，代表仕、隱兩種人生道路，詩人不取前例，寧選後者，但求投冠歸田，衡茅養真，展現不好爵榮，淡泊名利之高情逸志。若由此反向思考，則知淵明「閑居三十載」後選擇出仕，當思有所作為，如今歸思再起，去意屢萌，除「靜念園林好，人間良可辭」❶❸❼外，或與桓玄跋扈，篡意漸明有關。

　　有別於陶淵明之「少無適俗韻，性本愛丘山」❶❸❽，「嘗從人事，皆口腹自役」❶❸❾；謝靈運出身名門，才高志大，自謂宜參權要，卻偏居閑職。永初三年（422），更因政敵排擠，而外放永嘉；此後又歷經兩次辭官歸隱，回京任職祕書監、侍中，和外放為臨川內史❶❹⓪。十一年間，數易其職，或遠途奔波，或覊旅外郡，每以詩文吟詠情志，紀遊寫景。如〈過始甯墅〉❶❹❶，即寫於赴任永嘉途

---

❶❸❼　陶淵明〈庚子歲五月中從都還阻風於規林二首〉。見逯欽立輯校《先秦漢魏晉南北朝詩》，頁982。

❶❸❽　陶淵明〈歸園田居〉五首其一。見逯欽立輯校《先秦漢魏晉南北朝詩》，頁991。

❶❸❾　見同註❶❸❷。

❶❹⓪　謝靈運初次歸隱始甯時期：景平元年（423）－元嘉三年（426）；任職祕書監、侍中時期：元嘉三年（426）－元嘉五年（428）；二次歸隱始甯時期：元嘉五年（428）－元嘉八年（431）；臨川內史時期：元嘉八年（431）－元嘉十年（433）。

❶❹❶　謝靈運〈過始甯墅〉已見於本書第三章，頁223。

中。前段八句，詩人回顧過往，思及今日，不禁感慨萬千。自言少懷耿介堅貞之志，卻因追逐功名，誤入官場而違背初心，匆匆已近二紀，不但未能宏揚祖上勛業，光耀謝氏門庭，反而屢遭排抑，外放他邑，如今路過故里，既非功成身退，自然難掩幽憤，但覺歲月蹉跎，志業無成，違己辱先，羞愧填膺。「淄磷謝清曠，疲薾慚貞堅」，沈重道出心中苦悶、積鬱、不平與無奈，感情色彩濃烈鮮明。「拙疾」兩句，表面上充滿老莊之謙退思想與虛靜精神，實際上卻以故作清曠掩藏幽憤牢騷。中段十句，寫繞道故園所見山水風光。「剖竹守滄海，枉帆過舊山」，既表達對新職意興闌珊，不急於奔走就任，也顯示宦途受挫而思鄉情濃。詩人一路前行，上窮下落，隨山盤桓，順流蜿蜒，走過峭岩疊嶺，連綿洲渚，感受山環水複之變幻多姿。歷經跋涉，駐足遊觀，眼前白雲浮湧天際，幽石隱現其間，如入雲懷；而綠竹隨風款擺，風姿綽約，似向清溪獻媚，幽景秀致，令人留連忘憂。「白雲抱幽石，綠篠媚清漣」，對句工整，擬人態生，動靜相映，色調鮮朗，詩人雖極貌寫物，窮力追新，卻又自然清雅，渾似天成，足見體物密附之功。「葺宇」兩句，雖簡筆勾勒別業所在位置，但居高臨遠，坐擁山水之優勢已見。末段四句，順勢抒發返鄉歸隱之志。詩人與鄉親約定，三年任滿即重返故居；而枌檟皆為製棺常用之木，詩曰：「且為樹枌檟，無令孤願言」，更有終老、埋骨於此之意。靈運家世顯赫，壯志凌雲，若非用世無望，憤懣久積，又對山水情有獨鍾，何能甘心歸隱，閑度餘生。

　　謝靈運原本打算在永嘉郡就任三載，豈料剛滿一年，即稱病離職，去官還家，所作〈初去郡〉，即抒發當時心情與旅途所見：

彭薛裁知恥，貢公未遺榮。或可優貪競，豈足稱達生。伊余
秉微尚，拙訥謝浮名。盧園當棲巖，卑位代躬耕。顧己雖自
許，心跡猶未並。無庸方周任，有疾像長卿。畢娶類尚子，
薄遊似邴生。恭承古人意，促裝返柴荊。牽絲及元興，解龜
在景平。負心二十載，於今廢將迎。理棹遄還期，遵渚鶩修
坰。溯溪終水涉，登嶺始山行。野曠沙岸淨，天高秋月明。
憩石挹飛泉，攀林搴落英。戰勝臞者肥，止監流歸停。即是
羲唐化，獲我擊壤情。⓬

開篇十句，自述丘園隱居之志不同於前人。漢時，彭宣因王莽專權
而告老還鄉，薛廣德見漢末年荒，流民四散而上書求退，詩人謂其
「才知恥」，並不特別推崇。而貢禹受責辭官又出仕，年邁求退又
留任，未能捨棄榮華，淡泊名利。三人所為，或優於貪競之徒，但
算不得「達生」高士。詩人以為，如莊子所言，安於性分，棄世無
累，方可謂之「達生」⓭。而自己正以安於拙訥，謝絕浮名自許，
雖然以往把園盧當岩棲，以卑位代躬耕，外在行跡尚未完全符合內
在思想，但仍努力朝「達生」目標邁進。詩人評論古人，意在突顯
自我意向，並表示對過往生活不滿而力圖修正。「無庸」以下十
句，寫去職返鄉，實現守拙歸田之志。詩人以周力、長卿、尚子、
邴生為例，表示自己既無高才以列高位，又常臥疾而閑居，平日好

⓬　見逯欽立輯校《先秦漢魏晉南北朝詩》，頁 1171。

⓭　《莊子·達生》：「達生之情者，不務生之所無以為；達命之情者，不務知
　　之所無奈何。」

遊山水，不問家事，職事過重則自行引退，緣此，更應效法古人，解職歸田。何況違心背志，羈留官場已近二十載，如今終能擺脫俗務，淡泊逸棲，豈不令人歡然稱快！「理棹」以下，則寫去郡途中所見所感。前四句言返鄉行程密集，水陸並進，時遵洲渚，時歷修坰，溯溪既畢，轉而登嶺，途旅漫長，跋涉艱辛，但詩人足不停歇，口不言累，「遄」、「騖」二字，可見舟行疾速，快馬奔馳，具體呈現思歸意切與暢悅心情。「野曠沙岸淨，天高秋月明」，天地曠朗，沙淨月明，正與詩人擺脫牽摯之豁達心境相應，由於物我相契，觸目成趣，是以信手拈來，即成寫景名句。「憩石挹飛泉，攀林搴落英」二句，化用《楚辭》典故❹，既見山林小憩之怡然快適，也隱涵棄官歸隱之芳潔自持。末四句抒情言理。詩人引《韓非子》、《文子》之說❺，表達歸隱高志戰勝名利欲望，則胸襟曠然，瘦者可肥；以止水為鏡，則心緒寧靜，不會流蕩不返。由此可知，告別奔競世俗，回歸清靜園林，即可返璞歸真，宛如置身伏羲、唐堯時代而無所拘執，自在無礙。詩人原本積極用世，卻因困守永嘉外郡，自覺難有施為而毅然引退，並以「達生」自期，從此怡情山水，終老林園，因此，返鄉路上洋溢如釋重負之輕快歡悅。然而，不斷援引古人、化用典籍以抒情明志，正反襯詩人自我說

---

❹　〈山鬼〉云：「山中人兮芳杜若，飲石泉兮蔭松柏。」〈離騷〉曰：「朝飲木蘭之墜露兮，夕餐秋菊之落英。」

❺　《韓非子‧喻老》：「子夏曰：吾入見先王之義則榮之，出見富貴之樂又榮之，兩者戰於胸中，未知勝負，故臞。今先王之義勝，故肥，是以志之難也，不在勝人，在自勝也。」又《文子》：「莫監於流潦，而監於止水，以其保心而不外蕩也。」

服，以增強隱退信念之明顯意圖。果然，元嘉三年（426），詩人又再度出仕。但不遇之憤，羈旅之愁，辭歸之舉也如影隨形，不斷重現於人生舞台。

　　由此觀之，從軍征行者志在平亂建功，但登高履險，久戍難歸，亦令人憂苦叢生，悲戚難掩，是以詩中常見旅途艱辛之嗟，〈采薇〉〈東山〉之嘆。而才高入仕者但思獻策君前，任職中央，既經遷徙外放，則多懷不遇之悲、羈旅之愁。緣此，詩人常寫崇山遠陟、仄徑曲行、千里行舟、風阻浪驚之苦，而眼中所見，耳中所聞，多為冷霜飛雪、鳥獸鳴嘯，充滿陰鬱色彩、恐怖氣氛。當然，也有詩人摹畫山水秀麗、芳郊翠覆、雲水澄鮮、夜色清明之景，但仍不免興發信美非吾土、他鄉難久滯之嘆；或由此引動山水隱逸，田園歸棲之思。縱如寫景聖手謝靈運，善於行旅途中眺覽雲物，樂賞山水，並巧繪形貌，妙傳神態，但詩中依然可見幽憤難銷，旅愁難遣，不似單純出遊時之澄心靜慮與悠然自得。

第五節　隱逸類山水紀遊詩文之表現技巧

　　在文化歷史與文學發展上，隱逸思想與行為，可謂源遠流長。《詩經・衛風・考槃》即為描述隱者幽居自樂之作⑭；而《陳風・

---

⑭　原詩：「考槃在澗，碩人之寬。獨寐寤言，永矢弗諼。　考槃在阿，碩人之薖。獨寐寤歌，永矢弗過。　考槃在陸，碩人之軸。獨寐寤宿，永矢弗告。」（見王靜芝《詩經通釋》，台北：輔大文學院，民國 70 年 10 月八版，頁 140）

衛門》則屬隱者自適其志之歌❼。至於辭賦，魏晉以前，僅存淮南小山〈招隱士〉和張衡〈歸田賦〉。前者刻意描繪山中怪石嶙峋、谿谷深峻、草木叢生、猛獸環伺之險惡環境，以招隱者來歸；後者著力模寫山水美景、歸隱逸趣，以表達厭棄官場、輕舉遠揚之志。漢末魏初，亂極思治，建安諸子多懷壯志，亟思建功，未現隱逸風潮。兩晉以來，政局多變，玄風大暢，名士為求避禍全生，養真適志，常興離俗幽隱之想，是以，或仿效張衡〈歸田〉，撰文暢敘園居逍遙，或改變招隱原意，表達林泉歸棲逸志。以下即分就兩種主題，選文論述作者之表現方式。

先言歸田之作。西晉時，張華雖庶族出身，但平吳一役，因「典掌軍事，部分諸方，算定權略，運籌決勝，有謀謨之勳」❽，進封廣武侯，名重一時，有台輔之望。但因荀勖嫉恨，馮紞進讒，而召任太常，不久又意外免官。面對仕途多舛，人心險惡，歸思隱志油然而生，遂仿張衡，以賦明志。所作〈歸田賦〉❾，不但名稱相同，內容立意亦相近，皆表達田園閑居、山水樂遊之趣。首段六句，先寫返歸緣起。其中，起首兩句雖寫時序之轉，物候之變，但隨機開闔，與時舒卷，亦為玄學名士應世之道，用於出處進退，即表現為「天下有道則見，無道則隱」❿。緣此可知，張華一旦自覺

---

❼ 原詩：「衡門之下，可以棲遲。泌之洋洋，可以樂飢。　豈其食魚，必河之魴？豈其取妻，必齊之姜。　豈其食魚，必河之鯉？豈其取妻，必宋之子。」（見同上註，頁 282）

❽ 《晉書·卷三十六·張華傳》。見同註❻，頁 1070。

❾ 張華〈歸田賦〉已見於本書第三章，頁 229。

❿ 《論語·泰伯》。見同註❼，頁 112。

「無明略以佐時」，「俟河清乎未期」⑮，亦將選擇超塵遐逝，田
園退隱。果然，冬去春臨，詩人即離城遠遊，返歸舊里以閑居。中
段描述歸田生活。「育草木」以下六句，先寫園居所見。由於因地
制宜，相土植栽，所以園田周遭，草木藹蔚，疏果豐茂，桑麻紛
敷，衣食自足而無虞。此處但言田園清美，蔬穀豐足，不見幽居寂
寥，躬耕勞苦，蓋因作者並未真正歸田隱居，實際操持農務，故以
遊觀樂賞心態，描繪田園風光與閑居逸致。而由「用天道以取資，
行藥物以為娛」之不憂衣食，服藥養生，亦可知生活閑適。「時逍
遙」以下十四句，再將眼光與足履投向洛水之濱。先寫縱目遠觀。
岸邊白沙、積礫逐水鋪展，層次分明，不遠處更有群芳鬥艷，引人
賞玩。再寫親臨所感。河岸風光無限，詩人行至水濱，揚波濯足，
觀瀾蕩思，霎時之間，物我交融，神遊太虛，寵辱皆忘。〈孺子
歌〉云：「滄浪之水清兮，可以濯我纓；滄浪之水濁兮，可以濯我
足。」水之清濁，乃客觀現實，難以改變，只要隨順環境，清斯濯
纓，濁斯濯足，亦能委運任化而欣然自樂。詩人與世推移，忘懷得
失，徜徉自然天地，綠茵為席，垂蔭為蓋，靜觀飛鳥凌風，儵魚戲
水，但覺煩憂盡除，怡然暢適。末尾四句，觀物得理，會悟在心，
乃知人間否泰，皆出於我執妄念，寡欲則知足，不爭則無怨，退居
靜處，恬淡無為，才能會通萬象，體道養真。以此收束，正呼應張
衡〈歸田賦〉所言：「苟縱心於物外，安知榮辱之所如！」⑯

---

⑮　張衡〈歸田賦〉。見清·嚴可均編、陳延嘉等校點《全上古三代秦漢三國六
　　朝文》，第二冊，頁519。

⑯　見清·嚴可均編、陳延嘉等校點《全上古三代秦漢三國六朝文》，第二冊，
　　頁520。

　　張華雖有歸田之志，但未就此棄仕從隱，遠離塵囂，還因闇主臨朝，虐后擅政而捲入權力鬥爭，進退失據。久處宦海，歷盡政局險惡，飽嚐起落風霜，詩人深感官場黑暗，又嘆無力回天，於是隱志復萌，歸心益熾。好友何劭贈詩暢言閑居春遊之樂，並以「逍遙綜琴書，舉爵茂陰下」❸，力邀歸儉返樸，徜徉自然，張華心有戚戚，回詩既稱：「自予及有識，志不在功名。虛恬竊所好，文學少所經」❹，又慨言：「吏道何其迫，窘然坐自拘」❺，「道長苦智短，責重困才輕」❻；不但重申性喜恬淡，無意功名，也強調吏道多拘，為官任重，自己才智淺短，難以勝任，並表達田園歸隱、朋侶共遊之企盼。詩云：

> 散髮重蔭下，抱杖臨清渠。屬耳聽鸝鳴，流目玩儵魚。從容養餘日，取樂於桑榆。（〈答何劭〉三首其一）

> 駕言歸外庭，放志永棲遲。相伴步園疇，春草鬱鬱滋。
> （〈答何劭〉三首其一）❼

---

❸　何劭〈贈張華〉。見逯欽立輯校《先秦漢魏晉南北朝詩》，頁648。
❹　張華〈答何劭〉三首其二。見逯欽立輯校《先秦漢魏晉南北朝詩》，頁618。
❺　張華〈答何劭〉三首其一。見逯欽立輯校《先秦漢魏晉南北朝詩》，頁618。
❻　張華〈答何劭〉三首其二。見逯欽立輯校《先秦漢魏晉南北朝詩》，頁618。
❼　以上見逯欽立輯校《先秦漢魏晉南北朝詩》，頁618。

詩人渴望投簪散髮，優遊林泉，靜聽鳥鳴，目玩遊魚，無案牘勞形，無瑣務嬰心，可以從容自在，閑度餘生。同時，也期待園林棲遲有好友相隨，知音為伴，同賞滿庭春草，共體鬱勃生機。然而，詩人終究徘徊仕途，陷入出處矛盾而不能及時引退，以致刀刃加頸而空留「歸田」遺音，供後人哀惋憑弔。

　　石崇追求身名俱泰，生活放逸豪奢，金谷別業更是林水幽秀，規模宏偉，百物皆備，聲色俱全，因此，當他離京遠宦、仕途乖舛之際，亦撰〈思歸引〉以表達心念故居、園林終隱之志。序文自稱，少懷壯志，故投身仕途，以期用世，但歷仕二十五年，幾度浮沈，如今鎮守下邳，卻因人事糾葛而遭免職，更思肥遯園林，悠遊林藪。金谷園中，「柏木幾於萬株，江水周於舍下，有觀閣池沼，多養魚鳥，家素習技，頗有秦趙之聲」，可以樂享遊目、弋釣、琴書之娛。石崇自稱夸邁流俗，傲然有凌雲之操，而今困於人間煩黷，不免隱志高漲，歸心似箭。在〈思歸引〉❶❸❽中，詩人起首即曰：「假余翼鴻鶴高飛翔」，欲借鴻鶴之翼疾飛返歸，急切心情由此可見。雖然人在下邳，但神思早已翻山越嶺，凌度河梁，回到金谷別業。「望我舊館心悅康」，正面表達倦客返家之欣悅安適，而宦途失意卻不言自明。「清渠」以下，寫林園勝景與肥遯之樂。詩人先以前四句描繪園中林泉之美，弋釣之樂，突顯自然景觀之可供流連；接著再寫園中館閣高聳，麗姬如雲，而且華宴常開，絲竹不斷，極盡詩酒之歡，聲色之娛，具體呈現「終日周覽樂無方」之歸棲想望。

---

❶❸❽　石崇〈思歸引〉已見於本書第三章，頁 232。

　　由於仕途詭譎，官場險惡，使張華與石崇都齊聲吟詠歸田之樂，只是，前者散髮重蔭，濯足清波，仰瞻飛鳥，俯觀游魚，會通自然，忘懷得失，充分展現沖淡無為，恬居靜處之玄學性格；而後者雖亦縱放林園，樂遊池沼，但笙歌悅耳，旨酒盈樽，洋溢宴飲奢華之世俗歡娛，不脫人間富貴氣。至於潘岳，亦因政治因素而退居園林，所作〈閑居賦〉又呈現不同風貌與意義。序中指出，自己少竊鄉曲之譽，忝為太尉舉荐而任職郎官，從此步入仕途，迄今已屆三十年。其間歷經「八徙官而一進階，再免，一除名，一不拜職，遷者三」，自覺拙於為官，母親又年老多病，乃掛冠歸田，閑居侍親，並作賦以申己志。賦之前半段，先以「何巧智之不足，而拙艱之有為也！於是退而閑居，於洛之涘」，交代歸隱原因與地點。再言卜居京郊，可以遠覽王畿：西有禁軍營地，軍容盛大，東有明堂辟雍，典禮壯觀；而國學太學，更是生徒祁祁，儒士濟濟。潘岳自稱擇居此地，可以浸染京都文化與儒雅學風，完全符合「孟母三遷」、「里仁為美」之旨；然而，觀其一生，熱衷功名，積極仕進，如今退隱閑居，雖有倦宦之意，但不回鄉里故居，反而擇處京郊，豈無心懷魏闕，待時而出之想❶❺❾。賦之後半段，寫園林美景與

---

❶❺❾　廖國棟先生指出：「京城是潘岳生命中的終極關懷，連想像構築的閑居世界也捨不得離她太遠……觀其一生的行歷，可以清楚地看出，他的目標一直朝著京城邁進，如果不幸與京城背離，他的目光永遠是朝向京城的。就心理學的角度觀之，似可稱之為潘岳的『京城情結』。」見〈試探潘岳〈閑居賦〉的內心世界〉，收錄於《魏晉南北朝文學與思想學術研討會論文集第三輯》，見國立成功大學主編《魏晉南北朝文學與思想學術研討會論文集第三輯》，台北：文津出版社，民國86年9月初版，頁127。

閑居之樂：

> 爰定我居，築室穿池。長楊映沼，芳枳樹籬。游鱗瀺灂，菡
> 萏敷披。竹木蓊藹，靈果參差。張公大谷之梨，梁侯烏椑之
> 柿，周文弱枝之棗，房陵朱仲之李，靡不畢殖。三桃表櫻胡
> 之別，二柰曜丹白之色，石榴蒲陶之珍，磊落蔓衍乎其側。
> 梅杏郁棣之屬，繁榮麗藻之飾，華實照爛，言所不能極也。
> 菜則蔥韭蒜芋，青筍紫薑，堇薺甘旨，蓼菱芬芳。蘘荷依
> 陰，時藿向陽。綠葵含露，白薤負霜。于是凜秋暑退，熙春
> 寒往。微雨新晴，六合清朗。太夫人乃御版輿，升輕軒，遠
> 覽王畿，近周家園。體以行和，藥以勞宣。常膳載加，舊痾
> 有瘳。席長筵，列孫子。柳垂陰，車結軌。陸摘紫房，水挂
> 赬鯉。或宴於林，或禊於汜。昆弟班白，兒童稚齒，稱萬壽
> 以獻觴，咸一懼而一喜。壽觴舉，慈顏和。浮杯樂飲，絲竹
> 駢羅。頓足起舞，抗音高歌。人生安樂，孰知其佗！退求己
> 而自省，信用薄而才劣。奉周任之格言，敢陳力而就列？幾
> 陋身之不保，尚奚擬於明哲？仰眾妙而絕思，終優遊以養
> 拙。❶⓪

從「爰定我居」至「白薤負霜」，寫園林規模與內部環境。其中有
居室、池沼之人工建築可供居遊，有長楊、芳枳、菡萏、竹木等造

---

❶⓪ 見清·嚴可均編、陳延嘉等校點《全上古三代秦漢三國六朝文》，第五冊，
頁 946。

景卉木悅人心目，還有梨、柿、棗、李、桃、奈、梅、杏等珍木靈果，蔥、韭、蒜、芋、筍、薑、葵、蘿各色菜蔬遍植茂生，不但景致優美，而且充分滿足口腹所需。潘岳既羅列眾物，以見園林之富，亦搜異獵珍，以顯園林之奇；此外，更巧繪形色，以增園林之麗，善傳嗅味，以添園林之妙。而「蘘荷依陰，時藿向陽。綠葵含露，白薤負霜」四句，可謂觀察入微，曲盡物類生態特質，摹畫獨特風姿，令人稱賞。劉勰謂：「安仁輕敏，故鋒發而韻流」⑯，由此可見一斑。「于是凜秋暑退」以下，至「人生安樂，孰知其佗」，描寫太夫人閑居調養，身體日漸康復，每當春秋佳日，全家歡聚，或宴於林，或禊於汜，昆仲齊至，兒孫繞膝，獻觴祝壽，起舞高歌，其樂融融。潘岳描寫慈顏歡展，全家同樂之景象，真情流露，親切動人。尤其，「稱萬壽以獻觴，咸一懼而一喜」，既為母親恢復健康，歡度壽誕而喜，亦為年歲又增，衰朽日近而懼，孝心可感，用情至深，令人聯想其〈悼亡〉之作。雖然閑居無憂，樂享天倫，令潘岳大嘆人生至此，夫復何求，但仕途多舛，壯志未申之憤懣牢騷依稀可見。結尾八句，極言反躬自省，謙稱用薄才略，於是效法先哲，「不能則止」，辭官歸隱，優遊養拙。表面看似淡泊自持，內心卻幽憤難平，所謂閑居之趣，人倫之樂，只能帶給潘岳短暫歡愉，而不能消解失志之悲。通觀全篇，既「處」而不忘「出」，「身」閑而「心」不閑；由其築室京郊，可見不忘「寵榮之事」；而富居華園，更展現「朝隱」之時代思潮。

　　兩晉時期，為了調合名教與自然，消解出處矛盾，玄學家多以

---

⑯　《文心雕龍‧體性》。見同註❸，頁22。

「儒道為一」⑯，主張「無為之業，非拱默而已」；「塵垢之外，非伏山林之中」⑯，強調精神超越勝過外在形式，於是，「聖人雖在廟堂之上，然其心無異於山林之中」⑯，「小隱隱陵藪，大隱隱朝市」⑯之說，便為「朝隱」行為提供了理論支持。影響所及，士人既追求幽隱閑居之生活逸趣，卻又不排斥美園華宅、錦衣玉食之物質享受。潘岳之後，庾闡在〈閑居賦〉⑯中也表達同樣想法。賦家一方面要超然物外，忘懷是非，享受恬靜生活，卻不擇取岩棲野處，而是「宅鄰京郊，宇接華郭」。園內林木森森，密葉如雲，不但眾鳥欣有托，而且繁蔭生涼風，令人暑氣全消。閑來亦可遊池沼，目長淵，由於內外水流相通，在潮汐影響下，朝吐暮納，極具變化，足堪賞玩。而園中更築有高台崇觀，供人遠眺四周風光。由於臨近京郊，所以「左瞻天宮」，「蔓飛彤素」，京殿輝煌盡入眼底。右眄則見西岳敷翠，時而煙霞蔽嶺，時而清朗無雲；而地面則江河蜿蜒，滄浪水清，漁父垂釣其間，不問世事，寵辱不驚，水清

---

⑯　謝靈運〈辨宗論〉稱向秀「以儒道為一」。見清・嚴可均編、陳延嘉等校點《全上古三代秦漢三國六朝文》，第六冊，頁 312。

⑯　郭象《莊子・大宗師注》。見清・郭慶藩撰、王孝魚點校《莊子集釋》，北京：中華書局，2006 年 1 月第 10 次印刷，頁 270。

⑯　郭象《莊子・逍遙遊注》。見同上註，頁 28。

⑯　王康琚〈反招隱〉：「小隱隱陵藪，大隱隱朝市。伯夷竄首陽，老聃伏柱史。昔在太平時，亦有巢居子。今雖盛明世，能無中林士。放神青雲外，絕跡窮山裡。鵾雞先晨鳴，哀風迎夜起。凝霜凋朱顏，寒泉傷玉趾。周才信眾人，偏智任諸己。推分得天和，矯性失至理。歸來安所期，與物齊終始。」見逯欽立輯校《先秦漢魏晉南北朝詩》，頁 953。

⑯　庾闡〈閑居賦〉已見於本書第三章，頁 241。

水濁，濯纓濯足，既無分別，亦不在意！賦家閑居悠遊，蕩思滌慮，虛懷映物，觀化有感，遂於賦末表達，所謂動與靜、榮與悴、巨與細、萬與一，皆相生相對，互為表裏，不必強分優劣，亦無須執著一端，如此，自能等齊萬物，超然放曠於人世。相較於潘岳〈閑居賦〉，依然潛藏大才不用之幽憤與牢騷，庾闡賦作，更充滿悠閑逸樂之生活情味，與清虛恬淡之玄思色彩。

　　當然，描寫莊園規模，林水勝景，山居幽趣，並抒懷暢意，敘志言理之名篇鉅著，當推謝靈運〈山居賦〉⑯。此賦乃大謝辭去永嘉太守，移居會稽時所作⑱。賦前有序，以陳述創作緣起及旨趣，然而篇幅簡短，駢句大增，內容亦多議論而少敘述，不同於兩晉以來之賦序。而採行自注體例，除立足於前人基礎⑲，也展現自我創意。不但篇幅增長，考証翔實，而且講疏文意，闡釋義理，既與本文相互發明；散體行文，輕靈流利，又和正文儷辭區隔，達到駢散相濟效果。至於賦之內容結構，十分龐雜，大略言之，由「謝子臥疾山頂」，至「棲清曠於山川」，乃敘述歸隱決心，其中多旁徵古人以寄情寓意。靈運臥疾山中，觀古人遺書，覽前賢境遇，見張良、范蠡功成身退，逸棲而善終；李斯、文種、陸機難捨名利，爭

---

⑯　見清·嚴可均編、陳延嘉等校點《全上古三代秦漢三國六朝文》，第六冊，頁 299－308。

⑱　《宋書·卷六十七·謝靈運傳》載：「靈運父祖并葬始寧縣，并有故宅及墅，遂移籍會稽，修營別業，傍山帶江，盡幽居之美，……作〈山居賦〉並自注，以言其事。」（見梁·沈約撰《宋書》，北京：中華書局，2003 年 10月第 8 次印刷，頁 1754）

⑲　左思〈齊都賦注〉乃賦文自注之始，此後又有庾闡〈揚都賦注〉、曹毗〈魏都賦注〉、郭璞〈蜜蜂賦注〉等。

為世用，臨終慨嘆，為時已晚。由此乃悟：「道可重，故物為輕；理斯存，故事斯忘。」仕途多險惡，官場難久居，歷史殷鑑不遠，使謝靈運更堅定忘懷世務、歸隱林泉之心。於是效法先祖，「選自然之神麗，盡高棲之意得」，築室幽居，縱情山水。從「其居也，左湖右江」以下，則描寫周遭山水形勢與莊園內部環境。先總言此地「左湖右江」，「面山背阜」，四面有水，東西有山之整體風貌。接著再由「近東」、「近南」、「近西」、「近北」；「遠東」、「遠南」、「遠西」、「遠北」兩種層次，八大方位描述山川、溪湖、洲渚之峭聳環縈，白沙、青林、飛泉之鋪展懸垂，展現幽峭深邃、又清雅絕俗之自然風致。靈運相地築居，將景觀最佳之臨江舊宅重新修葺，使敞戶開窗之際，即可坐擁江山美景。而「阡陌縱橫」至「杜機心於林池」，靈運目轉筆隨，「自園之田」，「自田之湖」，敘寫田湖風光及動植物產，包括黍稷、水草、藥草、竹、木、魚、鳥、獸等，眾品羅列，鋪陳滿眼，可見莊園經濟富足，應有盡有。然而，靈運自言「弱齡而涉道，悟好生之咸宜」，強調園中不設魚獵之具，以杜殺生機心，並以此為梁，順勢進入崇佛慕仙之事。自「敬承聖詁」以迄「良未齊於彭殤」，綜言經台、講堂、禪室、僧房之經營，與法事活動之進行。而「山水作役」至「托星宿以知左右」，既略述四季農事概況，又描繪南北兩居之秀景麗致，與水陸往返之沿途風光。「山川澗石」以下，則總述山川眾美，百果備列，閑居莊園，或講經采藥，或吟詠著述，或玩水弄石，或旁觀農事，何等逍遙逸樂。緣此，靈運深悟，山中清寂，群紛自絕，「研精靜慮，貞觀厥美」，乃決定「投吾心於高人，落賓名於聖賢」，效法許由、涓子、楚狂接輿、商山四皓等棄

世隱者，攝生絕跡，林泉棲逸，以終餘年。

　　此賦在空間佈局、景物描繪上，採由外而內，由遠及近，逐層鋪敘，並以宏觀、中觀、微觀三種視角，作全方面觀照。如開篇先言莊園外圍景致，並以四遠、四近表現山川吞吐向背，映帶迴環之勢；進而聚焦描寫特定景致，如宅前之江濤勝景，湖中風光；至於園林內之草木魚鳥，則化零為整，自成單元，詳列其類別，妙繪其形象；緣此，四周山水、園林風物，盡收眼底，咸納筆端，達到「大必籠天海，細不遺草樹」⑩之鉅細靡遺。故鍾嶸謂其「興多才高，寓目輒書，內無乏思，外無遺物，其繁富宜哉！」⑪而在圖貌寫物上，更發揮巧言切狀，窮力追新之模範技巧。如寫「木」一段，容態盡出：

> 其木則松柏檀櫟，楩楠桐榆。欒柘轂棟，楸梓檉樗。剛柔性異，貞脆質殊。卑高沃瘠，各隨所如。幹合抱以隱岑，杪千仞而排虛。凌岡上而喬竦，蔭澗下而扶疏。沿長谷以傾柯，攢積石以插衢。華映水而增光，氣結風而回敷。當嚴勁而蒽倩，承和煦而芬腴。送墜葉於秋晏，遲含萼於春初。⑫

先言樹種不同，則質性有別，生長環境亦異。而莊園內眾木皆備，品類俱全，隨地所宜，姿態互殊。生長於沃地，則幹如合抱，高挺

---

⑩　白居易〈讀謝靈運詩〉。
⑪　鍾嶸《詩品》。見同註❸，頁9。
⑫　見清·嚴可均編、陳延嘉等校點《全上古三代秦漢三國六朝文》，第六冊，頁303。

入雲；凌岡而聳立，則枝葉扶疏，蔭遮澗下；逆生於岩谷，乃幹傾枝斜，竄發歧岔；臨河以栽植，則華開煥采，氣蕩風生。而四季推移，又與時俱化，隆冬嚴寒，但松柏常綠；夏陽和煦，則枝葉茂生；深秋氣凜，則葉落紛紛；春回大地，則含苞待啟。真是體物精微，窮形盡相，不愧為「元嘉之雄」。

賦中援引前賢，以古鑑今，作為仿效之事例，亦隨處可見。如開篇先以張良、范蠡功成身退而避世全身，對照李斯、陸機戀棧權位而罹禍喪命，表達棄仕歸隱，方為良策之旨。繼而又對屈原投江、樂毅亡趙之舉寄以同情，並重申高棲遠志。至於「愧班生之夙悟，慚尚子之晚研。年與疾而偕來，志乘拙而俱旋」，則褒美漢代隱士班嗣、尚平，一能洞燭機先，一能及時離塵，而對自己年疾俱至，方知歸田，則深表慚愧。賦末更連舉廣成子、許由、愚公、涓子等十七位高隱逸士，「咸自得以窮年，眇貞思於所遺」，以堅定山居決心。靈運博覽群籍，才高詞盛，撰文之際，每每據事類義，援古証今，既以炫才耀采，亦為申理明志。

至於園林景物之鋪陳羅列，更勝過同類作品，而益顯始寧莊園之富盛。如水草、樹木、游魚各有十六種，藥類植物包括「參核六根」、「五華九實」、「二冬三建」，以及水香、蘭草、林蘭、支子、卷柏、伏苓，約三十四種；飛鳥走獸則不下十餘類。此外，還有各色穀稼，「足於滿腹」；「灌蔬自供，不待外求」；「百果備列」，「帶谷映渚」，真是閉門成市，自給有餘。更特別者，靈運不僅羅列眾品，鋪陳百物，還善描形容，巧繪態色。如寫扶渠：「播綠葉之鬱茂，含紅敷之繽翻。怨清香之難留，矜盛容之易闌」，先言花紅葉綠、迎風搖曳，令人賞心悅目；又嘆清香難留，

玉容易殞，徒留殘荷滿池；樂極哀至，情致盡出。寫藥材：「映紅葩於綠蒂，茂素蕤於紫枝。既住年而增靈，亦驅妖而斥疵」，既可見鮮麗色彩，亦傳達靈奇妙用，可謂形神俱兼。寫魚類：「輯彩雜色，錦爛雲鮮。唼藻戲浪，泛符流淵。或鼓鰓而湍躍，或掉尾而波旋」，舉凡鱗色之美、嬉遊之樂、弄波之態，皆能巧譬鮮明，描態逼真，具體呈現萬物風貌與勃勃生機。

　　此外，賦中仙佛玄理兼容並蓄。靈運不但慕佛理，忌殺生，築講堂，立禪室，還延請高僧講經說法，並與曇隆、法流遊園興悟，共體妙理。此外，賦中既曰：「駭彼促年，愛是長生，冀浮丘之誘接，望安期之招迎」，又栽培各式藥草，遠尋名山奇藥，可見慕仙情懷與延齡之想。至於老莊玄思亦觸目可見，如「馳騁者儻能狂愈，猜害者或可理攀」，出於《老子》；「杜機心於林池」，引自《莊子·天地》；賦末宣稱：「見柱下之經二，睹濠上之篇七。承未散之全樸，救已頹於道術」，貶抑各類傳統學術，唯獨青睞莊學。足知靈運清虛抱樸、棄仕歸隱之思，即源於老莊玄思。相較於張華、石崇、潘岳、庾闡之避世全生，朝隱肥遯，皆以玄學義理為基礎，謝靈運於〈山居賦〉中，則展現多元而複雜之思想體系。黃節曾謂：「康樂之詩，合詩、易、聃、周、騷、辯、僊、釋以成之。」**❽**今觀其賦，亦復如此。

　　再論崇隱之作。除了〈歸田賦〉，張華亦撰〈招隱〉二首，抒發遁世保真、棲遲陸沈之想，唯詩中以議論為主，未涉及山水林野之隱居環境。而左思不但以〈招隱詩〉二首表達思歸崇隱之志，還

---

❽　黃節《謝康樂詩註·序》。見同註**❹**，頁 2。

將山林幽境寫得清雅秀麗，一改淮南小山〈招隱士〉之陰森淒苦。先論二首其一❿。全詩可分四節：首節四句開門見山，寫入山招隱。詩人一路行來，只覺道路荒蕪，彷彿從古至今無人走過；入得山中，不見草萊茅舍、高人隱者，唯有岩穴空蕩，及遠處傳來悠揚琴聲，畫破山林幽靜。詩人先以古道荒蔽寫隱者絕交息遊，避世之深，再以岩居穴處對照高堂美居，突顯隱者繁華落盡，返璞歸真。而琴聲之「動」，既映襯丘山之「靜」，也傳達隱士超俗獨立、怡然自得之清逸風姿。次節寫周遭環境。「白雲停陰岡，丹葩曜陽林」，乃仰觀、遙望之景，對偶工整，色彩相映；「石泉漱瓊瑤，纖鱗亦浮沈」，則俯視泉石，近觀游魚，充滿靈動趣味與盎然生機。詩人覽景狀物，自上而下，由遠及近，靜動皆陳，宏細俱寫，還輔以光影、色澤之變化輝映，層次分明，讀來景象歷歷，如在目前。第三節再寫林壑天籟。絲竹指管絃演奏，代表世俗浮華與人間富貴；而山水清音則為自然天籟，山居靜聆，象徵一種超凡人格與高情雅趣。「非必」二字連用，具有反詰語意，藉此否定絲竹笙歌之必要性，而肯定山水清音之存在價值。對高人雅士而言，「嘯歌」雖能宣吐情意，暢抒幽懷，但清風激越，灌木悲鳴，入耳動心，自能排憂解慮，何需長嘯詠歌以明志。中間兩節，詩人以山景秀美，天籟清雅，令人望之不厭，聽之不倦，表達對隱居生活心懷嚮往，滿腔熱愛。緣此，末節即寫掛冠棄仕、追步隱者之想望。詩人化用〈離騷〉「夕餐秋菊之落英」、「紉秋蘭以為佩」之意，寫隱者餐菊佩蘭，枕石漱水，生活簡約，秉性高潔，令人由衷企慕。

---

❿　左思〈招隱詩〉二首其一已見於本書第三章，頁233。

對比之下，華族貴胄嗜逐名利，爾詐我虞，食不厭精，膾不厭細，日日旨酒，夜夜笙歌，反顯粗鄙而使人生厭。「躊躇足力煩，聊欲投吾簪」二句，語帶雙關，暗喻世俗折腰，官場逢迎，令人力盡心煩，如今但求息心林壑，山居歸隱，以得自在逍遙。詩人為招隱而來，但通篇不寫隱士，只見深山明麗，谷壑藏幽，泉流魚躍，菊蘭吐芳，彷如一處世外桃源，隔絕塵世喧囂，反令人興發棄官歸隱之思。從招隱到棄仕，既呈現詩人取清高而捨榮利之人格特質，也表達對門閥士族掌控仕途升遷之不滿與抗議。

　　左思不但心思歸隱，更付諸實際行動。《文選》李善注引王隱《晉書》曰：「左思徙居洛城東，著〈經始東山廬〉詩。」**⑰⑤**「洛城東」當指洛陽宜春里，左思晚年退居於此，專意典籍，齊王司馬冏欲命為記室督，辭疾不就。而「經始東山廬」，即指〈招隱〉二首其二**⑰⑥**，詩中描寫擇地建屋，歸隱山林而身心俱暢之生活感受。前段八句，描寫東山美景。詩人棄官歸隱，卜居東山，此地遠離塵俗，清幽僻靜，果熟落地，自然成林，景致怡人。屋前引泉為井，佇立俯望，但覺泉清水冷，不僅明鑑萬物，更能滌目洗心，令人息煩靜躁，形神俱爽。山間卉木遍生，然時值隆冬，往往花凋葉落，一派蕭瑟，唯見竹柏傲霜鬥雪，耐冷長青，展現堅貞不變之抗寒本質。詩人盛讚「峭蒨青蔥間，竹柏得其真」，其實也寄寓個人情志，面對「世冑躡高位，英俊沈下僚」**⑰⑦**之政治現實，與其卑顏曲

---

⑰⑤　梁・蕭統編、唐・李善注《文選》，台北：文津出版社，民國 76 年 7 月出版，頁 1028。

⑰⑥　左思〈招隱詩〉二首其二已見於本書第三章，頁 233。

⑰⑦　左思〈詠史〉八首其二。見逯欽立輯校《先秦漢魏晉南北朝詩》，頁 733。

膝，爭拜路塵，寧願投簪棄仕，全節保志。而「峭蒨青蔥」四字，雙聲疊韻連綿直下，讀來峭勁有力，隱涵骨骾不平之氣，楊慎譽為「前無古，後無今」[178]。「弱葉棲霜雪，飛榮流餘津」二句，體物細微，對仗工穩，在花葉生滅、動靜互映中，呈現自然生態與物理循環。詩人幽居靜覽，更能體悟環境變化與生存意義。後段八句，因悟言理，暢抒情志。「爵服」四句，直言祿位難長保，個人際遇每因時俗不同，好惡有別而浮沈不定，知所進退才能與時推移；即使入仕為官，如因「沈迷簿領」，「拜迎長官」而心煩意亂，不如彈冠去塵，林泉歸隱，博得逍遙自在，形神俱全。「惠連」二句，更旁徵古人以申己志。柳下惠「不羞污君，不卑小官」[179]，為士師，三黜而不去，「直道而事人」[180]；少連事已不可考；而伯夷、叔夷則於商朝亡後，恥食周粟，餓死首陽。孔子稱：「柳下惠、少連，降志辱身矣！言中倫，行中慮，其斯而已矣！」又謂：「不降其志，不辱其身，伯夷、叔齊與！」[181]分由不同角度稱讚四人之行止與堅持。但對左思而言，自己既不願降志辱身以屈居朝廷之上，也並非憤世離俗而高隱東山，只想擺脫官場陋習，追求適志人生，而選擇回歸林園，縱情山水。左思自矜好勝，胸懷大志，雖欲馳騁良圖，立功不朽，但面對仕途波折，人情冷暖，既不願曲膝折腰，

[178] 楊慎《升庵詩話》。見丁仲祜編訂《續歷代詩話》，台北：藝文印書館，民國 72 年 6 月四版，頁 934。

[179] 《孟子·公孫丑上》。見蔣伯潛廣解《語譯廣解四書讀本——孟子》，台北：啟明書局，不著年月，頁 84。

[180] 《論語·微子》。見同註[71]，頁 278。

[181] 《論語·微子》。見同註[71]，頁 284。

降志辱身，又嚮往自然真樸，山水無爭，則投簪棄仕，隱居東山，亦為順心隨意，水到渠成。

　　陸機則因仕途多艱，富貴難求，而以〈招隱詩〉⑱表達「稅駕從所欲」之林泉嚮往，並以炫麗多彩之筆，將隱逸環境描繪淋漓，秀景清音，處處皆是，超塵無爭，仿如世外桃源，令人企慕嚮往。開端四句，寫入山訪隱之緣起。詩人晨起即言心情鬱悶，可見昨夜已為沈憂所擾，至今積愁未消。歷經躑躅，幾番思考，終於決定前往浚谷，尋訪幽隱高士。由此可知，詩名〈招隱〉，其實意不在此，子曰：「用之則行，舍之則藏」⑱，詩人與世不諧，懷憂入山，已潛存棄仕歸隱之心。中段十句描繪隱士生活與山境清幽。「朝采」二句，概括隱者一日作息，既見生活清苦，亦顯人格高潔。「輕條」以下，細陳所見所聞。山中林木高聳，枝長葉茂，垂蓋而下，仿如天然屋宇，可為隱者遮雨蔽日。每當清風拂過蘭叢，襲入林中，陣陣幽香迴蕩撲鼻，令人心曠神怡。入耳又聞山溜清越，鳴泉似玉，隨著澗水長流，泉入深谷，如玉清音由近而遠，由宏轉細，漸成「哀音」、「頹響」，卻依稀猶存，繚繞林際。詩人不但透過視覺，將輕條密葉描繪成隱者之華屋翠幄，又以嗅覺帶出蘭林幽香，暗喻隱者之芳潔；而「山溜何泠泠，飛泉漱鳴玉。哀音附靈波，頹響赴曾曲」四句，更將澗聲泉響擬物化、擬人化，寫得清脆美妙，如影隨形，詩人狀物傳神，極具功力。末段四句，直抒

---

⑱　陸機〈招隱詩〉已見於本書第三章，頁235。
⑱　《論語‧述而》。見同註⑪，頁90。

胸臆。《莊子・至樂》云：「至樂活身，唯無為幾存。」[184]以為清心寡欲，恬淡無為，方能形神偕暢，而達至樂之境。詩人心有戚戚，遂曰：「至樂非有假，安事澆淳樸」，強調富貴名利不能令人悅樂，何必在浮薄風俗中勞思困神。山林幽隱，樸實無爭，美景在目，清音盈耳，閑散自在，令人嚮往，如果仕途多舛，富貴難求，不如從心所欲，歸隱逍遙。然而，從一「苟」字可知，此乃假設之辭，詩人縱使受挫懷憂，思欲歸隱，畢竟壯志難捨，對仕途猶抱希望，不能即知即行，抽身引退，終致大禍臨身，慘遭殺害，空留「華亭鶴唳，豈可復聞」[185]之嘆！

張載、張協閑靜儒雅，才學並茂，史傳論曰：「孟陽鏤石之文，見奇於張敏；〈濛汜〉之詠，取重於傅玄，為名流之所挹，亦當代之文宗矣。景陽摛光王府，棣萼相輝。」[186]劉勰亦稱：「孟陽、景陽，才綺而相埒。」[187]，張氏昆仲不但揚名文壇，也曾積極投入官場，實現用世理想。然而，面對政局日亂，處境日危，二人體察王朝衰敗，勢所難挽；又受玄風影響，性尚恬退，清簡自持，守道不競，於是雙雙辭官歸隱，以求避世全生，林壑逍遙。張載所作〈七哀詩〉二首其一，已由漢陵荒敗景象，體察天道盈縮、市朝遷變之歷史循環，除因預見晉室將頹而「淒愴哀古今」外，也牽動「知止」、「遺榮」之思；〈招隱詩〉中更宣稱：「人間實多

---

[184] 見黃錦鋐注譯《新譯莊子讀本》，台北：三民書局，民國 75 年 11 月六版，頁 211。

[185] 《晉書・卷五十四・陸機傳》。見同註[61]，頁 1480。

[186] 《晉書・卷五十五・張載傳》。見同註[61]，頁 1525。

[187] 《文心雕龍・才略》。見同註[3]，頁 321。

累」，「得意在丘中」，明確表達棲隱情懷，唯詩中多引喻說理，以申逸志，未見描景狀物，以顯山水雅境。而張協則將歸棲生活載入詩中，並具體描繪山中風雲與卉木。〈雜詩〉十首其三云：

> 金風扇素節，丹霞啟陰期。騰雲似湧煙，密雨如散絲。寒花發黃采，秋草含綠滋。閒居玩萬物，離群戀所思。案無蕭氏牘，庭無貢公綦。高尚遺王侯，道積自成基。至人不嬰物，餘風足染時。⑱

詩分兩段，前段八句寫景，後段六句明志。開頭兩句，寫「金風」一起，秋節亦隨之而至，「丹霞」佈天，則陰沈天氣乃由此而啟。所謂「一葉知秋」，詩人多感，故敏於時序遷移、節候變化。三、四兩句，動態鮮明，比喻入扣。「騰雲」二字，已見飛揚之勢，再以「湧煙」喻之，更具體呈現湧冒不絕、迅速彌漫之態。詩言「密雨」，但知雨勢綿密而已，擬為「散絲」，彷彿親睹其細柔遍灑之狀，確具形似之工。而「騰雲」既起，「密雨」緊接而至，更精彩呈現季節轉換時之氣象瞬變。五、六兩句寫雨後物態，煥然一新。「寒花」、「秋草」，本應與時俱變而枯淡無光，但經秋雨淨潤後，前者「發黃采」，後者「含綠滋」，不但色澤鮮朗，姿態動人，而且生意勃發，神采洋溢。詩人觀察入微，體物深刻，寫景描狀清新婉麗，為秋天點染一片明淨色彩。由於退隱閒居，故能摒棄俗務，靜觀時序遷化與物態容姿，只是欣然有得之際，卻無人分

---

⑱　見逯欽立輯校《先秦漢魏晉南北朝詩》，頁 745。

享，不禁思朋心切，憶友情濃。九、十兩句，借古為喻。詩人以蕭育、朱博交誼深厚，貢禹、王吉往來密切，反襯自己離群既久，友朋漸疏，閒來亦常思故念舊，不能太上忘情。末尾四句，詩人提振精神，曠達以對。先稱隱者「不事王侯，高尚其事」⑱，保持自我尊嚴與人格完整，故能獨立不懼，「遯世無悶」⑲，表達自己「隱居以求其志」，雖然索居乏侶，偶覺落寞，仍能恬淡自適，守道不移。再言至人無為不爭，物我俱忘，「淡然無極而眾美從之」⑳，只要風隨影從，自能棄世無累，至足無悶。鍾嶸評張協：「文體華淨，少病累。又巧構形似之言。雄于潘岳，靡于太沖。」㉒綜觀全篇，前段寫景清新，敷采明艷，後段敘志抒懷，高曠灑落，《詩品》所言，果真不虛。

再看張協〈雜詩〉十首其九㉓。開頭四句寫脫離官場，回歸山林。「窮岡」、「幽藪」，突顯歸隱環境之荒深靜僻，正與喧囂世俗形成強烈對比。「荒庭閴寂」，可知訪客罕至，閒居無事；而「幽岫峭深」，更見此地幽奧險阻，來往出入皆不易。詩人擇處深山，躬耕林藪，避世離俗之志甚堅，然因荒嶺路阻，戚友漸疏，心中略感幽寂。「淒風」四句，寫山野氣候多變。當東谷淒風漸起，南岑微雲初興，縱使未有星月之象顯示降雨徵兆，膚寸之雲也會迅

---

⑱　出自《周易·蠱卦》，見郭建勳注譯、黃俊郎校閱《新譯易經讀本》，台北：三民書局，民國 85 年 1 月初版，頁 154。

⑲　出自《周易·乾卦》，見同上註，頁 10。

⑳　《莊子·刻意》。見同註⑩，頁 192。

㉒　鍾嶸《詩品》。見同註㉚，頁 9。

㉓　張協〈雜詩〉十首其九已見於本書第三章，頁 240。

速彌漫密布，終至霪雨不晴。可見詩人久居山中，對風起雲湧之態，既有敏銳觀察，並已累積豐富經驗。「澤雉」六句，轉寫地面景象。雉登高壟而爭鳴，猿擁林枝而哀吟，描寫動物避溼畏冷之狀，視覺、聽覺兼融並用，形象鮮明而逼真。而溪壑無人，荊棘叢生，更顯此地荒寂清冷，遠離塵囂。雖然山居不易，野處孤寂，但清簡樸實，與世無爭之安閑樂志，又豈是複雜官場所能比擬。何況還有田叟樵夫可為伴，只是林木蕭森，但聞其聲，難見其形罷了。六句之中，詩人描形繪聲，既直言「溪壑無人」、「荒楚蕭森」，又以「雉雊」、「猿吟」、「樵採音」反襯山中清寂，視聽兼運，意象豐富。雖然深山荒僻，林藪幽冷，詩人歸耕彷若苦行僧，但如《韓詩外傳》所言，大澤之雉，五步一啄，終日乃飽，羽毛澤悅，奮翼爭鳴；若置之困倉，雖常啄梁粟，然羽毛憔悴，志氣益下，低頭不鳴；兩者之別，正在得志與否。因此，「重基」以下，再申崇隱之志。所謂「登高使人意退，臨清使人志深」**⑲**，詩人既以崇山深淵為喻，表達堅定不移、超然高潔之心；再藉道家之言，強調無為養真，歸隱返璞，方為智者。而「游思竹素園，寄辭翰墨林」，除了閑居清寂，屬詠自娛外，亦有上友古人，寄托情志之旨。

　　張協才志俱壯，但因政治現實令人難以施為，而高潔人格、恬退思想又促其遠離濁世，退隱山野。林藪幽居，苦樂兼具，詩人有時「閑居玩萬物」，運筆點描金風丹霞之變幻多彩，雲雨過後之草卉清朗；有時「耦耕幽藪陰」，面對凄風久雨，雉雊猿啼，林壑深

---

⑲　見梁·蕭統編、唐·李善注《文選》，台北：文津出版社，民國 76 年 7 月出版，頁 1383。

無人,但聞伐木聲,筆下亦呈現溪山幽寂、荊楚蕭森之狀,但不論是幽岫深峭,躬耕勞苦,或「荒庭寂以閑」,「離群戀所居」,詩人固窮守節,無為養真,山林逍遙,澤藪樂志之心始終不移,故於世衰時亂中,依然能得善終。

　　一般而言,崇尚歸田者,多偏好園林幽居,肥遁逸遊;企慕山林者,多嚮往自然野處,山水澄心。然而,園林並非輕易可擁,荒山亦非人人能居,桑麻之事更非等閒易為,能真正返乎茅舍,躬耕田野,而「不言春作苦」⑭;樂處人間,不入深林,而「心遠地自偏」⑯者,當推陶淵明。早在辭官將歸時,他已有此決心,並清楚勾勒田園躬耕、鄉居樂處之生活藍圖。〈歸去來兮辭〉云:

> 歸去來兮,田園將蕪胡不歸?既自以心為形役,奚惆悵而獨悲!悟已往之不諫,知來者之可追。實迷途其未遠,覺今是而昨非。舟遙遙以輕颺,風飄飄而吹衣。問征夫以前路,恨晨光之熹微。
>
> 乃瞻衡宇,載欣載奔。童僕歡迎,稚子候門。三徑就荒,松菊猶存。攜幼入室,有酒盈樽。引壺觴以自酌,眄庭柯以怡顏。倚南窗以寄傲,審容膝之易安。園日涉以成趣,門雖設而常關。策扶老以流憩,時矯首而遐觀。雲無心以出岫,鳥倦飛而知還。景翳翳以將入,撫孤松而盤桓。

---

⑭　陶淵明〈丙辰歲八月中於下潠田舍穫〉。見逯欽立輯校《先秦漢魏晉南北朝詩》,頁 996。

⑯　陶淵明〈飲酒〉二十首其五。見逯欽立輯校《先秦漢魏晉南北朝詩》,頁 998。

歸去來兮，請息交以絕遊，世與我而相違，復駕言兮焉求？悅親戚之情話，樂琴書以消憂。農人告余以春及，將有事於西疇。或命巾車，或棹孤舟，既窈窕以尋壑，亦崎嶇而經丘。木欣欣以向榮，泉涓涓而始流。善萬物之得時，感吾生之行休。

已矣乎，寓形宇內復幾時，曷不委心任去留？胡為乎遑遑兮欲何之？富貴非吾願，帝鄉不可期。懷良辰以孤往，或植杖而耘籽。登東皋以舒嘯，臨清流而賦詩。聊乘化以歸盡，樂乎天命復奚疑！**⑲**

第一段寫棄仕緣由與思歸心情。起首兩句，以反問形式單刀直入，表達歸田之志蓄積已久，思慮亦深，如今心意已決，毅然求返。以下六句寫棄仕原因。淵明自言仕宦謀食乃「心為形役」，如今辭官歸田，不但無可悲傷，還稱過往入仕為「迷途」，官場歲月為「昨非」，如今及時「知返」，為時不晚，面對未來，滿心期待，但覺暢然快適，何來惆悵哀戚。文中不見牢騷與幽憤，唯有悔悟與慶幸，顯示淵明看透官場，厭棄名利，理性選擇忠於自我，保持獨立人格。「舟遙遙以輕颺，風飄飄而吹衣」，歸舟、衣袂俱呈輕盈飛揚之勢，顯示心情歡快，如釋重負。末兩句向征夫問路，恨晨光熹微，可知急切趕路，歸心似箭，由於道遠途長，更覺晨光緩慢，視線不良於行。

　　第二段寫返家情狀與平日生活。詩人既見家門，「載欣載奔」，宛如赤子一般，雀躍心情由此可見。而「童僕歡迎，稚子候門」，既令人感受家庭溫暖，也確定棄仕歸家之抉擇無誤。「三徑就荒」，頗有歸遲之嘆，而「松菊猶存」，則令人稍感安慰。淵明一向以松明志，以菊寄傲，此言隱喻掛冠雖晚，但志節不移。「攜幼入室，有酒盈樽」，既可擁抱親情，又能開懷暢飲，平生之願足矣。「引壺觴」以下，寫歸田生活。平日閑居，或引觴自酌，或賞木怡顏，或倚窗寄傲，安閑自得，遠俗忘憂，雖無廣居華廈，但容膝易安。由此可見淵明傲世獨立，安貧樂道之志。有時，庭園自賞，亦覺清雅有味，荊門常關，則無瑣務擾心。而拄杖閒遊，矯首遠望，往往引人遐想。「雲無心以出岫，鳥倦飛而知還」，既是寫景，亦是抒情，前者隱寓昔日出仕，亦屬「無心」之舉，後者自比歸鳥，因厭倦官場而飛返家園。而「景翳翳以將入，撫孤松而盤桓」，亦借景寫懷，托物言志。日色將沒，猶人之遲暮，雖然年老力衰，但節操猶在，所謂「歲寒，然後知松柏之後凋」[198]，手撫孤松，心以自勉。此段由返家欣悅，閑居自得，遊園寄暢，逐層鋪展，既以歸田美好，反襯官場羈絆，又藉自然景物以抒情寄志，表達追求自由，堅守本質之理想。

　　第三段先以息交絕遊，與世相忘，重申歸隱意志與無悔心情。「悅親戚之情話，樂琴書以消憂」，親情溫暖與琴書之娛，是仕途奔波、俗務纏身時所難以享受之天倫與清閒，如今失而復得，令人悅樂，使人消憂。當然，歸田之後，必須躬耕自給，桑麻之事，不

---

[198]　《論語·子罕》。見同註[71]，頁132。

可怠忽。顯然，操持農務，對淵明而言，早有心理準備。閒暇之際，乘興出遊，「或命巾車，或棹孤舟，既窈窕以尋壑，亦崎嶇而經丘」，不論泛舟尋幽，或登山攬勝，都令人百憂盡解，心神俱暢。淵明縱放丘壑，流觀萬物，面對時序運轉，冬盡春來，草木欣榮，山泉解凍，深感自然循環不已，生生不息；兩相對照，則人之既老將衰，死後歸無，難免觸興動懷，略顯淒然。

末段即順承前段意緒，抒發人生感想。「已矣乎」四句，既有無力改變生老病死之慨嘆，也有坦然接受事實之豁達。寄身天地，短如白駒過隙，緣此，更應從心所欲，把握有限生命，何苦一味奔競，使形神俱損？淵明自言：「富貴非吾願，帝鄉不可期」，是以爭名逐利，尋仙求藥，皆非人生志願；然則，心中所欲，究竟為何？以下四句，先作具體描繪：「懷良辰以孤往，或植杖而耘籽。登東皋以舒嘯，臨清流而賦詩。」正是把握良辰，遊觀美景；躬耕田野，盡力農桑；登山舒嘯，臨流賦詩，如此而已。由於質性自然，非矯厲所得，是以回歸田園，淡處茅廬，躬耕自給，無拘無束，順心適意，則於願足矣。末尾兩句，總攬其理：「聊乘化以歸盡，樂乎天命復奚疑」，指出人生在世，終歸空無，本該委運任化，隨順自然。淵明歷經人間波折，勘透宇宙變化，於此，展現了不喜不懼、樂天知命之處世態度。

若謂〈歸去來辭〉寫於辭官將歸之際，所言歸田生活仍屬想像情景，則翌年所作〈歸園田居〉五首，即親歷親為之生活體驗，淵明分從辭官歸田、親朋共聚、荷鋤躬耕、尋訪故舊、夜飲盡歡五種面向，清楚描繪隱居生活。可與〈歸去來兮辭〉相互參照，彼此印證。其中，第一首尤為提綱契領之作：

> 少無適俗韻，性本愛丘山。誤落塵網中，一去三十年。羈鳥
> 戀舊林，池魚思故淵。開荒南野際，守拙歸園田。方宅十餘
> 畝，草屋八九間。榆柳映後簷，桃李羅堂前。曖曖遠人村，
> 依依墟里煙。狗吠深巷中，雞鳴桑樹巔。戶庭無塵雜，虛室
> 有餘閒。久在樊籠裡，復得返自然。⑲

首段八句，寫辭官歸隱之心路歷程。開頭兩句，以正反兩面同申一
意，表達個性恬淡，崇尚自然，難以適應奔競士風，擾攘官場。閒
閒敘起，性靈自見。三、四兩句，將昔日出仕喻為「誤落塵網」，
其中既涵違心背志之苦，又有懊悔自責之意。而「三十」之數，若
以淵明二十九歲首任江州祭酒，四十一歲自彭澤退歸，則應為「十
三」之誤；如就文學角度而言，則誇稱「三十年」，更見沈淪之
久，自悔之深。淵明任職參軍時，曾以「望雲慚高鳥，臨水愧游
魚」⑳，表達嚮往自由，卻委身宦途之羞慚與無奈，如今再以「羈
鳥戀舊林，池魚思故淵」為喻，申明歸田是本性所趨，家園是唯一
依歸。「開荒」兩句，既見田疇荒蕪，墾地躬耕倍增辛苦，也表達
守拙不移、歸田適志之決心。中段八句，描繪田園風光，村居景
象。相較於石崇、潘岳、謝靈運之豪宅華園，百物備具，「方宅十
餘畝，草屋八九間。榆柳映後簷，桃李羅堂前」，更顯得簡易溫
馨，質樸可親。淵明描繪故園風貌，庭樹茂顏，由宅室而草木，由

---

⑲　見逯欽立輯校《先秦漢魏晉南北朝詩》，頁 991。
⑳　陶淵明〈始作鎮軍參軍經曲阿〉。見逯欽立輯校《先秦漢魏晉南北朝詩》，
　　頁 982。

屋前而屋後，閒言絮語，如遇故人，一派欣然自得，頗見戀家深情。以上四句寫宅屋近景，以下四句轉為村里遠眺。「曖曖遠人村，依依墟里煙」，言暮靄籠罩下，遠方村落隱約可見；墟里炊煙，裊裊上升，又到日落團聚時刻。時間再往前推進至深夜、黎明，復聞「狗吠深巷中，雞鳴桑樹巔」，打破四周寧靜，喚醒村民日出而作。詩人善用「暮靄」、「炊煙」之視覺實象，與「狗吠」、「雞鳴」之聽覺虛象，一來營造田園生活氣息[201]，再者呈現時間流轉，還可以動襯靜，烘托農村之清恬幽靜。由此，亦顯淵明擺脫塵囂，復歸鄉野，樂享平靜之喜悅心情。末尾四句，以歸田適志收束全文。「戶庭無塵雜，虛室有餘閑」，顯示人生因「無」而後「有」，因「捨」而後「得」，對不慕榮利、崇尚自由者而言，棄仕返鄉才是正確抉擇。「久在樊籠裡，復得返自然」，前句呼應「誤落塵網中，一去三十年」，後句印証「少無適俗韻，性本愛丘山」，首尾圓合，性行合一，充分表達淡泊情志與歸田悅樂。

　　淵明歸田，多因質性所趨，主動遠離官場網羅、世俗塵囂，因此未見不遇之悲，多有得閒之暢。詩中雖言閉門、掩扉、無塵雜、絕塵想，但非離群索居，斷絕一切交遊，因此，亦常見「時復墟里人，披草共來往」[202]；「漉我新熟酒，隻雞招近局」[203]，與鄉鄰友

---

[201]　宋·陳善云：「淵明『曖曖遠人村，依依墟里煙。狗吠深巷中，雞鳴桑樹巔』，當與《豳》詩〈七月〉相表裡。」（《捫蝨新話·卷七·陶淵明杜子美韓退之詩》，見楊家駱主編《陶淵明詩文彙評》，頁 50。）

[202]　陶淵明〈歸園田居〉其二。見逯欽立輯校《先秦漢魏晉南北朝詩》，頁991。

朋閒話共聚之語;而由「試攜子姪輩,披榛步荒墟」❷中,亦可見親子同遊之樂。平日躬耕力田,開荒南野,雖有「草盛豆苗稀」,「零落同草莽」❷之嘆,但也從「桑麻日已長,我土日已廣」❷中,獲得安慰與滿足。似此「結廬在人境」,「心遠地自偏」❷之歸田生活、閑逸心態,與張華、陸機思隱未隱而終遭屠戮,潘岳、謝靈運肥遁園林而心懷不遇;左思、張協離群棄世而逸棲深山,皆有不同。至於筆下所展現之自然景物、山水風貌、觀物心情,也迥然有異。對優遊華園、棲隱深林者而言,山川林木純屬觀賞對象,他們以客觀欣賞角度遊覽其間,而獲得審美悅樂,或藉此澄懷靜慮,悟道暢神。但對陶淵明而言,山水與自己,就在田園生活中自然結合,不必刻意追尋,也無須費心思索,巧言雕琢,只是將應目所見,即景所感,寫入詩中,不待安排,自然流出,故顯得「事真景真,情真理真」❷。如〈時運〉:「山滌餘靄,宇曖微霄。有風自南,翼彼新苗」,寫晨出所見,夜霧漸散,青山如洗,微雲輕

---

❷ 陶淵明〈歸園田居〉其五。見逯欽立輯校《先秦漢魏晉南北朝詩》,頁 992。

❷ 陶淵明〈歸園田居〉其四。見逯欽立輯校《先秦漢魏晉南北朝詩》,頁 992。

❷ 陶淵明〈歸園田居〉其三。見逯欽立輯校《先秦漢魏晉南北朝詩》,頁 992。

❷ 陶淵明〈歸園田居〉其二。見逯欽立輯校《先秦漢魏晉南北朝詩》,頁 992。

❷ 陶淵明〈飲酒〉二十首其五。見逯欽立輯校《先秦漢魏晉南北朝詩》,頁 998。

❷ 清·方東樹《昭昧詹言·卷四》。見同註❶,頁 968。

籠，天宇高緲，南風吹拂，新苗浪翻，猶如翔鳥鼓翼，前後翩飛。將尋常晨景，田疇風光，寫得清新曠朗，歡欣怡悅。而〈飲酒〉二十其五：「採菊東籬下，悠然見南山。山氣日夕佳，飛鳥相與還。此中有真意，欲辨已忘言。」尋芳採卉本是閑雅逸事，而秋菊更有凌霜耐寒之姿，延齡祛病之效，「採菊東籬」，充分展現淵明之閑居自得與高節自賞。無意間，舉頭又見南山悠然聳立，充滿不期而遇、應目會心之歡情逸趣。而黃昏夕照，美景怡人，更有歸鳥返巢，憑添山林佳色，當下物我玄冥，心神俱醉。然而，個中之妙，只可意會，難以言傳，不能忘情世事、閑居樂處者，終究無法契入自然，體悟妙趣。詩人玄解在心，卻點到為止，雖云得意而忘言，但弦外之音，尤發人深省。由此看來，陶淵明已為歸田隱逸生活重新定位，在表現手法上也另有創發，信手拈來，皆為田園風貌，寫景狀物，彷如白描，不假雕飾，卻又渾然天成，正是「外枯而中膏，似淡而實美」⑳，是以鍾嶸評曰：「風華清靡，豈直為田家語。」⑳如此詩風，使陶淵明成為魏晉文壇一股清流，又被後人視為田園詩文之開派始祖。

---

⑳　宋·蘇軾《東坡題跋·評韓柳詩》。見北京大學中文系文學史教研室編《陶淵明資料彙編》，北京：中華書局，2004 年 1 月第 4 次印刷，頁 30。另〈與蘇轍書〉云：「淵明作詩不多，然其詩質而實綺，癯而實腴，自曹、劉、鮑、謝、李、杜諸人，皆莫及也。」見同上，頁 35。

⑳　鍾嶸《詩品》。見同註㉚，頁 13。

第六節　遊仙類山水紀遊詩文之表現技巧

　　生命肇始，即須面對時空之遷轉流變。士人身為四民之首，自覺荊玉在懷，靈珠在握，每欲馳騁高才，踐履壯志，一旦現實多阻，與世不諧，又驚覺歲月消磨，年光易逝，令人憂嗟生悲，進而仙心躍動，神馳千里，或拂霄遠遊以抒情詠懷，或尋仙採藥以延年養壽。然而，仙鄉靈境難尋，人間山水易至，因此名山棲逸，深林幽隱，形超塵外，無現實迫促之困；神全意暢，有抱樸養真之功，回歸自然，體道逍遙，與仙人何異！因此，山水與遊仙，在詩人筆下總是虛實交疊，如真似幻，時而崑崙蓬萊，時而泰山九疑，既表列仙之趣，又兼坎壈詠懷。以下即由實際作品中，分析各家表現方式與描繪手法。

　　曹操既言：「烈士暮年，壯心不已」❷⓫；又嘆「人生苦短，譬如朝露」，面對宏業未竟，時不我與，內心亦常感憂戚，因此，雖不盡信神仙之說，但不能無慕仙之想。〈秋胡行〉二首其二，即對遠登靈山，遍覽八極，尋仙訪藥以求延齡，表達強烈渴望：

　　　　願登泰華山，神人共遠遊。願登泰華山，神人共遠遊。經歷
　　　　崑崙山，到蓬萊，飄颻八極，與神人俱。思得神藥，萬歲為
　　　　期。歌以言志，願登泰華山。❷⓬

---

❷⓫　曹操〈龜雖壽〉。見逯欽立輯校《先秦漢魏晉南北朝詩》，頁354。
❷⓬　見逯欽立輯校《先秦漢魏晉南北朝詩》，頁350。

開頭四句，重覆文意，展現積極求仙之意。然而，仙境縹渺，道路難至，於是詩人跨越時空，縱意神遊。「經歷崑崙山，到蓬萊，飄颻八極，與神人俱」，一貫直下，暢行無阻，彷彿頃刻間即凌空越海，來往於東西神山，真是「寂然凝慮，思接千載；悄焉動容，視通萬里」❹。而「飄颻」二字，如見仙靈飛騰，衣袂輕揚之姿，意中有象，形神俱出。末尾四句，既表達「萬歲」不死之戀生情懷，又重言登山尋仙，以呼應前意，通篇一旨，首尾圓合。而在〈氣出倡〉二首其一中，亦對遠遊尋仙、人神同樂情景進行描繪：

> 駕六龍乘風而行。行四海外路，下之八邦。歷登高山，臨谿谷，乘雲而行。行四海外，東到泰山。仙人玉女下來遨遊。驂駕六龍飲玉漿，河水盡不東流。解愁腹飲玉漿。奉持行，東到蓬萊山。上之天之門，玉闕下引見得入。赤松相對，四面顧望，視正焜煌。開玉，心正興其氣，百道至，傳告無窮。閉其口但當愛氣，壽萬年。東到海與天連，神仙之道，出窈入冥，常當專之。心恬憺無所愒欲。閉門坐自守，天與期氣。願得神之人，乘駕雲車，驂駕白鹿，上到天之門，來賜神之藥，跪受之敬神齊。當如此道自來。❺

通篇可分四段。首段六句。開端言駕龍乘風，行於四海，極具神幻色彩，頗見屈騷遠遊身影。但曹操身為霸主，位非人臣，遠遊尋

---

❹　《文心雕龍·神思》。見同註❸，頁 3。
❺　見逯欽立輯校《先秦漢魏晉南北朝詩》，頁 345。

仙，意在延齡長生，貫徹統一大業，並無失志之嘆，不遇之悲。因此，以下所云，翱遊四海，俯瞰東夷，登高山，臨溪谷，一連串飄然遠引之舉，只為尋仙求壽，而非憤世嫉俗。二段六句，描寫來到泰山，既與仙人同遊共樂，又飽飲玉液瓊漿，彷彿凡俗拘執與年命憂懼，皆漸獲消解。昔日孔子觀水，曾有「逝者如斯」之嘆，此言「河水盡不東流」，可知仙境已無年命易凋之戚。曹操既嘆人生苦短，憂世不治，則「解愁腹飲玉漿」，更見詩人慕仙求壽，遂行大業之本質。「奉持行」以下十三句為第三段，寫東至蓬萊，入天門玉闕所見情景。詩人經仙人玉女引導，來到蓬萊仙境，仰望四周，群星輝耀，確非人間可比；赤松相迎，面對而坐，告以抱元守一，自能長壽永生。末段則遊仙有感，體悟神仙之道精微玄妙，如能虛心寡欲，存神養氣，必將修煉有成。當然，詩人也希望獲得神人之助，同上天門，求得神藥，以助長生。類似之遊仙玄想，亦見於〈陌上桑〉❹。開篇即言「駕虹蜺，乘赤雲」，雖無御六龍之赫赫威儀，卻更見飄灑清姿，悠然神韻。詩人登九疑，歷玉門，濟天漢，至崑崙，一路奔波尋訪，終於來到天宮玉闕，並謁見王母與東君，交遊赤松與羨門。其中，不但省略仙人導引過程，還增加「見西王母，謁東君」情節，由於兩人乃仙界之首，詩人自言謁見，可知求仙心情更為迫切。至於「受要祕道愛精神」，「絕人事，遊渾元」，所言內在修煉方式大致相同；而「食芝英，飲醴泉，拄杖桂枝佩秋蘭」，則由外在飲食與服儀之清簡芳潔加以補述。曹操曾謂

---

❹ 曹操〈陌上桑〉已見於本書第三章，頁 247。

「真人」者,「名山歷觀,遨遊八極,枕石漱流飲泉」❷❶❻,因此,詩中再以「若疾風遊欻飄翻。景未移,行數千」,描述超凡入仙者,行動迅疾,飄掠如風,千里返往,只須一瞬。成仙既可擺脫形體拘執,長存不朽,逍遙無礙,當然令人嚮往追慕,但若功業未竟,是否願意毅然拋擲,遠引登仙?詩人矛盾在心,沈吟難決,末云「壽如南山不忘愆」,可知紅塵志業著實難捨。

　　所謂「仙」者,「人」在「山」也,但是仙蹤縹渺,靈岳難至,因此,尋仙訪藥多採神遊方式,詩中所言登山臨水,四方遠征,常為虛擬之詞。曹操遊仙,雖於蓬萊、崑崙之外,又增加泰華山、華陰山、九疑山、君山等人間名山,但虛擬意味實濃,因此常見御龍乘風、步雲疾行景象,而不細述實際登遊過程;又因著重表達慕仙求壽之旨,是以鮮有山水描繪、景物刻畫以興情,而多寫人仙共遊,採芝飲泉,或神人傳道授藥以見志。曹操既言「天地何長久,人道居之短」;又稱「不戚年往,世憂不治」❷❶❼,顯示對年命易逝、志業難竟亦慷慨抱嘆,憂思難忘,因此,暢敘遨遊仙境,採服悟道,正是求壽延齡以遂志之心情投射。

　　至於曹植,雖貴為王侯,但因爭位嫌隙,而屢遭曹丕父子猜忌疏離,十一年中,「號則六易,居實三遷,連遇瘠土,衣食不

---

❷❶❻　曹操〈秋胡行〉二首其一。見逯欽立輯校《先秦漢魏晉南北朝詩》,頁350。

❷❶❼　曹操〈秋胡行〉二首其二。見逯欽立輯校《先秦漢魏晉南北朝詩》,頁351。

繼」❷⑧。空有高才壯志，卻報國無門，遠遊仙境，多為紓解不遇之困、受迫之憂，因此，表現手法亦有不同於曹操之處，在空間敘述、景物描繪、與情感抒發上，均有增加趨勢。如〈遊仙詩〉❷⑨，前段六句先寫慕仙遠遊緣起。「人生不滿百，戚戚少歡愉」，直指人生苦短，年命有限，又兼時乖運蹇，憂戚難歡，緣此，縱有鴻才偉志，恐亦迫阨難伸而與時俱滅。起首二句透過時間、空間之雙重壓迫，直揭現實無奈與人生悲苦，並由此帶出遊仙思想。「意欲」四句，表達羽化飛升、追慕松喬之願，但由「奮六翮」、「排霧」、「蟬蛻」、「翻跡」諸語，可見詩人刻意強調掙脫羈絆、超越現實之自由逍遙，故其輕舉遠遊，實為消解時俗迫阨，拓展生存空間，而非祈如神仙之長壽永生。此由詩人自言：「捐軀赴國難，視死忽如歸」❷⑳，亦可獲得佐証。後段六句，即順此思路而下，描寫翱翔九天，騁轡遠遊情狀。詩人「東觀」、「西臨」、「北極」、「南翔」，不但隨心所欲，暢行無阻，將活動空間推擴至四方天地；而「扶桑」、「弱水」、「玄渚」、「丹邱」，更突破人間地理，進入神鄉仙境，展現遼闊無邊之心靈空間與想像世界。若參照〈仙人篇〉所云：「四海一何局，九州安所如。韓終與王喬，要我於天衢。萬里不足步，輕舉凌太虛。」❷㉑則詩人困於現實滯礙，以致神思遠颺，翱遊太虛，追求心靈自由與精神解脫之意，也就明顯可知

---

❷⑧ 曹植〈遷都賦序〉。見清·嚴可均編、陳延嘉等校點《全上古三代秦漢三國六朝文》，第三冊，頁138。

❷⑨ 曹植〈遊仙詩〉已見於本書第三章，頁248。

❷⑳ 曹植〈白馬篇〉。見逯欽立輯校《先秦漢魏晉南北朝詩》，頁433。

❷㉑ 見逯欽立輯校《先秦漢魏晉南北朝詩》，頁434。

了。再觀其〈遠遊篇〉：

> 遠遊臨四海，俯仰觀洪波。大魚若曲陵，承浪相經過。靈鼇
> 戴方丈，神嶽儼嵯峨。仙人翔其隅。玉女戲其阿。瓊蕊可療
> 飢，仰首吸朝霞。崑崙本吾宅，中州非我家。將歸謁東父，
> 一舉超流沙。鼓翼舞時風，長嘯激清歌。金石固易敝，日月
> 同光華。齊年與天地，萬乘安足多。㉒

「遠遊」之名，源於《楚辭》。王逸曰：「〈遠遊〉者，屈原之所
作也。屈原履方直之行，不容於世，困於讒佞，無所告訴，乃思與
仙人俱遊戲，周歷天地，無所不至焉。」㉓曹植此詩以「遠遊」為
名，可見亦有不為世用，遂托遊仙以自解之意。前段十句描繪海上
仙境。詩人採取俯視角度，綜覽所有景觀，先從海上洪波、大魚寫
起，烘托不凡氣勢，再由靈鼇馱舉神山之說帶出仙境，最後聚焦於
神仙生活。只見仙人玉女嬉遊同樂，飢食瓊蕊，渴吸朝露，逍遙自
在，不食人間煙火。詩人由遠而近，由宏而細，鋪寫神仙世界之超
凡脫俗與暢適無拘，一者表達內心渴望，一者反襯人間困窘。故中
段六句，即以「崑崙本吾宅，中州非我家」，承接上意，復啟下文
之鼓翼東歸。「一舉超流沙」，生動傳達一躍千里，疾飛欲歸之
態，而「鼓翼舞時風，長嘯激清歌」，則在乘風輕舉，嘯歌舒懷
中，充分展現歡悅心情。末段四句，詩人以仙人誠可慕，榮名不足

㉒　見逯欽立輯校《先秦漢魏晉南北朝詩》，頁 434。

㉓　見郭茂倩《樂府詩集》，台北：里仁書局，民國 73 年 9 月出版，頁 922。

取作結，正面表達超然情志，側面抒發內心憂悶。屈原不屈流俗，憤世遠遊，高風亮節，可與日月爭光；曹植思欲報國，奈何「君門以九重，道遠河無津」❷，遂欲效法先賢，遠引以超俗，遊仙以托志。

　　至於〈苦思行〉❷，又採不同表現手法。全詩十二句，六句一段。前段寫見仙而慕仙，後段言尋仙而遇隱。開篇兩句先寫環境。《詩經·小雅·頍弁》云：「蔦與女蘿，施於松柏。」此處不曰松柏，但稱「玉樹」，則仙境意味盡出。而玉潤蘿青，交相輝映，更顯明麗光粲，景致非凡。三、四兩句，轉寫仙人。仙真舉翅，翩然高飛，四海九天，任意翱翔，逍遙自在令人企慕不已。詩人屢遭摧迫，久經壓抑，直言：「我心何踴躍，思欲攀雲追」，見仙慕仙之亢奮情緒自然流洩。後段六句寫尋仙過程。詩人追攀仙跡，來到西岳之巔，由林木「鬱鬱」，可見此地荒深，而「石室青蔥與天連」，又見居處隱蔽，縹渺入雲，則幽棲之人必非凡庸俗夫。果然，中有耆年隱者，鬚髮皆白，遺世獨立，望之若仙。隱者通達明悟，既與詩人同遊，又告以應世之道在「忘言」，意謂多言惹禍，沈默保身。詩人尋仙未得，乃因神靈虛幻，可望難及，因此退而求其次，以巧遇深隱智者，表達憂讒畏譏、避世全身之意。曹植在詩中採取景人互襯、虛實交疊手法，將仙境、名山、真人、隱者融合一處，極富奇思異彩；同時又以仙、隱寄情托意，宣洩胸中苦悶，追求超塵逍遙。此一表現手法，下開仙隱合流之風。

---

❷　曹植〈當牆欲高行〉。見逯欽立輯校《先秦漢魏晉南北朝詩》，頁438。
❷　曹植〈苦思行〉已見於本書第三章，頁249。

　　孔子曰：「君子哉！蘧伯玉。邦有道，則仕；邦無道，則可卷而懷之。」❷嵇康不滿司馬氏虛懸名教，殺戮異己而遠避仕途；其時玄學既起，道教亦興，嵇康托好老莊，遊心玄默，逍遙山林，養素全真，遺落世事，仙思屢生。所作〈遊仙詩〉❷，已將隱逸、養生、求仙之志雜揉一處。首段六句，以遙望山松挺立峰頂，隆冬依然蔥翠蓊鬱起興，帶出傲岸獨立、不同流俗之卓然品性。「自遇一何高，獨立迥無雙」兩句，實屬詠物吟志，以彼見此，展現孤芳自賞之高情逸志。深山超塵，青松屹立，引人舉步追攀，然而，「蹊路絕不通」，透露時乖世亂，現實多艱，想要離俗避世，逸隱求全亦難。中段六句，仙思勃發，由實入虛。詩人想像與王喬一起乘雲駕龍，同遊玄圃仙境，又巧遇黃老，授以自然養真之道，令人矛塞頓開，心目俱啟。王喬為仙，黃老為道，此處兩者合言，交融為一。仙遊既已，末段回歸現實。詩人體道有得，身心力行，一則入山採藥，服食養生，一則蟬蛻棄俗，棲隱仙林；閒來飲酒彈琴，歌詠暢心，如此，自可避俗遠禍，形神俱安，而增壽延齡。嵇康憤世嫉俗，蔑視名位，詩中頗見棄世獨立，遠引求仙之思，但在馳騁想像，遨遊仙境外，更落實於平日生活，採藥鍾山，結家板桐，臨觴奏樂，透過服食養形，幽隱養神和雅歌暢志，具體實踐長生久壽之道，虛中有實，從隱入仙，展現不同氣象。

　　何劭乃何曾之子，雖出身高門，生活豪奢，但「不貪權勢」❷；

---

❷　《論語・衛靈公》。見同註❼，頁 235。

❷　嵇康〈遊仙詩〉已見於本書第三章，頁 251。

❷　《晉書・卷三十三・何劭傳》：「劭博學，善屬文，陳說近代事，若指諸掌。永康初，遷司徒。趙王倫篡位，以劭為太宰。及三王交爭，劭以軒冕而

又因其父對西晉之亡頗有預感，故對仕途似亦心懷憂懼，時有恬退之想，並作〈遊仙詩〉㉔以表達慕仙之志。首段六句，仿效嵇康寫法，緣景起興，以松柏不凋帶出慕仙情懷。「陵上」、「高山」，點出松柏長於崇山峻嶺，遠離凡塵，雖然夏涼冬寒，霜臨雪降，但是，斧鉞不近，根柢盤深，終年屹立而常綠不凋。詩人體物傳神，巧繪形色，既以「青青」狀其蓊鬱蒼翠，又以「亭亭」寫其傲骨凌雲，同時，疊字以出，連袂而下，更見松柏遍覆之勢。「吉士」兩句，言貞定之士每每見物有感，應目會心，從而堅守己志，棄世全生，遠托山林以延齡。詩人以彼喻己，抒發胸中逸志與超凡仙思。中段六句，順承而下，展開連翩玄想。「揚志」兩句覽景興情。仰望浮雲，自在舒卷，悠然無拘；流觀巖石，昂揚壁立，曠古不移，山林清景，令人觸目生思，流連神往，思欲常住。「羨昔」四句寫羨仙之情。遙想昔日王子喬遊於伊、洛，偶遇神人提攜，乘雲駕鶴，度山越嶺，離俗悟道，飛升成仙；自己若亦棲山遠隱，或能交友神仙，並肩同遊而長存不朽。結尾四句更抒懷寫志，暢表仙思。詩人直言，如能羽化高飛，翱翔萬里，遠離災劫禍難，不入生老病死，豈會留戀短暫榮華與世俗歡樂。何劭曾於〈贈張華〉中，表達「既貴不忘儉」、「鎮俗在簡約」之人生態度，並力邀好友歸田共隱，茂蔭同遊。而〈雜詩〉又寫秋月高照，惆悵未眠，閒步園中，仙思頓生。中云：「仰視垣上草，俯察階下露。心虛體自輕，飄颻

游其間，無怨之者。而驕奢簡貴，亦有父風。衣裘服玩，新故巨積。食必盡四方珍異，一日之供以錢二萬為限。時論以為太官御膳，無以加之。然優游自足，不貪權勢。」見同註㉒，頁999。

㉔　何劭〈遊仙詩〉已見於本書第三章，頁254。

若仙步。瞻彼陵上柏，想與神人遇。」❷⓪垣草階露，皆短壽之物，入秋而枯，晨起即逝，人生亦復如此，唯有清虛自守，忘物棄俗，才能身心俱輕，飄然若仙。何劭遙望陵柏，思與神遇，逸想遄飛，仙思搖蕩，觀〈雜詩〉所述，正與此詩相互呼應。

　　郭璞出身寒素，不合門閥政治主流，又因長於卜筮，而多為縉紳所笑，出任之職，多為參軍、著作郎、尚書郎、記事參軍，可謂才高位卑，仕途偃蹇；面對王敦將叛，身為幕僚，既畏不敢辭，又婉勸無效，真是進退維谷，身心俱苦，遂有珪璋特達，明月暗投之嘆。人生不得意，現實多橫逆，使郭璞企圖以山林幽隱，慕仙遠遊，消解世俗壓迫與心靈苦悶，所作〈遊仙詩〉，即以棲逸之樂，列仙之趣，表達離塵出世之想。如十九首其二：

> 青谿千餘仞，中有一道士。雲生梁棟間，風出窗戶裏。借問此何誰，云是鬼谷子。翹跡企潁陽，臨河思洗耳。閶闔西南來，潛波渙鱗起。靈妃顧我笑，粲然啟玉齒。蹇修時不存，要之將誰使。❷①

詩分三層敘述。前六句為第一層，描繪青溪道士似仙似隱，幽居奇境。發端先以青溪峻聳，壁立千仞，展現非凡氣勢，再言道士幽隱其間，引人倍感好奇，亟思一探究竟。開頭兩句，高山、隱者拔地而起，突如天降，彼此烘托，成功營造神祕氛圍。三、四兩句描繪

---

❷⓪　見逯欽立輯校《先秦漢魏晉南北朝詩》，頁 649。
❷①　見逯欽立輯校《先秦漢魏晉南北朝詩》，頁 865。

隱者幽居所在。「雲生梁棟」，呼應山高「千仞」；「風出窗戶」，言其內外無礙；由此可見，隱者居處既遠離塵囂，亦與自然融合，逸棲其間，遠眺山水，近觀風雲，超然化外，飄飄若仙。如此勝境，究竟所居何人？作者巧設懸念，逗引好奇，蓄勢既足，方以設問方式揭開謎底，帶出主角——鬼谷子。首段六句，先以奇境、幽人營造仙隱之趣，中段六句，再藉仰慕許由、靈妃，表達思隱求仙之志。詩人悠遊山中，行至溪畔，想起許由拒絕堯之禪讓、徵召，逃隱於箕山，洗耳於穎水，志高行潔，令人嚮往追攀。凝神之際，西風拂起，水面清波晃漾，鱗紋泛生，粼粼波光中，似見靈妃美目顧盼，巧笑嫣然，輕啟玉齒，含情如訴，使人心魂俱迷。詩人將山光水色與道隱仙靈鎔於一爐，揮灑即成峻逸清美、幽雅神祕之世外桃源，寄託高蹈遠引之志。然而，人生在世，往往事與願違。結尾兩句，筆鋒逆轉，表達求仙不成、逸志難遂之哀。「蹇修」為媒，典出〈離騷〉：「吾令豐隆乘雲兮，求宓妃之所在。解佩纕以結言兮，吾令蹇修以為理。」[232]屈原見逐於君，乃以升天遠遊作為精神撫慰，當日欲求宓妃，猶有蹇修說項，如今郭璞仰慕靈妃，卻苦無良媒玉成，兩相對照，則詩人憤世之情，不平之氣，不言可喻。兩晉以來，政局波譎，風雲變幻，郭璞縱有用世之心，卻無揮灑舞台，面對自身處境與社會現實，難免興發「朱門何足榮？未若托蓬萊」[233]之想，遂藉遊仙詩以坎壈詠懷，宣鬱吐悶。詩人對

---

[232] 傅錫壬《新譯楚辭讀本》，台北：三民書局，民國73年12月四版，頁41。

[233] 郭璞〈遊仙詩〉十九首其一。見逯欽立輯校《先秦漢魏晉南北朝詩》，頁865。

靈山勝境進行描繪讚頌，對隱士仙真表達企慕追索，充分展現離俗棄仕、學道求仙之志；然而，結尾兩句急轉直下，慨嘆求仙無媒，心願難了，先揚後抑，先喜後悲，更突顯理想與現實猶如天壤，可望難求。

　　郭璞因憂而遊，明知求仙無門，偏又心嚮往之，胸中矛盾，失落苦悶，可想而知。也許退而求其次，逸隱山林，也能避禍全生，怡然養壽，因此，詩中常見幽人似仙似隱，丘壑仿如桃源。如〈遊仙詩〉十九首其三㉞：前段四句勾勒明麗山景，雅致清境。「翡翠戲蘭苕，容色更相鮮」，寫近景，焦點集中。蘭苕、翡翠，一花一鳥，個別觀賞，即覺妙麗多姿，詩人以一「戲」字將兩者串聯在同一畫面，不但相互輝映，益添妍美，而且化靜為動，跳宕輕靈，惹人注目流連，杜甫〈論詩六絕句〉其四㉟更以「翡翠蘭苕」作為巧麗鮮朗之詩風代表。而「綠蘿結高林，蒙籠蓋一山」，則轉繪遠景，境界開闊。山中林木高聳，本已青籠翠覆，又兼藤蘿攀繞，更覺綠意盎然，一片生機。詩人觀物，由近及遠，由小至大，運筆設色，則前寫動態，後寫靜景；大處潑彩，小處增艷，交映生輝，趣味橫生。中段八句描繪隱者活動。前四句先寫幽棲情狀。冥寂之士，超塵脫俗，心恬意淡，靜處山中，或長嘯舒懷，撫琴鳴志；或縱情山水，遊心天外；或飢餐英蕊，渴飲流泉，忘名棄利，逍遙自在，宛如地仙。「赤松」以下四句，寫仙隱交遊，其樂融融。隱者

㉞　郭璞〈遊仙詩〉十九首其三已見於本書第三章，頁 255。

㉟　原詩云：「才力應難跨數公，凡今誰是出群雄；或看翡翠蘭苕上，未掣鯨魚碧海中。」見清・楊倫《杜詩鏡銓》，台北：漢京文化公司，民國 72 年 9 月初版，頁 398。

修真體道，形神俱超，平日交遊皆仙真，時而赤松子乘雲駕鴻來訪，時而與浮丘公、洪崖先生攜手並肩，翱遊仙鄉，隨心所欲，超然無累，令人稱羨神往。《文心雕龍·才略》云：「景純艷逸，足冠中興，……仙詩亦飄飄而凌雲矣」**❷❸**，此詩辭藻華美，精神超脫，足可印証劉勰所言。末尾兩句，以感嘆收束全文。詩人以蜉蝣朝生暮死，識淺命促，不知龜鶴千齡，閱盡紅塵，比喻世俗凡夫心眼俱窄，終日趨名逐利，耗損形神，猶沾沾自喜，不悔不悟，豈能了解山林逸士離俗幽隱，冥寂養真之清心逸樂與慕仙高志。正如《莊子·逍遙遊》所稱：「小知不及大知，小年不及大年。」**❷❼**詩人以反問形式，對世俗價值表達強烈質疑與否定，從而展現蔑視名利、鄙棄榮華之人生觀。對照〈遊仙詩〉其一所云：「漆園有傲吏，萊氏有逸妻」，更見郭璞不合流、不媚俗之傲岸清高與孤芳自賞。而面對汲營眾生，奔競俗人，則以「遐邈冥茫中，俯視令人哀」**❷❽**，寄予無限同情與憐憫。

再看〈遊仙詩〉其八**❷❾**。詩分三段，前段六句寫景，中段六句玄思，末段四句悟道。首段中，詩人寫日出，先從陽谷、扶疏下筆，濃郁神話色彩，使人間山林頓生靈氛，彷如仙境。此時，遙望東方，只見朱艷朝霞籠罩峰頂，瀰漫長空，一輪紅日逐漸浮升，朗朗高掛，粲然美景，令人目迷神炫。以上四句，敷采明艷，摹畫入

---

❷❸　見同註❸，頁 321。

❷❼　見同註❿，頁 51。

❷❽　郭璞〈遊仙詩〉其九。見逯欽立輯校《先秦漢魏晉南北朝詩》，頁 866。

❷❾　郭璞〈遊仙詩〉其八已見於本書第三章，頁 256。

微，將日出霞佈寫得光芒萬丈，氣勢磅礴，真是「彪炳可玩」⓴。
「迴風」二句，則復歸清和。詩人寫靜室幽居，但覺流風周迴，穿
櫺成音，逸響入耳，宛若天籟，觸之靜慮，聽之澄懷，不覺神思悠
然，遐想連翩，漸入玄冥之境。中段六句，以「悠然心永懷，眇爾
自遐想」承上啟下，轉入玄思。詩人仰望天際，思如大鵬振翅高
飛，延頸伸足，擺落塵囂羈絆，縱情於浩瀚蒼穹。此處用語，如
「仰思」、「延首」、「舉翼」、「矯掌」，皆有伸展高舉之意，
充分顯示詩人掙脫現實，衝破拘執之強烈渴望；而「嘯傲」，「縱
情」，更展現放浪不羈、崇尚自由之孤傲性格與飄灑逸態。「仰思
舉雲翼，延首矯玉掌。嘯傲遺世羅，縱情在獨往」，將詩人沖決世
網、超然物外之神態意志表露無遺。末尾四句，悟道有得。《老
子·二十一章》曰：「道之為物，惟恍惟惚。惚兮恍兮，其中有
象。」詩人冥神靜思，彷彿化身鯤鵬，翱遊九天，上與造物者同
遊，於是深體道在自然，唯有回歸山林，方能形神俱逸，逍遙天地
而暢行無滯。緣此會悟，乃勸人超世厲德，羨魚結網，入山幽棲以
體道暢神，必可修真養壽，與仙同遊。

　　雖自曹植、嵇康、何劭以來，仙隱合流已成趨勢，但對山水描
繪，仍覺形容過略，到了郭璞筆下，則以人間勝景為基礎，輔以奇
特構思，豐富想像，將深山幽景虛靈化，縹渺仙境具象化，使人既
嘆其奇麗，又覺其可親。如〈遊仙詩〉其二所寫之「青溪」，確有
其地，李善注引庾仲雍《荊州記》云：「臨沮（今湖北當陽縣西北）
縣有青溪山，山東有泉，泉側有道士精舍。郭景純嘗作臨沮縣，故

⓴　鍾嶸《詩品》。見同註㉚，頁 12。

遊仙詩嗟青溪之美。」㉑然而,「雲生梁棟間,風出窗戶裏」,則
寫得清新脫俗,宛若仙鄉。至於〈遊仙詩〉其八所云之「暘谷」、
「扶桑」,雖運用神話典故,但日出景象卻真實可見,絕無虛擬。
郭璞寫景,善於化虛為實,搏實成虛,遂使仙人隱士化,隱士神仙
化。同時,體物入微,文采綺麗,又使筆下山水顯得艷逸多姿,引
人嚮往,不但反襯現實濁穢,也表達高蹈隱逸之志。故鍾嶸謂玄言
詩「理過其辭,淡乎寡味」,而郭璞以「俊上之才」,「始變永嘉
之體,故稱中興第一」㉒。而劉熙載則贊為「亮節之士」,並言:
「〈遊仙詩〉假棲遯之言,而激烈悲憤,自在言外,乃知識曲宜聽
其真也。」㉓

　　庾闡早年隨舅父過江,仕宦於東晉政壇,雖然官位不高,但受
玄風影響,心境恬淡,似無明顯不遇之悲。性喜自然,不但常遊山
水,吟詠風物,還有採藥遊仙之作,既妙筆巧繪靈山勝景,又如實
展現超世情懷。詩中不論設譬形容或遣辭造境,均有可觀之處。如
〈採藥詩〉㉔,先以前兩句點題,既言採藥而至靈山,則服食求壽
之旨已明;而九嶷山因「羅巖九舉,各導一溪;岫壑負阻,異嶺同
勢,遊者疑焉」㉕而得名;相傳舜帝南巡崩殂後,即埋葬於此㉖,

㉑　見梁・蕭統編、唐・李善注《文選》,台北:文津出版社,民國76年7月出
　　版,頁1019。
㉒　鍾嶸《詩品》。見同註㉚,頁12。
㉓　《藝概・卷二・詩概》。見同註⑱,頁54。
㉔　庾闡〈採藥詩〉已見於本書第三章,頁257。
㉕　《水經注・卷三十八・湘水》。北魏・酈道元注、楊守敬疏《水經注疏》,
　　南京:江蘇古籍出版社,1999年8月第2次印刷,頁3123。

神異色彩極為濃厚，詩人採藥靈山而結駕九嶷，即已烘托此山不凡之勢。中間八句寫山中奇景。懸崖、芳谷原為山中常見地勢，然而加入「石髓」、「芳芝」、「雲珠」、「石蜜」等仙草靈液，則形象迥異。此外，「丹芝」耀紅，奇彩炫目，懸溜清響，泠泠悅耳，獨特視聽感受，使深山幽谷神采煥生，靈氛籠罩；「鮮景染冰顏，妙氣翼冥期」，寫出山中藏珍而生輝耀奇之象。而「霞光煥藿靡，虹景照參差」，則由光影穿林，映射照物，產生明暗不同變化，渲染此地變幻多姿猶如仙境。詩人所寫，既以山中崖谷、卉木、滴溜、光影為背景，又綴以丹芝、靈液、霞光、妙氣，揮灑而成一處神峰奇境，虛實交揉手法，顯得異采橫生。末兩句以「椿木」、「槿花」對比成文，頗具玄趣。椿樹以八千歲為春，八千歲為秋；槿花則朝開暮落，芳華易謝，兩者本質不同，壽夭亦異，此乃自然之理，因此，面對生死議題，但求善盡人事，修身養形，至於衰朽遲速，則順乎天命。詩以入山採藥，服食延齡起始，卻以生死有命，隨運任化作收，可見庾闡雖有遊仙之想，但受玄學影響，對人世之盛衰生滅，更能豁達以對，隨順自然；對於山水雲日，草木岩泉，則表現了高度遊觀興致與模寫技巧。此一現象，亦可見於〈遊仙詩〉十首。其中，敘及登臨採藥及山中勝景者，如：

　　神岳竦丹霄，玉堂臨雪嶺。上採瓊華樹，下挹瑤泉井。（其

㉖　《史記・卷一・五帝紀》載曰：「（舜）南巡狩，崩於蒼梧之野，葬於江南九嶷。」（見西漢・司馬遷《史記》，台北：鼎文書局，民國 73 年元月六版，頁 44。）

一）

熒熒丹桂紫芝，結根雲山九疑。鮮榮夏馥冬熙，誰與薄採松期。（其五）

朝噉雲英玉藥，夕挹玉膏石髓。瑤台藻構霞綺，鱗裳羽蓋級纚。（其八）

玉樹標雲翠蔚，靈崖獨拔奇卉。芳津蘭瑩珠隧，碧葉灌清鱗萃。（其九）

玉房石榆磊砢，燭龍銜輝吐火。朝採石英澗左，夕翳瓊葩嚴下。（其十）❹

詩人既以「神岳」、「靈崖」描繪崇山峻谷，又將「玉堂」、「瑤台」置入其中，烘托一股靈妙氣氛，彷彿仙鄉祕境。而山中卉木泉石，更非尋常之物，如「丹桂」、「紫芝」、「玉樹」、「瓊葩」、「雲英」、「玉髓」、「瑤泉」、「芳津」，不但採之可以服食養生，去病延年，望之更是光華熠燿，終年鮮朗，登涉其間，時見翠蔚雲聳，奇卉獨拔，時聞清溜懸滴，桂蘭香溢，令人心凝形釋，意暢神完，養生妙術，即蘊藏於自然山水。另有描繪輕舉遠遊，俯望四方奇觀者，如：

---

❹ 見逯欽立輯校《先秦漢魏晉南北朝詩》，頁 875。

南海納朱濤，玄波灑北溟。仰盼燭龍曜，俯步朝廣庭。（其二）

邛疏鍊石髓，赤松漱水玉。憑煙眇封子，流浪揮玄俗。崆峒臨北戶，昆吾眇南陸。層霄映紫芝，潛潤汎丹菊。崑崙涌五河，八流縈地軸。（其三）

三山羅如粟，巨壑不容刀。白龍騰子明，朱鱗運琴高。輕舉觀滄海，眇邈去瀛洲。玉泉出靈鼂，瓊草被神丘。（其四）❹❸

不論是遼闊水景如南海朱濤、北溟玄波；或幽深林物如紫芝丹菊、玉泉瓊草，皆在詩人宏觀細察中，一一映入眼際。其中，「崑崙涌五河，八流縈地軸」，寫得氣勢喧騰，流邁千里；而「三山羅如粟，巨壑不容刀」，透過極大極小之懸殊比例與絕妙形容，精確掌握居高臨下，俯觀景物所產生之奇妙變化，詩人體物精微，想像豐富，令人擊節嘆賞。至於托遊仙而喻玄理者，如：

赤松遊霞乘煙，封子鍊骨凌仙。晨漱水玉心玄，故能靈化自然。（其六）

乘彼六氣渺芒，輜駕赤水崑陽。遙望至人玄堂，心與罔象俱

---

❹❸　見同上註。

忘。（其七）[249]

前兩句言仙人飛舉，乘風遠遊，飄然有凌雲之意；後兩句即轉入隨順自然，心神俱忘之玄思理致，是以徐公持先生指出，庾闡〈遊仙詩〉，「既非詠懷抒憂，亦非列仙之趣，而是借遊仙以表達老莊玄理。」[250]其實，三種遊仙動機在庾闡詩中並非不能相容，只是比重多寡不同而已。

綜觀遊仙一類作品，由飛升遠遊，訪仙求藥，逐漸轉為深林棲逸，名山採藥，仙隱合流、由虛入實之勢，使山水描寫、景物刻畫篇幅大增，詩人巧繪形容，善觀變化，將崇山超俗，幽林深靜表現盡致。然而，詩中亦常以暘谷、扶桑、神岳、玉堂、瓊樹、丹芝、醴泉、石髓等祕境珍藥，展現虛靈本質與飄飄仙味，而敷彩鮮麗，運筆浮誇，更增添神異色彩與誘人魅力。緣此，乃與觀山覽水、描景繪物之作，展現不同形貌與風韻。

---

[249]　見同註[247]。

[250]　見徐公持《魏晉文學史》，北京：人民文學出版社，1999 年 9 月第一版，頁473。

第五章
魏晉山水紀遊詩文之價值

　　《禮記·樂記》云：「人心之動，物使之然也。」❶魏晉士人
四方遠涉，俯仰登臨，面對「山沓水匝，樹雜雲合，目既往還，心
亦吐納」❷，於是感物吟志，發為詩文，或張泉石雲峰之景，或興
娛樂愁怨之情，或寄出處進退之志，或抒宇宙自然之理。所以在山
水紀遊作品中，除了敘寫遊歷行蹤，模範自然形貌外，還包括作者
之覽景情志與體物玄思，使內容厚實可讀，不流於單純詠物之浮虛
誇飾。在長期創作經驗累積下，不僅篇章結構日漸成熟，模寫技巧
亦卓然有成。此外，由於政局波詭多變，玄風日益高漲，魏晉士人
多懷歸田肥遯之志，於是園林宴遊，山水樂賞，亦成吟詠內容。緣
此，在紀遊詩文中，亦保留許多珍貴資料，使人得以一窺魏晉之園
林文化。

---

❶　見姜義華注譯《新譯禮記讀本》，台北：三民書局，民國 86 年 10 月初版，
　　頁 513。
❷　梁·劉勰《文心雕龍·物色》。見王師更生《文心雕龍讀本》下篇，台北：
　　文史哲出版社，民國 88 年 9 月初版 7 刷，頁 303。

第一節　奠定紀遊文學之基本架構

　　魏晉以前,《詩經》中已有寫景名句或紀遊之作,但篇中山水多居陪襯地位,詩人或以此興發聯想,營造氣氛;或引為比喻,借彼言此,意在抒發情志,而非吟詠自然。《楚辭》雖有更多且細膩之景物摹描,但芳草卉木實為君子美德之象徵比喻,而流放所經,遠遊所見,或勾起異域傷感,或純屬虛幻仙境,山水雲物亦多成為興情媒介,寓志載體。而漢賦作家於行旅紀遊中,往往因地及史,借古喻今,以抒情寄憤,故敘事篇幅常多於觀覽寫景。至於模山範水,亦因講究寫物圖貌,窮形盡相,遂多四方鋪陳,虛誇聲色,與實際景象頗有距離;而賦家藉此展現大漢聲威,表達「體國經野」之志,也不同於順乎自然之感物吟志。直至魏晉時期,士人受政治環境與時代思潮影響,個人意識增強,山水逸興勃發,不但以審美角度觀照自然景物,也在行遊之中「應物斯感」,而情生意動,神思搖蕩。形諸詩文,往往先自述緣起,點明行跡,進而摹畫山水,影寫雲物,終篇則抒情言志,或興發理致。如劉楨〈公宴詩〉:

　　永日行遊戲,歡樂猶未央。遺思在玄夜,相與復翱翔。輦車飛素蓋,從者盈路傍。月出照園中,珍木鬱蒼蒼。清川過石渠,流波為魚防。芙蓉散其華,菡萏溢金塘。靈鳥宿水裔,仁獸遊飛梁。華館寄流波,豁達來風涼。生平未始聞,歌之安能詳。投翰長嘆息,綺麗不可忘。❸

---

❸　見逯欽立輯校《先秦漢魏晉南北朝詩》,台北:學海出版社,民國73年5月

前六句為第一段，敘遊之緣起，描寫主客歡聚永日而遊興未減，遂於月昇之際移駕西園，徜徉清夜美景以極情盡歡。其中包括遊之原因、方式、時間、地點。「月出」以下十句，描繪西園美景。由於月色朗照，銀輝遍灑，優遊其間，既見珍木蓊鬱，清川流波，又觀芙蓉吐艷，菡萏待放，靈鳥靜棲，馴獸遊走。而佇立水邊華館，涼風習習，清景入目，尤覺心曠神怡，通體舒暢。詩人在移形換步、上下俯仰中，盡覽西園美景，形諸筆端，則聲色俱顯，光彩畢現；讀者閱之，亦如親履其境，充分顯現悠遊逸興與描景功力。末尾四句，則抒發遊園感想。詩人陶然於月夜清景，沈醉於西園麗致，縱使染翰成篇，吟詠已畢，仍覺言不盡意，而繞樑回味之感，則令人嘆息難忘。通篇寫來，先紀遊，再摹景，後興情，依序而下，層次分明，首尾完整。再看謝混〈遊西池〉：

> 悟彼蟋蟀唱，信此勞者歌。有來豈不疾，良遊常蹉跎。逍遙越城肆，願言屢經過。迴阡被陵闕，高臺眺飛霞。惠風蕩繁囿，白雲屯層阿。景昃鳴禽集，水木湛清華。褰裳順蘭沚，徙倚引芳柯。美人愆歲月，遲暮獨如何。無為牽所思，南榮戒其多。❹

前段六句，先援引《詩經·唐風·蟋蟀》❺及《小雅·鹿鳴之什·

初版，頁 369。

❹　見同註❸，頁 934。

❺　原詩：「蟋蟀在堂，歲聿其莫。今我不樂，日月其除。無已大康，職思其居。好樂無荒，良士瞿瞿。　蟋蟀在堂，歲聿其逝。今我不樂，日月其邁。

伐木》❻之言，表達人生倏忽即過，自應把握良辰，結交好友，暢
遊山水，及時行樂。唯現實往往事與願違，歲月疾馳如電，但良遊
屢遭蹉跎，今日得與好友徜徉西池，共賞美景，更覺暢適逍遙。詩
人以歲月易逝，良遊難得，表現長久期待之歡悅心情。中段八句，
描繪西池風光與樂遊情趣。詩人一路行來，已見陵闕在望，步上高
台，即可遠眺霞飛雲屯之景；俯望池苑，則見草木繁茂，隨風輕
搖。閒遊正酣，不覺天色漸晚，飛鳥返巢，林間齊聚，啁啾爭鳴；
夕日斜照下，水含清輝，木帶光華，令人流連忘返，褰衣涉水，悠
遊蘭渚，樂享攀枝採芳之趣。詩人以丹霞、白雲彩繪天空麗致，又
以鳴禽、水木點綴園中美景，而蘭汕、芳柯更隱約傳香，沁人心
脾，透過視覺、聽覺、嗅覺之綜合描繪，層層渲染西池之美與悠
遊之樂。末段四句，情雖起而悟繼生。西池風光固然令人陶醉，但
日暮黃昏亦使人惆悵生悲，慨嘆日月不居，青春難駐。然而，東
晉玄風既暢，詩人深受影響，一經靜慮沈思，乃幡然省悟。末尾
兩句，援引庚桑楚告誡弟子之語：「全汝形，抱汝生，無使汝思慮

無已大康，職思其外。好樂無荒，良士蹶蹶。　蟋蟀在堂，役車其休。今我
不樂，日月其慆。無已大康，職思其憂。好樂無荒，良士休休。」（見王靜
芝《詩經通釋》，台北：輔大文學院，民國70年10月八版，頁239）

❻　原詩：「伐木丁丁，鳥鳴嚶嚶。出自幽谷，遷于喬木。嚶其鳴矣，求其友聲。
相彼鳥矣，猶求友聲。矧伊人矣，不求友生？神之聽之，終和且平。　伐木
許許，釃酒有藇。既有肥羜，以速諸父。寧適不來？微我弗顧。於粲洒埽，
陳饋八簋。既有肥牡，以速諸舅。寧適不來？微我有咎。」（見同上註，頁
342）

營營」❼，意謂人生一世，當清心寡欲，不為物累，方能抱樸守道，無心順化，而怡然自得，全形養生。豁達之念，醒悟之語，使傷逝悲情頓釋，篇末洋溢玄思理趣。至於陶淵明〈辛丑歲七月赴假還江陵夜行塗中作〉，則以抒情寫志作收：

> 閑居三十載，遂與塵事冥。詩書敦宿好，林園無俗情。如何舍此去？遙遙至南荊。叩枻新秋月，臨流別友生。涼風起將夕，夜景湛虛明。昭昭天宇闊，晶晶川上平。懷役不遑寐，中宵尚孤征。商歌非吾事，依依在耦耕。投冠旋舊墟，不為好爵縈。養真衡茅下，庶以善自名。❽

「閑居」以下六句為首段，先綜言林園閑居，詩書悅覽之過往歲月令人眷懷，相較之下，仕途多擾攘，水陸屢奔波，此去南荊，前路迢遙，身心益覺疲憊。詩人臨行之際，藉由思前、想後，表達當下之倦宦心情，並順勢點出行旅緣由與目的地。「叩枻」以下六句為中段，寫江上夜景。詩人臨流別友，離情難掩，仰望新月，鄉愁黯生。秋風拂起，已覺涼意，月光遍灑，水天清湛，夜色澄明，天地遼曠，一舟獨行，引人神思蕩蕩，心旌搖搖。詩人寫景，景中含情，月明夜靜，意浮念生，兩相映襯，情態畢露。「懷役」兩句，由暗轉明，既寫羈旅愁緒，亦表倦宦情懷。「商歌」以下，援古喻

---

❼　《莊子·庚桑楚》。見黃錦鋐注譯《新譯莊子讀本》，台北：三民書局，民國 75 年 11 月六版，頁 268。

❽　見同註❸，頁 983。

今,借彼明志。詩人自言不效寧戚,但學沮、溺,明確表達捨榮棄爵,養真衡門之意,由此既見淡泊本性與高情逸志,並呼應開端所言,林園閑居,詩書悅覽之樂,可謂首尾圓合。

當然,論及作品數量之多,與篇章結構之完整,當推謝靈運。鍾嶸稱其「興多才高,寓目輒書,內無乏思,外無遺物」❾;沈約謂其「興會標舉,……方軌前秀,垂範後昆」❿;白居易亦言:「大必籠天海,細不遺草樹。豈惟翫景物,亦欲攄心素」⓫。由此可知,謝靈運遊觀山水,不但巨細靡遺,寫景繁富,而且觸景興情,借景抒心,充分表達感想與思致。所以詩中屢見紀遊、寫景、興情、悟理之穩定結構。以〈登江中孤嶼〉為例:

> 江南倦歷覽,江北曠周旋。懷新道轉迥,尋異景不延。亂流趨孤嶼,孤嶼媚中川。雲日相輝映,空水共澄鮮。表靈物莫賞,蘊真誰為傳。想像崑山姿,緬邈區中緣。始信安期術,得盡養生年。⓬

首段以四句紀遊。詩人時任永嘉太守,任職期間,肆意遨遊,遍歷諸縣,江南一帶,已無新奇之地,而江北久未經行,不免心生嚮

---

❾ 鍾嶸《詩品》。見清·何文煥《歷代詩話》,台北:漢京出版公司,民國 72 年 1 月初版,頁 9。

❿ 沈約《宋書·謝靈運傳》。見李運富編注《謝靈運集》,長沙:岳麓書社,1999 年 8 月第一版,頁 419。

⓫ 白居易〈讀謝靈運詩〉。

⓬ 見同註❸,頁 1162。

往。「懷新」、「尋異」，既寫出遊動機，亦見尋幽探奇之興奮心情。中段四句寫景。詩人發現江中孤嶼巍然聳立，姿態妍美，於是截流橫渡，一窺究竟。「媚」字擬物成人，使孤嶼靈動活現，風韻畢顯。而「趨」字之用，更見迫切心情。「雲日」兩句，描繪光影映射，雲水生輝，上下俯仰，只覺江天一色，格外曠朗而澄明。詩人以此為「孤嶼媚中川」作出具體詮釋。所謂「物色相召，人誰獲安」❸，「表靈」以下六句，詩人緣景興情，慨嘆孤嶼藏美蘊真，卻乏人欣賞，以此寓托懷才不遇之憤；繼而馳騁想像，將此地視為崑崙仙境，則塵俗雜念漸釋，超然之志頓生；於是感悟有得，表達遺世獨立，恬退養生，才是終保天年，逍遙人間之道。詩中先述行遊緣起，又寫孤嶼秀媚清姿，進而抒情宣悶，最終則以仙思玄想收束全文。詩人以遊為主軸，將景、情、理依序鋪展，匯成一爐，骨肉相生，層次分明，內容豐富，耐人咀嚼。

　　紀遊文之篇章結構，亦復如此，唯內容更趨繁富。如王粲〈登樓賦〉❹，分三段論述。首段既寫登樓緣起，亦描繪周遭形勢及遠眺所見，並帶出思歸意緒。中段先言避居荊州已逾一紀，卻不受重用之無奈與委屈，是以眷眷懷歸，迎風北望；然而放眼所見，盡是高岑蔽目、川迥路阻之景，令人舊愁未解，更添新悶，乃引古人懷土思歸之例以自解。末段瞻望未來，更覺前途幽暗，日暮時分，冷風蕭瑟，天地黯慘，獸奔鳥鳴，征夫獨行，淒冷景象，令人心悽愴

---

❸　《文心雕龍·物色》。見同註❷，頁 301。

❹　見清·嚴可均編、陳延嘉等校點《全上古三代秦漢三國六朝文》（全十冊），石家莊：河北教育出版社，1997 年 10 月第一版，第二冊，頁 840。

而意忉怛，以致氣交憤而夜不寐。通觀全篇，起首自敘登樓緣起，以下既寫景，亦抒情，情景相生，物我交映，融合無間。展卷閱讀，如與詩人同遊共感，緣景興懷，觸物生悲。再看廬山諸道人〈遊石門詩序〉❶，本文首段，先介紹石門地理形勢與名稱由來，透過山奇路阻，人獸絕跡，與舊俗傳說之鋪疊映襯，為石門勝境蓄勢，並引動欲窺之心。次段敘寫山遊緣起、攀登情狀與縱目所觀，作者歷經艱辛，終於足履峰頂，眼界大開。隨著視線遊移，周遭美景一覽無遺，有雙闕高聳，巒阜環繁之雄奇壯闊；雙泉合注，天池如鏡之清靈澄澈；和文石煥彩，檉松耀目之奇美蒼鬱。詩人妙筆一揮，即見造化神功與自然妙麗。第三段中，由山中氣象屢變，開闔無端，彷彿有靈而導入玄想。乃悟遊觀山水，既應賞其形，更應會其神，故當虛心澄懷，朗鑑萬物，方能契入自然，直尋妙道。末段更闡發佛學中觀之理，指出不落兩端，超越有無，自可擺脫外相，直觀真諦。然而，面對夕日將盡，哲人已遠，不免心生慨嘆，遂以詩文抒心寫悟，寓托情懷，期與知音共賞。通篇有紀遊，有寫景，有玄悟，有抒情，結構完整，與後世所謂之「遊記」無異。

　　就文體特質而論，山水遊記應具備三項要素，即：山川景物之具體描繪、個人遊蹤之記述、與作者思想情感之寄托❶。梅新林、俞樟華所主編之《中國遊記文學史》謂：「遊記……在內容上它至少應該包括三個因素：第一，所至，即作者遊程；第二，所見，包

---

❶　見同註❸，頁 1085。

❶　參見王立群《中國古代山水遊記研究》，開封：河南大學出版社，1996 年 9 月第一版，頁 5。

括作者耳聞目睹的山水景物，名勝古跡，風土人情，歷史掌故，現實生活等；第三，所感，即作者觀感，由所見所聞而引發的所思所想。從結構上來說，所至是骨骼，所見是血肉，所感是靈魂。無骨不立，無肉不豐，無魂不活，三者缺一不可，構成一個完整的格局。」❼其實，綜觀魏晉山水紀遊詩文，內容兼具紀遊、寫景、抒情、敘志、言理各種要素，已為遊記文學奠下基本之結構範式。

第二節　豐富紀遊詩文之模寫技巧

所謂「人稟七情，應物斯感」❽，「物色之動，心亦搖焉」❾，魏晉名士行遊山水，登高遠眺，面對四時變化，萬物紛呈，有來斯應，不能自已；或情以物興，或物以情觀，性靈搖蕩，悲喜遂生，繼而吟詠染翰，發為詩文以抒情寫志。由於歲有其物，物有其容，日月、風雲、山水、卉木，不但與時俱變，而且姿態互異，所以作者必須「窺情風景之上，鑽貌草木之中」❿，一方面投入個人情感與主觀想像，一方面對自然物象進行微觀細察，達到彼我相通、體物密附之功，進而巧構形似之言以曲寫毫介，窮形極貌，俾

---

❼　見梅新林、俞樟華所主編之《中國遊記文學史》，上海：學林出版社，2004年 12 第一版，頁 2。

❽　梁・劉勰《文心雕龍・明詩》。見王師更生《文心雕龍讀本》上篇，台北：文史哲出版社，民國 88 年 9 月初版 7 刷，頁 83。

❾　見同註❷，頁 301。

❿　見同註❷，頁 302。

使讀者「瞻言而見貌，即字而知時」❹。緣此，下筆之際，往往「儷采百字之偶，爭價一句之奇；情必極貌以寫物，辭必窮力而追新」❷，將模景狀物之寫作技巧發揮淋漓，表現盡致，並為後人取法倣效。

山水是富有聲色之自然景物，縱目遊觀時，必須開放各種感官知覺，才能盡賞其美；而運筆之際，亦需透過視覺、聽覺、觸覺、嗅覺加以敘述描繪，方能寫氣圖貌，窮形盡相，使其聲色畢出，神氣俱顯，完整呈現大自然動靜之態。對此，早在《詩經》時代，詩人已有極佳示範，故劉勰《文心雕龍·物色》云：「詩人感物，聯類不窮。流連萬象之際，沈吟視聽之區，寫氣圖貌，既隨物以宛轉；屬采附聲，亦與心而徘徊。故『灼灼』狀桃花之鮮，『依依』盡楊柳之貌，『杲杲』為日出之容，『瀌瀌』擬雨雪之狀，『喈喈』逐黃鳥之聲，『喓喓』學草蟲之韻。」❷魏晉名士既承接前人經驗，吸納其精髓，又能體物密附，巧言切狀，是以後出轉精，格局大開。其中，透過視覺，摹寫山水形勢者，如：

高岡碣崔嵬，雙阜夾長川。（成公綏〈詩〉）❷

嶺阪峻阻曲，羊腸獨盤桓。（張華〈詩〉）❷

---

❹　見同註❷，頁 303。
❷　見同註⑱，頁 85。
❷　見同註❷，頁 302。
❷　見同註❸，頁 585。

隆山嵯峨，崇巒岧嶤。（王彪之〈登會稽刻石山詩〉）❷⑥

嚴峭嶺稠疊，洲縈渚連綿。（謝靈運〈過始寧墅〉）❷⑦

經由「崔嵬」、「嵯峨」、「岧嶤」之形容描繪，山勢高聳險峭彷彿可見，而「雙阜夾長川」、「羊腸獨盤桓」、「嚴峭嶺稠疊，洲縈渚連綿」，則著意呈現江河、古道、嚴嶺、洲渚之蜿蜒曲折與層疊連綿。另如曹操〈觀滄海〉，以「日月之行，若出其中。星漢燦爛，若出其裏」，表現大海曠闊與宏偉氣勢，更是虛實兼運，巧妙結合視覺與想像。山川形勢外，作者也常以色彩巧繪自然物象，並以對比形式出現，使觀者對景物之感受更為鮮明強烈。如：

菱芰覆綠水，芙蓉發丹榮。（曹丕〈於玄武陂作詩〉）❷⑧

白雲停陰岡，丹葩曜陽林。（左思〈招隱〉二首其一）❷⑨

白沙淨川路，青松蔚嚴首。（湛方生〈帆入南湖〉）❸⓪

---

❷⑤　見同註❸，頁 622。
❷⑥　見同註❸，頁 921。
❷⑦　見同註❸，頁 1160。
❷⑧　見同註❸，頁 400。
❷⑨　見同註❸，頁 734。
❸⓪　見同註❸，頁 944。

紅艷芙蓉挺立於翠葉綠水中，尤顯清麗動人；白雲停駐於陰岡，明暗對比鮮明，丹葩耀彩於陽林，則紅綠相互輝映；而河畔沙白，巖首松青，俯仰其間，益覺景象清朗，令人心情暢適。餘如「丹崖竦立，葩藻映林」**❸❶**；「碧林輝英翠，紅葩擢新莖」**❸❷**；「白芷競新苕，綠萍齊初葉」**❸❸**，皆能善用色彩表現山林姿容，增添自然妙麗，營造絕佳視覺享受，並撩動讀者欲往之心。此外，對於光影投射與變化，也有入微觀察與精彩描繪。如：

> 白日半西山，桑梓有餘暉。（王粲〈從軍行〉五首其三）**❸❹**

> 山岡有餘映，巖阿增重陰。（王粲〈七哀詩〉三首其一）**❸❺**

> 紅花紛曄曄，發秀曜中衢。（陳琳〈詩〉）**❸❻**

> 方塘含白水，中有鳧與雁。（劉楨〈雜詩〉）**❸❼**

> 朝霞迎白日，丹氣臨暘谷。（張協〈雜詩〉十首其四）**❸❽**

---

❸❶ 王彬之〈蘭亭詩〉二首其一。見同註**❸**，頁914。

❸❷ 謝萬〈蘭亭詩〉二首其二。見同註**❸**，頁907。

❸❸ 謝靈運〈登上戌石鼓山〉。見同註**❸**，頁1164。

❸❹ 見同註**❸**，頁362。

❸❺ 見同註**❸**，頁366。

❸❻ 見同註**❸**，頁368。

❸❼ 見同註**❸**，頁372。

霞光煥麈靡，虹景照參差。（庾闡〈採藥詩〉）❸❾

雲日相輝映，空水共澄鮮。（謝靈運〈登江中孤嶼〉）❹⓿

王粲對日暮時分之光感刻畫細微，尤其「餘映」、「重暉」相對，將山岡、嚴阿因受光不同而產生明暗之別，完整呈現。陳琳、劉楨分別描繪艷陽映射下，紅花耀采、塘水泛白之迷人景象。而張協、庾闡則寫霞光、虹影使林谷、草木燦然生輝。至於謝靈運，更充分展現麗日光芒下，水天一色之澄淨鮮朗。

左思曾曰：「何必絲與竹，山水有清音」❹①，大自然充滿各種天籟，如風聲、水聲、鳥獸蟲魚之聲，都足以撩撥心弦，動人耳目，因此，騷人墨客也常透過聽覺感受，摹擬山林聲響，自然天籟，以達傳情寫意之功。如：

樹木何蕭瑟，北風聲正悲，熊羆對我蹲，虎豹夾路啼。（曹操〈苦寒行〉）❹②

流波激清響，猴猿臨岸吟。（王粲〈七哀詩〉三首其二）❹③

---

❸❽　見同註❸，頁 746。
❸❾　見同註❸，頁 875。
❹⓿　見同註❸，頁 1162。
❹①　左思〈招隱詩〉二首其一。見同註❸，頁 734。
❹②　見同註❸，頁 351。
❹③　見同註❸，頁 366。

虎嘯深谷底，雞鳴高樹巔。（陸機〈赴洛道中作詩〉二首其一）❹❹

通波激枉渚，悲風薄丘榛。（陸雲〈答張士然詩〉）❹❺

咆虎響窮山，鳴鶴聒空林，淒風為我嘯，百籟坐自吟。（張協〈雜詩〉十首其六）❹❻

北風呼嘯，虎豹咆哮，憑添隆冬山行之淒苦恐怖；流波激響，猿猴岸啼，水上行舟，令人聞之生悲；前聞虎嘯，後聆雞鳴，歷經谿谷跋涉，村落已然在望，緊繃情緒終得舒緩。詩人透過各種音響，有效烘托行旅艱辛與內心淒楚。當然，在不同情況下，所聞所感也迥然有別，如：

潛魚躍清波，好鳥鳴高枝。（曹植〈公宴詩〉）❹❼

山溜何泠泠，飛泉漱鳴玉。哀音附靈波，頹響赴層曲。（陸機〈招隱詩〉）❹❽

---

❹❹　見同註❸，頁 684。
❹❺　見同註❸，頁 717。
❹❻　見同註❸，頁 746。
❹❼　見同註❸，頁 450。
❹❽　見同註❸，頁 690。

狗吠深巷中，雞鳴桑樹巔。（陶淵明〈歸園田居〉五首其一）❹❾

　　潛魚躍波，好鳥鳴枝，清脆悅耳之聲，增添遊園雅趣；而山溜飛泉，流響如玉，悠悠迴盪於林谷，益覺山中幽靜超俗；至於深巷狗吠，桑樹雞鳴，則日落而息，日出而作之農村生活，田園風光，儼然已在目前。

　　置身山水中，除了萬物可觀，眾聲可聆外，還有香草卉木之獨特氣味隨風遠颺，使人聞之，通體舒暢。其中尤以花香浮動最易沁人心脾，因此，詩文作者也常藉散華揚芳之嗅覺描寫，帶出清幽雅境與愉悅氣氛。如：

幽蘭吐芳烈，芙蓉發紅暉。（王粲〈詩〉四首其二）❺⓪

芙蓉散其華，菡萏溢金塘。（劉楨〈公宴詩〉）❺❶

激楚佇蘭林，回芳薄秀木。（陸機〈招隱詩〉）❺❷

菉萍覆靈沼，香花揚芳馨。（張駿〈東門行〉）❺❸

---

❹❾　見同註❸，頁 991。
❺⓪　見同註❸，頁 364。
❺❶　見同註❸，頁 369。
❺❷　見同註❸，頁 690。
❺❸　見同註❸，頁 877。

幽蘭吐芳，芙蓉揚馨，不但視覺意象豐美飽滿，又兼清芬盈溢，隨風散入林間，飄遊水際，令人聞之，心爽神暢。其實，投身自然，本即各種感官同時開放，因此，詩人也常眼耳共用，視聽並陳。如「蟋蟀夾岸鳴，孤鳥翩翩飛」❺❹；「蠆蠆孤獸騁，嚶嚶思鳥吟」❺❺；「鶯語吟修竹，游鱗戲瀾濤」❺❻；「松竹挺巖崖，幽澗激清流」❺❼。雖是一句寫形色，一句寫音聲，但畫面感覺協調，意象絕不衝突，有喜有悲，或哀或樂，牽人意緒，引人共鳴。

當然，要生動描繪山水景物，更須借助各種修辭技巧。如比喻之用，以實見虛，藉由具體可感之鮮明形象喚起聯想，將不易形容盡態之物、事、情、理充分表達。故魏晉名士模山範水時，亦常用以擬聲色，狀形貌。如：

騰雲似湧煙，密雨如散絲。（張協〈雜詩〉十首其三）❺❽

黃花如沓金，白花如散銀。青敷羅翠采，絳葩象赤雲。（楊方〈合歡詩〉五首其四）❺❾

---

❺❹ 王粲〈從軍行〉五首其三。見同註❸，頁 362。

❺❺ 陸機〈赴太子洗馬〉。見同註❸，頁 684。

❺❻ 孫綽〈蘭亭詩〉。見同註❸，頁 901。

❺❼ 王玄之〈蘭亭詩〉。見同註❸，頁 911。

❺❽ 見同註❸，頁 745。

❺❾ 見同註❸，頁 861。

長津雜如縷。（李顒〈涉湖詩〉）❻⓪

輕瀾渺如帶。（庾闡〈三月三日〉）❻①

　　張協以湧煙、散絲比喻騰雲、密雨，其中兼具形象與動態之模擬；楊方寫眾芳盛放，一片朗麗，則取沓金、散銀、赤雲之鋪展態勢與鮮明色澤。而李顒、庾闡則借用縷、帶柔軟綿延特質，形容津河蜿蜒悠長之勢。此外，賦中亦常見比喻手法，如木華〈海賦〉以「波如連山」形容浪濤高捲、翻騰不息之勢；郭璞「江賦」以「集若霞布，散如雲豁」巧喻水鳥集散之狀，容色動態兼容並擬；而廬山道人〈遊石門詩序〉則以「九江如帶，丘阜成垤」，寫出登高俯望，萬物盡縮之視覺感受。總之，善用比喻，既可省略繁瑣形容，又可巧傳難寫之景，是以「圖狀山川，影寫雲物，莫不織綜比義。」❻②

　　夸飾之辭，雖鋪張揚厲，言過其實，但若「夸而有節，飾而不誣」❻③，斟酌剪裁，妥切運用，則能豁顯難傳情狀，聳動讀者視聽，營造新奇效果與感人力量。大自然中，山高林茂，水長洲環，又有泉澗飛懸，動植繁生，氣象宏偉，景觀富麗，模寫之際，若無壯辭夸飾，必難繪其形貌，傳其神采。是以魏晉紀遊詩文中，亦常見夸飾手法。如：

---

❻⓪　見同註❸，頁 858。
❻①　見同註❸，頁 873。
❻②　《文心雕龍·比興》。見同註❷，頁 146。
❻③　《文心雕龍·夸飾》。見同註❷，頁 158。

太山一何高，迢迢造天庭。（陸機〈太山吟〉）❻❹

靈岳鬱以造天，連岡岩以塞產。（張協〈登北芒賦〉）❻❺

流澗萬餘丈，圍木數千尋。（張協〈雜詩〉十首其六）❻❻

巨鱗插雲，鬐鬣刺天。顧骨成嶽，流膏為淵。（木華〈海
賦〉）❻❼

鳴石含潛響，雷駭震九天。（庾闡〈觀石鼓〉）❻❽

陸機、張協謂太山、靈岳高聳，則侈言上抵天庭；描繪流澗直懸，
古木矗挺，則以萬丈、千尋誇顯驚人態勢。而木華影繪海中巨鯨，
謂其鱗、鬐插天，顧碩如岳，脂流成淵，龐然之姿立即活現眼前。
至於庾闡，更以駭雷震天形容石鼓不鳴則已，一鳴驚人之神異色
彩。夸飾一出，極容盡貌，果然聳動視聽，懾人心魄。

　　由於比喻化虛成實，形象鮮明躍動，而夸飾則聲色奇炫，令人
耳目俱震，同時並用，效果加乘，因此，常見作者兩法兼運。如曹
毗〈觀濤賦〉寫雲濤騰湧之勢，乃謂「爾其勢也，發源滇池，迴沖

---

❻❹　見同註❸，頁 660。
❻❺　見同註❶❹，第五冊，頁 886。
❻❻　見同註❸，頁 746。
❻❼　見同註❶❹，第五冊，頁 1069。
❻❽　見同註❸，頁 873。

天井，灑拂滄漢，遙櫟星景。伍子結誓於陰府，洪湍應期而來騁」
❻❾，誇稱其迅猛疾衝，高聳抗天，猶如子胥挾怨化潮而至，聲勢駭
人。而郭璞〈江賦〉寫船行迅疾，則曰：「凌波縱柂，電往杳溟。
霍如晨霞孤征，眇若雲翼絕嶺。倏忽數百，千里俄頃。飛廉無以睎
其蹤，渠黃不能企其景。」❼❶既以晨霞孤征、雲翼絕嶺為喻，又誇
稱神獸飛廉、駿馬渠黃亦難追及，不但意象妍麗，設想新奇，更成
功突顯舟行如箭，一瞬千里之速。

　　山水風雲，泉石草木，雖是無情無識，但若以人之性靈情感來
觀容摹態，則筆下景物，自然含情帶意，曼妙多姿。善用擬人法，
就能達到寫物傳神、意象靈動之效。曹丕〈芙蓉池作詩〉❼❶中之
「卑枝拂羽蓋，修條摩蒼天」，「驚風扶輪轂」，均以擬人手法，
為「卑枝」、「修條」、「驚風」注入生命活力與情感特質，因此
顯得靈動有神，栩栩如生。而陸機〈招隱詩〉之「哀音附靈波，頹
響赴層曲」❼❷；陸沖〈雜詩〉二首其一之「空谷回悲響，流風漂哀
音」❼❸，則將風聲水聲賦予個人情感，以呈現內心之悲歡意緒。至
於謝靈運〈過始寧墅〉云：「白雲抱幽石，綠篠媚清漣」❼❹，乃透
過「抱」和「媚」之擬人動作，表達雲石相擁為伴、竹水輝映成趣

---

❻❾　見同註❶❹，第五冊，頁 1091。
❼❶　見同註❶❹，第五冊，頁 1225。
❼❶　見同註❸，頁 400。
❼❷　見同註❸，頁 690。
❼❸　見同註❸，頁 948。
❼❹　見同註❸，頁 1160。

之親暱關係；而〈從斤竹澗越嶺溪行〉之「花上露猶泫」❼，則藉由擬露成淚，將花寫得宛如美人之泫然欲泣，楚楚動人。

擬人手法之成功關鍵，往往在於煉字。巧於用字，可使語言精緻凝鍊，山水神態盡出，達到「以少總多，情貌無遺」❼之功。同時，還能脫卻俗態，出奇翻新。如曹植〈公宴詩〉云：「秋蘭被長阪，朱華冒綠池」❼，既以一「被」字寫出秋蘭邐迤遍生之景，又藉「冒」字展現芙蓉破水而出之態，一動一靜，充分展現強旺生命力。而庾闡、謝萬、慧遠，則善以「吐」字擬容描態。如：

　　高泉吐東岑。（庾闡〈三月三日臨曲水〉）❼

　　清泉吐翠流。（庾闡〈三月三日〉）❼

　　玄崿吐潤。（謝萬〈蘭亭詩〉二首其一）❽

　　崇巖吐清氣。（慧遠〈廬山東林雜詩〉）❽

---

❼　見同註❸，頁 1167。
❼　《文心雕龍·物色》。見同註❷，頁 302。
❼　見同註❸，頁 450。
❼　見同註❸，頁 873。
❼　見同註❸，頁 873。
❽　見同註❸，頁 906。
❽　見同註❸，頁 1085。

「吐」之動作原為人類或動物所有，用於東岑、清泉、玄崿、崇巖，則擬物成人，化靜為動，意象既鮮明，又活潑，同時還將它們與周遭風物融成一體，顯現自然山水之妙合無痕。爾後仿者亦多，如吳均有「疏峰時吐月」[82]，李白言「松暝已吐月」[83]，杜甫亦謂「四更山吐月」[84]。至於謝靈運，更是煉字成精，「池塘生春草，園柳變鳴禽」[85]，「生」、「變」二字，既寫出時序變化，又描繪草木欣欣、禽鳥茁壯之大地生機。而「初篁苞綠籜，新蒲含紫茸。海鷗戲春岸，天雞弄和風」，則善運「苞」、「含」、「戲」、「弄」等動詞，妙傳篁蒲新生、鷗雞戲耍之態，具現草木競發、禽鳥樂嬉之初春氣息。此外，詩人有時於一句之中，連用兩個動詞，使畫面內容更豐富，如張協〈雜詩〉十首其九：「澤雉登壟雛，寒猿擁條鳴」[86]，其中，「登」、「擁」寫動作；「雛」、「鳴」寫音響，視聽兼用，既見澤雉、寒猿避溼畏冷之狀，又聞淒淒哀鳴之聲，畫面生動，意象豐富。而謝靈運〈初去郡〉云：「野曠沙岸淨，天高秋月明。憩石挹飛泉，攀林搴落英。」[87]前兩句以「曠」、「靜」、「高」、「明」四字，充分展現天高地闊，夜空澄明之清幽靜謐，後兩句則透過「憩」、「挹」、「攀」、「搴」之連續動作，完整表達山林悠遊之悅樂自適。四句之中，透過視覺

---

[82]　吳均〈登壽陽八公山〉。見同註❸，頁1737。

[83]　李白〈自巴東舟行經瞿塘峽登巫山最高峰晚還題壁〉。

[84]　杜甫〈月〉。

[85]　謝靈運〈登池上樓〉。見同註❸，頁1161。

[86]　見同註❸，頁747。

[87]　見同註❸，頁1171。

與動作，將外在環境與內在心情具現無遺。

　　大自然中，山水多姿，物色紛繁，如何以少總多，喚起想像，使情貌無遺，景外有景？偶句之用，可以透過精心營造之對比關係，達到以簡御繁、擴散語意之功，還能增加形式美感，獲得絕佳藝術效果。魏晉名士常藉偶句表現山水風貌與行遊歷程。其中，以川原陵谷相對互映，表現自然山水之總體風貌者，如：

　　　曠野軀兮遼落，崇岳兮嵬崿。丘陵兮連離，卉木兮交錯。
　　　（夏侯湛〈山路吟〉）**88**

　　　深谷邈無底，崇山鬱嵯峨。（陸機〈從軍行〉）**89**

　　　幽谷茂纖葛，峻巖敷榮條。（潘岳〈河陽縣作詩〉二首其一）**90**

　　　巖峭嶺稠疊，洲縈渚連綿。（謝靈運〈過始寧墅〉）**91**

以四周方向對舉，營造空間距離者，如：

　　　南望泣玄渚，北邁涉長林。（陸機〈赴太子洗馬時作詩〉）**92**

88　見同註**3**，頁 594。
89　見同註**3**，頁 656。
90　見同註**3**，頁 633。
91　見同註**3**，頁 1159。

凄風起東谷，有渰興南岑。（張協〈雜詩〉十首其九）❽❸

秋泉鳴北澗，哀猿響南巒。（謝靈運〈登臨海嶠初發疆中作〉四首
其三）❾❹

以朝夕時間對比，帶出行遊範圍與活動者，如：

朝發晉京陽，夕次金谷湄。（潘岳〈金谷集作詩〉）❾❺

朝采南澗藻，夕息西山足。（陸機〈招隱詩〉）❾❻

朝濟清溪岸，夕憩五龍泉。（庾闡〈觀石鼓〉）❾❼

晨策尋絕壁，夕息在山棲。（謝靈運〈登石門最高頂〉）❾❽

以聲色並陳，展現豐富之時序變化與自然風貌者，如：

---

❾❷　見同註❸，頁 684。
❾❸　見同註❸，頁 747。
❾❹　見同註❸，頁 1176。
❾❺　見同註❸，頁 632。
❾❻　見同註❸，頁 689。
❾❼　見同註❸，頁 873。
❾❽　見同註❸，頁 1165。

鳴蟬屬寒音，時菊耀秋華。（潘岳〈河陽縣作詩〉二首其二）❾❾

灼灼桃悅色，飛飛鷰弄聲。（陸機〈壯哉行〉）⓿⓿

疊疊孤獸騁，嚶嚶思鳥吟。（陸機〈赴太子洗馬時作詩〉）⓿❶

池塘生春草，園柳變鳴禽。（謝靈運〈登池上樓〉）⓿❷

至於透過泉石風雲、卉木禽魚之對舉互映，具現自然山水萬象紛
呈，富艷多姿之例，更是隨手可掬。如「素石何磷磷，水禽浮翩
翩」⓿❸；「落英隕林芷，飛莖秀陵喬」⓿❹；「谷風拂脩薄，油雲翳
高岑」⓿❺；「輕禽翔雲漢，游鱗憩中潯」⓿❻，同質相襯，異類並
陳，充分展露動靜變化與物色豐美。

　　為了捕捉自然山水之聲色形貌與動靜神態，詩人文士不但調動
各種感官知覺以詳觀細察，力求體物入微，還善用各種技巧以模寫
雕繪，傳神寫照，同時在遣詞造句上也崇新尚妍，展現鍛鍊功力。
緣此，觀覽吟詠之際，但覺山水景物栩然如真，皎然在目，劉勰稱

---

❾❾　見同註❸，頁 633。

⓿⓿　見同註❸，頁 662。

⓿❶　見同註❸，頁 684。

⓿❷　見同註❸，頁 1161。

⓿❸　成公綏〈詩〉。見同註❸，頁 585。

⓿❹　潘岳〈河陽縣作詩〉二首其一。見同註❸，頁 633。

⓿❺　陸機〈赴太子洗馬時作詩〉。見同註❸，頁 684。

⓿❻　李顒〈涉湖詩〉。見同註❸，頁 858。

為「巧言切狀，如印之印泥」❿。魏晉名士會意尚巧，造語貴妍，模山範水又善構形似之言，以曲寫毫芥，窮形盡相，精妙之表現手法與寫景技巧，不斷啟發後進，成為最珍貴之文學寶藏。

第三節　保存士人園林之文化資料

自張衡、仲長統倡言辭官歸田，閑居樂志以來，園林漸成悠遊肥遯之所。魏晉時期，政局動蕩，玄風又暢，士人或因仕途不順，或因崇尚自然，或受朝隱思潮影響，於是依山傍水，造園築室，幽棲園林，樂賞山水，以寄情托志，閒度人生。因此，在所作紀遊詩文中，不但暢敘幽棲之情，宴遊之樂，還對營建過程、園林景觀多所描述，為園林文化留下許多珍貴資料。

建安時期，曹丕、曹植不但與眾家文士「憐風月，狎池苑，述恩榮，敘酣宴」⓰，還「同乘並載，以遊後園」⓱，並留下許多公宴詩以記當時馳遊盛況。只是，西園既屬皇家園林，而詩人所言之景又多典型性之自然風物，如日月風雲，麗霞燦星，秋蘭芙蓉，游魚鳴鳥，對園林景觀並未詳細鋪陳。而西晉士人於上巳佳節，從君同遊華林園，情況亦類似西園之遊，只是內容增言春日節候，臨水祓禊，宴飲歡歌，而寫景狀物亦多典雅而少流麗。至於名士張華，雖以〈歸田賦〉表達閑居之志，但對故里園林，卻以「育草木之藹

⓰　《文心雕龍・物色》。見同註❷，頁 302。
⓱　《文心雕龍・明詩》。見同註⓲，頁 85。
⓲　曹丕〈與吳質書〉。見同註⓮，第三冊，頁 76。

蔚，因地勢之丘墟。豐蔬果之林錯，茂桑麻之紛敷」⑩，簡言帶過，觀者只能略見大概，而難睹細貌。真正對自家園林有較多描寫者，首推石崇。石崇出身功臣之門，又為洛陽豪富，不但生活奢靡，又好與人鬥侈，所建別業，近北邙而臨金谷，有山水之勝。此園耗資巨萬，規模宏偉，既為石崇待客誇富之所，亦為閑居肥遯之處。其於〈金谷詩序〉、〈思歸引〉並序、及〈思歸嘆〉中，均曾述及園中景觀與宴遊活動：

> 有別廬在河南縣界金谷澗中，去城十里，或高或下，有清泉茂林，眾果竹柏，藥草之屬，金田十頃，羊二百口，豬雞鵝鴨之類，莫不畢備。又有水碓、魚池、土窟，其為娛目歡心之物備矣。時征西大將軍解救祭酒王詡當還長安，余與眾賢共送往澗中，晝夜遊宴，屢遷其坐。或登高臨下，或列坐水濱。時琴瑟笙筑，合載車中，道路並作。及往，令與鼓吹遞奏，遂各賦詩，以敘中懷。或不能者，罰酒三斗。（〈金谷詩序〉）⑪

> 年五十以事去官，晚節更樂放逸，篤好林藪，遂肥遯於河陽別業。其制宅也，卻阻長隄，前臨清渠，柏木幾於萬株，江水周於舍下，有觀閣池沼，多養魚鳥，家素習技，頗有秦趙之聲。出則以遊目弋釣為事，入則有琴書之娛。（〈思歸引

---

⑩　見同註⑭，第四冊，頁 597。
⑪　見同註⑭，第四冊，頁 346。

·410·

序〉）⑫

經芒阜，濟河梁，望我舊館心悅康。清渠激，魚徬徨，雁驚
沂波群相將，終日周覽樂無方。登雲閣，列姬姜，拊絲竹，
叩宮商，宴華池，酌玉觴。（〈思歸引〉）⑬

惟金石兮幽且清，林鬱茂兮芳卉盈。玄泉流兮縈丘阜，閣館
蕭寥兮蔭叢柳。吹長笛兮彈五絃，高歌凌雲兮樂餘年。舒篇
卷兮與聖談，釋冕投紱兮希彭聃。超逍遙兮絕塵埃，福亦不
至兮禍不來。（〈思歸嘆〉）⑭

由上述資料顯示，金谷園中有江水活流，亦有人工池沼，可以列坐
觀景，也可遊目弋釣。既有果樹、藥草之經濟作物，也有象徵高節
逸操之竹柏；其中「柏木幾於萬株」，可見園林腹地遼闊。此外，
還有館閣台觀可供休憩眺覽；夸言「登雲閣」，則雄偉可觀，登臨
其上，不僅遠景皆納，亦覺飄飄若仙。以上所言，乃園林規模與各
式景觀，除此之外，尚有歌姬舞伎，絲竹樂師，隨時迎賓待客，逞
藝獻媚。園中華筵屢開，旨酒常設，晝夜遊宴，高歌凌雲，時而上
下登臨，列坐水濱，馳思吟詠，暢敘中情，不能則罰，其樂洋洋。
華靡生活，聲色享受，山水流連，詩酒唱和，正是朝隱名士之縱放

---

⑫　見同註❸，頁 643。
⑬　見同註❸，頁 644。
⑭　見同註❸，頁 644。

本色。潘岳受邀入園，即以賓客身分，寫出眼中麗致與宴飲歡樂：

> 迴谿縈曲阻，峻阪路威夷。綠池泛淡淡，青柳何依依。濫泉
> 龍鱗瀾，激波連珠揮。前庭樹沙棠，後園植烏椑。靈圃繁石
> 榴，茂林列芳梨。飲至臨華沼，遷坐登隆坻。玄醴染朱顏，
> 但愬杯行遲。揚桴撫靈鼓，簫管清且悲。（〈金谷集作詩〉）⑪

園內谿迴徑繞，高低有致，一則見其佔地遼闊，一則別具閒遊清賞
情趣。綠池波泛，青柳柔拂，清泉汩湧，激波揚沫，足見水景宜
人。而前庭後園，則廣植卉木，既可納涼觀賞，亦有經濟價值。至
於宴飲之所，時而華池，時而隆坻，上下登臨，隨興所至；舉杯酣
飲，又有靈鼓佐歡，簫管助興，人間歡樂，亦不過如此！潘岳此
詩，不但呼應園主所述，也表達名士好尚，難怪石崇面對仕途不
順，人事糾葛，即恨不得假翼高飛，而神馳故園。縱使遠離官場，
也期待園林逸處，琴書自樂，以期福禍兩免，超塵逍遙。金谷華
園，既滿足娛目歡心之樂，亦可遂林水幽隱之志，完全切合魏晉名
士朝隱所需。

　　潘岳與石崇同在二十四友之列，不但參與金谷宴遊，作詩盛讚
園林美景，晚年亦因仕途多舛，而退隱閑居，築園洛涘。所作〈閑
居賦〉及序，對園林規模、內部景觀、生活實況與歸隱心情，均有
描繪：

---

⑪　見同註❸，頁 632。

於是覽止足之分，庶浮雲之志，築室種樹，逍遙自得。池沼
足以漁釣，春稅足以代耕。灌園鬻蔬，以供朝夕之膳。牧羊
酤酪，以俟伏臘之費。孝乎惟孝，友于兄弟，此亦拙者之為
政也。（〈閑居賦〉序）⑪⑥

爰定我居，築室穿池。長楊映沼，芳枳樹籬。游鱗瀺灂，菡
萏敷披。竹木蓊藹，靈果參差。張公大谷之梨，梁侯烏椑之
柿，周文弱枝之棗，房陵朱仲之李，靡不畢殖。三桃表櫻胡
之別，二柰曜丹白之色，石榴蒲陶之珍，磊落蔓衍乎其側。
梅杏郁棣之屬，繁榮麗藻之飾，華實照爛，言所不能極也。
菜則蔥韭蒜芋，青筍紫姜，堇薺甘旨，蓼荽芬芳。蘘荷依
陰，時藿向陽。綠葵含露，白薤負霜。于是凜秋暑退，熙春
寒往。微雨新晴，六合清朗。太夫人乃御版輿，升輕軒，遠
覽王畿，近周家園。體以行和，藥以勞宣。常膳載加，舊痾
有瘳。席長筵，列孫子。柳垂陰，車結軌。陸摘紫房，水挂
赬鯉。或宴於林，或禊於汜。昆弟斑白，兒童稚齒，稱萬壽
以獻觴，咸一懼而一喜。壽觴舉，慈顏和。浮杯樂飲，絲竹
駢羅。頓足起舞，抗音高歌。人生安樂，孰知其佗！退求己
而自省，信用薄而才劣。奉周任之格言，敢陳力而就列？幾
陋身之不保，尚奚擬於明哲？仰眾妙而絕思，終優遊以養

---

⑪⑥　見同註⑭，第五冊，頁946。

拙。(〈閑居賦〉)**⑰**

其中對於築室、穿池之營建情形略已提及,而「長楊映沼,芳枳樹
籬。游鱗瀺灂,菡萏敷披。竹木蓊藹,靈果參差」一段文字,則論
及景觀營造,頗見水邊清景與園林風情。至於園中卉木、蔬果,不
但羅列鋪陳,以見種類繁多,而且特言來處,以顯珍奇難得。至於
「蘘荷依陰,時藿向陽。綠葵含露,白薤負霜」,則細寫物類生態
不同,故知隨時隨處皆有可觀之景。由於園中眾物皆備,不但「池
沼足以漁釣,春稅足以代耕。灌園鬻蔬,以供朝夕之膳。牧羊酤
酪,以俟伏臘之費」,粟蔬俱栽,漁牧兼顧,經濟生產,自足有
餘。相較於石崇,潘岳此賦對自家園林景觀,敘述更詳細,文化價
值亦較高。至於園林生活,潘岳著重於親友歡聚同遊之樂,溫馨動
人,極具情味,不似金谷宴遊之狂歡豪飲,鋪陳奢華。或因兩人遭
際不同,情性有別,退居目的,一為肥遯,一為養拙,所以生活內
容、逸棲態度也不相同。

潘岳熱衷功名,雖退居園林,心中亦常懷幽憤;庾闡則不同,
由於深受玄學影響,心境恬淡,卜居京郊,閑處園林,頗能悠遊自
得,樂在其中。〈閑居賦〉中,不刻意鋪陳景觀,羅列眾物,以突
顯園林富麗,反而描繪林茂花開,陰興暑退,迎風敞懷,臨渠觀水
之幽居情趣。尤其登高遠眺一段,頗得借景妙趣:

顧有崇台高觀,凌虛遠遊。若夫左瞻天宮,右眄西岳,薨飛

---

⑰ 見同註**⑭**,第五冊,頁 946。

形素，嶺敷翠綠，朝霞時清，滄浪靡濁，黃綺絜其雲棲，漁
父欣其濯足。至於體散玄風，神陶妙象，靜因虛來，動率化
往，蕭然忘覽，豁爾遺想，榮悴靡期，孰測幽朗！**⑱**

登上崇台高觀，猶如凌虛遠遊，左瞻右眄，則京殿輝煌，西岳敷
翠，盡收眼底。仰觀俯察，則雲霞變化，滄浪水景，一一入目。庾
闡既見漁父垂釣其間，不問世事，寵辱不驚，水清亦可濯足，何須
分別拘泥！於是觀眺有感而超然物外，心釋神暢。修築園林，常建
台觀以供登臨，藉此引入自然山水、名勝古蹟，以開闊視野，**豐富
景觀**，暢豁情懷，此處所寫登高望遠，廣見思悟，即為借景之功。
　　當然，對保存魏晉園林文化最具功勞者，非謝靈運〈山居賦〉
莫屬。賦中不但述及各類農作，還針對「水草」、「藥草」、
「竹」、「木」、「魚」、「鳥」、「獸」等動植物，加以分段詳
列，論種類鋪陳，風姿描繪，均遠勝同類作品。此外，還有許多內
容，或為前人所未發，或只簡言帶過，而靈運心眼獨具，妙筆生
花，故能暢論其要，盡釋其妙。謝家山墅始建於謝玄，為避君側之
亂，玄乃告歸還鄉，「選自然之神麗，盡高樓之意得」。《水經·
漸江水》稱始寧墅「右濱長江，左傍連山，平陵修通，澄湖遠鏡」
⑲，可謂山水兼俱，景觀絕佳。爾後，謝靈運辭去永嘉太守，移居
會稽，更經始山川，擴建莊園，充分利用自然清景，以增遊觀之

---

⑱　見同註**⑭**，第四冊，頁 395。
⑲　見北魏·酈道元注、楊守敬疏《水經注疏》，南京：江蘇古籍出版社，1999
　　年 8 月第 2 次印刷，頁 3331。

趣，以盡幽居之美。〈山居賦〉中，靈運大量描繪園外形勢景致，先以「其居也，左湖右江，往渚還江；面山背阜，東阻西傾，抱含吸吐，款跨紆縈；綿聯邪互，側直齊平」⑳，總述山環水繞之整體風貌。接著，又由「四近」、「四遠」所見，逐段細描，展現雄壯、幽峭、清麗、秀雅、明朗、深邃兼容並包之自然韻致。明·計成《園冶·興造論》曾曰：「故凡造作，必先相地立基」㉑，而「園地惟山林最勝……自成天然之趣，不煩人事之功」㉒；由始寧山墅之擇地造園，融合自然天功，使內外景致相連互映，以擴大遊觀視野，即知靈運深體「相地立基」之理。甚至在興建經台、講堂、禪室、僧房前，大謝也積極觀察，謹慎選址：

> 爰初經略，杖策孤征。入澗水涉，登嶺山行。陵頂不息，窮泉不停，櫛風沐雨，犯露乘星。研其淺思，罄其短規。非龜非筮，擇良選奇。翦榛開徑，尋石覓崖。四山周回，雙流逶迤，面南嶺，建經堂，倚北阜，築講堂。傍危峰，立禪室，臨浚流，列僧房。對百年之高木，納萬代之芬芳。抱終古之泉源，美膏液之清長。謝麗塔於郊廓，殊世間於城傍。欣見素以抱樸，果甘露於道場。㉓

⑳ 見同註⑭，第六冊，頁300。
㉑ 見張家驥《園冶全釋》，太原：山西古籍出版社，2002年8月第2次印刷，頁162。
㉒ 《園冶·山林地》。見同註㉑，頁179。
㉓ 見同註⑭，第六冊，頁304。

賦中自言經山涉水，風雨無阻，探勘尋覓，由朝至夕，躬自履行而不假龜筮。用意在使山水與建物形貌相容，精神互契，達到融合無間、彼此輝映之功。如此，則賓客一至，自然思與境偕，見素抱樸，進而俗慮盡除，澄懷悟道。似此慧眼善觀，因地制宜，正是造園築居之成功關鍵。

　　計成曰：「夫借景，林園之最要者也」⑫；「園雖別內外，得景則無拘遠近。」⑬〈山居賦〉中，對於援景入內亦有妙述：

> 啟南戶以對遠嶺，闢東窗以矚近田。田連岡而盈疇，嶺枕水而通阡。⑭

> 抗北頂以葺館，瞰南峰以啟軒。羅曾崖於戶裏，列鏡瀾於窗前。因丹霞以頮楣，附碧雲以翠橡。視奔星之俯馳，顧飛埃之未牽。⑮

園林建築，透過門窗之設，即可破除隔礙，盡覽遠近山水，田園風光；而築室山頂，居高臨遠，更能上俯下瞰，目極八方，且覺雲霞拂橡，近在眼前，奔星飛馳，如在腳下。正所謂：「軒楹高爽，窗戶虛鄰，納千頃之汪洋，收四時之爛熳。」⑯此外，卉木之植，台

---

⑫　《園冶‧借景》。見同註⑪，頁 326。
⑬　《園冶‧興造論》。見同註⑪，頁 162。
⑭　見同註⑭，第六冊，頁 302。
⑮　見同註⑭，第六冊，頁 305。
⑯　計成《園冶‧園說》。見同註⑪，頁 168。

榭之建，配合清風麗日，池沼平湖，也有另一種借景功效：

> 風生浪於蘭渚，日倒景於椒塗。飛漸榭于中沚，取水月之歡
> 娛。⓬⑨

風吹蘭渚，莖搖葉翻如浪，而幽香亦隨之散溢四方，憑添遊園時之
視聽享受。日照山椒，地面草影參差，別有一番幽趣。而建台榭於
洲沚，每當明月升空，水中亦見望舒清姿，上下輝映，更添韻致。
計成謂：「因借無由，觸情俱是。……如遠借、鄰借、仰借、俯
借，應時而借」⓭⓪，觀靈運此處所言，當即「應時而借」。

　　東晉以來，玄風益熾，而江南山水多姿，風景秀麗，造園幽
居，賞玩林水之風更盛以往，如王導西園，果木成林，隱士郭文長
住七年，未嘗出入。謝安「於土山營墅，樓館林竹甚盛，每攜中外
子姪往來遊集」⓭①。顧辟疆有名園，池館林池之勝，號稱吳中第
一。然而，除了史傳典籍簡略記載外，吾人對其園外景觀，園內環
境與園中活動皆所知有限；相較之下，石崇、潘岳、庾闡、謝靈運
之園林別業，卻因載入詩文，而留下清晰風貌，對園林文化研究而
言，堪稱彌足珍貴。

⓬⑨　見同註⓮，頁 302。

⓭⓪　《園冶·借景》。見同註⓬①，頁 326。

⓭①　《晉書·卷四十九·謝安傳》。見唐·房玄齡等撰《晉書》，北京：中華書
　　　局，2003 年 6 月第 8 次印刷，頁 2075。

第六章 結 論

　　魏晉以來，由於政局多變，篡亂時起，名士稍有不慎，即刀斧臨身，因此，儒家名教備受質疑，隱逸風氣也日益昌盛。此時，玄學乘勢興起，佛、道思想亦因符合社會需求，而流行於朝野之間。名士或求避禍全生，或因崇尚自然，或欲修行証道，或為採藥求仙，紛紛投入山林水野，遠離塵世喧囂。門閥士族亦將「名教即自然」之玄學理論，進一步發展成「朝隱」思想，使園林肥遯，山水樂處成為時代風尚。而東晉偏安江左，名士在秀麗風光催化下，不但攜手相伴，遍遊山水，還擇地造園，巧借勝景，以盡閑居清賞之樂。魏晉名士投身自然，面對林泉清美，物色變化，不能無動於衷，所謂「情以物遷，辭以情發」❶，緣此，乃引發山水紀遊之創作風潮。同時，魏晉名士在擷取《詩經》、《楚辭》、漢賦之體物經驗與寫景技巧後，又能吐故納新，後出轉精，遂將山水紀遊詩文推向創作高峰。

　　魏晉名士在山水紀遊詩文中，不但充分表達優遊閑賞之樂，還

---

❶　《文心雕龍・物色》。見王師更生《文心雕龍讀本》下篇，台北：文史哲出版社，民國 88 年 9 月初版 7 刷，頁 302。

常觸物興懷，引發憂生傷逝之嗟，羈旅思鄉之嘆，隱逸歸棲之志，遠引遊仙之想。同時，又因玄學影響，而在遊觀山水中，即有體無，澄懷悟道，從而展現超然物外之暢適逍遙。當然，佛學思想對此亦有推波助瀾之功。讀者展閱，不但如與作者同遊，還能深刻體會其內心情志與人格特質。此外，由於作者善用各種模寫技巧，以彩繪自然聲色，妙傳山水形神，因此，觀詩覽文者，猶如身歷其境，親睹其物，不僅川原峰谷、日月雲霞、泉石卉木、禽鳥蟲魚，皆能瞻言見貌；即使光影流轉、炎寒變化、暗香浮動、天籟清響，亦能如實觸聞。由此觀之，魏晉山水紀遊詩文既已逐漸奠定紀遊、寫景、抒情、言志、悟理之基本結構，在觀景體物上亦極為用心，並能善用各種摹寫技巧，以達巧言切狀之功，非但可供後人取法，亦能在此基礎上，出於藍而青於藍。至於魏晉名士嚴選妙境，造園幽居，以宴飲歡樂、閑賞山水、詩酒唱和之園林生活，也如實呈現於詩文中，成為研究園林文化之珍貴史料。由此觀之，魏晉山水紀遊詩文不僅具有高度文學價值，還能具體呈現士人心靈世界、人格特質與生活實況，深刻反映社會脈動與時代精神，對歷史文化之研究保存，亦有極大貢獻。

此外，魏晉山水紀遊詩文不僅對晉宋山水畫之觀照方式與審美態度，具有觀念承啟與經驗轉移作用；對南朝山水紀遊文學之興盛，與表現手法之精進，亦深具奠基、示範與推助功勞。以下針對兩項影響，依序加以說明。

魏晉玄學，以《周易》、《老子》和《莊子》為思想基礎，而三玄對自然萬物之觀照方式，對魏晉士人影響至深。《周易·繫

辭》云：「陰陽不測之謂神」❷，「聖人有以見天下之賾，而擬諸其形容，象其物宜」❸；由於「法象莫大乎天地，變通莫大乎四時」❹，是以「仰則觀象于天，俯則觀法于地，觀鳥獸之文，與地之宜，近取諸身，遠取諸物」，而後始作八卦，立象盡意，「以通神明之德，以類萬物之情」❺。緣此，仰觀俯察，遠近遊目，逐漸成為總攬萬象、會通自然之觀照方式。至於老、莊，更主張道生萬物，故須觀物體道。《老子》曰：「有物混成，先天地生。寂兮寥兮，獨立而不改，周行而不殆，可以為天下母。吾不知其名，字之曰道」❻；「道生一，一生二，二生三，三生萬物。」❼以「道」為宇宙本源，萬物之母。而《莊子》亦稱道無所不在❽，只是，「天地有大美而不言，四時有明法而不議，萬物有成理而不說」❾，觀者若能心齋坐忘，喪我無己，即可直契自然，體道逍遙。山水既為一立體空間，又涵納眾物，包羅萬象，故縱目觀景，即景會心，則天地物色盡籠眼底，宇宙至理亦煥然具現。

---

❷　見郭建勳注譯《新譯易經讀本》，台北：三民書局，民國85年1月初版，頁505。

❸　見同註❷，頁508。

❹　見同註❷，頁522。

❺　見同註❷，頁532。

❻　《老子・二十五章》。見余培林注譯《老子讀本》，台北：三民書局，民國74年2月五版，頁51。

❼　《老子・四十二章》。見同註❻，頁76。

❽　《莊子・大宗師》曰：「所謂道，惡乎在？莊子曰：無所不在。」

❾　《莊子・知北遊》。見黃錦鋐注譯《新譯莊子讀本》，台北：三民書局，民國75年11月六版，頁254。

　　緣此，魏晉士人行遊山水，上下登涉則步移景換，縱目周覽則萬象紛呈，一旦染翰成文，自然仿效先哲，採取仰觀俯察、遠眺近賞之觀照方式，以盡繪山容水態，抒寫胸中情思。如：

　　　　南望泣玄渚，北邁涉長林。（陸機〈赴太子洗馬時作詩〉）❿

　　　　深谷邈無底，崇山鬱嵯峨。（陸機〈從軍行〉）⓫

　　　　幽谷茂纖葛，峻巖敷榮條。（潘岳〈河陽縣作詩〉二首其一）⓬

　　　　淒風起東谷，有渰興南岑。（張協〈雜詩〉十首其九）⓭

　　　　俯涉淥水澗，仰過九重山。（楊方〈合歡詩〉）⓮

　　　　俯悼孤行獸，仰嘆偏翔禽。（陸沖〈雜詩〉）⓯

　　　　仰盼蔚玄雲，俯聽聒悲飆。（庾闡〈江都遇風〉）⓰

---

❿　見逯欽立輯校《先秦漢魏晉南北朝詩》，台北：學海出版社，民國73年5月初版，頁684。
⓫　見同註❿，頁657。
⓬　見同註❿，頁633。
⓭　見同註❿，頁747。
⓮　見同註❿，頁861。
⓯　見同註❿，頁948。

仰視碧天際，俯瞰綠水濱。（王羲之〈蘭亭詩〉）❶

仰觀宇宙之大，俯察品類之盛，所以遊目騁懷，極視聽之娛，信可樂也。（王羲之〈蘭亭集序〉）❶

巖峭嶺稠疊，洲縈渚連綿。白雲抱幽石，綠篠媚清漣。（謝靈運〈過始寧墅〉）❶

在上下俯仰、四方觀遊之中，或見玄渚、長林、崇山、幽谷之地形風貌，或聽淒風孤獸之呼嘯悲吟，或遠眺碧天白雲之清朗，或近賞清漣綠篠之秀媚，既充分體現宇宙之大，品類之盛，也如實傳達行旅艱辛與遊覽暢悅。

另一方面，魏晉名士遊放林泉，流觀物色，亦以「玄對山水」之審美態度，冥觀造化神功，體察天地循環，以期「道足胸懷，神棲浩然」❷，進而滌除俗慮，形神俱爽。如蘭亭修禊時，王羲之面對崇山峻嶺，茂林修竹，惠風和暢，清流激湍，除高唱遊目騁懷，足以極視聽之娛，還因俯仰山水，寓目理陳，而盛讚「大矣造化功，萬殊莫不均」，並在玄覽通神、會悟得理中，充分感受「群籟

---

❶　見同註❶，頁 874。
❶　見同註❶，頁 895。
❶　見同註❶，頁 273。
❶　見同註❶，頁 1160。
❷　孫綽〈答許詢詩〉九章其三。見同註❶，頁 899。

雖參差，適我無非新」❷之歡愉快適，無入而不自得。孫綽則於
「席芳草，鏡清流，覽卉木，觀魚鳥」❷中，體會宇宙浩瀚，天地
無私，萬物俱同，順時榮枯，於是豁然開朗，乃悟鵬鷃各安本性，
各適其志，隨運任化，自得其樂，何別之有！湛方生舟行至江西，
見廬山雄峙眾阜，鄱陽匯聚三江，而嶺上青松翠蔚，水濱白沙淨
鋪，千載輝映，亙古長存，由此感悟自然不朽、人事屢遷之理，所
作〈帆入南湖詩〉，充分展現超然生死、與時推移之豁達自在。至
於謝靈運，更是「說山水則苞名理」❷，如〈石壁精舍還湖中〉，
見山水清暉奇姿秀媚，天光湖色怡人悅目，乃知塵俗污濁，人間多
憂，不如徜徉自然，清心自樂。所謂「慮淡物自輕，意愜理無違」
❷，即言山水清靜本質，使人淡泊寡欲，忘懷得失，縱放居遊，自
能無為順化，隨遇而安。而在〈過白岸亭〉中，靈運近看澗水流
石，遠望林木滴翠，援蘿入山，復聞黃鳥交交，鹿鳴呦呦，山林秀
景，自然天籟，令人心曠神怡，寵辱皆忘，於是豁然乃悟：「榮悴
迭去來，窮通成休戚。未若長疏散，萬事恆抱樸。」❷展現棄名遺
榮、守道無為之超曠襟抱。

　　晉人之山水遊賞引出兩種方式：一是俯仰觀。主體視線，仰觀
俯察之際往復流動，並不停留於一物一隅。這種整體觀賞，重在把

---

❷　王羲之〈蘭亭詩〉。見同註❿，頁 895。

❷　孫綽〈三月三日蘭亭詩序〉。見同註❿，頁 637。

❷　見黃節《謝康樂詩註·序》，台北：藝文印書館，民國 64 年 9 月三版，頁
　　2。

❷　見同註❿，頁 1165。

❷　見同註❿，頁 1167。

握全景中各部分之有機組合，凡山石林泉、雲煙霧海、飛羽沈鱗，統歸一景，力求觀賞其在運動中每一瞬間組合上之精微變化，而不著意於細微末節之審察與逼視。諸多意象剎那間有機組成完整體系，全幅流動，滿目生機。二是動靜觀。按玄學要求，需保持主體心態之虛靜空明。遊賞者只有盡滌胸中俗念，無思無慮，從實用態度轉向對山水景物純外觀之欣賞，心靈始能如同明鏡，朗照萬物。此時主體也始能感應外物之生命生機，目擊道存，突入本體。❷❻此即魏晉士人吸納先哲之觀物經驗，並融入山水遊觀中，進而形成仰觀俯察、遠近遊目、由表入裏、即形悟道之審美方式。一者以大觀小，從宏觀角度，把握自然全貌，悠遊宇宙天地；一者以小觀大，透過微觀深察，體悟形外之神，咀嚼象外之旨。這種成熟於山水紀遊詩文中之審美體驗與觀照方式，也為後起之山水畫帶來影響。

　　晉宋之際，宗炳絕意仕進，一生好遊山水，曾兩遊荆、巫，並南登衡岳而久居其間，後因老病，返回江陵。因恐名山難遍睹，遂將遊歷所見，圖之於室，臥以遊之。所著《畫山水序》，乃山水畫論之首篇作品。論中既言：「山水質有而趣靈」，又謂「山水以形媚道」，肯定山水秀媚顯於外，靈趣涵於內，觀者既能樂賞其美，又能玄覽其道。緣此，畫家如能澄懷味象，應目得理，巧繪其形，妙傳其道，則「嵩華之秀，玄牝之靈，皆可得之於一圖矣」，故展卷以對，亦足以會悟暢神。由此可知，宗炳論畫，亦採「玄對山水」之審美態度。王微棲志貞深，亦好山水之遊，張彥遠曾謂：

---

❷❻　此段文字參見汪裕雄《意象探源》，合肥：安徽教育出版社，1996 年 4 月第
　　一版，頁 408－409。

「宗炳、王微皆擬跡巢、由，放情林壑。與琴酒而俱適，縱煙霞而獨往。」❷所作《敘畫》亦曰：「本乎形者融靈，而變動者心也。」❷以為山水有靈，一旦用心體會，必當有所感動。而形諸畫筆，若能以形傳神，則觀畫之際，亦必「望秋雲，神飛揚。臨春風，思浩蕩」❷，與物宛轉，神思搖蕩，達到怡情悅性之效，如此超暢快感，「雖有金石之樂，珪璋之琛，豈能彷彿之哉！」❸充分呼應山水有靈，即有悟玄，可以暢神之說。

此外，宗炳又曰：「身所盤桓，目所綢繆，以形寫形，以色貌色」❸，指出畫家盤桓於山水勝境，以流眄眼光飄瞥四方，綜覽全景，細察萬物，進而將其形容態色具現於畫面。此說即以仰觀俯察、遠近遊目之觀照方式進行山水描畫，從而形成「散點透視法」。雖然宗炳亦已發現西畫所用之「焦點透視法」，但爾後山水畫家依然採取「俯仰終宇宙」之表現方式。如郭熙提出：「山有三遠：自山下而仰山巔，謂之高遠；自山前而窺山後，謂之深遠；自近山而望遠山，謂之平遠。」❸仰山巔，窺山後，望平遠，可知畫家視線並不固著在單一方向，而是上下流動，前後回轉。又謂：「山形步步移」，「山形面面看」，「遠望之以取其勢，近看之以

---

❷　《歷代名畫記·卷六》。見唐·張彥遠《歷代名畫記》，北京：京華出版社，2000年5月第一版，頁56。

❷　見沈子丞編《歷代論畫名著彙編》，台北：世界書局，民國73年5月再版，頁16。

❷　見同註❷。

❸　見同註❷。

❸　見同註❷，頁14。

❸　《林泉高致·山水訓》。見同註❷，頁71。

取其質」 ❸，皆沿續宗炳「身所盤桓，目所綢繆」之遊觀方式。沈括更不贊同李成畫山上亭館、樓塔，皆仰畫飛簷之焦點透視法，反而強調：「大都山水之法，蓋以大觀小，如人觀假山耳。」 ❸可見山水紀遊詩文之審美觀照與構圖方式，已為山水畫所取法。

　　至於藝術史提示我們，文學之發展演變，往往先於美術，而且常常影響於美術。❸魏晉之際，山水紀遊詩文已蓬勃發展，作者在寫作過程中，已累積豐富經驗與表現技巧。然而，據張彥遠《歷代名畫記》所言：「魏晉以降，名跡在人間者，皆見之矣。其畫山水，則群峰之勢，若鈿飾犀櫛，或水不容泛，或人大於山。」 ❸可見當時雖已出現山水畫作，但因尚在萌芽階段，是以筆法古拙，連基本比例關係也未能妥善處理。緣此，紀遊詩文之觀物方式、表現手法與創作經驗，勢必對山水畫家帶來影響，故畫家受詩歌創作中仰觀俯察思維之啟迪，才形成散點透視法。

　　此外，由魏晉名士所開啟之山水紀遊詩文創作風潮，降至南朝，可謂臻乎其巔；而其紀遊、寫景、抒情、敘志、言理之內容結構與模山範水之表現技巧，亦為南朝名士承繼、發揚、汰陳與更新。先觀「山水紀遊文」部分。鮑照於宋文帝元嘉十六年（439），從建康赴江州就職途中，登上大雷岸，遠眺四野，即景抒情，揮毫

---

❸　見同註❷，頁 67。

❸　《夢溪筆談·卷十七》。見宋·沈括著、胡道靜導讀《夢溪筆談》，成都：巴蜀書社，1996 年 9 月第一版，頁 203。

❸　見葛路《中國古代繪畫理論發展史》，台北：丹青圖書公司，民國 76 年 2 月初版，頁 41。

❸　見同註❷，頁 18。

寫下〈登大雷岸與妹書〉❸。全文分三段，首段敘述離家遠行，倍
嘗旅途艱辛。中段描繪登上大雷岸所見景物，先回顧一路行來，曠
觀川路，周流絕景，壯志豪情油然而興。接著，由南、東、北、西
四個方向，分別描繪高山、平原、湖澤、江河之壯觀形勢與奇麗景
象。然後再將視線聚焦於廬山，透過雲霞蒸騰、光影變化之描繪，
展現靈岳絕艷身姿與超塵風韻。最後細寫水景，先描繪驚濤巨浪之
凶猛奇險，再鋪陳水族珍寶之繁庶豐饒，令人瞠目屏息，浩嘆不
已。末段先以夜景凄涼渲染凄惻哀感，逗出思鄉情懷，再溫語叮嚀
其妹慎自珍重，勿為遠行之人掛念憂心，親情洋溢，動人至深。就
篇章結構而言，先紀遊，再寫景，後抒情，敘寫井然，層次分明。
在寫景技巧上，亦有超卓表現。如善用辭賦四方鋪陳之法，將視覺
空間推至極致，使登臨所見總攬無遺。而摹寫景物，則巧運各種手
法，以狀形繪色，擬態傳神。如言群峰「負氣爭高，含霞飲景」，
即以擬人手法，生動展現崢嶸競勢、雲霞變幻之狀。而寫江浪奔
湧，則曰：「騰波觸天，高浪灌日，吞吐百川，寫泄萬壑。輕煙不
流，華鼎振沓。弱草朱靡，洪漣隴蹙。散渙長驚，電透箭疾。穹溘
崩聚，坻飛嶺覆。回沫冠山，奔濤空谷，磑石為之摧碎，碕岸為之
蹇落。」其中夸飾、譬喻兼用，既展現高度想像力，又使驚濤駭浪
形象鮮明，聲勢盡出。至於東望原隰，北眺湖澤兩段，前者以「寒
蓬夕卷，古樹雲平，旋風四起，思鳥群歸，靜聽無聞，極視不
見」，寫秋野之蕭條空疏，清冷寂寥；後者則以「苹菼攸積，菰蘆

---

❸ 見清·嚴可均編、陳延嘉等校點《全上古三代秦漢三國六朝文》（全十
冊），石家莊：河北教育出版社，1997 年 10 月第一版，第六冊，頁 449。

所繁，棲波之鳥，水化之蟲，以智吞愚，以彊捕小，號噪驚眠，紛切其中」，描繪水草繁茂、蟲鳥喧囂之狀，動靜互襯，對比鮮明。而遣辭用字，亦凝練多變，如寫駭浪翻湧，則「騰波」、「高浪」、「洪漣」、「奔濤」互用，「鼓怒」、「觸天」、「灌日」並出，形容盡致，氣勢十足。充分沿續魏晉以來，體物密附、巧言切狀之模寫風格。

　　而陶宏景〈答謝中書書〉❸，更是筆籠山川，紙納四時，短短六十八字，即將林水風光、朝暮盛景描摹淋漓，可謂尺幅千里，一字千金。通篇結構略分三段：開端兩句，以「山川之美，古來共談」，點出主題，總領全文。中段以「高峰入雲，清流見底。兩岸石壁，五色交輝。青林翠竹，四時俱備。曉霧將歇，猿鳥亂鳴；夕日欲頹，沈鱗競躍」十句，具體描繪林水清姿與晨昏變化。末段則以「實是欲界之仙都，自康樂以來，未復有能與其奇者」收束全文，既與起筆所言遙相呼應，又以謝靈運為喻，自比山水知音。篇幅雖短，而首尾圓合，情景俱見，結構嚴謹。作者遨遊山水，眼光流轉，四方周覽，先仰望「高峰入雲」，再俯瞰「清流見底」，繼而左顧右盼，則「兩岸石壁」，「青林翠竹」，盡皆入目。而移形換步之際，時異景遷，猿鳥林喧，游魚戲水，焦點所見，亦自不同。在字句營構、摹形繪色上，或山水相對，秀景立現；或五色交映，眾彩紛呈；或動靜互襯，生態盡出；或朝夕並列，景象多端。作者分層染彩，簡言達旨，充分展現山川之美，遊觀之樂。而「猿鳥亂鳴」，「沈鱗競躍」，著一「亂」字、「競」字，則動物嬉玩

---

❸　見同註❸，第七冊，頁 460。

熱烈，山林生活自在之態畢露無遺。作者吸納前人創作經驗，又能把握山水特徵，化繁為簡，更見靈巧妙麗。

　　至於吳均〈與宋元思書〉**❸**，則以生動筆觸描繪舟行富春江所見秀麗風光。通篇文意分三層轉進。首段「風煙俱淨，天山共色，從流飄蕩，任意東西。自富陽至桐廬一百許里，奇山異水，天下獨絕」，先以宏觀角度總攬勝景，鋪陳形勢；同時交代地點，敘寫遊蹤；並以奇山異水為主軸，啟發下文，帶出精彩絕倫之秀艷景致。中段分層鋪敘，先寫水象，再繪山景，復由狀形圖貌，轉入摹聲錄音，以具體呈現「奇」「異」風光。「異水」部分：「水皆縹碧，千丈見底。游魚細石，直視無礙。急湍甚箭，猛浪若奔」，作者以誇飾、比擬手法，寫江水之深、淨，湍浪之急、猛。其中，前四句寫波平如鏡，魚石俱見，與後兩句之急湍奔浪，恰成強烈對比，顯示江景變化，動靜皆有可觀。而「奇山」部分，作者以賓代主，借「寒樹」映襯形勢：「負勢競上，互相軒邈，爭高直指，千百成峰」，不但以「競上」、「爭高」之辭，擬樹成人，更將林木參差聳立，喻為群峰崢嶸，形象鮮明，靜中猶見動勢。以上所述，皆以視覺景象為主；以下六句：「泉水激石，泠泠作響。好鳥相鳴，嚶嚶成韻。蟬則千轉不窮，猿則百叫無絕」，轉作聽覺描繪。泉聲、鳥鳴、蟬囀、猿啼，此起彼應，迴蕩空谷，更顯山林幽靜。末段先以四句抒情議論：「鳶飛戾天者，望峰息心；經綸世務者，窺谷忘反」，表達山水可澄懷，美景能洗心之意，情因景生，景亦因情而更見魅力，虛中見實，實中有虛。結尾四句，「橫柯上蔽，在晝猶

---

❸　見同註**❸**，第七冊，頁612。

昏；疏條交映，有時見日」，透過日照密林之光影變化，寫輕舟順流，行程不斷，而前方勝景如何？著實令人期待。文末以景語收束，更添遐思，極富尾韻。此文起首清拔朗暢，節奏明快；中段寫景，聲色兼備，虛實相襯，動靜互映，形神盡出；末段抒情言理，又兼帶景語，情景互見，頗堪咀嚼。通篇用語，駢散錯落，清新雋逸，美感與詩意兼具。山水紀遊詩文歷經魏晉名士琢磨經營，至此更見成熟韻致。

再看「山水紀遊詩」部分。鮑照所作〈登廬山〉❹，通篇結構以紀行起，以抒情收，中段寫景。起首兩句：「懸裝亂水區，薄旅次山楹」，言整裝出發，白日行舟，夜宿山房一段行程，可視為序曲。中段十二句，分層寫廬山壯景奇觀。前四句：「千巖盛阻積，萬壑勢迴縈，巃嵸高昔貌，紛亂襲前名」，描繪宏觀遠眺之勢。詩人既以「千巖」、「萬壑」，夸稱山勢綿延遼闊，再藉「阻積」、「迴縈」、「巃嵸」描繪山形峻嶒，溪谷盤繞，則廬山之雄奇壯闊已在目前。以下再細述局部景觀，「洞澗窺地脈，聳樹隱天經」，言向下俯瞰，則澗深莫測，如沒地底；向上仰望，則古木高聳，如入雲天。「松磴上迷密，雲竇下縱橫」，謂石階蜿蜒而上，消失於松林密處；雲彩縱橫而下，盤旋於山中洞穴。四句藉由仰觀俯察，與景物高下之對比映襯，烘托廬山峻嶒與幽深。「陰冰實夏結，炎樹信冬榮」，夏冰、冬榮，既對立衝突，又確實可見，則廬山之包蘊無窮，萬象俱容，由此可知。「嘈嚌晨鵾思，叫嘯夜猿清」，晨鳥、夜猿之鳴，喚人思致，使人意清，皆出於聽者主觀認定，詩人

---

❹ 見同註❿，頁1282。

擬物入情,可見樂處山林之志。廬山既壯闊宏深,包蘊萬象,又有
猿鳥清音,暢人神思,緣此,詩人乃稱「深崖伏化跡,穹岫閟長
靈」,深信山中必有高士幽居靜伏。詩末四句,則緣景興情:「乘
此樂山性,重以遠遊情。方躋羽人途,永與煙霧並。」詩人既言廬
山勝景可以滿足山水高情,與樂遊逸趣,還表達山中養煉、羽化飛
升之慕仙思想。綜觀全篇,不論在篇章結構、模寫技巧或內容思想
上,俱可見承襲前人創作之跡。

　　而〈行京口至竹里〉❹雖同為三段式結構,但順序略變,前段
寫景,中段紀行,後段抒情。詩以寫景起筆,景物橫空而來,可以
想見途中景象必對詩人造成極大震撼。開頭六句即謂:「高柯危且
竦,鋒石橫復仄。複澗隱松聲,重崖伏雲色。冰閉寒方壯,風動鳥
傾翼」。透過「高」、「危」、「竦」,「鋒」、「橫」、
「仄」,使枯枝、山石張牙舞爪、尖銳歧岔之勢具現無遺,觸目險
狀,令人驚懼不安。遠眺所見,盡是「複澗」、「重崖」,嚴嶺層
疊,山路漫漫,足見行旅艱困;而時隱時現之松濤、雲霧,更為旅
途帶來變數,增添詭譎氣氛。山中極冷,四周水氣凍結成冰,猛烈
寒氣侵膚沁骨,詩人以「壯」字形容,極具新意。而強風肆虐,使
鳥翼傾斜難飛,則化虛為實,形象鮮明。山行所見,盡是危仄荒冷
之象,增添旅者跋涉艱辛,中段四句:「斯志逢凋嚴,孤遊值曛
逼。兼途無憩鞍,半菽不遑食」,詩人自嘆投身臨川王門下以來,
人微職輕,壯志難展,又屢隨府主遷移他郡,飽嘗行旅風霜,如今
面對荒山淒寒,不堪久留,更須兼程趕路,身心煎熬,由此可見。

---

❹　見同註❿,頁 1292。

末段四句，宣洩牢騷。所謂「君子樹令名，細人效命力，不見長河水，清濁俱不息」，意指自己欲如君子般樹德留名，但現實中卻沈淪下僚，任人驅使而四方奔波，不遇之憤，躍然紙上。詩中以險峻山勢，荒冷景象突顯行旅艱困，並從中抒發壯懷難伸、有志難酬之嘆，皆有前人身影，唯造景用字更見奇崛尖新，風格獨具。

　　謝朓亦多行旅詩作，如〈晚登三山還望京邑〉❷，乃出任宣城太守途中，登上三山，回望京城，有感而發。由於朝中君主頻換，政局動蕩，令人惴慄不安，如今又遭外放宣城，詩人百感交集，開端即云：「灞涘望長安，河陽視京縣」，熔鑄王粲〈七哀詩〉「南登灞陵岸，回首望長安」❸，及潘岳〈河陽詩作〉「引領望京邑」❹之意，表達避難心情與失意悲感，借古喻今，委婉見意。中段六句寫景。登臨回望之際，巍峨宮殿先入眼簾：「白日麗飛甍，參差皆可見」，陽光之下，京都樓宇更顯金碧輝煌，錯落分明，戀闕之情，不言可喻。移目城外，美景如畫：「餘霞散成綺，澄江靜如練。喧鳥覆春洲，雜英滿芳甸」，詩人俯仰之際，見晚霞佈空，艷麗如綺；江水澄澈，淨靜如練。兩句偶對工整，設喻妥適，色彩濃淡相映，意象優美鮮明，自古迄今，眾口交讚。詩人既以大筆渲染江天麗致，又以鳥語花香勾勒春郊近景。「喧」、「覆」、「滿」、「雜」四字之用，將熱鬧氣氛、淋漓生氣表露無遺。末段六句：「去矣方滯淫，懷哉罷歡宴。佳期悵何許，淚下如流霰。有

---

❷　見同註❿，頁 1430。

❸　見同註❿，頁 365。

❹　見同註❿，頁 633。

情知望鄉，誰能鬒不變」，詩人欲走還留，依依離情；又思及還鄉無期，悲從中生；而故鄉可望難及，豈不令人憂思白頭。兩句一意，波瀾頻生，層層推進，更見淒楚。謝朓山水詩雖深受謝靈運影響，但亦能自成風調，觀此詩，寫景清麗，造語自然，玄思隱退，情味增濃，皆異於大謝之富艷精工，玄思流蕩，頗能展現個人特色。

　　何遜無家世門第可供依恃，終其一生，多任記室參軍等職，屢隨長官出守外郡。任職揚州時，曾作〈日夕出富陽浦口和朗公〉❹❺，表達客居他鄉之孤寂心情。詩云：「客心愁日暮，徙倚空望歸。山煙涵樹色，江水映霞暉。獨鶴凌空逝，雙鳧出浪飛。故鄉千餘里，茲夕寒無衣。」起首二句先寫出遊緣起。黃昏正是倦鳥歸巢，家人團聚時刻，但對遊子而言，離鄉背井，舉目無親，更添客居愁懷與思歸意緒。「愁」字縮結「客心」與「日暮」，下字精準而貼切。詩人徘徊江邊，實欲排憂遣悶，然而歸舟既回，自己卻返鄉無門，舊愁未解，新愁又生。著一「空」字，無奈心情立現。中間四句寫景，遙望遠方，煙靄四起，山樹一片朦朧；晚霞映照，水面粼粼波光。萬里長空，只見孤鶴獨翔；悠悠江面，雙鳧振翅齊飛。詩人以對比方式，將哀、樂兩種景象並列互襯，一方面呈現暗淡心情，孤獨意緒，一方面紓解悲懷，寄托嚮往，不但情景渾融無痕，也完全貼合出遊遣悶之旨。末兩句以離家千里，天寒無衣收束，委婉傳情，更見淒苦。顏之推謂：「何遜詩實為清巧，多形似

---

❹❺　見同註❿，頁 1703。

之言」⑩，可見既受魏晉詩風沾漑，又能易「綺麗」為「清巧」。
就此詩而言，通篇不作艷辭拗句，自然諧暢，中間兩聯，對偶精
切，又文氣疏宕，結尾亦含蓄委婉，富有情味，寫景抒情融合無
間，已見唐詩風韻。張溥即謂：「少陵佳句，多從仲言脫出」⑩。

　　陰鏗所作山水詩，「不僅善於取景，而且工於造語；不僅有名
句，而且有完篇」⑱，〈晚出新亭〉⑲即為錘鍛自然、情景交融之
名篇佳作。詩中描寫離開新亭，舟行江上所見所聞，並借景抒情，
表達離京愁緒。詩云：「大江一浩蕩，離悲足幾重。潮落猶如蓋，
雲昏不作峰。遠戍唯聞鼓，寒山但見松。九十方稱半，歸途詎有
蹤。」首句寫景，氣勢十足，然而江水浩蕩，滾滾東逝，順流遠
下，則歸期難卜，波濤連疊，猶似離愁層湧，令人生悲，故次句即
續以情語。中間兩聯，寫江行所見。潮落如蓋，化用枚乘〈七發〉
之語，惟乘以「素車白馬帷蓋之張」形容漲潮景象，使人目炫神
震，而此處以落潮喻之，反見沈重壓力闢面而來。暮雲昏沈，籠罩
遠峰，只見一片朦朧，不見山巒起伏之勢，低落心情緒更添悒鬱。
又聞戍樓鼓聲，可知時局並不平靜，時危世亂，仍須遠行，悲意又
添一層。寒山蕭條，唯蒼松挺立，既喚起詩人孤零意緒，卻也包涵

⑩　《顏氏家訓·文章》。見北齊·顏之推撰、王利器集解《顏氏家訓集解》，
　　台北：明文書局，民國73年1月再版，頁276。
⑩　見明·張溥撰、殷孟倫輯注《漢魏六朝百三家集題辭注》，台北：木鐸出版
　　社，民國71年5月初版，頁254。
⑱　見丁成泉《中國山水詩史》，台北：文津出版社，民國84年8月初版，頁
　　50。
⑲　見同註⑩，頁2456。

節操自守之意。四句雖是景語，但景中見情，「落潮」、「昏雲」、「戍鼓」、「寒松」，色調陰森，覆罩沈重，音聲儠人，將離愁悲意渲染而出，故末聯感嘆遂生。所謂「行百里者半於九十」❺⓿，眼前漫漫行程，何時才能結束，又何時才能踏上歸途？愁思遞進，一波三折，更增尾韻。詩人融情入景，言簡意深，中間四句，兩兩對仗，通篇吟詠，平仄協暢，近似唐人五律。杜甫曾言：「頗學陰何苦用心」❺❶，影響力可見一斑。

　　由此觀之，南朝名士不但承繼魏晉風潮，致力於山水紀遊詩文之創作，而且在篇章結構、模寫技巧上，也充分吸納前人經驗與成果，使作品日益圓熟。由於文學創作並非單純模仿，必須同中求異，精益求精，並融入個人情感與巧思，才能汰蕪存菁，推陳出新，展現更獨特之表現技巧與自我風格，從而對後學帶來啟發與影響。緣此，鮑照、謝朓、吳均、何遜、陶宏景、陰鏗於創作之際，不但汲取前人優點，加以充分發揮，還能鎔鑄己意，開創新局。觀其詩文，玄思理語逐漸隱退，抒情寫景更趨渾融，遣辭煉字清新自然，意象營造奇巧精妙，用筆簡練而思致深遠，音韻諧暢而格律漸明，種種轉變，皆為日後文壇帶來重大影響。然而任何成就皆非一蹴可幾，觀瀾索源，振葉尋根，魏晉名士在山水紀遊詩文創作上，早已累積豐富經驗與表現技巧，以供後人取法仿效，奠基之功，不可抹滅。

---

❺⓿　《戰國策・秦策五》。見西漢・劉向集錄《戰國策》，台北：里仁書局，民國 71 年 1 月出版，頁 269。

❺❶　杜甫〈解悶十二首〉。見清・楊倫《杜詩鏡銓》，台北：漢京文化公司，民國 72 年 9 月初版，頁 817。

參考文獻舉要

　　本參考文獻所列，凡分三大項，一為專書，二為碩博士論文，三為期刊論文。其中「專書」部分資料龐雜，為突顯論文主題，首列「山水紀遊類」，為使用者查詢便利計，皆以書名、篇名筆畫順序排列。次為「古籍類」，其次為「今人專書類」，大略以經史子集之次序陳列。

壹、專書

一、山水紀遊類

《山水田園詩派研究》　葛曉音　瀋陽：遼寧大學出版社　1995 年 5 月第 2
　　次印刷

《山水美與宗教》　蔣述卓　台北：稻禾出版社　民國 81 年 2 月初版

《山水與古典》　林文月　台北：純文學出版社　民國 73 年 5 月初版

《山水與美學》　伍蠡甫編　台北：丹青圖書公司　不著年月

《山水詩詞論稿》　高人雄　上海：上海古籍出版社　2005 年 5 月第一版

《山水審美——人與自然的交響曲》　謝凝高　北京：北京大學出版社
　　1996 年 6 月第 3 次印刷

《中國山水文化》　李文初　廣州：廣東人民出版社　1996 年 9 月第一版

《中國山水文化》　陳水雲　武昌：武漢大學出版社　2001 年 10 月第一版

《中國山水文學研究》　章尚正　上海：學林出版社　1997 年 9 月第一版

《中國山水田園詩集成》　丁成泉輯注　武漢：湖北教育出版社　2003 年 10月第一版

《中國山水詩史》　李文初等　廣州：廣東高等教育出版社　1991 年 5 月第一版

《中國山水詩史》　丁成泉　台北：文津出版社　民國 84 年 8 月初版

《中國山水詩研究》　王國瓔　台北：聯經出版事業公司　民國 75 年 10 月出版

《中國山水審美》　向翔　昆明：雲南民族出版社　1997 年 7 月第一版

《中國古代山水畫史》　陳傳席　天津：天津人民美術出版社　2002 年 4 月第 2 次印刷

《中國古代山水詩鑑賞辭典》　余冠英主編　台北：新地文學出版社　1991年 9 月初版

《中國古代山水綠色文化》　張互助　長沙：湖南大學出版社　2001 年 6 月第一版

《中國古代山水遊記研究》　王立群　開封：河南大學出版社　1996 年 9 月第一版

《中國古代行旅生活》　王子今　台北：台灣商務印書館　1998 年 11 月初版

《中國古代游記選》　倪其心等選注　北京：中國旅游出版社　2000 年 1 月第一版

《中國古典園林分析》　彭一剛　台北：地景企業公司　1998 年 9 月初版 2 刷

《中國旅情》　商友敬　台北：台灣商務印書館　民國 81 年 7 月初版

《中國旅游文化》　王明煊、胡定鵬主編　杭州：浙江大學出版社　2000 年3 月第 3 次印刷

《中國旅遊史》　章必功　昆明：雲南人民出版社　1995 年 9 月第 2 次印刷

《中國旅遊史──古代部分》　王淑良　北京：旅遊教育出版社　1998 年 12月第一版

《中國旅遊歷史文化概論》　邵驥順　上海：上海三聯書店　1998 年 9 月第一版

《中國園林》　杜順寶　台北：淑馨出版社　民國 77 年 11 月出版

《中國園林文化》　曹明綱　上海：上海古籍出版社　2001年6月第一版

《中國園林文化史》　王毅　上海：上海人民出版社　2004年9月第1次印刷

《中國園林史》　孟亞男　台北：文津出版社　民國82年7月初版

《中國園林建築研究》　台北：丹青圖書公司　民國77年再版

《中國園林藝術》　樓慶西　台北：藝術家出版社　民國90年8月初版

《中國園林藝術論》　曹林娣　太原：山西教育出版社　2001年1月第一版

《中國造園史》　張家驥　台北：博遠出版公司　民國79年8月

《中國遊記文學史》　梅新林、俞樟華主編　上海：學林出版社　2004年12
　　第一版

《中國遊記選注第一集》　陳正祥　台北：南天書局　1994年10月初版

《中國游覽文化》　商友敬　上海：上海古籍出版社　2001年6月第一版

《中國歷代游記精華全編》　倪志雲等編　石家莊：河北教育出版社　1996
　　年12月第一版

《中華山水名勝旅遊文學大觀——文賦楹聯卷》　王志武、禎祥主編　西
　　安：三秦出版社　1998年8月第一版

《中華山水名勝旅遊文學大觀——詩詞卷》　李時人編　西安：三秦出版社
　　1998年8月第一版

《由山水到宮體——南朝的唯美詩風》　王力堅　台北：台灣商務印書館
　　1997年12月初版

《由隱逸到宮體》　洪順隆　台北：文史哲出版社　民國73年7月文一版

《另一種鄉愁——山水田園詩賦與士人心靈圖景》　許東海　台北：新文豐
　　出版社　2004年1月初版

《姑蘇園林與中國文化》　曹林娣　台北：萬卷樓圖書公司　民國82年12
　　月初版

《佛教旅游文化》　霍國慶　北京：北京圖書館出版社　2000年1月第一版

《建築美學》　王振復　台北：地景企業公司　民國82年2月初版

《旅行：跨文化想像》　郭少棠　北京：北京大學出版社　2005年3月第一版

《旅遊文學論文集》　東海大學中文系編　台北：文津出版社　2000年1月

初版

《旅遊宗教文化》　沈祖祥　北京：旅遊教育出版社　2000 年 7 月第一版

《旅遊美學》　劉天華　台北：地景企業公司　民國 82 年 9 月初版

《旅游美學》　彭修艮、高玉　台北：五南圖書公司　民國 84 年 1 月初版

《旅游美學》　黃藝農　長沙：湖南教育出版社　1999 年 8 月第一版

《旅遊審美活動論》　王柯平　台北：地景企業公司　民國 82 年 3 月初版

《崇山理念與中國文化》　何平立　濟南：齊魯書社　2001 年 1 月第 1 次印刷

《畫境文心——中國古典園林之美》　劉天華　北京：三聯書店　1994 年 10 月第一版

《園林美學》　劉天華　台北：地景企業公司　民國 81 年 2 月初版

《園林無俗情》　李嘉樂、張文德主編　揚州：南京出版社　1994 年 2 月第一版

《園林叢談》　陳從周　台北：明文書局　民國 72 年 8 月初版

《園趣》　周蘇寧　上海：學林出版社　2005 年 1 月第一版

《詩情與幽境——唐代文人的園林生活》　侯迺慧　台北：東大圖書公司　民國 80 年 6 月初版

《萬川之月——中國山水詩的心靈境界》　胡曉明　北京：三聯書店　1996 年 3 月第 2 次印刷

《遊山玩水——中國山水審美文化》　任仲倫　台北：地景企業公司　民國 82 年 6 月初版

《游記美學》　周冠群　重慶：重慶出版社　1994 年 3 月第一版

《歷代山水名勝游記選》　應守岩選注　杭州：浙江攝影出版社　1999 年 12 月第一版

《環境美學》　周鴻、劉韻涵　台北：地景企業公司　民國 82 年 2 月初版

《靈境詩心——中國古代山水詩史》　陶文鵬、韋鳳娟主編　南京：鳳凰出版社 2004 年 4 月第一版

二、「古籍類」

《十三經注疏・公羊傳》　台北：藝文印書館　民國 74 年 12 月十版

《新譯易經讀本》　郭建勳注譯　台北：三民書局　民國 85 年 1 月初版

《詩經集註》　宋・朱熹　台北：華正書局　民國 71 年 8 月初版

《詩經原始》　方玉潤　台北：藝文印書館　民國 70 年 2 月三版

《詩經通釋》　王靜芝　台北：輔大文學院　民國 70 年 10 月八版

《新譯禮記讀本》　姜義華注譯　台北：三民書局　民國 86 年 10 月初版

《語譯廣解四書讀本——論語》　蔣伯潛廣解　台北：啟明書局　不著年月

《語譯廣解四書讀本——孟子》　蔣伯潛廣解　台北：啟明書局　不著年月

《史記》　西漢・司馬遷　台北：鼎文書局　民國 73 年元月六版

《漢書》　東漢・班固　台北：鼎文書局　民國 72 年 10 月五版

《後漢書》　宋・范曄撰、唐・李賢等注　台北：世界書局

《三國志》　晉・陳壽　台北：鼎文書局　民國 73 年 6 月五版

《魏書》　北齊・魏收撰　北京：中華書局　2003 年 10 月第 7 次印刷

《晉書》　唐・房玄齡等撰　北京：中華書局　2003 年 6 月第 8 次印刷

《宋書》　梁・沈約撰　北京：中華書局　2003 年 10 月第 8 次印刷

《南齊書》　梁・蕭子顯撰　北京：中華書局　1997 年 3 月第 7 次印刷

《梁書》　唐・姚思廉撰　北京：中華書局　2003 年 9 月第 7 次印刷

《陳書》　唐・姚思廉撰　北京：中華書局　2002 年 10 月第 2 次印刷

《南史》　唐・李延壽　北京：中華書局　2003 年 6 月第 7 次印刷

《新唐書》　宋・歐陽修、宋祁撰　台北：鼎文書局　民國 74 年 2 月四版

《高僧傳》　梁・釋慧皎撰、湯用彤校注　北京：中華書局　1997 年 10 月第
　3 次印刷

《新校資治通鑑注》　宋・司馬光撰、章鈺校記　台北：世界書局　民國 69
　年 10 月九版

《讀通鑑論》　清・王夫之　台北：里仁書局　民國 74 年 2 月出版

《廿二史劄記校證訂補本》　清・趙翼著、王樹民校證　北京：中華書局

2005 年 1 月第 3 次印刷

《新譯貞觀政要》　許道勳注譯　台北：三民書局　民國 84 年 11 月初版

《老子讀本》　余培林　台北：三民書局　民國 74 年 2 月五版

《莊子集釋》　清‧郭慶藩撰、王孝魚點校　北京：中華書局　2006 年 1 月第 10 次印刷

《新譯莊子讀本》　黃錦鋐注譯　台北：三民書局　民國 75 年 11 月六版

《列子集釋》　楊伯峻　台北：華正書局　民國 79 年 9 月初版

《新譯列子讀本》　莊萬壽注譯　台北：三民書局　民國 74 年 9 月三版

《新譯論衡讀本》　蔡鎮楚註譯　台北：三民書局　民國 86 年 10 月初版

《抱朴子外篇校箋》　楊明照　北京：中華書局　1996 年 9 月第 2 次印刷

《新譯抱朴子》　李中華註譯　台北：三民書局　民國 85 年 4 月初版

《王弼集校釋》　樓宇烈校釋　台北：華正書局　民國 81 年 12 月初版

《昭昧詹言》　清‧方東樹　台北：漢京文化公司　民國 74 年 9 月初版

《全上古三代秦漢三國六朝文》（全十冊）　清‧嚴可均編、陳延嘉等校點　石家莊：河北教育出版社　1997 年 10 月第一版

《全上古三代秦漢三國六朝文》（全九冊）　清‧嚴可均編　台北：世界書局　民國 71 年月四版

《先秦漢魏晉南北朝詩》　逯欽立輯校　台北：學海出版社　民國 73 年 5 月初版

《新譯楚辭讀本》　傅錫王　台北：三民書局　民國 73 年 12 月四版

《世說新語校箋》　楊勇　台北：正文書局　民國 65 年 8 月出版

《新譯世說新語》　劉正浩等注譯　台北：三民書局　民國 85 年 8 月初版

《樂府詩集》　宋‧郭茂倩　台北：里仁書局　民國 73 年 9 月出版

《文選》　梁‧蕭統選輯、唐‧李善注釋　台北：文津出版社　民國 76 年 7 月出版

《文選》　梁‧蕭統編、唐‧李善注　台北：正中書局　民國 74 年 3 月台初版第 3 次印刷

《新譯昭明文選》　周啟成等注譯　台北：三民書局　民國 86 年 4 月初版

《水經注疏》　北魏・酈道元注、楊守敬疏　南京：江蘇古籍出版社　1999
年 8 月第 2 次印刷

《洛陽伽藍記校箋》　北魏・楊衒之著、楊勇校箋　北京：中華書局　2006
年 7 月第 2 次印刷

《魏文武明帝詩注》　黃節　台北：藝文印書館　民國 66 年 7 月再版

《新譯曹子建集》　曹海東注譯　台北：三民書局　2003 年 10 月初版 1 刷

《謝宣城詩注》　郝立權　台北：藝文印書館　民國 65 年 6 月再版

《謝宣城集校注》　曹融南　上海：上海古籍出版社　2001 年 4 月第 2 次印刷

《鮑參軍詩注》　黃節　台北：藝文印書館　民國 66 年 7 月三版

《新譯嵇中散集》　崔富章注譯　台北：三民書局　民國 87 年 5 月初版

《新譯阮籍詩文集》　林家驪注譯　台北：三民書局　民國 90 年 2 月初版

《新譯陸機詩文集》　王德華注譯　台北：三民書局　2006 年 9 月初版

《阮步兵詠懷詩註》　黃節　台北：藝文印書館　民國 89 年 11 月初版 4 刷

《陶淵明詩箋註》　丁仲祜　台北：藝文印書館　民國 66 年 7 月五版

《陶淵明集》　吳澤順編注　長沙：岳麓書社　1996 年 10 月第一版

《新譯陶淵明集》　溫洪隆注譯　台北：三民書局　民國 91 年 7 月初版 1 刷

《陶淵明詩文彙評》　楊家駱主編　台北：世界書局　1998 年 5 月二版 1 刷

《陶淵明資料彙編》　北京大學中文系文學史教研室編　北京：中華書局
2004 年 1 月第 4 次印刷

《謝康樂詩註》　黃節　台北：藝文印書館　民國 64 年 9 月三版

《謝靈運集》　李運富編注　長沙：岳麓書社　1999 年 8 月第一版

《李白集校注》　不著錄作者　台北：偉豐書局　民國 73 年出版

《杜詩鏡詮》　清・楊倫　台北：漢京文化公司　民國 72 年 9 月初版

《文心雕龍讀本》　王師更生　台北：文史哲出版社　民國 88 年 9 月初版 7 刷

《文心雕龍注釋》　周振甫　台北：里仁書局　民國 73 年 5 月出版

《隋唐五代文論選》　北京：人民文學出版社　1999 年 1 月第 1 次印刷

《鶴林玉露》　宋・羅大經撰　北京：中華書局　1997 年 12 月第 2 次印刷

《詩藪》　明·胡應麟　台北：廣文書局　民國 62 年 9 月初版

《詩比興箋》　清·陳沆　台北：鼎文書局　民國 68 年 2 月初版

《歷代詩話》　清·何文煥　台北：漢京出版公司　民國 72 年 1 月初版

《續歷代詩話》　丁仲祜編訂　台北：藝文印書館　民國 72 年 6 月四版

《清詩話》　丁仲祜編訂　台北：藝文印書館　民國 66 年 5 月再版

《藝概》　清·劉熙載　台北：華正書局　民國 74 年 6 月初版

《歷代名畫記》　唐·張彥遠　北京：京華出版社　2000 年月第一版

《歷代論畫名著彙編》　沈子丞編　台北：世界書局　民國 73 年 5 月再版

《園冶全釋》　明·計成撰　張家驥著　太原：山西古籍出版社　2002 年 8 月第 2 次印刷

《菜根譚》　明·洪自誠　台南：漢風出版社　2001 年 7 月初版 12 印

三、「今人專書類」

《兩漢文學》　卞孝萱、王琳　合肥：安徽教育出版社　2001 年 9 月第一版

《漢魏六朝文學研究》　李文初　廣州：廣東人民出版社　2000 年 6 月第一版

《漢魏六朝詩講錄》　葉嘉瑩　台北：桂冠圖書公司　2000 年 2 月初版

《中國古代文學史長編——秦漢魏晉南北朝卷》　郭預衡主編　北京：首都師範大學出版社　1995 年 6 月第一版

《中國古代文學通論——魏晉南北朝卷》　劉躍進　瀋陽：遼寧人民出版社　2005 年 5 月第一版

《魏晉南北朝文學史》　胡國瑞　上海：上海文藝出版社　1980 年 10 月第一版

《魏晉南北朝文學史論》　管雄　南京：南京大學出版社　1998 年 3 月第一版

《魏晉南北朝詩學》　陳順智　長沙：湖南人民出版社　2000 年 11 月第一版

《魏晉南北朝文學史料述略》　穆克宏　北京：中華書局　1997 年 1 月第一版

《魏晉南北朝文學思想史》　羅宗強　北京：中華書局　1996 年 10 月第一版

《魏晉南北朝文學思想史》　張仁青　台北：文史哲出版社　民國 92 年 9 月初版

《魏晉南北朝文學與思想學術研討會論文集第二輯》　國立成功大學中文系
　　編　台北：文津出版社　民國 82 年 11 月初版

《魏晉南北朝文學與思想學術研討會論文集第三輯》　國立成功大學中文系
　　編　台北：文津出版社　民國 86 年 9 月初版

《劉師培中古文學史論集》　陳引馳編校　北京：中國社會科學出版社
　　1997 年 6 月第一版

《南北朝文學史》　曹道衡、沈玉成編著　北京：人民文學出版社　1998 年
　　6 月第 2 次印刷

《南北朝文學編年史》　曹道衡、劉躍進　北京：人民文學出版社　2000 年
　　11 月第一版

《南北朝文學》　駱玉明、張宗原　合肥：安徽教育出版社　1998 年 2 月第
　　2 次印刷

《中國中古詩歌史》　王鍾陵　北京：人民出版社　2005 年 8 月第 1 次印刷

《中古文學繫年》　陸侃如　北京：人民文學出版社　1998 年 7 月第 1 次印刷

《漢魏文學與政治》　孫明君　北京：商務印書館　2004 年 12 月第 2 次印刷

《漢魏文學嬗變研究》　胡旭　廈門：廈門大學出版社　2004 年 8 月第一版

《漢唐文學的嬗變》　葛曉音　北京：北京大學出版社　1995 年 6 月第 2 次
　　印刷

《中古文學史論》　王瑤　台北：長安出版社　民國 71 年 8 月再版

《中古文學論叢》　林文月　台北：大安出版社　民國 78 年 6 月初版

《中古詩人研究》　廖蔚卿　台北：里仁書局　民國 94 年 3 月初版

《建安文學概論》　王巍　瀋陽：遼寧教育出版社　2000 年 7 月第 2 次印刷

《魏晉文學史》　徐公持　北京：人民文學出版社　1999 年 9 月第一版

《魏晉文學》　曹道衡　合肥：安徽教育出版社　2005 年 6 月第 1 次印刷

《魏晉文學自覺論新探》　黃偉倫　台北：台灣學生書局　2006 年 7 月初版

《魏晉文學與魏晉人格》　李建中　漢口：湖北教育出版社　1998 年 9 月第
　　一版

《魏晉南北朝文體學》　李士彪　上海：上海古籍出版社　2005 年 2 月第 2

次印刷

《漢魏六朝唐代文學論叢》　王運熙　上海：復旦大學出版社　2002 年 5 月第一版

《漢魏六朝文學論文集》　曹道衡　桂林：廣西師範大學出版社　1999 年 9 月第一版

《漢魏六朝文學論集》　廖蔚卿　台北：大安出版社　1997 年 12 月第一版

《漢魏六朝文學研究》　李文初　廣州：廣東人民出版社　2000 年 6 月第一版

《漢魏六朝詩》　張亞新　桂林：廣西師範大學出版社　1999 年 6 月第一版

《漢魏六朝詩歌語言論稿》　王雲路　西安：陝西人民教育出版社　1997 年 11 月第一版

《漢魏六朝的思想和文學》　日‧岡村繁著、陸曉光譯　上海：上海古籍出版社　2002 年 8 月第一版

《漢魏六朝文學新論──擬代與贈答篇》　梅家玲　台北：里仁書局　民國 86 年 4 月初版

《魏晉南北朝文學論叢》　周勛初　南京：江蘇古籍出版社　1999 年 11 月第一版

《魏晉詩歌藝術原論》　錢志熙　北京：中華書局　1993 年 1 月第一版

《魏晉詩歌的審美觀照》　王力堅　台北：文津出版社　2000 年 1 月初版

《魏晉玄言詩研究》　張廷銀　台北：文史哲出版社　民國 92 年 9 月初版

《南北朝隋詩文紀事》　周建江輯校　鄭州：中州古籍出版社　2001 年 9 月第一版

《沉迷與超越──六朝文學之感官辯證》　陳昌明　台北：里仁書局　2005 年 11 月出版

《抒情與描寫──六朝詩歌概論》　孫康宜　台北：允晨文化公司　民國 90 年 9 月初版

《六朝文學》　吳功正、許伯卿　南京：南京出版社　2003 年 12 月第一版

《六朝文論》　廖蔚卿　台北：聯經出版公司　民國 74 年 9 月第 3 次印行

《六朝詩論》　洪順隆　台北：文津出版社　民國 74 年 3 月再版

《六朝散文比較研究》　張思齊　台北：文津出版社　1997 年 12 月初版

《六朝人才觀念與文學》　林童照　台北：文津出版社　民國 84 年 5 月初版

《六朝服食風氣與詩歌》　顏進雄　台北：文津出版社　民國 82 年 8 月初版

《西晉作家的人格與文風》　葉楓宇　上海：上海三聯書店　2006 年 4 月第一版

《東晉文藝綜合研究》　張可禮　濟南：山東大學出版社　2001 年 1 月第 1 次印刷

《東晉詩歌論稿》　陳道貴　合肥：安徽教育出版社　2004 年 3 月第二版

《東晉玄言詩派研究》　陳順智　武昌：武漢大學出版社　2004 年 3 月第 2 次印刷

《太康文學論稿》　姜劍雲　北京：中華書局　2003 年 6 月第一版

《漢末士風與建安詩風》　孫明君　台北：文津出版社　民國 84 年 10 月初版

《建安七子研究》　王鵬廷　北京：北京大學出版社　2004 年 10 月第一版

《建安七子評傳》　李文祿　台北：文津出版社　2004 年 7 月初版

《建安詩文鑒賞辭典》　王巍、李文祿主編　長春：東北師範大學出版社　1994 年 4 月第一版

《嵇康研究及年譜》　莊萬壽　台北：台灣學生書局　民國 79 年 10 月初版

《郭璞研究》　連鎮標　上海：上海三聯書店　2002 年 7 月第一版

《山水詩人謝靈運》　李森南　台北：文史哲出版社　民國 78 年 7 月初版

《謝朓詩論》　魏耕原　北京：中國社會科學出版社　2004 年 9 月第一版

《鮑照詩文研究》　蘇瑞隆　北京：中華書局　2006 年 1 月第一版

《南朝詩研究》　王次澄　台北：東吳大學中國學術著作獎助委員會　民國 73 年 9 月初版

《鍾嶸詩歌美學》　羅立乾　台北：東大圖書公司　民國 79 年 3 月初版

《文選學》　駱鴻凱　台北：漢京文化公司　民國 71 年 10 月初版

《昭明文選研究》　傅剛　北京：中國社會科學出版社　2000 年 1 月第一版

《昭明文選研讀》　趙福海　長春：時代文藝出版社　2001 年 6 月第一版

《文選詩研究》　胡大雷　桂林：廣西師範大學出版社　2000 年 4 月第一版

《昭明文選學術論考》　游志誠　台北：台灣學生書局　民國 85 年 3 月初版

《昭明文選與中國傳統文化——第四屆文選學國際學術研討會論文集》　趙
　　福海等編　長春：吉林文史出版社　2004 年 10 月第一版

《文選之研究》　日‧岡村繁著、陸曉光譯　上海：上海古籍出版社　2002
　　年 8 月第一版

《文選成書之研究》　王立群　北京：商務印書館　2005 年 2 月第一版

《中外學者文選學論文集》　鄭州大學古籍所編　北京：中華書局　1998 年
　　8 月第 1 次印刷

《文心雕龍研究》　王師更生　台北：文史哲出版社　民國 78 年 10 月增訂
　　三版

《文心雕龍新論》　王師更生　台北：文史哲出版社　民國 80 年 5 月初版

《中國古代文學理論的祕寶——文心雕龍》　王師更生　台北：黎明文化公
　　司　民國 84 年 7 月初版

《第六屆詩經國際學術研討會論文集》　中國詩經學會編　北京：學苑出版
　　社　2005 年 7 月第 1 次印刷

《詩經研究論集》（一）　林慶彰編　台北：台灣學生書局　民國 76 年 7 月
　　第 2 次印刷

《詩經研究論集》（二）　林慶彰編　台北：台灣學生書局　民國 76 年 9 月
　　初版

《詩經研究論集》　熊公哲等　台北：黎明文化公司　民國 75 年 4 月再版

《詩經的文化精神》　李山　北京：東方出版社　1997 年 6 月第一版

《詩經的文化闡釋》　葉舒憲　西安：陝西人民出版社　2005 年 5 月第一版

《楚辭綜論》　徐志嘯　台北：東大圖書公司　1994 年 6 月初版

《楚辭美論》　顏翔林　上海：學林出版社　2001 年 4 月第一版

《楚辭詮微集》　彭毅　台北：台灣學生書局　1999 年 6 月初版

《楚辭與原始宗教》　過常寶　北京：東方出版社　1997 年 6 月第一版

《楚辭文化研究》　熊良智　成都：巴蜀書社　2002 年 10 月第一版

《楚辭文化背景研究》　趙輝　武漢：湖北教育出版社　1999 年 7 月第一版

《楚辭文心論》 魯瑞菁 台北：里仁書局 民國 91 年 9 月初版

《屈原文學論集》 陳怡良 台北：文津出版社 民國 81 年 11 月初版

《屈原研究》 褚斌杰 武漢：湖北教育出版社 2003 年 8 月第一版

《屈辭體研究》 黃鳳顯 長沙：湖南人民出版社 2002 年 6 月第二版

《楚文化研究》 文崇一 台北：東大圖書公司 民國 79 年 4 月初版

《詞章之祖——楚辭與中國文化》 李中華 開封：河南大學出版社 1998
年 8 月第一版

《中國楚辭學第六輯》 中國屈原學會編 北京：學苑出版社 2005 年 1 月
第一版

《游國恩學術論文集》 游國恩 北京：中華書局 1999 年 11 月第 2 次印刷

《性別與家園——漢晉辭賦的楚騷論述》 鄭毓瑜 台北：里仁書局 民國
89 年 8 月初版

《賦史》 馬積高 上海：上海古籍出版社 1998 年 9 月第 2 次印刷

《漢魏六朝小賦譯注評》 吳雲 天津：天津古籍出版社 2006 年 1 月第一版

《魏晉南北朝賦史》 程章燦 南京：江蘇古籍出版社 2001 年 6 月第一版

《賦體文學的文化闡釋》 許結 北京：中華書局 2005 年 9 月第一版

《中國賦學歷史與批評》 許結 南京：江蘇教育出版社 2001 年 7 月第一版

《中國辭賦研究》 龔克昌 濟南：山東大學出版社 2003 年 11 月第一版

《漢賦史略新證》 朱曉海 西安：陝西人民出版社 2004 年 6 月第一版

《文學話語與權力話語——漢賦與兩漢政治》 胡學常 杭州：浙江人民出
版社 2000 年 1 月第一版

《漢賦管窺》 程德和 鄭州：中州古籍出版社 2003 年 10 月第一版

《漢唐賦淺說》 俞紀東 上海：東方出版中心 1999 年 12 月第一版

《魏晉詠物賦研究》 廖國棟 台北：文史哲出版社 民國 79 年 10 月三版

《六朝賦論之創作理論與審美理論》 李翠瑛 台北：萬卷樓圖書公司 民
國 91 年 1 月初版

《六朝賦述論》 于浴賢 保定：河北大學出版社 1999 年 10 月第一版

《賦學論叢》 程章燦 北京：中華書局 2005 年 9 月第一版

《賦與駢文》 簡宗梧 台北：台灣書店 民國 87 年 10 月初版

《漢魏六朝樂府文學史》 蕭滌非 台北：長安出版社 民國 70 年 11 月台二版

《兩漢南北朝樂府鑑賞》 陳友冰 台北：五南圖書公司 民國 85 年 5 月初版 1 刷

《漢樂府研究》 張永鑫 南京：江蘇古籍出版社 2000 年 1 月第 2 次印刷

《古詩十九首集釋》 明·劉履等著、楊家駱編 台北：世界書局 1997 年 10 月初版 1 刷

《古詩十九首彙說賞析與研究》 張清鐘 台北：台灣商務印書館 民國 77 年 10 月初版

《陶淵明批評》 蕭望之 台北：台灣開明書店 民國 67 年 10 月台六版

《時空情境中的自我影像》 李清筠 台北：文津出版社 2000 年 10 月初版

《唐詩的美學詮釋》 李浩 台北：文津出版社 2000 年 5 月初版

《唐詩論文選集》 呂正惠編 台北：長安出版社 民國 74 年 4 月初版

《初唐詩歌中季節之研究》 凌欣欣 台北：文津出版社 1997 年 7 月初版

《唐代登臨詩研究》 王隆升 台北：文津出版社 1998 年 4 月初版

《唐代遊仙詩研究》 顏進雄 台北：文津出版社 1996 年 10 月初版

《唐詩題材類論》 劉洁 北京：民族出版社 2005 年 11 月第一版

《文論講述》 許文雨 台北：正中書局 民國 74 年 8 月第 5 次印行

《中古文學理論範疇》 詹福瑞 北京：中華書局 2005 年 7 月第一版

《中國古代文體學論稿》 郭英德 北京：北京大學出版社 2005 年 9 月第一版

《中國古代文學論集》 湖北大學中國古代文學學科編 北京：中華書局 2002 年 1 月第一版

《古代文論的人文追尋》 袁濟喜 北京：中華書局 2002 年 12 月第一版

《中國詩詞發展史》 陸侃如 台北：藍田出版社 不著年月

《中國詩歌流變史》 李曰剛 台北：文津出版社 民國 76 年 2 月出版

《中國詩歌研究》 羅宗濤等 台北：中華文化復興運動推行委員會 民國

74 年 6 月出版

《中國詩歌文化》　李善奎　濟南：齊魯書社　1999 年 11 月第一版

《中國詩歌藝術研究》　袁行霈　北京：北京大學出版社　2002 年 8 月第 4 次印刷

《中國詩歌原理》　日・松浦友久著、孫昌武譯　台北：洪葉文化公司 1993 年 5 月初版

《中國詩學》　吳戰壘　台北：五南圖書公司　民國 82 年 11 月初版

《中國詩學設計篇》　黃永武　台北：巨流圖書公司　民國 74 年 8 月一版 7 印

《中國詩學鑑賞篇》　黃永武　台北：巨流圖書公司　民國 76 年 4 月一版 8 印

《中國詩學之精神》　胡曉明　南昌：江西人民出版社　2004 年 10 月第一版

《中國古代詩學本體論闡釋》　毛正天　台北：五南圖書公司　民國 86 年 4 月初版

《詩美學》　李元洛　台北：東大圖書公司　民國 79 年 2 月初版

《詩論》　朱光潛　台北：漢京文化公司　民國 71 年 12 月初版

《詩學美論與詩詞美境》　韓經太　北京：北京語言文化大學出版社　2000 年 1 月第一版

《詩歌：智慧的水珠》　邵毅平　台北：國際村文庫書店　1993 年 8 月初版

《詩文鑑賞方法二十講》　周振甫等　台北：國文天地雜誌社　民國 78 年 11 月初版

《詩歌意象論》　陳植鍔　北京：中國社會科學出版社　1992 年 11 月第 2 次印刷

《比較詩學》　葉維廉　台北：東大圖書公司　民國 72 年 2 月初版

《中國古典文學研究史》　郭英德等　北京：中華書局　2000 年 3 月第 2 次印刷

《中國文學精神——魏晉南北朝卷》　鄭訓佐、李劍鋒　濟南：山東教育出版社　2003 年 12 月第一版

《典範的遞承——中國古典詩文論叢》　何寄澎　台北：文史哲出版社　民國 91 年 3 月初版

《道的承擔與逃逸——六朝與唐代文論差異及文化闡釋》 郝躍南 成都：
　　巴蜀書社 2000 年 11 月第一版

《中國文學的美感》 柯慶明 台北：麥田出版公司 2000 年 1 月初版

《抒情的境界》 蔡英俊主編 台北：聯經出版公司 民國 71 年 9 月初版

《抒情傳統與政治現實》 呂正惠 台北：大安出版社 民國 78 年 9 月初版

《中國抒情傳統》 蕭馳 台北：允晨文化公司 民國 88 年 1 月初版

《抒情與敘事》 洪順隆 台北：黎明文化公司 1998 年 12 月出版

《比興物色與情景交融》 蔡英俊 台北：大安出版社 民國 75 年 5 月初版

《中國古典詩論中「語言」與「意義」的論題》 蔡英俊 台北：台灣學生
　　書局 民國 2001 年 4 月初版

《流霞回風——中國古典詩歌散論》 孫明君 昆明：雲南人民出版社
　　2004 年 11 月第一版

《意境論的形成——唐代意境論研究》 黃景進 台北：台灣學生書局
　　2004 年 9 月初版

《中國古代文學十大主題——原型與流變》 王立 台北：文史哲出版社
　　民國 83 年 7 月初版

《多情自古傷離別——古典文學別離主題研究》 蕭瑞峰 台北：文史哲出
　　版社 民國 85 年 6 月初版

《心靈的圖景——文學意象的主題史研究》 王立 上海：學林出版社
　　1999 年 2 月第一版

《意象探源》 汪裕雄 合肥：安徽教育出版社 1996 年 4 月第一版

《論情境》 王文生 上海：上海文藝出版社 2001 年 2 月第一版

《世變與創化——漢唐、唐宋轉換期之文藝現象》 衣若芬、劉苑如主編
　　台北：中研院文哲所籌備處 民國 91 年 10 月修訂一版

《文學經典的挑戰》 孫康宜 南昌：百花洲文藝出版社 2002 年 3 月第一版

《古典今論》 唐翼明 台北：東大圖書公司 民國 80 年 9 月初版

《意志與命運——中國古典小說世界觀綜論》 樂蘅軍 台北：大安出版社
　　2003 年 5 月一版 2 刷

《陳世驤文存》　陳世驤　瀋陽：遼寧教育出版社　1998 年 12 月第一版

《劉師培辛亥前文選》　劉師培　北京：三聯書店　1998 年 6 月第一版

《修辭學》　黃慶萱　台北：三民書局　民國 75 年 12 月增訂初版

《修辭學》　沈謙　台北：國立空中大學　民國 81 年 9 月三版

《修辭學》　傅隸樸　台北：正中書局　民國 77 年 2 月台初版第 3 印

《修辭析論》　董季棠　台北：文史哲出版社　民國 83 年 10 月增訂再版

《表達的藝術》　蔡謀芳　台北：三民書局　民國 79 年 12 月初版

《字句鍛鍊法》　黃永武　台北：洪範書店　民國 75 年 1 月初版

《中國文學家大辭典——先秦漢魏晉南北朝卷》　曹道衡、沈玉成　北京：
中華書局　1996 年 8 月第一版

《秦漢魏晉史探微》　田余慶　北京：中華書局　2004 年 2 月第一版

《漢魏六朝文化・社會・制度——中華中古前期史研究》　陳啟雲　台北：
新文豐出版社　民國 86 年 1 月台一版

《魏晉南北朝文化史》　萬繩楠　台北：雲龍出版社　1995 年 6 月初版

《魏晉南北朝史論稿》　萬繩楠　台北：雲龍出版社　1994 年 12 月初版

《魏晉南北朝史論叢》　唐長孺　石家莊：河北教育出版社　2002 年 1 月第
2 次印刷

《魏晉南北朝史論集》　周一良　北京：北京大學出版社　2000 年 10 月第 2
次印刷

《魏晉南北朝政治史稿》　陳長琦　開封：河南大學出版社　1992 年 1 月第
一版

《陳寅恪魏晉南北朝史講演錄》　萬繩楠整理　合肥：黃山書社　2000 年 12
月第 3 次印刷

《魏晉南北朝史》　王仲犖　台北：漢京文化公司　1992 年 9 月台版一刷

《東晉門閥政治》　田余慶　北京：北京大學出版社　2005 年 6 月第 1 次印刷

《魏晉南北朝社會生活史》　朱大渭等　北京：中國社會科學出版社　1998
年 8 月第一版

《中國中古社會史論》　毛漢光　上海：上海書店　2002 年 12 月第 1 次印刷

《中國中古政治史論》　毛漢光　上海：上海書店　2002 年 12 月第 1 次印刷

《中國文化新論制度篇——立國的宏規》　鄭欽仁　台北：聯經出版公司
　　民國 82 年 9 月初版第 8 刷

《九品中正制略論稿》　張旭華　鄭州：中州古籍出版社　2004 年 10 月第一版

《荊棘銅駝——西晉「八王之亂」》　羅宏曾　北京：三聯書店　1997 年 1
　　月第 1 次印刷

《魏晉本土文學地理研究》　胡阿祥　南京：南京大學出版社　2001 年 5 月
　　第一版

《中國歷史文化地理》上冊　陳正祥　台北：南天書局　民國 84 年 10 月初版

《中國歷代帝王世系年表》　杜建民　濟南：齊魯書社　1998 年 4 月第 2 次
　　印刷

《中國歷代年號考》　李崇智　北京：中華書局　2004 年 12 月第 3 次印刷

《中國哲學發展史——魏晉南北朝》　任繼愈主編　北京：人民出版社
　　1998 年 75 月第 2 次印刷

《中國歷代思想史——（三）魏晉南北朝隋唐卷》　辛旗　台北：文津出版
　　社　民國 82 年 12 月初版

《中國古代思想文化的歷史析論》　陳啟雲　北京：北京大學出版社　2003
　　年 7 月第 2 次印刷

《魏晉思想史》　許抗生　台北：桂冠圖書公司　民國 81 年初版

《魏晉思想論》　劉大杰　上海：上海古籍出版社　2000 年 9 月第 2 次印刷

《魏晉思想・甲編三種》　賀昌群、劉大杰、袁行霈　台北：里仁書局　民
　　國 84 年 8 月初版

《魏晉思想・乙編三種》　魯迅、容肇祖、湯用彤　台北：里仁書局　民國
　　84 年 8 月初版

《理學・玄學・佛學》　湯用彤　台北：淑馨出版社　民國 81 年初版

《有無之辨——魏晉玄學本體思想再解讀》　康中乾　北京：人民出版社
　　2003 年 6 月第一版

《魏晉清談》　唐翼明　台北：東大圖書公司　民國 91 年 7 月初版 2 刷

《魏晉清玄》　李春青　台北：雲龍出版社　1995 年 3 月初版

《魏晉清談思想初論》　賀昌群　北京：商務印書館　2000年6月第2次印刷

《魏晉思想與談風》　何啟民　台北：台灣學生書局　民國79年6月第4刷

《魏晉玄學新論》　徐斌　上海：上海古籍出版社　2000年12月第一版

《才性與玄理》　牟宗三　台北：台灣學生書局　2002年8月修訂版9刷

《玄學通論》　王葆玹　台北：五南圖書出版公司　民國85年4月初版

《玄學史話》　陳咏明　台北：國家出版社　2003年12月初版

《玄學趣味》　高華平　漢口：湖北教育出版社　1997年5月第一版

《儒道會通與正始玄學》　高晨陽　濟南：齊魯書社　2000年1月第一版

《郭象與魏晉玄學》（增訂本）　湯一介　北京：北京大學出版社　2000年7月第一版

《郭象玄學》　莊耀郎　台北：里仁書局　民國91年8月第一次修訂2刷

《歷史的嵇康與玄學的嵇康》　謝大寧　台北：文史哲出版社　民國86年12月初版

《六朝的城市與社會》　劉淑芬　台北：學生書局　民國81年10月初版

《六朝社會文化心態》　趙輝　台北：文津出版社　民國85年元月初版

《秦漢魏晉南北朝時期家族、宗族關系研究》　李卿　上海：上海人民出版社　2005年2月第一版

《東漢士風及其轉變》　張蓓蓓　台北：國立台灣大學出版委員會　民國74年6月初版

《魏晉南朝江東世家大族述論》　方北辰　台北：文津出版社　1999年9月第2刷

《兩晉南朝的士族》　蘇紹興　台北：聯經出版公司　民國82年11月初版第2刷

《華麗家族——兩晉南朝陳郡謝氏傳奇》　蕭華榮　北京：三聯書店　1994年10月第一版

《士族的挽歌——南北朝文人的悲歡離合》　詹福瑞、李金善　保定：河北大學出版社　2002年5月第一版

《中古士人遷移與文化交流》　王永平　北京：社會科學文獻出版社　2005

年 6 月第一版

《玄學與魏晉士人心態》 羅宗強 台北：文史哲出版社 民國 81 年 11 月初版

《玄學與魏晉社會》 李建中、高華平 石家莊：河北人民出版社 2003 年 1 月第一版

《魏晉士人之思想與文化研究》 尤雅姿 台北：文史哲出版社 民國 87 年 9 月初版

《高蹈人間——六朝文人心態史》 孫若風 石家莊：河北教育出版社 2001 年 11 月第一版

《魏晉名士人格研究》 李清筠 台北：文津出版社 2000 年 10 月初版

《魏晉名士》 孔毅 成都：巴蜀書社 1994 年 4 月第一版

《魏晉名士與玄學清談》 蔡振豐 台北：黎明文化公司 民國 86 年 8 月初版

《江南世風與江蘇文學》 費振鐘 長沙：湖南教育出版社 1995 年 8 月第一版

《世說新語研究》 王能憲 南京：江蘇古籍出版社 2000 年 1 月第 2 次印刷

《中古學術論略》 張蓓蓓 台北：大安出版社 1991 年 5 月第一版

《魏晉學術人物新研》 張蓓蓓 台北：大安出版社 2001 年 12 月一版

《魏晉風度——中古文人生活行為的文化意蘊》 寧稼雨 北京：東方出版社 1996 年 12 月第 2 次印刷

《覺醒與沉淪——魏晉風度及其文化表現》 劉宗坤 鄭州：大象出版社 1997 年 4 月第一版

《魏晉詩人與政治》 景蜀慧 台北：文津出版社 2001 年 4 月第 2 刷

《魏晉文學與中原文化》 衛紹生 北京：學苑出版社 2004 年 11 月第一版

《文化建構與文學史綱·魏晉——北宋》 林繼中 北京：北京大學出版社 2005 年 4 月第一版

《中古風度》 施惟達 北京：中國社會科學出版社 2002 年 9 月第一版

《中古文人生活研究》 范子燁 濟南：山東教育出版社 2001 年 7 月第一版

《中國古代的士人生活》 孫立群 北京：商務印書館 2003 年 12 月第一版

《中國傳統文人審美生活方式之研究》　羅中峰　台北：洪葉文化公司
　　2001 年 2 月初版

《中古士族現象研究》　陳明　台北：文津出版社　民國 83 年 3 月初版

《中古門第論集》　何啟民　台北：台灣學生書局　民國 67 年 1 月初版

《六朝文化》　許輝等　南京：江蘇古籍出版社　2001 年 10 月第一版

《六朝經學與玄學》　田漢雲　南京：南京出版社　2003 年 12 月第一版

《六朝情境美學》　鄭毓瑜　台北：里仁書局　民國 86 年 12 月初版

《魏晉風氣與六朝文學》　朱義雲　台北：文史哲出版社　民國 69 年 8 月初版

《魏晉玄學人格美研究》　高華平　成都：巴蜀書社　2000 年 8 月第一版

《魏晉隱逸思想及其美學涵義》　許尤娜　台北：文津出版社　2001 年 7 月
　　初版

《盛世悲音——漢代文人的生命感嘆》　楊樹增等　保定：河北大學出版社
　　2001 年 9 月第一版

《人海孤舟——漢魏六朝士的孤獨意識》　袁濟喜　鄭州：河南人民出版社
　　1995 年 4 月第一版

《從游士到儒士——漢唐士風與文風論稿》　查屏球　上海：復旦大學出版
　　社　2005 年 5 月第一版

《隱士錄——中國歷史上的隱士》　陳洪　台南：笙易公司文化事業部
　　2002 年 6 月初版

《中國古代詩人的仕隱情結》　張愛東等　北京：京華出版社　2001 年 6 月
　　第一版

《中國隱士與中國文化》　蔣星煜　台北：龍田出版社　民國 71 年 5 月出版

《隱逸避世的名士集團——竹林七賢述評》　魯金波　北京：首都師範大學
　　出版社　1998 年 8 月第一版

《仕隱與中國文學》　王文進　台北：台灣書店　民國 88 年 2 月初版

《中國知識階層史論・古代篇》　余英時　台北：聯經出版公司　民國 73 年
　　2 月再版

《中國知識分子論》　余英時　北京：北京大學出版社　1997 年 4 月第一版

《知識分子與社會發展》 趙寶煦 北京：華夏出版社 2003 年 4 月第一版

《中國魏晉南北朝宗教史》 楊耀坤 北京：人民出版社 1994 年 4 月第一版

《魏晉哲學與詩學》 劉運好 合肥：安徽大學出版社 2005 年 1 月第 2 次印刷

《魏晉玄學與中國文學》 盧盛江 南昌：百花洲文藝出版社 2002 年 4 月第一版

《魏晉神仙道教——抱朴子內篇研究》 胡孚琛 台北：台灣商務印書館 1995 年 5 月初版第 2 次印刷

《漢魏兩晉南北朝道教史研究》 湯其領 開封：河南大學出版社 1994 年 10 月第一版

《魏晉南北朝時期的道教》 湯一介 台北：東大圖書公司 民國 80 年 4 月再版

《自然‧名教‧因果——魏晉玄學論集》 周大興 台北：中研院文哲所 2004 年 11 月初版

《憂與遊：六朝隋唐遊仙詩論集》 李豐楙 台北：台灣學生書局 民國 85 年 3 月初版

《誤入與謫降：六朝隋唐道教文學論集》 李豐楙 台北：台灣學生書局 民國 85 年 5 月初版

《中國道教史》 任繼愈主編 台北：桂冠圖書公司 1991 年 10 月初版

《道教哲學》 呂鵬志 台北：文津出版社 2000 年 2 月初版

《道學通論——道家‧道教‧仙學》 胡孚琛、呂錫琛 北京：社會科學出版社 1999 年 1 月第一版

《道教與中國文化》 葛兆光 台北：東華書局 民國 78 年 12 月初版

《先秦道家哲學研究》 朱哲 上海：上海人民出版社 2000 年 9 月第一版

《道教發展史（第一冊）——道教的形成階段（上古至東晉）》 邱福海 台北：淑馨出版社 2000 年 8 月初版

《道教文化十五講》 詹石窗 北京：北京大學出版社 2003 年 3 月第 2 次印刷

《道家道教與中土佛教初期經義發展》 蕭登福 上海：上海古籍出版社

2003 年 9 月第一版

《道教與人生》　葉至明主編　北京：宗教文化出版社　2003 年 10 月第 2 次印刷

《道家及其對文學的影響》　李生龍　長沙：岳麓書社　1998 年 3 月第一版

《道家形而上學》　王中江　上海：上海文化出版社　2001 年 11 月第一版

《道教術數與文藝》　詹石窗　台北：文津出版社　1998 年 12 月初版

《道教本論》　李申　上海：上海文化出版社　2001 年 11 月第一版

《道教禮儀》　陳耀庭　北京：宗教文化出版社　2003 年 12 月第一版

《玄境——道學與中國文化》　張立文等主編　北京：人民出版社　1997 年 5 月第 2 次印刷

《以藝進道——中國藝術道學思想探索》　張炬　北京：中國社會科學出版社　1999 年 10 月第一版

《兩漢魏晉之道家思想》　陶建國　台北：文津出版社　民國 79 年 3 月出版

《中國古代道士生活》　黨聖元、李繼凱　台北：台灣商務印書館　1998 年 12 月初版

《莊老通辨》　錢穆　台北：三民書局　民國 62 年 8 月台再版

《老莊學新探》　王葆玹　上海：上海文化出版社　2002 年 5 月第一版

《莊子的文化解析》　葉舒憲　武漢：湖北人民出版社　1997 年 8 月第一版

《道家美學與西方文化》　葉維廉　北京：北京大學出版社　2002 年 8 月第一版

《逍遙游——莊子美學的現代闡釋》　王凱　武昌：武漢大學出版社　2004 年 6 月第 2 次印刷

《莊子生存論美學研究》　包兆會　南京：南京大學出版社　2005 年 3 月第 2 次印刷

《中國游仙文化》　汪涌豪、俞灝敏　北京：法律出版社　1997 年 11 月第一版

《詩苑仙蹤——詩歌與神仙信仰》　孫昌武　天津：南開大學出版社　2005 年 6 月第 1 次印刷

《逍遙達觀——仙與人生理想》　陳耀庭　上海：上海辭書出版社　2005 年

12 月第一版

《人仙之間──抱朴子與中國文化》　徐儀明、冷天吉　開封：河南大學出版社　1998 年 8 月第一版

《玄妙之境》　張海明　長春：東北師範大學出版社　1998 年 5 月第 2 次印刷

《氣功與中國文化》　李平　西安：陝西人民教育出版社　1998 年 9 月第一版

《周易與中國文學》　陳良運　南昌：百花洲文藝出版社　1999 年 1 月第一版

《中國宗教通史》　牟鐘鑒、張踐　北京：社會科學文獻出版社　2004 年 10 月第一版

《漢魏兩晉南北朝佛教史》　湯用彤　北京：北京大學出版社　1997 年 9 月第一版

《中國佛教與傳統文化》　方立天　台北：桂冠圖書公司　1990 年 6 月初版

《中國佛學源流略講》　呂澂　台北：里仁書局　民國 74 年 1 月出版

《佛教與中國文學》　孫昌武　台北：東華書局　民國 78 年 12 月初版

《佛教哲學》　方立天　台北：洪葉文化公司　1994 年 7 月初版

《漢魏兩晉南北朝佛教史》　湯用彤　北京：北京大學出版社　1997 年 9 月第一版

《漢魏六朝佛教概觀》　蔡日新　台北：文津出版社　2001 年 8 月初版

《佛性與般若》　牟宗三　台北：台灣學生書局　1997 年 5 月修訂版 6 刷

《佛法與詩境》　蕭馳　北京：中華書局　2005 年 9 月第一版

《禪宗詩歌研究》　吳言生　北京：中華書局　2002 年 10 月第 3 次印刷

《禪宗與中國文化》　葛兆光　台北：東華書局　民國 78 年 12 月初版

《禪月詩魂──中國詩僧縱橫談》　覃召文　北京：三聯書店　1994 年 11 月第一版

《禪與詩學》　張伯偉　杭州：浙江人民出版社　1996 年 4 月第 3 次印刷

《南朝佛教與文學》　普慧　北京：中華書局　2002 年 2 月第一版

《出離與歸返──淨土空間論》　潘朝陽　台北：國立台灣師範大學地理系　2001 年 3 月出版

《中國美學史》　張法　上海：上海人民出版社　2000 年 12 月第一版

《中國美學史——魏晉南北朝編》　李澤厚、劉紀綱　合肥：安徽文藝出版社　1999 年 5 月第一版

《中國審美文化史——秦漢魏晉南北朝卷》　儀平策　濟南：山東畫報出版社　2000 年 10 月第一版

《中國古代美學範疇》　曾祖蔭　台北：丹青圖書公司　民國 76 年 4 月初版

《中國美學十五講》　朱良志　北京：北京大學出版社　2006 年 4 月第一版

《中西美學與文化精神》　張法　北京：北京大學出版社　1997 年 2 月第 2 次印刷

《美學論集》新訂版　李澤厚　台北：三民書局　民國 85 年 9 月初版

《華夏美學》　李澤厚　台北：三民書局　民國 85 年 9 月初版

《六朝美學史》　吳功正　南京：江蘇美術出版社　1996 年 4 月第 2 次印刷

《六朝美學》　袁濟喜　北京：北京大學出版社　1999 年 1 月第二版

《華夏審美風尚史・第三卷・大風起兮》　王旭曉　鄭州：河南人民出版社　2001 年 5 月第 1 次印刷

《華夏審美風尚史・第四卷・六朝清音》　盛源、袁濟喜　鄭州：河南人民出版社　2001 年 5 月第 1 次印刷

《六朝美學點描》　李銘宗　台北：亞太圖書出版社　2001 年 12 月初版

《神與物遊——論中國傳統審美方式》　成復旺　台北：商鼎文化出版社　1992 年 4 月初版

《藝境》　宗白華　北京：北京大學出版社　1998 年 7 月二版第 2 次印刷

《美從何處尋》　宗白華　台北：蒲公英出版社　民國 79 年 10 月初版

《美的歷程》　李澤厚　台北：蒲公英出版社　民國 75 年出版

《談藝錄》　錢鍾書　台北：藍田出版社　不著年月

《管錐編》　錢鍾書　北京：中華書局　1999 年 11 月第 7 次印刷

《中國古代審美文化論》　吳中杰　上海：上海古籍出版社　2003 年 8 月第一版

《人生境界與生命美學——中國古代審美心理論綱》　陳德禮　長春：長春出版社　1998 年 9 月第一版

《阮籍審美思想研究》　孫良水　台北：文津出版社　1997 年 7 月初版

《東方神韻——意境論》　薛富興　北京：人民文學出版社　2000 年 6 月第
一版

《中國藝術精神》　徐復觀　台北：台灣學生書局　民國 77 年 1 月第 10 次
印刷

《中國文化的藝術精神》　張蓉等　西安：西安交通大學出版社　2001 年 11
月第 2 次印刷

《中國古代繪畫理論發展史》　葛路　台北：丹青圖書公司　民國 76 年 2 月
初版

《中國繪畫思想史》　高木森　台北：東大圖書公司　民國 81 年 6 月初版

《中國古代繪畫史綱》　莊伯和　台北：幼獅文化事業公司　民國 76 年 6 月
初版

《魏晉南北朝繪畫史》　陳綬祥　北京：人民美術出版社　2000 年 12 月第一版

《六朝畫論研究》　陳傳席　台北：台灣學生書局　1999 年 9 月初版 2 刷

《顧愷之研究》　袁有根等　北京：民族出版社　2005 年 8 月第一版

《中國古代心理詩學與美學》　童慶炳　台北：萬卷樓圖書公司　民國 83 年
8 月初版

《中國古代心理美學六論》　陶東風　天津：百花文藝出版社　2001 年 6 月
第一版

《論魏晉自然觀——中國藝術自覺的哲學考察》　章啟群　北京：北京大學
出版社　2000 年 8 月第 1 次印刷

《魏晉新文化運動——自然思潮》　李玲珠　台北：文津出版社　2004 年 4
月初版

《中國自然美學思想探源》　魏士衡　北京：中國城市出版社　1996 年 7 月
第 3 次印刷

《人與自然——中國哲學生態觀》　蒙培元　北京：人民出版社　2004 年 8
月第一版

《悠然見南山——陶淵明與中國閒情》　韋鳳娟　台北：台灣中華書局
1993 年 1 月一版

《陶詩佛音辨》 丁永忠 成都：四川大學出版社 1997年12月第一版

貳、碩博士論文

《魏晉南北朝文士與道教之關係》 李豐楙 政大中研所博士論文 民國67年6月

《盛唐時空意識研究》 陳清俊 台灣師大國研所博士論文 民國85年6月

《魏晉南北朝賦論研究》 梁承德 東吳中研所博士論文 民國88年6月

《魏晉詩歌中的審美意識》 朱雅琪 台灣師大國研所博士論文 民國89年6月

《晉宋山水詩研究》 張滿足 高雄師大國研所博士論文 民國89年6月

《魏晉士人之悲情意識研究》 黃雅淳 高雄師大國研所博士論文 民國90年6月

《論六朝詩中巧構形似之言》 王文進 台灣師大國研所碩士論文 民國67年6月

《論漢賦之寫物言志傳統》 曹淑娟 台灣師大國研所碩士論文 民國71年6月

《論晉詩之個性與社會性》 錢佩文 台灣師大國研所碩士論文 民國75年6月

《宋代山水遊記研究》 陳素貞 台灣師大國研所碩士論文 民國75年6月

《六朝遊仙詩研究》 張鈞莉 台大中研所碩士論文 民國76年6月

《郭璞之詩賦研究》 陳秀美 淡大中研所碩士論文 民國82年5月

《六朝物色觀念研究》 林莉翎 成大中研所碩士論文 民國88年12月

《漢魏六朝辭賦中的遊仙題材研究》 張嘉純 政大中研所碩士論文 民國90年7月

參、期刊論文

〈嵇康的審美表現及生命美學〉　曾春海　《哲學與文化》28 卷 8 期　2001
　　年 8 月　頁 681－773

〈玄學及「抱朴子·外篇」中的理想人格〉　曾春海　《哲學與文化》26 卷
　　7 期　1997 年 7 月　頁 602－693

〈魏晉玄學及台灣近五十年來研究之回顧與展望〉　曾春海　《哲學雜誌》
　　25 期　1998 年 8 月　頁 30－49

〈地域關懷與時空想像——以魏晉南北朝為中心〉　蔣宜芳紀錄　《中國文
　　哲研究通訊》8 卷 4 期　1998 年 12 月　頁 37－65

〈論魏晉詩歌中的遊仙意識〉　駱水玉　《國立編譯館刊》27 卷 1 期　1998
　　年 6 月　頁 99－115

〈謝靈運山水詩中的情景關係試探〉　朱雅琪　《中國文化大學中文學報》7
　　卷 1 期　2002 年 3 月　頁 91－106

〈謝靈運山水詩、賦的「體物寫志」〉　許東海　《中正大學中文學術年
　　刊》2 卷　1999 年 3 月　頁 247－273

〈談「謝靈運傳」中的幾個問題〉　王美秀　《文理通識學術論壇》4 期
　　2000 年 8 月　頁 167－174

〈從時間意識看謝靈運的迷失與困境——以山水詩為例〉　余蕙靜　《中國
　　文化大學中文學報》4 卷　1998 年 3 月　頁 115－128

〈謝靈運「石壁精舍還湖中作」情景理之間的關係〉　王力堅　《國文天
　　地》14 卷 1 期　1998 年 6 月　頁 46－49

〈謝靈運山水詩的創作背景及其作品中的色彩美〉　陳怡良　《成大中文學
　　報》5 卷　1997 年 5 月　頁 187－227

〈謝靈運山水詩中的生命情境〉　范宜如　《國文學報》26 期　1997 年 6 月
　　頁 91－106

〈謝靈運文學地位之研究〉　吳時春　《高苑學報》5 卷 2 期　1996 年 8 月
　　頁 431－435

〈論二謝山水詩的異同及其與辭賦的關係——兼論鮑照詩賦的過渡作用〉

許東海　《國立中正大學學報》9 卷 1 期　1998 年 12 月　頁 67－90

〈中國自然山水文學的三部曲——以南朝「山水詩」到「徐霞客遊記」的觀察〉　王文進　《中外文學》26 卷 6 期　1997 年 11 月　頁 75－82

〈山水詩意境中的空間意識——以北宋「三遠」為例〉　楊雅惠　《國家科學委員會研究彙刊：人文及社會科學》8 卷 3 期　1998 年 7 月　頁 396－416

〈山水儀式——陶淵明遊斜川詩的多層次分析〉　楊玉成　《國立政治大學學報》65 卷　1992 年 9 月　頁 1－34

〈山水詩爭結文字緣——昭明太子與招隱山〉　金秉英　《歷史月刊》98 卷　1996 年 3 月　頁 20－24

〈形象、辯證思維與山水文學〉　王可平　《中國文化月刊》150 卷　1992 年 4 月　頁 49－57

〈竹林七賢任誕行為與其分道揚鑣之探討〉　劉榮傑　《屏東科技大學學報》8 卷 1 期　1999 年　頁 71－83

〈南朝「山水詩」中「遊覽」與「行旅」的區分——以「文選」為主的觀察〉　王文進　《東華人文學報》1 卷　1999 年 7 月　頁 103－113

〈文心雕龍的學術價值〉　王師更生　東吳大學中文系主辦《魏晉六朝學術研討會會議論文》　2005 年 4 月 23 日

〈「山居賦」與謝氏莊園文化〉　王次澄　東吳大學中文系主辦《魏晉六朝學術研討會會議論文》　2005 年 4 月 23 日

〈清逸與狂癡——兩種名士內涵的比較及其關係建構〉　吳冠宏　東吳大學中文系主辦《魏晉六朝學術研討會會議論文》　2005 年 4 月 23 日

〈魏晉六朝文藝理論中之「情」、「理」觀研究〉　羅麗容　東吳大學中文系主辦《魏晉六朝學術研討會會議論文》　2005 年 4 月 23 日

〈「人自然化」與「自然人化」的循環互動——莊子藝術精神在山水畫中的體現〉上　謝宗榮　《鵝湖月刊》21 卷 9 期　1996 年 3 月　頁 24－29

〈「人自然化」與「自然人化」的循環互動——莊子藝術精神在山水畫中的體現〉下　謝宗榮　《鵝湖月刊》21 卷 10 期　1996 年 4 月　頁 50－55

國家圖書館出版品預行編目資料

魏晉山水紀遊詩文之研究

蕭淑貞著. - 初版. - 臺北市：臺灣學生，2009
面；公分
參考書目：面

ISBN 978-957-15-1411-6(精裝)
ISBN 978-957-15-1410-9(平裝)

1. 山水文學 2. 六朝文學 3. 文學評論

820.903   97011729

魏晉山水紀遊詩文之研究 (全一冊)

著　作　者：蕭　　　淑　　　貞
出　版　者：臺 灣 學 生 書 局 有 限 公 司
發　行　人：盧　　　保　　　宏
發　行　所：臺 灣 學 生 書 局 有 限 公 司
　　　　　　臺 北 市 和 平 東 路 一 段 一 九 八 號
　　　　　　郵 政 劃 撥 帳 號 ： 0 0 0 2 4 6 6 8
　　　　　　電　話 ： (0 2) 2 3 6 3 4 1 5 6
　　　　　　傳　眞 ： (0 2) 2 3 6 3 6 3 3 4
　　　　　　E-mail：student.book@msa.hinet.net
　　　　　　http：//www.studentbooks.com.tw
本書局登
記證字號　：行政院新聞局局版北市業字第玖捌壹號
印　刷　所：長 欣 印 刷 企 業 社
　　　　　　中 和 市 永 和 路 三 六 三 巷 四 二 號
　　　　　　電　話 ： (0 2) 2 2 2 6 8 8 5 3

定價：精裝新臺幣六二〇元
　　　平裝新臺幣五二〇元

西 元 二 〇 〇 九 年 二 月 初 版

臺灣學生書局 出版

中國文學研究叢刊